血色归途

XUE SE GUITU

伯都◎著

重庆出版集团 重庆出版社

图书在版编目(CIP)数据

血色归途 / 伯都著. —重庆：重庆出版社，2012.6
ISBN 978-7-229-05055-9

Ⅰ. ①血… Ⅱ. ①伯… Ⅲ. ①长篇小说—中国—当代
Ⅳ. ①I247.5

中国版本图书馆 CIP 数据核字(2012)第 051365 号

血色归途
XUESE GUITU
伯都 著

出 版 人：罗小卫
责任编辑：陶志宏　汪晨霜
装帧设计：重庆出版集团艺术设计有限公司·刘 尚

重庆出版集团
重庆出版社 出版
重庆长江二路 205 号　邮政编码：400016　http://www.cqph.com
重庆出版集团艺术设计有限公司制版
自贡兴华印务有限公司印刷
重庆出版集团图书发行有限公司发行
E-MAIL:fxchu@cqph.com　邮购电话：023-68809452
全国新华书店经销

开本：710mm×1 000mm　1/16　印张：20　字数：400 千
2012 年 6 月第 1 版　2012 年 6 月第 1 次印刷
ISBN 978-7-229-05055-9
定价：29.00 元

如有印装质量问题，请向本集团图书发行有限公司调换：023-68706683

目录

contents

序　篇

1. 银项链

这是一串银项链，一串再普通不过的银制项链——它就是我亲眼所见并参与了的那件奇事留下的纪念品。

我拿起这串银项链，圆形挂坠里有一张方镜照相机拍摄的黑白照片，里面是一个德国女子。她叫伊尔莎·克里斯蒂安，德国伯格曼兵工厂的数据统计员，一个不起眼的小人物。看见伊尔莎，在我面前就会浮现出一个男子的面容，这是一个在生活中很平常，在他的工作领域不寻常，甚至可以说神奇的男子。

二十世纪三十年代的中国留学生给大家的印象，最早源于钱钟书先生的《围城》。这名男子同样是那个时代的留学生，他长得很一般，特别是按照欧洲人的审美观点看，他的个头不高，脸形一般，甚至有些显老。虽说有些女人喜欢同他接近，但大都是因为他的名气，或者说想近距离看看他那双神奇的耳朵。

请设想一下，一个没有方鸿渐的优柔寡断，赵辛楣的幽默精明，褚慎明的胡言乱语和陆子潇的虚假阴险，那么这人到底是什么样的中国留学生呢？他仅仅读过几年中学，竟奇迹般地获得了慕尼黑大学机械制造专业的硕士学位；他不会说国语，一口难懂的汉口腔，却能讲流利的英语和德语；他没有学者的儒雅，或多或少身上留有工人的影子，没想到赢得了一个德国姑娘的芳心；他没有进过兽医学校，可对动物疾病的治疗颇有经验；他没当过一天兵，没有接受过任何军事训练，但拔枪似电，枪法如神。由于工作的特殊性，他生性缄默，守口如瓶，甚至可以说他是一个不苟言笑的人。的确，他难得有“快人快语”的时候，甚至和我在一起时也是如此。

这一切让旁人看来，简直不可思议。但是，我要重复一句：这个人之所以不寻常，是在他的工作领域中表现出来的。这是一项近乎神秘的工作，关系到人的性命、战争胜败乃至一个国家的前途。我并没有夸大其词，事实就是这样。

在他的外貌上,我还要特别指出一点,那就是他那双耳朵,我不怕有人指责我使用"神奇"这个词语。我要说,这个人的确是个传奇人物。说一句人尽皆知的话:生活中的真事有时比精心杜撰出来的故事还要离奇。我不喜欢幻想,我在任何时候都是有根有据地考虑问题,做着平凡而严肃的工作。可突然在某一天,让我意外地置身于这样的离奇事件中,遇见这么一个神奇的人物,真有点不可思议。这种事,我从前只有在儒勒·凡尔纳的科幻小说《八十天环游地球》里才看见过。好了,暂时就介绍到这里为止吧。我相信,这个人的个性特点和神奇,会在后面的故事中一一展现出来的。

还是让我从头讲起吧。

不过,在故事的序幕没有揭开之前,我还应当事先做个自我介绍。这样,亲爱的读者就能更好地去观察小说中将要出现的我了。

我叫黄仲泰,我的祖辈都是习武之人。我的曾祖父精通枪法,祖父擅长太祖长拳,父亲少时曾到武当山学艺,对内家拳法颇有研究,后在四川开馆授徒,人们都尊称他为"黄师傅"。我自幼随父亲习武,老人家原本希望我承袭武艺,接手武馆,做一个"小黄师傅"。

事有变故,在我十岁的时候,父亲在开明人士的劝说下,将我送入学堂学习文化。从此,我走上了另一条道路,由"小黄师傅"变成了"小黄同学"。我凭借小聪明,外加学习也比较勤奋,只用了不到别人一半的学习时间,便顺利地通过中学会考,并考取了东吴大学。

在这以前,我的生活目标是在国民政府中谋个一官半职,完成父亲的心愿,但进入大学之后,这个想法渐渐地模糊了。然而却没有另一种合适的生活目标来替代它。自从我进入洋学堂,或者说开始学习现代科学知识起,我只是一心想要学好功课通过考试,这种思想一直延续到中学毕业。

中学时,我的脑海里常常会浮现这样一个问题:学好功课干什么?或者说毕业后,去干什么工作呢?除了父亲灌输给我的一定要进入政府当个有用的官员外,我有了其他一些想法。

当我读了查尔斯·狄更斯、华特·司各特等写的小说后,被小说的故事情节深深地吸引了,产生了对小说家的尊敬和羡慕。我借诗人的想象,用英文写下了这样富有诗意的话:当我长大成人之日,我愿做小说家永留青史。

记得有一次,一位著名学者来到我们学校,大伙儿都热情洋溢地欢迎他的到来,怀揣崇敬之情聆听他的演讲。那时,我也曾产生过要当大学者的强烈愿望。

有一天下午,我和几个朋友在江边聊天。有两个同学为当个医生好不好而争论不休,他们还没下结论,我却下了决心:"一定要当个好医生!"

左一个理想,右一个愿望,这些一时心血来潮的遐想,好像一只小猫,在琴键上乱踩乱跳时发出的噪音,并不是按乐谱弹奏出来的美妙乐章。

我进入大学学习后，思想有了彻底的转变，从思考自己的命运转到国家民族的命运，我开始阅读进步的书籍，和志同道合的人在一起讨论如何拯救祖国。可以这样说，我找到了一个真正属于自己的人生目标。

我从东吴大学毕业，考上了赴德的公派留学生，在德国海德堡大学攻读语言学。留学期间，深受马克思主义影响的我，由中共旅德支部的同志介绍，加入了中国共产党。随后，我秘密前往苏联，在莫斯科东方大学学习了政治保卫。学成归国后，受党组织委派，我打入国民党军事委员会军训部，在外事组担任翻译。

我的直接领导名叫张秋冰，他是一个老地下工作者，党性很强，工作经验丰富，早在1928年就在上海从事地下活动。张秋冰同志叮嘱我："你要作好长期潜伏在敌营的思想准备，没有组织命令，不做任何情报工作。记住，只能和我一个人保持单线联系。"

从此，我犹如一颗定时炸弹，静静地在敌营中潜伏下来，等待爆炸的那一天。

我曾阅读过一本名为《谋杀基诺切纳的人》的小说，作者名叫克莱门特·伍德。该书是一个名叫弗里茨·约伯尔特·杜奎斯纳的德国间谍的传记。书中描写他扮演了一位名叫扎科列夫斯基的俄国伯爵，伪装成俄国联络官，设法登上了"汉普郡"号军舰，并在舰上向德国潜艇发出信号，要他们向该舰发射鱼雷。"汉普郡"号被鱼雷击中之后，他跳海逃生，被潜艇救回。

当时，情报员这个行当，在我看来充满了惊险、刺激和神秘。在西方情报战世界里，他们把职业间谍称为"暗探"，在英文中，"暗探"这个词语同时具有幽灵的意思。一语双关，恰到好处地点出了这个行业的理想位置。是啊，这些人像幽灵一样，来无影去无踪，不为旁人所察觉。

当我自己从事这份职业后，却觉得它平淡如水。正如我的苏联教官说的那样，"汉普郡"号沉没的真正原因是德国特务联合爱尔兰共和军，在舰上安放炸药的结果。小说的故事是胡说八道，是作家杜撰的，情报员同常人没有什么两样。

2. 只会说葡萄牙语的日本间谍

我的房间里散放着我和德国军人的照片：我们在南京中央军校教导大队的合影；在操场手持狙击步枪的照片；在炮火连天的"淞沪战场"穿越火线的照片……每张照片都体现出当时中国和德国的外交关系——友好、合作、亲密。

从魏玛共和国开始，中国与德国就保持着友好的经贸合作、密切的政治和军事联系。战争狂人希特勒上台后，由于致力于扩军备战，纳粹德国急需钨、锑等战略物资。而中国华南各省的这些矿产资源储藏丰富，恰好适应了德国的需求。另一方面，中国正面临日本军国主义的侵略，也非常需要从德国进口先进的武器装备。因此，二十世纪三十年代中期，纳粹德国与南京国民政府曾经在军火和战略物资方面交易频繁。

此外，南京国民政府决定以德国体制来建设军队，随着德国顾问数量日益增多，国民政府急需精通德语的中国翻译。就这样，我被调入德国顾问团，给在中央军校讲课的德国教官当翻译。这些德国顾问大都是德国陆军的将校级军官，具有日耳曼民族桀骜不驯的个性，纪律严明，做事认真，气质高雅，学识渊博，应该说他们是职业军人的典范。只不过，希特勒的"种族论"思想又将这些优点遮盖起来，每每他们高喊："在这个世界上，唯有雅利安人才是最高贵的人种，犹太人只不过是愚蠢的猪猡"时，我感到寒气逼人，仿佛自己落入了狼群之中。

1937 年 11 月，德、意、日三国签订了《反共协议》，结成三国轴心的政治联盟，希特勒对华的态度明显转变。为实现其侵略计划，他决定牺牲与中国的关系，改用"联日政策"。这个战争狂人期望日本牵制苏联在远东的力量，以利于纳粹德国在欧洲战线打击苏联。1939 年 2 月，希特勒宣布承认东北的伪"满洲国"，停止中国学生赴德接受相关军事训练，禁止武器销往中国。6 月底，德国将军法肯豪森率领军事顾问团离华，中德的军事关系至此结束。由此，我的工作也完成了，成为一个无关紧要的闲人，整天无所事事地坐在办公桌前发傻。在这段无聊的时段内，只有一件事令我印象深刻……

1940 年 1 月，军统破获了一起惊动政府高层的"日本间谍案"，被抓获的日本间谍除了会几句蹩脚的汉语外，竟然只会葡萄牙语而不会日语。在这名持巴西护照的外国游客的住处，军统的特工搜出了大量高度机密的文件和当地驻军的资料，更令人吃惊的是，还在壁柜里发现了一支狙击步枪和国民党高级将领的照片及日常行程安排。很明显，这人还有同伙，说不定是国民政府的高层官员。为此，军统连夜对他突击审讯。

军统无人通晓葡萄牙语。主持审讯的是中央警校的美国教官、联邦调查局的审讯专家克拉里奇，只会英语和法语，而我对葡萄牙语和英语都能娴熟驾驭，所以上峰暂时调我到位于东水门的军统秘密监狱，为审讯人员担当翻译。

审讯的时间是在晚上，那天乌云密布，寒风声在秘密监狱的高墙外呼啸。审讯室里灯火通明，我看见那个名叫胡安内拉的日本间谍被吊在半空中，他是个混血儿，三十来岁，卷发、高鼻梁、蓝眼睛，白皙的皮肤透着黄色。这人个头很高，健壮得像头公牛，严刑拷打还没把他整垮，他除了用葡萄牙语发出断断续续的呻吟声外，只字未吐。

当时胡安内拉给我的感觉是，他不像从事间谍工作的特务，倒像受过严格军事训练的军人。真要是这样的话，他来重庆的目的就不只是搜集情报，或许暗杀才是他的真正使命。

军统的人将希望寄托在克拉里奇这位审讯专家的身上，此人冷酷无情，审讯手段极为特别和残酷，据说他能让哑巴开口说话。

克拉里奇上下打量了胡安内拉一番，他戴上皮手套，打开一个黑色工具箱，里面摆放着各种奇异的刀具。“胡安内拉先生，现在由我负责对你的审讯。首先，我有几个问题要问你，非常简单的问题。”说着，克拉里奇示意助手将胡安内拉捆缚在椅子上，把他的左手掌放在木桌上。“请你告诉我，你在重庆的同伴还有哪些？是谁向你提供情报的？谁指派你们到重庆来的，你们具体任务是什么？请先从第一个问题回答起。”克拉里奇笑吟吟地说。

克拉里奇示意我翻译给胡安内拉听。我照做了，但胡安内拉没有任何反应，他就像个又聋又哑的傻子。

“胡安内拉先生，间谍不受《日内瓦公约》的保护，这里没有人道待遇，你知道我要对你做什么吗？”话音未落，克拉里奇举起一把斧子砍掉了胡安内拉的一根手指，这人顿时发出了凄惨的尖叫。

血溅了一地，胡安内拉被砍下的手指在桌面乱蹦乱跳，我被眼前这幕惊得目瞪口呆。

紧接着，克拉里奇用斧子依次砍下了胡安内拉的全部手指，又用刀割开他的胸肌，将盐抹在伤口上面。这人痛得昏死过去。

“胡安内拉先生，你现在该对我说点什么了吧？”克拉里奇又示意我翻译给胡安内拉听。我照做了，胡安内拉只是发出令人心颤的哀嚎，他变成了又颠又狂的疯子。

没多久，克拉里奇失去了耐性，他扯下了那副和气的假面具，凶恶的眼光像利箭似的瞪着胡安内拉。他吩咐助手将胡安内拉捆在电椅上，用电线连接他的头和脚。“好了，胡安内拉先生，据说爱迪生参与了第一张电椅的设计，很多坐过电椅的人都会看见这位发明家的笑容，希望你也能见到。”没等我把话翻译给胡安内拉听，克拉里奇就按动了开关，电流贯穿胡安内拉全身，他剧烈地抽搐，小便失禁，口吐白沫，直到昏迷为止。

整整一夜，克拉里奇使用了东西方的各种刑罚——电椅、老虎凳、鞭刑、灌辣椒水、悬吊、热油淋脚、烙铁……胡安内拉始终守口如瓶。

最后，克拉里奇拔掉胡安内拉最后一颗牙齿，将烧红的铁条捅进他的尿道，这家伙终于开了口。他竟用日语断断续续地吐出一句话：“伯爵……伯爵……不会……放过……你……”跟着，这个日本的“南美串种”就咽了气。

“这是日本杂种临死前的疯话！”克拉里奇无奈地摇了摇头。“可怕的日本人，他们简直不是人，而是魔鬼和禽兽。”

克拉里奇带着遗憾和困惑离开了秘密监狱。这件“谍海奇案”也就此画上了句号。谁说不是呢，从 1908 年 6 月 18 日，781 名日本人漂洋过海来到地球的另一端——巴西的桑托斯港起，短短二十几年的时间，近 14 万日本人有组织地先后移民到达巴西。很多日本人在当地娶妻生子，由此就产生了“日裔巴西人”这个独特的群体，胡安内拉就是其中之一。至于他到底是如何加入日本谍报系统的，他在重庆的同党究竟是谁，他们的任务是什么？胡安内拉临死前提到的“伯爵”是何许人，这就不得而知了，或许永远都是一个无法解开的谜团。

次日，我便回到军训部，继续过着无所事事的生活。

1940 年 3 月，我突然从军训部调到军政部，据说这是重庆行营高层人物的旨意。

我从头讲，从我知道这个神奇人物开始讲起，故事就从这儿开始……

第一章 / 秘密使命

1. 兵工厂的传奇人物“袁瞎子”

1940 年 3 月 31 日　重庆

一阵阵尖锐的声音把我从梦中吵醒。“空袭警报!”我下意识地一个“鲤鱼打挺”蹦了起来,正要跑向附近的防空洞,这才发现是床边的电话响个不停。原来是一场虚惊。我看了看桌上的闹钟,才早晨 6 点,我极不情愿地抓起电话,为刚才的梦被打断而怏怏不乐。

“谁啊? ……”我不耐烦地问道。

“黄仲泰少校吗?”一个男子低沉的声音,好像是江浙一带的口音。

“是……您是? ……”

“我叫郭恒,是军政部钱家源主任的副官,主任要见您,待会儿我来接您。黄少校,听懂我的意思了吗?”

“听懂了。”其实我一点也不懂,不知搞什么名堂。

我缓缓地放下电话,仰面躺着,两眼凝视着光秃秃的天花板。钱家源是军政部的要员,他到底找我干什么? 什么事情这样紧急,非要在清晨 6 点打电话不可呢?

这时,紧张刺激着我的神经,与此同时,大脑皮层中的纪律施令者,已经掌控了中枢神经,正在逐一检查身体各个部位。我伸伸脚,弓弓腰,十指紧紧地攥着,又松开。现在,施令者通过整个脑内通讯系统发布了今天第一个指令:起床。我起身下床,光着脚走到阳台,点燃香烟,静静冥思。

一轮红日从地平线升起,重庆的天气比南京的还要难以适应。高压气流持续徘徊,湿度很大,天穹低垂,异常阴霾。山城特有的雾气缭绕在两江四周,这预示着又一个闷热天的来临。大街上冷冷清清,广场上的报警旗杆光秃秃的,没有挂防空警报球。

自从日本开始对重庆实施战略轰炸起,重庆城里的居民们,最关心的就是“挂了球没有?”这句话。所有人见面除了问好之外,第一句话就是:“挂了几个球?”按照规定,旗杆上挂一个警报球,表示注意警报,今天会有敌机来袭;挂两个警报球,表示空袭警报,敌机已经到了重庆附近;若是挂着的三个红球全部落下,意思是紧急警报,敌机飞临重庆上空了。而旗杆上只挂一个绿球,则是解除空袭警报。

现在,我的大脑施令者发布了第二个命令:注意,今天有危险!我的脑海中竖起一根报警旗杆,并挂上了一个警报球。

我在阳台上打了一趟太极拳,然后煮上咖啡,手表的指针指向7点。我回想起郭恒在电话里的话,旋即拿起电话,刚拨了一个号码,耳边回荡起张秋冰的话:“黄仲泰同志,不要轻易和我联系,这是纪律!”

我缓缓地挂了电话。对啊,我不该这样草率,现在需要的是镇定。话说回来,张秋冰是我的良师益友,在这个神秘且孤独的情报战世界里,他是我唯一的亲人。

咖啡煮好了,略有点苦味,我喝完咖啡走进洗漱间,在镜子前仔细端详自己。

镜子里是一个三十出头的男子,瘦高个,体格还算健壮。他的肩部有一道又长又深的疤痕,这是在苏联秘密营地训练时留下的纪念。那时,他背着鼓鼓囊囊的背包,站在白桦林里听从指令。背包里装的是一个月的口粮:三只黑面包、两公斤小米、一大块脂油。他的肩头挎着一支马枪,枪号是1643968。在他的脸上,可以看到无数的面孔——襁褓中哇哇大哭的婴儿、树下习武的男孩子、勤奋读书的中学生、性格内向的中国留学生、快人快语的中国同志、寡言少语的军政部少校——这些面庞一动不动,历历在目,仿佛是昨天的事儿。

每天我都会在梦里回到过去,回到同志们中间,那里充满了欢笑、喜悦、乐观和安全。

我对着镜子用德语问自己:“喂,难道你暴露了吗?”

镜子里的人摇了摇头:“你是一个很好的演员,要对自己有信心,敌人是愚蠢的。”

我又用俄语问:“我今天穿什么呢,是军装还是西装?”

镜子里的人咆哮道:“真讨厌!你是去相亲吗,谁他妈的在乎你穿什么,光着屁股去也没人说你!”

我刚换上烫好的军装,屋外就响起了汽车喇叭声,是那个叫郭恒的军官来接我了。

我深深地吸了口气,自言自语道:“要沉着冷静,我的同志!”

这辆老掉牙的“奥斯汀”牌轿车窄小闷热,而且我坐得不是地方,火辣辣的太阳直射到我这边的窗子上。我挺不自在地扭动身子,把手指伸进箍得严严实实的衬衣领子中,想透点凉气进来。没想到今天的天气会这么热,我穿这么一套散发着洋味的厚军装,真是傻气!不过想到接见我的人是军政部的要员,必须给他一个好印象,这样不但有利于我的“升迁”,更利于以后的情报工作。

几年前,这条公路两边是热闹的市场。无数担子散落在市场四周,有凉粉担子、抄手担子、蒸糕担子、马蹄糕担子、素面甜水面担子,担子前围着享用美食的人;硕大的油纸伞排列整齐,伞下汇聚着茶摊子、鸡油摊子、烧腊卤菜摊、油茶摊子等等,吆喝声此起彼伏;卖瓜子花生、卖糖酥核桃、卖橘子青果、卖糖炒板栗的小贩,在人群中穿来穿去。小市摊上,妇女们挑选着来自五湖四海的商品:时兴的西洋方巾、桂林轩的香肥皂、桃圆粉、廖广东和烂招牌的剪刀、惹人喜爱的洋针洋线;苏货、广货、京料子,铜的、银的、包金的,项链、围巾、手镯子,无不带着一种诱惑面目,放出种种光彩,将人们勾到摊子前。电线上经常会挂着几个美丽的气球,空气中飘荡着人们欢愉的笑声。

现在,整条路都冒着白烟,马路两旁的房屋大多数已经倒塌。川蜀一带的房屋是木架结构,很少用砖墙,房子倒下来,堆叠压在地面,就像积木块。行人寥寥无几,大都是灭火救人的防护团团丁。被炸碎的家具、吱吱冒烟的弹片、零乱的衣被、砖瓦木架和人的尸体,无不带着死亡的面具,让所有人掩鼻而去。电线上竟挂了几串紫红色的人肠子,空气中弥漫着硫磺火药的气味。

这时,车旁走来十几个从前线退下的伤兵,他们人人脸上挂着沮丧和悲伤。一个双眼缠着绷带的伤兵,躺在担架上,手打快板,高声唱道:

“吹起军号,打起鼓,
我们的蒋委员长调队伍,
人强马壮真威武,
要打倒日本鬼子收复国土。
……”

这歌声充满了无比的悲壮、凄凉、失望和惆怅。和日本开战不到三年的时间,中国大片土地沦入敌手。首都南京被占领,国民被屠杀,这对每一个中国人来说是人间悲剧,是奇耻大辱。人们哼唱抗日歌曲,赶赴抗日前线,但浓郁的爱国情怀却无法掩盖一种失望情绪。这种情绪来源于大武汉的沦陷、政府官员的腐败、将帅无能的指挥和对未来前途的迷茫。大家心里都在问同一个问题:我们还能坚持多久?

“奥斯汀”驶上一条蜿蜒曲折的陡峭山路。嘉陵江两岸林木繁茂的群山,不但挡住了日本轰炸机的视线,也让热浪变得有气无力,从江面吹来的微风,清新凉爽。陡峭的山坡伸向幽暗的山谷,山底的嘉陵江奔腾而下,咆哮着流向远方。

不一会儿,车在一片参天大树荫蔽之下的院落前停了下来。院落里里外外戒备森严,门口加了双岗,站着全副武装的宪兵。七八辆挂着特种牌照的轿车停在门前,五六个头戴礼帽、身穿黑色中山装的彪形大汉在车边吸着烟,这种人是国民党军事委员会统计调查局的特务,我们地下工作的老对手。

我心头一紧,钱家源见我到底有什么事儿,为什么这里会来这么多人?大脑施令者立刻挂起了两个警报球:今天有事儿发生!

我忐忑不安地跟随郭恒,走在一条浓荫遮盖的三合土路上,绕过一座精心布置的花园,路两旁星罗棋布地点缀着亭榭、假山、花台和一排平房。这时,我看见一片葱翠欲滴的芭蕉林里,隐藏着一栋浸在晨雾中的灰色小楼,四周静悄悄的,死气沉沉,神秘兮兮。不知什么缘故,我觉得后背一阵冰凉,一股杀气正向自己袭来。

"黄少校,往这边走。"我在郭恒的带领下,走进了灰楼的正厅。厅里的陈设无疑是上等的,一色的红木镶嵌黑色云母石的椅子,茶几上摆设着精致的茶具,墙上挂着领袖的画像。"随我上顶楼书房,钱主任等候多时了。"郭恒有礼貌地用戴着白手套的手,向我指了指上楼的台阶,他是一个在上司面前循规蹈矩的"机灵人"。

我好不容易才迈动灌了铅的脚,学着郭恒悄无声息的步法,沿着铺了红色地毯的台阶上了顶楼。

书房是一间隐蔽的阁楼。郭恒推开门,钱家源笑嘻嘻地迎了上来。他年近五十,矮而胖,满脸红光,骨碌碌的小眼珠,多肉的嘴唇,厚厚的下巴,笔挺的军装,皮鞋擦得锃亮。之前,我曾在几次宴会上远远地看见过他。他总是在同事中穿梭而行,咧嘴大笑,可以看出他和别人那种嘻嘻哈哈的亲密不过是一种掩盖,里面更多是很精明的交易。对于上司,他有一副动人的嗓子,说出一大串忠诚的字眼,一双小而肥的手富有表情,不时逗得上司哈哈大笑,使长官们简直无法拒绝他的献媚。

"主任好。"我立正敬礼。我发现书房里还有几个我不认识的陌生男子。

"仲泰,我来给你介绍,这位是军政部兵工署吴南浦处长。"钱家源说。

这时,一个温文尔雅的中年男子站了起来,走到我面前,用流利的德语说:"您好,黄少校,认识您很高兴。"吴南浦没有官架子,为人谦虚,他用了德语中的敬语并加上对方的头衔,表示对人的尊敬。

我早听说吴南浦不简单。这人在柏林大学攻读哲学和数学专业,3年内就拿到博士头衔,并在学术刊物多次发表论文,被德国学术界誉为"神童"。他到兵工署主管武器生产后,再次赴德学习军工技术,据说用德文写的笔记竟有四十多本。吴南浦是国民党中少有的干实事,讲实话的人。

我用德语说:"您好,吴处长,见到您是我的荣幸。"也许在官场待久了,我情不自禁地加了一句"拍马屁"的话。"说起来,您还是我的学长,学习的榜样哩。"

吴南浦听了哈哈大笑起来,他连连摆手说:"过奖了,过奖了!长江后浪推前浪,还是你们年轻人厉害。"

"这位是外交部情报司的罗琦主任。"钱家源指着一位与我年龄相仿的男子说。情报司的人常常利用外交官的身份,搜集世界各地的政治、军事、经济等情报。罗琦的父亲是外交部的高官,罗琦同吴南浦一样,是我留德的学长。只不过在大家刻苦学习的那些年月里,经常在柏林咖啡馆里的一帮纨绔子弟中,看见他的影子。这些人喜好研究欧洲的美食、电影、舞蹈、服装和时髦的语句。归国后，罗琦成为一个颇有本事的钻营家，他感兴趣的不是情报收集，而是个人职务的升迁和金钱美色。

罗琦躺在沙发里，含着烟斗，用美国电影中打招呼的动作，潇洒地向我点头挥手。我也学着这种“洋招式”笨拙地回了礼。

“这位是……”钱家源故意压低了声调，“军令部第二厅的彭四维，郑介民厅长的得力干将，党国最出色的情报专家。”

我的后背惊出一层冷汗。军统的人，他来干什么，莫非我的身份暴露了？我吞下一大口唾液，用牙齿咬住嘴唇，尽量镇定下来。

我强作笑颜地同彭四维握了手，他的手瘦而冰，那张方形的脸看上去冷酷无比，活似一具无情的僵尸。

这时，我那三个气球全部落下，脑子里全是紧急警报的长啸声。

钱家源招呼大家入座，郭恒从旁门端进一个托盘，送来咖啡和香茗，并轻声在钱家源耳边说：“主任，挂球了。”钱家源的手哆嗦了一下，脸瞬间变得苍白，肥屁股向外挪了半寸，很快又坐了回去。他给郭恒使了个眼色，郭恒毕恭毕敬地退了下去。

从不喝咖啡的钱家源，本以为这东西可以定神，他将整整一杯咖啡倒入嘴里。但他并不知道咖啡因会在紧张中添乱，很快，钱家源的额头冒出了汗珠，人显得烦躁不堪。

“眼疾手快”的罗琦赶紧替钱家源点燃了一根香烟，他这才恢复了常态：“赶紧开始吧，吴处长，您先说。”

吴南浦指着一个中年男子的照片，说：“他叫袁文道，湖北孝感人，他的父亲是汉阳兵工厂有名的枪械技师。袁文道15岁就在兵工厂当学徒，深得其父真传，不到10年的时间，就成为汉阳兵工厂响当当的‘王牌技工’，人们送了他一个‘袁瞎子’的名号。”

“‘袁瞎子’？”钱家源疑惑地问，“莫非他看不见或是视力有问题？”

“这倒不是，因为他找枪械故障、判读枪械型号、出产时间等等甚至不用眼睛看，用耳朵去听就行了，所以叫‘瞎子’。我亲眼见过，名副其实，果真如此。”吴南浦解释道。

吴南浦的话引得众人一片欷歔赞叹之声，都称之“神奇”，我也觉得这人真是神了，没想到世界上还有这样的人，能用耳朵判断枪械的故障。看来今天是围绕袁文道来说事，我的心中挂起了绿球，警报解除了！不过，我还有一个疑念：我并不认识这个袁文道，今天叫我来干什么？

吴南浦说：“三十年代初，我们兵工署和德国军工企业开展合作，毛瑟兵工厂的德国技师到了巩县兵工厂，帮助我们仿制1924式毛瑟步枪。由于汉阳兵工厂从建立开始，就引进德国的技术，他们生产的‘汉阳造’就是按毛瑟1898步枪为母本仿制的，所以袁文道对毛瑟制式的枪械十分熟悉。袁文道的父亲是一个德国技工带出来的，父子俩都能说德语，看得懂简单的德文。由此，兵工署就把袁文道调到巩县兵工厂，配合德国技工的工作。不久，德国方面向我们提出，中国兵工厂的技工技术熟练，但文化程度太低，对现代军工的认识度不高，这很不利于军工制造的发展。他们愿意帮助我们培训技工，头一个点名的就是这个袁文道。就这样，袁文道远赴德国，学习枪械制造，他先在慕尼黑工业大学学习了机械制造，没想到竟拿了个硕士学位。"

彭四维打趣道："吴处长，你们军工行业真是人才辈出啊，处长拿博士，技工得硕士，真可谓强将手下无弱兵。"

吴南浦谦虚地笑了笑，继续说："接着，袁文道进入德国著名的伯格曼兵工厂，学习轻武器制造，师从兵器专家施迈塞尔。他参与了德国数种轻武器的设计和制造，并对MP－38和MP－40型冲锋枪提出了一系列的修改意见，使其降低了成本，更适合实战，此枪深得德国官兵的喜爱。袁文道此举轰动了整个德国军工行业，当地报纸还专门报道了此人，题目叫'中国瞎子神了'。很快，他就成为德国军工行业中一颗闪亮的明星。"

钱家源叹道："太厉害了！此人不为我们所用就可惜了。难怪部长说，这种人才不能滞留在外国，一定要回来报效祖国才行。"

这时，窗外响起呜呜的一阵怪叫，郭恒闯进来大声说："主任，空袭，敌机空袭！"

咖啡因使人兴奋。钱家源轰的一声蹦了起来，他刚要起身往外跑，这才发现周围的人都看着自己，立刻又坐了下来。钱家源瞪着小眼睛厉声呵斥道："慌什么，慌什么！几架日本鬼子的飞机有什么可怕的，我们是党国军人，要镇定，镇定！"

"适才防空司令部的人打电话说，今天总共有三批敌机从武汉来袭，第一批三十六架已经过了万县，马上就要到重庆上空了。三个球已经落下来了，主任，还是躲一躲吧。"郭恒说。

"三个球全落下了？"彭四维和罗琦异口同声地说。"大家还是躲一躲吧！"他们俩比钱家源还要急躁，语气中夹带着几分哭腔，生怕钱家源命令他们坐下，继续开会。

钱家源连忙点点头："说得没错，我们到防空洞里继续开会。郭副官，前面引路。"

吴南浦是这几个人中唯一镇定自如的人，他用嘲讽的目光望着那几人，拍拍我的肩，笑了笑。

在前往防空洞的路上，罗琦和郭恒一左一右搀扶着钱家源。我听见钱家源向罗琦抱怨道："他娘的，洋鬼子喝的破玩意儿，一股中药味！"

钱家源家的防空洞同寓所一样宽敞豪华。洞子是青刚石，坚硬无比。洞里电话、电灯、电扇和通风器等普通设备，自不须说。还有沙发、钢丝床、马桶、点心柜、洋酒和留声机，角落里堆放着数不清的社会紧俏商品：食用油、奶粉、罐头、香烟……中间的雕花圆桌上堆积着麻将，地上丢满了烟蒂和空罐头。

钱家源瞪了郭恒一眼，这人会意地将一切收拾妥当，替每一个人倒上茗茶。

钱家源这才长长地吐了一口粗气，笑着说："吴处长，请继续。"

吴南浦说："众所周知，我们装备的武器大都源自德国。开战以来，由于人才匮乏，很多德式武器破损了，无法修理，不是废置就是丢弃，更别说仿制和设计出更好的兵器，用来打击日寇，现在就缺袁文道这种既会设计又懂修理的人才。说到归国，抗战爆发后，袁文道屡次向德国政府提出请求，希望回国工作，但都被德方以各种理由拒绝了。”

钱家源说：“是人才，谁都想要。罗琦，你长时间待在德国，讲讲你知道的袁文道。”

罗琦点燃烟斗，说：“袁文道在伯格曼兵工厂很受人尊敬。据说每天中午，只要袁文道出现在兵工厂的餐厅里，人们就会包围住他，奉承他，向他提出各种关于枪械的疑问。袁文道总是谦逊地对待每一个人，热心地帮人解决问题。他有一个德国妻子，名叫伊尔莎·克里斯蒂安，是兵工厂的数据统计员。此外，袁文道还加入了一个名叫坎特的高级枪会，里面的人都是枪械迷，不是富翁就是高官。比如……”罗琦说出了一大串德国名人的名字，故意在上面加了些语气，仿佛他与这些人都很熟识似的。

“这些人把袁文道当做‘自己的兄弟’，以认识他为荣。当袁文道提出回国时，德国政府开出了大价钱，高得让任何人都会动心，袁文道竟然拒绝了这些条件，执意归国。”罗琦鉴赏着吐出的烟圈，用略带讽刺的口吻说。在他看来，拒绝高官厚禄的袁文道完全是个傻子。

“好样的！真有骨气。是不是？罗主任。”吴南浦赞叹道。

罗琦用外交辞令的方式尴尬地笑了笑，脸上肌肉抽搐了一下，一时想不出回答的话，只好拼命地吸烟。

这时，洞外响起了紧急警报的声音，郭恒报告说：“主任，第一批三十六架敌机，已经飞临重庆上空。”

整个防空洞瞬间寂静下来，我隐隐约约地听见天空有飞机马达的轰鸣声。

几分钟后，郭恒报告道：“敌机在南岸沿江投弹，我军正用高射炮还击，现还没有离开市区上空。”

所有人的呼吸都变得急促起来，我在空气中能闻到他们吐出的气味：钱家源的咖啡味、罗琦的酒气、彭四维的口臭和吴南浦的牙粉香气。

不一会儿，郭恒报告道：“敌机已飞离市区上空，第二批敌机在涪陵发现。”

钱家源松了一口气，笑着说：“诸位可以休息一下，郭副官，拿点喝的来。”

我与吴南浦走出洞外，呼吸新鲜空气。天啊！我心里喊了一声，从我们站的位置，能清楚地看见轰炸后山下的惨景。大片街市从地面上被抹去，熟悉的楼房建筑已经不见了。我幼时在重庆待过好几年，对这里还算熟悉，特别是从小什字、打铜街到陕西路那一带。那里是重庆城最繁华的商业街，有许多驰名中外，联通西南的大商家：云南永昌祥茶庄、上海胜家公司、异新洋行、留春幄川菜馆、浙江老凤祥银楼……一个挨着一个，一个比一个豪华气派。现在，那里一片火海，烟尘滚滚，根本无法辨认出它们的位置。忽然，一栋烈焰滚滚的高楼倒塌下来，火星横飞，尘土四扬，火势向邻近的房舍蔓延开来。到处是烧焦的尸体，到处是劫后余生、蓬头垢面的面容，到处是喊天呼地的哭叫……

吴南浦噙着热泪说："老弟，我们若是拥有精良的装备，何愁倭寇不灭呢？唉！……时值国家危难之际，可他们……"吴南浦用嘴朝防空洞里努了努，"都把国家民族的生死抛在脑后了，沉迷于酒色之中。正所谓'山外青山楼外楼，西湖歌舞几时休；暖风熏得游人醉，直把杭州作汴州。'"

"南浦兄，大多数同志还是在坚持抗战嘛，不必悲观失望。"我用官腔打着哈哈。

"老弟啊，想着一些事，我就生气！"吴南浦改用德语说。"上次我到下面检查高射炮的维修，当地驻军的一个团长对我说，他有防空的好计谋。我问，是什么？他说，我们应该到外国买电网，在空中布满电网，日本人的飞机来了，一触便亡。我又问，电网如何在半空中挂得起来呢？他又说，用无线电啊。听了这话，我真是哭笑不得。"

我忍不住大笑起来："这些人真是愚昧啊！"

"打仗打的是经济实力，我们只依靠拉壮丁到军队充数，如何能赢得这场战争？最重要的是有精良的武器装备、正确的战略指挥、良好的军事训练、充足的后勤保障，这才能赢得战争的胜利。要是袁文道能及时回国的话，该多好。虽说不能扭转战局，至少也能帮助我们维修枪械，改装武器甚至生产出优于敌人的作战武器。"

从吴南浦忧郁的眼神里，我看到了中国军人对胜利的渴望，为了赢得胜利，他们可以奉献自己的一切乃至生命。吴南浦最后那句话道出了袁文道的重要性，他的确是一个富有传奇色彩的兵器专家，一个对中国抗战获得胜利有较大帮助的人。但，这一切和我现在的工作有什么关系？我只不过是一个小小的翻译罢了，要算上有关系，顶多我同袁文道一样，都到德国留过学。

约莫十五分钟后，紧急警报重新响起，郭恒又大声说："敌机二十架，在磁器口附近投弹，现开始向东北方向飞去。第三批和第四批敌机，已经过了万县。"

我发现"我军高射炮正在还击"这句话在报告中已经被抹掉了。

钱家源喝了一大口白兰地，示意罗琦继续讲下去。

罗琦用方巾擦拭了额头的虚汗，弹掉袖子上的烟灰。我注意到，他的手指上戴着一枚钻石戒指，上面的金刚钻闪闪发光。"由于袁文道执意归国，德国人便将他软禁在鲁尔工业区一个叫奥伯的小镇里，那儿濒临莱茵河，靠近法国。"罗琦说。

钱家源说："仲泰，现在知道了我找你的原因吧，我们要你前往德国，以外交官的身份把袁文道带回国。"

我惊讶得把刚要出口的"啊"字都哽在喉咙里没说出，隔了几秒钟，我才问："主任，为什么要找我？"

"仲泰，你出身武术世家，身手不凡，具有一手好枪法。听人说，你曾和中央军校的国术教官较量，两三下就把对方打倒在地。再者，你精通多国语言，到德国留过学，又在德国顾问团当过翻译。你熟悉那里的地理人文，和德国人好打交道。若是正常渠道不行，在必要的时候，你可以采取非常手段，无论如何都要把‘袁瞎子’抢回来。这也是上峰的意思。到时候，彭四维会派人配合你的行动，但切记不能引起中德两国的外交纠纷，切记！”

罗琦仰面望着洞顶上的电灯，漫不经心地说：“主任说得是啊，那些德国官员可不好惹，平日打交道个个桀骜不驯，真要出了事儿，还不成了吃人肉的恶魔。”

很明显，罗琦的话不但拍钱家源的马屁，同时也提醒我，不能引起外交纠纷，否则他们这些外交官也会受到株连，跟着受罪。

“四维，介绍下你们在德国的同志。”钱家源对彭四维说。

彭四维跷着“二郎腿”，得意洋洋地说：“我们在德国设有一个工作站，负责人名叫赵元吉，他是一个经验丰富的老特工。赵元吉在德国科隆华人聚居区开了一家洗衣店，手下有十几个精兵强将，都是出色的特工，营救袁文道对他们来说小菜一碟。”

“来！……”钱家源刚要举杯，我们再次听到郭恒的声音：“第三批、第四批敌机飞临市区，共计四十架，正在两路口上空投弹。”

话音刚落，轰隆一声巨响，洞外火光四射。哗啦一声，一阵猛烈的热风夹带着沙土扑进洞内。日本飞机投下的炸弹命中了那辆“奥斯汀”小轿车。车的外皮被炸飞，赤条条地躺在那里。撕碎的外壳，裸露出发动机的内脏，油管上除了水垢外，多涂了一层虎皮似的炸药色。

钱家源瘫坐在椅子上，脸颊一会儿白一会儿红，咖啡因和酒精驱赶他面颊的肌肉上下抽搐，肥实的下巴左右摆动，嘴里嘀里嘟噜地骂着脏话。罗琦的身手实在敏捷，他呼喇一声窜到雕花木桌下面，像只受惊的小兽，浑身打颤，时髦的西裤竟然开了叉。彭四维滚到角落里，蜷缩在米袋后面，神叨叨地盯着一桶奶粉。我和吴南浦伏在地上，尴尬地笑了笑。

吴南浦递给我一杯酒，激动地说：“仲泰老弟，袁文道这事儿就托付给你了，我代表军工署几千名员工敬你一杯。”

我被吴南浦的爱国激情所打动，说：“南浦兄，这是小弟分内之事。放心，我一定将袁文道平平安安护送回国。”

“到时候，愚兄在会仙楼设宴为你庆功，喝个一醉方休！”

听了这话，钱家源脸色变得更难看，他觉得吴南浦抢了自己的风头。

不一会儿，解除空袭的警报响了起来，郭恒报告说：“警报解除，挂绿球了。”这两种声音，替洞里的每一个人卸下了心中的千斤担子。

钱家源急忙命郭恒端上五杯酒，他高举酒杯，说：“人们把归国的留学生叫‘归雁’，我们就将这次行动称为‘欧罗巴归雁’。诸位，我们预祝黄仲泰少校马到成功，北雁顺利南归！仲泰，到时候我第一个到机场来迎接你们。”说完，钱家源用小眼睛狠狠地瞥了吴南浦一眼。

这件事对我太突然了，破坏了我的生活常态，一点思想准备都没有。现在的德国可不是常人能进能出的啊。1939 年 9 月，德国占领波兰之后，英国和法国随即向德国宣战，欧洲大陆战云密布，大战一触即发。何况袁文道被德国人视为珍宝，已经被软禁起来了，他们能轻易放人吗？假若通过非常途径把这人抢出来，可欧洲距离中国万里之遥，如何回国还是一个问题。说到底，这条北雁南归的路真是凶多吉少。

由于事出偶然，我决定将此事向党组织汇报。第二天，我来到重庆大学附近的"致远"书店，张秋冰夫妇是这家书店的店主，书店表面卖书，实际上是上级领导专门为我设立的联络点。

张秋冰同志听了我的汇报后，感到十分诧异，他决定立即向上级领导报告此事，让我等候指示。

2. 血火重庆城

1940 年 4 月 4 日　黄昏　重庆

重庆的天气变化莫测，前几天还是烈日炎炎，由于两三场雷雨，变成了阴雨绵绵。这两天没有敌机轰炸，我们武器装备落后，只有依靠天气和地形来对抗敌人的狂轰滥炸。

这天夜里，阴雨沉沉。我身穿灰色长衫，打着油伞，装扮成教书先生的模样，应约来到"致远"书店。书店在一条九弯十八拐的无名小巷中，全是下坡路，石梯很陡，两边是高墙，隔五六米就有一个笔直的大转弯。每个转弯处住着五六户人家，全是茅草盖顶，竹片和黄泥做墙的房屋，居住的人大多数是重庆大学的职工，他们把自己的寓所戏称为"国难房"。

"炒米……糖……开水……炒米……糖……开水！"

惨白的路灯下，有一个小贩摊。担子一头挂着热水壶，另一头是放碗筷的竹筐，竹筐上置放着一盏油灯。炒米糖开水是重庆特有的小吃，做法很简单，将适量炒米盛入碗中，加一勺白糖，撒点烘香的芝麻、花生和核桃碎块，再添一点猪化油，用滚水冲泡，这便成了炒米糖开水。阴冷潮湿的深夜，在饥肠辘辘的当口，几勺热腾腾的炒米糖开水进喉下肚，一股热气直贯中肠，浑身都透着温暖。

若在平日，摊子前早已挤满享用的人们，巷子里热闹非凡。此时，小巷人静，万籁无声，吆喝声在夜空中飘荡，甚为凄凉。

整个“致远”书店浸在烟水雾气中，顺着屋檐流下来的雨水，像给这房子挂上了一排珠帘。我习惯性地向四周看了看，确定无人跟踪后，这才走进书店。

张秋冰的“致远”书店有两层楼，楼下是书店，楼上是居所。

“仲泰来啦。”张秋冰的岳母坐在一张凉椅上，老人家看似纳凉，实为放哨。“你表哥在楼上吃饭哩，上去吧！”为了便于开展工作，我与张秋冰以表兄弟相称。

“姻伯母好。”我躬身行礼，将一包“冠生园”的糕点和两斤猪肉递给老人。“真是稀罕物，现在物价飞涨，我们已经十几天没吃肉喽。”老人笑着说。

张秋冰的卧室只有十来平米，书房、客厅、餐厅全在这小房间里。由于夜间实行灯火管制，屋内点了一盏煤油灯，微弱的灯光照见桌上的晚餐：一碗白水煮的老蚕豆、一碗青菜、两个小碟子放着两大片咸鸭蛋。三个孩子围着桌沿，口里吃着饭，眼睛却盯着咸鸭蛋。

张秋冰四十余岁，中等身材，戴着一副眼镜，穿了件打补丁的旧夹衫。他仿佛很久没理发了，蓬乱的头发，有些白丝，胡子成圈地围着脸颊。他把咸鸭蛋分给每个孩子，接过妻子林青递来的一碗糙米饭。

“今天的米我亲自挑过了，没有石子儿，免得你在灯下挑半天。”林青说。

张秋冰将一杯茶水倒入碗中，用筷子搅合了一下，连水带饭，一口气吃了下去。

我鼻子一酸，心里像打翻了五味瓶，说不出来的滋味。张秋冰家是川东小有名气的地主，他从小对吃就很讲究。张秋冰曾给我讲，他少时每天早晨都会陪着祖父，去镇上吃面铺的头汤面，风雨无阻。爷孙俩对面要求很高：面要煮得三分烂，紧汤，多放蒜叶多放油。浇头要多，面条要少，而且浇头不能盖在面碗上，要放在另一个碟子中。吃完面条，要喝一碗清茶，必须是当地山里的泉水。没想到一个对吃如此讲究的人，为了革命工作，竟过着这样清贫的生活。其实，书店生意还不错，附近大学的师生都是常客，可张秋冰把大部分收入都用做地下活动的经费，剩余的只能勉强度日。

“表弟来啦。”林青笑着说。“快坐，快坐，老早就替你泡好一杯茶了。”她是一个经验丰富的地下交通员。

“孩子们，今天是‘四四’儿童节，看表叔给你们带什么礼物了。”我对孩子们说。

三个孩子立刻围了上来，我将一袋奶糖和布娃娃分给他们，跟着把几袋奶粉、一包茶叶、五六个肉罐头外加军政部发的供给证塞给林青。“奶粉是给孩子们的，茶叶给表哥，肉罐头留着你们平时应急，这张供给证可以领到好米。”

张秋冰笑道：“有你这个在军政部当少校的表弟，我也能隔三岔五地开个洋荤，打回牙祭。”他向林青使了一个眼色，林青会意地带着孩子们下了楼。张秋冰关上房门，拿出一支“黄河”牌香烟，刚要点上，我就把香烟从他嘴上夺了过去。

“这种香烟对肺伤害很大，还是换了吧。”我从衣兜里掏出几包“老刀”牌香烟，扔在桌子上。

张秋冰苦笑了一下:“没法子,现在物价飞涨,米价要一百五十元一斗,猪肉竟然卖十几元一斤,要养家就只能抽便宜的香烟,我都准备戒烟了。你这香烟……”他从烟盒里抽出一支,闻了闻,对着油灯点上,吸了一口,“只能在家里偷偷抽,在外面抽太显眼了,搞不好会暴露了身份。”

生活中的细节对平常人来说算不上什么。但对隐蔽战线工作的情报员来说,忽视细节,往往会暴露身份甚至丢了性命。

“家里老人可好,他们有什么话带给我?”我低声问道。“家里老人”指的是上级领导。

“老人们一切安好,叫你安心做事,一定要做好。如果遇见困难,就找远房亲戚帮忙。”

“远房亲戚?谁?”我听不懂这个暗语的意思。

这时,街那边传来一呼一应的声音:“天上明晃晃……地下水凼凼。”“前头靠村……后头就歇梢罗!”这是挑担和抬滑竿的人,到街对面的店铺歇脚打尖去了。张秋冰保持高度警戒,他走到窗前,往外望了望,只有几只萤火虫,带着淡绿色的小灯笼,悠然自得地在屋檐外徘徊。

张秋冰关上窗户,低声说:“上级领导要你尽其所能地完成这次任务,必要时,可以与欧洲的同志和当地华侨、进步学生取得联系,他们会为你提供帮助。你的接头人名叫张和林,住在德国科隆市区,这是他的电话号码和住址。接头暗号是:你说,‘先生,近来西风很猛烈。’他说,‘是的,我真的认为你们全家应该搬到东边去住。’一定要用汉语接头,千万不能用德语。”

林青在门外轻声说:“秋冰,街上挂球了。”

我下意识地推开窗户,往外一看:暮色苍茫中,街市上的警报旗杆已经挂起了一个防空气球。气球里的蜡烛显得十分惨红,让人心惊肉跳。很多人开始向附近的防空洞奔去。

“你带着孩子和老人先走,我们随后就到。”张秋冰检查了屋内的东西,把一个小本放在内衣夹层中。他走到楼下,又仔仔细细地四处检查了一番,确定一切妥当之后,这才和我向防空洞奔去。

这时,旗杆挂上了三个通红的警报球,空袭警报在城市上空发出刺耳的惨叫。

这个公共防空洞修在山脚下,里面是三个交叉式的隧道,每隔五十米点着一盏菜油灯。洞两边直列着矮矮的长凳,市民们一个挨着一个,像蹲在地上似的坐着,各自找熟人说着话。几个挎竹篮的小贩,坐在石阶上,叫卖着小吃。隧道的交叉点,站着防护团的团丁和负责医疗的人。离他们不远的地方,有两个大木桶,上面写着:难民饮水,保持清洁。公共防空洞与钱家源的私人防空洞比较,简直是天壤之别。

因为晚到,我和张秋冰坐在靠近洞口的座位上。张秋冰递给我一支烟:"老表,来抽一支香烟,我看你在这里坐不惯。这里可不比军政部的防空洞舒服,有吃有喝的。"

我苦笑了一下:"与其待在那儿受窝囊气,还不如坐在这里逍遥自在。"

这时,洞外传来紧急警报声,有些坐在洞口的人连忙向洞内跑去。一时间,大人的吵闹声、小孩的哭泣声和老人的埋怨声,发出一种嗡嗡的声音,弥漫在整个防空洞里。一个团丁吹着哨子,大声喊:"不要闹,不要闹,想让日本鬼子的飞机听到吗?!"

这句话很管用,洞里立刻鸦雀无声,一千多人乖乖地坐了下来。也不知谁咳嗽了一声,就像传染病,此起彼伏,大家都在咳嗽。

团丁又喊道:"闹什么,闹什么!外面三个球已经落下来了,日本飞机马上就来了。你们想把鬼子的飞机引下来吗?"

瞬间,团丁的话把大家的咳嗽都吓回去了。

不一会儿,天空中传来飞机轰隆隆的声音,日本轰炸机飞临重庆上空了。

忽然,防空洞里传出一个小孩哇哇大哭的声音,团丁骂道:"不许小孩哭!哄不了小孩,就不该来这里,敌机临头了,这是闹着玩的吗?"

抱小孩的妇人低着头,解开衣襟,把乳头塞进孩子的嘴里,紧紧地往怀里搂着。不巧,她的动作大了点,碰着身旁大一点的孩子,这孩子又哭了起来。

负责防空洞管理的洞长恼了:"把这个不懂事的女人轰出去,轰出去!真是混蛋,你想把我们都害死啊?!"

张秋冰看不下去了,说:"长官,何苦这样呢。她一个女人家,带着两个孩子,把他们轰出去,不是明摆着送死吗?再说……"

"你懂个屁!敌人飞机上有无线电,地上什么声音听不到?小孩在这里哭,敌人会发现我们的。"

"小孩哭,你们怕敌人听见,你在这里吼叫,恐怕声音比孩子的哭声还大,难道不怕敌人听见?"

"你!……把你的眼镜摘下来!"

"奇怪,难道戴眼镜也违法吗?"

"这规矩你不懂吗?镜子能反光,你晓得不,要是让敌机看见,我们全完蛋。"

"眼镜反光是在野外,而且是白天。现在是晚上,我又在防空洞里,能反光?真是缺乏常识。"

"你不守规矩,老子连你一起轰出去,快点,把眼镜取下来。"这个洞长举手要拿下张秋冰脸上的眼镜。

"狗东西!"我抬手就给洞长一巴掌,想着吴南浦说的那个愚蠢的团长,我将所有的怒气发泄在这个人身上,没等他回过神,又给了他一巴掌。"你龟儿子的找死,当了屁大个官,就在这里作威作福。"

这两巴掌，我只使了两分力气，这人竟被打掉了一颗牙齿，脸肿得像熟了的桃子，嘴角挂着血沫儿。

我将证件扔给他，怒斥道："谁告诉你飞机上的无线电能听到地面的声音？谁告诉你眼镜在洞里能反光？我看你龟儿子球都不懂，就知道欺压老百姓，再这样，我让你出去。"

这人吓得半死，他捂着被打肿的脸，战战兢兢地道："官长，卑职有眼不识泰山，冒犯了您老人家。敬请官长原谅，大人不记小人过。千万别把卑职赶出去啊……"

"滚！滚……"

"卑职这就滚，就滚。"

张秋冰望着洞长消失在洞内的背影，叹道："就是这种人太多了，我们才一败再败，愚蠢啊，腐败啊！你也是，怎么用这么大的力气打他。"张秋冰嗔怪我道。

"我只用了两分力气，没想到这么厉害，只怪他不经打。"

这时，洞外的天空如同白昼，有人喊道："敌人扔照明弹了，扔照明弹了。"

夜空里，有十几个水晶球大小的东西，膨胀变大，荧光四溅，把整个重庆城照得清清楚楚。这时，地面飞出几串红色火球，高射炮开始还击了。当照明弹消失后，地面上射出了探照灯，夜空里瞬间增添了几十条银柱。

我抬头望去，只见日本轰炸机呈梯形排列，一共二十八架，它们从我们头顶的山峰飞过。在它们后面，紧跟着二十几架战斗机。这些敌机在空中兜了一个大圈子，一架跟着一架，向地面俯冲而下。有几架轰炸机被地面的探照灯锁住，就立刻爬高，狡猾地逃脱了。跟着，战斗机对着探照灯的方向，俯冲扫射，很快，探照灯熄灭了。正如吴南浦所说，我们的高射炮射程不够远，眼睁睁地看着敌机在自己上空肆虐。

空中有刺耳的呼啸声。"大家注意，敌机投弹了！投弹了！"我对洞内的人喊道。

轰隆隆一阵巨响，我感到身体摇晃，防空洞的油灯熄灭了，很多人低声叫了起来，女人和孩子齐声哭泣着。大家都把声音降到最低，生怕被敌机听见了。我和张秋冰安慰众人："不要紧，不要紧，一会儿就过去了，大家不要慌。"

张秋冰顺着洞壁摸黑向前，很快，洞里的油灯被他点燃了。在灯下的人们，开始恢复正常，很多人前仰后合，坐立不正，不是靠在洞壁上，就是伏在膝盖上打瞌睡。忽然，防空洞上空传来雷鸣般的巨响，是敌机低空飞行到我们头顶上了。接着，又是轰隆隆一阵巨响，我感到耳边震天动地地响了几声，身子被热浪卷进了防空洞里面，迷迷糊糊地听到有人在喊叫和哭泣。

几分钟后，我慢慢地苏醒过来，发现自己躺在地上，防空洞内烟雾弥漫，洞顶不停地落着沙土和石子儿。"表哥，表哥！"我大声地喊着。"张秋冰，秋冰表哥。""在，在这儿，这儿！"张秋冰从近处的地面爬了起来，他身下伏着几个陌生的孩子，这时他才忙着找寻妻儿，当确认他们都安好后，我们向洞口走去。

洞外一片白雾，什么都看不见。我们壮着胆子往前走了十几米，发现不远处的一栋楼房已经成为废墟，满地瓦砾砖块，一根电线杆压在废墟上。刚才是这座房子被炸弹命中了。我还想往前走几步，忽然被什么东西绊了一下，低头一看，竟然是半截人的尸体，没有头，没有手脚，只有半截体腔。我倒退了几步，扶着一棵树，喘着粗气。正当我感觉好一点时，发现树枝上挂着一条人腿，裤子没有了，腿上穿着布鞋。我打了一个冷战，忍不住大口呕吐起来。

不一会儿，远处的旗杆挂上了绿色气球，警报解除了，人们陆陆续续地返回了家。

我和张秋冰走在沿江的小路上。嘉陵江被两岸的火光照得通亮，很多镇子里燃起了大火，火苗满街乱窜，形成一片火海。房子坍塌下来，烧得通红的灰烬与火星不断涌向天空。不远处，几辆汽车正在熊熊燃烧，车窗玻璃爆裂着，向四面飞散。滚滚浓烟，宛如黑色的帷幕，挂在整个重庆城上空，远远都能感到一股令人窒息的热浪。

在一个临时救护站里，医生满头大汗地在病人之间来来往往，护士们手忙脚乱，受伤的人一堆堆、一群群地躺在地上，等着包扎。男男女女，老老少少，血迹斑斑，衣服破烂，浑身肮脏，有的呻吟，有的哭喊，有的昏迷。儿童们躺在另外一顶帐篷里，那里号哭和呼叫凄厉地响成一片，混杂着一些妇女的安抚声。

我们走到小码头上，看见很多小火点在闪烁着微弱的光亮，走近一看，是无数的木板棺材，棺材前面都放着一盏油灯。人们蹲在棺材前，烧着纸钱，发出隐隐哭声；他们叫着亡者的名字，用各地方言诉说自己的痛楚。这些都是轰炸中不幸遇难的同胞。我的心怦怦直跳，感觉自己不是在人间，而是到了阴间。我们越往江边走，棺材就越多，哭泣声越大。忽然，张秋冰在一个老妇人跟前停住脚步。老婆婆一头白发，穿着破旧的衣服，面前停放着几具棺材，里面全是她的家人。

张秋冰噙着热泪，从兜里掏出一叠法币，硬塞给老人。

老人连连作揖，泣不成声地说："谢谢……谢谢……好人啊。"

张秋冰叹道："前些年，这时候的小码头到处都是人。那儿。"他指了指棺材停放的位置。"全是做生意的小贩，担柴挑菜的，牵猪赶羊的，抱鸡提蛋的，推车拉驴的……多热闹啊。可现在呢，哎……战争啊，这场可恶的战争，最可怜的是老百姓，他们正在经受人间的磨难。"

几个负责收敛尸体的更夫将几具棺材抬到了空地上，他们坐在江边的石头上，抽着烟，聊起了天。

"重庆城让小鬼子炸得稀巴烂，今天又死了好几百人，啷个得了哦。"

"重庆大小也算是陪都嘛，随便啷个说，也要弄几架飞机来搞一下哈，免得人家天天在我们头顶上拉屎拉尿。"

"听说本来有几百架飞机，可惜几仗下来，全打光了。我们自己又造不出飞机，只有挨打。"

“龟儿子,高射炮打不准不说,还打不着鬼子的飞机。这些武器硬是摆设吗?沿江有那么多兵工厂,未必不生产枪炮?”

“老兄,我们的枪炮确实不如小日本。一个退下来的伤兵说,我们的枪打一发子弹,鬼子连着还我们三发。我们再打一发,鬼子连着还我们六发。他们的枪比我们的好使,打得远,打得准,我们的?打几发就报废了,跟婆娘用的吹火筒差不多。”

“枪炮不如人家,就只有拿人去填,看谁人多。可怜哦……现在又派款又拉人,物价这么高,让人如何过日子啊。说回来,不要人,不要钱,怎么打仗?晓得日本鬼子拉不拉壮丁,派不派款。”

“今天乡公所要钱,明天保长要人,后天又是龟儿子要粮。你说给了钱粮,交了人,总该生产出好枪炮,打个胜仗嘛,哪晓得一败涂地。老子养个婆娘,花钱费粮,她还晓得下个崽,这些人连婆娘都不如。”

“哥几个,你们看对岸山上发光的地方,那就是当官的住的公馆。”

顺着更夫手指的方向,我们望过去,只见对岸山麓上灯火齐明,每栋楼房的窗户洞都发出点点亮光。

“这些都是有钱人的公馆,他们自备有发电机,经常有坐轿子的漂亮女人进进出出。”一个更夫说。

“我看是妖精,都是喝人血吃人肉不吐骨头的妖精。那房子就是人骨头做的,电是用人血发的。”

忽然,从拜祭亡灵的人群中传来一阵清脆嘹亮的川剧唱腔,唱者或许是一个戏子,吐字咬音清晰、婉转和动听。我循声望去,只见一个蓬头垢面的女子,像游魂似的从几百口棺材深处走出来,怀中抱着一个满月的孩子。她摇晃着身子,看似有点疯疯癫癫,直愣愣地盯着四周的人。女人仰天叫了一声,高声唱道:“奴的夫啊……遭不幸……我的夫,巨星陨落入长江……到而今,夫妻恩爱成忆往……阴阳界,隔断了夫妻情长……”

听着这凄惨绝望的声调,四周人无不叹息落泪,一个更夫吼道:“抗战!抗战!你龟儿子到底哪个在抗,哪个在战?!”

张秋冰说:“仲泰,若不是老百姓的血汗,那些官僚富商能过上神仙般的日子?枪炮不如敌人,在战场上吃亏大,伤亡高,要扭转这样的局面,就得从军工制造抓起。看来,袁文道对抗日有着不可忽视的作用。我专门问了几个汉阳兵工厂的工友,他们听到袁文道的名字,就竖着大拇指说了不起。听他们讲,袁文道在兵工厂名气很大,是个工作的铁人。据说,这人一天有十八个小时待在车间里。在这十八个小时中,他花在自己身上总共只有二十分钟,十分钟吃午饭,十分钟吃晚饭。其余时间不是看图纸就是操作机床。他们还说,袁文道的确有用耳朵听枪械故障的奇异功能,他是军工制造方面的奇才,被誉为‘干将莫邪转世’。上级领导让我转告你,一定要想尽各种办法,不惜任何代价救出袁文道,让这位武器专家顺利归国。仲泰,还记得马克思关于战争的那句话吗?”

“暴力的胜利是以武器的生产为基础，而武器的生产又是以整个生产为基础的。战争的胜负，取决于人和武器两种因素。”

“对，但决定因素还是人。俗语说得好，有恶龙，就有降龙的罗汉；有猛虎，就有打虎的武松，不管日本鬼子如何强大，我们都有办法让他屈服。从大了讲，袁文道是对抗战有利的人才；从小了讲，他是我们的同胞，我们绝对不能遗弃他。”

我想起了苏联红军的一句名言：“宁肯牺牲自己，也要救出同胞。”

我轻声说：“请上级领导放心，我保证完成任务，豁出这条命也要把袁文道护送回国。”

张秋冰握着我的手，说：“这一路险境重重，一定要注意安全，你还有什么要交代的？”

我明白张秋冰的意思，我递给他一个信封，说：“这里面有我的一张存折，假如我遭遇了不测，你把里面的钱拿一部分交给我的家人；一部分转给组织，作为我的党费；剩余的拿给孩子们作为生活上的补贴，说什么我这个表叔也不能白当啊。”

张秋冰收下信封，调侃道：“东西我暂时替你保管，不要以为表叔那么好当，临时给点压岁钱就了事，以后要你帮忙的地方很多，不能一了百了。”

“呜呜……呜……”一艘汽划子缓缓地掉过头，靠拢了趸船，等待的人们纷纷向舱门涌去。

“老表，该乘船过江了。”张秋冰的喉头哽咽了，他用拳头捶了捶我的肩，“一路保重，早点回来！”

我紧紧地同他拥抱在一起，轻声说：“老表，等我回来！”

不一会儿，轮船“突突……突突……”地向对岸驶去。

天空飘着小雨，江水猛烈地冲击着船舷，船有些颠簸。我看见张秋冰一直站在趸船上向我挥手，渐渐地，他离我越来越远。我的德国哲学老师曾说，在人的面前，唯一存在的是距离。距离的尽头，是天的边缘。人们前进多远，天的边缘就往前推移多远，人们面前的距离，分毫不减。远处天的边缘，依然如故。距离，天的边缘，是永恒不变的，多大的神通也征服不了它，掌握不了它。

这距离啊，它把张秋冰推向了远方，我则向另一个方向漂移。我们两人越离越远，谁也不知道将来命运如何。眼望着日趋遥远的距离，我开始领悟到：革命的道路就是这样，漫长而艰苦，没有坚强的信念，你无法到达胜利的彼岸。虽然我和张秋冰渐行渐远，但我依旧感到他始终在我的身边。这或许就是人们说的革命友情。

张秋冰消失在朦胧的夜色中。我在心头轻轻地喊了一声：“再见了，我亲爱的同志！”我转过头，悄悄抹去脸上的泪和雨。

临行前，钱家源又一次召见了我。

钱家源递给我一本国民政府的外交护照，严肃地说：“这次行动，你尽可能不要惊动德国政府,万一引起外交纠纷,我无法向上峰交代,你知道后果吗?”

这话说得很明白,无外乎是坐牢杀头罢了,自古弱国无外交!

钱家源交给我一张纸条,说:“若要采用非常手段,你找到赵元吉,他会给你提供人手帮忙。你们接头的暗号是,你说‘万里长城万里长,齐心合力保家乡’,他说‘拨开乌云晴天日,山高水长见牛羊’。这是两千马克的支票。到了德国需要上下打点的话,用得着。”

我记住地址和暗号后,将纸条烧掉,收好支票,问:“主任还有什么吩咐没有?”

钱家源低声说:“袁文道是一个难得的人才,不但我们想得到他,德国和日本也想,特别是与我们交战的日本。若是让日本人把袁文道抢了去,造出新式武器来打我们,那就惨了。你要是救不出袁文道的话,就把他……”钱家源做了一个抹脖子的动作。“绝不能让敌人得手,明白我的意思吗?”他那双小眼珠充满血色,放射出寒冷的杀气。

我浑身起了一层鸡皮疙瘩,心里有种说不出来的滋味。“明白了,主任。”我轻声回答道。

钱家源又递给我一本护照,说:“这是日本政府的外交护照,德国同日本订立了《反共协定》,日本人在德国的地位比较高。你凭借它可以出入一些重要的场所,你懂日语,必要时用得上。我再强调一句,若是出现意外,你被德国政府抓捕了,我们将不会承认你的存在,作为一名党国军人,希望你能杀身成仁,报效国家和领袖。”

我啪的一声挺胸立正,说:“请主任放心,我保证完成任务,不成功便成仁!”

钱家源说:“不错,我等候你胜利归来,到时候一定为你请功。”

回到家中,一想到钱家源抹脖子的动作,我就心惊胆寒。记得我三岁入门习武时,祖父曾对我说:“未曾学艺先学礼,未曾习武先习德。”是啊,中国习武之人将培养武德作为习武者的首要任务。父亲屡次告诫我们,“武”字拆开,是由“止”和“戈”两字组成,意思是“以武禁暴整乱,止息干戈”。虽然中国武术的招法都是以如何打败对手为出发点,有些招式能致人伤残,甚至死亡。但真实目的并不是为了打伤谁,而是出于自卫,制止对手的攻击行为。

现如今,我空有一身武艺,无法上阵杀敌不说,却被上司命令必要时杀害自己的同胞,一个手无缚鸡之力的工程师。钱家源说杀袁文道,是不得已而为之,是为了国家利益,不想他落入敌手。话虽这样说,袁文道毕竟是一个活生生的人,怎么能说杀掉就杀掉呢?就算是战争时期,我们也不能草菅人命,随随便便地结束一个人的生命。要不然,这与法西斯侵略者有什么区别?

钱家源的话像蚊虫一样,在我脑海里嗡嗡作响,怎么也驱赶不走。

我来到院落中,四周一片死寂,近处的民宅被敌机炸成一片废墟。我心中悲愤不已,想起南宋诗人戴复古的一首诗:“小桃无主自开花,烟草茫茫带晚鸦。几处败垣围故井,向来一一是人家。”

我见地上有一根木棍，一时兴起，将木棍挑到手中，以棍代枪，在空地上挥起自幼练习的枪法。这套黄家枪法是我的曾祖父独门所创，结合了杨家枪、少林枪法、峨眉枪法和吴家枪法，中国四大枪法的优点创立而成。枪法有杨家枪的快、少林枪法的刚、峨眉枪法的柔和吴家枪法的实用性。时而快如闪电，时而缓如涓流，时而硬如磐石，时而柔如细丝。快慢有序，刚柔并进，抛弃了中国传统武术的套路，更重视实用性，讲究“以攻代守”。

一路枪法练完，我大汗淋漓，心里畅快了许多。是啊，自己的祖国正遭受日寇的蹂躏，正是用人之际，若能协助袁文道归国，制造出先进的武器，或许能尽早驱走日寇，光复河山。袁文道是我们的同胞，于情于理都不能随意遗弃他。

两天后，我踏上了前往德国的征程。按照常规，中国去德国通常走海路，从上海上船，经马来西亚，过巴拉湾，穿越印度洋，进入红海，然后穿过苏伊士运河，进入地中海，船抵法国的马赛后，从马赛坐火车到柏林，历时近一个月。由于护送袁文道归国这件事要抢时间，所以我选择了乘坐飞机去德国。我先乘坐中航公司的飞机到了香港，再改乘德国汉莎航空的飞机，直飞德国首都柏林。

我一直觉得潜伏在敌营做情报工作，而不是与敌人面对面的交手，仿佛欠缺点什么。我承认这种工作的重要性，但我的血液里却有一种强烈的愿望，渴望更激烈的战斗。这种安详宁静的后方生活好像有一种令我惊恐不安的东西，我渴望一种更惊险刺激的生活。而我并不知道，当我踏上营救袁文道的路途时，我已经走在怪石嶙峋的山崖，奔赴到了暗礁满布的海滩。

3. 古德里安的“闪电战”

1940 年 4 月 10 日 德国 柏林

我护送袁文道回国这件事属于高度机密。所以我到了柏林后，没有跟国民政府驻德国大使馆取得联系，而是买了一张开往鲁尔工业区的火车票，急匆匆地赶往那个叫奥伯的小镇，希望尽快地见到袁文道。

夏日将至，柏林的天气郁闷得令人喘不过气来，没有丝毫凉意。

这时的德国，和天气一样，同样让人窒息。

柏林四处都可以听见人们高唱纳粹党的党歌。建筑物高挂着纳粹旗帜，一队队希特勒青年团的团员身穿褐色衬衫,打着黑领带,穿着黑短裤,招摇过市。坐满穿灰色军服的德国国防军士兵的卡车,在街道上排成长龙,轰隆隆地驶过。大街上不时有群体游行。游行队伍高举希特勒的画像和纳粹党党旗,人人行着纳粹举手礼,癫狂地叫喊着:"嗨尔,希特勒!""嗨尔,希特勒!"

在队伍经过之处,街道站满了人——男人、女人、老人、儿童。他们欢呼着,跳跃着,彼此拥抱着。楼上的人也不甘示弱,从窗户里伸出脑袋,激动地行着举手礼。

在他们心中除了获得初战胜利的喜悦外,那就是"复仇"!是的,复仇,这是希特勒上台后向德国人民反复灌输的主题。需要复仇的有一战老兵,经历了痛苦的堑壕战,他们从凡尔登的绞肉机上被赶回德国;要复仇的有德国官员,第一次世界大战结束后,这是德国历史上最灰暗的一页,他们无奈地向法国人乞和,将阿尔萨斯和洛林两地拱手相让,这成为所有德国人耻辱和悲哀的心病。还有年龄不一的德国家庭主妇,战败导致德国经济陷入困境,经济危机的到来更是雪上加霜。她们的丈夫失业了,儿女辍学,自己不得不节衣缩食,冒着冰雪在食品店前排队等候,而往往等候一夜的结果是一无所获,那时的哭泣和痛苦历历在目……

他们的仇恨中有德国土地上地狱般的废墟,有被焚毁的村庄的焦土,有被联军杀死的父兄的鲜血,有因为困窘而被迫卖身的姐妹绝望的眼神……而这种巨大的仇恨被人利用,转变成一种可怕的力量,让人失去理智,开始走上疯狂的道路。

事实上,在对波兰、挪威和丹麦的胜利中,这种力量已经让德国人看到了复仇的影子,享受它带来的快感。他们觉得自己终于走出了《凡尔赛和约》的阴影,又一次自豪地面对世界,入侵他国的行为并不让很多德国人觉得愧疚,反倒是出了一口恶气。

除此之外,更多的是纳粹党人在另一场战争的消息。有位德国顾问曾私下告诉我,他们现在正在进行一场双重战争,一重是对付外国军队,另一重是对付犹太人的阴谋。

我购买了一本《冲锋队队员》周刊,上面的内容让我大吃一惊:正统的犹太教徒的胡须和鬓角被人剪掉、扯掉和烧掉。犹太人被赶进了会堂,活活烧死。有人把犹太人吊在学校的操场上,用一根橡皮管塞进他们的嘴巴,自来水一开,直灌得他们的肚皮被涨破为止。犹太妇女被剥光衣服,被逼在大街上赤身露体地跳舞。在一个城镇里,人们把犹太人撵出公共浴室,将他们赶进屠宰场……

这简直是令人发指的兽行,让我想起了日本鬼子在中国的暴行,他们同属一丘之貉,都是失去了人性的疯子。一路上,我不停地问自己,善良和人与人之间的同情,这是多么普通的品质,但今天仿佛成了稀有之物。德意志民族这样一个聪明、亲和、富有学识的民族,怎么会被一个疯子蒙住心眼呢?

我买的是头等车厢的车票,这才和"外交官"身份相符合。

我刚走到检票口,就看见七八个身穿褐色制服的冲锋队员,正围着一个佩戴黄色星章的犹太青年。他们仿佛在询问这个年轻人的姓名、地址和职业,那个年轻人浑身哆嗦，脸色苍白。

“说说把你拉出肚子的那个婊子叫什么名字？”领头的冲锋队员拿着一根鞭子问。

“不……那是……我母亲……”

呼喇一下，鞭子抽在了年轻人脸上，血顿时流了出来。

那个年轻人捂着脸，哆哆嗦嗦地回答了。

“强奸她的那个王八蛋呢？”领头人又问。

年轻人抹着眼泪，他不想继续回答下去，这些问题简直下流不堪，令人作呕。

鞭子呼喇一下抽在年轻人的眼睛上，他惨叫一声，倒在地上。在一阵拳打脚踢下，他回答了所有问题。

跟着，这个被打得血肉模糊的人就被警车带走了。

畜生！这群狗娘养的畜生！我觉得这些疯狂的人已经不是他们自己，好像被一种什么力量抓住了，正被利用来完成这种势力所追逐的目标。他们就像被捕捉到蛛网的昆虫，失去挣扎的能力，被符咒逮住了一样。我想起了家乡一个老道士的话：一个人的精神走入另一个人的躯体里，把他自己赶了出去，人的灵魂在躯体里很不稳定，常常会发生神神叨叨的变化。可以说，这些人都是魔鬼附体了。

包厢舒适高雅，仅容两个人。和我同一个包厢的是一名国防军上尉，他二十五六岁，高高的个子，金发碧眼，头戴一顶大檐帽，身穿笔挺的军服，脚蹬马靴。上尉的领口佩戴着一枚骑士勋章，左胸衣袋上别着一级铁十字勋章和银质战伤勋章，粉红色的领章告诉我，这人是一名装甲兵。

他看见我猛地愣了一下，很不自然地坐了下来。上尉一定是被我的肤色惊呆了，觉得和我坐在一个车厢里，简直是对他高贵身份的亵渎。

火车开动后的十几分钟，车厢内很寂静，上尉捧着一本书看得很认真，我则欣赏窗外的风景。过了一会儿，我觉得路途遥远，应该找个人聊天才行，至少缓和下车厢的气氛，这对我自身的安全有帮助。

“上尉先生，这是本独一无二的好书。”我指着他手中的书笑着说，“《注意！坦克》是古德里安将军的名著，他是您们德国装甲兵的骄傲。”

这名上尉惊讶地抬起头，上下打量我足足有一分钟。“您看过这本书？”上尉问。

“有幸拜读过将军的大作，还把其中一些段落翻译为中文，供我国军官学习。”其实我并没有看过这本书，只不过受人之托，翻译过古德里安发表在《德国军官会刊》上的几篇文章罢了。接着，我表明了自己外交官的身份，又说了几个曾经共事的德国顾问的名号。

顿时，上尉的态度一百八十度大转弯。他站起来向我行礼致敬，为刚才的不礼貌道歉。原来，这位名叫阿姆斯贝格的上尉，来自古德里安的第十九军下属的第三装甲师，而他在军校时的教官，正是与我共过事的一位德国顾问。

我让服务员端来威士忌和冷盘。酒，拉近了我和上尉的距离，很快我们便熟识了。

“德国现在是处于没有防御的状态，假使有新的战争发生，势必无险可守，因此只有依赖机动性来弥补。”我说了一段古德里安在其著作中的话，笑着问阿姆斯贝格，“上尉先生，您一定参加过对波兰的战斗喽，能给我讲讲战役的进程吗？让我这个‘门外汉’也开开眼界，了解下贵国是如何利用机动性，那么短的时间就消灭波兰的。”

阿姆斯贝格傲气十足地说：“黄先生，正如您所说的那样，为了获取日耳曼民族的生存空间，我们被迫进行了一场自卫反击战。我隶属第三装甲师的战车示范营，我们装备的是最新的PZ－3型和PZ－4型坦克。我们属于南路集团军群，部队的任务是要渡过布尔达河，全速向维斯瓦河挺进，将西里西亚地区的波军切断并予以歼灭，而后从西南迂回华沙。”

阿姆斯贝格具有德国人严谨的态度，他担心我这个“门外汉”听不懂，用笔画了一张简略的地图，然后像老师讲课一样说：“施特劳斯将军率领的北路集团军群，首先切断波兰走廊，彻底围歼聚集在这里的波军集团。而后从东普鲁士南下，从背面攻击维斯瓦河的波军，最后从东北方向迂回华沙。考比西将军则率部直指但泽。”

从“地图”上看，三股进攻的德军，犹如三把钳子，深深地钳住了波兰，让其丝毫动弹不得，毫无还手之力。而南路和北路的德军，仿佛给波兰人准备了一个袋子，等着他们钻进去，而后封紧口袋，予以全歼。

“在走廊地带的波兰军队有三个步兵师、一个波摩尔克卡骑兵旅，他们装备有一些意大利出产的菲亚特式轻型坦克，构筑了简易的防御工事。由于波兰人突然对我们发动进攻，我们不得不挥动铁拳予以回击。”

阿姆斯贝格“义正言辞”地替德国入侵波兰进行辩解，使我的处境很尴尬。波兰政府除非神经失常，才会向强于自己百倍的德国发动进攻。这些冠冕堂皇的谎话，同日寇发动“九一八事变”和“七七事变”时所做的宣传如出一辙，都是侵略者为自己的丑行盖上的一块遮羞布。要是放在平日，我会说服他、规劝他、训诫他、同他讲道理，甚至斥责他，发一通脾气，把他冷嘲热讽个够。但如果罪人对自己犯的罪直认不讳，规劝的人还有什么事情好做呢？

阿姆斯贝格继续说：“9月1日清晨4点45分，我军同时在边界上开始运动。这时，地面上还有一层薄雾，使得空军不能对我们作任何支援，我们的重炮也没有开炮射击。我们快速跨过边境，机动到曾贝堡以北，大克罗尼亚附近。这时，晨雾突然消失了，我竟然到了波兰人的防线跟前。我大喊：‘开火！’我们的坦克向敌人进行了齐射，波军的战防炮也慌乱地开了火。

“这时，天上飞来了我们的‘斯图卡’俯冲轰炸机，尖锐的叫声让敌人心寒。我看见战机射出的子弹，在敌人阵地上激起层层灰土，听见空弹壳落在地面上叮叮当当的脆响声。跟随在后面的重炮也不断向他们轰击。我们的飞机越来越多，它们都是从国内各个基地出发,像闪电一样飞过来的,在湛蓝的天空中银光四射。飞机离我们如此之近,简直触手可及。有时,波兰人的飞机会过来,但很快就被击落了。地面的敌人用机枪朝我们的飞机开火还击,这是徒劳的。'斯图卡'开始向敌阵投弹,方圆几里都能听见震耳欲聋的爆炸声,就像炸开锅一样,我坐在坦克里都能感到地面的震动,前方完全是一片火海。不一会儿,这些波兰人就投降了。

"到了中午12点,我们到达了目的地布尔达河。沿途的城镇成了废墟,烟灰在废墟上缓缓飘过,四处散落着被烧成黑色的军用卡车、深深的弹坑、阵亡的士兵以及吓得半死的市民,这是'斯图卡'轰炸机的功劳。敌人在河对岸朝我们射击,他们隐藏在堑壕中,根本看不见一个人。"

我问:"那时你们的主力部队全到达布尔达河了?"

"不,我们是先头部队,古德里安将军要求我们快速前进,装甲师的主力还在普鲁施奇和小克罗尼亚的缓冲地区休息,距离我们有几十公里。不一会儿,将军坐着一辆半履带指挥车赶到了河边。听说刚发动进攻时,一枚自己人的炮弹落在将军指挥车前面,跟着第二枚落在他的后面,我想要是再来一颗的话,就会直接命中。感谢上帝,没伤着将军,有什么办法呢,只能怪我们突击太快了,后面的兄弟还以为我们是敌人哩。"阿姆斯贝格得意洋洋地笑了起来。

忽然,列车不明不白地停了下来。我想起身看看。阿姆斯贝格示意我坐下,他说:"黄先生,这是给军列让道,很正常的事儿。正如元首所说的那样,现在我们已经进入战争状态了。不过,这和上次战争有所不同,我们有充足的准备和元首的英明指挥,不是吗?"

飞驰的军列呼啸而过,车厢里发生了骚动,人们纷纷向军列致礼。女孩子们朝着士兵们尖叫、傻笑、挥动手绢,有几个女孩子甚至将手从车窗里伸出来,想触摸列车上的士兵。没人制止这种疯狂的举动,她们的父母和列车员同样处于癫狂状态,或许有过之而无不及。

阿姆斯贝格哗啦一声拉开车窗,像电线杆似的站在窗户前,他一边行着举手礼,一边重复着那句魔咒。当列车驶离人们视线后,车厢里发出了欢笑声,不知是谁起了个头,于是响起一阵不协调的、粗俗的、带着疯狂的国社党党歌的歌声。

"黄先生,我不得不说元首是伟大的领袖。他让德国恢复了元气,人民有了工作,人人有饭吃,有房住,而且大家都有了精神支柱。光是希特勒对我们年青一代所作出的贡献就大得使人难以相信。"阿姆斯贝格两眼放光,兴奋地说,"在魏玛共和国时代,青年们干什么呢?他们上街闹事,他们变成共产党,他们吸毒,搞变态性爱,说起来真可怕。现在呢,他们都在工作,学习,受训,为国家服务,没有例外,大家都很快乐。"

我尴尬地苦笑了一下,看得出来这家伙中毒很深,无可救药。

这时,天空突降大雨,我感到寒气袭人,浑身瑟瑟发抖。灰蒙蒙的雨帘像鞭子一样抽打着车厢，此时此刻的人们，大脑已经不听使唤，它似乎沉入到某个很深的地方，犹如人在激动时红血球从身体被抽走一样。人失去了理性的思维能力，剩下的就只有本能的感官能力，到了这种地步，唯有一条路可走了，那就是发疯。

他们的大脑已经不健全了，或者说任意受人摆布。在这儿，那永不熄灭的对其他民族的仇恨，那企图雪除旧恨的报复心理，还有对邻国土地的朝思暮想，都无时无刻地摆布着他们之中的某些人。这时，这群人中走出来一个人，他有点怪才，譬如善于在公众面前演说，善于鼓唇摇舌地蛊惑民众，再加上他对权力近乎变态的欲望，就会把那些反常的感情和思想恶魔般地扩大，使所有的人沦为所有事件的同谋者，不管他们是否愿意。德国人民已经被希特勒这个狂人绑缚在了战争列车上，疯狂地向前方奔去，等待他们的将是什么呢？我暗暗替这个创造过璀璨文明的民族担忧。

“喔，黄先生。”阿姆斯贝格好像想起什么似的，“我们能这么顺利地完成任务，还得感谢您的一位同胞，中国枪械工程师‘袁瞎子’，他设计的冲锋枪可真棒！弟兄们都赞不绝口。”

“‘袁瞎子’？我没听说过这个人，他真有那么出色？”我装作疑惑的样子，倒要听听这个“袁瞎子”的本事到底有多大。

“当然啦！您可不要小瞧他。要知道，我们装甲兵对于远距离的目标可以使用车载火炮，但近距离的目标是我们的死敌，我们对它们的反应往往都很迟钝和缓慢。要是不装备合适的武器，后果不堪设想，步兵的一个燃烧瓶就会要了全车人的性命。以前，车内配置传统的毛瑟步枪，我们打击的近距离目标一般在150米以内，毛瑟步枪无论从射速或是火力上都无法满足要求。后来，我们装备了冲锋枪。刚使用时，这家伙不顺手，稳定性很差，射击精度也不够，更糟糕的是，一辆车才配备一支冲锋枪。为什么？造价太昂贵了！弟兄们私下都在抱怨，大伙儿期盼出现一种顺手的好枪。

“哎呀，上帝保佑，救星总算来了。有一天，我们驻地来了几个人，听说是伯格曼兵工厂的工程师，其中有一个黄皮肤的中国人，他就是大名鼎鼎的‘袁瞎子’。‘袁瞎子’听了我们对冲锋枪的意见后，他拿起枪看了看枪膛，听了听撞针的声音。上帝啊，这人真是一个精灵，他说出了每支枪的毛病。没过多久，一批改进型的冲锋枪就发到我们手中，这枪顺手、稳定性好、精度高，杀伤力强。‘袁瞎子’改进了枪身笨重粗大的结构，设计了折叠枪托，枪匣改用重量很轻的铝制材料。这样一来，降低了成本，提高了产量。总之，一句话，‘袁瞎子’的冲锋枪救了我们的命，他是你们中国人的这个！”阿姆斯贝格怀着敬佩的口吻，向我竖起了大拇指。

看来正如吴南浦所说，袁文道是军工制造的传奇人物，用天才形容他完全不为过，还带点儿精灵的味道。

阿姆斯贝格又说：“没想到波兰军队还保留了骑兵，他们居然向我们装甲师发起进攻，据说波兰政府的官员告诉他们的骑兵，我们的坦克是纸糊的冒牌货，用马刀能轻易地砍掉它们。真是愚蠢之极!”

“这不是自寻死路吗?”

“那当然,我们在9月1日当晚就到达了维斯瓦河,经过附近的农庄时,遭到了敌人猛烈的反击,有几个军官阵亡了,我也受了轻伤。”阿姆斯贝格指了指自己额头的疤痕。“被敌人狙击手的子弹划伤的,手臂还中弹了。我的头必须露在外面,因为我要操纵机关枪。

“到了9月2日,天刚亮,渡河速度减缓,我们师的主力被布尔达河隔为两段。这时,敌人开始向滞留在东岸的部队发起了进攻。我当时就在东岸,战斗很激烈,我不得不承认,波兰军队还是有一定战斗力的。他们用战防炮和迫击炮迎接我们,打得我们的步兵抬不起头,坦克也无法前进。走在最前面的几辆坦克被战防炮打中了,车内的人浑身是火地跳出来,在地上翻滚着,最后断了气。一枚炮弹落在离我的坦克几米的地方,炸飞了五六个步兵,他们的手脚连同靴子一齐飞上了天,气浪差点把坦克掀翻,所幸的是我毫发无损。

“这时,营长叫我往后撤,尽量不在敌人火炮范围之内。我叫伙计们发动坦克,调整了方向,向后面倒车。刚刚走出一百码的距离,一发榴弹炮就在坦克原来的位置爆炸了,真是谢天谢地,要不然我就完蛋了。没等我庆贺完,又一枚炸弹落在我的后面,我叫驾驶员赶紧往左边开,不断有炮弹在我前后左右开花。我浑身冒汗,手脚发抖,仿佛在与死神赛跑,汗水与恐惧交织在一起,一个劲儿地吞咽口水,这些波兰人的炮打得真够准的。”

阿姆斯贝格将一杯威士忌一口饮尽,克制住自己的恐惧,他说:“黄先生,你不知道,开坦克打仗很辛苦。那个铁皮壳里又闷又热,就像坐在蒸汽房里一样,让人厌恶。一直打到中午,直到飞机赶来轰炸后,我们才开始反击。我们进入一片森林,步兵师的弟兄们跟在后面,另有两个摩托化步兵师在两翼,穿越过这片灌木林整整用了一天的时间。要知道,这里只有山路,很狭窄,坦克要通过是很麻烦的,还要应付随时出现的敌人。到了9月3日,我们对敌人形成了合围之势,他们被包围在希维切以北和格鲁兹以西的森林地区。这时,波兰的骑兵向我们发起了进攻,企图将我们击溃。”

阿姆斯贝格吸了一口烟,骂了句:“他娘的!我被吓住了,这些家伙居然用长矛和刀剑向我们发起冲锋,我以为回到了中世纪。营长用无线电叫我们排成一列,使用各种轻重武器朝他们开火。听见开火的命令一出,轰隆隆的炮声和嗒嗒嗒的机关枪声就响成一片,他们被打得人仰马翻……”

这简直就是一场血腥的屠杀!我突然产生了想揍人的冲动,拳头捏得紧紧的,手心都发痒了。我感到这股冲动越来越强烈,我的理智敲响了警钟,我假说上厕所,离开包厢来到厕所。这时,一行热泪从眼眶中流出,我敬佩波兰将士的英勇,他们明知死路一条,却义无反顾地向前冲锋。这让我想起了正在浴血奋战的抗日将士,他们何尝不是这样？端起手中的刺刀，挥舞着大刀，用简陋的武器，同日寇血战到底。想到这里，我对自己说，要尽快地找到袁文道。

半小时后，阿姆斯贝格哼唱着《装甲兵之歌》下了车。临走时，他对我说："黄先生，要是您见到'袁瞎子'，请转达我们装甲兵的谢意，他真是一个了不起的工程师，是上帝派到人间的枪械精灵。"

我点了点头："上尉先生，真要同英法联军打起来，您觉得谁的胜算大点？"

阿姆斯贝格狡黠地一笑，说："这是个秘密，但你很快就会知道结局。谢谢您的酒，黄先生，祝你旅途愉快。嗨尔，希特勒！"阿姆斯贝格神经质地向我行了一个纳粹举手礼。

我望着阿姆斯贝格远去的背影，感到这个原本善良的青年，正被一股邪恶的气息欺骗和包围。他被魔鬼灌了毒药，用咒语控制了思维，像个玩偶一样，慢慢地，失去理智地走上一条死亡的不归之路。

经过长途旅程，我到达了奥伯小镇。我并不知道，事情并没有想象中那么顺利，一张大网正向我缓缓张开……

4."袁瞎子"疯了？

黎明时分，工厂第一道尖厉的汽笛声打破了清晨的寂静。接着在鲁尔区的各个角落，其他工厂的汽笛也渐次呜呜地叫起来。那嘶哑的、持续不断的音响传遍了四面八方，就像一群恶狠狠的公鸡在歌唱，用它们的铁嗓子，呼唤着人们去上工。

耸立在雨雾中的大工厂，慢慢地苏醒了，不时吐出一团团焰火，呼吸着一团团烟雾，这向世人表明它还活着，并且正从大地的黑暗中活动起来。

成千上万的工人，仿佛一群群无声无息的小蚂蚁，从许多小街小巷和鲁尔区附近的小镇里，骤然涌了出来，工业区的大街上响起一片脚步声、闪耀于路灯下的白铁器皿的磕碰声、许多平底鞋踩地的哒哒声和一些尚未睡够的人的咒骂声。

很快，漆黑的厂房燃起了灯光。烟囱里喷发出来的白色烟雾开始缭绕在厂区上空，它们就像千万条柱子一样，把暮色拖走，随着灯光的颤动在不停地摇晃着。成千上万个工厂紧张热烈的劳动生活就此开始了。机器低沉的轰隆声在烟雾蒙蒙的空气中回响。

离工厂区不到三十公里的奥伯镇被浓雾笼罩。通往外界的公路，在滴水的松树林中延伸着，晶莹的露珠在碧绿的树叶上隐约闪光。邮递员骑着自行车投送邮件，小商店正在打折，食品店和面包店早早开了门，附近农场的送奶工人，驾着马车，开始挨家挨户地送奶。这真是一个迷人的地方！很容易让人想起法国南部那些避暑的小村镇。

我迈入小镇时，发现这里的居民用一种冷漠的眼光打量着我，显得很不友善。

我没直接去袁文道居住的地方，而是走进一家餐馆，填饱肚子外加打探一下消息。

我厌恶地瞥了一眼餐馆橱窗上挂的"不招待犹太人"的牌子。我推开餐馆的大门，里面用餐和聊天看报的人将目光投向了我，喧闹的餐馆顿时寂静下来。他们就这么盯着我看，直到我找了个座位，才收回了目光，接着发出像蛐蛐一样的说话声。

我听到一句："上帝啊，又来了一个杀人犯！"

餐馆的女招待是个肥胖的中年妇女。她仿佛鼓足了很大的勇气，好不容易扭动屁股来到我面前，战战兢兢地问："先……先……生……要……"

"一份早餐，谢谢。"我礼貌地回答。我发现她正偷偷地看我风衣口袋，"您在看什么，我衣兜里有什么吗？"我问。

"哦……不……"女招待涨红着脸，"好的，一份早餐，很快给您送来。"

女招待像一只兔子蹦蹦跳跳地回到柜台。一些人立刻围上去，嘀哩咕噜地问着什么，她一个劲儿地直摇头。直觉告诉我，一定有什么事儿发生，或许跟袁文道有关系。

"有报纸吗？"我对女招待喊道。"当然，马上！先生。"女招待连忙抓起一份当地的报纸，放在我的桌沿边。她再次窥视了我的风衣口袋，还是像兔子一样跳回柜台，那些人又围了上来，她依旧一个劲儿地直摇头。

这些人多半是疯了！我心里骂了句，开始翻看当地的报纸，一行黑字映入我的眼里：中国工程师灭绝人性，枪杀德国妻子。我脑袋轰的一下炸开了，镇定下来后，我仔细地阅读了文章的每一个单词。报道称，几天前，袁文道不知从哪儿弄来一把手枪，发疯似的打死了他的德国妻子，现在他已经被警方逮捕。袁文道疯了？他杀了人？我想都没想就奔出餐馆，径直朝小镇警察局跑去。

奥伯镇的警长鲁克是一战退伍老兵。他年近五十岁，平头，脸上有些浅麻点，肥硕的躯体塞满了整个圆椅，浑身上下邋邋遢遢的。他看了我的外交护照后，用那双贪婪的小眼睛打量了我一番，说："先生，您来晚了一步，袁文道这个杀人犯已经被带走了，不在这儿。"

我急促地问："被谁带走了，带到哪儿去了？"

鲁克没有回答我的问题。他拖着瘸腿关上办公室的门，倒上一杯酒，说："您看，我一个小警长过日子就这么艰难，不能和您们这些达官贵人比。"

鲁克打了个嗝，声音很大，我闻到了一股刺鼻的怪味——有点像大蒜的气味。鲁克把手伸进敞开怀的衬衫里，挠挠毛茸茸的胸脯，叹道："战争让我丢了一条腿，开始还像英雄一样受欢迎，被姑娘们包围着。到后来，战争越往下打，丢腿的人越多，就不稀奇了。现在呢,两条腿的人到底比一条腿或者全无腿的人幸运。先生,想想看,一个只剩一条腿的人过的什么日子啊?可以说猪狗不如,领不到几个抚恤金,又有老婆和三个孩子,生活拮据啊!这种人临到和老婆上床睡觉的要紧时刻,还得用一半心思掂量着残腿,这叫什么事儿?不好受啊……”

鲁克漫不经心地玩着硬币,我明白他的意思,这是在向我索贿。

我将一百马克放在桌子上:“警长先生,这是给您夫人和孩子的见面礼,不成敬意。”

鲁克笑嘻嘻地收了钱,讨好地请我坐下,他说:“先生,您真是一个好人。想知道什么事儿,尽管开口,只要我知道的。”

“讲讲袁文道的事吧。”

“先生,袁文道可不是什么好人,是杀人犯,没人性的家伙!从他到奥伯镇第一天开始,我就觉得要出事,您瞧,不是被我言中了吗?”

“袁文道是什么时候到奥伯镇的?”

“今年年初的一个晚上,外面下着鹅毛大雪,我在家里睡得正酣。忽然有人敲门,我打开门一看,是两个身穿皮衣的秘密警察。没等我开口说话,其中一个人就指着身后‘柯士甸’牌小轿车里的人,厉声说:‘好好看住他,千万不能让这人跑了。’我点点头,秘密警察冲着轿车说:‘袁先生、袁太太,您们下车吧,目的地到了。’这时,一个身材瘦弱的黄种人从车里走了出来,他架着一副眼镜,穿件单薄的西装。不知是害怕还是寒冷,他站在雪地里一个劲儿地发抖。他身后跟着一个德国女子,挎着一个大包,垂着头,脸上还挂着泪花。两人站在车旁,像被吸干了血的僵尸一样,一动也不动。

“我给他们找了一套带花园的房子。秘密警察对他们说:‘袁先生,这就是您的新家,好好反思自己的错误,我们会定时来看您的。有什么需要给鲁克警长提,他会尽量帮助您的。不过有一条,永远不要想跑,明白吗?’然后,这两个秘密警察就开车走了。他们每隔一星期就来一次,向我询问这对夫妇的情况,并一再叮嘱我,绝对不能让他们逃走,哪儿也不能去,即使购物散步也不行。后来,我才知道这个叫袁文道的人,是伯格曼兵工厂著名的设计师。他因为犯了错,才被拘禁在这儿,可没想到他会开枪杀人,还是自己的妻子!”

鲁克将酒杯重重地砸在桌面上,气呼呼地说:“这些该死的黄种人!”当他发现我也是黄种人时,立即尴尬地说:“先生,我……我不……是说您……话说回来,这事谁听见不生气?”

我恍然大悟:难怪餐馆里的人会这样对我,全都基于袁文道杀死妻子这件事。而我与袁文道都是中国人,应该说都是黄种人,就这样,他们将我也打入杀人犯的行列中。

“说说事发当天的情形吧。”

“那天,来了三个亚洲人找袁文道,其中一个是日本外交官,另一个自称是中国政府的官员,名叫袁文渊,说是袁文道的堂弟。还有一个戴副墨镜,木讷得像个哑巴。他们说就看看袁文道。我想了想,看就看呗,莫非还让这家伙跑了不成?袁文渊一见袁文道,就抱着他大哭,给他讲了些什么,仿佛把袁文道给激怒了,两人大吵起来。他们用的是你们中国话,我听不懂。日本外交官先尽力地劝着袁文道,然后指了指他妻子,有点像威胁他。袁文道说,你敢动我的家人,太卑鄙了!简直不是人!这句话用的是德语,我听得很清楚,可没想到……上帝啊,想着都让人觉得后怕。"

鲁克停止叙述,他晃动着酒杯,问:"先生,现在酒涨价了,您知道吗?"

我掏出五十马克递给他,鲁克猥亵地笑了笑,又开了口:"突然,袁文渊发了怒,他不知从哪儿弄了把手枪,一下子用枪顶着日本外交官的头,嘴里叽里呱啦地说个没完。袁文道立即上前劝阻堂弟。要知道,在我国私人持枪是非法的,要坐牢!袁文道应该知道这条法律,他一直想把堂弟手中的枪夺过来,两人就这么争来抢去,我也被吓傻了。很快,响了第一枪,子弹打在地上。紧接着响了第二枪,子弹打中了他的妻子。上帝啊,那女人一下子就倒在血泊中,很快断了气。这时,手枪就握在袁文道手中,他一见妻子被打中,人就有点失控了,枪口对着他堂弟,像条疯狗一样怒吼着。我赶紧跑出去叫人来帮忙,当我们回来时,他又开枪打死了袁文渊。事情就这样。"

鲁克耸了耸肩膀,表示很无奈,他打了一个嗝,那气味熏得我的眼泪差点流出来。

"袁文道现在在哪儿?"

"他疯了,被关在杜伊斯堡市郊的疯人院里,由秘密警察严密看管。这是上帝对他的惩罚!疯人院的米克尔院长是个很难对付的家伙。"

深夜,我坐在开往杜伊斯堡的火车上。乘车的人很多,我被推搡着,挤进一节三等车厢,好不容易找了一个座位。

列车拖着长长的汽笛声,车厢哐当哐当地晃动着,低洼的河岸、闪着灯光的农舍、工厂的烟囱、桥梁一一向车窗后面浮去。这列火车是快车,小车站一闪就过,渐渐地,列车把城市抛得远远的,开始进入茂密的森林。我靠着车窗坐着,能呼吸到从窗外飘来的新鲜气息,这是盛夏大自然的味道,有桦树的味道、柏树的、蘑菇的、还有枫叶的。

我无心欣赏美景,看风景需要一份从容和悠闲,这两样东西离我都太远了。我回想起白天鲁克警长说的话,看来事情并没有想象中那么简单。袁文道被德国人软禁了,通过鲁克的话,证明确有其事。不过袁文道开枪杀掉妻子和堂弟,人变疯癫了这事儿,里面一定有文章。

想想看,怎么会有日本外交官在场,一定是日本人知道袁文道的重要性,他们也到德国来寻找他,企图阻止袁文道回国或是劝说他为日本服务。袁文道的堂弟袁文渊,鲁克说他自称是中国政府的官员,这人应该是个汉奸,是南京汪伪政权的人。

既然如此,袁文渊为什么用枪对着日本外交官,他的枪又是从哪儿来的,袁文道为什么要开枪杀死妻子,是手枪走了火还是故意的?那个戴墨镜的人又是谁?袁文道是真疯还是装疯?……

我绞尽脑汁地思索着,所有的一切犹如走马灯似的,在我脑海中不停转动,看来只有找到袁文道,才能解开这些谜团。

两天后,我来到杜伊斯堡的精神病院,这是一座位于半山腰的古城堡,穿过一片森林就能来到古堡脚下。

这天夜里,我在森林里找了一块空地,燃起一堆篝火,准备在此过夜。

林子里静悄悄的,偶尔听见树叶从树枝上飘落下来,在地上发出的沙沙声。

气温骤降,在这里睡觉是危险的。我坐在火堆旁,暖着身子,注视着夜空。袁文道的生命现在系于我一人身上——这个念头一刻也没有离开过我的脑海。几天的行程,令我过于疲劳,我的眼皮睁不开了。

我咀嚼松树枝,以各种最不舒服的姿势坐着。睡意还是无法克服,我就咬自己的手。虽然瞌睡可以驱走,但意识已经不清晰了。脑子一团混乱。我本想站起来活动一下身子,但是脚跟却站立不稳。

我朦朦胧胧地听见有枪声,我的脑子一下子清醒过来。这是幻觉！随即,我又处于半睡眠状态。

我的思绪在悠悠浮动。不知为什么脑子里总是反复出现秘密营地的画面。那里的生活方式和作息制度基本是军事化的,比东方大学可紧张多了。每天很早起床出操跑步,吃过早餐就上课,一上就是5个小时,中间加一顿非正式的饭。上午的操课全部结束后才开午饭,午休后又是3个小时的操课。到了晚上,是自由活动时间,大家打打球,练练双杠,各自温习功课和整理笔记。当然,有时还会突然加课,教员给大家讲一些特殊技能。我们这个"中国班"除了中国人外,还有朝鲜的同志,他们大都是在本国被日寇侵占以后流亡出来的,有的人已经在远东入了苏联国籍或成为侨民。对了,那句话叫什么,哦,我记起来了——一个布尔什维克,当他没有完成自己的任务,而且他有能力做的时候,他是没有权利死去的。这句话是东方大学的辅导员说的话,蕴含着深刻意义。我现在同样,不能就此作罢,不能抛弃袁文道。

忽然,我从风中嗅到了一股怪味,模模糊糊感到附近有危险。我从朦胧状态中清醒过来,一种像磷火一样的光点,在昏暗的空中忽明忽灭地闪烁。"难道又是幻觉？……不,不,这是狼,是狼！是这片林子里的野狼。"

不远处的灌木丛里,闪着绿色光点,我睡意全无。耳畔听到了野兽丝丝的呼吸声,以及它们闷声闷气、恐吓人的怒吼声。它们的爪子轻轻地、小心翼翼地踩在树叶上,发出沙沙声。这些家伙总在不断地移动位置,恰如沼泽地上的点点磷火。

狼没有走开,反倒越聚越多。我振作起来,掏出防身的匕首,但一种莫名其妙的畏惧从我心里涌起。我真的感到害怕。我背靠树干,握着匕首,给篝火添了些树枝,好让它更旺一些。

这时,狼越来越近,绿点形成一个很宽的半圆形,把我团团围住。这些家伙死死地盯着我，我能感到它们嘴里散发出贪婪的腥臭。

“这叫什么狼？只不过是一群大狗而已，它害怕火，不敢袭击我。”我安慰自己道。话又说回来，灌木丛里的狼究竟有多少？黑影越来越逼近，它们的身影越来越分明，绿光消失了，但我能看到它们小心翼翼的身影，听见有劲的爪子踏在枯枝上发出的噼啪声，喷出的粗气声以及磨牙声。倘若它们一起向我扑来，那怎么办？俗话说“双拳难敌四手”，纵使我武艺再高，也无能为力。

我捡起一根木棍，把一件外衣裹在上面，点燃它。就这样，我一手握着火把，一手拿着匕首，在林子里同狼群对峙着。

不一会儿，黑夜发出淡淡的白光，附近的树木从昏暗中显露出来。

“天亮了！也许光线再强一点，它们就会被吓跑，被赶走……”哦，不，我看见一头额头突出的狼，龇牙咧嘴地从灌木丛里走了过来，它应该是头狼，狼群的首领。这家伙眯着眼睛，灰白的硬毛发出令人恐惧的亮光，从獠牙中急促地迸出一团团热气，肥大的腰身神经质地抖动着。整个狼群紧紧地拥挤在头狼后面不远的树丛里，一阵微风拂过，我嗅到了一股令人作呕的血腥气。

这时，篝火快要燃尽了，我手中的火把也被风吹灭。天空飘起了小雨。

突然，头狼将爪子往地上一顿，准备向我扑过来。嗖的一声，我手一挥，匕首准确地插入这家伙的脑门心。随即，我一脚将它踢飞，头狼如断线的风筝，轰隆一声，重重地砸在狼群里。

狼群惊了！强烈而又连续的噼啪声在林子中震响，狼嚎的回音沉闷地在森林里回荡，松树上的枯枝裹着露珠，纷纷落下。我赢了！

天空下着细雨，我缓步走在林子里，四周响起了小动物的低鸣。燕雀、柳莺、山雀和鹌鹑在灌木丛中欢唱，仿佛在欢迎我这个远客的到来，它们悦耳的歌声在我的身边飘荡。地面除了一摊摊积水外，铺满了一层厚厚的野花，白桦树绽放出茂密的枝叶，松树的松针让我嗅到树林的芳香。这里处处充满了生机。忽然，一只松鼠像子弹一样，从我头上飞过，我不禁大笑起来。啊，美丽的森林，你能给我们欢愉和幸福，我们可以在你怀抱里无忧无虑地沉思默想，在这里，一个人会变得纯洁许多。

欢快的心情并没持续多久。当我走出森林，发现山下竟然设有一道门岗，两个当地警察和一个德国宪兵把着关口。我缓步走了过去，那个德国宪兵端起冲锋枪对着我，哗啦一下把子弹上膛，问：“喂，你是什么人？不要往前走了，不然我开枪了！”

我停住脚步，放下皮箱，脑子转了一下：假如说自己是中国外交官，他们十有八九拒绝我进入，倒不如说是日本人。

“我是日本国驻德国大使馆的外交官，来这儿看一个人。”我朝风衣口袋努了努嘴，“这儿有我的护照。”

宪兵缓缓地放下枪，说：“你过来吧，不要耍花样。”

我走近门岗,将外交护照递给那位宪兵,这人是个军士长,裹着橡胶制的防水摩托风衣,钢盔上套着护目镜,胸前戴着一块大银牌。岗亭旁停着一辆三轮摩托,那两个警察神色紧张地望着四周,一个人手中还牵着一条阿尔萨斯牧羊犬。

军士长看过护照后,笑着说:“先生,我给院长通报一下,请您稍等片刻。”说完,他跑到岗亭里打电话去了。我收好护照,掏出香烟,和两个警察闲聊起来。

不一会儿,军士长跑过来对我说:“先生,您请吧!我用摩托车送您上去。”

军士长发动摩托车,沿着泥泞的山路,将我送到了城堡中。

精神病院的院长米克尔,五十多岁,满头白发,一张冷漠刻板的面孔。他穿着件白大褂,脖子上挂着一个听诊器,可我怎么看也像条狗链子。他漫不经心地同我握手后,冷冷地问:“我叫米克尔,还没请教阁下尊姓大名。”

“您好,米克尔院长,鄙人伊藤正男。”日本护照上写的就是这个名字。“您们医院的山路可真难走,累得我的脚简直不能落地。”我跟米克尔套着近乎。

“那你就不要落地。”

“不落地怎么行?我要走路啊。”

“那你就跳。”

我对米克尔毫无礼貌的态度感到惊讶,甚至怀疑他的精神有问题。正如鲁克所言,米克尔是个难对付的家伙。

米克尔的办公室里挂着一幅非常漂亮的油画。“这是梵高的《金盏花》,不过是复制品。我时常对我的同事讲,每位精神病医生的诊疗室里,起码该有一幅梵高的作品。您认为呢?”

“我非常同意您的观点。”我并不知道挂与不挂有什么区别,但依旧迎合地回答道。

“新来的病人都这样说。”米克尔神神叨叨地盯着我。

我尴尬地笑了笑,这家伙竟然把我当成入院的病人了。

“不知伊藤先生到我们医院来有何贵干,莫非您有家人想入住不成?”米克尔问。

“您误会了,米克尔院长。最近我们的一位外交官,在奥伯镇被一个中国疯子拿枪威胁,我是来确认下这人是不是疯子。他叫……”

“袁文道。”米克尔望着天空,看都不看我一眼,懒洋洋地说,“这人的的确确是一个疯子,他开枪杀死了自己的妻子和堂弟,毫无人性和亲情的家伙!”

“米克尔院长,如果您不介意的话,我想见一见他。”

米克尔用讥讽的眼光看了看我,说:“好吧,请随我来。”

米克尔并没有直接带我去见袁文道,而是先参观了一下精神病院。这所精神病院近乎一座监狱,内部呈环形,中间是一个大院,停着几辆救护车。上下共三层,第一层是医生的办公室,第二层和第三层是病房,与其说是病房,更像是牢房。病人的房间很小,不足十平方米,四处封闭,只有门口的铁栅栏可以通风。每层楼都有五六个体格健壮的男护士,手握木棍,在走廊游弋。疯癫的笑声、尖叫声、哭泣声、咒骂声……充斥着整个疯人院,让人毛骨悚然。

“那儿就是袁文道的病房。”米克尔指着古堡的塔楼说。这座塔楼很高,四周弥漫着浓雾,连绵的细雨使它看上去越加神秘。几只鸟儿低鸣着,停留在塔尖上,很快,它们像焚毁的纸片一样,受惊地飞走了,越飞越高,渐渐远去。

我刚迈入塔楼,就听见一个人疯癫的尖叫声,里面混杂有德语、英语和汉语的词汇,这无疑是袁文道的声音。我的心不由得颤抖了一下,在米克尔的带领下,我开始沿着狭窄昏暗的楼梯向上走。每走一级阶梯,我和袁文道的距离就拉近一步,尖叫声更清晰。当声波升到最高点时,袁文道仿佛告诉我,他对非人待遇的强烈抗议。当声波降到最低点时,他告诉我,这是对过去美好时光和亲人的怀念之情。每一级楼梯不断地重现,跟着我的脚步,并入另一级楼梯。这是与世隔绝的另一个世界,介于昨天和明天、兽性和人性、黑暗和光明之间,在两者之间——昨日永无完结,明朝渺渺无期;人性泯灭,为兽性代替;黑暗重复地流动着,光明早已被冻结了。

我们来到塔顶的小阁楼前,铁门被推开了,一个医生怒气冲冲地走了出来,他叮嘱里面的护士道:“小心点,他是一个危险人物!”

我顺着淡淡的光线往里望去:整个房间用木板密封着。光线穿过板缝,在木地板上,变成一道道又长又亮的细线,碰到墙壁,一折为二。破旧的桌子上放着用过的玻璃杯,几只苍蝇顺着杯壁往上爬,不停地掉入杯底残存的水中,盈盈作响。屋子中央的椅子上,坐着一个中年男子。

我看不出这男子有多大年龄,仿佛那张椅子把他浑身的水分都吸干了,两颊的皮肉干瘪地贴在骨头上。不算太长的头发,鼻梁上架着副破碎的眼镜,几天未刮的胡须,像干枯的黄草一样虬曲地乱长着。他全身上下绑缚着布条,神情恍惚,不停地摇摆着脑袋,嘴里叽叽咕咕地说:“我没杀人……不是我杀的……我没杀人……不是我杀的!”

“阁下,他就是袁文道。”米克尔指着那个中年男子对我说,“一个神智不清的疯子,杀人的恶魔!”

米克尔对护士们咆哮道:“给他喂饭,不能让这人死在这里!”他转过头向我解释道:“一般精神不正常的人,没有饥饿感,和婴孩没什么差别。所以,医生就像母亲一样,给病人喂饭。”

护士们解开布条,两个人摁住袁文道,另一个将一碗肉汤端到他面前,厉声吼道:“快吃!听见没有,快吃!”见袁文道没有反应,这人便用一根汤勺撬开他的嘴,一股脑地将肉汤倒了进去。

袁文道拼命挣扎,弄得满脸全是汤汁,他一直用手护着胸前的一个东西。

护士们对着袁文道一阵拳打脚踢,骂道:“叫你不听话,狗杂碎!叫你不听话!”

米克尔狰狞的嘴角,忽然松弛下来,露出一丝假笑:“这是迫不得已的调教,孩子不听话,母亲也会打他们的,不是吗?"

我不禁打了个冷战。天啊!这叫什么医疗逻辑,天下有这样的母亲?就算戴着链子的狗,也不会对自己的崽子这样做。我怀疑米克尔一定是在冰山上长大的,永远都是冰凉凉的,一点人情味儿也没有。

突然,袁文道推开护士,飞跑到我的跟前,隔着铁栅栏,用汉语咆哮道:"救……救……我……我没……杀……人……"他的胸前挂着一条银制的项链。一种兴奋、期待、渴望、委屈的眼神,透过破碎的镜片,刺入我的眼睛。

见我默然无语,袁文道的眼中涌出两滴绝望的泪珠,这大概是杜伊斯堡精神病院唯一的,有人情味的两滴泪水。

护士们把袁文道拖回病床上,给他的手脚上了镣铐,用皮带将他紧紧地绑在床上。跟着又是一阵好打,最后给他注射了一针镇定剂,袁文道这才昏睡过去。

米克尔说:"您看,这不是疯子是什么?"

我强作笑颜地说:"我还以为他是装出来的。"

米克尔一本正经地说:"装疯?不,不,绝对不可能!袁文道是伯格曼兵工厂的著名设计师,对他是否疯了,军方的人比您更重视。刚开始,他们也认为是装出来的,结果呢,等看到这一切,一个个地直摇头。袁文道刚进来时,还有秘密警察守着,现在不是了。只不过没有上面的命令,不能让人把他带走,所以在下面设立了这么个岗哨。要我看,真是多此一举!他来之前,我们这里的病人都是对帝国有用处,可脑袋有问题。没有人能从这儿跑掉,神灵到了我这儿,也会被摘掉翅膀,把他变成凡人。"

当我走出杜伊斯堡精神病院时,身后的大门轰隆一声,无情地关上了。

我回头看了看关押袁文道的塔楼,这高耸的塔楼就像直立于大海中的灯塔,与世隔绝,孤独无助,毫无生机。甚至鸟儿也匆匆飞过,好像这里没有空气,稍不小心,就会冻结在天空中,丢了性命。

看来,通过正常的外交途径,是无法将袁文道带回国的,只有用非常规的方法救他出来了。但他是真疯还是装出来的呢?假如带一个疯子回国,有什么用呢?但想到刚才他趴在铁栏杆上,苦苦哀求我的模样,想到他那双眼睛,还有这里非人道的待遇,我决定把他救出来,毕竟他是我的同胞,是我的兄弟。

找谁搭救袁文道——是我们的同志还是军统情报组的人?反复思量后,我决定找军统情报组的赵元吉。纳粹德国上台后,对德国共产党进行屠杀,不到万不得已,不能让我们的同志暴露身份。

第二章 / 天堂和地狱之间

5. 犹太女孩多加

我坐在前往科隆的列车上，既为找到袁文道倍感兴奋，又为发生在他身上的一系列事情忧虑不已。由于希特勒宣布德国进入战争状态，大多数成年男性参军入伍，这趟车显得很空荡，乘车的大多是老人、妇女和儿童，我的包厢里别无他人。我仰面躺在卧床上，不是睡着了，而是失去知觉，我仿佛全身都瘫痪了——已经疲乏到这种程度。

半夜时分，我被服务员的敲门声惊醒，列车停了下来。服务员在走廊里来回走动，漫不经心地说："不要下车……不要开窗……不要下车……不要开窗……"

我偷偷撩开窗帘，列车停在一个小车站里加水。车站笼罩在半明半暗的灯光下，站台岗哨林立，到处都是党卫队的士兵。

不远处的告示牌写着："党卫队军事管辖区。当心，生命危险！无口令继续前进者格杀勿论。"下面标着一个骷髅和两根交叉的白骨。

忽然，对面驶来一列德国人用来装家畜的专用货车。货车刚进站还没停稳，机车上方还冒着一团团白色的蒸汽，一些党卫队的士兵就呼啦一声拉开了车厢门，车厢上写着一句邪恶的名言：劳动意味着自由。

紧接着，站台上走来五个西装革履的男子，每人挟着一本厚厚的登记册。他们摆好桌椅，放好打字机和笔墨，领头人向一个党卫队少校点了点头，少校吹响了哨子。

在尖锐刺耳的哨声中，站台边开来几十辆大卡车，车厢的帆布被撩开时，我顿时惊呆了！里面装的不是货物，而是活生生的人，被纳粹称为"劣等民族"的犹太人。

这些被剥夺了起码生存权的犹太人，佩戴黄色六角星身份标志，拎着皮箱和包裹，带着妻儿老小，缓步前行。走在最前面的人高举着木牌，上面写着不同的地区。就这样，同一地区的犹太人很快排成几条长龙，像牛马一样被赶到那五个男子跟前。

那男子傲气地问："姓名？……"犹太人战战兢兢地说出自己姓名。

瞬间,整个车站回荡着一问一答和打字机的声音。

“姓名!”

“所罗门·沃费斯。”

“姓名!”

“伊萨·胡德斯。”

“姓名!”

“哈伦那·祖卡。”

……

完成登记的犹太人,被党卫队士兵赶进装载家畜的车厢里。或许车厢是因性别而定,一个个家庭立刻被强行拆散,丈夫和妻子被分开,父母和子女被分开,老人和年轻人被分开……

一时间,站台哭声一片,犹太人们作了最后一次拥抱。我听见很多人说:“照顾好自己,他们打不败咱们的,好好地活下去。”

我掉转脸去掩饰自己的泪痕。真想冲上去把站台上的党卫队士兵揍一顿,拧下他们的头。他们凭什么对犹太人这样干,这些无辜的人们究竟干了什么?我憋了一肚子火,这些家伙——咧嘴狂笑的纳粹党徒,他们虽然披着人皮,却全是吹牛大王、恶棍和杀人狂……

在人类所有的财富中,我们最引以为豪的便是“自由”。美国人巴德里克·亨利那句“不自由,毋宁死”名言,让无数人热血沸腾。人们用牺牲、苦难、坚韧的努力、大义凛然的英雄气质和不屈不挠的信心,赢得了自由。当我们正呼吸它的珍贵,享受它的香甜时,恶魔降临了。这颗生命的宝石被恶魔偷走,整个世界笼罩在一片令人窒息的网罗中。“自由”就像只折了翅的小鸟,被鬼魅之徒关入囚笼,不停地发出战栗。而那些被魔鬼欺骗的人,他们抛弃了自由,自己做了奴隶竟然还要欢呼,真是愚蠢到了极点。

啪的一声,我把餐刀折断了,血顺着手指流了下来。

突然,清脆的枪响划破夜空,人群喧哗起来。党卫队少校吹响了哨子,几个企图逃跑的犹太青年,被当场枪杀在站台下。车站肃杀一片,士兵将车站团团围住,开始四处搜索。

我无奈地仰躺在卧床上。呼喇,包厢的门露出一个小缝隙,我看见了一双美丽的大眼睛。一个小女孩像灵猫一样,嗖的一声钻进了我的包厢,躲到床下面。

我把服务员叫了过来,问:“出了什么事儿?!”

“先生,有一个犹太小女孩从站台跑了出来,党卫队正在搜捕。”

我顿时明白了,刚才钻到我床下的小女孩,正是被党卫队追捕的犹太人。很快,我乘坐的列车被党卫队士兵包围了,他们开始对车厢内的乘客进行逐一检查,搜寻小女孩。

小女孩撩开床单，她吓得面色苍白，浑身战栗。“求……您……求……求……别！”小女孩用那双美丽的大眼睛望着我，乞求道。

我处于犹豫之中：假如帮了小女孩，会惹来一些麻烦，甚至招致杀身之祸。若是不救她，我的良心将永远受到谴责，自己无异于成了纳粹的帮凶。

这时，一个犹太妇人哭泣地喊叫着，她仿佛是这个女孩的母亲。党卫队士兵将她拉进了车厢，轰的一声，门关上了。床下的女孩呜咽起来，她尽量不哭出声音，肩膀一耸一耸，两只小手紧紧地捏着那块套在胸前，写着她名字的小木牌。

这些犹太人悲惨的命运，让我联想到国内苦难的同胞，我决定向这个犹太女孩伸出救援之手。我将行李架上的皮箱拿下来，放在床底，挡住了女孩子。

不一会儿，包厢门被拉开了，那个党卫队少校和几个持枪的士兵出现在我面前。

我把他们堵在门外，问：“你们要干什么？”

党卫队少校叫嚣着：“我们要搜查你的包厢，听见没有？不然逮捕你！”

我冷笑一声：“少校先生，您可以搜查我的包厢，不过您要为自己的行为负全责！”

党卫队少校一愣，他上下打量了我一番，脸庞的肌肉抽动了几下。“搜！”他一声令下，士兵涌进包厢，开始搜查。当一个士兵弓下身，准备拖出行李箱时，我上前止住了他。

“慢！这里面你不能搜查。”我说。

“为什么？我怀疑那个小女孩就躲在你的床下。”党卫队少校说。

我用身体挡住卧床，掏出外交护照递给他，说：“我是中国政府的外交官，这个行李箱里装着外交邮袋，你没有权利检查！假如你拉出这个行李箱，打开检查的话，将是违反《国际公法》的行为。这是不尊重我国政府，破坏中德两国的邦交！”

说完这话，我坐在卧床上，用脚挡住床底，貌似优雅地吸起了香烟。

这个党卫队少校被我的话镇住了。或许他知道，外交邮袋是一国政府与驻外机构文件来往的密封口袋，享有外交特权，他国不得予以检查、开拆、扣留和阻碍通行。

为了让他们尽快离开，我将皮箱从床底拿出，放在桌子上，厉声说道：“少校先生，让您的士兵打开这个箱子吧，您觉得这个箱子里会有人吗，放箱子的床底会有人吗？对您的粗暴行径，我将向贵国外交部提出严重抗议，向里宾特洛甫部长提出抗议，向希姆莱先生提出抗议！告诉我，您的姓名！”

我掏出小本和笔，装作准备记录的样子。那个党卫队少校听到里宾特洛甫和希姆莱的名字，完全被吓呆了。看着我要记录他的名字时，这人叫出包厢里的士兵，向我行礼致歉，然后灰溜溜地走了。

不一会儿，装载犹太人的火车朝着波兰方向疾驰而去。

我赶紧锁上门，拉下窗帘，这才吐了一口粗气，我的后背全湿透了。

很快，列车驶离了车站，我撩开床单，对吓得半死的小女孩说：“安全了，你出来吧。”

小女孩抱着我的腿,哭着说:“谢……谢……先……生……”

我给小女孩端来食物,她狼吞虎咽地吃着。我问:“您叫什么名字,多大了?”

“多加!”她拿起木质的身份牌给我看。“先生,我今年六岁了。”多加在《圣经》里是大眼羚羊的意思,表示俊美,她真是人如其名。

“多加,你为什么逃跑?他们要把你们送到哪儿去?”

“先生,听说要把我们送到一个没人烟的地方,我妈妈叫我快跑,跑……刚才我听见妈妈在叫我……可……”说着,多加哭了起来。

“你还有别的亲人吗?”

多加喝了口牛奶,大眼睛在眼眶里转动一下,说:“有一个人可以收留我,他叫马隆,是一个侨居在德国的美国大夫。”

“马隆大夫?”

“对,马隆大夫。他住在科隆市区。马隆太太是德国人,可惜已经去世了。我父亲和他是最要好的朋友,他们俩曾多次跟随医疗队去遥远的非洲,救助那些受苦的穷人。我父亲说,有事就找马隆大夫,他可以收留我。”

我不禁大笑起来,真是天助我也!多加疑惑地问:“先生,您笑什么啊,难道我说得不对?”

我抚摸着她的头,说:“不,孩子,咱们是同路人,我会将你平平安安地带到马隆大夫那儿。快吃吧,待会儿我帮你梳洗下,换件衣服,这身打扮实在太显眼了。”

多加顽皮地扮了个鬼脸,她扯掉了戴在胸前的那个木牌,我拿起木牌,上面写着姓名和编号。我的眼睛渐渐模糊了,字母和数字变成一只受伤的小鸟,它在向我哭诉。啊!我的小鸟,到我的心灵中来避难吧,我会为你疗治受伤的羽翼。不要哭泣,不久的将来,你一定会再次翱翔在蓝天,永远快乐地生活歌唱。

我用力将木牌扔到车窗外,身心顿时轻松了许多。

为了保证多加的安全,我让她白天躲在床下睡觉,晚上出来透透气。多加很懂事,她没有发出任何声响,一直用感激的眼神看着我。快要到科隆时,我将行李箱里不必要的东西扔出去,让多加藏在里面。多加很瘦小,皮箱刚刚合适,当我合上皮箱时,多加对我说:“先生,您放心吧,我保证不出声。真的!”

听到她如成人般的语气,看着她那双美丽的大眼睛,里面滚动着晶莹的泪珠,流露出无比感激的目光。我的心犹如打翻了五味瓶,很不是滋味。

下车前,我在箱盖上钻了几个小孔,好让多加不至于呼吸困难。由于有外交护照的庇护,从车站到马隆大夫住的街区,我没有受到任何阻拦。多加没发出丝毫声音,以至于我几次故意停下来,悄声问:“多加,你还好吗?”她调皮地用手指敲了敲箱盖,我这才放宽了心。

这一天,蔚蓝的天空颇有寒意,被太阳晒化了的片片白云,在天上飘浮。阳光透过树叶，洒到林荫道上，从我的衬衣上滑过，最后落在那个箱子上。

科隆给人的印象仿佛就是到了慕尼黑或是汉堡。四角形的广场被许多旧楼房环绕着，这些楼房是中世纪建筑和现代公寓，还有书报亭、杂货铺、高级商店和考究的餐厅，每隔十几米就有一个笨重的支柱，上面装着磨砂玻璃罩的煤气灯。广场上有许多售货摊子，这里聚集了很多人，他们在呼唤、说话、哼唱，有时甚至在打骂。杂乱的喧闹声就像波浪一样，从街道这头，经过人们的头顶、飘逸的头发、挥动的手臂，流到街道另一头。

屠夫们高举在碎肉之上的斧头，在阳光的照耀下闪闪发亮。人们因为害怕拥挤，把大块大块的面包举在自己的头上。货摊旁的衣柜里挂着各色的围巾，就像旗帜一样在空中飘荡。悬挂在木桩子上的便帽、礼帽、皮鞋、棉纱领带，仿佛一条条五颜六色的蛇，在风的吹拂下嗖嗖作响，不断向拥挤过来的人的脸庞扑过来。在小商店里，一些高级的白铁器皿被放置在阳光下，灿然闪烁；还有一堆堆猪肉，一包包柑橘也在这里兜售。马路上，慢慢地行驶着一些满载啤酒和肉的马车。在肉车上盖有一块块肮脏的破布，远远就能看见上面放的去了皮的牛骨头。还有一些载着面粉和家禽的小货车，上面的鹅鸭在嘎嘎叫着，有的还通过一层层格子伸出头来，冲过往的行人不停地喧闹，形成一片杂乱的音响。

一些乡下女人席地而坐，她们身穿红布衣，腰上系着围裙，带来的是黄油和鲜牛奶。

咖啡馆里挤满了吃早点的人，在动物园里一早散步的人们——保姆们、孩子们，上了年纪的人——像往常一样，天气好就都出来了。卖玩具气球和冰激凌的小贩也出来了，播音喇叭到处在哇啦哇啦地广播新闻。一艘银色的小飞艇滑过碧空，后面拖着一个奥德尔牙膏广告。有轨电车叮叮当当地驶过去，车身一侧是电影广告，美国童星“秀兰·邓波儿”的名字格外醒目。

在一些小酒馆里，人们在演奏，在跳舞。从那儿传来手风琴和小提琴的乐声以及雄壮有力的跳奥贝列克舞的呼喊声。不过，这种声音很快又被一些人在广场中心的一家肉店门前争夺火腿而吵嘴所干扰，很快就被淹没了。这几个人扭打在一起，大声咒骂着，他们身子左右摇晃，学着拳手的动作，攻击对方，最后都滚到了街边的烂泥里，像一个大球似的滚来滚去，浑身上下都是泥水，嘴由于愤怒撅了起来，眼里露出了白翳。

我拎着行李刚走到街口，就被几个秘密警察和党卫队士兵拦住了，我的心一下子提到嗓子眼。“你……你……干……什么……”我轻声问道。

一个秘密警察笑着说：“先生，前面有游行队伍过来，街道被封锁了，请您等一下。”

就这样，我带着一个“天使”，同几个“恶魔”站在一起。

不一会儿，街头广播里传出一个男人疯狂的尖叫声：“我们今天所拥有的文化艺术、科学技术成果，几乎都是雅利安人创造的，他们是人类的普罗米修斯。从远古时候开始，他们发光的头额，便萌发出天才的精神。与雅利安人形成鲜明对比的是犹太人，如果这个世界上只有犹太人会过着原始的生活……”

这近乎变态的嚎叫，给整个市区带来了严冬的寒冷，把各种颜色都掩盖下来，把充满生机活力的市区，变成藏污纳垢的地狱。它如同魔王的咒语一样，包住了所有人和物体，使这些人变成麻木呆滞的机器。它就像一个巨大的旋涡，在市区上空旋转，将善良的灵魂吞进地狱的深渊。它仿佛条条恶狗，引导着发疯的人们，搜寻无辜的平民。它犹如洪水，淹没了大街小巷，将文明吞并，带来的是野蛮和癫狂，最后准备跨越国境，向整个地球泛滥。

听见希特勒近乎癫狂的叫喊，整个街区沸腾了，所有的德国人都停住脚步，伸出手臂行纳粹举手礼，口中喊着那句魔咒。这时，一群穿着德意志传统服装的人，高举纳粹旗帜，由远至近地走了过来。

这片土地饱受古典音乐的浸润滋养，散发着古典哲学的理性光芒。这里曾经是第二次工业革命的发祥地，以现代大学和科技发明闻名于世。可如今，一个疯癫的恶魔正统治着这片土地，玷污文明，杀戮无辜，欺骗百姓，麻木有时比瘟疫还可怕。我对这些被一个疯子欺骗的人深表同情。至于那个在广播里叫嚣的小胡子疯子，我不禁想起在外交部和德国顾问团里听见的关于他的各种传闻：

他个子不高，体格很不匀称，上身相对显得太长，那两条腿却很短。

他讲话时总是滔滔不绝，唾液就像瀑布一样倾泻到周围人头上，同时还伴随着拳头敲打桌子，把手剧烈地一挥，弄得纸张四处乱飞。有人传说，他在这种情况下能够用牙嚼碎地毯和窗幔，就像一只地下道的老鼠。

他喜欢口授决议。他用断断续续的、带点嘶哑的声音进行口授，眼睛盯着天花板，好像眼前看见的不是速记员，而是整个人类——千千万万的人，他们都在恭顺地、战战兢兢地留神听取他的每一句话。

他对华格纳的歌剧几乎怀着病态的爱好。他没有结过婚，人们认为，妇女并不在他的生活中起任何作用，他的整个生活都是献给争取德国人统治全世界的斗争的。不过，现在有个女人的名字总是和他的名字连在一起，他很回避这些，因为领袖的全部时间是献给人民的……

他让人们相信，自己是上帝派来拯救德国的神人，是德国的将来和未来。

所有人甚至最亲近的朋友，都不敢叫他的名字，而是尊称其为“我的元首”。

他是希腊著名传记作家普鲁塔克笔下的小丑，没受过什么教育，出身低微。一个留级生，一个流浪汉，一个倒霉鬼——在维也纳一家小客栈里当了5年肮脏瘪三，跟一伙同病相怜的混球挤在一间肮脏的小屋里，在救济所里喝稀粥。这人又懒又笨，富有幻想，却与现实格格不入！后来在德国当了兵，升为下士，当过听差。到了三十岁，他穷困潦倒，失了业，甚至想用煤气自杀。在慕尼黑酒馆里，他和他那人数寥寥的党穷得无立锥之地，遭人嘲笑和凌辱。

拿破仑曾说过：“金钱没有祖国，金融家不知道何为爱国和高尚，他们唯一目的就是获利。”为了获取更大利益和镇压工人运动，德国钢铁康采恩的头头弗里茨·蒂森和鲁尔煤业大王艾米尔·寇道夫，看中了他，向他提供资金，接着不断有垄断企业家向他提供资金。他们为了让疯子跟兴登堡竞选，竟然替他假造了公民身份证。接着，这个外国人，一个在维也纳街头卖明信片的奥地利下流坯子，爬到了德国元首的位置。

一句话，这是一个丑陋、病弱、粗野、顽固、病态、愚昧和半疯癫的可怜虫。把他送到杜伊斯堡的精神病院远远不够，应当将他打入十八层地狱，永无出头之日！

半个小时后，街区恢复了正常秩序，我来到马隆医生的住所。这是一栋俾斯麦时代的建筑，漂亮的门道漆着白漆，窗户也是白色，宽大雅致，常春藤沿着色调柔和的砖墙，纷乱地爬上最高的窗户。屋前没有花园，只有一道栏杆和大街隔开。栏杆上挂着一块老式铜牌，上面写着“达罗比·马隆大夫”。

我揿下门铃。

门开了，一个白发苍苍的老头出现在我面前。他六十来岁，穿着一件深色西装，眼神严肃。

“请问您找谁？”

“您是马隆大夫？”

“我是，有事吗？”

“我叫黄仲泰，这是我的证件。”我将护照递给他。“多加叫我来找您。”我用英语对马隆说道。

马隆显得很惊讶：“多加？你……她……在哪儿？”

我朝行李箱努了努嘴，马隆会意地笑了笑。“黄先生，里面请。”他将我让进屋内，警惕地向四周看了看，这才关上房门。

我把行李箱打开，多加像一只小羚羊一样蹦了出来，她扑到马隆先生的怀中，失声痛哭起来。马隆不住地安慰她，眼眶中闪动着泪花。看到这场景，我不禁背过身去，悄悄地拭去落下的泪水。

马隆握着我的手说：“黄先生，我不知对您说什么才好，您……真是一个大好人。我代表多加全家感谢您。”

我笑着说：“这是我应该做的，多加是一个可爱的女孩子。”

我婉言谢绝了马隆留下吃饭的盛情邀请，因为还有一个人等着我去营救，我向多加做了一个鬼脸，说：“在这儿好好听话，有空我再来看你。”

马隆把我送到街口，他深情地说：“黄先生，愿上帝保佑您，以后有什么需要我帮忙的地方，尽管来找我。”

我点点头，转身离去，他一直站在街口，久久没有离去。

6. 赵元吉和马隆大夫

赵元吉的“赵记”洗衣铺开在科隆市区华人聚居的地方。铺面不大，进门就是招待客人的柜台，神龛里供着关公和财神，里面是洗衣服和烫衣服的工作间。

我走进洗衣铺，看见一个中年男子正坐在柜台里写账本，他看到我进来，笑着用德语问：“先生，有什么可以效劳的吗？”

“您是赵元吉先生？”

“对，鄙人正是赵元吉，请问阁下是哪一位？”

“万里长城万里长，齐心合力保家乡。”

赵元吉愣了一下，赶紧回复道：“拨开乌云晴天日，山高水长见牛羊。您就是黄仲泰先生吧，请里面说话！”赵元吉面带喜色，将我让进了内屋。

赵元吉低声问：“黄先生，是不是袁文道出事了？”

我点点头，将袁文道的近况告诉了他，并请求他给予帮助，用非常规的手段将袁文道从杜伊斯堡精神病院里解救出来。

赵元吉面带窘色地沉默不语了。

“赵先生，有困难？”我急切地问。

赵元吉仰头长叹一声：“难啊！我们名为特工，实际上全是手无缚鸡之力的门外汉。不是餐馆的厨师跑堂，就是报童和苦力，哪有能耐去救人啊。彭先生没给你说过？”

见我惊讶万分，赵元吉苦笑一下：“彭四维所谓的必要帮助是提供住宿和饮食，外加打探消息，真的救人还要你自己想办法。彭四维是个好面子的人，军统人人都知道，看来他又在外面吹牛皮了。”

我真是哭笑不得。这个在钱家源家中打包票的彭四维，说的全是不切实际的牛皮话，害得我现在进退两难。

我问：“赵先生，难道一丁点办法都没有了？”

赵元吉在屋内踱步寻思了一会儿，说：“办法倒是有一个，不过需要这个。”他向我做了一个数钱的动作。

看来钱家源给我的那张支票该派上用场了，我说：“钱不是问题，需要多少您开个价，只要能把人救出来。”

赵元吉说:“就一千马克吧,我叫人帮你将袁文道救出来,并安排你们出境。”

“那您找的是什么人呢?”

“当地青帮的人,都是中国人。”

“可靠不?”

“放心,我侄子汪家昌就是这片的青帮头儿。这小子虽然不务正业,但也是中国人,应该没问题,何况有钱拿。”

赵元吉让我去银行取钱,而他则去找汪家昌,我们约定晚上见面。

晚上八点正,夜幕降临,街上的房子大多数关闭了大门,人们早早就寝了。虽然每条街都有几盏路灯,但光线昏暗,让弯弯曲曲的街道变得阴森凄凉,好像没人居住一样。万籁俱寂,只有教堂的钟不时为那些过世的虔诚教徒的在天之灵发出声声哀鸣。

我带着现金再次来到了“赵记”洗衣店,看见七八个陌生的华人游荡在店铺四周,他们低头抽着烟,神情紧张地注视着四周,当我出现在他们视线内时,每一个人都显得很兴奋。我感觉有点不对劲!

我推开店铺大门,并没有看见赵元吉,而是一个二十来岁的年轻人。

这人个头不高,獐头鼠目,梳着分头,身穿一件普拉达花格西装。他笑着迎上来,说:“您就是黄先生吧,等你很久了,我是汪家昌,赵元吉的侄子。”

我问:“赵先生呢?”

“我叔叔下午有点伤风感冒,去看医生啦,人老了就是这样。他叮嘱我晚上和您见面,替您办妥那件事。”汪家昌一边说着,一边急着把我往里屋拉。

我忐忑不安地跟着汪家昌走进里屋,他转身问:“黄先生,钱带来了吗?”

我将装着现金的信封向汪家昌晃了晃。他刚要伸手接,我又把钱揣进衣兜里,问:“你打算如何办这事?”

汪家昌替我倒了杯茶,笑着说:“黄先生,这年头办什么事都讲钱。国内如此,国外也一样,这洋鬼子也喜好钱。这样吧,您再出一万马克,我保证给您办得妥妥当当的。”

“一万马克?”我感觉被人欺骗了,“汪家昌,我不和你谈了,快叫你叔叔来,要说钱也和他说。”

“黄先生,这点钱对您们算得了什么?”汪家昌的语气变得尖酸刻薄,毫无友善,“您信不信,日本领事馆的人出 2 万马克,让我杀了您。他娘的,我神经病啊!干这种不仁不义的事情。”

汪家昌走到一张木桌前,像疯了一样,嘟囔着一些脏话。我暗自将茶杯握着手中,盯着他。

忽然,汪家昌从桌子下摸出一把长刀,向我猛砍过来。我避开刀锋,对着他的裆部狠狠地踢了一脚,将茶杯砸在他的脸上。汪家昌捂着下身蹲了下去,我急忙夺路而逃,汪家昌在里屋叫喊道:“砍死他!砍……死……”

从柜台冒出三个人，其中一个人对着我就是一刀。我身子一侧，抢在他面前，左掌砍在他的太阳穴上，这家伙昏了过去。听得身后有风声，我顺势往地上一倒，一记“倒挂金钩”，啪的一声将他踢飞。我斜身出脚，踢飞了另一个人的刀，然后拿起过道上的一壶开水，扔在他身上，这人躺在地上嗷嗷直叫。

我刚逃出洗衣铺，那些守在门外的人，就拔出藏在报纸里的刀，恶狠狠地将我围在一个圈子里。汪家昌追出来，指着我大喊道：“弟兄们，砍死他，2 万马克啊！”

“狗日的！”我啐了一口，深深地吸了一口气，做了个“懒扎衣”的起手式，吼道，“汪家昌，老子今天倒要看看你如何杀我。”

太极散手是“用势打人”，讲究一个“沾”字，看似柔软，实则刚硬。几招下来，五六个家伙躺在地上，不是折手就是断脚，刀撒了一地。我依旧保持太极拳的姿势，厉声对其他人说：“来啊！不怕死的就往前走。”

汪家昌突然喊道：“叔叔，您老人家来了。”

“赵元吉！”我转头一看，背后无人，不好，中计了！我刚回过头，汪家昌便把一包石灰粉打在我的脸。“糟糕！”我眼睛一阵钻心刺痛，一个“推手”将他打飞出去，踢倒围上来的人，跌跌撞撞地向后跑去。

他们高喊着：“砍死他，砍！几万马克啊！……”

我的胳膊和背被刀砍了几下，脚步一直没有停下来，迷迷糊糊跑了几个街区。当他们看见街口有巡逻的警察后，这才停住了脚步，转身离去。

我忍着剧痛，抹去脸上的石灰，用风衣裹着受伤的胳膊，靠着墙壁，任由背上的血流到墙壁上。

警察走到我身边，问：“先生，出了什么事吗？”

我低着头，尽力用正常的语调说：“没事，刚喝了酒，有点胃痛。”

此时，我已经觉得力不从心，全身正在出冷汗，我担心会不会因为失血过多而休克。假使这个警察继续盘问下去，我无法保证自己能否坚持下去。

街道很黑，那警察并没看清什么，随即就走开了。

我吐了一口粗气，撕掉衬衣的一角，开始包扎胳膊。可是衬衣一碰到伤口就变成红色的了，我发出一阵痛苦的呻吟，这种疼痛是钻心的。

“汪家昌，你这个狗娘养的！”我低声吼了一句，突如其来的怒火让我暂时忘记了疼痛，我又走了几个街区，当我感到体力不支时，看见不远处就是马隆大夫的住所。

我跌跌撞撞地跑过去，用力揿下门铃。

马隆打开门，看见浑身是血的我，吓了一跳。“黄先生，您这是怎么了？”没等说话，我的眼前一片模糊，脑子混乱，弄不清这是什么时候，自己身处何处，一切都是恍恍惚惚的，只有身上的剧烈疼痛是清晰的。

不一会儿，我觉得自己被人扛着走，然后躺在了一张床上。一会儿，又听见房门关上的声音，看到一张熟悉的面孔，是谁？是谁？多加？忽然，我胳膊刺痛了一下，有点像平日打针的感觉。一眨眼，脑子里一片空白，眼前的景象瞬间消失，我到了另一个地方。

这扇窗户是红色，不对，应该是棕色，没什么特别之处。我模模糊糊地睁开眼睛，感觉药物影响了我的意识，让我产生各种各样的幻觉。我设法集中注意力，这次才发现窗户是白色的，几束柔光从外面射过来，照在我的身上。

我觉得后背凉丝丝的，接着其他部位也逐渐有了感觉。一些我无法看见的棉布织品贴在后背上，胳膊缠着厚厚的绷带，没有任何感觉，整个身子沉得很，动不了。

“哈，您醒过来啦。”马隆领着多加走到床前，他穿着白大褂，脖子上挂着听诊器，手里好像还拿着什么东西。马隆看上去相当疲劳，脸上却挂着得意的笑容。

“谢天谢地，您终于醒了，要知道您整整睡了一天，感觉怎么样？”马隆将一杯水递到我嘴边，水在我口腔里转了转，立刻被口腔组织所吸收。

没等我开口，马隆把一支体温表塞进我的嘴里，又抓过我的手腕把脉。半分钟过后，我问马隆测量的结果，他却笑而不答，只是在一个小本上记下了测量的结果。

“喝点咖啡怎么样？”马隆笑着问道。

“谢谢您救了我，马隆先生。”我正准备起身，却被马隆按在床上。

“您太客气了。黄先生，什么都不要想，好好在这里休息。你一定饿了吧，吃点东西，我亲手做的！”马隆笑着离开了。

不一会儿，多加给我端来了肉汤和面包，她用那双美丽的眼睛，监督着我，直到我把东西吃完为止。

待我吃过消炎药后，马隆在床边的木椅上坐下来，轻声说：“黄先生，您身上有一种无法消除的军人气质。我看您不像外交官，是军人，对吧？”

我涨红着脸点了点头。

“您来德国干什么呢？难道这里有日本敌人，还是从事间谍工作？”

“我……我……”我感觉马隆是一个善良的人，值得信赖，我鼓足勇气将此行的目的和经历告诉了他。

马隆惊叹道：“上帝啊，你们胆子可真够大的。从救多加这件事，我就看出您是一个不平凡的人。下一步你打算怎么办，是放弃回国还是继续干，直到把你的同胞救出来为止。看我有什么能帮您的。”

我心想：从昨天发生的事情看，赵元吉的情报小组已经叛变了，他们把我出卖给了日本人。如果要解救袁文道的话，只有依靠自己的同志了。

我问：“马隆先生，您这儿有电话吗？”

“当然！”

马隆扶着我来到二楼的书房，我拨动了张秋冰给我的那个电话号码。

电话那头传来一个中年妇女的声音：“您好，请问您找哪一位。”

我脑子一热，兴奋不已地说："夫人，我找张和林，我是他老乡。"

电话那头说："对不起，您一定打错了，没有这个人，再见！"

听筒里一片忙音。我脑子嗡的一声，一片空白。什么！没有这个人？这可是张秋冰同志亲手给我的电话号码，我背了好几遍，也核对了号码，肯定不会打错。到底是哪儿出了问题？

我沮丧地瘫坐在椅子上。马隆轻声劝道："黄，要我看，您还是回国吧，你不会单枪匹马地干这事儿吧，完全是送死呀！"

"马隆，您能弄到武器吗？比如手枪什么的，或是其他的也行。"

马隆吓得面色苍白："黄，我看您一定是疯了。一个人拿着手枪去对抗一支军队，上帝啊，别犯傻了，只要您尽力就行了，不能拿自己的性命开玩笑。"

"没法子，这是我的使命。"

"难道使命就是送掉自己的性命？"

"先生，您不明白，这是我对自己国家的承诺。我的国家正在遭受侵略，同胞正被屠杀，而我要救的人，对我们打赢这场战争，能有一定的帮助，所以我必须这样做。"

"来，喝点什么，白兰地不但镇痛，还能定神。"

就在马隆倒酒的时候，我望见墙上挂的马隆太太的照片。在照片上，她戴着一副眼镜，过去美好生活的欢愉仿佛留在那张黑白色调的照片上了。

"在看我的妻子？"马隆把酒递给我问。

"我是无意中看见的，您太太一定是个美丽善良的女人。"

"是啊，她还有一副绝妙的嗓子，是个很棒的女高音，《夏天最后的玫瑰》是她最受欢迎的歌曲，每次音乐会她都会演唱这首歌。夏天最后的玫瑰……独自幽然开放……嗯，太棒了！可惜啊，在一次音乐会上，一群身穿冲锋队制服的恶棍，冲进会堂，朝他们扔臭鸡蛋。有一只打中了她的脸，另一只砸中了脚，参加音乐会的犹太人被抓走，有个老人被当场打死。她受了很大的刺激，放弃了唱歌，和一些志同道合的人们从事一种伟大的事业，拯救那些受难的犹太人。前年她死于癌症，可怜的女人。"

"应该是一个伟大的女人。"

马隆轻声诵道："黄色的树林里有两条岔路，可惜我作为过客，不能两条都走，我久久踌躇，极目遥望一条路的去处，直到它在灌木丛中隐没。"

"但我却选择了另一条路，它荒草萋萋，十分幽寂，显得更诱人，更美丽。"我笑着对马隆说，"是这么说的吧，反正大意都差不多。"

"噢，没有想到你也喜欢弗罗斯特的诗。是啊，在人的一生中，很多事情看似凄凉、无聊、不可理喻甚至危及性命，不为旁人理解，实际上很伟大。就像这座钟。"马隆指着墙角的一架荷兰大钟说，"这座古老的时钟早已过了服役期了，它的发条坏了，机件也走了样，钟面上的白釉也脱落，长短针折断和扭曲了。很多人觉得它是一件活着的废物，劝我们扔掉它。但我太太却没有理会他们,不惜一切努力和心思去延续它的寿命,她不准别人去碰它,有时间就修理它,把它拆开来,上好发条,用羽毛蘸了油洗刷零件,就这样,这座钟又有了新的生命。不过,它走几天就会停,就像'肺痨病人'。我们依旧照例维护它,让它继续行走。"

"就像拯救受难的犹太同胞一样。"我说。

"没错,我这里有手术刀,你要吗?"

听了马隆的俏皮话,我禁不住笑了起来。

天一擦黑,花园里的夜莺就引吭高歌,忽而歌喉婉转缭绕,忽而又啼声呖呖,清脆流畅。但是,在这黑洞洞、静悄悄的夜里,这歌声让我感到孤孤单单,无依无靠。

我不停地在屋内走动,抽着闷烟。为没有找到自己的同志倍感懊恼,为赵元吉情报组的叛变异常愤怒,为自己将要单枪匹马去营救袁文道感到凄凉。忽然,我感到头疼发热,便站起身来走到窗口,吸了一口夜间的清新空气。近处,银色的小河缓缓地流着,在亮晶晶的水面上,泡沫闪闪发光,弯弯曲曲地随着小小的旋涡流来流去。街市模糊不清,黑乎乎的栅栏显得阴森可怕,神秘莫测。但把它们放在过去的记忆中,再抹上一层诗情画意的月光,它就不像白日那样令人憎恶了。

我打了个寒噤,面前仿佛出现了杜伊斯堡疯人院的塔楼,那真是一个地狱,折磨人的牢房。接着眼前浮现出重庆小码头的棺材群,还有那个唱川剧的女人,凄凉的唱腔回荡在我的耳边。

有时候,我也很矛盾,既然袁文道已经疯了,就算把他护送回国,又有什么价值,莫非还指望他能设计出枪械?我现在所做的一切完全是无用功,白白赔上自己的性命不说,或许还要连累马隆这个善良的老人。真要这样,自己的罪孽就大了。

我心里十分混乱,便上床躺下,想好好睡上一觉。

忽然,屋外响起了急促的敲门声:"开门……开门!……快点!"

马隆低声对我说:"是秘密警察,你到地窖里躲一躲,说不定洗衣铺那些恶棍出卖了你。"

马隆家的地窖是砖砌的,拱顶,里面有许多大酒桶。他推开墙壁上的一道暗门,我拿蜡烛一看,顿时惊呆了:里面坐着十几个犹太人,有老人、妇女和儿童,他们友善地冲我笑了笑。

"先生,快点进来。"多加从里面把我拉了进来,她吹灭蜡烛,帮马隆将暗门关好。多加就依靠在我的怀里,轻轻地把手指放在我的嘴唇上,示意我不要出声。

我透过细小的缝隙,听见马隆和秘密警察的争吵声,不一会儿,这些人便离开了。

马隆打开暗门,我跳了出来,问:"是找我的?"马隆笑着摇了摇头,指着出来透气的犹太人说:"是来抓他们的。上帝保佑,又逃过了一次劫难。"

马隆将食品和水放在他们跟前,他还拿出一瓶葡萄酒,一一倒给几个犹太老人,为又一次躲过劫难而庆贺。在潮湿的地窖和不通气的暗道里，这些遭受纳粹迫害的犹太人，不屈地活着，等待他们能挺胸做人的那一天。他们并不在乎谁先到，只要有同胞进来，就尽量腾出空间让他生存。朋友们大多认为他们已经死了，从某种意义上看，他们是死了或是即将死的人。在生死之间游离的他们，显得那样的乐观和镇静，让人敬佩和惊讶。

马隆就像美国西部的侠客，保护着被人鄙视为"劣等民族"的犹太人。在他身上，不仅体现着美国人独特的冒险精神，更多的是基督徒的善良和友爱。对马隆来说，困难和危险只不过是锻炼自己力量的铁砧而已。他往往因逆境而愈坚愈强，因打压而愈刚劲，因危险而愈滋长。这是一场特别的斗争，每一场斗争都会使马隆愈坚强和崇高。一只小鸟抬头来咬那践踏它的脚，这是美丽的；人为了生存而自卫，这是英雄的；而当这种斗争是为了拯救他人，维护正义，那就更是神圣的了。

马隆的冒险举措，让我为自己刚才产生放弃袁文道的想法感到羞愧。马隆能冒着生命危险，营救素不相识的陌生人，我为什么不能竭尽全力把袁文道营救出来呢？想到这里，我的脸刷的一下子红了起来。我拼命想抑止住，可是一憋劲，倒红到了耳根子，皮肤好像碰到火那样灼热。我的耳边响起张秋冰的话："他是我们的同胞，绝不能遗弃他！"

马隆对我说："黄，过来见见著名的拉比，大学教授弗兰。"

7. 日本人的阴谋

拉比，在希伯来语中是"我的大师"的意思，为犹太人对法学专家和主持宗教仪式者的尊称。

弗兰教授五十来岁，面庞消瘦，鹰钩鼻子，敏锐的蓝色眼睛深陷在眼眶中。虽然衣衫褴褛，蓄着长长的胡须，可依旧保持着学者风范。

马隆说："黄，弗兰教授在柏林大学教授犯罪学，他的学生大都是德国著名的法官和律师。"

弗兰教授笑着对我说："在我教书时，中国学生就给我留下了深刻印象，你们善良、勤劳、刻苦、勇敢外加聪明。黄先生，您是一个临危不乱而且很聪明的人，谢谢您将多加从虎口中解救出来。"弗兰说话很注意用词，声调优雅动听。

“这是每一个有良知和人性的人应该做的。”

“是啊,良知和人性是一个人应该具备的天性,是人与兽区别的开端,是道德的基础。可惜,现在这里有这种天性的人实在太少了,人们都被上了魔咒,成为魔鬼的奴隶。年轻人,尤其是你们外国人并不懂,欧洲排斥我们犹太人已经有几百年的历史了。比如我出生地波兰,那里的人就相当排斥犹太人。在我童年时,记得镇子上的波兰男子大多是排犹主义者,他们常常向我父亲借钱,可从来不还。喝醉了酒,就放他们的狗去咬贫穷的犹太人。在西方最有名的排犹案件就是法国历史上的‘德莱弗斯冤案’,1894 年 12 月 22 日,法国籍犹太军官阿尔弗莱德·德莱弗斯,被控卖国,被流放到魔鬼岛。其实,德弗莱斯是被人陷害,这只不过是一伙排犹主义者搞的阴谋,此后 12 年,法国社会陷入一片动荡之中,全世界掀起了排斥犹太人的浪潮。

“而希特勒利用了人们的这种情绪,并把敌对情绪从教会转移到政党,毕竟法国大革命早已使欧洲从宗教大陆转变为政治大陆。排犹主义者认为,要是希特勒取得胜利,我们犹太人就会回到旧时代的二等社会地位,过去在教皇统治下,我们就一直处于这种地位。只不过,希特勒这个恶魔把这种矛盾扩大化了,他造谣说,犹太人正在秘密地毁灭世界,犹太人既是资本主义者,又是布尔什维克。他说我们要毁灭日耳曼民族。说到底,这个疯子最终目的是要将我们赶尽杀绝,从地球上抹掉犹太人这个民族。黄先生,你听说过水晶之夜的故事吗?”

“听说过,那是一个疯狂的夜晚,人性泯灭的夜晚。”我轻声说道。

“那一夜,标志着纳粹消灭我们这个民族的行动开始了,悲剧由此拉开了序幕。那天我身处其间,亲眼目睹了这场悲剧。窗户玻璃全给砸碎了,商品给烧掉了,碰见犹太人,抓住就打。有两个犹太商人想要还手,给野兽们当场活活烧死了。我常去的书店的橱窗砸碎了。书店的老板是一个年近七旬的老人,当第一块砖头砸碎玻璃后,他挥动手杖对野兽们叫喊道,快给我走吧!野兽们给他的回答就是把很多珍贵的书全扔到大街上,拿什么扔什么,当场一把火把书给烧了。然后一拳把老人打倒在地,用手杖抽他的背心,其中一个家伙叫老人双手双脚趴到地上,他跨了上去,把他当马骑。平日里维持治安的警察,他们在干什么?竟然在一旁站着看热闹,不停地发出哄笑。一些犹太商人脖子上挂着写了‘犹太佬’的牌子,沿着大街游行示众。街上一片废墟,家家商店都被捣毁了,十家有八九家起了火,很多人倒在血泊中。”

整个地下室静得出奇,弗兰教授激动地说:“眼前的德国至少还存在着某种程度的法律,可是……看见这些,我哭了,这算什么,是文明人干的吗?简直是禽兽不如的行为。当时,在我们当中还盛行一种自我欺骗,大家认为无可奈何,没有钱,没有地方投奔,很少有国家肯收留我们,我们不懂反抗。我们历来是个迁就现实的民族,逆来顺受,但愿明天有所改变。可道德这玩意儿固然高超卓绝,可敬可佩,不过我还从来没有听说过一种道义姿态或是一种正义立场会使炸弹和枪弹偏离目标的。我们只有反抗!人和魔鬼之间没有妥协,就像你们同日本侵略者一样。"

"您说得很对,教授先生。我们同魔鬼只有战斗到底,直到流尽最后一滴血为止。教授,您是怎样逃脱魔掌的呢?"我好奇地问。

"在野兽们要抓我的头一天,有个朋友冒死给我报了信,我从家里逃了出来,四处流浪,东躲西藏。对我家人的情况,我一无所知,我一直过着逃亡的生活——说谎、利用我的假身份证、睡在谷仓里和干草堆中。在与野兽们的较量中,我形成了一种第六感觉,留意身边穿制服的人——任何一种制服,警服、党卫队制服、军服、本地巡警服,在他们看见我之前,我就能嗅到他们的味道。我学会了如何躲藏,知道什么时候走路最安全。

"一路上,我只走小路,捡到什么食物就吃什么,没有学者的面子了。我们从小就接受不能偷盗、不能欺骗和说谎的教育,可有时只得不拘于礼节了,这一切都是为了活下去。我从人们丢弃的旧报纸上看新闻,不断有犹太人受害的消息,我知道咱们的劫数已定。我曾想到过死,与其这样苟且偷生,不如自行了断好。可一件事改变了我的看法。"

弗兰喝了一大口白兰地,继续说:"那是一个下午,我躲在森林中的一个涵洞里,忽然听见一片喧哗声。我偷偷爬到洞口,向外一看,在一小片白桦树前面,站满了党卫队军人。他们面前挖了一道很深的沟,我估计这道沟约莫十英尺宽,六英尺深,相当长,有近一百英尺。

"沟前摆着两张木桌。每张桌子上搁着一挺轻机枪和子弹带,还放着几瓶酒和香烟。机枪后面是三人一组,我从他们的服饰标志看,是党卫队特别行动队的队员。这些人完全是一群流氓,衣领敞开,靴子很脏,满嘴脏话。

"不一会儿,一群犹太人被打发到沟边。在党卫队士兵的胁迫下,他们脱掉衣服,拿出身上值钱的东西。这些人中有留着胡须的老人,有茫然的青年,妇女们脱光衣服后,试图遮住她们的私处,有些人的臂弯里抱着孩子,有些老态龙钟的老人几乎站不起来,不得不由两个男子搀扶着。紧接着,这些人被赶进沟里,面对那两张搁着机枪的桌子。我知道,那些野兽要开始屠杀我的同胞了。

"这时,我看见一个长者领着大家做着祷告,一个妇女对臂弯里孩子低声哼着催眠曲,孩子一个劲儿地问着什么。我想,他一定是问什么时候能回家。机枪嗒嗒嗒地响了,迸发出一阵短促的火光,四处弥漫着刺鼻的火药味。透过烟雾,我看见自己的同胞倒了下去,横七竖八地堆成一堆,身体上留下了很多鲜红的小孔。小孩躺在他妈妈尸体旁,在死亡中,母子俩抱在了一起。跟着,一个中士沿沟边走着,手里拎着一把鲁格手枪,不停向没死的人补枪。这些畜生!

"不一会儿,第二批犹太人走了过来。有些女人尖叫着,拼命撕扯自己的头发,一个女人扑倒在一个党卫队军官面前,抱住他的腿,试图吻他的手,吻他的脚,乞求着,但被一脚踢开了。我不停地捶打着地面,为什么!为什么我的同胞会这样驯服,你们不会反抗吗?很快,枪声又一次响起,这声音撕裂着我身体的每一寸肌肤,我把嘴唇咬出了血。

那些人又倒下去了,倒在几分钟前死去的人的尸体上。”

砰的一声,我捏碎了手中的酒杯,马隆拍拍我的肩,示意我冷静。

弗兰说:“十几分钟后,枪声停止了,沟被尸体填满了,我的眼睛模糊不清。数不清的尸体、沉默的机枪、喝酒的士兵、青葱的草地、小片的树林、宽阔的血沟,正散发着血腥味,成群乱飞的苍蝇……我仿佛到了另一个世界,这是地狱,吞噬生命和人性的无底黑洞……我低声哀叫一声,昏了过去。

“我醒来后,我找了把刀子藏在衣兜里。我发誓,如果他们找到我,那么在他们杀死我之前,我至少要杀掉他们一个。这虽然是一种野蛮的报复,但在天主和自己的良心面前,这是无可惶愧的。几百年来,我们犹太人一直做着柔顺的绵羊,如果变成凶猛的野兽,岂不很好。在一只公山羊和一只驯服的母山羊之间,人们更器重公山羊;在猎狗与公山羊之间,人们更器重猎狗;在猛虎与狼熊之间,人们更器重猛虎;而在噬肉成性的鹰隼和谷仓门前的母鸡之间,人们更器重鹰隼,尽管母鸡可以给他们当做精美的菜肴。这是为什么呢?就因为它代表着力量,而力量就意味着正义和自由……

“哲学尽管发达,天性还是依然故我,一点没有什么改变。要知道暴力招来暴力,被压迫者对压迫者的愤慨和仇恨是正当合法的。有人打了你一记耳光,你不能把另一边的面颊也给他打,而是回敬他一耳光。摩西说过,‘以眼还眼,以牙还牙’,这是自然的法律,我遵循它,对于暴君的斗争就必须依据这个原则……这是一种孤寂而严酷的生活,我发现天天要面临活下去的挑战,同野兽们斗智斗勇。那些遇害的同胞给我继续活下去的力量。是的,我不能轻言放弃,一定要好好地活下去,我要把这些畜生送上法庭,让他们接受正义的审判。后来,我找到了马隆,我的至交好友,是他收留了我。”

这时,地下室里泣声一片。弗兰教授深情地亲吻了马隆的面颊,说:“谢谢你,老伙计。”他的眼眶中滚动着热泪。

马隆倒像个孩子似的红着脸,害羞地说:“这算不上什么,别放在心上。”

午夜时分,我和弗兰教授来到马隆的书房,在烛光下喝酒叙事。

弗兰教授问:“黄先生,听马隆说,你准备一个人去杜伊斯堡的精神病院救你的同胞。”

“没法子,只有这样做了。”我轻声回答道。

“黄先生,恕我直言,你这是自寻死路。这种行为是冲动的表现,没有任何价值可言,你现在需要冷静。”

我将事情一一告诉了弗兰,最后说:“教授,我不能眼睁睁看着我的同胞在精神病院里受苦。万一他是装疯的呢?”

弗兰说:“现在需要袁文道的国家,有中国、日本和德国。我们先从德国说起,希特勒叫嚣‘不要黄油要大炮’,袁文道这种军工天才,德国是不会放弃他的,所以才把他软禁在一个不为人知的小镇里,而没有投入监狱。即使贵国政府通过外交途径来要人,德国也可以说袁文道不在,或是他犯了错在受罚,还有就是他知道太多军事机密,不能让他离开德国。但他们没有料到袁文道会发疯,会杀了自己的妻子,一个疯子是没有用处的,但德国人又担心他是装疯,所以干脆把这人关在精神病院里。”

“那日本呢?”

“日本与你们正在交战,是敌对国,袁文道如果顺利归国,那么对日本来说是不利的。他们想方设法都要阻止袁文道回到中国去,甚至不惜杀掉他。要我看,袁文道杀死妻子里面或许隐藏着巨大的阴谋,并不是想象中的那么简单。”

“阴谋?”我吃了一惊。

弗兰教授说:“从表面上看,袁文道杀死妻子的罪名是成立的,但人们忽略了很多细节,往往细节决定全局。黄先生,你看。”弗兰教授拿出纸笔。“按照你的叙述,当时现场有这么几个人——日本外交官、袁文道的堂弟袁文渊、一个戴墨镜的人、鲁克警长和袁文道夫妇。对吗?”

“是的。”

“很好,他们当时的位置是这样吗?”弗兰教授在纸上画的位置同鲁克说的一模一样,我点了点头。

弗兰又说:“按照鲁克警长所说,袁文道同袁文渊一见面就发生了争吵。我想,争吵的原因很简单,他的堂弟希望袁文道替日本人工作,遭到了袁文道拒绝。而后,日本外交官开口了,他先利诱袁文道,接着用家人的安全威逼。袁文道是一个爱国的中国人,他用德语说的话证明了这点。就在这时,袁文渊掏出手枪,指着日本外交官破口大骂。问题就出在这里。”

“莫非这人不是与日本人同路的,他也是来解救袁文道?”我问道。

“人都有本性,这是动物与生俱来的东西。黄先生,我给你打个比方,希特勒追杀我们犹太人时,我们内部也出现过这种人,出卖自己的同胞,获取地位和利益。但是,当他看见同胞处于极度危难,或者说违反了自己做人的底线时,这些人会突然改变以前的思维模式,在本性的支配下,做出一些不可思议的好事。”

“教授先生,您的意思是袁文渊突然变好了?这简直不可思议,汉奸居然会立刻变成好人。”

“应该说他恢复了一点良知。”

“即便这人突然有了点良知,他的枪又是从哪儿来的,莫非袁文道的居所里藏有手枪?”我不解地问道。

“枪是日本人给他的。”弗兰说。

“日本人给袁文渊枪,然后叫他用来顶着自己的头,这……未免太滑稽了吧。”

“黄先生,应该说日本人利用了袁文渊。想想看,一个外交官能带枪吗?不能!这三个人中除了戴墨镜的人外,就剩下袁文渊能带着手枪。这把枪看似是用来防身的,但是——”弗兰加重了语气，“真的深入研究下去，这是一个圈套，日本人给袁文道设的一个圈套，袁文渊只不过是一个诱饵罢了。”

“弗兰，我被您说糊涂了，这到底是怎么一回事？”马隆问。

“亲爱的马隆，问题其实很简单。这把手枪只有袁文渊和袁文道兄弟俩碰过。我想，日本人应该很了解袁文渊的个性，或许知道假如用家人的安全来威逼他的话，袁文渊会翻脸，会站在袁文道那一边。”

“哦……我明白您的意思了，日本人故意激怒袁文渊，让他拿枪指着那个外交官，可目的是什么，难道他们提前就知道袁文道会抢枪杀人？”我说。

“要我看，人不是袁文道杀的。”弗兰教授说。

“袁文道没杀人？那凶手究竟是谁？”听了这话，我倍感兴奋，急忙催问弗兰教授，希望他尽快解开这个谜团。

“这点得感谢马隆，虽然我像福图纳托一样，被他关在酒窖里，不过他每天都给我送来当日的报纸。”

“老伙计，我可没像蒙特利索一样用砖墙把你砌起来。”

看样子，弗兰和马隆都是美国侦探小说家爱伦·坡的忠实读者，他们所说的福图纳托和蒙特利索，是爱伦·坡的小说《一桶白葡萄酒》中的人物。

“德国的新闻报道有一个优点，那就是详细。有关袁文道杀人的报道把案情叙述得很详细。第一声枪响后，子弹打在地上，枪口应该是指向地面。第二声枪响之前，所有新闻报道都是说，袁文道兄弟俩扭打在一起，将枪口高高朝上，两人最后到了一个角落里。这时，第二声枪响了，袁文道的妻子被击中。请大家注意，这时候的袁文道与他妻子的位置近乎平行，子弹怎么会打中他妻子呢？而站在他妻子对面的是那个戴墨镜的人，应该说这人疑点最大。”

弗兰换了张纸，画好图，继续说：“好了，先生们，我们再来看袁文渊的死。这人是死在屋门外，后脑勺中弹。按照鲁克警长的叙述，他是听见第三声枪响后，才一瘸一拐地跑回现场的。这时，袁文道背对着鲁克警长，拿着手枪，人已经疯了。日本外交官在哪儿？他恰恰正对袁文道。大家想想，袁文道没有开枪杀日本人，反倒开枪杀了自己的堂弟，从逻辑上推不过去。精神失常的人行凶杀人，他们大都直面死者，而不会背对死者。袁文道真要杀了他堂弟，应该是面对被害人，背朝日本外交官。值得大家注意的是，那位戴墨镜的人这时的位置，正好面对着屋外。”

“可在场的人都听见了三声枪响，袁文道的确开了三枪。戴墨镜的人真要开枪的话，怎么会没有枪响呢？”我问。

“我也一直在思考这个问题，后来想起几年前我的一个学生讲起一件案子。他是一名律师，当时正替一个被捕的间谍辩护，这人被控的罪名中有一项是杀人罪，用的手枪是没有声音的，叫无声手枪。想到这里，我顿时明白了，这个戴墨镜的人很可能使用了无声手枪,就像钢笔毒气枪一样阴险的武器。"

"钢笔毒气枪?"我不解地问。

"前几年,在伦敦布鲁姆斯伯利地区,一位旅馆侍者死了。医生诊断他是自然死亡,此事本可以就此平息。但是,死者在咽气之前讲了一个情况:在他打扫房间卫生时,捡到一支客人落下的自来水钢笔。他偶然触动了一下笔帽上的别针,使他诧异的是笔中突然喷出一股芥子气,射向他的一只臂膀。这个侍者顿时头晕目眩,当场休克。这位侍者的死因无疑是心脏病所致,但正是钢笔喷出的芥子气引发了心脏病的发作。这就是钢笔毒气枪的故事,它同无声手枪一样,都是杀人于无形的利器。"

"上帝,太可怕了!"马隆惊叹了一声。

弗兰教授说:"亲爱的马隆,比这更可怕的是日本人的阴谋,这是一个策划周密的计划。黄先生,从你出发开始,我想日本人已经知道你们的计划,所以他们赶在你之前,找到了袁文道。在他们看来,袁文道替自己服务,这是最好的结果。若不行,就加以阻拦,让他无法归国。袁文道杀人的事,是日本人蓄意制造的阴谋,他们想让这人被投入监牢,甚至判处死刑,借德国人的手杀了他。"

"洗衣铺的人追杀我如何解释,袁文道不是疯了吗?"

"因为日本人也不相信袁文道是真的疯了,他们在观望。当你准备营救袁文道时,他们认为袁文道是装疯,所以才叫人杀掉你。紧跟着,他们会完成你的使命,从德国人手中救出袁文道,把他带到日本去。如果被德国人发现,日本人就把一切责任推卸到贵国政府身上,让你们和德国政府的关系出现裂痕,毕竟亚洲人的脸庞都差不多。"

我恍然大悟:自己面对的不仅是纳粹政府,还有无时不在的日本间谍,这条归国之路充满着血腥、阴谋、陷阱和杀戮。一不小心,就会陷入困境,丢了性命。

"教授先生,经您这么一分析,事情真是简单又复杂。您让我想到了爱伦·坡笔下的杜班,我现在应该做些什么?"我有些焦虑地问弗兰教授。

"年轻人,你要学会等待,等日本人帮你将袁文道营救出来,然后在半路截杀他们。他们要走的路线很简单,从德国出境,进入荷兰境内,然后在鹿特丹上船。他们不会选择从葡萄牙的里斯本上船,因为里斯本是世界间谍聚集的地方,搞不好德国人会发现袁文道并没有死。这条路对你来讲险境重重,对日本人也是一样,毕竟那里马上要打仗了。"

"打仗?弗兰,您真的认为希特勒会绕过马其诺防线,进攻英法联军?他会从哪儿下手,比利时,荷兰,还是卢森堡?"马隆问。

"阿登山区。"弗兰笑着说。

"先生,那里可是山区和森林,德军不会傻到这种地步吧。他们讲究快速推进,以摩托化部队为开路先锋,空地结合分割敌人,最后聚而歼之。这种做法不是违反常规出牌吗?"我将同阿姆斯贝格上尉的谈话告诉了弗兰,对他的看法表示怀疑。

“先生们，阿登山区是马其诺防线的薄弱环节，直接面对法国的色当。正如黄先生所说，现在德国军队的战法是讲究快速分割，聚而歼之。我看过有关波兰战争的报道，从阿登进攻英法联军正好体现出德军的手法，这是他们对波兰人作战的翻版。很多人包括法国人和英国人，都认为德国会像第一次世界大战那样作战，德军会避开马其诺防线。所以他们把联军的大部分兵力，都用来抵御经过荷兰和比利时的迂回运动，让德国人同他们陷入长期的阵地战中。

“众所周知，希特勒这个疯子参加过第一次世界大战，那时他还是个奥地利下士，他吃过阵地战的苦头。按照希特勒的个性，他不会按照常规出牌，他会让一部分军队进攻比利时和荷兰，诱使英法联军驰援比利时的低洼地区。而德军主力从阿登山区进攻，突入卢森堡和比利时南部，绕过马其诺防线，像把楔子一样把英法联军一分为二。而马其诺防线正面的德军是防守态势。”

“真要这样，欧洲就完了。”马隆说道。

这时，窗外传来隆隆的马达声，书房的玻璃被震得哐哐直响。马隆赶紧吹灭蜡烛，我们走到窗户向外望去：无数的德国军车、坦克、装甲车和重炮，开过街区，向西面驶去。

“德国人在调动全国各地的军队。”马隆轻声说道，“看来他们准备动手了，可法国人还沉醉在马其诺防线里，做着美梦。”

“英法两国还在试图通过谈判制止战争。他们不惜牺牲弱国的利益，来满足希特勒的兽欲，以此维护自己的权利。真是愚蠢之极！”弗兰教授皱了皱眉头，无奈地叹息道，“这让我想起《伊索寓言》中农夫和蛇的故事。从前，有一个农夫在寒冷的冬天，看见一条蛇被冻僵了，农夫觉得蛇很可怜，就把它藏在怀中，用自己的体温暖和蛇。那条蛇受了暖，渐渐复苏，恢复了生机。它苏醒过来后，做的第一件事竟是用毒牙狠狠地咬了农夫一口。农夫临死前，痛悔地说：‘我可怜坏人，不辨好坏，结果害了自己，遭受了报应。’黄先生，你们中国也有句成语叫养虎遗患，这都是提醒人们，对坏人千万不能心存幻想，不能纵容他们，不能心慈手软，因为他们的邪恶本性是永远不会改变的。希特勒是比蛇和老虎还可怕的魔鬼，没多久，英法两国将饱尝绥靖政策带来的苦果。”

我对这位博学的犹太教授充满了钦佩和敬仰，同时对欧洲的形势感到担忧。但愿德军不要像弗兰教授所说的那样，对英法联军发起进攻，真要这样，欧洲大地将战火四起，大片美丽的城市将落入恶魔之手，善良的欧洲人民会遭受残忍的蹂躏。而我，护送袁文道归国的任务，将如海市蜃楼般缥缈。

这天，我正在地下室同弗兰教授闲聊，忽然听见马隆在楼上与人争执。我让弗兰教授躲进暗室里，然后从地下室走到外面。只见马隆站在门口，正同一个党卫队中校争吵着。

“中校先生，这里没有什么中国人，只有美国人，美利坚合众国的公民。”马隆扶着房门，将中校挡在门外。

“马隆先生，别在这里演戏了。”这个党卫队中校四十岁上下，高个子，金发碧眼。他头戴大檐帽，身穿笔挺的党卫队军服，腰间别着手枪，脚蹬一双锃亮的皮靴。中校用脚抵住房门，一副流氓无赖的模样。“我知道那个中国人就住在您家里。”

“我再重复一次，我这里根本没有什么中国人，请您离开我的家。不然我叫警察了！”

“叫警察？”中校鄙夷地笑了笑，“你认为警察是听我的，还是听你的？”他用黑色皮手套拍打着手心，不紧不慢地说：“不想惹麻烦的话，就让我进去看看，到底有没有？”

“要是没别的事儿，我要关门了，待会儿还要出诊。”马隆准备关上门。

中校止住马隆，冷冷地说：“最后一次警告你，若不交出那个名叫黄仲泰的中国人，我就逮捕你。立刻！兴许，审讯室的刑具可以让你开口，搞不好你这里还藏着犹太人。”

我心中一凉，再这样下去，搞不好这个中校会叫来士兵和警察，搜查马隆的家，弗兰教授和多加这十几个犹太人将会落入虎口，而马隆也会因此而丢了性命。不能因为我，而连累这么多善良的人们。

“中校先生，我就是黄仲泰。”我快步走到门口，“请不要为难我的朋友，这事与他无关。”

“好吧，黄先生，请随我上车吧。”中校走到轿车前，拉开车门，“请吧，外交官先生。”

“黄！你……”马隆眼眶中滚动着热泪，企图止住我。

“放心，马隆，他们不敢把我怎么样。我很快就回来。”我安慰马隆道。接着，我跟着这位党卫队中校上了车。

闷热的夏夜，云层低而沉重。轿车迎着闪闪发亮的霞光向城外驶去。夕阳燃烧得那么明亮，这让人很不习惯，因为这是一般只有在梦里才能见到的景象。

8.“索尼娅”和“张和林”

轿车在科隆市郊的小河边停了下来，党卫队中校指着旁边的树林说：“下车吧，黄先生，目的地到了。”

林子深处死一般的寂静，偶尔能听见啄木鸟哒哒的啄木声，喜鹊在看不见的地方鼓噪。不时有几只老鸦掠过老橡树，发出令人心颤的哇哇声。树梢投下长长的黑影。猛地吹来一阵凉风，这里饱和着蘑菇和松脂的气味。

忽然，一个人影从我身后的灌木丛里钻了出来。“汪家昌！”我认出了这人。“你这个华人的叛徒，日本人的狗！”

汪家昌没有理会我，他笑嘻嘻地走到中校身旁，躬身行礼，说：“特里斯科先生，他就是中国派来解救袁文道的人，我给您说起过的那个黄仲泰。您看……”汪家昌向这位特里斯科中校做了个数钞票的动作。

特里斯科笑了笑：“汪先生，稍等片刻，先把这人处理掉再说。”

汪家昌点点头：“应该的，应该的。”

特里斯科缓缓地掏出手枪，说：“黄先生，怎么说呢，只能怪你的命不好，运气太糟糕。上帝并没有站在您这边，碰上这样的中国人。”他指了指身旁的汪家昌。“连自己叔叔都能杀的人，你还指望他不出卖你？对吧，汪先生。”

汪家昌听了这话，脸上红一道白一道的，他扭曲着脸庞，难堪地说：“中校先生，这……这……我……”

“黄先生，对不起了，一路走好。”

我一声不吭地傻站在原地。脑子里一片混浊，不知如何是好。我茫然地看了看四周，这里明净而清澈。天空一片淡蓝，空气静止不动；脚下的沙地很干燥，一小块一小块地闪着亮光；近处的河水潺潺流淌，絮絮细语着流过鹅卵石，泛起道道涟漪。河对岸的山岗上，一个小男孩赶着两头牛出现在我视野的尽头。两头牛漫步走进河中，伸长脖子，挣脱缰绳，轻轻地、悄无声息地饮起水来，还不时抬起头，安详地四处张望，显得悠然自得。串串的水线，从牛的嘴中流出，在落日的余晖下，闪闪发光。随着日落，河水渐渐失去了清晰的反光，树木的阴影也越来越长。山岗升起一片蒙胧的暮色，血红中又带点橘黄色的云彩。

今天的黄昏真美丽。我心里想。在这样的风景里死去，在凄凉和悲壮中有一丝欣慰。只不过自己没有完成任务，更没有看到革命的胜利，实在不值得。

这时，附近的教堂响起了钟声。砰的一声，枪响了。我全身一颤，奇怪，我怎么没有中弹的感觉啊。我摸了摸身体，没有鲜血，也没有地方中弹。我转头一看，只见汪家昌额头中弹，像一条死狗一样躺在地上。特里斯科拿着冒烟的手枪，冲着我笑。

我一下糊涂了，这个特里斯科搞的什么鬼把戏？

特里斯科用流利的汉语说：“听我的意大利朋友马里奥讲，在秘密营地，一个中国小伙子喝‘一百五带拖斗’把他的苏联教官喝倒了。他还在扳手腕的比赛中所向无敌。据说这小子会中国功夫。”

我脑子嗡的一声炸了！马里奥是我在东方大学的同学，一个气质优雅的意大利共产党员。我最后一次见他，还是在学校的毕业宴会上，他用意大利人特有的歌喉，演唱了《我的太阳》。到现在，我还记得他的声音和歌剧演员一样。

这个纳粹中校怎么会知道我在秘密营地的事情？他怎么会认识马里奥，莫非他是张和林派来的人？是自己的同志。

我抱着赌一把的心态，轻声用汉语说："先生，近来西风很猛烈。"

特里斯科扔掉烟头，用汉语回复道："是的，我真的认为你们全家应该搬到东边去住。"

特里斯科笑吟吟地握住我的手，说："您是黄仲泰同志吧，我就是张和林，让您受惊了，真对不起！"

我简直不敢相信自己的耳朵："什么……你就是张和林？"

特里斯科拍拍我的肩头，笑着解释道："我是德国共产党党员，我妻子张姝是你们旅德支部的同志，我们是东方大学的同学，说起来，咱们还是校友。张和林是我妻子给我取的中国名字，我的德国名字叫乔治·冯·特里斯科。我想，也许你们的同志没给您讲清楚，才造成了不必要的误会。上车，去我家，张姝一定等急了，没准她会以为我真把您给杀了。"

"来，帮把手，把这家伙的尸体处理掉。"特里斯科踢了踢汪家昌的尸体。汪家昌的尸体像大草袋似的沉进了水里，接着，特里斯科将手枪扔进他落水的地方。"这人看上去是自杀的，没人会怀疑啰！"说完，我和特里斯科开车向市区驶去。

在路上，特里斯科告诉我，希特勒在德国实行独裁统治，大肆屠杀共产党人，他们从公开转入了地下。他和我一样，是打入敌人内部的"定时炸弹"。特里斯科利用家庭背景，成为党卫队在科隆的一名中校军官，他和张姝是共产国际领导下，代号"钢琴手"的国际反法西斯情报小组的成员，张姝的代号叫"索尼娅"，而他就是"张和林"。报纸登载袁文道出事儿的消息后，他们夫妻俩一直等待我的到来，直到那天我打电话过来。

我问："您那天为什么不接电话啊？"

特里斯科严肃地说："黄仲泰同志，因为您违反了组织纪律，没有按规定和我接头。"

我这才反应过来，真该死！明明是见面接头，我却使用电话，接头必须使用汉语，我竟说德语。

特里斯科又说："当时真吓了我一大跳。我们以为你暴露被捕了，甚至叛变了，这个电话是秘密警察打来的电话。第二天，正当我焦躁不安的时候，这个汪家昌到我这儿来报信。他说了您的事儿，我这才缓过神来，知道那天打电话的人的确是您。接着，我到电话局查询了你的电话，才知道你住在马隆大夫家中。"

"真对不起，让您们受惊了。"我红着脸向特里斯科致歉，"汪家昌真的杀了赵元吉？"

"对！赵元吉并没有出卖您，是汪家昌杀了他。根据我们掌握的情报，汪家昌不久前已经被日本间谍给收买了。"

我抹了抹额头的汗珠，这一路从地狱到天堂，走得又惊又喜。

特里斯科住在市郊的一栋别墅里。当车驶到别墅门前时，我看见一个中年女子抱着小孩，站在门口，她的脸上挂着焦急的神态。她正是我的同志——张姝。当看见我和特里斯科从车里走出来时，张姝笑着将我迎进屋。

这时，一长串的猎狗像潮水般地涌到长走廊的拐角，冲着我狂吠着，我警惕地向后退了几步。有两三只一起跃入空中，眼里闪着凶光，嘴里流着哈喇子。我粗略地数了几下，总共有二十来条狗：有纯种德国牧羊犬，有高大的浅黄色灵缇，有西班牙长耳狗、苏格兰种狗和斗牛犬。

张姝厉声一喝，吠叫声好像被使了魔法一样停住了；她又对狗说了几句，这些家伙便走到我腿边，目光友善，它们讨好地转悠着，翻着白腿，摇动着夹起来的尾巴。看得出，张姝的性格十分沉着、冷静。

特里斯科的别墅坐落在一片白桦树中间，是中世纪的建筑，构造十分坚固。屋顶上铺着红瓦，前面有一块平坦的草地，往下倾斜到附近的湖畔。网球场在屋后，在一个正式的花园旁边。花园里有一个大理石水池，养着肥大的红鱼。

别墅内充满了贵族气息：衣架上挂着名贵服饰，屋顶悬吊着漂亮的吊灯，酒柜中摆着各种名酒，地上铺着华丽的波斯地毯。客厅内的每一把椅子上都有皮质的靠垫，桌椅和墙板一律是用光亮的红木制成。壁炉上方是宽敞的大理石饰面，上面还挂着一副鹿角和一把名贵的猎枪。客厅一侧放着一台“贝希斯坦”牌钢琴，另一侧是十几个玻璃柜子，里面陈列着镶有宝石的纯金制品——花瓶、十字勋章、权杖、半身塑像、手杖……和所有德国官员一样，墙壁上挂着希特勒的画像。壁炉上放着几个相框，分别是特里斯科与希特勒、希姆莱和戈培尔等纳粹党魁的合影。

特里斯科把外套交给张姝，他对着储藏室拍着手掌叫道：“菲利普，菲利普！”

里面没有回音。

“出来，快出来，菲利普，有客人来了。”

看来菲利普是特里斯科的儿子，是一个羞涩的小孩。特里斯科在一张椅子上坐下，又叫着：“这里来，我的儿子，菲利普宝贝！”

“小孩子很害羞，这……”没等我把话说完，只见一头小熊从储藏室走了出来。它来到特里斯科面前，纵身起来把两只前掌搭在特里斯科膝盖上，张开它的大嘴，露出一副尖锐而白亮的牙齿。菲利普就像孩子一样撒着娇，特里斯科像父亲一样抚摸着它毛茸茸的头，并把自己的手给它舔舐。

特里斯科看我惊讶的样子，笑道：“这家伙就是我的儿子。我和朋友在一次狩猎时遇见了它，它当时孤零零，还生了病，很可怜，我就把它带回了家。张姝非常喜欢它，费了挺大的劲儿给它找合适的食物，在她的精心照料下，菲利普很快恢复了。这家伙接受训练很快，对我们就像孩子对父母一样依恋。”

张姝走过来，往菲利普嘴里塞了一块牛肉，笑着说：“菲利普，给叔叔跳一段波尔卡舞。”

菲利普吼了一声作为回答,意思是“行,我预备好了”。张姝就在一个铜碟子上敲着节拍,特里斯科唱起歌来:

“亲爱的迪米特拉,我的金发姑娘,

快去告诉你的妈妈,迪米特拉,

你是我唯一所爱的姑娘

……”

菲利普用两只后腿直立着,热情地跳着舞,嘴里一直呼吼着。我也被小熊好客的热情所带动,大着胆子围着它跳了起来。整个别墅沉浸在欢快之中。

用过餐后,张姝和我在屋内开始交谈。特里斯科来到门前的长廊里,他坐在躺椅上抽烟,菲利普和猎犬们伏在地上,警惕地注视着四周。这是他们夫妻俩定下的家规,谁工作,另一个就在外面走廊望风。若是有意外,狗群会发出吼叫,向里面的同志报信;而菲利普会跑到门口,暂时挡住来人,为“父母”赢得时间。

我打心眼里佩服这些工作在虎穴狼群中的同志们,他们同张秋冰一样,不但英勇顽强还机智灵活。

张姝严肃地说:“黄仲泰同志,首先我要批评你。对于上次接头的事情,你违反规定,擅自打电话给我们,万一被敌人发现,你知道损失会有多大?你呀……你……亏你还是个从事地下工作的老同志,犯这种低级错误。”

我被羞得涨红着脸,低头不语。

张姝笑着递给我一杯白兰地,自己端起一杯。见我这么看着她,她说:“没办法,作为特里斯科同志的妻子,一个党卫队中校的太太,这些是为了应付场面的东西,就像丝绸连衣裙和长筒袜一样。对营救袁文道,你有什么想法。”

我将弗兰教授的意见说给张姝,她听了点点头:“这个主意不错,利用敌人的手解救自己的同胞。这样,让乔治协助你,在德荷边境上拦住日本间谍,把袁文道解救出来。然后……”张姝将一幅欧洲地图铺在桌上。“你们越过边境线,进入荷兰,你们先到艾恩德霍芬市,再转道鹿特丹,最后乘船回国。”

“张大姐,我想日本人不会这么轻易罢手吧。”

“是啊,乔治也给我说过。根据汪家昌向他供述的情报,日本特务机关派了一个情报小组来抢袁文道,领头人是一个戴墨镜的家伙。另外,‘黑龙会’在欧洲各地的帮会成员也参与他们的行动。你一个人护送袁文道回国,困难很大,搞不好会出事。可我们在欧洲各地的同志……”张姝叹了口气,“本来在德国有几个中国同志参加过国际纵队,有实战经验,可他们都回国参加抗战了。旅欧的同志也一样,像我们这样留下来继续工作的很少。让我想想看……”

张姝陷入了沉思,不一会,她眼睛一亮,说:“这样,找当地华侨和留学生帮忙。在荷兰有很多开餐馆和洗衣铺的华侨,还滞留了几十名留学生,你可以找他们帮忙。”

有了汪家昌背叛祖国的教训，我有些迟疑，轻声问："他们可靠吗？万一又出现第二个汪家昌咋办？"

张姝安慰道："要相信自己的同胞，毕竟像汪家昌这样的人是极少数的，我们绝大多数华侨是爱国的。为了安全起见，你到了艾恩德霍芬之后，就去'四海楼'餐馆，找一个名叫李志民的人，他会把你们安全送到鹿特丹，放心好了。"

"李志民是我们的同志吗？"我还是不放心。

这时，特里斯科进来倒咖啡，他听了我的话后，笑着说："放心吧，这个李志民可不得了。他的法国名字叫布鲁斯，父亲是一战时中国派往欧洲的劳工，战争结束后，他父亲和当地的一个法国女人结了婚，在巴黎附近开了一家酒馆。

"小时候，李志民喜欢舞枪弄棒，在华人街里替人打抱不平，人称'唐人街小霸王'，那些法国流氓听见他的名字就害怕。后来和一些进步的中国留学生交朋友，人变乖了。他喜欢四海为家，十几岁就一个人到了美国，从东岸熬到西岸，忍气吞声地做人，连我们洋鬼子都服了他。李志民参加过国际纵队，在西班牙打过仗，他就像美国西部的传奇英雄帕克斯・比尔一样，欧洲的牛仔！"说完，特里斯科做了一个牛仔拔枪的动作。

张姝说："乔治说得没错，李志民虽然不是我们的同志，但是一个爱国华侨。他开的那家餐馆，不但收留落魄的华人，还让中国留学生来打工，很有民族气节。明天我就给他发一封电报，到时候你直接去找他就行了。对了，你不能在马隆家居住了，长时间住在那里会引起秘密警察的注意。毕竟你是一个中国人，目标太大了。"

"行！"我忽然想起一件事，"张大姐，您能不能帮一个忙？"

"什么事？"

"马隆收留了十几个犹太人，他已经联系好人，通过运送红酒的方式，将这些犹太人送到卢森堡，然后从法国马赛港乘船到美国，可是一直申请不到通行证。您看，乔治能不能帮这个忙？"

张姝惊叹道："真没想到这个马隆不仅是个救死扶伤的医生，还是一个见义勇为的义士。现在法西斯分子正在四处搜捕犹太人，这些犹太人一直躲藏在马隆家，多半会出事，应该尽快地将他们转移出去。行！这个没问题，办好了我叫你来拿。"

几天后，特里斯科带来了一张通行证。我来到马隆家，马隆见到我异常兴奋，他问："上帝保佑，黄，我还以为你被党卫队的人枪毙了，这是怎么搞的？"

我笑着说："没事儿，那个中校的上司原来是我的朋友，所以我就逃脱了一劫。"我故意编造了一个谎言，这都是基于特里斯科夫妇的安全考虑。

"马隆，这是你需要的通行证，我替你搞到了。"我将那张通行证递给马隆。

"天啊，真是太感谢了，你是怎么弄到这张通行证的？"

"很简单，塞了几千马克给党卫队的军官，事儿就成了呗。"

当晚，在马隆家的地下室举行了一个告别宴会，大家为即将脱离苦海欢快不已。

在闪闪的烛光下，多加穿着我给她买的外套，格外可爱。她不停地替我斟酒，在我耳边用希伯来语哼唱着歌曲。弗兰教授对我说："黄先生，我不知对您说什么好……您……"说着，这位博学的智者摘下眼镜，哭了起来。

我轻声安慰道："弗兰教授，这算不上什么，是我应该做的事。"我从衣服里掏出一封信，交给弗兰。"这是我一个大学好友，他现在是中国驻纽约领事馆的秘书，我给他写了封书信。您到了美国，有事就去找他，或许他能帮上忙。"

弗兰收下信，说："黄先生，从你身上，我看到了两个深受苦难的民族之间的友谊。这种友谊是经历了生与死的考验，是永恒的，是坚不可摧的。我相信，苦难是暂时的，不久的将来，这两个民族将骄傲地屹立在世界民族之林。黄先生，我会永远记住您！永远！……"

说完，弗兰与我紧紧地拥抱在一起。

夜半时分，弗兰教授和十几个犹太人钻进了事先准备好的酒桶里，弗兰在桶盖合上时，笑着用希伯来语对我说："黄，永远记住，生命的意义到最后只有一个，那就是好好地活着。明白我的意思吗？"他像个孩子般冲我眨了眨眼睛，随即"消失"。

我在多加的桶盖上钻了几个小孔，她亲吻了我的脸颊，笑着说："先生，我一定不会出声的。就像上次一样，您是知道的。"当桶盖合上时，她那双美丽的大眼睛，涌出晶莹的泪水，她哽咽地说："先生，我……我……会……永远……记住……您的，愿上帝保佑您！"我抱住她，低声地哭泣起来，久久不愿分开。

我们静静地等待货车的到来。马隆显得有些焦躁不安，一个劲儿地喝着酒，我也抽着闷烟，不停地看着手表。

这时，桶里的犹太人轻声哼唱起了自己的民谣《金城耶路撒冷》：

"山林的气息美酒般清爽
钟声和松柏的芳香
在风中荡漾
沉睡的树丛和石垣
还有那横亘的城墙
把这孤独的城池
送入梦乡
……"

在与他们短暂相处的日子里，我看到了犹太人的聪慧、勇敢、乐观、善良、虔诚……这是一个伟大的民族，面对恶魔的屠杀，他们保留着一种钢铁般的镇定。我想，他们从遭受迫害那天起，就学会了永远不要惊慌。他们自身能活着，是因为他们具有把几乎所有情感都压抑下去的能力,他们永远乐观地面对死亡。他们善于随机应变,聪明博学,顽强刚毅。在经历了苦难之后,这个民族依旧会保存下来,依旧会笑着面对世界,他们毕竟是世界公认的,最聪明的人。

随着歌声,透过红红的烛光,我仿佛看见了一个阳光明媚的早晨,在美丽的原野上,一群群犹太人走了过来,他们面带笑容,欢快地奔向充满希望和光明的未来。

不一会儿,两辆运载葡萄酒的货车停在了马隆家门前,我们一道将十几个葡萄酒桶抬进车厢。临别之际,马隆和我拥抱在一起,他动情地说:"黄,感谢您,祝您一路顺利,早日带着朋友返回家乡,到时我会到中国来看您。"

我激动地点点头,说:"马隆,祝你好运,到时我一定用最高的礼节款待您。"

话音刚落,一股刺眼的灯光照射过来,让我无法睁开眼睛。一个党卫队少尉领着几个士兵和警察,从巡逻车上走了下来,将我们团团围住。我的脑袋一片空白,不知如何是好。

"这么晚了,你们在干什么?"党卫队少尉厉声问道。

"是葡萄酒,运往法国的葡萄酒,先生。"马隆笑着回答道。

"葡萄酒?"少尉满脸疑惑地看了看马隆,"你们的证件!"

看完我们的证件后,少尉冷笑一声:"一个中国外交官和一个美国医生,深夜里运送葡萄酒,到法国的葡萄酒。这未免太荒唐了吧! 你们很缺钱吗?"

我说:"莫非德国政府不允许? 这未免更荒唐。"

"打开酒桶,我要检查。我们正在追捕几个犹太人,要我看,他们就藏在酒桶中。"少尉吼道。

"先生,这些酒桶是封闭的,里面全是酒……"

"不用解释,赶紧打开,听见没有!"少尉粗暴地打断马隆的话。见我们没有反应,他命令两个士兵上车检查。我和马隆准备上前阻拦,旁边的士兵哗啦一声,拉动枪栓,将子弹顶上膛,黑黝黝的枪口对着我们。

砰的一声,一个酒桶被士兵用刺刀捅破,葡萄酒哗啦一声流淌出来。跟着,又有几个酒桶被捅破,葡萄酒流了一地,染红了车厢和地面。当他准备向装有多加的酒桶刺去时,我大喊一声:"慢着!"

"少尉先生,您太过分了,这里全是价格不菲的葡萄酒,是名酒!"我对着少尉怒吼道。

"这个我管不着,那是您的事儿。"少尉貌似无奈地耸耸肩,他刚要示意士兵继续时,一股怒火从我心里涌起。"你这个杂种!"我挥拳打在这个少尉鼻子上,他整个人飞了好几米,满脸是血地昏死在地上。

这次我用了百倍的力气,估计不但是他的鼻梁,连脸颊骨也碎了。

一个士兵用枪托对着我的头就是一下,嗡的一声,我被打倒在地。车厢里检查的士兵也跳了下来,用枪指着马隆他们。几个士兵用大皮靴狠狠地踹着我的腹部,让我喘不过气来。

军士长见少尉久久不能醒来,他拔出手枪,将子弹顶上膛,恶狠狠地说:“该死!我要杀了你这个混蛋。”

这时,一辆插着党卫队旗帜的轿车在两辆摩托车的护卫下,急促地行驶过来。车上下来的竟是特里斯科,他手下的士兵戴着宪兵的标志。马隆画了一个十字,口中说:“上帝保佑,上帝保佑!”

特里斯科瞥了眼昏厥的少尉,他走到军士长跟前,用极其严厉的语气问:“你在这里干什么?”

“长官,我在搜捕漏网的犹太人。”

“哦?我看你在找酒,而不是找人。”

“不,长官,我怀疑那些酒……”

“闭嘴!你这个混球,简直是个无知的家伙,你认为犹太人会藏在酒里面吗?”

“长官,我只是觉得……”

“回答我的问题,你追捕的犹太人会藏在酒里吗?军士长,回答我!”

“是的,不会,长官。”

“那你还傻站着干什么,还不去别的地方找找。我看你是不想干了,或是想去别的地方待待。”

“是的,我马上就去!”说完,这伙士兵抬着少尉灰溜溜地逃走了。

“谢谢您,中校先生,要不是……”我说。

特里斯科打断我的话,冷冷地说:“下次记得白天装货,先生,要不然你真会被打死的。”他走近我,又用汉语低声说:“伙计,打得好!”

说完,特里斯科带着手下离开了街区。

我们相互拥抱庆祝,马隆抚摸着我受伤的脸,笑着说:“老天呀,黄,当时看见你打那个恶棍少尉时,我真被吓傻了。”

“这种恶棍,杀了他都是恩赐。”我冲着地下啐了一口。

“你又救了多加一命。”马隆笑吟吟地走入驾驶室,“黄,再见!上帝一定会保佑你的,我的朋友!”

“再见!马隆大夫,后会有期!”

当汽车开动时,我听见马隆高声唱道:“夏天最后的玫瑰……独自幽然开放……她那些可爱的伴侣,早已凋零,飘落……”

歌声中,汽车缓缓地驶向远方,消失在茫茫夜色中,向光明和自由奔去。

马隆的歌声让我兴奋,有了它,世界变得更加清澈欢快了!大自然的一切都顺乎天理,合乎人情,任何发明家都无法超越它!夏天见不到彩虹,冬天听不到圣诞节祝歌,春天夜莺叫、樱桃开花的年代还没有来到。生活停滞,灾难深重,田园荒芜,鸟不啼,雨不落,只有黑色炸弹伴着魔鬼的咆哮从天而降……这些我们都会经历到,是末日来临?是世界文明的灭亡?还是野蛮的、行尸走肉的生存?总之,要使心灵枯竭并不那么容易,可怕的经历永远磨灭不了心灵中的青春、歌儿、朝霞和马隆心中永不凋谢的玫瑰……

几天后,特里斯科带来了袁文道的消息:日本人在精神病院制造了火灾,趁乱将袁文道"救"了出来,他们正乘坐一辆货车向德国边境驶去。日本人用了"偷梁换柱"这一招,他们在纵火之前,事先将一具尸体放在袁文道房间内,然后浇上汽油。这使得德国政府以为袁文道已经葬身火海了。

特里斯科找到了帮手,两名德国共产党的小伙子:一个是名叫布兰特的党卫队中尉。另一个叫科尔曼下士,特里斯科的勤务兵。他们同特里斯科一样,都是"钢琴手"情报组的成员,潜伏在法西斯阵营的"定时炸弹"。布兰特先到目的地,做行动所需的准备工作。我乘坐火车前往目的地,特里斯科和科尔曼则以执行公务为由,开车前往。

第三章 / 步步杀机

9. 借刀救人

小镇在潮湿闷热的清晨里，显得烦躁不安，战争的气氛渐渐向这片土地袭来。这个小镇的名字叫舍尔芬根，莱茵河悄悄地从它身边流淌过去，转了几个弯，越过边境流入荷兰，最后从鹿特丹注入北海。

舍尔芬根距离德荷边境有40多公里。多年来，小镇仅仅是人们从德国到荷兰途经的一个地点。这儿显得很荒凉，唯一的景色就是镇中心的教堂，一座有200年历史的建筑物。在这个闷热的早晨，当教堂的修士敲响"奉告祈祷"的钟声时，祈祷的不仅有镇上的居民，还有许多全副武装的德国士兵。士兵们摘下钢盔，在胸前画了一个十字，低头做一次祈祷。站在我身旁的三个德国同伴也如此。

特里斯科身穿笔挺的军服，格外帅气，他在祈祷上帝保佑家人的平安。布兰特早在前天就开着一辆"梅赛德斯"牌轿车赶过来了，车是德国共产党的同志为我准备的交通工具，里面放着衣服、食品和水。科尔曼来自西部山区，他是一个憨厚老实的人，不爱说话，做事稳重。他在特里斯科身边除了担任交通员外，还负责他们一家的安全。

这天凌晨，当我和特里斯科开车赶到小镇时，发现这里成了一座兵营，整整一个突击大队的武装党卫队驻扎于此。武装党卫队的前身是党卫队特别机动部队，最早由"日耳曼"团、"德意志"团以及"阿道夫·希特勒"警卫旗队和一个通信分队构成。在希特勒和希姆莱的干预下，这支队伍在短短的三年时间内，扩张成为十几万人的摩托化正规军，从警察武装变成纳粹党的私人武装。

小镇四周岗哨林立，路口设有路障和检查的士兵。教堂是小镇的制高点，在那里，有一个排的士兵驻扎着。两挺机关枪架在钟楼上，射手悠闲地在楼下抽烟，偶尔也上去观望一下，顺带充当教士的角色，敲一敲钟。

特里斯科得到消息，日本人在离小镇不远的农舍里休息。估计他们也在寻思如何才能成功地越过德荷边境线。

布兰特想了一个好主意,特里斯科认为有风险,但可以试一下。我们是在和时间赛跑,必须马上救出袁文道,越过边境,进入荷兰,尽快乘船离开。看这态势,德国进攻荷兰已成定局,只是时间的问题。

“黄,您的日本外交护照现在能起作用了。”特里斯科笑着说。

上午9时许,我在特里斯科的陪同下,来到当地驻军最高长官的办公室。

特里斯科急匆匆地走进办公室,里面只有一个守在电话机旁值班的年轻中尉,他见特里斯科走进来,慌忙起身行礼。

特里斯科还礼后,一本正经地说:“我是党卫队旗队长乔治·冯·特里斯科,你们大队长他人呢?”

在党卫队中,旗队长高于突击大队长,他们的关系类似于团长和营长。

“我们大队长去开会了,还没有回来。长官,我要用电话通知他一下吗?”中尉看上去很惊恐,面带稚嫩,声音奶声奶气像个毛孩子。

特里斯科摆了摆手,他悠闲地坐在中尉对面的椅子上,掏出一支雪茄。中尉替他点上。特里斯科吐了一个烟圈,说:“年轻人,你现在担任什么职务?”

中尉啪的一声立正,回答道:“报告长官,见习中队长。”

特里斯科笑了笑:“叫什么名字?”

“沃尔夫·施坦因,长官。”

“好吧,施坦因,这里有一件小事需要你帮忙处理,不用通知你们大队长。我这人喜欢锻炼年轻人。的确,你们需要经过不断地锤炼,才能成为帝国的中坚力量,更好地保卫元首。”

“长官,有什么可以为您效劳的?”

“这位是日本国驻柏林大使馆的外交官,伊藤正男先生。”特里斯科指着我说,中尉向我点头致敬,“前不久,有一伙日本的赤色分子溜到我国,绑架了伊藤先生的一个家人,企图威胁伊藤先生就范。现在这伙恐怖分子躲在离这儿不远的农舍里,我要你带几个人,跟我一起去逮捕这些人。”

中尉显得有些犹豫:“这……我得向大队长报告一下,长官,您是知道的……”

特里斯科站起来,大声咆哮道:“施坦因,我要是你,就不会这么傻,把功劳让给别人。要知道,这件事希姆莱先生很重视,我现在需要的是时间,时间！懂吗?！等你们大队长回来,估计这些人已经逃之夭夭了。”

特里斯科的话镇住了中尉,见施坦因还在迟疑,特里斯科趁热打铁地拿起电话,说:“要不我给柏林打个电话,请海尼大叔亲自给您说这件事。”

海尼大叔是党卫队内部对希姆莱的称呼。

“不……不……不……”施坦因慌慌张张地戴上军帽,系上武装带,“我立刻集合队伍。”

施坦因跑到办公室外,吹响了紧急集合的哨子。

见这情形,我和特里斯科对视一笑,看来事情成功了一半。

十几分钟后,车停到离农舍不远的公路上。特里斯科潇洒地走下车,指了指那家农舍,说:“施坦因,敌人就藏在那里面,你带着手下人把它团团围住,不准漏掉一个人。明白吗?”

施坦因对卡车上的士兵吼道:“全体下车,包围农舍,快!”

布兰特和科尔曼拎着冲锋枪走在最前面,施坦因和二十几个党卫队士兵跟着后面,我和特里斯科走在最后。当走近农舍时,门口望风的日本人这才从梦里醒了过来,他刚要跑去报信,就被科尔曼开枪撂倒。

士兵们迅速包围了农舍,特里斯科站在外面大喊道:“屋里的人,听好了,交出你们绑架的人,乖乖地举手出来投降。听见没有?”

砰的一声,屋内的日本人用手枪还击。没等他打出第二枪,布兰特就用冲锋枪打了个短点射,这人轰隆倒了下去。这时,门开了,五个西装革履的日本人举着手走了出来,布兰特和科尔曼冲进屋内。不一会儿,他们扶着袁文道走了出来。

这时的袁文道,面色苍白,蓬头垢面,穿着一件不合身的西装。他光着脚,浑身发抖,嘴里稀里糊涂地嘟囔着,呆呆地望着远方。

我拉住袁文道的手,喊道:“袁文道!……袁文道……”他目光呆滞,没有任何反应,像个孩子一样对着我傻笑。

“袁瞎子……瞎子……瞎子!”我不停地用手晃动他,希望他不是真疯。“吴南浦叫我来救你了,吴南浦!你还记得吗?”

听到这里,袁文道发出一声尖叫,他的眼中闪过一丝光亮,又瞬间熄灭了。他如痴如狂地手舞足蹈起来,疯癫地说:“伊尔莎……伊尔莎……”

特里斯科给袁文道灌了点白兰地,由于过度疲劳和受了太多惊吓,袁文道很快就昏睡过去了。

施坦因指着那五个日本人问:“长官,这些人如何处理?”

我这才反应过来,要看看这些禽兽中有没有那个戴墨镜的。

我走到这些人面前,他们一个个桀骜不驯,用德语叫嚣着:“我们是日本人,我们是日本人。放了我们,听见没有?”那个戴墨镜的人并不在其中。

“你们的头儿去哪儿了?”我用日语问,但是没人回答。

“那个戴墨镜的人去哪了?”

虽然没人回答,但我发现其中一个家伙的脚在发抖。

我对特里斯科耳语了几句,他点了点头,对着施坦因说:“中尉,把这些家伙就地枪决!马上!”

施坦因将这些日本人带到一个空旷的地方，让他们挖了一个很大的土坑，然后叫这些人在土坑前排成一行。

施坦因高喊道："听我的口令，全体举枪，瞄…………准！"

哗啦一声，德国士兵举起步枪，对准那五个日本间谍。

这时，那个瘦小的家伙转过身，哭泣地对我喊道："别开枪，别开枪！先生，我说，说！"

我问："那个戴墨镜的人在哪儿？"

"他没有和我们在一起，他在荷兰接应我们。先生，我说的是真话，求您了！"

"他叫什么名字？"

"藤原幸，我……我们在鹿特丹碰头……在鹿特丹！……这是真的，别杀我！……"这人吓得尿湿了裤子。

"你们隶属哪个部门？"

"我是黑龙会的成员，他们中有两个人是外务省情报部的，另外两个是'兴亚院'本部的调查员。"

"黄，'兴亚院'是个什么机构？"特里斯科低声问我。

"这是隶属日本内阁的特务机构，成立于1938年，它在中国乃至整个亚洲都设立有分支联络机构，是日本法西斯侵华的急先锋和得力帮凶。"我打量了这几个日本人，问，"你到中国执行过任务吗？"

"去……去……过，我们全都去过。"

我冷笑一声，冲着施坦因点了点头。"射击！"砰砰砰一阵清脆的枪声后，这五个家伙倒在土坑里。一个党卫队小队长拎着手枪，走到他们跟前，对着每个人的额头补了一枪，确定这些人已经毙命。

我拍拍施坦因的肩头，笑着说："干得不错，施坦因先生，我会在希姆莱先生面前提及您的。"我硬塞给他两百马克。"拿去给弟兄们喝酒，这是我的一点小意思，真是谢谢您们。"

我学着日本鬼子的模样，深深地向施坦因鞠了一躬。

半夜时分，特里斯科将我送到离德荷边境25公里的地方，临到分别时，我们都有些依依不舍。

特里斯科掏出酒壶，笑着对我说："来，喝一口，歇歇气。"

袁文道在后座已经熟睡了，布兰特和科尔曼握着冲锋枪，警惕地望着四周。

我呷了口酒，问："乔治，德国真的会把战争继续下去？"

特里斯科苦笑了一下，无奈地说："德国人民是热爱和平的，是善良的，但是大家被希特勒这个恶棍上了魔咒，我们即将被拖入战争的深渊。第一次世界大战，我失去了两个兄长，战场上的血腥杀戮和战败后的凄凉生活，都是人类的悲剧。真没想到，曾经有巴赫、黑格尔、马克思、贝多芬、勃拉姆斯的民族，竟堕落到这种地步。我们没有反思，到底为什么战败，为什么要去发动战争，为什么遭此苦难。

“希特勒利用德国人好面子的特点，把大多数人蛊惑了，他将责任和复仇之火推给了当年的敌人。实际上我们也是受害的人，是法西斯主义的受害人。现如今连幼儿都被告知，杀人、破坏、消灭犹太人，是英勇而神圣的行为。每天都有几百万份报纸在重复着，叫嚣着这种疯狂的思想，号召大家这样做。真是疯了，智慧的德国人变傻了，他们的才智正在为一个暴虐的疯子效力。”

我静静地聆听特里斯科的倾诉。这位德意志优秀的儿子，日复一日，在秘密警察的鼻子底下，和自己的同志勤奋地工作着，等待祖国黎明的到来。他们坚定的信念和高尚的人格，深深地打动了我，我为能认识这样的人并成为好友而倍感自豪。

我在同这位拥有德国贵族血统的男子相处时，领教了他的幽默和刻薄，他对朋友无比的幽默，常常逗得我哈哈大笑。而对纳粹们十分刻薄，在这个贵族子弟看来，希特勒不过是一个无名的奥地利中士，即使给他擦鞋他都嫌傻。用特里斯科的话讲，我怕他把我的皮靴当话筒了。

特里斯科说：“有些人老是觉得秘密警察了不起，我可不这样认为，他们都是愚蠢到家的笨蛋。知道吗，有人讲过这样一个笑话，一个外国女士离开德国时，被当做间谍，秘密警察叫她脱光衣服，然后搜了个遍。女警官非常兴奋地报告上司说，这个女士的屁股上有‘密写’。女士当场被逮捕，‘密写’也被照了相，胶片送到秘密警察总部进行分析判断。而事实是，这个女人乘坐火车前往边境途中曾上过厕所，为了卫生，她坐马桶时用报纸垫着，屁股上的‘密写’就是当天《法兰克福时报》上的东西。”

“屁股的密写……哈哈……哈哈……”我、布兰科还有科尔曼蹲在地上，笑个不停。

不一会儿，特里斯科仰望夜空，轻声说：“让我们远离战争吧，这是残酷的，非荣耀的行为。只能给无辜的人民留下难以咽下的痛苦，对所有的人来说，这是一种牺牲，生者的痛苦和逝者的消失。我希望正义的天平倾向我们，让人们不再杀戮，不再被杀，不再把自己宝贵的生命置于毁灭之路。”

我轻声叹道：“是啊，倘若爆发战争，四处会是鲜血，是杀戮，一切理智的论断都被淹没在血海里。为什么？为什么我们要用钢铁、炸药和杀戮来固执地消灭自己？”

临走时，我和三个德国同伴紧紧地拥抱在一起。当我发动汽车准备离去时，特里斯科他们低声唱道：

“起来，饥寒交迫的奴隶
起来，全世界受苦的人
满腔的热血已经沸腾
要为真理而斗争

……
这是最后的斗争，团结起来到明天
英特耐雄纳尔就一定要实现
……"

我抑制不住心中的激情，跟着哼唱起来。在德国的日子，我又悲又喜，我替德国人民被恶魔拖入战争而悲凉。喜的是，他们中间有很多像特里斯科、布兰特和科尔曼，这样善良正直的人。他们就像美国内战时的传奇英雄威廉·昆特里一样，驰骋疆场，这个民族的前途是光明的。

由于有外交护照和施坦因签的通行证，我一路上畅通无阻。科尔曼当过卫生兵，他给袁文道打了一针镇定剂，他一直处于昏睡状态，没有乱喊乱叫。袁文道的神经被折腾过了头，他的感情经历了激荡的起伏，现在他太需要好好地睡一觉了。

公路两旁的树林万籁俱寂，在松树和伪装网的下面，各种大炮一英里又一英里地排列着，并按照不同的口径向后面延伸。迫击炮和战防炮在最前面，后面是坦克，坦克上的高射机枪高高地架起。然后是重型榴弹炮，在榴弹炮的后面是轻型火炮和加农炮，最后是一种 88 毫米的高射炮。据说这种中型口径的高射炮是德国人的反坦克利器，能轻易击穿英法联军坦克的装甲。

望着这些战争利器，我觉得空气凝固了，窒息无比，树林中的寂静愈加剧烈。当到了一个顶点时，这种寂静会爆炸成为喧嚣，带着杀戮的喧嚣。路两边，全是士兵的帐篷，公路有时会堵车，挤满了运送士兵和弹药的军车。车上的士兵一个个兴奋不已，不停地向路边的行人挥手致意，身子有时颤动不已，就像狩猎前的马匹在颤抖一样。一些军车上运载着工兵使用的浮桥构件和橡皮艇，传达命令的通讯兵，疯狂地驾驶摩托车，在军车之间穿行。好几次我看见由于车速过快，有几个传令兵连人带车，冲进了路边的池塘里。

天空中，十几架德国侦察机明目张胆地飞到荷兰境内。它们转一个圈，没等荷兰的战斗机飞来，就又鬼鬼祟祟地溜回去。

"但愿这一切都是虚幻的，让战争远离我们吧。"我自言自语道，"到那时，我就又能到这里来，到我曾经求学过的、熟悉的、美丽的地方来。而不至于像现在这么伤神揪心，不至于随着我的车轮的每一次转动，就会又有一批生灵惨遭涂炭。愚蠢的人们啊，什么时候你们才能变得理智和善良，不再被恶鬼的咒语冲昏了头脑，难道这事永无完结了吗？"

傍晚时分，我顺利地越过德荷边境线，进入荷兰境内。

这时，袁文道忽然醒了，他回过头，看了看身后的界碑。在界碑那边，他有过美丽的生活、幸福的家庭和成功的事业，而今都已消逝了。现在的他是那么凄凉、孤单、失意。

近旁树林发出飒飒的低吟,它们在清新的晨风中频频点头,仿佛向袁文道话别。袁文道好似明白了什么,两眼含泪,冲着天空大声哭泣起来。

我深深地吐了一口粗气,在魔鬼的洞穴里转了一圈,终于平安地返回,真是值得庆贺的一件事。时间是 5 月 1 日。但我并没有想到,一张无形的网正在等待着我和袁文道。

10."四海楼"的老板李志民

这本是收割大忙的时节,但田野里很少看见人影。阳光暴晒着还没有收割的庄稼地,小鸟在田野上空盘旋,没有一丝风。地里的小麦秆挺立着,垂下麦穗,没人过问。

荷兰政府把希望寄托在英法联军和马其诺防线身上,他们静静地等待着,等待盟友的救援,等待外交斡旋的成功,也在等待德国人的到来。但他们永远不知道这种噩梦是早晨来临,还是夜间。他们不知道当中谁会活下来,谁将死去……

对威胁自己的危险,荷兰平民都以自己的方式作出反应:有些人静静地在教堂祷告,恳求上帝说服恶魔,让险境离去;有些人拎包远去,远离险境;有些人抱头痛哭,不知所措。更多的人的反应是愤怒,他们具有荷兰人特有的个性,在他们看来,一个连大海都能征服的民族,难道还怕一个瘦小的奥地利疯子?他们拿起武器,从各地赶到前线,准备勇敢地迎接敌人的进攻。

公路上挤满了逃难的人们。这些逃亡的平民们大多是老人、妇女和儿童,他们离开家园,用肩膀扛,或用汽车和马车拉,甚至用手推车和自行车推,带着生平积蓄,牵着子女,茫然地跟随队伍向前行。很多农妇赶着牲畜,导致道路时常被堵塞,很长时间都无法通行。

但有些多嘴好事的人,携带有毒的"病菌",一路传播给沿途的市民,将恐惧留给他们。

我不止一次听过这种"病毒":有人说,德国人已经进攻了,他们占领了边境城市。有人说,德国人凶暴残忍,掠夺成性,这些复仇的人不会放过任何一个人。更有甚者,说他碰见从波兰逃出的人。波兰人说,走在最前面的德国军队,纪律严明,举止得体,就像优雅的绅士。而后面的党卫队士兵,却是一帮无赖和流氓,他们桀骜不驯,酗酒无度,擅长杀人放火,强奸抢劫。

就这样,又有一些人加入逃难的行列,另一些人拒绝接受这些故事。在他们看来,德国人不会变成魔鬼,他们是文明人,和自己一样,都是上帝的子民。

我想,这里面多少是由于恐惧造成的幻想,多少是事实,人们并不清楚。但有一点必须承认,纳粹军队已经作好了进攻荷兰的准备,他们的确是恶魔。

这一路,袁文道还算老实,一直规规矩矩地坐在后座上。不知为什么,他似乎觉得自己认识我,我们早已是熟识的老友,他能叫出我的名字,在他的眼中含着某种可以信赖的神情。他嘴里念着妻子的名字,没有说德语,而是用汉语。他一直保持这种状态,即使吃饭和上厕所也不停下。

休息时,袁文道会弯腰曲背坐在房间的角落里,头抵着墙,曲起双腿,身子蜷缩得很奇怪,弯着双臂紧抱在胸前。他本是一个爱清洁的人,现在却不用水,不要肥皂,也不肯换衣服,除了轻声抽抽噎噎外,什么声响也没有。说到吃饭,袁文道对任何美味佳肴都置之不理。只有我叫"袁瞎子"时,他的眼睛才亮那么一下,喝点牛奶,吃点水果。

任何时候,袁文道总是护着银项链。好几次,我开玩笑想摘下看看时,他就会变成一头凶猛的獒犬,对我又踢又咬,生怕我把银项链夺走。我感觉这串项链很神秘,里面一定蕴藏着什么秘密,或是一个传奇的故事。

只要有军队经过,看见武器,听见枪声,袁文道就会变成另一个人——他傻傻地盯着武器装备,或是闭着眼睛聆听枪声,嘴里迸出装备的型号、性能和弊病。这人真是一个"武器疯子",一接触到自己的本行业务,就会把周围的一切都忘得一干二净。

每当夜晚,袁文道的心就会痛苦地紧紧收缩起来。他常常半夜从梦中惊醒,惊疑而悲戚地大喊大叫着:"伊尔莎,伊尔莎!"接着泪珠成串地滴落下来。袁文道总觉得伊尔莎的逝去是一场噩梦,他无法接受残酷的现实。

我能感觉痛苦之神在袁文道心灵深处"安居乐业"了,在不妨碍其他生理机能情况下,尽其职责,宛如体内固有器官,或像灵魂的基本力量,或似一种经久难愈的病疾,固着在了他的心底上。这种痛苦仿佛使他染上了孤独疯狂症,夜寐不宁,呓语连篇。倘若长此以往,非要他的命不可。

马隆曾对我说,袁文道是由于过度惊吓而导致短暂性精神失常,治疗这种疾病很困难,但不是没有办法。很多这类病人,是在又一次惊吓中恢复常态。我苦笑道,难道再给他找一个妻子,又当着他的面杀死?

三天后,也就是5月4日中午,我们乘坐公共汽车来艾恩德霍芬。那辆"梅赛德斯"牌轿车半路被荷兰军人征用了。

我们来到一个街区。这是一条窄窄的红砖道,两旁的房子大多为陈年古厝,充满了古欧洲的风味。路边矗立着煤气路灯,很少有汽车开进街道,倒是偶尔看见优雅的马车穿梭其间。车夫高高地坐在上面,身披领巾,头戴高帽,让人感觉像走进了遗忘已久的过去。十几个华人小孩脖子上吊着一个木盘,上面放着花生饼,向路人叫卖着:"花生饼……花生饼……好吃的花生饼!”

我在留学时就听过荷兰华侨“花生饼”的故事:荷兰第一代华人移民大都是轮船上的海员,许多人与当地女子结婚生子,在荷兰扎根定居。后来,陆陆续续有中国人移居荷兰,分布在荷兰各地,从事各种低廉报酬的职业。二十年代,由于经济危机,很多华人生存困难,饱受失业和饥饿的煎熬。这时,有一个姓吴的中国人,将一种名叫花生饼的南方美味食品,带到街上叫卖用以换取生活费。一时间,许多困窘的华人纷纷效仿,到了1933年,在阿姆斯特丹走街串巷叫卖“花生饼”的华人,已有200多人,这种美味食品也在荷兰家喻户晓。

街口的“四海楼”看上去生意不错,前来吃饭的人络绎不绝,大多是慕名而来的外国人。虽然张姝夫妇一再保证李志民是一个正直的人,但碍于汪家昌的教训,我还是决定不直接和他联系,先进餐馆看看人再说。

我们在餐馆找了个角落坐下来。一个二十来岁的中国男子走过来,一身服务员打扮,架着厚厚的眼镜,看样子是打工的留学生。

服务员将菜单递到我的面前,用普通话问:“老乡,要吃点什么?”

远在异国他乡,看见同胞,听见乡音,真是倍感亲切。

“来份炒饭,一份肉汤,给他。”我指了指袁文道,“来杯牛奶和薄饼。”

服务员指着袁文道问:“大哥,他这是怎么了?”

我立刻警惕起来,随口说:“他是我哥哥,出了一次交通事故,人被吓傻了。”

服务员同情地看了看袁文道,转身离去。

不一会儿,服务员将饭菜端了上来,我指着一碗热腾腾的汤面说:“小伙子,我没要汤面啊。”

服务员笑着解释道:“这是我们老板送的。他还叫我转告您,大家都是中国人,在外面混不容易,赶紧给您哥哥找个医生治治。”

我笑了笑:“谢谢你们老板,谢谢!”

望着冒着热气的面汤,我不知道这个李志民葫芦里卖的什么药。万一饭里有毒怎么办?想到这里,我将面条推到一边,把牛奶和薄饼递到袁文道面前,说:“瞎子,开饭了。”

袁文道眼睛一亮,拿起杯子,开始慢慢地喝起来。

忽然,餐馆传来一阵怒骂声。只见两个外国男子将盘中的炒饭四处泼洒,客人们尖叫着逃走了。这两人一看就是来滋事的流氓。他们恶狠狠地将盘子砸在地上,其中一个怒吼道:“叫你们老板出来,快点!叫你们老板出来!”

不一会儿,一个厨师打扮的男子从后堂走出来。他身材结实,高高的个头,梳着贝多芬式的大背头,容貌异常英俊,幽蓝的大眼睛,充满法国男人独特的魅力。如果让他戴上一顶头盔,穿一身锁子铠,腰间佩带一把宝剑,再给他雕塑一尊大理石像,人们准会说这人是最理想的高卢型美男子。

这人笑吟吟地对滋事的外国人说:“先生,有什么事儿吗?”

外国流氓不屑地说:“我要找你们老板,你这个厨师滚到一边去。快叫他出来。”

男子赔笑道:“先生,我就是这家餐馆的老板李志民,有什么可以效劳的吗?”

外国流氓点燃一支雪茄,指着桌子上的一盘炒饭,说:“你的炒饭有问题,它是用臭的大米做的,吃了会死人。”

“臭的?”李志民笑了笑,“没问题,我可以替您换一份,马上就给您炒一份新的。”他对着厨房喊道:“再来两份炒饭。先生,您一定会喜欢那两份炒饭的,我打赌您会把它吃得干干净净。”李志民笑吟吟地对流氓说。

正如张姝所说,李志民是一个喜欢和别人打赌的人,“我敢打赌”是他的口头禅。

“小子,我可以保护你。”那个抽雪茄的流氓说,“这一片儿都归我管,你每个月按时给我保护费,我的手下到你这里吃喝免费。怎么样?”

“保护费,白吃白喝?”李志民冷笑了一下,“我一个子儿也不会给你,混蛋!”

“不给? 我就叫人烧了你的餐馆!”

“混球,你是跟我来真的,嗯? 先生,您这样恐吓我,知道我有多害怕吗?”李志民装出一副吓傻的样子,“听见没有,他要烧了我的餐馆,上帝啊!”我觉得他那双幽蓝色的眼睛显得异常平静,甚至有点顽童的灵性。

李志民正色地说:“这样吧,朋友,你要是饿了,我随时欢迎你到我餐馆来,我招待你。我们中国人有句俗语,叫有朋自远方来不亦乐乎。你觉得怎样?”

那两个流氓气得满脸通红。

“对了,你需要钱。”李志民从兜里拿出一块钢镚儿,“这儿有一块硬币,要不要随便你。”

“你这个不知好歹的狗杂种!”流氓将炒饭倒在李志民头上,在场的人都被吓傻了。我喝着茶,倒要看看他如何处理。

李志民大笑起来:“先生,你这是怎么了,这些饭不好吃吗?”他把地上的饭粒一一拣起来,放在一个盘子里。“你不喜欢吃我做的炒饭? 这些饭不错嘛,很多荷兰人都喜欢吃。难道这些饭冒犯了您?”说着,李志民把饭放进嘴里,笑吟吟地吞了下去。

“我觉得味道不错啊,我父亲曾教过我一首古诗,叫‘锄禾日当午,汗滴禾下土。谁知盘中餐,粒粒皆辛苦’。对我们来说,饭就是我们的亲人,你竟然侮辱我的亲人。”李志民愤怒地将那盘炒饭扔在流氓面前,怒吼道:“你他妈的还算个人的话,就马上吃掉这些饭。”

这时,我听见一声清脆的响声。一个流氓掏出弹簧刀,刀刃啪地弹了出来,钢刀猛地向李志民刺来。李志民右手小臂往下一挥,隔开刺来的刀子,然后身体原地回旋了一圈,横腿一扫,脚跟扫中了对方的骨盆。这家伙身体重重地摔在地上,刀子掉在地上。

好身手！我心里赞叹道。

李志民走上前去,闪电般地将他的胳膊一拧,夺过他腰间的手枪,指着另一个流氓的头,说:“快吃！张开你的狗嘴,吃掉!”

当地的治安官走了进来,见这情形,他无奈地说:“好了,好了,快把枪放下。”

李志民说:“让他先吃了这盘饭!”

治安官说:“李老板,您先把枪放下再说,听见没有?”

“不,先让这个混蛋把饭吃了,不然我打爆他的头。”

治安官耸耸肩,劝那个流氓道:“我看你还是把这盘饭吃了吧,混蛋,他真会打碎你的头。”

两名流氓很快就吃完了两盘饭,治安官掏出手铐,将他们一一带走。李志民笑着说:“我和他打过赌,他一定会把这两盘饭吃光,不是吗？我又赢了!”

餐馆内的华人都哈哈大笑起来。

李志民转身来到我的面前,热情的光芒洋溢在他脸上,他笑着说:“我打赌您就是黄仲泰先生,我是李志民,张姝大姐的电报我已经收到了,一直在等您。”

我说:“李先生,您又赢了。”

当夜,李志民将餐馆提前打烊,他和十几个留学生搞了一个家宴,欢迎我们的到来。

李志民的烹饪技术的确很棒,他擅长做粤菜和川菜。没过多久,桌上就摆满了各种佳肴。李志民领着留学生举起酒杯,说:“黄先生,我们敬您一杯,您是我们的英雄。”

我连忙摆摆手,说:“不敢当,不敢当,真正的英雄是那些在前线浴血奋战的抗日将士们,我只不过尽自己职责罢了。”

我把沿途的见闻告诉大家后,李志民叹道:“这比前几年美国的沙尘暴移民还恐怖。”

“沙尘暴移民?”我问。

“1935 年,那时我在美国德克萨斯的一家餐馆打工。4 月 14 日,这是一个星期天,天色忽然转黑,一大片恐怖的黑色风暴向城市席卷而来。瞬间,整个世界比夜晚还要黑,人人都在寻找藏身之处,生怕窒息而亡。这种风暴持续了好几个星期,它让白天就像晚上,呼吸、吃饭、散步变得很困难,孩子上学也要戴上防毒面具,很多人饥寒交迫甚至丢了性命。为了逃生,人们纷纷从堪萨斯、俄亥俄这些沙尘暴密集的州,涌向加利福尼亚,这就被称为‘沙尘暴移民’。”

“纳粹的军队比沙尘暴还要可怕。”我说。

这时,两个留学生扶着袁文道走过来,我眼睛一亮:袁文道洗了个澡,理了发,脸颊红扑扑的。他架着一副新眼镜,脸刮得干干净净,一件花格西装套在身上。

李志民将袁文道扶到座位上,替他夹了很多菜,可袁文道连看都不看,眼睛死死盯着天花板。

“志民，袁文道被吓傻了，你给他弄杯牛奶和蛋糕，然后说，瞎子，吃饭了，他才吃一点。”我对李志民说道。

几个学生端上牛奶、煎蛋和蛋糕，说：“瞎子，吃饭了，吃饭了！”

袁文道的眼睛顿时一亮，他端起牛奶慢慢地喝起来。

李志民好奇地问：“袁文道究竟是什么人，为什么要叫他‘瞎子’呢？”

我从李志民衣兜里拿出那把流氓留下的手枪，袁文道忽然全身紧绷起来，我冷不防地将枪扔给了袁文道，四周人见了发出惊恐的叫声。

袁文道伸手一捞，在半空中拦下那把枪，动作干净利落，迅如闪电，一副得心应手的架势。他眼睛瞪着我，像部机器一样，等待我发出下一个指令。

“瞎子，我现在要你分解这把手枪，闭着眼睛。”

袁文道闭上双眼，双手抓住枪，十指飞快地转动起来。不到十秒钟，那把手枪已经被彻底地拆卸掉了，每一个零件井然有序地躺在桌子上。

“瞎子，把枪重新组装起来。”我又说。

又是一个十秒钟，枪被袁文道复原了，他睁开眼睛，呆滞地盯着众人。

在座的人们惊得目瞪口呆，半天都没回过神来。

我将袁文道的故事讲给李志民他们后，一个留学生说：“黄大哥，我一定要学你一样，做一个顶天立地的男子汉，早日学成归国，报效祖国。”

我笑着说：“对！做一个顶天立地的男子汉。我记得有支山歌说，山歌不唱忧愁多，大路不走草成窝，钢刀不磨生黄锈，胸膛不挺背要驼。虽然我们的祖国正在遭受侵略，但每一个中国人都不能泄气，我们要挺胸做人，埋头干事，早日把小日本赶出中国去。”

留学生们激动不已，他们把袁文道当成抗日的珍宝一样，看了又看，瞧了又瞧。

一个女学生轻声唱道：

“我的家在东北松花江上，
那里有森林煤矿
还有那漫山遍野的大豆高粱
……
脱离了我的家乡
抛弃那无尽的宝藏
流浪！流浪！
……”

一时间，整个餐厅歌声夹带着哭声一片。我看见袁文道的脸颊上，竟也流下两行热泪。

这时，一辆轿车缓缓地驶过餐馆，直觉让我转头注视着轿车。

我看见有一个男子从车里走出，手中拎着一包东西。我在脑中搜索着各种武器的样子，并考虑如何掩护袁文道时，一个可怕的场景出现了。

这个男子将手中的包裹往店里一扔，就匆匆跑开了，由于我的视线被窗帘挡住，所以包裹砸碎玻璃落在地上的情景，并没有看清楚。只听见李志民大喊一声："是炸弹，快走！"说完他扑向袁文道，用自己的身体挡住他。我只觉得有一道白色的、炫目的亮光闪过，紧跟着一声震耳欲聋的爆炸声传了过来。强烈的热浪把我冲到对面的墙角，又从脸颊和腹部掠过。

我静静地躺在地上，迷迷糊糊地望着天花板，耳膜里好似有一个大锤在敲打一样，嗡嗡直响，空气中回荡着爆炸的余音。

我扶着墙站起来，头晕脑涨，眼花缭乱。一片片浸着血迹的衣服碎片和一连串令人恐惧的肢体，在我四周散落下来，混合在一起的还有饭菜和桌椅的碎渣。到处是男女惨叫声、哭泣声和玻璃破碎稀里哗啦的刺耳声。一片乌黑的烟雾在屋内弥漫。我蒙蒙眬眬地看着烟雾，缓缓地升起，然后渐渐飘散。

一股鲜血从我的额头流了下来。我抹了一把，整个屋子都是红色的，空气中弥漫着浓重的炸药怪味，木具烧焦的糊味以及人肉烧焦气味。七八个留学生躺在血泊中，墙壁上、天花板、桌椅上到处都留着斑斑血迹。

"瞎子……瞎子……你在哪儿？"我急切地问。

"黄……先……生！"我顺着声音跑到一张桌子下，看见李志民伏在地上，浑身是血。他翻了个身，袁文道不停地傻笑，嘴里结结巴巴地说："TNT……T……N……T！"

李志民住的公寓坐落在离餐馆不远的贝尔蒙社区。房屋很简陋。屋子正中的神龛上，既有中国的关公也有外国的圣母像。一旁的墙壁上，裱着一幅汉字，上面龙飞凤舞地写着"义薄云天"四个字，落款是一个名叫关义山的中国人。另一边的墙上挂着很多相框，有李志民小时候在世界各地的留影，还有他学习中国武术时的照片。桌子上，我竟然发现了一叠《救国时报》。

《救国时报》是中共党员吴玉章等同志，于 1935 年在法国巴黎出版的中文报纸，读者以海外华人为主，发行范围有 43 个国家之多。

李志民朝圣像画了个十字，又替关公像上了香，他笑着对我说："我有两个神灵保佑，一个中国的，一个法国的。"他见我注视着一个舞狮用的狮子头，说："每到春节时，我就带着它到街口舞狮，就像这样……"李志民迈开马步，嘿嘿哈哈地做了几个舞狮的动作。

我从他的招式中隐隐约约看出有南拳的影子。

袁文道蜷缩成一团，双手紧紧地捏着银项链，渐渐地进入了梦乡。我蹑手蹑脚地替他盖上被子。从袁文道那消瘦的脸、厚厚的眼镜片、新旧不一的伤疤，我可以体会到他的内心是无比痛苦。

"我看应该把这事儿报告给治安官,让警察来处理这件事。"我轻声对李志民说。

"黄先生,没用的。今天算你们走运,没被炸死,很明显,炸弹是冲着你和袁文道来的。看来这件事还没有完,这些日本人会一直跟着你们,你们走到哪儿,他们就跟到哪儿,除非你们死了才甘心。"

"志民,给你添麻烦了,真对不起。明天我就带着袁文道离开这里。"

"我和你一道护送袁瞎子到鹿特丹去。"

"这……恐怕不合适吧。"

"有什么合适不合适的。这些人太没有人性了,炸了我的餐馆,伤了我的亲人,这笔账一定要找他们算。"李志民一向把"四海楼"看成一个家,把留学生当做自己的弟弟妹妹,他就像大哥哥一样尽心尽力地呵护着他们。

我发现李志民一直将一枚硬币在手指间来回地翻动着。

李志民说:"这枚硬币是我赌钱的幸运币,从不离身。这是我出生时,一个替我卜卦的波西米亚女巫送给我的礼物。女巫说,硬币是我的守护神,假如哪一天硬币不见了,我就会有血光之灾。"

我笑着说:"放心好了,有关老爷和圣母玛利亚两位神灵保佑,你不会有事,吉人自有天相。"

不一会儿,天蒙蒙亮,附近教堂响起了早起祷告钟声。应着这钟声,李志民双膝跪在地上,大声祈祷。他像个孩子,把手掌合在一起,仰着头,叽里咕噜道:"圣母玛利亚,圣母玛利亚……"

窗,敞开着,薄薄的晨雾和凌晨最初的活力从外边飘然而入。

11. 老中医关义山

第二天,李志民和我带着袁文道向鹿特丹进发。临行前,我偷偷将一笔钱塞进了一个留学生衣兜里。有几个留学生想同我们一起前行,被李志民骂了回去,他叮嘱他们照顾好受伤的同伴,继续把餐馆开起来,等着他回来。

我们是沿河前行,越往鹿特丹走,越平静。在视野尽头河水流出的地方,可以看到低矮的圆形山峦,山坡上覆盖着幼松暗绿色的树枝。山下,高大的树丛中,是一座座风车，粉刷一新，赏心悦目，在阳光的照射下，缓缓转动，给这一带增添了许多生机和人情味。

傍晚时分，缕缕炊烟把空气染成了淡蓝色。低地上的农田辽阔肥沃，日照充足。河畔垂钓的男子，悠闲自得地抽着烟斗；沿岸到处是欢快的笑声；河中心常常驶过美丽的平底船，彪悍的船夫笑着和我们打招呼；冒着轻烟的拖轮，拉着一串串货船，吐吐地向鹿特丹行去。

我们在离鹿特丹30英里的一个小镇停下来。小镇的房子都是蜷伏在一座钟楼周围，钟楼是圆锥形的，高高耸立在空中。我们沿着大街向前走，这是一条石子路，七弯八曲的，不时听见正在干活的人发出的歌声。这里有大车修理匠、铜匠、马蹄铁匠。一些作坊里的嗡嗡营营声，锉刀的叽叽咕咕声，铁锤的叮叮当当声，各种手工业混在一起的喧闹声。镇子上空弥漫着锻炉冒出的浓烟。

在我的面前集合了一群孩子，他们用好奇的目光端详着我和袁文道，或许因为我们有不同的肤色。

我们来到镇子郊外的一所宅院前。宅院前面是一片草坪，一条小溪从旁边淌过。屋外面有一道石墙，不高不低，上面爬满了葡萄藤。屋子是用砖瓦造的，两层，乡村特色，优雅洁净。屋子四周长着几棵开花的洋槐和芬香扑鼻的蔷薇。大门的木牌上写着“关义山医生”几个字。

他就是给李志民家中“义薄云天”那幅书画泼墨的人。

开门的是一个金发碧眼的荷兰妇女。她见到李志民就笑着用法语问好，然后朝我们点了点头，将我们让进屋内。“还没吃饭吧？”这位荷兰妇女将我们带到擦得干干净净的饭桌旁，给我们每人端上一份大圆布丁，又往布丁上倒了一些肉汁。肉汁流在金黄色的布丁上，香味扑鼻。我们吃完了布丁，李志民大大咧咧地将空盘子往前推了推，像个孩子似的说：“琳达，没了，没了！”

这位名叫琳达的荷兰妇女笑着给他盘子里放下一块布丁，又倒上一些肉汁，然后给我也加了一些。接着，琳达从烤炉里拿出一大块烤肉，李志民用刀子又剁又拉，很快，我们盘子里都有了一堆厚厚的肉片。而后，琳达又端来土豆泥和切碎的萝卜、苹果馅饼。接着，她把衬衫的袖子卷到臂肘，一面研磨咖啡，一面目光柔和地望着我们吃完桌上的所有饭菜。

李志民轻轻吹了一声口哨，他坐在窗户边，喝着琳达才煮好的咖啡，悠然自得地望着夜色——镇子的河流、教堂、山丘、草场，一景一景，都历历在目。河两岸长着葱绿的树木；远离岸边，植被就很少了。稀疏的杉树，宛如黑影，散落在远处的石岗上。月光辉映，景象肃穆，就像孤僻修士的心灵。

外面的空气从窗口吹来，夹带着农家袅袅的炊烟，还有隐隐约约的风车声和修女们唱圣歌的歌声。歌韵如烛焰，飘忽不定。我看了看手表，已是晚上九点了，袁文道倚靠在一张椅子上睡着了。昨夜受的刺激,并没有让他清醒过来,反倒让病情有些严重。他整整一天都没有吃东西,我担心他再像这样,不被日本人杀死,也会活活饿死。

忽然,从阁楼上传来一阵女人的尖叫声。我和李志民交换了下眼色,顺着楼梯走了上去。

这间屋子很小,里面只点了一盏油灯,一切陈设很干净,但很简陋。在靠窗的地方,一个待产的孕妇躺在床上,满头是汗地大声叫喊着,床边站着一个年近六旬的老妇人,和那个名叫琳达的荷兰女子。琳达不知什么时候更换了衣装,她身穿白大褂站在床边,神色严峻地注视着面前的产妇。

“这可怎么办啊,关医生什么时候才回来?”老妇显得很焦急,她急促地问琳达,“我给你沏杯热茶,琳达。”

琳达笑了笑,看来她知道,这位老太太很精明,她生怕琳达撇下产妇,说待会儿再来。

“别急,老太太,一切都会好的,我不会走开的。”琳达安慰道。

隔了一会儿,老太太又说:“琳达,我听人说,千万别用哥罗芳,这样做会伤着孩子的。我太想得到这个孩子啦。”她突然想起一件事,那双老眼忽地闪亮起来,她用低沉的声音又说道:“嗐,我想你和我想得都一样。”

“麻醉药不会有害处。”琳达和蔼地说,“大人小孩都不会有问题。”

经过近二十分钟的痛苦挣扎,婴孩出世了,可一丝生气也没有,产妇也奄奄一息,几乎连脉搏也没有了。整个屋子里的人都把目光投向琳达,等待她的决断——到底是先救母亲,还是竭力保住小孩。

琳达显得格外冷静,她把婴孩交给身边的老太太,迅速地给产妇注射了一针垂体素。接着,她扔下皮下注射器,用尽全力去救醒那个处于生死边缘的女人。这样拼命忙活了几分钟后,产妇的心跳渐渐有力了,人清醒过来。琳达回过身来,头发粘在汗涔涔的额头上:“小孩在哪儿?”

老太太吃惊地将孩子递给她,这是一个长得齐齐整整的男孩,软软的身体,白嫩的皮肤,脑袋耷拉着,四肢软弱无力。“是苍白窒息。快帮我弄点热水和冷水来,布鲁斯。”琳达对李志民喊道,“还拿两只盆来。要快! 快!”

“可是,琳达……”李志民迟疑地说,在他看来,这孩子估计是没救了。

“快!”琳达嚷了起来。说着,她拿过一条毛毯,把婴孩放在上面,做起了人工呼吸。我和李志民将装满热水和冷水的水壶和盆子拿过来,琳达将冷水倒入一只盆里,又在另外一只盆里把热水调和到自己的手可以放进的那种温度。然后,她像个变戏法的魔术师一样,把婴孩在这两盆水之间移来移去——一会儿把他放进冰凉的冷水里,一会儿用热水给他洗蒸气浴。

十分钟过去了,琳达大汗淋漓,但孩子依然没有露出一丝生气。

李志民失望地看着那个孩子,那个老太太一直靠墙站着,一只手扼住喉咙,一声不吭,只用眼睛死死地注视着自己的孙子。

"算了吧,琳达。"李志民低声对琳达说,"这孩子没救了,还是放弃了吧。"

琳达没有理睬他。她用毛巾把孩子擦擦干,两手在小胸口上一按一放,竭力想要这个毫无生气的小生命恢复生机。不一会儿,奇迹出现了,婴孩发出一声短促的、抽搐性的喘息。接下来,又是一声,琳达按的速度更加快了。小孩开始喘息,越喘越大,一滴粘液从小鼻孔里流了出来。他的脑袋不再耷拉着,苍白的皮肤慢慢转红,紧跟着,妙不可言的婴孩啼哭声响了起来。

"上帝啊!"李志民惊叹道,"他活啦……他活过来啦。"

房间里的所有人都狂喜起来,老太太还靠墙站着,不过她把双手合在了一起,嘴唇无声地嚅动着,我听到她在祈祷。

"好了,大小平安。"琳达拖着疲惫的身体,在李志民的搀扶下,慢腾腾地走下阁楼,来到厨房里。她接过李志民递来的白兰地,笑吟吟地说:"布鲁斯,为了孩子的健康,干杯!"

这时,门铃响了,琳达笑着说:"一定是我父亲出诊回来了。"

不一会儿,琳达把我们请到一间书房里。

这是靠近客厅的一个小房间,安静舒适,装饰大方得体——地板上铺了鲜艳的地毯,书柜的旁边放着冬日取暖的铁炉子,在火炉对面的神龛上,和李志民家一样,供着关公像。四面的墙上挂着几幅中国山水画,书桌上方挂着一块中式匾额,上面写着"悬壶济世"四个汉字。

书桌前坐着一个年近六旬的中国老人,他干瘦的个头,头发花白,留着一小撮胡须,身穿带条纹的西服,胸前垂着一条怀表链。老人的相貌,给人一种饱经风霜、朴实无华的感觉,甚至第一眼就给人留下老侠客的印象。

李志民笑着迎上去,抱拳行礼,说:"关师傅,近来可好?"随即,他将我们一一介绍给关义山。老人示意我们坐下,他用余光瞥了一下睡眼惺忪的袁文道。

"琳达,上茶。"关义山用汉语说道。

琳达端着三碗盛满茶水的中国瓷碗走过来,她用流利的汉语说:"请用茶。"

袁文道看也没看茶碗一眼,傻兮兮地盯着"悬壶济世"那几个字。

关义山掏出烟荷包,从里面抽出一杆纯银镂花烟袋锅儿,李志民连忙上前替老人点燃烟。

"这是我的儿媳妇琳达,一个贤惠的荷兰姑娘,医术精湛的助产士,镇子里的孩子几乎都是她接生的。我的儿子……"关义山用烟杆指了指墙壁上挂着的相框。"两年前,他和十几个留学生带着一些药品和医疗器械,回国打日本人去了,听说到了一个什么晋察……的地方。"老人仿佛一时想不起这个地名。

“关先生，是晋察冀根据地，抗日的最前线。”我笑着说，接着把国内抗战的情形向关义山介绍了一下。

关义山说：“依我看，战争才刚刚开始，还得苦熬几年。荷兰这儿也快没好日子过了喽，德国人说不定哪天就会占领荷兰。这里的军队不中用，就像国民党军队一样。”他想起我是国民政府的官员，立刻笑了笑。“黄先生，我不是指你们没有用处，只是针对那些只顾逃命不知抵抗的将领，完全是我们中国人的耻辱。”

关义山拿出一份《救国时报》，指着上面的一段文字说：“黄先生，您看看，这是国民党一个中央委员开会时写的打油诗。‘一生猪狗熊，两眼财权势，三是吹拍骗，四为礼仪廉。’哎呀，一个执政党的中央委员，竟然庸俗到如此程度，那基层的人如何就可想而知了。我还听人说，民国二十四年，国民党中央党部开会，发生了汪精卫遇刺事件。枪声一响，人人如惊弓之鸟全散开了，连警察都跑了。后来，警察清理现场，发现一个人在厕所里坐着呢。警察问，你是干什么的？他回答，我是中央委员。警察又问，你怎么不带证件呢？那人说，我把证件扔马桶里了。天啊，他竟然怕刺客知道自己是中央委员。政府如此荒唐腐败，我们这些旅居海外的华人都觉得脸上无光。”

我低着头，轻声说：“老人家，您说得在理。”

“现在荷兰政府把希望寄托给英国人和法国人，要我看，英法两国自身都难保，还顾得了我们？有些人说德国人不会入侵荷兰，即使来了也是和平的，不杀戮，不掠夺，真是愚蠢之极！”关义山把拐杖在地上戳得噔噔直响。

“老前辈不但写得一手好字，还对政局有独特的见解，佩服！”

“黄先生过奖了。‘少小离家老大回，乡音无改鬓毛衰；儿童相见不相识，笑问客从何处来。’老夫离家近四十年了，我祖籍在山东淄博，家父是一个悬壶济世的中医。一次偶然的机会，他结识了一个法国传教士，这人学过西医，他们一见如故，成为医学知己，天天切磋中西医学技巧。家父发现西医特别是外科学很值得我们中国人学习，有很先进的东西。庚子年，我就随这位法国传教士乘船到了法国，进入里昂大学学习西医。这一走就是几十年。”

关义山指着李志民说：“布鲁斯是我收的小徒弟，别看他有双‘洋鬼子’的蓝眼睛，但他父亲从小就教他学习中国文化，我的中医接骨疗伤法也被这个家伙偷学去了。”

“师傅，是我赢的。”李志民辩解道，“您打赌输给了我。”

“黄先生，您这位朋友估计是精神受了刺激吧？”关义山指着袁文道问。他从背心口袋里拉出怀表，打开表盖，看了看表。“一进门，我就一直悄悄地观察他，病得不轻啊。”

“关先生，您看他这病还能治好吗？”

关义山用手指理了一下胡须，说：“难！俗话说，心病还须心药医。想想看，当年范进中举后，一时疯癫了，叫都叫不醒，还不亏了他的丈人胡屠夫。胡屠夫一巴掌打过去，

‘该死的畜生！你中了什么?’这样才把范进打醒。这位袁先生的病也差不多，只要见到他最害怕的人，再受一次惊吓，或许还能恢复正常。”

“难道叫那些恶鬼再来砸我的餐馆，再拎枪杀他?”李志民懊恼地说。

关义山皱着眉头想了想，说：“中医针灸可以提神醒脑，不如试一下。琳达，拿我的针灸布袋来。”

我们来到关义山的诊疗室，这里住满了病人。琳达告诉我，这些人都是半途生了重病的难民。

关义山在袁文道的人中、百会、四神聪、内关和涌泉几个穴位，扎上了银针。我盯着闪闪发亮的银针，悄声问李志民：“有用吗?”

李志民指着我说：“你们啊，就知道问有没有用，有没有用，不试怎么知道呢？真的不行，我就学着那个杀猪的，给他一巴掌。”

半个小时后，李志民正准备替袁文道起针，前堂忽然传来琳达的惨叫声。袁文道的眼睛猛地亮了一下，他一把推开李志民，高喊着：“枪……枪……无声手枪！”我听懂了他说的意思，对李志民说：“那些混蛋来了！”

李志民掏出一把芬兰刀冲了出去，迎面和一个日本人撞了个满怀。这家伙刚要举手开枪，李志民顺手将一根长凳砸了过去，跟着就把芬兰刀插进他的脖子里。

没等李志民把手枪捡起来，另一个家伙朝他开了枪，扑哧扑哧两声闷响。李志民手臂中了弹。他向旁边一滚，随手将芬兰刀扔了过去，刀正好插在这人眼睛里，他痛得捂着眼睛哇哇乱叫。李志民抱着他，冲破窗户的玻璃，摔到了外面。

整个诊所乱成一团，关义山大声说：“镇定，大家镇定，不要慌！”

袁文道脸上布满了恐惧，嘴唇惨白得没有一点血色，他哆里哆嗦地说：“这是英国的威伯利·斯科特左轮手枪，斯科特左轮手枪。”

“瞎子，你到底是真傻还是装的?”我摇晃着袁文道大声问。

袁文道没有理会我，一个劲儿地喊道：“斯科特，斯科特左轮手枪，有问题……膛线歪了……撞针……”

这时，一个家伙对着袁文道就是一枪。我下意识地用身体一挡，子弹深深地嵌入我的肩部，我感觉一阵烧灼的疼痛。

正当这家伙准备开第二枪时，关义山对着他就是一棍子，打掉了他的手枪。

我顺手从袁文道的头上拔了根银针，对着这家伙的脸狠狠地扎去，他捂着嘴，慌忙地捡起手枪。我又朝他的腹部重重地踢了一脚，他痛叫一声，慌慌张张地跑了出去。

我跟着追出去，琳达捂着伤口坐在地上，向我指了指：“他……他……向……那里……”

我顺着琳达手指的方向追过去，远远地看见这人朝公路边的一辆货车跑去，货车上接应的人不停地用日语对他喊：“快点，快跑！”

这时,几个巡逻的荷兰军人正朝这边走来。"德国人,德国人! 间谍……间谍!"我用荷兰语冲着那几个士兵喊道。

那几个军人立刻跑了过来:"在哪儿?"

我捂着伤口,指着货车,用尽力气喊:"货车,路边的。"

这几个军人对刚跑到货车的日本人喊道:"别动! 再动开枪了,听见没有?"

那两个日本人根本听不懂荷兰语,何况夜色挡住了他们的视线,没有看清跑过来的是荷兰士兵。随即,日本人用手中的武器向士兵开了火。为首的荷兰军官向后一仰,被当场打死。这两个家伙又开了两枪,一颗子弹射进了一个士兵的脖子,他捂着喉咙尖叫一声倒在地上。

荷兰士兵开了火,货车火星四溅,一个家伙被打成了马蜂窝,倒在地上。另一个则伏在地上,不停地用手枪还击着。他的枪法很精准,几个企图向前的士兵,都被他打死。

很快,又有十几个荷兰士兵赶了过来,领头的是个军士长,他看见我捂着伤口站在路边,问:"开枪的是什么人?"

"是德国间谍,长官。他开枪打伤了我,还打死了你好几个弟兄。"我说。

当听见自己人被"德国间谍"打死时,这个老兵怒火冲天,他大喊道:"听我口令,全体都有。"

我以为他要叫士兵拔出刺刀,冲上去与货车下的家伙拼刺刀,没想到他竟说:"手榴弹!"这些荷兰士兵人人拿着一枚手榴弹,将导火索拉燃,军士长"投掷!"的口令一下,十几枚手榴弹飞向了货车。

那个顽抗的家伙抬头看了一眼,还没回过神来,就听见一阵轰隆隆的巨响,整个公路闪起了一阵阵强烈的火光,货车飞上了天。看着耀眼的火光,我想,十几枚手榴弹在战场上算不上什么,但要是全部扔在一辆货车上,对付一个人,无疑是可怕的,等于用一门山炮轰了几下。

这些人中并没有那个戴墨镜的藤原幸,看来这人隐藏得很深,是一个难对付的高手。

不幸的是琳达死了。第二天清晨,我们替这位善良的荷兰女子举行了葬礼,小镇所有的人都来参加了葬礼。琳达十分讨人喜欢,她性格温和,心地善良,李志民说,琳达的形象能从人们心中驱除一切世俗的邪念。

晨雾笼罩着大地,把青翠欲滴的田野映衬得格外美丽。田野里到处有纤细的银色溪水流贯其间。空气新鲜清凉,土地浸透了露水,似乎有强大的生命力在发酵。

在小镇的教堂里,神甫主持了谢恩安灵弥撒。他在一位修士和风琴手的陪伴下,用拉丁语唱起了挽歌。琳达的遗体高陈在灵柩台上,她平静安详地躺在棺木里,长长的眼睑紧闭着,像睡着了一样。她娇小的身躯淹没在鲜花中,四周点着蜡烛,鲜花的芬芳和安魂用的乳香混杂在一起,发出醉人的气息。全镇的人们悲戚地坐在台下,作着祷告,谛听着拖长的忧伤的挽歌。

这挽歌时而像恐怖的叫喊,令人心惊肉跳,不寒而栗;时而吐出压抑的泣不成声的单音,低沉的痛彻心肺的呜咽,让每一个人不由自主地流下泪来;时而又以超凡入圣的狂喜之情,响彻行云,仿佛是处于永恒的幸福之境的天使唱的赞美诗。

我和李志民搀扶着关义山,他摇晃着白发,心碎欲绝。袁文道的脸比平日更苍白了,他茫然地望着四周,好像什么也没看见。

仪式进行了整整两个小时。最后,神甫从烛台上取下蜡烛,分给众人。他在琳达的遗体前做罢祷告,便一面绕着遗体行走,一面摇晃着手中的香炉,使得周围的空气里都缭绕着蓝色的烟雾。然后,神甫把圣水洒在遗体上,并以十字架为前导,向教堂外的墓园走去。

灵柩刚一搬动,琳达的母亲就扑到女儿身上,撕裂人心地尖声恸哭起来。她搂住女儿,像疯了似的把脸埋在鲜花和服饰里,然后接连不断地说出一大串表现母爱和绝望的话语。这些含糊不清,断断续续的痴话令人听了如钢针刺心一样难受。她的每个字眼都像从心上揪下来的一块肉,每一声喊叫都像不可言状的无边苦海。

四周的哭声和呜咽声越来越响,我用手帕使劲捂住嘴,生怕哭出声来。我的内心充满了愧疚和歉意,琳达的死,我要负很大的责任,如果不是因为我们的到来,这个善良的女人根本不会出事。

墓园隆起在教堂后面的树林里,一丛丛的树木,一个个的十字架和一座座冰凉的墓碑。当大家跟随神甫来到墓地时,修士敲响了凄凉的钟声。

神甫轻声吟诵道:"愿上帝怜悯我……"在场所有的人都悲哀凄凉,一言不发。

神甫赞扬了琳达平日的善举,念了一段《圣经》的经文,砰的一声,棺木放到墓穴里,沙土开始倾泻到棺木上。这时,我听见四周的人们爆发出一阵暴风雨般的哭喊声,一阵震耳欲聋的号啕声,即使铁石心肠的人听了,也要为之掉泪。

袁文道默默地跟着我,他噙着泪,手一直握着那根银项链。

葬礼仪式结束时,空中的云低垂下来,仿佛在专心听着人们唱赞歌。轻风吹拂过来的时候,树木对着棺木洒下了眼泪。而田里的麦子弯倒了腰,好像对那永远离开它们的女主人鞠躬致敬。

临走时,关义山递给李志民一个旅行包,拍拍我的肩,轻声说:"黄先生,一路顺风!"

我向关义山抱拳行礼道:"老先生,保重,后会有期!"

我们骑着自行车,沿公路向鹿特丹进发。我回头看见关义山一直站在路口,向我们挥手致意。不知为什么,一股热泪从我眼眶涌出,滴落在衣服上。

12.“袁瞎子”醒来了!

关义山的针灸对袁文道的病起了一定作用。他的眼睛开始明亮了,但依旧神智混乱,依旧护着银项链,依旧叫着妻子的名字。

经过近三天的长途跋涉,我们到达了鹿特丹,时间是1940年5月9日下午。

鹿特丹位于莱茵河和马斯河交汇处,是荷兰第二大城市,也是欧洲的第一大港口,素有“欧洲门户”之称。整个城市分布在马斯河两岸,荷兰是一个低地国家,在海风吹拂下,温度比德国凉爽许多。

李志民找了一家旅馆让我们住下后,就去港口询问客轮的班次。

现在的鹿特丹显得很冷清,街面的行人很少,大多数是巡逻的军人,他们是荷兰精锐部队“女王团”的士兵。他们在街道、桥梁上构筑防御工事,一些重要位置的市民房屋也被征用,屋顶架起了高射机枪。

战争越是临近,危险就越大。每家每户的窗户玻璃上,都贴上了纸条,这是为了使玻璃被震碎后不会飞溅。男人们在挖防空掩体,或是加固自己的地下室,街边到处堆积着泥土。女人们在肉店和食品店前排成长龙,购买必需的食物和生活用品。

为了应对德国人的坦克,荷兰人将老式的汽车和马车横在街道上,有一些地方挖了深深的路堑和岔线。钢筋混凝土的房子,窗户被砖堵住,留出了机枪眼,匆匆地改建成为临时堡垒。政府大楼前设置了路障和水泥墙。总的看来,由于时间不足,很多阵地前只设置了铁丝网。

头戴英式钢盔的荷兰士兵,大多显得无精打采,他们的装备和德军的比较起来,较为落后。守城的军队缺乏重武器,大多数人使用的还是第一次世界大战的武器。

几架老式的荷兰战机在城市上空盘旋,不时向地面的步兵晃动翅膀,这些士兵看了后,连忙吹着口哨,将帽子抛向空中。但他们不知道,要是德军真的入侵的话,迎接他们的将是怎样的命运。

傍晚时分,李志民拎着一包食物回来了,他面带忧郁地说:“没有客轮了,最后一班开往香港的客轮早在十天前就开走了。”

我瘫坐在椅子上,不知说什么才好。

李志民缓缓地说道:“黄先生,要我看,你还是放弃吧,袁文道已经疯了,他对你们来说已经没有什么用处了。现在是非常时期,到处都在打仗,你带着一个疯子回国,只能给自己增添麻烦,保不定连命都送掉。”

我没回答他的话,力图让自己冷静下来,考虑下一步该怎么办。

李志民又说:“要不然你们就在鹿特丹住下来,等下一班客轮的到来,不然你去哪儿,去哪儿?这里还算安全,到处都是士兵,日本人不敢动手的,放心好了。”

我沉默了一会儿,说:“我想到法国马赛港去碰碰运气,说不定能从那儿上船走。”

李志民怒了:“什么,你还要往前走?上帝啊,我看你不是个傻子就是疯子。你这样做有什么意义,有什么意义?!他是一个连饭都不吃的傻子,整天就知道叫老婆名字的疯子,没得救了,你用脑子好好想想。”

这时,电灯熄灭了,四周一片漆黑,鹿特丹实行了灯火管制。

我点上蜡烛,轻声说:“袁文道是我的同胞,无论他是疯子还是傻子,我都不能遗弃他,一定要带他回国。”

李志民明白了我的意思,他拍拍我的肩头,然后点燃煤油炉,这家旅馆为客人准备了做饭用的器具。李志民把买来的荞麦面和水搅拌在一起,调和均匀,又舀了一碗面粉,掺碗水。他往壶里放了一把咖啡,然后从罐头里舀出一块黄油,让噼里啪啦的油顺着滚烫的长柄煎锅滑下去。他均匀地把荞麦面倒进油烟升腾的煎锅。面糊像火山熔岩那样向四下散开,黄油吱吱地响起来。很快,一顿西式晚餐就做好了。

面对美食,蜷缩在墙角的袁文道,无动于衷,看也不看。我脑子一热,把袁文道拉了过来,将一杯牛奶放在他的嘴边,说:“吃啊,快点吃!瞎子,快吃!”

袁文道无神地望着天花板,嘴唇紧闭,牛奶流了一身。

我有点控制不住自己了:“瞎子,要是你不喜欢喝牛奶,我叫志民烧中国菜给你吃。你吃东西不是让我开心,是为了你自己,明白吗?”我抓起一块荞麦饼塞到他嘴上,可他的嘴唇依旧闭着,荞麦涂了一脸。

“你倒是吃饭啊,瞎子,快点!”我拿起一个汤勺,撬开他的嘴,将饼子硬塞进他的嘴里,“瞎子,你快吃啊,算我求你了。”

烛光照射下的袁文道,目光呆滞,他将嘴里的食物吐了出来,眼眶里涌动着晶莹的泪花。

我强忍愤怒,说:“人这辈子,最重要的事无外乎是好好地活下去,我万里迢迢地从中国跑到欧洲来找你,为什么?我什么都不怕,最怕的是我帮不了你,为什么你不振作一点,不自己帮帮自己?你为什么不恢复点信心,好好地活下去呢?你妻子在天上看到你这副德行,你觉得她会怎么想?!”

李志民说:“看在上帝的份上,算了吧,你帮不了他的,他没得救了。”

“你要疯,咱们一起疯,然后就死在这里!”我将桌子掀翻,各种食物散落在地上,我对着地上的食物一阵乱踢乱踩。“瞎子,你要还是个男人的话,就吃饭,跟我一起回国。

你要是还爱伊尔莎的话,就给我吃饭!”

袁文道吓得跪在地上。过了一会儿,他缓缓地拿起一块咸肉,像个孩子一样啃起来。他又抓过面包,一个劲儿地往嘴里塞。

我呵斥道:“快点,不要停下。”

李志民扔掉烟头,惊讶地看着这一切。“上帝啊,瞎子吃东西了。”李志民兴奋地趴在袁文道身旁,他拿起一个苹果,笑嘻嘻地啃起来。袁文道学着李志民的样子,吃着苹果,冲他傻笑。

我鼓励道:“对! 就这样吃东西,快吃! 瞎子。”

李志民不停地说:“瞎子,好样的!”

袁文道不停地往嘴里塞食物,不时凝神注视着我们,同时点着头,对我们傻兮兮地微笑。这个瞎子的表情是那样的善良和温和。在这以前,我也曾发现袁文道这样仔细而深情地端详过我,但猜不透这种神情的原因。现在,我们俩的眼光碰到一起,他的脸上更加浮现出丝丝笑容,他眼里涌动着模模糊糊的东西,是晶莹的泪珠。

夜深了,我和李志民坐在窗台聊天,大家都为袁文道的变化感到高兴。

李志民是一个很讲究的人,这一点源自他母亲的血统。几天的奔波让他灰尘扑扑,他冲了一个热水澡,换上浅黄色的西装。在与李志民相处的几天时间里,我在他身上看见了典型的法国民族性格:他有拉伯雷的“高卢放纵”——这种“放纵”往往体现在语言的粗俗,有时甚至叫粗鲁。他也有拉·封丹的“常识”,最后是高乃依的“翎饰”——这意味着尊严、威风、炫耀、自负和英雄主义。

我掏出烟盒,递给他一支,他把那只黑色的“卡地亚”气体打火机掏出来,替我点上。

李志民笑着说:“我敢打赌,你和张大姐一样,都是布尔什维克,对不对,老兄。”

我比李志民长几岁,他习惯叫我“老兄”,我没有正面回答他的问题,只淡淡地笑了笑。

我看到李志民脖子上竟然挂着一个长命锁。“布鲁斯。”我叫着李志民的法国名字,“你居然也戴长命锁。”

“这是我父亲给我的,从来没有摘下来过,有辟邪的作用。这个——”李志民晃动了下“守护神”,“是我母亲留给我的纪念。”

“这刀不但锋利还很漂亮。”我拿起李志民的芬兰刀赞许道。

这刀十几厘米长,造型流畅,用材讲究,工艺精美。芬兰刀是芬兰人生活中的必备品,无论狩猎捕鱼还是宿营防身,芬兰刀都是好帮手。

“这是我的一个朋友留下的遗物,他是个芬兰人,国际纵队里的爆破高手,是他教会了我如何当一个战士。”李志民低声说,“在一次战斗中,他为了掩护大家撤退,牺牲了。我在清理他的遗物时,悄悄把这把刀留了下来,当做纪念。老兄,你埋过地雷吗?”

我尴尬地笑了笑:“没有。和你这位经历过硝烟洗礼的老兵相比,我只不过是一个身穿军装的平民。”

“埋地雷很有讲究，特别是在铁路枕木下面埋雷，要求十分精确。要知道，德国顾问让弗朗哥的军队在每一列火车的前面，开着一些装有沙子的保险平板车，埋雷要使得雷管能放过这种平板车，待到承受机车的‘工作轮’发生震动时才爆炸。这可是一个细致活儿，特别是处理身旁的碎石子。”

“碎石子？不就是放好地雷，盖上沙子，把碎石子放回原处就行了呗。”我用自己在苏联学到的工兵知识解释道。

“这样一来，你的地雷就完啦，白费劲，还可能丢了性命。”李志民笑着说。“老兄，真要这样的话，巡道工一下子就会发现你的地雷。要知道，线路上的碎石子通常是掺合了重油的，呈黑色。只要把路基上的一块小石子翻过来，巡道工老远就能看见它。而敌人，他可不是傻瓜，他不会上当受骗。那么，怎么办呢？”

李志民拿起一块石子，在地上画了路基的断面图，继续说：“第一，当你夜晚携带地雷爬向路基时，随身带上军用雨衣，就在这儿，在你身旁把它铺开，以便不让干净的沙子弄脏路基。第二，从路基上把碎石子一颗颗捡起，然后按它躺在路基上的原样转移到军用雨衣上来。第三，事情干完之后，按同样顺序把碎石放回原处，一块碎石也不能翻起来！明白吗，老兄？”

我被李志民的讲解深深地吸引住了，脑子里活灵活现地想象着：晚上他如何带着威力巨大的地雷，爬到路基上，又是怎样屏息静气倾听着沉寂中的动静，把重油粘住的黑色小石子放在军用雨衣上，挖着吱吱发响的沙土，然后在枕木下放上地雷，并且……

“说说你在美国的故事吧，一定很惊险浪漫。”我说。

“应该说鲜血夹带着泪水。”李志民脸颊的肌肉微微抽搐了一下，低声说，“那还是七年前，当时我父母因为疾病相继去世，留下我孤苦伶仃一个人。我听说去美国可以发大财，据说在那儿，一天可以挣五法郎。上帝啊，这可是笔不小的数目。我还听人说，在美国，不分贫富，人人都是自由的，想干什么就干什么，用不着为了点小买卖而向流氓似的官员行贿。那时候，美国是情侣们和年轻人梦寐以求的乐土，谁要是弄到护照到了美国，就算苦日子熬到头了。

“我这人天生喜欢冒险和赌博，与其在法国坐着等死，不如到美国去赌一把，说不定能成个富翁哩。就这样，我和几个朋友乘船到了美国的芝加哥，在一家肥料厂找了份工作。干了十几天，我就发觉现实与理想差距实在太大了，美国并没有那么好。这里的物价比法国还要高，穷人和我们那儿一样多。在工厂里，工头揩工人的油，工长揩工头的油，经理揩工长的油，老板揩所有人的油。整个工厂从上到下简直成了一个地狱，这些狗娘养的！”

“这种剥削就像鮈鱼吃斜齿鳊，鲈鱼吃鮈鱼，而狗鱼又吃鲈鱼，最后人吃狗鱼。”我说。

“我住的屋子总共有十六个人，里面有来自世界各地打工的人——立陶宛的、波兰的、俄国的、爱尔兰的……睡的空间仅仅容下你的身子，连翻身都没有空间。老天啊，本以为老老实实地工作，就能赚点小钱，发财的梦不敢想了。可是倒霉的事儿老是跟着我，喝的牛奶是掺过水并且加入甲醛液的，吃的罐头被染了颜色，果子酱是给苯胺涂了色的，到处都是虚假的。我问为什么会这样，回答很简单，因为你是穷人。

“说到工作，哼！”李志民冷笑一下，他咬紧下颚，颧骨上的肌肉鼓了起来，用沙哑的声音继续说：“长长的厂房，透过肮脏的玻璃窗，射进暗淡的光线。车间里全是蒸汽，有些敞开的油桶跟地面差不多是平行的。工厂里的废水从排水沟里流出来，像一条条拉开了的各色带子。到处是一片乌黑的泥泞，肮脏、恶臭，还可闻到臭鱼、坏了的蔬菜和烧酒气味。工人们像在暗无天日的地窖里做事，到处飞扬着骨粉，很多人因此得结核病死掉了。就是用毛巾蒙住脸，走着走着也会咳嗽起来，喉管透不过气。我记得自己当时穿着内衣干活，温度很高，磷酸肥田粉从我全身毛孔渗入，很快我就头痛起来，这种疼痛让人无法忍受，上帝啊！干一天活下来，我连站都站不住了。

“我的朋友更惨，一些人去剥牛皮，指甲没了；一些干搬运工，从早晨四点就开始扛东西，壮实的身体半年不到就垮了；一些人在腌肉厂，手指甲让盐酸腐蚀掉了；包装罐头的，手上满是划破的口子，有几个得血液病死了……哎，老天爷！这就是我们梦想中的乐土吗？后来，有人组织我们罢工，要求提高工资和劳动待遇。没想到一个工头告了密，出卖了我们，大批的警察骑马赶来镇压。一怒之下，我拿刀捅了那个工头，然后跑掉了。我在美国四处流浪，到处打工，甚至当过打手。在我饥寒交迫快要死掉的时候，被一个开餐馆的华裔老人救了，他就是教我做菜的中国师傅。后来，师傅病故了，我才从美国到了荷兰，拿钱开了家小饭馆。

“我一直觉得你们说的都是正确的。是啊，工人从来不按自己真正的劳动获得报酬，资本家只付给他们最低工资。由于控制了生产资料，资本家控制了一切，工人的生产价值和他的报酬之间的差额，就是利润。我自己亲身体会过，的确是这样。就像《救国时报》里说过的那句话，叫什么来着，就是说那些狗杂碎从头到脚流血。”

“资本来到人间，从头到脚，每个毛孔都流着鲜血和肮脏的东西。”我笑着说。

“对了，就是这句话，说得太对了！”李志民脸上的肌肉在抖动、抽搐，细长的脖子暴起青筋，他用拳头砸着窗沿叫道：“这些狗杂碎……吸血鬼！……狗娘养的……”

“布鲁斯，你为什么不加入共产党呢？”

“按照法国人的思维模式，你喜欢的人或是东西，不一定成为当中的一员，和他们成为朋友就行了。不是吗？”李志民眼光中透出法国人特有的机灵，“最重要的是看你站在哪一边。”

“没想回中国看看？”

“有机会再说，说不好这次我会把你们送到中国，不就顺便去中国看了看吗？还可以在那里天天舞狮子。咚咚……隆冬……锵!”李志民做了几个舞狮的动作,嘴里迸出锣鼓的响声,“这是我中国师傅教的,每到春节,我就喜欢在唐人街舞狮子。”

“你练过南拳?”

“咦?! 老兄,你怎么会知道? 难道你也会武术?”

“我家是开武馆的,我自幼习武,懂得一点。”

“上帝啊,老兄,你收我为徒吧,教我功夫。”李志民拉着我的手急切地说,“我要学最厉害的门派的功夫。”

“布鲁斯,中国武术就像我们的文化一样,博大精深,分了很多门派。每一个门派都有自己的优缺点,并没有强弱之分,我们中国人练武重于强身健体和修身养性,而不是争强好胜。你所学的南拳,主要流行于南方地区。由于南方人身材不高,所以南拳很少用腿,主要用拳法和手法上。中国武术中有‘南拳北腿’之说。”

我将五祖拳给李志民演示了一遍。我说:“南拳非常强调步法的稳固,上肢无论如何运动,下肢一定要稳,做到‘稳如铁塔坐如山’。打出的拳也变化多端,如寸劲、长劲、飘打劲等等。要成为一个合格的拳手,需要长时间的磨炼。你要真想学习武术,有机会到中国来,我带你到我家的武馆去,让我父亲好好教授你。”

李志民兴奋地打了响指,说:“老兄,一言为定哦!”

“当然,一言既出,驷马难追!”

1940 年 5 月 10 日黎明

天刚亮,刺耳的防空警报将我们惊醒。我和李志民跑到阳台上,只见从远处飞来几十架“斯图卡”俯冲轰炸机,我脑子里第一个反应就是:德国人入侵荷兰了。

德国人的突然空袭,令鹿特丹的保卫者猝不及防。他们慌乱地向目标射击,全城的高射炮发出巨响,朝天空射出炮弹,大炮的喧哗声,加上防空警报的尖啸声,震耳欲聋。“斯图卡”抖了抖翅膀,呼啸而下,这种飞机发出令人恐惧的鸣叫声,包括我在内所有人都吓得趴在地上。

一阵巨大的爆炸声过后,我的眼前出现了一片火海。大地震动,泥土四溅,火光四射,玻璃在空中飞转。大块的水泥哗啦啦地落在街道上,气浪带着尘土从上百个地方旋转而来,整个城市覆盖在令人窒息的烟尘之中。

市民们争先恐后地从屋里跑出来,跌跌撞撞,慌慌张张地奔向掩蔽所,好像背后有人追赶似的。有些人穿着睡衣,甚至赤身裸体地跑出来;有些人匆匆抓了几件衣服就逃出来;有些人背着各种包裹或是其他杂物,不少人简直是在匆忙中瞎抓了几件根本没有用处的东西——一个男子竟夹着一口挂钟逃出了家门,这玩意此时此地是一点没有用处。还有一个女人竟带着煎锅,这东西相当妨碍她的奔跑。还有一些老妇人和小姑娘,她们赤着脚在路上跑,而手中却拎着自己的鞋子。另外有些人不知是被吓呆了,还是觉得无所畏惧，站在屋顶上看着这一切。一架"斯图卡"发现了他们，俯冲下来，从房顶呼啸而过，跟着投下了炸弹。这些人被炸上了天，肢体挂在周围的树枝上。

虽然，大家早就料到会有战争，但临到最后一刻，还是像晴天霹雳一样突然。战争来得太快太突然了。

轰隆一声，一枚高爆炸弹在离我不远的地方爆炸。我被气浪冲倒在地，窗户的玻璃一下子就碎了。

袁文道显得很平静，他闭着眼睛，嘴里说着："五十公斤高爆炸弹……引信……二十五公斤燃烧弹……"

这时，两辆轿车在我们楼下停下来，走下来十几个外国人。领头的正是藤原幸，他戴着墨镜，大声吼道："一个中国人、一个法国人还有一个疯子。"

李志民脸色一变："该死！这些人是冲我们来的，全是当地的流氓。"

李志民走进屋里，拉开关义山给他的旅行包，哗啦一声，他将包内的东西全倒在桌上。天啊，包里全是武器弹药。

"志民，你怎么会有这么多枪？"我惊讶地问。

"有一些是我参加国际纵队留下的，还有一些是当地华侨为了援助抗战，捐资购买的。现在全城都乱了，这些杂种正好趁乱来杀瞎子。"李志民拿出一只轻巧的皮枪套，把它往左肩上一挎，放入一支短小的勃朗宁手枪。他又拿起两把大口径贝雷塔手枪，卸下弹夹，将桌上的子弹一一装入弹夹中。

李志民检查了枪管，当听见扳机发出清脆的咔哒声后，他才把弹夹放了进去，哗啦一声，枪顶上了膛。

袁文道傻傻地盯着李志民，嘀咕着枪的型号。

李志民将一把韦伯利左轮手枪扔给我，自己握着锯短了枪管的大口径双筒猎枪，他抓了一把粗大的散弹，放入衣兜里。我在特里斯科家里见过这种猎枪，但不知是什么型号，袁文道好似知道我在想什么，他嘟囔道："意大利伯莱塔猎枪，双筒……"

"听着！袁瞎子！"李志民走到袁文道身边吼道，"我辛辛苦苦建立的餐馆，被他们一瞬间炸掉，我不会哭泣，也不需要人同情。我不会像你这样，在这里等死，等人可怜。现在外面在打仗，在死人，杀你妻子的人就在跟前，如果你不想死，就和我一起杀出去。这个世界上没有人逼你活着！"

袁文道突然喊道："阳……台……毛瑟……"

一个家伙拿着驳壳枪爬进了阳台。"该死！"李志民端起双筒猎枪，对着这人就是一枪，轰隆一声，这家伙被打成蜂窝，倒在地上。接着，李志民将枪口对准大门，又是轰隆一声。站在门口的流氓惨叫一声，他被猎枪巨大的威力打得飞了出去，撞在对面的墙上。

"老兄，我开路，你带着瞎子跟在后面。"李志民一边装填子弹，一边对我说。

这时，一架“斯图卡”俯冲而下，对着旅馆就是一阵扫射，阵雨般的子弹穿透了天花板，在楼下燃起十来个耀眼的火光。袁文道的项链落在了地上，他发狂似的在屋内奔走，寻找项链。我急了，再不走，不被日本人杀死，也会被德国飞机炸死。

我捡起地上的项链一看，这不过是一串再普通不过的银项链，坠子里有一张德国女人的相片，这人应该是袁文道的妻子伊尔莎。这时，袁文道把我扑倒在地，不停用牙齿咬我，用手挠我，疯狂地抢夺我手中的项链。我被袁文道弄得满脸是伤。

我大声吼道：“瞎子，伊尔莎已经死了，她已经死了！”看他依旧是那副呆滞的模样，我狠狠地扇了他两巴掌。“你醒醒好不好，醒醒好不好！”

袁文道停止了抢夺，他缓缓地跪下来，伸手向我乞求项链。

“瞎子，难道你就想这么过一辈子？”我将项链狠狠地砸在地板上。袁文道疯狂地尖叫了一声，他捡起项链，看了又看，吻了又吻，最后把它戴在自己脖子上。

外面的枪声越来越激烈。我摇晃着袁文道的头，说：“瞎子，你不要这样折磨自己，伊尔莎看见你这样会很伤心的。以前的袁瞎子，是一个闻名世界的武器专家，一个受人敬仰的男子汉，一个被国家视为珍宝的人才。现在呢，你看看自己这副德行，伊尔莎已经死了，你为什么不面对现实，为什么！”

“老兄，快点，快点走！”李志民在走廊对我喊道，看来他快顶不住了。

“妈的！不是你死就是我活。”我拖着袁文道来到走廊，一个家伙趁李志民填子弹，从楼梯拐角冲了过来。“狗日的！”我连着开了几枪，子弹的威力很大，从他的下巴进入，从脑后部爆出，留下一大片血渍。这人一动不动地倒在地上，像断了线的木偶一样。

“老天啊，这可是我第一次杀人。”我感到头晕目眩，气喘吁吁，全身无力，刚才的兴奋正在消退。

“快走，快走！”李志民一边开枪，一边对我大声吼道，“想让他们杀了咱们吗？”

李志民的话又一次使我兴奋起来。我指着硝烟弥漫的走廊，对袁文道说：“瞎子，前面只有一条路，我们一起杀出去。要是我们不拼命，咱们都会死在这里，我知道你行的，来吧！”

就这样，李志民拿着猎枪走在最前面，我拉着袁文道随后，我们沿着走廊向外冲。

一个家伙从房间伸出手枪，李志民用猎枪就是一下，轰的一声，打断了他的手掌。然后他快步走过去，又是一下，那人吭都没吭一声就死了。袁文道被这一幕吓傻了，他挣脱我的束缚，疯狂地向走廊尽头跑去。

“别管他！”李志民吼道。

“小心，左边房间有人！”我对他喊道。

“狗杂碎！”李志民蹲下身子，冲着旁边的房门就是一枪。门被轰开了，一个家伙倒在门板上，他的脸被猎枪打得血肉模糊，抽搐几下就没了动静。

李志民从腰间拔出两把贝雷塔手枪，带着袁文道朝前走。快到楼梯拐角时，袁文道喊了起来:“扳机,勃朗宁,勃朗宁!”

李志民仿佛明白了他的意思,一侧身,抢在躲在拐角的男子之前,连开数枪。“鲁格! 鲁格!”袁文道又指着身后的房间说。我对着屋子开了几枪,一脚踢开房门,一个手拿鲁格的家伙躺在地上。

就这样,在袁文道的“指引”下,我们终于杀出了一条血路,来到旅馆门口。

不远处,藤原幸站在汽车旁边,他冲着我们笑了笑,竖起一个大拇指。

“袁文道,袁瞎子!”他用流利的汉语喊道,“是我杀了你老婆,我杀了伊尔莎,还要杀死你!”藤原幸做了一个抹脖子的动作。

李志民用法语骂了一句,没等他举起枪,就被藤原幸打中了胳膊。没想到藤原幸拔枪会这么快,枪法那么准。

“狗杂种!”袁文道捡起掉在地上的手枪,疯狂地向轿车跑去。他一边跑一边开枪,根本不顾头顶上呼啸而过的飞机和藤原幸射来的子弹。轿车被打得火光四射,藤原幸被吓呆了,他捂着受伤的腿,钻进轿车,消失在烟雾之中。

袁文道转过身,结结巴巴地对我说:“仲……泰……兄……为么……事……为……么事,这些畜生不让我好好过日子。”

我一阵狂喜,原来这突如其来的惊吓,竟然让袁文道恢复了正常。我惊讶地说:“瞎子,你终于醒了,醒了!”

李志民躺在地上,仰天大笑道:“上帝保佑! 瞎子,你他妈的终于恢复正常了。”

这时,天空传来隆隆的轰鸣声,十几架德国运输机低空飞临鹿特丹上空。

袁文道说:“这是德国空军的容克—52 型运输机,看来他们要空投伞兵了。”

话音未落,运输机的腹部蹦出几十个黑点,瞬间绽放出白色的花朵,德国伞兵开始向鹿特丹的机场和港口发起进攻了。

第四章 / 燃烧的大地

13. 魔兽入侵

1940 年 5 月 12 日

这天的太阳亮得很早,当德国轰炸机刚飞离鹿特丹时,第一缕阳光就照射在地面上了。清晨并不寂静,德国飞机一浪高过一浪地打击着鹿特丹,往往是这一波轰炸刚过,下一波就接踵而来,根本不让地面的人有任何喘息的机会。

德国人的突然袭击给荷兰人带来了从未有过的恐惧。抵抗的部队伤亡惨重,许多平民不是被炸死就是被子弹打死,有些人竟然被自己军队回击的火炮打中。因为德国飞机喜欢低空飞行,防空部队不得不将炮筒低到几乎临近树梢的高度。结果,发射出的炮弹常常打中民房。荷兰人每天朝着德国轰炸机挥舞着拳头,不断地为在空袭或者战斗中逝去的家人、亲戚或朋友感到悲伤。无线广播不停地播放着战争爆发的消息,播音员用嘶哑的声音告诉大家,保持镇静,等待胜利,他们现在只有把希望寄托在英法联军的身上。

我们躲藏在街口的地下掩体内,由于人太多,我们几乎被挤到掩体外面去了。里面的人们有坐着的,有躺着的,也有蹲着的。妇女们脸色惨白,疲惫无力地瘫坐在地上,有些人的额头上按着湿布。垂头丧气的男人们双手捂脸,胳膊肘撑在膝盖上,或者倚墙而立,就像被锁在那里一般。有几对夫妇死死地抱在一起,有些夫妇厌恨地各自扭转脸去。这里的脸谱大多是扭歪了的、目瞪口呆的脸。

好几次,德国飞机投掷的炸弹,落在掩体附近,轰轰的声音震动我五脏六腑快要撕裂,耳膜疼得不行,尘土不断从顶上落下来。

袁文道恢复正常后,话很少。他倚靠着墙壁,无论是近处的射击声,还是轰炸机恐怖的啸叫声,或是震撼全城的爆炸声,他都全不在意。

白天对他来说是孤独、空虚和危险的,而辗转反侧的黑夜让他感到恐惧和悲伤。对妻子的思念如潮水一般频频向他涌来，他不时黯然泪下。他为自己，为伊尔莎，为他们所失去的一切而哭泣。在他眼中，伊尔莎无处不在，每时每刻他的耳边都有伊尔莎的声音、伊尔莎的欢笑、伊尔莎的温情，他一直被痛苦的回忆折磨着。

我和李志民除了轻言相劝外，别无他法。

街区的建筑物大多被炸成了废墟，巨大的黑烟柱从不同的地方升起，高耸在天空。

鹿特丹是石油和奶油半成品的中转地，德国人使用了一种烈性炸弹，石油和奶油见火就燃。烈火借着风向市区蔓延，木板屋顿时燃了起来，四处都是烈焰熊熊，浓烟滚滚，火光和朝阳发射出的光芒混合在一起，让人很难区分。

只要空袭停止，市民们就跑出掩体，四处寻找家人，购买食物。消防车拉着尖锐的警笛声，急匆匆地前往失火的地区。河面上，几艘装备压力水泵的拖船，正向燃烧的建筑物浇水。

警报器发出了空袭解除的信号，我让袁文道待在掩体里休息，叫上李志民和我一道出去买点食物。走在街道上，看着被炸成废墟的建筑物，我感到一种熟悉的荒凉和恐怖，仿佛回到了重庆。不远处的教堂被浓烟熏黑了，马路上布满了成千上万个弹坑，前天还看见的住宅楼，现在已经不见了。街边的公用电话亭面目全非，没有听筒的电线随风摇摆。天空中飘扬着烧焦的纸片，宽广的马路，成了坑坑洼洼的小径，在山一般的废墟间蜿蜒蛇行。

眼前的这一切，让我想起了阿姆斯贝格上尉，他所讲述的战斗，如今我正在亲身体验中。按照阿姆斯贝格的叙述，空袭一过，德国的地面部队就该兵临城下了吧。

离地下掩体不远处的大桥上不断地发生激烈的战斗。据说有几十名德国伞兵抢先占领了桥梁，并建立桥头堡阵地，他们被荷兰军队包围在桥两边。在荷兰人看来，几百人消灭几十个人只不过是一个时间问题。

对于大桥战斗谁能获胜，袁文道和李志民发生了争执。李志民认为人数占优的荷兰军队肯定能消灭德国伞兵，袁文道坚持德国伞兵能击退荷兰人，等待救援。为此，两人打了赌，袁文道拿出自己的金表作为赌注，李志民掏出随身携带的芬兰刀。

傍晚时分，集结待命的荷兰士兵开始向德国伞兵发起了反扑。由于空袭暂时停止了，我和李志民走出掩体，观望这场战斗。袁文道坐在掩体里，闭上眼睛，静静地用耳朵聆听。

一个荷兰中年男子走到我们跟前，忧郁地说："真糟糕，真是糟糕透顶了！他们占领了瓦尔港机场。"

我问："先生，您说的是这些德国伞兵占领了鹿特丹的机场？"

男子说："是的，先生。我是听一位从机场逃出来的朋友说的，'女王团'被他们消灭了。开战那天，德国伞兵就在瓦尔港机场两侧着陆了，这是谁也没想到的事儿。他们从两面夹击我们的部队，不到一刻钟，很多人就举手投降了。'女王团'的兄弟们在迫击炮和重炮的掩护下,向德国人发起了进攻,希望能救出受困的士兵。可糟糕的是,德国人居然知道我们停止火炮射击的信号,他们发射了一颗绿色信号弹。上帝啊!他们怎么会知道我们的信号呢?就这样,一切都完了,英勇的'女王团'一个个向德国人举手缴械,眼睁睁地看着德国飞机陆陆续续地在机场降落。还有一些家伙乘坐水上飞机,划着橡皮筏,占领了我们的桥梁。这……这……简直是一场噩梦!"

李志民说:"别灰心,伙计,这些伞兵不是多长了眼睛或是翅膀的撒旦。你瞧,他们不也被你们的部队包围在桥两侧了,区区六十个伞兵,应付得了几百人的部队?"

正说着,一个荷兰中校挥动手枪,大喊道:"听我的口令,冲锋!"

荷兰士兵潮水般向桥头的德国人发起了进攻。当他们冲到离桥头不到50米的地方,从桥梁下,房屋内,围墙上,发出了令人恐惧的火光。看得出这些德国伞兵是久经沙场的老兵,他们利用各种建筑物作掩护打击着进攻的荷兰人。

二十分钟后,荷兰人扔下大片尸体退了下去。

袁文道的嘴唇微微颤动了一下,轻声说:"是斯图登特第七空降师的士兵,这些人不好对付,都是一些训练有素的老兵油子。"

袁文道不会说普通话,一口地地道道的湖北腔,有些方言李志民听不懂,有时他们两人就干脆说德语或是英语。

"瞎子,你肯定就是这些人?"李志民用英语问,"莫非你的耳朵能看到?"

"我从枪声中听出来的。他们用的武器同别的陆军部队不同,是改进后的FG—42型步枪,这是一种单发的自动步枪,只有德国空降部队才装备有。这些家伙喜欢打短点射,这样可以节约子弹。而斯图登特的部队就喜欢这样打仗,短点射、手榴弹加轻机枪。荷兰人的装备很一般,用的大多是过时的来复枪,也有英国的恩菲尔德步枪,许多枪是封存了很久的,枪膛里还有机油。机关枪是法国的沙捷里拉型,这种枪的枪管打一会儿就容易热,麻烦!很多荷兰人的枪膛都有问题,射击精度不是很好,这是个问题。"

"上帝!看来你早知道自己会赢,你这该死的瞎子!"李志民用法语骂道。

我有些诧异,这个"袁瞎子"不但通过枪声能说出枪的型号,还能判读出部队的番号,真是神了!

整个晚上,荷兰人发动了好几次反扑,但都无济于事。德国伞兵依旧坚守着渡口,他们在等待主力部队的到来。不久,一个荷兰人带来了令人恐惧的消息:德国装甲部队突破了外围防线,开始向鹿特丹市区进发了,荷兰军队正在顽强地阻止敌人的进攻。

"瞎子。"李志民问袁文道,"你说用什么方法才能消灭这些伞兵?"

"很简单,应该用火炮轰击他们,一味地使用步兵进攻是个错误。假如德国人不在外围发起进攻的话,荷兰人消灭这些伞兵不在话下,因为他们的弹药是有限的。可惜,这些家伙等的就是救援部队的到来。"

1940 年 5 月 13 日

这天清晨,荷兰人又一次向德国伞兵发起了进攻。这次使用了近一个团的主力部队,令李志民兴奋的是,荷兰步兵在阵地上架起了重迫击炮,准备轰击德国伞兵。

“瞎子,荷兰人用炮了,用炮了！德国佬要被轰上天啦!”李志民挥动着“守护神”兴奋地喊道。

袁文道没说话,当荷兰人的迫击炮在渡口炸响时,他笑着说:“是莱茵金属公司生产的 GR. W. 34 型 80 毫米迫击炮,威力很大。可惜德国人卖给他们的时候,故意把调节射程的表尺偷偷修改了,这影响了炮的精准度。”

“这么做不违背了西方人一贯奉行的商业道德吗?”

“这不是普通的商品,是军火,杀人的利器。这在军火交易中司空见惯,卖方都会留一手,防止对方用买来的武器进攻自己。当年波兰陆军向法国购买了绍沙轻机枪,殊不知这种型号的机枪是一战的旧货,法国人以近乎废铁的价钱卖给了波兰人。由于价格便宜,波兰军队装备了许多绍沙机枪。当德国人入侵波兰时,这些绍沙机枪只发射了十几秒就卡壳了,很多由于长期磨损已经变了形,更要命的是,法国人竟然在子弹里掺和了沙子。战争是不能图便宜的,波兰人付出了血的代价。”

看着数枚炮弹落在河中,李志民骂道:“瞎子,你这该死的帮凶！这表尺一定是你修改的吧！要是被荷兰人知道的话,他们会杀了你!”

听了这话,袁文道涨红着脸,缓缓地低下了头,一句话也不说了,也没有用耳朵去听枪炮声。

这时,河面上传来了隆隆的马达声,一艘荷兰炮艇驶了过来。观望的荷兰市民纷纷挥动手绢,兴奋地向炮艇致敬。

荷兰炮艇开始向德军阵地开火。加农炮和机关枪喷射出愤怒的火焰,阵雨般的子弹倾泻到大桥两侧,四周的泥土、砖瓦、钢铁、树枝,被打得粉碎。德军的桥头堡阵地一片火海,好几个全身着火的德国士兵,惨叫着跳入河中。

我们能感觉几百米外的桥面上,吹过一种奇特的热风,风中夹带着一股呛人的火药味和肢体烧焦的气味。炮艇制造出一种巨大的震荡,河水四溅,枪炮声让人觉得焦躁可怕,炮艇的反击令所有观望的荷兰人兴奋不已。

紧接着,荷兰士兵向德国人发动了进攻。很快,他们攻破了前沿阵地,逐渐接近德国人最后一道防线。德国伞兵遭到两面夹击,毫无退路可言,正在他们绝望之时,从街那头开过几辆电车,车开到离大桥不远的地方,从里面飞快地跳下几十个头戴钢盔,手持冲锋枪的男子。

荷兰人仿佛看到胜利的希望,他们高喊着,跳跃着,相互拥抱着……

“嗒嗒……嗒嗒……嗒嗒……”这几十个男子突然向荷兰士兵开了枪,他们飞跑到桥头,夺取了刚被占领的阵地,荷兰士兵又一次撤了回来。“上帝啊,是德国佬!”荷兰人瞬间从喜悦高峰跌到悲哀的低谷。

忽然,对面公路上传来了轰隆隆的马达声和枪炮声。几分钟后,一辆德军坦克出现在桥面上,它停下来,转动炮塔,将黑乎乎的炮口对准河面上的荷兰炮艇。炮艇还没反应过来,轰的一声,就被坦克发射的炮弹打中了。炮艇冒着浓烟,惊慌失措地向后驶去。坦克又开了一炮,击中了炮艇尾部,十几分钟后,这艘炮艇就搁了浅。

十几辆德军坦克开过了桥面,向市区中心进发,德国空军的俯冲轰炸机又开始一波又一波的轰炸。李志民愿赌服输地将芬兰刀递给袁文道,他没有接,只默默地握着胸前的项链。

1940 年 5 月 14 日 17 点正,鹿特丹城防司令斯哈罗向德军乞降,几小时后,鹿特丹沦陷。

与此同时,地下掩体的收音机里,传出荷军总司令温克尔曼的声音,他命令全军投降,许多荷兰人忍不住失声痛哭起来。就这样,经过短短 5 天的激战,荷兰全国就沦入敌手。

几天后,打探消息的李志民回来说,鹿特丹港口的客轮大多被炸毁了,要从这儿坐船走,起码要等几个月或许更长。此时的德军,正如弗兰教授预测的那样,绕过马其诺防线,直插色当,将英法联军包围在比利时和法国境内。不过,我们对英法联军的战斗力仍抱有一线希望。

李志民去作离开的准备,我和袁文道走上街头,透透气,再看看这座美丽的城市。

街道上走来刚刚进城的德国军队。走在最前面的是军乐队,他们吹奏着激扬的军歌。我感觉这不是美妙的音乐,而是让人疯癫的魔曲。

而后是整齐的步兵方阵。士兵们来自德国各地,他们越过边境线,一路作战,来到了"欧洲门户"鹿特丹。很多人经历了一战的苦难,失去家人的痛苦,穷苦的窘迫,邻国人的鄙夷。由于这一切皆因为德国的战败,这种进攻便具有了特殊意义,他们是为了这个复仇的时刻而活下来的。在他们眼中,是眼前这些人让他们没了颜面,家破人亡,成为笑柄。现在,他们开始复仇了,每个人脸上都流露出趾高气扬的神态,他们用皮靴踩踏着地面,发出令人心颤的巨响。他们在告诉每一个鄙夷自己的人,自己才是这片土地的主人,往事已在进攻的硝烟中一去不返了。

紧跟着,是党卫队的士兵。他们将接收这座城市,开始另一场战争。在我看来,这些人是刚刚释放的囚犯,一头头套着人皮的野狼,许多人都有变态心理和没有教化好的野蛮思想。党卫队的军人像上了发条的机器人,他们完全忠于希特勒,很多德国人看来,他们的精神状态几乎是不可理喻的,这些人如此狂热,这种狂热看起来已经渗透进了人的潜意识中。

特里斯科曾给我讲过这样一个故事:在入侵波兰时,一位党卫军的军官受了重伤,医生给他注射了麻醉剂,进行手术。在安静的手术室里,这位处在深度麻醉昏迷状态的军官,竟然开始说话了,他小声但又清晰地重复着一句话:“嗨尔,希特勒!……嗨尔,希特勒!……嗨尔,希特勒……”

这些疯癫的人,仅仅用胡屠夫的一巴掌是打不清醒的,死亡是最好的利器。我更为这样一个优秀民族的命运,竟然掌握在一群精神不正常的人手中,感到悲哀和惊讶。

最后是军车队,有坦克、火炮、装甲车、履带式小型装甲车、弹药车……

街边的荷兰人茫然地望着这支队伍,他们没有想到战争这么快就结束了,快得让人喘不过气来。

忽然,袁文道拉住我,示意我不要前行,他指了指拐角的街道,说:“有枪栓拉动的声音,是毛瑟步枪,有人要开枪了!”

我大着胆子望了过去,只见一个年青人站在屋顶,挥舞着一面荷兰橙色国旗,大喊道:“哪里有懦弱,哪里就有耻辱!”

十几个德国士兵端着顶上膛的毛瑟步枪,瞄准了年轻人。

市民们惊讶地望着他,年青人又重复了好几遍这句荷兰谚语,就被德国人开枪打死了。

四周哭声一片。

袁文道瘫坐在地上,他不停地击打自己的头,口中叫喊着:“我该死,该死啊!……我不是人……”

我想,袁文道无论如何也没有想到,自己参与设计的利器,日后会成为屠杀平民的工具,他内心充满了自责和愧疚。

“瞎子,这不是你的错,”我轻声安慰他,“都怪那些拿武器的禽兽。”

“不!是我的错。我设计的枪,如今被用来屠杀平民,我个猪啊!”砰的一声,袁文道一头撞在墙上,昏死过去了。

两天后,我们离开鹿特丹,随着流亡的队伍,向法国缓缓前行。

李志民通过朋友关系,替我和袁文道伪造了两张荷兰身份证,这样袁文道就是有身份证明的人,而我也不用出示自己的外交护照。

14.“逃难”和“真相”

从荷兰到比利时,沿途我看见的全是悲伤、艰难和苦难。随着法国边界距离的缩小,四周区域变成了巨大的难民营。到处是无家可归的平民,他们在马路上、田野、乡村和森林里躲藏。有的人甚至睡在运货的马车里、路边的帐篷里和出了毛病的汽车中。

公路上黑压压的一片,全是看不见尽头的难民,成千上万的人坐着货车、轻便马车赶路,更多的人是步行。他们中间有留着长胡子的老头儿、衣衫褴褛的老婆婆、消瘦不堪的主妇、一脸茫然的男人、身穿时髦衣服的姑娘以及惊恐的孩子。大家朝同一个地方前行,那就是法国。徐徐移动的汽车,不停地按动喇叭,车越是朝前开,路面状况越是混乱和糟糕。

一遇到敌机的轰炸,我们要么到树林里躲避,要么躺在路边水沟里,等飞机离去后,再站起来,拖着疲倦不堪的双腿继续前行。

从前线不断传来各种流言,一个比一个离奇。有人说,英法联军已经和德国人秘密媾和,他们准备联合进攻俄国。有人讲,甘末林将军指挥有方,他率领部队打败了数倍于己的德国人,收复了失地,正准备向柏林推进。也有人说,希特勒死了,德国乱了,战争结束了。

很快,这些谣言便被现实击破了。很多地方都被德军占领了,他们的摩托化部队和装甲纵队从我们身边疾驰而过,急速向西推进。被德军坦克冲毁的联军阵地比比皆是,被丢弃的火炮七零八落地散落在四周。公路上堆满了联军溃逃时丢弃的各种物资和被飞机击毁的车辆。成群的英法战俘,在德国士兵的押送下,沮丧地向后方走去。为了快速推进,德军甚至没有时间处理投降的英法士兵,这些士兵坐在田地里,看见逃亡的人群后,随即加入了难民的行列。

我们在路上遇到了一个精神错乱的联军军官。他很年轻,戴着英式钢盔,军服破破烂烂的。由于经受不住轰炸,他以为自己已经被德国人俘虏了。他跑到公路上,两手乱挥,朝着掠过头顶的德国飞机叫喊道:“打吧!开火吧!杀了这些狗娘养的。”他指着路上的难民咆哮道。

很明显,在他那神经错乱的脑子里,一切都颠倒过来了。四周的人成了德国士兵,德国飞机成了自己人的。几个看不下去的人把他绑了起来,他面色苍白,浑身战栗,用眼睛盯着他们,叫喊道:“你们要干什么?德国佬,我是英国军官,即使被俘也要享受军官的待遇。”

大家都劝说他,安慰他,给他吃的喝的,但这一切尝试都无济于事。越安慰他,他脑子中的错乱就燃烧得越炽烈。最后,一个莽汉给了他一记重拳,这才躺在马车里安静下来。

从前方不断地传来法国人又撤退了,德国人又进攻到哪儿的消息,我们对英法联军的信心日益倍减,但又无法返回,只有茫然地前行。一路上,袁文道没有和我们说一句话,好像恢复到过去的样子。

这天清晨,我们跟随一些难民来到一个小火车站,打算乘火车前往马赛。

货物的流动量随着战况不断增加。巨大的枢纽站四周塞满了人群、行李、货物。所有一切都是乱七八糟——车站里、线路上，到处人群混杂、喧嚣不堪。在枢纽站上停着几十辆机车，它们放出白茫茫的蒸汽，呜呜地咆哮着，吼声让人苦恼。在这些日子里，我听惯了轰炸声，但机车的吼声比炸弹的响声更可怕得多。这些机车仿佛向我们乞求援助和诉苦。

我们刚走到站台边，天空中传来一阵轰隆隆的马达声，德国轰炸机群像一片乌云样，朝车站飞来。飞机越逼近，袁文道的脸就变得越严峻，看上去有些冷酷无情，像块石头。李志民大声用法语喊道："空袭！德国人的飞机，德国的！"

飞机对着地面一个劲儿地倾泻炸弹，一枚枚炸弹在房屋、人群、钢轨上爆炸。一串串密集的弹迹沿着车厢飞驰而下。车站四周的高射炮开始还击，十几个联军士兵在车厢上架起了轻机枪，对着敌机开了火。炸弹的碎片击中了一节油槽车，砰的一下，油槽车变成了一团火。由于爆炸而溅出来的油，在一个盛有航空汽油的大肚子油槽车旁燃烧起来，冒出股股泡沫，发出噼噼啪啪的声音。

袁文道拉着我和李志民向燃烧的油槽车奔去。没等我弯腰，袁文道已经钻到了列车车轮下，从下面沿着枕木爬向猛烈翻腾的油槽车。我明白了，他是想让燃烧的油槽车脱钩，以便与汽油车隔开。

很快，沉重的车钩脱开了。我们和十几个法国人推走那节烧坏的油槽车，可怕的火堆缓缓地离开汽油车。当走到离车站不远的地方时，轰隆一声，我被气浪掀翻在地，跟着地上的泥土压得我喘不过气来。几分钟后，我从泥土底下爬出来，两耳震得嗡嗡直响，油槽车已经炸得粉碎。我摇摇晃晃地找到袁文道和李志民，确认大家平安无事后，四周的一切让我们大吃一惊。

一切都完了，车站每一厘米的土地都让炸弹翻转了过来，泥土和基石混在一起。铁轨上的机车成了燃烧的火球，冒着滚滚黑烟，站台上乱七八糟地散落着一些衣服碎片和残缺不全的人体。

这时，我们身后又响起了奇怪的零星爆炸声。原来，邻近的一条线路上，一节装有炮弹的车厢慢慢燃烧起来了。爆炸的响声越来越密集。烧红的套筒、车厢外壁的木块、薄铁皮的碎片四处飞舞，最后一声巨响，车厢顶盖掀上了天。

车站已不复存在。

在车站废墟当中，好像在剧院的布景一样，仍然坐着话务员。他二十来岁，脸部消瘦，面色苍白。四周的一切——破砖碎瓦、剩下一半火车时刻表的断壁残垣、电话交换台的抛光面板——都溅着鲜血。小伙子坐的姿势很奇特，他的前额靠在断墙上，像顶住它似的。

"还有一班车是发往巴黎的。"小伙子灰色的嘴唇轻轻地蠕动着，他的手里拿着一张时刻表。

这时,我发现话务员的制服被鲜血浸透了。

“我不行了……不行了……哦……”话务员的身躯耷拉下来。

我将他托住,这个英勇的小伙子至死都坚守着自己的岗位。刚毅的神情印在他那张略有雀斑的秀脸上,风吹拂着他那乌黑的秀发。我们小心翼翼地把他放在地上,李志民轻轻地理好他的头发,我从他头上摘下了耳机,感到了橡胶圈上留下的余温。

袁文道跪在地上,恭恭敬敬地吻了吻话务员的前额,他忍不住痛哭起来。

车站的负责人浑身是血地跑过来,用沙哑的声音说:“先生们,别指望乘火车回去了,这里没有能开动的火车,司机不是被军队征用,就是让飞机给炸死了。我刚刚接到通知,几辆载运弹药的列车在前面的路段给炸毁了,铁轨被破坏了,没有火车了。”

就这样,我们又返回公路,跟着难民队伍继续前行。

没多久,天空传来震撼人心的隆隆声,整个难民队伍一下子停住了。

袁文道开了口:“隐蔽……隐蔽! ……是德国的战斗机!”他拉着我和李志民跑到路边,趴在地上。

与此同时,人群中不知是谁用法语拖着长腔喊:“飞——机——飞——机!”

我偷偷地抬起头,一架德国战斗机低空俯冲过来,机翼闪闪发光,它呼啸着从我们头上飞过。然后拐了个弯,发动机一吼,重新朝队伍俯冲过来,飞机腹部射出一条窄窄的光带,哒哒哒,打在地面上、树桩上,最后落在人群里。

人群乱了,大家四处乱跑,妇女在尖叫,儿童在哭号,几辆马车翻倒在水沟里。

那个发疯的英国军官从马车上跳下来,乱跳乱蹦地对着飞机疯狂地叫喊道:“来吧!开火啊,德国人在这儿! 在这儿。”他全然不顾旁人的劝阻,转头对周围的人喊,“逃命吧! 德国佬把咱们包围了,快逃啊!”

就在这时,飞机扔下了一枚炸弹,轰隆一声,离我们几十米的地方,升起了一片耀眼的白光。那个军官、一匹马和一辆汽车变成黑糊糊的一团,飞到了半空中,接着冒起了滚滚浓烟。

不一会儿,飞机发动机的吼声渐渐远去,它终于消失了。我感觉耳朵一直嗡嗡作响,浑身上下都是泥土。李志民站起来,骂了几句。袁文道望着飞机逝去的方向,轻声说:“罪过……罪过……”

夜里,我们在一个小镇休息。这里刚刚发生过一场激烈的战斗,到处是被烟熏黑的残垣断壁,路上是被炸毁的汽车、倾倒的篱笆墙、破碎的枪械和遗失的家什。守卫小镇的英国人逃走了,德国人跟着追了过去。居民早就跑光了,我们在一间还算“完整”的房子内,点燃一堆火。李志民出去找水准备煮点咖啡,袁文道蜷缩在火堆旁,傻傻地看着夜空,轻声念道:“……整个镇子都被烧了,被烧了……”

为了转移袁文道的注意力,我轻声问:“瞎子,银项链里的女人是伊尔莎?”

“是啊,她就是伊尔莎,我的爱妻。这串银项链从伊尔莎出生就戴在她身上,从没有摘下来过，除了换坠子里的照片。按照伊尔莎家乡的习俗，女娃娃打落地就要戴一串银项链，这东西是由教堂的神甫打制的，带着上帝的气息，能保佑女娃娃平安无事，有点像我们中国人的长命锁。银项链的坠子里放置女娃娃的照片，最早放婴孩时的，然后放稍微大一点的，一般是开始读书时的照片，最后放十八岁的照片。当女娃娃成亲的时候，就要摘下这串银项链，把她交给自己的丈夫。这一点同我们中国的女娃娃成亲时，把自己的长命锁交给丈夫一样，意思是自己今生今世都是你的人了，至死不渝。可……我没……”说到这里，袁文道喉头哽咽了，他低头抽泣起来。

“给我说说你和伊尔莎的事吧。”

“仲泰，伊尔莎可是百里挑一的好女人。”

我不知道说什么好，迎合他道：“是的，我想象得出她是一个好女人。”

“当然！兵工厂内她是最好的姑娘，还是最漂亮的。”袁文道突然抬头看着我，脸上露出一丝笑容，“谁也没想到，她会嫁给我这样的家伙，但是她嫁给我了，她嫁给我了，给我一支香烟。”

我从烟盒里抽出一支香烟，递给袁文道，用打火机替他点上。从不吸烟的他，吸了几口，差点被烟呛住，不过他现在的确需要一支烟。

“那还是我刚到伯格曼兵工厂的时候，因为我是亚洲人，德国工程师都对我视而不见听而不闻，甚至车间的技工对我也爱理不理的。只有伊尔莎除外，她是车间的数据员。第一次和伊尔莎交谈，是我在餐厅吃饭，没人和我坐在一起，我孤零零地一个人坐在位置上，吃着面包，喝着肉汤。这时，伊尔莎大大方方地坐到我对面，笑吟吟地和我搭讪。当得知我曾在慕尼黑工业大学学习过，她轻声尖叫起来，说：‘上帝啊！没想到我们是校友。’渐渐地，我和伊尔莎成了无话不说的好友，她才不管别人怎样看，如何说。

“不知谁晓得了我在国内有‘袁瞎子’的称号，德国技术人员都不相信，在他们看来，这完全是虚构的格林童话。一天，几个德国工程师和我打赌，假如我真能用耳朵听出枪的型号、判读出机械故障的话，他们就替我洗衣服、擦皮靴。若是输了的话，我就自动辞职，离开伯格曼兵工厂。为了给中国人争口气，我接受了这个挑战，伊尔莎知道后，急忙劝道：‘袁，你不能这样犯傻，眼睛都无法判断得这么精准，何况用耳朵。你这样做，只有离开兵工厂，离开德国，离开……我……’这时，我才知道，她已经深深地爱上了我。我笑着安慰伊尔莎：‘没事儿，这对我来说无疑是小菜一碟，你以后不用替我洗衣服了。’

“所有的人都来到伯格曼兵工厂的射击场，我被蒙上眼睛，伊尔莎忧心忡忡地站在我身旁。一个工程师拿出一把枪，刚拉动枪栓，我立刻说：‘毛瑟98，你的枪膛里有一个缺口，那是使用者撞坏的。’话音刚落，这个洋鬼子说：‘你一定是在偷看，这次不算！’他们重新蒙上我的眼睛，让我背对着射击的方向，开始用不同的枪械射击，最后还用不同的枪支一起射击。我一一说出了枪支的名称和问题。整个射击场轰动了，他们都觉得我是一个神人。这时，伊尔莎跑到我的跟前，拥抱着我说：‘袁，你真神了！我爱你！’就这样，我和伊尔莎结了婚，兵工厂上上下下的人都对我这个中国人刮目相看，再也没有人瞧不起咱们东方人了。抗战爆发后，我执意归国，本来担心伊尔莎不同意，没想到她说：‘袁，我们是夫妻，你到哪儿，我就到哪儿，永不分离。’可惜啊，伊尔莎走了……离我而去……

“我在痛苦的道路上走了一程，疯疯癫癫，茫然失措，之后是断断续续的难过，她的影子不停地出现在我的脑海里。想起她时，我的情感随时间不同而发生变化。有时思念之情强烈，有时痛苦如同乌云掠过，有时忧愁如蝎螫心，有时愤怒若火山喷发，致使我感到天旋地转，头晕目眩。说到底，这一切的一切都是我的错，是我害了她，我个猪呀！……”

看来，爱妻伊尔莎的逝去已成为袁文道心灵上的十字架，永不消失的痛苦。并且，就像通常那样，周围人越是关注、同情和好奇，就越加触痛那出血的伤口。

一阵寒风袭来，摆动着的窗帘向上飘了起来。从外面吹进一些尘土，房门砰的一声关上了。几片落叶在房间里回旋，就像猫捉老鼠似的追赶地上的尘土。

“瞎子，这不是你的责任，杀死你妻子的人是那个日本人藤原幸。说说那天发生的事儿。”我对袁文道说。

袁文道拿起一根树枝，挑了挑篝火，燃着木柴迸出的火焰，发出噼里啪啦的声音，房间变得更明亮了。他说：“那天上午，我正在安慰伊尔莎，叫她不要担心，说不定政府会派人来解救我们。这时，鲁格警长推门而入，他说：‘袁先生，有一个中国政府的官员要见你。’我心中一喜，谢天谢地，政府总算没把我给忘了。没想到，走进来的竟然是我的堂弟袁文渊和两个日本人，一个是日本驻德国大使馆的参赞，另一个就是戴墨镜的藤原幸。”

“袁文渊在南京汪伪政权任职？”我问。

“袁文渊自小聪慧绝顶，很会读书，写得一手好文章。他年纪轻轻就远赴日本留学，娶了一个日本老婆，归国后，他在上海一家大学执教，小有名气。日本人打进上海时，他没有随学校南迁，而是留了下来，因为他对日本人抱有一种希望，觉得他们是君子。到后来，不知么样搞的，他竟然到汪精卫的伪政权里当了官，成为众人唾弃的汉奸。真是家门不幸！”

“他是来规劝你替日本人效力的吧。”

“对，他先是抱着我一阵痛哭，叙述了思念之情，我也被他感染了。袁文渊劝我回国，替狗屁大东亚共荣圈的繁荣尽微薄之力。说日本人一定待我为上宾，绝不像德国人这样囚禁我，也不会像重庆国民政府对我不闻不问。我立刻骂得他狗血淋头。那个日本外交官又劝说我，许以重金和官位，希望我能替他们服务。这些狗娘养的畜生，竟然打算像德国佬那样，大规模装备冲锋枪。”

“这点我也觉得很奇怪，现在各国的军队都装备了冲锋枪，唯独小鬼子的军队没有将这一重要武器大规模装备。在抗日战场上，很少见过鬼子装备冲锋枪。这是为什么？”

“这原因可以追溯到日俄战争。当时，俄军主要使用的步枪是老式滑膛枪，有效射程只有300多米。而日军则使用了当时先进的来复枪，有效射程达到了800米以上，同时日军训练刻苦，军中有大批神枪手，他们的精准射击给俄国人造成了很大伤亡，从此奠定了步枪在日军中的绝对主力地位。在日本人看来，步枪打得比冲锋枪准，宁可保证步枪和弹药的质量，也不浪费宝贵的资源造冲锋枪。一个单兵配备基数150发子弹，38大盖一天都不一定用完，要是换成冲锋枪，稍微激烈点儿的战斗，坚持个把小时子弹就会打光，再说冲锋枪不能拼刺刀。

“不过，日本人仿佛领悟到现代步兵武器组合中，冲锋枪有重要的地位。他们的设计师曾模仿德国的MP18，生产了一种叫‘100式’的冲锋枪。好笑的是，‘100式’使用自由枪机原理，没有保险，始终处于开膛待击状态，非常容易走火。所以，他们想叫我帮着设计一种新型的冲锋枪，或是生产MP38的仿制品。要知道，日本人曾向德国佬索要这种冲锋枪的资料，希望模仿生产，但被拒绝了。所以他们就‘偷’，就‘抢’。

“日本外交官见我没有动静，他就威胁我的家人。说要是不同意，就杀了我在中国的亲人，甚至他们会马上杀了我。”

“袁文渊因此就被激怒了？”

“对！他没有想到日本人会出尔反尔，居然说出这样的话。袁文渊是一个家庭观念很强的人，虽说是汉奸，但也有亲情，他和我的感情很深。袁文渊和日本外交官发生了争执，他突然掏出一把手枪，顶着那个外交官的头，说，要是敢伤害我，就要了他的性命。我一下子蒙了。在德国，私人持枪是要坐牢的，万一他真的开了枪，不是连命都要送掉吗？我立刻上前抢他手中的枪，跟着就出事了……”

“你在枪响的时候，听见其他声音没有？”

“我清醒后想了很久，当时我的确是听见了一种声音。第一声枪响时，我听见有人将子弹顶上膛的声音，是美国的柯尔特左轮手枪。第二声枪响时，我也隐约感觉到了一种声音，好像是子弹出膛后经过了什么器具，把枪声降到最低。后来，我才想起这是消音器。我在伯格曼兵工厂曾经见过这东西，它能阻挡声波向外传送，控制噪音。”

“这是日本人设计的一个连环套。”我将弗兰教授分析的结果一一说给了袁文道。

袁文道叭的一声折断手中枝条，说：“这群猪狗不如的畜生！他们不让我归国，甚至要我死，我硬是要回国，我硬是不死！”

不一会儿，李志民带着两个华人走了回来。他们一个叫王义国，二十三四岁，是在比利时留学的学生。另一个叫周振昊，是当地的华侨。两人都是因为德军入侵而被迫逃亡的。李志民听说他们也要前往马赛港，准备乘船归国，顿时兴奋不已，将他们带了过来，决定我们五人结伴同行。

我们喝过咖啡，吃了些食物，围坐在火堆旁闲聊。

王义国同袁文道一样，架着一副厚厚的眼镜，文质彬彬，他背着一个大包，里面全是留学时购买的书籍。

王义国好奇地问李志民："志民哥，你们在荷兰是干什么的，为什么不继续待在那儿呢？"

李志民的脑子转得飞快："我在荷兰开了家餐馆，生意还挺红火的，可惜被德国飞机给炸没了，所以决定回法国。"他指了指我和袁文道，"老黄和瞎子是我店里的厨师，他们想到法国碰碰运气，假如不行，就只有回国了。"

"这位仁兄名字倒挺怪，好好的人，竟然叫瞎子。"周振昊四十岁上下，魁梧的身材，从那大而粗糙的手来看，他肯定是个经历丰富的人。

"我认不了几个字，我们家乡把这种人叫做'睁眼瞎'。叫来叫去，时间久了，瞎子就成了我的名字。"袁文道机灵地解释道。

"老周，你在这儿做什么事的？"袁文道反问道。

"开农场种地呗。"周振昊叹了一声，"我老家在广东汕头，十几岁的时候，家乡闹饥荒，几百里看不见人烟，连充饥的观音土都被吃光了。没法子，我就偷偷地上了一艘轮船，稀里糊涂地到了法国。我干过很多活儿，码头当苦力、餐馆里洗盘子、当跑堂、送牛奶、工厂里当临工。为了取得法国国籍，我还加入了外籍兵团，当了几年兵，打过一些仗。最后，拿着退伍薪金在这里买了一小块地，办了个农场。没想到德国军队一打来，我几年的心血全没了。"

"你在外籍兵团干过？"李志民惊讶地问。

"我在阿尔及利亚待过两年，那儿是法国人的殖民地，我们同当地武装经常发生小规模的战斗。"

"老周，你觉得法军能抵挡住德国人的进攻吗？"听到周振昊在外籍兵团待过，我想他应该比较了解法国军队，让他帮着分析战争的形势，判断下胜负，这对我们以后的路线很有帮助。

"法国人一直把希望寄托在马其诺防线的身上，我的一个法国朋友曾在马其诺防线服过役，他说，这道防线是法国精心构筑的防御工事，有数不清的炮台、雷场、机枪阵地、防坦克炮、防空炮和重炮，这些形成一道坚不可摧的防线。在要塞里，还有相互连通的缆车和地道。法国军队还以为打仗会像一战那样，都待在堑壕里作战，过时了。英国远征军据说有四个师，可装备太落后了，上下通信不畅，没有斗志。守卫我们这座小镇的英国军队，还不如当年我服役的外籍兵团，组织松散，像来度假的游客。结果，德国人的突然袭击搞得这些英国人惊慌失措，他们根本没有抵抗，就弃械投降了。德国人太快了，飞机在天上炸，坦克地面冲，守军就完了。要我看，法国人在短期内扭转战局难上加难，说不定巴黎都会被德国人占领。前面在打仗，什么时候能到马赛啊，说不准人没到，命先丢了。”

听了这话,我陷入了沉思之中。

“要我说,往东边走,穿越德法边境的山区,去中立国瑞士。从那儿坐火车到意大利,再从那不勒斯或是热那亚上船回国。”王义国说。

李志民摇了摇头:“这样走太绕道了,瑞士现在一定封锁了边境线,过不去。”

王义国又说:“那我们就一直往前走,到了巴黎再说,万一法国人扭转战局了呢。要不行,再想办法,总比待在这里等死强。”

周振昊说:“要不这样,离这儿20多里路有个叫阿迪亚的小镇,我有个老乡在那里,我们不如去那里住几天,等局势稳定再走。”

大家一致同意周振昊的建议,决定先到阿迪亚避避风头,等形势稳定后再作定夺。

15. 法国飞行员和德国自行车部队

我们沿着山路绕道向阿迪亚镇前行。很快,进入了一个山谷,山谷被紧紧地夹在两个平行的山脉中间。这里的风景大致一样,不过对于我们这些外乡人来说,的确很奇异,在别处很难看见这样的景致。

有时候,地势变得很低,光线昏暗。有时候,山谷突然开阔,呈现出一片绿色。由于山泉的灌溉,附近的森林看上去是那么的新鲜和柔和。不时会遇到一家农舍,都是石头砌成的房子,四周围着园子,里面种满了果树。每家的门前都挂着一个竹篮子,里面晒着干酪。森林里的树木笔直挺立,有冷杉、松树、白桦等等,树身被斑斑点点的青苔染成稀奇古怪的颜色。在山路两边,长满了野草、绣球、黄杨和带刺的蔷薇。这些小东西发出浓郁的香气,混杂着落叶松、杨树和松脂树吐出的气息,让人感受到大自然的芬芳。

李志民感慨道:“多美的景色,这就是法兰西,我的另一半故土。”

话音刚落,山谷另一边突然发出轰隆隆的爆炸声,不一会儿,天空传来飞机马达的轰鸣声。

“飞机!飞机。”王义国指着天空叫了一声。

“别怕,是法国的飞机。”李志民安慰道。

在不远处的上空,飞来三架法国空军的轰炸机,刚才的轰炸声,是它们在向德国人投掷炸弹。现在它们开始返航了,慢慢地提升着高度。袁文道皱了皱眉头,他仿佛有某种强烈的预感。果然不错，突然从云层里钻出一架又小又快的德国飞机。它用惊人的速度追赶着法国轰炸机。

“是德国人的梅塞施密特战斗机。”袁文道轻声说。

所有人都惊叫起来，我们忘掉了四周的美景，怀着忐忑不安的心情望着天空。李志民不停地叫喊着，他希望轰炸机的飞行员早点发现敌机，早点把它击落。可惜，飞行员要么没有发现，要么看见了也毫无办法。轰炸机依旧朝前飞着。

“梅塞施密特”咬住落在最后的轰炸机，机身轻轻地抖动了几下，一串红光从机腹窜了出来。那架轰炸机的尾部冒出了浓烟，它挣扎着飞了几十秒，就往下坠落，烟越来越大，它在空中悬了几秒钟，拖着浓烟，坠落到树林里了。

紧跟着，“梅塞施密特”怪叫一声，又咬住下一架轰炸机，这架轰炸机开始反击。“梅塞施密特”拉高了一下，打了一串子弹，第二架轰炸机勉强支撑了半分钟，机翼就开始倾斜，它翻了个筋斗，笨重地栽下去了。

“梅塞施密特”骄横地在空中兜了一个大圈子，沿着一条斜线，尖声尖气地向最后一架轰炸机飞去。不一会儿，这架轰炸机就拖着一条长长的黑带，坠落了。

“该死的德国佬！”李志民气呼呼地盯着袁文道，仿佛那架“梅塞施密特”是袁文道设计的，要不飞行员就是他的舅子老表。

“布鲁斯，我没有参与飞机的设计，真的没有！”袁文道用德语轻声说。

“那个飞行员一定是你的亲戚，是伊尔莎的哥哥或是弟弟。”李志民不依不饶地说。

“伊尔莎没有兄弟，只有一个妹妹。”

“那就是她的妹夫了。”

“伊尔莎的妹妹才十岁，她……”

听了这话，李志民忍不住自己笑了起来，他嘀里嘟噜地叫个没完，直到我踢了他屁股一脚为止。

王义国指着远处的天空大喊道：“看，快看！有人跳伞了！”

顺着王义国手指的方向，在轰炸机被击中的高空中，有一朵白色的降落伞缓缓落下。

在一棵白桦树下，我们找到了那个飞行员。他是一个法国空军上尉，由于过迟才拉开降落伞的保险环，降落伞是快到地面才打开，以至于飞行员的两条腿都断了，脊椎撞到树墩上。他躺在树底下，吐着血，用一种无助的目光望着我们。

“嘿！伙计，你怎么样，需要帮助吗？”李志民伏下身子，用法语轻声问道。

飞行员苦笑了一下：“谢谢，不用了。我们今天干得不错，炸了德国佬的机场，十几架敌机就这么完蛋了。”

袁文道和王义国扯下衬衣，替飞行员包扎伤口，他已经处于半昏迷状态，口中喃喃地说：“哦，爸爸……我行的……亲爱的……我……降低高度……”

忽然,从树林里钻出两个德国兵,他们端着枪对我们喊道:“嘿,不许动,举起手来!”

李志民正要掏出那把芬兰刀,我一把止住他,大声用德语说:“朋友,我是中国政府的外交官,别开枪。”

王义国和周振昊包括那两个德国兵用惊讶的目光望着我。

就在这时,在我们身后的法国飞行员,吃力地掏出腰间的手枪。他用充血的眼睛再次看了一遍四周的景色,便将手枪举到脸上,用尽全身的力气大喊道:“法兰西万岁!”跟着,他对着自己开了一枪。

所有人都被飞行员的举措所震惊,李志民竟失声痛哭起来。

我们被押到附近德军的驻地,这是一个临时战俘营,里面全是英法联军的俘虏。奇怪的是,这些德军士兵背上都披着外形怪异的防雨斗篷,在这个驻地里竟整齐地摆放着十几辆“阿德勒”牌山地自行车。阿德勒公司是德国著名的自行车厂商,以生产 3 级变速且具备登山、爬坡能力的山地自行车闻名。

“这是德国的自行车部队。”袁文道轻声对我说。

“坐下!”那两个德国兵叫我们同俘虏们一样,坐在地上,他们俩拿着我的外交护照走到一个军官面前,嘀里嘟噜地说着什么。

我想:千万不能让德国人认出袁文道来,要是认出来就糟糕了。真要这样,我就绑了那个当官的,拿他当人质,趁乱逃跑。我把李志民的芬兰刀偷偷藏在衣袖里。

“自行车部队,骑着自行车打仗?”我好奇地问袁文道。

“对!从 1936 年开始,德军在每个步兵团都组建专业化的自行车部队,通常编制是 195 人,配属 9 挺轻机枪、2 挺重机枪和 3 门 50 毫米迫击炮。不过,这种编制不是一成不变的,可以根据战场需要调配兵力,既可单兵或小分队方式执行侦察、巡逻任务,也可编成营连级规模的战术分队实施机动作战。这种部队行进不受道路限制,安静快速,最快时每天可以推进上百公里,是一支不可小觑的劲旅。”

“瞎子,你怎么知道这么多?”李志民问。

“他们装备的轻武器是我负责设计和监督生产的。”袁文道带着自豪的口吻说。

“瞎子,你可真够出息啊,还不赶紧和你的德国舅子打个招呼。”李志民冷冰冰地说道。

听了这话,袁文道神情惶恐,不知所措,一时尴尬无言。

我环顾四周,这几个俘虏大都受了伤,一个胳膊绑着绷带,一个脖子流着血,还有一个脸颊和嘴巴被炸破了。不远处,坐着近百名联军士兵,两个德国兵端着枪监视他们,不时呵斥道:“不准讲话!不准讲话!”在一座农舍前面,有两个法国农妇正煮着汤,地上堆着马铃薯和甜菜。

“喂!你!”那个德国士兵指着我说,“过来!”

我走到那个军官面前,他是一个国防军中尉,他上下打量了我一番,问:“你是外交官？中国的？”

“没错。”

“那么你不好好地待在德国，到法国来干什么，帮法国人打我们？”

“走亲戚，旅游。他们是我的朋友，那个戴眼镜的是我哥哥。”我指着袁文道说，“我准备去阿迪亚镇看个老乡，他在那儿有个牧场。”

“是吗？”中尉用疑惑的目光盯着我。

“是的，顺带给我的德国姐夫带点法国风味的奶酪，他是科隆党卫队的旗队长特里斯科。”我希望这个“德国姐夫”能吓唬住他。

德国人办事严谨，却又很机械。中尉淡淡一笑：“你可以走了，外交官先生。”

当我转身离去时，这个中尉叫住我，问：“喂，你们那个皇帝还好吗？”

“皇帝？”我想他一定把我当成“伪满洲国”的外交官了，我厉声说：“中尉先生，我是中华民国的外交官，至于你说的那个皇帝，他是个冒牌货，没人承认他。”

“谁知道呢。”中尉耸了耸肩膀，无奈地说。

正当我们起身离开时，那个中尉忽然指着袁文道喊道：“你，站住！戴眼镜的！”

这个中尉盯着袁文道足足有半分钟，说：“袁文道！伯格曼兵工厂的中国设计师，出名的瞎子。”

我的心顿时凉了一半，那把芬兰刀已经滑落到手掌中，准备随时动手。

“先生，您认错人了，我是一个厨子，不是什么设计师。”袁文道平静地说。

“我认错人了，认错了？袁先生，我在伯格曼兵工厂当过警卫，当然，对于我们这种小人物，你是记不住的。可我认得你，喏，这还是你设计的冲锋枪哩。”中尉拿起一把冲锋枪在袁文道面前晃动了一下。接着，他手一挥，吼道：“把他们都抓起来。”

几个德国士兵将我们团团围住，黑洞洞的枪口对准我们，整个林子的空气瞬间凝固了。

这时，两架英国空军的“喷火”式战斗机呼啸而至，对着地面投下了两枚炸弹，跟着又用机关枪一阵乱射。我们还没有明白怎么回事，德国中尉和手下的士兵就噗咚噗咚地趴在地上或是路边的沟堑里。大多数战俘依旧站着，仰望天空，欢呼雀跃。

“趴下！都给我趴下！趴下。”那个中尉朝战俘们叫喊道。他完全失去了镇静，一边大声叫嚷着，一边慌手慌脚地从皮套中拔出手枪。也许这些俘虏高高地挺立在他的头上，而他却像蛆虫一样趴在地上，他感到害怕和丢脸。但“喷火”式战斗机依旧在空中盘旋，不时向地面射击，让他没有胆量站起来，也没有力气让这些战俘躺下，他只有用武器强迫这些战俘都躺下才成。

“趴下！”这个中尉对着战俘们开了枪。

“王八蛋！”我踢飞了这家伙的手枪，跟着用芬兰刀往他脖子上抹了一下，刀子很快，这个中尉吭都没吭一声就断了气。

李志民挥拳打翻了最近的一个德国兵，大声喊道："伙计们，跑啊，快跑啊！"他捡起冲锋枪，对着趴在地上的德国兵打了一梭子。这时，大伙儿反应过来了，我们抢了自行车，钻进矮树丛中，朝林子深处疾驰而去。

我载着袁文道一个劲儿地向前蹬，身边的树枝咔嚓咔嚓被子弹打断，身后响起了手榴弹的轰鸣声和冲锋枪的扫射声。

"走曲线，曲线！"袁文道对我们几个喊道，"曲线，这样冲锋枪很难打中我们。"

我们骑着自行车，沿着曲线在林子中跑呀跑呀，偶尔坐下几分钟歇口气，那些战俘们各奔东西，也见不着他们了。就这样，我们又逃过了一劫，继续向阿迪亚镇前行。一路上，王义国兴奋不已，他一个劲儿地向我问这儿，问那儿。我只淡淡一笑，说："这是国家机密。"周振昊出奇的镇静，或许他经历过大风大浪，这对他来说算不上什么。

"阿德勒"牌山地车的确好使，不到一天的工夫，我们便来到了阿迪亚镇。

这里真是地地道道的法国小镇。一排排小房，并列排在街道两边，窗边布满了牵牛花。一辆破旧马车在中间鼓起的鹅卵石马路上，扬起一团尘土，路旁是垂头丧气的电线杆，电线上挂着军服的碎片，各家各户的门上都用木板钉死了。一个光脚的小女孩拉着走路蹒跚的弟弟，慌慌张张地穿过马路，四处寻找妈妈。教堂成了废墟，商店空空如也，破旧残缺的栅栏后面，全是无人看管的果园。

我们在镇子上找到了陆泰夫妇，他们正在教堂前面的空地上周济逃难的人。

陆泰肩膀宽阔，体格敦实，头戴花格帽子，身穿花格上衣和马裤，打着闪亮的裹腿，显得非常利索。他不停地招呼四周的人们，很多人蹲在地上或是靠着墙壁前，端着钵子喝着热汤。除了肉汤外，陆泰夫妇还拿出了一些面包分给大家，镇子里的妇女们正在替伤兵们包扎伤口。

"谁要添，谁还要汤！"陆泰的妻子钱翠芝扎着头巾，穿着一件白色罩衣和绿色麻布裤子，脚蹬橡胶鞋。她一面拿着大勺子在汤锅边敲打，一面向人群嚷着。钱翠芝虽说很小就离开了中国，依旧不失中国妇女的本色：贤惠、勤劳和热情。"谁还要添汤的，快点啊，趁热喝啊！要不然就没了，孩子们快！"

钱翠芝招呼过十几个儿童，给他们每人的汤碗里添了一勺热汤。

听了周振昊的介绍，陆泰给我们每人一碗热汤，让我们先喝汤，然后和他们回牧场。

我们在墙边找了个空地，捧着热汤喝了起来，汤很好，油很多，里面还有一些菜叶。

李志民没有胃口，他想着那个法国飞行员就想哭，他和几个法国伤兵聊着天。

"伙计，前面打得怎样？"李志民把香烟发给伤兵们，关切地问道。

"德国佬太厉害了，我们抵挡不住，他们的火力太强了。"一个伤兵无奈地说。

"特别是他们的自动枪。"另一个伤兵吐了个烟圈，眼睛里露出恐惧的神色，他比画着说，"他们的步枪射速太快了，精度很高，冲锋枪更了不得，几梭子下去，我们的人就伤亡了很多。上帝啊，太可怕了。我们才几支好枪？十几支。他们呢？成百上千支，不知圣·艾蒂安公司那帮造枪的人是干什么吃的,全是些饭桶!"从他那嘶哑的声音中可以听到埋怨的声调。

圣·艾蒂安公司是法国有名的轻武器生产厂家。

"是啊,从战壕里跑出来一个连的人,一个不剩地全被冲锋枪打死了。这种武器太厉害了。"从伤兵堆里冒出一个低沉的声音。

"听说是德国伯格曼兵工厂制造的,也不知是哪个王八蛋设计的这种武器,他应该受到惩罚!这家伙一定是恶魔,假如我见到他,一定饶不了他,用手把他活活掐死。"

"对!掐死他,掐死这个狗娘养的!"

哗啦一声,袁文道把汤撒了一身,他吓得浑身发抖,嘴唇颤抖,脸色苍白。忽然,袁文道大叫一声,昏死过去。我们七手八脚地忙活了一阵,好不容易才将他弄醒。当他醒来后,哭着对我说:"仲泰,我是一个罪人,罪人,我应该去死。"

我和李志民像哄小孩一样,好不容易才将袁文道稳定下来,他呆呆地坐着,傻傻地望着天空,嘴里嘀里嘟噜地说着什么。

16. 陆泰夫妇的牧场

陆泰的牧场离阿迪亚小镇不远,面积有五六公顷,牛舍里养着二十余头西门塔尔牛。这种奶牛也被称为红花牛,产于瑞士阿尔卑斯西部山区,是一种产乳很高的奶牛。陆泰和妻子住在离牧场不远的一栋砖木结构的两层小楼内。

陆泰告诉我们,牧场的历史还得追溯到他爷爷。上个世纪中期,由于西方各国奇缺劳力,美国、英国、法国和西班牙的代理商以香港为基地,在中国沿海各地散发传单和图片,诱骗青壮年去外国"淘金"。陆泰的爷爷就是这样被诱骗到法国,吃尽了苦头,后来,他跟着一些温州人学着做生意,家境慢慢好了。有了钱,陆泰的爷爷就买了块地,建了这个牧场。

一钩薄薄的弯月,在幽暗的夜空熠熠生光。逐渐出现的繁星,数量愈来愈多;晚间比较凉爽,鹌鹑从黑麦丛里飞出来,嗡嗡鸣叫的甲虫嗖的一声在田里飞过。而牧场上的芳香和岑寂,让人有些迷迷糊糊,如痴如醉的感觉。

很快,一顿丰富的晚餐就摆满了橡木圆桌——一块厚厚的家制火腿,上面有几个鲜鸡蛋,火腿大得都从盘子里伸出来了;一只新烤的面包,上面还插着一把刀;一盘陆泰夫妇自制的黄油;一些果酱;一大壶热茶和一整块奶酪,圆圆的、雪白雪白的,让人看着都心馋。大家都发出啧啧的赞叹声。这是我们从荷兰逃出来后,吃的第一顿热菜热饭。

饭后,我们坐在一起聊天,钱翠芝从浸在冷水里的大酒樽里倒出酒来,把一个陶器酒壶灌得满满的,逐一斟满每一个人的酒杯,我们纷纷举杯向主人表示敬意。

男人喝酒,女人是要回避的。钱翠芝坐在一旁做着女红,她轻轻吹了一声口哨,随着王义国的尖叫声,两头牛犊般大小的大狗飞驰到钱翠芝的脚下。

陆泰笑着说:“别怕,这是我们家饲养的波尔多犬,一种凶猛无比的猎犬。波尔多犬对主人十分忠诚,是勇于献身的一流卫士。它们对陌生人从不胆怯,盗贼在作案时遇到这种动物,大多非死即残。”

“这儿有狼?”王义国好奇地问。

“是的,它们干了不少坏事。这些尖面獠牙的畜生,眼睛一直盯着村庄和牧场,不仅仅在夜间,而且大白天也从树林里跑出来发动突然袭击。遭狼袭击受害最大的是牛羊,镇子上几乎没有一家不在诅咒这可恶的野兽。我们以前不敢把牲口赶到树林子里去,只是在牧场四周转悠,把它们尽量放在离家和人较近的地方。有一次,镇子上的人一连好几天都在传说着一头恶狼怎样袭击了一匹马。那匹马用绳子套着,它见了狼不停地嘶叫,转着身子抵抗狼的攻击。狼被马重重地踢了一脚,可还是不甘心地咬掉了马腿上的一块肉,若不是有人及时赶到,还很难说结果会是怎样呢。这些贪婪的畜生。”钱翠芝说。

“就像德国人。”李志民打趣道,“它们都一样,贪婪、残暴和血腥。”

“自从有了波尔多犬,我们牧场的野狼就收敛多了,它们是我们打狼的好帮手。”陆泰抚摸着爱犬得意洋洋地说。

王义国抹着额头的汗珠,用敬佩的目光望了望那两头波尔多犬。

周振昊问陆泰:“陆兄,现在法国境内战火纷飞,我们想在你这里待一段时间,不知……”

陆泰笑着说:“有什么不可以的,大家都是中国人,你们在这里待多久都成,我正愁这儿不热闹哩。”

我说:“你放心,我们不会白吃白住,饭钱一定交给你。”

陆泰点燃烟斗,手一摆,说:“黄先生,你这话就见外了,我陆泰要是这个时候收你们的钱,还算人吗?完全是趁火打劫嘛。你要是觉得过意不去的话,这样吧,你们在这里帮我干活,怎么样?”

“行!”王义国大声说,“陆先生,你就当雇了几个长工呗,我们不会讲价要工钱的。”

听了这话,满屋一片哄笑。只有袁文道,他一个人坐在角落里,一声不吭地喝着闷酒。

开始我还对王义国、周振昊和陆泰,这些半路偶遇的陌生人,存着戒备心。现在,我觉得心里热乎乎的，自从来到欧洲执行任务，当地华侨和留学生给予我无数帮助。我和他们在一起，觉得分外亲切，像闻到了故乡泥土芳香似的舒坦。

清晨时分，陆泰的牧场烟雾迷茫，无垠的土地上一片沉寂，我们开始跟着陆泰夫妇学着干活。

牛棚很敞亮，母牛和公牛各列成两行，尾巴对着侧墙，头伸在牛棚中央。牛和墙壁之间，有一条相当宽的过道，要把牛牵进牵出，就走这条过道。牛栏前面放着一排草料架，饲料就落到上面，既省事又节约。中央的过道上铺着石子，打扫得很干净，空气流通，清爽非凡。

钱翠芝说："到了冬天，我们晚上就在这儿过夜，必要的话，陆泰会生火。我们和牛们都暖暖和和的。它们都很听话，就像孩子一样。"

"你们无法想象这些家伙有多守秩序。它们进棚的时候，每头牛都依次而行，绝不争先恐后。你们会喜欢它们的。"陆泰说。

说着，钱翠芝拎着木桶，走到奶牛身旁，一个个地叫唤它们的名字。很快，牛奶就像落雨似的溅进木桶里，冒着热气。牛栏里的小牛犊好奇地盯着我们，又转头看了看钱翠芝，它们仿佛很激动，颤巍巍地注视着这项简单而庄严的工作。

跟着，陆泰把干酪充分发酵，放在火上烘烤，钱翠芝再把它们揉成梨形的圆块。钱翠芝做这项工作时，动作显得很优美。她把袖子一直卷到臂肘，头巾的双角扎了起来，这样，她那两只珊瑚耳坠就露出来了。她在燃烧的炉火前弯着身子，灵巧地搅动着铜锅里的奶酪。当一块奶酪完全搅成一块有弹性的黄面团时，她就把奶酪取出来，放到一个汤盆里，用手把它弄得光溜溜的，揉成一个圆形，扔到凉水里浸泡。接着，她又开始做另一块干酪。

我们都用惊讶的目光注视着这一切，这是大家第一次看到奶酪是如何制作成的。

按照分工，我跟着钱翠芝学挤牛奶和照顾牛犊，周振昊和李志民帮着陆泰，给奶牛喂料以及清洁牛舍。王义国跟着陆泰将挤好的牛奶开车送到镇上去。为了安全起见，又因为身体康复没有多久，我们安排袁文道帮厨送饭和刷洗菜盘。很快，袁文道同两头牧羊犬成了朋友，但是他人依旧处于深刻的内疚和自责之中。

他又一次回到过去的世界。他头发蓬乱，衣服皱巴巴的，常常一个人躲在屋子的角落里，舔舐自己内心的伤痕。真的，他是那样的可怜，就像我第一次见到他那样，周围的一切对他都是那么陌生，除了那两头牧羊犬。在寂静的深夜里，大片的灰云下显出寒冷阴郁的夜光。袁文道形单影只地坐在屋前，瑟缩地弯着腰，两眼紧盯着远方。再没有什么东西能比这种灰色、寒冷，甚至比严寒还阴冷的深夜更加凄凉和令人压抑的了。也没有比孤独地坐在木屋前的这个男子，更加悲哀和苦恼的画面了。

为了让袁文道从"罪人阴影"走出来，我和李志民想尽了办法，有些甚至很荒唐。李志民说，既然袁文道的伤感很大部分源于妻子的逝去，或许给他找个女人就能弥补伤口。他带着袁文道来到镇上的酒馆。

这家酒馆不大,四四方方的,地上铺着木板,一个橡木吧台、几张桌子和十几个高背长椅,满屋子缭绕着烟雾,混杂着香烟、廉价香水、各种各样的酒香和简易厕所发出的恶臭等一股说不出的气味。充满了烟味。

那里有几个妓女——有的同男人坐在一起,有的独自坐在那里。我们没进去多久,我就注意到一个女人老是瞟着我们。当她的眼睛同袁文道的目光相遇以后,她向他做了个笑脸。袁文道根本没注意她,只默默地喝酒。没过一会儿,这个女人来到我们座位前,有礼貌地请我们给她买一点什么喝的。她坐下来,李志民和她闲聊起来,但她的目标显然是袁文道。

女人开始用法语和蹩脚的英语向袁文道搭讪,李志民在旁充当了翻译,袁文道没有理会她。"瞎子,我想你把一颗芳心征服了。"我对袁文道说。他狠狠地瞪了我一眼。对袁文道的冷漠,这个女人仍不甘心,她嘀里嘟噜地对李志民说了一通。

"瞎子,你走运了。"李志民笑着说,"她要你把她带回家去。"

"告诉她,我用不着她。"袁文道说。

我觉得这样回答有些不太礼貌,我向那个女人解释,他是因为没有钱才拒绝。

"我喜欢他,我爱他。"她说,"告诉他,这是为了爱情。"

当李志民把话翻译出来后,袁文道不耐烦地说:"告诉她快滚蛋!婊子!"说完,他走出了酒馆。李志民有些生气,在路上他嗔怪道:"瞎子,你没有必要这样侮辱她,不管怎么说,她还是看得起你啊。"

"操蛋!"袁文道没好气地骂道。李志民还想说什么,袁文道吹了一声口哨,不一会儿,两头牧羊犬便将他围住,龇牙咧嘴,血红的眼珠子死死地瞪着他。"喂!瞎子,你不能这样,快叫它们走开。看在上帝的面上,快点!"

袁文道没理会李志民的呼喊,他缓步向牧场走去,李志民就这样保持着雕塑的姿态,直到袁文道再次吹响哨声,猛犬离去为止。李志民瘫坐在地上,战战兢兢地说:"老兄,我……我……瞎子……该死的瞎子。"我忍不住捧腹大笑。

这天夜里,陆泰家的母牛生产,袁文道自告奋勇地充当了钱翠芝的助手。

这是我第一次目睹动物生产:钱翠芝趴在地上,一只胳膊深深地插在一阵阵宫缩的母牛身子里。陆泰忙着烧热水和给器械消毒,袁文道打着一盏油灯站在一旁,替钱翠芝照明。

一个小时过去了,牛犊依旧没有落地,钱翠芝无奈地说:"糟糕,碰到难产了。"

陆泰告诉我们,平时遇到母牛生产,他们就去请镇子上的兽医来,可现在在打仗,兽医带着家人离开了镇子。目前只有一个办法,就是用钢丝把难产的牛犊的头锯掉,他以前听兽医说过,这叫碎胎术。

"太残忍了,这也是一条性命啊。"袁文道轻声对钱翠芝说,"让我试一试。"

当袁文道刚把手伸进母牛肚子里时，我看见他的面目表情显得很紧张，接着又皱了皱眉头。

“怎么样？瞎子，你能行吗？这可不是设计……”李志民发现自己说漏了嘴，“不是做菜。”

我们对陆泰夫妇隐瞒了袁文道的真实身份。

“头在里面。”袁文道拿着一根消过毒的绳子，伸进母牛的产道，他咬紧牙关，紧蹬双腿，使出吃奶的力气往里推。过了一会儿，袁文道将绳子递给陆泰，说：“我套住它的下颚了。你们拉住这条绳子，就这样拉紧。”

袁文道把小牛犊的头转了个位置，又把绳子套在它耳朵后面，他满头是汗地对钱翠芝说：“母牛一使劲，你就拉牛犊的脑袋。”

很快，牛犊的头被拉出来了，接着，身体的其余部分也轻而易举地娩出来了。这小家伙一动不动地躺在地上，目光呆滞，舌头肿得厉害。

“老天爷，它八成活不了了。”陆泰忧郁地说。

袁文道擦去牛犊嘴上的黏液，使劲向它喉咙里吹起气来，又在它两肋挤压了几下，牛犊喘息了几下，眼睑扑闪着亮光，一条腿抽动起来。片刻工夫，小家伙就躬身起来，摇头晃脑地探索新的世界。

我们一阵欢呼，袁文道看到新生命的诞生，他感到一阵宽慰的热流涌入心间，终于露出了不多见的笑容。

“应该喝点什么吧。”李志民问。

“好的，志民给我来一杯热茶，最好里面倒点威士忌，我可累得够戗。”袁文道笑着说。

“我是说给母牛喝点什么。”

“你！……”

李志民的脸上露出了诡异的笑容，这是他对袁文道上次用狗吓唬自己的报复，典型的法国式报复。

夜深了，充满了巨大生命力的夏夜让人无法入眠。一轮明月高悬夜空，照亮了牧场淡蓝色的尘土，同时把柔和的清辉洒在沉睡的阿迪亚镇、空寂的小巷和广阔的田野上。田野里盖满了微波起伏的麦浪，上面静静地弥漫着透明的薄雾。森林和沼泽上冉冉升起灰白色的水汽，就像香炉里冒出的青烟，一团团飞向夜空里。

在淡雾中，蛐蛐越来越清晰地唧唧叫着，成千上万的鸣叫声时断时续，以颤抖的节奏一刻不停地在空中传播；应和它们的是青蛙大合唱，这些尖厉的鸣叫发自离牧场不远的沼泽地上：呱，呱，呱！

水塘里密布着水草，中间的一泓清水像千百面镜子一样闪闪发亮，月光在上面游荡，活像一把黄金的刀子。溪边长满了由于挂满露珠而沉甸甸地弯下腰的鹅观草；一些坑坑洼洼里也长满了黄色的鹿蹄草和蓝色的勿忘我花。在它们的头上,兀立着空心的柳树,上面长着一个个大脑袋,那些嫩树枝就像它们浓密的头发。

牛棚里只剩下我和袁文道。袁文道笑吟吟地抚摸着小牛犊,不时向我转过头来,并一动不动地注视着我。小牛犊的上下颚有节奏地活动着,朝我们投来友好的目光。

"瞎子,你这接生的手艺是跟谁学的?"我惊奇地问。

"是伊尔莎的父亲,他是位有名的兽医。我曾在伊尔莎娘家小住了一段时间,没事就跟随老丈人四处巡诊,时间长了,也就学了一两手。用伊尔莎父亲的话讲,我制造武器等于是杀生,救助生灵相当于替自己赎罪。这有点中国佛家中'放下屠刀立地成佛'的意思。伊尔莎父亲对此深有感触,要知道,他在当兽医之前,是当地有名的杀熊人。"

"杀熊人?"

"对,在猎人眼中,捕杀狼和野猪都不算危险,猎熊才是一场危险十足的游戏。比方说,如果三个猎手打一头熊,稍微一不小心,黑熊就会敲碎其中一个人的脑壳,折断另一个人的胳膊。当时的猎手只习惯用火枪和斧子这种老掉牙的方式狩猎,这就进一步增添了狩猎的危险程度,几乎每次猎熊都会有人伤亡。在伊尔莎家乡,杀熊一般是三人同行,按照不成文的法规,熊肉将一分为三,一份给死者的家人,一份给伤者,第三份就归那个幸运的猎手。当然,死去的猎手的丧葬费和伤者的医药费,都由卖掉熊皮所得的钱支付。伊尔莎的父亲一直是那个幸运的猎手,直到有一次他猎杀一头小熊,愤怒的母熊敲碎了他同伴的脑壳,将伊尔莎父亲打成重伤,最后母熊绝望地跳下了山崖。这件事深深地触动了伊尔莎父亲的灵魂,他扔掉了猎枪,发誓从此再不狩猎,改行做了一个兽医。"

袁文道走到牛栏前,一边替奶牛添加草料,一边意味深长地说:"仲泰,要知道养牛可是一件不容易的事。首先奶牛的品种要好,现在的奶牛品种比较混杂,许多奶牛是人家抛弃不用的老牲口。要看清这个很简单,不外乎是它们的乳房已经像秤砣一样悬挂下来,或者只剩下'三个乳头'了。还有就是那种长着乱蓬蓬的毛的牛,看似结实,其实根本没有多大用处。陆泰家的奶牛挺不错,好几头是弗利生纯种奶牛,这种牛的发源地在英格兰的代尔兹。你瞧瞧,宽阔的髂骨,漂亮的肩部,优美的头部,齐平的乳房向后夹在后肢之间,皮毛的颜色是带花白的暗棕色,简直漂亮极了!"

这时,夜莺在牛棚外的草丛里欢唱,兀立在大落叶松上的鹳鸟不时发出咯咯声,沼泽地的蛙声被田凫的咕咕声所取代,树上相互追逐的金龟子嗡嗡直叫,牛栏里的母牛发出哞哞的和声。

袁文道俨然成为一名经验丰富的兽医,而我则是他的学生。

"德国农民常常称这种奶牛为'好皮色'。不过,伊尔莎父亲说,暗红棕色奶牛的产奶量比不上红色或是白色的奶牛。但话说回来,它们的奶水中,乳脂成分比较高,营养价值抵得过两头普通的奶牛。

“其次，养奶牛是个精细活，牛不能生病。一旦奶牛病倒了，它的进食量会减少，膘跌下去，产奶也停下来，有些病症甚至是致命的。所以要定时对它们进行检疫。比如结核病，测定奶牛是否患有结核病的唯一途径，就是触摸它们的乳房部位，寻找有无任何不正常的硬结，兽医行业把这种检查称之为‘放牛’；而后取走每头奶牛的奶水样片，在显微镜下面进行检疫，一旦发现这种病菌，所有的奶牛立即被宰杀埋掉。在伊尔莎的家乡，这种病牛很普遍，我跟随她父亲出诊时，经常遇见这种病牛，老丈人称它们为‘苗头不对的牛’。这种家伙很奇怪，它们患病之后产奶量还很高，而且胃口也很好，但它们的奶可以致人于死地。时间长了，我也学会了如何识别它们。不过，替奶牛看病也很危险，我在各种不同的场合被各种各样的奶牛踢过。这些牛是踢人的行家。”

“瞎子，你常给牲口动手术吗？”

“这是不允许的，我没有行医资格，但唯独有一次是例外。记得那天夜里，伊尔莎父亲有事出门了，家里就剩下我一个人。一个农民急匆匆地敲开门，说他家的奶牛得了脓肿，快不行了，求我去看看，因为这头牛是他的命根子。我咬了咬牙，带了本《兽医外科学》的书，赶鸭子上架地来到他家牛棚里。

“我怀着诚惶诚恐的心情走进牛棚，一种可怕的呼吸声传入我的耳中，只见这头奶牛仰卧在地上，头直挺挺地伸向前方，鼻孔也扩大了，眼睛呆呆地看着我，鼻孔中喘着气，它正用自己最后的力气拼命地呼吸。看样子，它是喉部长了脓肿，我把所有的忧郁和担忧抛到了九霄云外，就一个念头，救它！我翻看了一下那本外科学，里面说，只有捅破脓肿才能挽救生命，若是捅破了旁边的血管，不出一分钟就会结果了牛的性命。”

“这需要很大勇气。”我说。

“是啊。那个农民近乎哀求地说，‘先生，动手干吧，它不能这样痛苦下去了，不能耽搁了。’我轻轻地推着奶牛的肩膀，让它尽量侧卧，然后从耳后穿刺进去，直达颌骨转角的地方进行局部麻醉，我看伊尔莎父亲动手术都是这样做的。我学着老丈人的样子，把手术器械一一摊开来，我跪在稻草上，深深地吸了一口气，然后小心翼翼地切开了腮腺部位的肌肉层，并用牵开器让纤维组织保持分开。我抹了抹汗，又看了看书，力图让自己脑子清醒下来。我好不容易在解剖图上找到了上颌静脉血管，这里到处都有网状颈动脉，危险性很大。”

袁文道指着一头奶牛的喉部继续说：“如果我单刀直入的话，也就是在颌下唾液腺的后面，那就差不多恰好击中脓肿部位。可这时我的手，不知为什么颤抖起来，我尽力想把手稳住，无论如何都做不到。是啊，这毕竟是动手术，不是制枪。当时我真的怕极了，连手术刀都落在地上，我不敢再把手术做下去了。”

“你不会就这么撇下那头牛不管吧。”

“我再次看了看那本外科书，又想了想伊尔莎父亲平日动手术的方式，然后拿起一把长柄动脉钳，在肌肉的切口中把钳子直往下推。当我推下去一段距离后，借着微弱的灯光,我看见几滴脓液顺着钳子流淌下来。真是太好了,我几乎不敢相信自己的眼睛,我已经刺破脓包了。紧跟着,我战战兢兢地尽可能张开动脉钳,让排脓液的孔扩大。当我张开钳子时,涓涓细流变成了乳白色的洪流,沿着牛的颈部流淌下来,洒在稻草上,并喷在我的手上。就这样,这家伙让我给救活了。算上今天这次,我已经有两次成功手术的经历,救活了两条生命。”

“三条生命,瞎子,你忘记今天的手术是母子平安。”

听了这话,袁文道哈哈大笑起来……这笑声告诉我,袁文道又回来了,新的生活开始了。

农场生活充实而丰富,让我紧绷的神经可以暂时放松一会儿,忧郁的心情消失得无影无踪。袁文道变得爱说爱笑,李志民打趣道,还不如让袁文道永远留在牧场,一辈子当个农民算了。

我万万没有想到,当我们在牧场欢快地生活时,无形的杀气正慢慢地向我们飘过来,死神已经降临在小小的牧场之上。它正在选择,哪一个人是第一个祭品。

第五章 / 燃眉追击

17. 戴墨镜的藤原幸

这天早晨，我和钱翠芝用柳条把牛赶出牛棚，牛慢腾腾地带着贵族派头走在路上，集成一群，到处可以听到哞哞的叫声。那两头波尔多牧羊犬，一前一后地跟在牛群后面，相互吠叫应和。阳光扑面而来，极目远眺，远处的绿色高地，是那么平坦，那么广阔，在阳光下散发着朦胧雾气。野草丛生的山坡，在我们脚下陡然展开，一直延伸到在树丛中波光闪烁的河流。

"这儿真是太美了，要是没有战争，真是人间天堂。"我说，"瞧那些山坡，那些花草，还有远处的山……"

"这儿有太阳，有草原，还有高山。春天花草茂盛，是一片绿色的海洋。早晨，空气像水一样……呼吸起来挺畅快的。山间的河水清澈透明……鱼多得可以用手抓到……"钱翠芝向我介绍每一处的名字，她谈起这些山冈就像谈论老朋友一样，声音里充满了对这片土地的热爱。

钱翠芝带我走进不远的森林里，在靠近岩石的地方，有一间很小的茅草房，墙是用干打垒的方式建成的，上面长满枝蔓，背倚一块岩石，四周是一片空地。

"这是我们平时牧牛休息用的房子。"我们弯下身走进茅草房，里面有一块石头，用做炉灶，几张老得掉牙的木凳，屋子中央的十字板架上，放着牧牛用的口粮。在一根翘起的树枝上，挂着软木水壶、劈柴用的斧头、烤肉用的铁叉以及防身的猎刀。钱翠芝检查了一番，把一切收拾得井井有条后，才放心地走出林子。

我们在附近的山坡上坐了下来，野草暖烘烘的，微风吹拂着荒原野草的花冠。各种毛色的奶牛布满了山坡，它们悠闲地享受着地上的美食。这里多美丽啊！有时我真希望远离充斥着危险、虚伪、庸俗的城市，在大自然的沉寂中返璞归真，在这样的牧场默默无闻地劳作，要不然索性睡上一辈子，再也不要醒来。但一想到，我的民族正在经历一场前所未有的灾难,同胞正在遭受杀戮,同志们正在前线浴血奋战,我只能迈步向前,永远地向前,直到革命胜利或生命终结为止。

“你们住在这里真有福气。”我轻声叹道。

“是啊,我和陆泰都喜欢这个地方,或许再也找不到这样的美景了。”她好奇地问,“黄大哥,家乡有这样好的地方吗？我是指我们的家乡,中国。”钱翠芝在中国两个字上特地加重了语气。

“当然有,比这儿还美丽,土地富饶,人民善良……”我自豪地笑起来,“你一定会喜欢的。”说到这里,我的脑子里就想起了家乡那些静悄悄的胡同,窗外院子里枝叶繁茂的梧桐树,还有淡蓝色的黄昏。那时候,父亲拿着竹棍,监督我练功,前厅里师兄弟打拳的声音震天动地——这一连串生动的回忆涌上心头,我的眼眶开始湿润了。

“只不过……”我瞬间又忧郁起来,“现在很多地方被小日本占领了,不过,我们一定会打赢这场战争的,把这些家伙从家园中赶出去。”

“就像现在法国一样。到那时,我们一定回去看看,陆泰常说,月是故乡明。”这时,我发现钱翠芝眼眶中饱含着晶莹的泪珠,这是一滴海外游子思乡的泪,凝聚了他们对祖国日日夜夜的思念。

这时,陆泰神色慌张地跑过来,结结巴巴地对我说:“黄……先……生,王……义……国……他……”

我问:“王义国出了什么事儿?”

“我和王义国在送奶回来的路上,遇到几个陌生人,他们拦住车,不由分说地把王义国绑走了。临走时,他们扔给我一封信,叫我带给你看就明白了。”说完,陆泰将一封信递给我。

“天啊！难道这是绑架?”钱翠芝惊呼道。

我打开信一看,上面写着一行汉字:用袁文道来换人。原来,绑走王义国的人是藤原幸,他想要我们用袁文道来换王义国,真是一个卑鄙无耻的家伙。在信纸背面,还写着几行小字,藤原幸约我晚上在镇上的小酒馆见面,只许我一个人去,若是带了帮手或是失约,王义国性命难保。

这天夜里,阿迪亚镇一片闷热的沉寂,街上看不到人影,见不着飞鸟或是猎犬的影踪。没有一片树叶在飘动,没有一茎草叶在摇曳。仿佛有魔鬼闯进了镇上,正用它那干燥的嘴唇,吸尽昏迷的大地的全部力量。

我如约来到镇上的小酒馆。我推门进入,看见十来个人坐在顺墙的吧台边,人人面前放着一只只冒着泡沫的酒杯。他们友好地向我点着头,哼哼哈哈了一阵。这些人大都是当地的农民,到这里来消遣一会儿,用酒精冲刷掉自己对战争的怨恨。屋角还有几个人静静地玩着骨牌,若是李志民在这儿,一定会坐下打个通宵。

我看见有个人单独坐在一张圆桌边。他穿着一件黑色风衣,嘴里叼着雪茄烟,戴一副墨镜,这人就是藤原幸。

“黄先生,您真准时。”藤原幸指了指对面的椅子,“坐! 来,喝杯酒。”他替我倒了杯威士忌。藤原幸戴着墨镜,我无法看清他的面容,但可以看见他的脸颊有几道疤痕——有刀伤的,有灼伤的,难看又恶心。

“藤原幸先生,你找我有什么事儿? 不会是你良心发现,准备放了王义国吧。”

“没事就不能聊聊? 咱们应该有共同语言,都是为了一个人在欧洲战斗,说实话,我挺佩服您。”藤原幸摇晃着酒杯,他戴着一枚钻石戒指,像个显富的活宝,“袁文道,一个神奇的中国工程师,德国军工界的‘轻武器专家’,能用耳朵判读出枪型和故障的天才。也难怪,为了他,你杀了那么多人。”

“我杀人是为了保护我的同胞,我杀的都是猪狗不如的畜生。可你杀人是为了更好地侵略邻国,满足自己的兽欲,为了把自己的意志强加在别人身上,你们的意志对吗? 我们俩可以比较一下,谁更道德。”

“不……不……不!”藤原幸粗鲁地打断我的话,“黄先生,您喜欢看小说吗? 我很喜欢看小说,特别是法国小说,只不过很多情节都是虚构的,缺乏现实主义! 是的,缺乏现实主义! 我忽然想起了一部小说,讲一个人偷了一个黑社会头目很多钱,他正想逃走,没想到黑社会绑架了他的家人,比如父母、兄弟、妻儿等等……”

藤原幸吐了一口烟雾,继续说:“黑社会的人说,假如这家伙不把钱交出来,就杀掉他的家人,绝不留情。想想看,如果这家伙不把钱交出来,这些人就会打爆他家人的头,砰,砰,脑袋开花! 那个头目对偷钱人说,‘你还不给钱,还想要多少家人的血溅到地上,十个? 二十个? 三十个? 一个接一个被无情地杀死。”藤原幸贴近我的脸,神经质地说。

这时,藤原幸变得漫不经心:“不就是为了一笔钱嘛,我并不喜欢这个结局,知道后来怎么样了吗? 这个偷钱人杀了黑社会的人,救出他的家人,带着钱远走高飞了。很荒唐! 相当荒唐。”

“这说明你根本不懂文学。要知道读者都喜欢美满的结局,人都想过幸福的生活,只有禽兽才会喜欢丑恶的东西。在任何小说中,坏人最后都要死,这是人类共同的道德观念,坏人不能赢。”我对藤原幸说,“我倒想给你讲一个故事,真实的故事,你知道约翰·迪林杰吗? 美国悬赏的头号银行抢劫犯,这可算是老谋深算的人。政府追捕他的时候,这人竟然与‘红衣女郎’安娜·萨格一起去传记剧院,当时上演的是《曼哈顿的故事》。没想到,看完电影之后,联邦调查局的人就在剧院旁边的巷子里开枪打死了迪林杰,就像打死一条狗一样! 所以,故事的开端通常是坏人先得逞,结局是他们像狗一样死去。”

“哦……是吗?”藤原幸沉默了一会儿,“生活有的时候要比小说奇特,它是现实的,不会像小说和电影那样去虚构情节。袁文道是属于我们的,是我们的钱,可你在德国把他给偷走了,这可不好。没办法,为了让您把他交出来,只好让您的家人受点委屈。”

“好了，黄先生，我该走了，酒钱您来给吧，多谢招待！”藤原幸看了看手表，那是一块闪着金光的劳力士手表。

藤原幸走到门口的时候，又说：“黄先生，明天在小镇东边的河坝上见面，记得带上我的钱，钱！听明白我的意思吗？不然你的亲人就会……砰！砰！”他疯癫地做了个开枪的动作，旋即离开了酒馆，消失在夜幕中。

第二天，我和袁文道来到河坝，这是一个高30米的拦河大坝，用于发电和灌溉农田。在大坝另一头，藤原幸和他的手下站在一辆黑色小轿车旁，笑嘻嘻地看着我们。

“袁先生，袁瞎子！我们又见面了。”藤原幸的声音比昨晚沙哑了许多，动作显得很僵硬，庆幸的是少了一些神经质。

“王义国呢？”我问。

“哦……对不起，黄先生，我一时高兴，竟把您的家人给忘了。”藤原幸貌似嗔怪地拍拍头，他从轿车里将王义国拉了出来。王义国被打得鼻青脸肿，戴着手铐，胸前绑着一个定时炸弹，指针咔哒咔哒地走动着。

“黄先生，我是一个有情有义的人，为了表示对您的敬意，我特地给你的亲人买了一个瑞士产的闹钟，这东西构造很精致，很准时！还有德国的手榴弹和法国的引火线。”

“仲泰，放心吧，一切按昨晚商量的办。”袁文道低声对我说。

“开始吧！”我大声地对藤原幸说。

就这样，在50多米长的河坝上，王义国带着定时炸弹缓缓地向我走来，袁文道慢慢地朝藤原幸走去。我悄悄地握住了瓦尔特P38手枪，心中默念：但愿李志民和周振昊不会出什么岔子。

袁文道真是个武器精灵。前不久，牧场附近发生过激战，德国人来不及打扫战场，就追击逃亡之敌去了。袁文道仿佛嗅到了武器的气息，他偷偷从战场上捡回了一支因爪子钩失灵，有点儿“口吃”的K98型步枪、一挺缺了枪栓的捷克轻机枪、一把瓦尔特P38手枪、一颗手雷外加一些子弹。

袁文道运用他那双灵巧的手，将破损的武器修复一新，并将K98改装成为狙击步枪，又把轻机枪的射击精度提高了一倍。按照计划，李志民和周振昊早早地就埋伏在大坝附近的山坡上，策应我们的行动。

当袁文道走到王义国身边，他突然从兜里掏出手雷，狠狠地向藤原幸扔了过去，然后拉起王义国就跑。“见鬼！有炸弹！”藤原幸拔腿向后跑去。轰隆一声，两个家伙被炸得血肉模糊，轿车也起火冒烟。

我一面朝敌人开枪，一面护着袁文道他们，向陆泰的车跑去。

与此同时，李志民和周振昊的枪跟着响了。由于使用的不是专业望远镜，李志民第一枪没有打中藤原幸，而是击中了他身旁的部下。藤原幸被突如其来的冷枪吓得趴在地上，动弹不得。周振昊的机枪打完一梭子后，藤原幸的手下所剩无几，他领着剩下的人仓皇地逃走了。

在陆泰的车里,袁文道正替王义国拆卸定时炸弹,他用芬兰刀缓缓地切割连线,嘴里不停地安慰王义国。几分钟后,袁文道割断了最后一根连线,时钟停了。

忽然,王义国的脸色变得苍白,全身一阵哆嗦,嘴里涌出乌血,接着剧烈地抽搐。他用尽最后的力气说:“水……水……里……毒……毒……”话没说完,他头一偏就咽了气。

“我要宰了这个狗日的!”袁文道一把抢过周振昊的机枪,向藤原幸逃跑的方向追去。

李志民喊道:“瞎子,瞎子,快回来,危险!”

这时,一架德国战斗机飞了过来,它俯冲而下,冲着袁文道就是一阵猛射,地面扬起阵阵灰土。

当我们追上袁文道时,看见他正被藤原幸他们围在一片废墟中。这是法国人废弃的炮兵阵地,四周还冒着黑烟,林子附近停着几辆被击毁的德军坦克。炮兵阵地上只剩下一门唯一幸存的大炮,其他的都变成了冒烟的铁堆。袁文道的子弹打光了,他躲在大炮后面,好像在捣鼓着什么。藤原幸领着人趴在100米外的壕沟里,一边射击,一边慢慢地向前移动,他们想活捉袁文道。

“瞎子,你在干什么?”我急切地问。

“看着我干么事,赶紧找炮弹,炮弹!”袁文道不耐烦地催促道。

地上净是弹壳和废弃的弹箱,李志民在一具德国士兵的尸体下,找到了一枚炮弹,袁文道拿起来一看:“穿甲弹!狗日的,老子找的就是它。”他瞪了我们一眼,“傻看么事,还不快搬炮弹,就炮,就炮!”袁文道用专业的军事术语指引我们进入了炮位。

周振昊拉开炮栓,退出弹壳,将炮弹塞进炮膛中。

这门火炮的瞄准镜已经被拆除了,袁文道用手向前比画着。这时,那架德国战斗机又飞了过来,飞机和藤原幸他们射来的子弹,打得大炮的护板铛铛作响。震耳欲聋的马达声、子弹的嗖嗖声、咯吱吱的怪叫声,侵袭着我们的胸口、耳朵和眼睛。

“瞎子,你还不射击,快开炮啊!……”李志民焦急地说。

“快开炮……开啊……还等什么……快!”周振昊趴在地上催促道。

袁文道没有理会我们,他十分古怪地跪在护板后,保持着特有的手势,嘴里嘀里咕噜算着什么。我看见袁文道用手指计算着什么。当飞机快接近藤原幸那个位置时,从袁文道嘴里吐出了一个字:“放!”

轰隆一声脆响,射击的热浪震得我耳朵火辣辣地疼。奇迹出现了:这枚炮弹飞出炮口,带着赤红的弹迹,奔向半空中的敌机。在德国飞机拉高的那一瞬间,炮弹在藤原幸和飞机之间的空中爆炸了。飞机冒着浓烟坠落在附近的树林里,发出巨大的爆炸声。我们欢呼雀跃,李志民抱着袁文道一阵狂吻。我不得不钦佩这位武器天才,他竟然用一枚炮弹打落了敌机,又击毙了地面的敌人,一箭双雕!

藤原幸浑身是血地从弹坑里站了起来,苦笑一下:“袁瞎子,真不愧是武器专家,打得真准!”说完,藤原幸往后走了几步,叉开双腿,双手自然下垂,右手靠着腰间的枪套。他对袁文道大声喊道:“喂,袁瞎子,你敢和我比试一下吗?看谁的枪快。”

李志民啐了一口:“狗娘养的,他把自己当牛仔了,我……”

袁文道止住准备开枪的李志民,从他手里拿过枪,接过周振昊递来的枪套。他检查了手枪,扎好枪套,对我笑了笑,然后一言不发地向藤原幸走去。

两人像决斗的西部牛仔一样,面对面地站着,中间距离大约十几米。

藤原幸从兜里掏出一个酒壶,他自己喝了一大口,然后抛给袁文道。袁文道接过酒壶,不甘示弱地也喝了一大口。忽然,袁文道将酒壶朝天上一抛,李志民说:“上帝,决斗开始了。”

砰砰几声清脆的枪响后,藤原幸捂着肚子跪倒在地上。袁文道拿着冒烟的手枪,站在对面,他拔枪太快了,以至于我们谁也没有看清楚,他什么时候拔的枪,怎样开的枪。

这时,藤原幸缓缓地摘掉墨镜。我看到了他的面容,这是一个较为俊秀的男子,脸上并没有令人恶心的疤痕。我想,藤原幸应该会化装术,那些疤痕都是假的,遗憾的是,美丽的面容后竟藏着一颗肮脏的心。

“瞎子,好枪法!黄先生,游戏还没玩完……我说过……坏人不一定会死。……袁瞎子……是我们的……”没等说完,藤原幸就像一条死狗一样躺在地上,死了。

袁文道扔掉手枪,抚摸项链,泣不成声。他正在同一个无人知晓的声音对话。这声音距离我们很遥远,但同袁文道很近,甚至已经与他融为一体,成为他生命的一部分。一路上,他听到伊尔莎在悲痛地哭泣,颗颗泪珠犹如冰水滴在袁文道心上,激起一阵又一阵彻骨的寒意。泪水不能白流,只有凶手的死,才能让这颗心重新温暖起来。这时的伊尔莎,一定在天堂对着丈夫微笑,轻声地说:亲爱的,好好地活下去。

至于袁文道的牛仔本事,是他在坎特枪会学会的。袁文道告诉我,这种快速拔枪的技法,是当年坎特枪会的一位德国老人教给他的,老人也是一位枪械设计师。早些年,老人到美国西部淘金,为了自己的家园免遭外敌的袭扰,老人自创了这种快速拔枪的技法。不仅如此,他还发明了一种快速装弹器。当时牛仔普遍使用的斯宾赛来复枪仅能装七颗子弹,而这个快速装弹器里有几根管子,每根管子里同样有七颗子弹。这样一来,如果枪膛里的子弹打光了,只要把一根管子装进去就行了,再不用劳神费力地一颗颗地装填子弹,受过装弹训练的人,一分钟内能发射十四到十五枚子弹。共同的爱好,使袁文道和老人结为忘年之交,老人将这技巧传授给他。

藤原幸临死前的话提醒我,危险警报还没有解除,前面的路会有更多的陷阱和杀机,会有更多像他这样的人,出现在我们面前。

为了尽快回国,我决定向国内求援,陆泰告诉我,小镇的邮局可以打国际长途电话。

在邮局里,我拨通了钱家源办公室的电话,是郭恒接的电话。听见我的声音,郭恒大惊失色,慌忙地说:“黄少校,您竟然还活着,我们都以为您殉国了。”

我说:“主任在吗?我有急事找他。”

“对不起,主任到黄山开会去了,您有什么急事,您现在在哪儿?”

“我和袁文道已经到了法国,日本间谍一直在追杀我们,现在处境很危险。希望主任体谅我的难处,能派人来帮帮我,或是通过当地使领馆让我们安全归国。”

郭恒沉默了一会儿:“要不这样,您打这个电话给罗琦罗主任,他人就在法国,一定会给您提供必要的帮助。”

几分钟后,罗琦的电话通了。罗琦和郭恒一样,显得异常惊喜。他答应立刻派人过来接应我们,然后从马赛港乘船回国。当他记下我的地址后,叮嘱我:“千万不要乱走,不要相信任何人,就在陆泰的屋子里等着。”

我放下电话,缓缓地吐了口粗气,但愿罗琦不是彭四维那种吹牛皮说大话的人。

5月30日下午,两辆“雪佛莱”小轿车开到陆泰家门口,从车里走出四个身穿西装,头戴礼帽的中国男子。

“您是黄仲泰少校?”一个男子礼貌地问我,“我是情报司罗琦主任派来的人,罗主任让我们来接袁文道先生。我叫唐景龙,这位是我的同事徐文,这是我们的证件。”那叫唐景龙的人将他们俩的外交护照递给我。

我查看了他们的护照后,说:“看见自己人我就放心了。”随即将袁文道和李志民等人一一介绍给他们。

唐景龙说:“黄长官,事不宜迟,日本人不会放过袁先生,我们还是赶紧上路吧。”

我问:“你们打算怎么走?是照罗琦在电话里说的,到马赛乘船回国,难道我们就这么一直开着汽车到马赛?前面还在打仗啊。”

徐文说:“计划有变,我们改道走瑞士,然后乘飞机到香港,再从香港回重庆。请您放心,一路上罗主任都做了周密的安排,不会再出岔子了。”

唐景龙又说:“罗主任还说,为了路上安全,我们分开走。我带两个人护送袁先生走前面。半个小时后,徐文和你们再走,我们在法国和瑞士的边境会合。”

我点了点头。要是两辆车行驶,不仅会引起日本人的注意,还会被德国飞机误认是法国人的军车,容易被轰炸。

不一会儿,袁文道跟着唐景龙乘车向瑞士方向驶去。临走时,袁文道仿佛极不情愿跟唐景龙走,当他听见“罗主任”这三个字时,整个人都变了,上车时腿脚都在发颤。袁文道一再叮嘱我:“仲泰,志民,你们一定要跟上来啊。”

唐景龙走后,徐文显得很紧张和烦躁,他不停地看表。陆泰盛情邀请他进屋喝茶,被徐文婉言谢绝,他一直待在车里,警惕地注视着四周。

我感觉气氛不对,好像要出什么事儿。李志民悄悄地爬上阁楼,拿出了两把手枪,一把递给我，一把递给周振昊，而他自己将陆泰的猎枪藏在衣服里。

突然，徐文走了进来，没等我开口说话，哗啦一声，我的头就被冰冷的枪管顶住了。周振昊笑吟吟地说："黄先生，不用这么紧张，一切都会过去的。"他拿走我的枪，又将李志民的猎枪踢到角落里。

"周振昊，想不到你是日本人的狗！"我骂道，"你到底还是不是中国人?"

"黄先生，我是中国人。我可不是替日本人干活，是你们的人让我杀了你，是罗琦先生。"

徐文呵斥道："周振昊，谁叫你说这么多，赶紧动手！"

周振昊脸庞扭曲了一下，冷冷地说："雇佣兵为钱打仗，可不讲什么道德。好了，黄先生，让我送你们上路吧。"

这时，钱翠芝吹了一声短促的口哨，两头波尔多犬闪电般地扑向周振昊和徐文，对着他们一阵狂撕乱咬，这两人发出了令人发颤的惨叫声。李志民顺势打落周振昊的手枪，我一脚把徐文踢倒在地。很快，周振昊被咬断了喉管，当场毙命。徐文靠在墙角，奄奄一息。波尔多犬蹲在他身旁，瞪着血珠子，不停地向他咆哮。

我走到徐文跟前，问："你们为什么要杀我，为什么?"

"因为……因为……"

"因为什么？快说！"

"因为……袁文道……"话没说完，徐文就断了气。

罗琦到底是一个什么人，他为什么要杀我，难道他就是那个泄密的日本间谍？莫非是钱家源派他来的？还是有别的原因。这一切都与袁文道有关，只有救出袁文道才能解开谜团。

可一想到袁文道被罗琦的人带走了，还是我叫来的人，我忍不住大把大把地薅自己的头发，用力扇了自己几耳光，我对自己的行为倍感懊恼，而又一筹莫展了。我闭上眼睛，拼命压制着冲动，当我睁开眼时，李志民已经穿上一套整洁的西装，乐呵呵地站在我面前，手里还拎着一套，他说："老兄，你还要等多久才动身，难道要等到他们越过边境线?"

我们告别了陆泰夫妇，开车向瑞士方向奔去，追赶唐景龙。

18. 古堡之战

在我们赶往瑞士边境的途中，一个个惊人的消息接二连三从收音机里蹦出：

1940年5月26日，英法联军在德军的夹击下，全线溃退。迫于无奈，近34万联军从一个名叫敦刻尔克的法国港口，乘船渡过英吉利海峡，撤退到英国。

1940年6月14日，法国首都巴黎沦陷。随后，意大利参战。

在法国通向瑞士的公路上，停着长长的法军车辆，包括许多重炮和坦克在内。这些军队已经向德国人投降了，成千上万的俘虏在一个个古堡要塞外面宿营，具有讽刺意义的是，堡垒上居然还悬挂着法国国旗。

我们沿着英法联军作为防御线的那条公路行进，穿过了整个地区。在这里，德国人经过了旷日持久的酣战才得以缓慢前行。不仅大道两侧的林子，而且那些远离德军主力进攻线上的小镇，无不遭到破坏和焚毁。河流两岸，山谷的斜坡，高地、林端以及任何适于守卫之处，都被炮弹和地雷炸成一片焦土，让坦克的履带碾压得面目全非。

我有时觉得，这个地区似乎曾经有一群疯狂至极的史前时代的野兽疾驰而过，一切都遭到了践踏和毁灭。战火甚至连河边的村子也没有放过。许多村子起了火。浓烟从密集的屋顶中间滚滚升起，火焰一蹿多高，把火星和燃烧着的碎麦秸秆抛到乱云底下。几只鸽子盘旋着，落入了火堆；圈里的牲口哞哞直叫着；曾经有一头种马挣脱缰绳，撞破篱笆，狂叫着沿路狂奔，最后被一枚炮弹炸得粉碎。女人们抱着孩子，从着火的房子里跑出来，四处寻找藏身的地方。

李志民握着方向盘，一边开车，一边念着《圣经》里的话。他对随处可见的坦克残骸、兀立在草丛中的汽车骨架和坠毁的飞机支架，还不很适应。

对于这些战争的遗留物，我倒是能泰然处之，毕竟我的祖国正遭受着与此相同，甚至还要残酷的战争。话说回来，现场上焚于烈火的草垛留下的斑斑黑迹和灰烬，已经发胀的牛马尸体，倒伏在路旁渠道里的枯萎的青草，被践踏在地，零乱的庄稼，颗粒四散……这一切让我感到格外悲凉。

到处都能看见一座座士兵的坟墓——德国人的、英国人的和法国人的。它们好似一个个大田鼠窝，有的上面立着十字架，有的没有，有的用棍子顶着钢盔，或者根本没有任何标记。

记得一次汽车水缸干了,我们来到河边打水,走在前面的李志民突然停住了脚步。在岸边的草丛里,一个德国兵脸埋在泥土里,僵卧在地。看来,他是隐蔽在草丛里朝大路上开枪,结果被人从后面捅了一刺刀。钢盔歪在撒满弹壳的草地里,清风吹拂着河岸,翻动着德国兵干枯的褐发,把水草的香气和尸体的腐臭糅杂在一起。

李志民冷笑一声,他用脚踢了德国兵一脚,然后转身往河边走去。

当汽车发动时,李志民若有所思地对我说:"简直无法相信,这个德国佬手上戴着戒指……老兄,你看见了吧?也许,他有老婆,孩子,他的母亲大概在等他回家。他们会为他恸哭。可回过头来,我一点也不同情他……这里多美好的生活,让这些该死的杂碎给破坏了,唉,多好的生活啊!……"

每到一个村子,我们都会看到一些屋舍门前停着棺木,上面盖着黑色的被单。棺木搁置在两只椅子上面,四支蜡烛把它们团团围住。板凳上放着一只铜盆,里面盛着圣水和一根黄杨桠枝。碰见这种情景,李志民都会停下来,走到棺木前,口里念着经文,向棺木洒几滴圣水。这些棺木让我想起了重庆小码头的棺木,他们都是无辜的平民,是战争的受害者。

在一些地区,顽强的法国人正在拼死抵抗。我注意到,最残酷的战斗来自固守村镇的士兵和躲藏在树林中的抵抗组织。德国人的装甲纵队通常会绕过他们,去追击法军的主力部队,让后续部队来消灭。

快到一个名叫格雷的小城时,由于前面正在进行激烈的战斗,我们被迫停了下来。从当地人口中得知,古德里安的装甲部队正在攻打一座古城堡,守卫城堡的是法国军队和当地抵抗组织的人,战斗进行了三天三夜,但城堡里的法国人宁死不降。

傍晚时分,城堡外又响起了枪声,我们随同一些法国人来到山冈上,向城堡远眺过去。

德军组织了一支200多人的攻城部队,向城堡发动了进攻。德军的战术很简单,先是让炮兵进行短暂的轰击,一时间,炸弹在城堡四处爆炸,弹片横飞,有几片竟然飞到离我们不到十米的石头上。

炮击过后,步兵乘坐装甲运载车,携带一门88mm高射炮,驶抵城堡脚下。接着,高射炮向城墙上的守军猛烈射击,步兵同时顺着梯子向上攀爬。没等德军爬到城垛上,守军的机关枪就开火了,紧跟着是手榴弹。这简直是一场梦魇,到处是火光、剧烈的爆炸声和飞射的子弹。我看到的大多数东西变得很模糊,脑袋麻木了。法国人打得很英勇,他们的机关枪打在地面的装甲车上,划出长长的光带,就像用巨大的皮鞭在上面抽打一样。迫击炮和手榴弹落下的地方,溅起阵阵尘土。有的德军士兵中弹倒下,有的浑身是火地跳入一旁的池塘,在齐膝的水里挣扎。更多的人躲在装甲车后面,惊恐地望着眼前的一切。

突然,轰隆一声巨响,我看见一辆德国人的装甲车被迫击炮打中了,冒出一团又浓又脏的黑烟,无数的碎片飞向天空中。一块巨大的金属平板在空中旋转着,像刚出炉的烙饼似的,坠入到附近的池塘里,冒出吱吱的热气。我觉得空中弥漫着强烈的化学品和炸弹爆炸的气味,还有一股皮肉烧焦了的臭味。城堡下的树木和沙土都被炸弹溅出的火药染黄了。

这时,李志民竟然站起身来,我猛地将他按倒在地。“布鲁斯,你最好蹲下来,这可不是儿戏。”没等我说完,头顶就飞过一片子弹,噼啪直响。

“放心,德国佬的子弹打得很高,全打在城墙上了。再说,法国人的子弹不打自己人。”李志民若无其事地对我说。

“见鬼! 你当这些子弹长了眼睛啊。”我冲他嚷道。

话音未落,轰隆一声,从城堡里飞出一枚迫击炮弹,将我们身旁的一棵梧桐树炸得粉碎,淋了我们一头沙土。李志民吓了一跳,他立刻趴在地上,一动不动。我笑着说:“我告诉过你,这些枪弹是不长眼睛的,对不对,布鲁斯。”

我递给李志民一根香烟,他双手战抖地点燃了香烟,懊恼地说:“要是瞎子在就好了,他能判读出枪弹的方向。”

不一会儿,德国人的火炮变得猛烈了。只听见连续的、摧枯拉朽的隆隆声,不时有弹片低飞掠过头顶的撕裂声。空气中混合着烟雾和尘土。地面在不停地震动,我颤抖着,摇晃着,李志民同我一样,就像得了轻度抽风一样。

一个法国人惊恐地叫道:“天啊,德国佬的坦克,他们的坦克!”

随着轰隆隆的发动机响声,两辆德国坦克来到城堡前面。坦克缓缓地转动炮塔,对准城墙开了火。在烟尘中,我只觉得前方一片昏暗。

轰的一声巨响,城堡大门被炸开,德军士兵潮水般地涌入城中。走在最前面的是几个拎着火焰喷射器的士兵,他们负责清除负隅顽抗的法国人。这些士兵弯着腰,驮着重重的油罐,慢慢靠近几个地洞,当他们距离目标大约四五米时,一旁的助手打开了火焰喷射器的阀门。这几个人就将喷嘴对准洞口,呼的一声,火焰扑向洞口……

我听见法国人凄凉的惨叫声,感觉身体每块肌肉都缩得紧紧的,我咬紧牙关,心狂乱跳,口干舌燥,浑身是汗,仿佛火焰在自己身上燃烧一样,呼吸变成了喘息。德国士兵恶魔般的狂笑声越来越大,一股怒火从我胸中腾起。刹那间,有一种想拎枪杀人的感觉。当枪声停止后,我无力地瘫坐在地上。

半个小时后,枪声渐渐停止了。城堡被德国人占领了,几十个法国士兵和头戴贝雷帽的抵抗组织的战士被押了出来。他们衣衫褴褛,都不同程度地受了伤,仍然保持着法国人独特的高傲气质。

火光中,城堡顶上的法国国旗被一个德国士兵摘了下来,被俘的法国士兵中,不知是谁唱起了《马赛曲》。我身旁的法国人包括李志民在内,都站起身来,低声跟着唱起来:

“前进吧，祖国的儿郎
快奋起吧，光荣的一天等着你
专制暴政压迫着我们，
祖国大地痛苦呻吟
……
前进！前进！
万众一心，把敌人消灭净！
……”

一种突如其来的爱国热情充满了在场所有法国人的心。这支歌雄壮的调子像一阵看不见的波浪，奔腾涌起，充满了古堡四周，越过森林，淹没了整片大地，一直飘扬到海峡对面的英吉利……这歌声冲破硝烟，点燃了人们的心灵，使人兴奋不已。它那有力的音节在观众心里唤起了一种新的情感。它把所有的心系在一起，像一首祈祷词似的直升到天庭。

我的灵魂为之震动，面前呈现出一幅幅宏伟的图景：法国人引以为傲的凯旋门、浪漫的塞纳河、蒂伊勒里宫的椴树、满是珍品的卢浮宫……这是法兰西的精神，正是在这种精神的感召下，法国绅士们才在丰特诺对乔治二世的军官们说：“先生们，你们先开枪吧！”也正是因为有了这种精神，康伯罗尼在滑铁卢会战时说了这样的话：“卫士们，宁死毋降！”也正是这种精神，它赋予了法国人生机和活力。我看见每一个法国人心中的国旗没有被降下，反而更加鲜艳了。

法兰西独立自由的精神没有终结，具有斗争传统的法兰西人民，绝对不会甘心屈服。200多年前，法兰西人凭借“太阳王”路易十四的强大王权，称霸一时；100多年前，拿破仑的军队横扫欧洲。这个弥漫着激情和理想气息的国度，虽在经历一场磨难，但它的子民正唱着《马赛曲》，投身到另一场战斗，他们要誓死捍卫自己心中的旗帜。

黎明时分，德国人命令当地人到城堡掩埋尸体和运送伤员，我和李志民也被拉进了队伍中，从事这种强制性的“义务劳动”。我们来到了城堡前的开阔地，我第一次近距离地看到了战场的死尸，一个德国军官和两个士兵躺在地上。我凑近一看，天啊！这个军官竟然是阿姆斯贝格上尉。

阿姆斯贝格是被手榴弹炸死的。他的腹部被炸开了一个大口子，内脏血糊糊地裸露在外。我惊恐地看着阿姆斯贝格那张脸，灰扑扑的脸，眼睛瞪得大大的，嘴巴无力地张着，脸颊上还有被弹片划破的口子。若不是战争，他或许是一个很快乐的人，快乐地工作、生活、结婚、生子……现在呢？他被魔咒吞噬，充当了一场邪恶战争的牺牲品。

城堡内搭了一个大帐篷，当做临时医院。德国军医和法国医生，正在狭小的空间里救护受伤的士兵，到处散发着绷带的臭味。一个年轻的法国士兵刚死在手术台上，从他的面庞看,不过是一个十七八岁的孩子,那套军装穿在身上显得格格不人。

牧师走到死者身旁,温柔地捏了捏小伙子的下巴,在他额前画了一个十字。牧师在小伙子耳边说着什么,然后他便跪下来,迅速地朗诵起赞美诗来。在一片静默中,牧师的声音越来越高,把这些拉丁文音节念得越发具有感人至深的力量。他的声音给人一种死亡将临之感,使人产生怜悯之情,使得所有在场的人都黯然泪下。接着,牧师站了起来,把手指在圣油中蘸了一蘸,一边低声说着对忏悔人说的话,一边用油涂小伙子的眼、胸、嘴和手。忽然,牧师的手剧烈颤抖起来,他停住了仪式,眼泪从他布满皱纹的脸上滚落,还伴随着静静的抽泣声。

这里的痛苦实在太多了,即使把世界上所有的恻隐之心都用上,也是不够的。多么可惜的生命啊!我诅咒那些发动战争的恶魔,真不知道死者的母亲,得知儿子阵亡的消息,会是怎样的表情。她一定为了儿子的灵魂祈祷,会谦卑地祈求圣母玛利亚,一个受苦受难的母亲乞求另一个受苦受难的母亲。

这时,几辆摩托车护卫着一辆装甲指挥车驶入城堡,从车内走出一个德国将军。他五十来岁,高高的个子,留着一撮胡子。所有的德国士兵包括伤员都起身向他敬礼致敬,人人脸上洋溢着敬佩之情。这位将军看了看城堡,听取了攻城部队指挥官的汇报后,点了点头,随即乘车离开。

我听见一个德国兵轻声说:“他就是海因茨·古德里安。”

从陆泰家出来,我们都是沿着路人提供的线索向前追击。可到了一个名叫贝桑松的城市时,唐景龙他们竟然神秘地“消失”了,没有人见过他们。

我们待在旅馆里抽起了闷烟,就像热锅上的蚂蚁团团乱转,有些不知所措。这时,有人敲响了我们的房门,我警惕地向李志民使了个眼色,他从枕头里摸出手枪,我缓缓地打开门,一个头戴花帽的女子出现在我面前。

“张姝!”我惊讶地叫起来。

“没想到吧,仲泰,我们又见面了,怎么?不请我进来坐坐。”张姝笑着对我说。

我们兴奋不已地将张姝迎进屋,李志民替她倒了杯咖啡,笑着问:“张大姐,您怎么会到这儿来了,您又是怎么知道我们住在这儿的?”

张姝摘下帽子,喝了口咖啡,说:“我自有我的办法呗,志民,到楼下替大姐买盒香烟去。”李志民会意地离开了房间,到楼道间望风去了。

“想不到布鲁斯这小子还是一个老地下,不参加共产党真是可惜了。”我笑着对张姝说。

“他是思想上入党可组织上没入党的人。”

“张大姐,再一次见到您,真是太高兴了,您怎么会到法国来了?”

张姝低声说:“仲泰,我到法国是给法国共产党送一些活动资金。德国法西斯侵占法国后,法国共产党和其他党派组织了一些地下抵抗组织,继续坚持同法西斯的斗争。

我这次是受共产国际的委托,将一些活动经费转交给法国的同志,顺道来看看你们。你们在法国的事儿,我多少也知道点。”

“莫非您是千里眼?”我惊讶地问道。

“我只能告诉你,是一位名叫‘阿丽塔’的同志提供给我们的情报。他说,袁文道对于德国来说,已经是一个死人,没人过问他了。藤原幸的死,并没有让日本人放弃,他们很可能在袁文道归国途中再下毒手。更重要的是,国民党内部有人想致袁文道于死地。”

“军政部的钱家源临行前嘱咐我,如果袁文道救不出来,就把他杀掉。难怪罗琦派人将袁文道劫走时,还想要杀掉我,难道钱家源是这一切的幕后操纵者?”

张姝摇了摇头:“问题没有你想的这么简单。这些人真想要袁文道的性命,完全可以在陆泰的牧场就下手,没必要带他走那么远。要我看,袁文道一定知道足以让对方胆寒的东西,这些人想要袁文道说出来之后,再把他杀掉。”

“秘密? 袁文道只不过是一个制造枪械的工程师而已,他能知道什么秘密。”

“这只有找到袁文道本人,才能解开这个谜团。”

“可现在袁文道在哪儿啊? 我们追到贝桑松就没了他的消息。”

“‘阿丽塔’告诉我,在你们到达贝桑松的前一天,唐景龙和他的手下因为携带武器,被党卫队当做法国抵抗组织的成员当场处决了。袁文道很幸运,他被看做危险分子,关进了当地的奥尔尼监狱。几天后,党卫队的人会用火车将他送往波兰的集中营。”

“什么? ……他被关起来了,还要送往集中营,那我们怎么救他出来?”

“乔治告诉我,驻守在这里的党卫队头目名叫戈尔德,是一个贪财好色的家伙,也许我们能从这儿下手。戈尔德每天晚上都会到班克尔大街的‘海之星’餐厅用餐,我们让布鲁斯假扮成瑞典达列卢斯公司的高级职员,设法同戈尔德建立关系,博得他的好感,然后将袁文道解救出来。这是唯一可行的办法。”

“这个达列卢斯是个什么人?”

“他的全名叫比尔格尔·达列卢斯,在柏林和伦敦都拥有庞大的关系网,特别是与德国空军元帅戈林私交甚好。听说,戈林的儿子托马斯在瑞典一家公司上班,达列卢斯就是这家公司的老板,由此,他与戈林成为至交好友。达列卢斯的生意在德国不断扩大,公司的高级职员也被德国官员奉为上宾。”

“是布鲁斯施展法国人魅力的时候了。”我笑着说。

临别之际,张姝对我说:“仲泰同志,回国后请您代我向战斗在抗日前线的同志们,表示一个共产党员最崇高的敬意。感谢党对我们的关怀,特别是送给国际纵队的那面锦旗,这是对我们工作的认可,也是一种无形的鼓励。请组织放心,我们会干好工作,为民族解放和革命胜利流尽最后一滴血。”

我的眼眶湿润了,默默地点了点头,重重地同她握了握手,轻声说:“保重!”

张姝笑了笑:“保重!”说完,两行热泪从她眼眶中流了下来。

几年前,我在海德堡大学听到许多有关疯狗的故事,老早就懂得疯狗咬人的危险,知道疯狗耷拉着脑袋,逢人就狂暴地扑上去,被疯狗咬着的人会突然发疯和死亡。这种祸患,常常给城镇造成恐怖的气氛。一旦发现疯狗,家家户户都要紧闭大门,连猫呀,狗啊,驴啊,全都得关起来;妇女们给抗狂犬病的神——圣卡塔利娜和圣基特里亚点上蜡烛祈祷,小伙子们赶快操起有尖有刃的家伙,壮着胆子朝屋外走去。

同样,自从德军占领了贝桑松,这里就没了生机。街上看到的只是德军的汽车和士兵在溜达,当地人因为害怕被“疯狗”咬伤而不敢出门和高声说话,连大气都不敢出了。四处张贴着德文招牌和驻军司令部签署的法文公告,大多数文告是警告当地人不要参加和支持抵抗组织,贝桑松的小伙子闻讯“疯狗”入侵之后,很多人已经操起有尖有刃的家伙,钻进了城郊的林子里,开始反抗敌人。

整条班克尔大街唯一能看到灯火,听见笑声的地方,就是“海之星”餐厅。餐厅坐落在大街的中央,以法国大菜和拉菲红酒闻名法国东部。

傍晚时分,我们步入“海之星”餐厅。我挑了一个僻静的角落坐了下来,李志民则在侍者的引导下,来到了餐厅中央的一张酒桌前,笑吟吟地坐下。

餐厅分为两个区,一个是李志民所处的高雅餐区,这里不但可以吃饭喝酒,还能欣赏歌舞和谈论私密之事。我所在的是一般客人消费的普通区,摆着十几张餐桌外带一个喝酒的吧台。

普通区里到处是喝得烂醉如泥的士兵。在这些场所往往有女孩们的身影。她们坐在桌子旁,不慌不忙地喝着酒,手上夹着香烟,发出咯咯的笑声。女孩的嘴巴一会儿嚼着口香糖,一会儿唧唧喳喳地说着话,不过最厉害的当属眼睛。她们左顾右盼,扫过一张张桌子,注视着大门的动静,用眼睛寻觅猎物,等待回应调情的眼神……假若捕获到这样的眼神,她们就会从容不迫地掐灭香烟,若无其事地站起身来,整理裙摆,扭动着性感的屁股朝目标走去……

李志民说,这种女人没有阿迪亚镇的姑娘淳朴善良,显得格外世俗和虚假。你很难看见她们在意男人的年龄或是自己是否对他有感情。只要有人出钱,她们就会把东倒西歪的男人们拉出餐厅,进入附近路上那些潮湿阴森的廉价公寓,溜进她们短期租住的套房。事成之后,这对愉悦的“伴侣”会相携漫步在街上,随后才各自离开。这时候,男人们看起来总是一副鬼鬼祟祟、自惭形秽的样子;而女人们则走回餐厅,等待下一个猎物的出现。

高雅区比较安静,很多餐桌上放着牌子,表示有人已经预订了座位。舞台边上,一个小乐队正在演奏轻柔的巴伐利亚旋律,看来戈尔德还没有来。

李志民叫过领班,塞给他几法郎的小费,开始打听一些事。我想,他一定是在询问戈尔德的情况。

不一会儿，餐厅的门开了，一个德国军官走进来大喊道：“戈尔德上校到！”瞬间，喧闹的餐厅安静下来。只见戈尔德手挽着一个法国女人，在副官的陪同下走了进来。德国军官起身立正，齐刷刷地向戈尔德行礼致敬。戈尔德点点头，示意他们继续娱乐，餐厅这才热闹起来。

戈尔德是一个虎背熊腰的家伙，鸭蛋形的脑袋光秃而硕大，脸很宽，看上去像个恐怖的魔王，他坐在位置上不停地和法国女人打情骂俏。李志民用眼神瞥了瞥戈尔德，我朝他点了点头，示意可以行动了。

19.“魔王”戈尔德

李志民在与人相处上具有法国人那种天性。对循规蹈矩的人，他能像英国绅士一样，和他们谈天气、论政治以及各种商品的价格。对歪戴着帽子，嘴里喷着酒气，到处找姑娘的浪荡人，李志民会和他们混在一起，说着黄色笑话，相互交流自己的“艳遇”。赶上女人，他会使出浑身解数，赢得她们的好感，让她们全都拜倒在他的脚下。

我一直对李志民说，他那双泛蓝的眼睛很好看，就像在太阳光中闪动的丝绸一般，流过各种色彩。有时候，他的眸子像锋利的刀刃，迸发出杀人的寒光，让对手胆战心寒。有时候，眸子像燃烧的火球，让友人觉得温暖和柔顺。当然，这双眸子对女人来说，是诱人而不可抗拒的。它能制服布鲁斯身边的女人，让她们在欢乐、沉醉和痴狂的快感中举手投降。

这眸子，以各种神情掩饰着他的灵魂，只有和我交心的时候，才会揭开自己神秘的面纱，让灵魂跃出，亮出一个真实的布鲁斯。

在优雅的舞曲中，李志民缓缓地伸出左手，手指中夹着几张钞票，站在门厅的侍者会意地走过来，附耳问：“先生，有何吩咐？”

李志民用嘴朝戈尔德努努嘴，说：“我想请他们喝点酒。”

很快，侍者将一瓶上等的白兰地摆在戈尔德桌前，替他斟满后，俯身说：“是那位先生请您的。”他朝李志民指了指。

戈尔德感到很诧异，他用警惕的眼光打量了李志民足足半分钟。李志民并没有理会他，若无其事地抽着香烟，和身旁的女孩搭着讪。

几分钟后，戈尔德的副官走到李志民的身边，没等他说话，李志民就热情地拉他入座。

“我好像在哪儿见过您，不过您身穿这套帅气的军服，让我有些认不出来了。”李志民仿佛从副官脸上看出了什么，“是哪个大学，让我好好想想，看我这人，一见熟人就兴奋。”

那个小伙子显得很腼腆，低声说：“我是波恩大学的，先生。”

“对，波恩大学，瞧我这记性！”李志民替副官斟满酒，开始同他天南地北地瞎吹起来，时不时用余光扫视戈尔德。

戈尔德带着惊讶的神态从座位站起来，李志民笑着迎了过来，握着戈尔德的手说：“您好，司令官阁下，认识您是我的荣幸。”李志民又走到法国女人身边，亲吻她的手背，礼貌地将她挽起，边走边说：“亲爱的，您美得就像一幅油画，让所有的男人都动心。”

“先生，请问您是……”没等戈尔德说完，李志民抢先说：“我在斯德哥尔摩就听托马斯讲过，党卫队是一支了不得的队伍，里面的人都是德国男人的精英。”

“托马斯？”

“哦，您不知道？他的父亲是戈林元帅。服务生，添位置，男士来威士忌，至于女士嘛，当然是香槟！”

正如张姝所言，听到李志民认识戈林的儿子，戈尔德的态度一百八十度大转变，他开始和李志民称兄道弟，开怀畅饮起来。不一会儿，戈尔德便同眼前这位名叫布鲁斯的商人成为至交好友。

几天后，广播中传出了令人悲戚的消息：1940 年 6 月 22 日，在法国小镇贡比涅，法、德两国签署停战协定。根据停战协定的条款，德国将占领法国北半部以及法国的大西洋沿岸地区。法国军队被解除武装并予以遣散，法国投降了。

我对是否能救出袁文道，并安全地从马赛港归国产生了怀疑。

当地人告诉我，法国的监狱系统近年来常出问题。一些上个世纪的老监狱，比如贝桑松市区的看守所，尽管建在一个地势比较高的地方，又有重兵把守，但由于设施过于陈旧，常常发生越狱事件。出于安全考虑，这才在郊外新建了奥尔尼监狱，这座监狱有很多优越的条件，比如设施先进，地势险峻，兵力比原来增加了一倍。更重要的是，这片地区的居民大多是有血缘关系的亲戚，任何陌生人来到村庄就会很显眼，这让那些越狱的人即使逃出监狱，也很容易被当地人发现并报警。

德国人占领贝桑松后，奥尔尼监狱成了一座屠宰场。每天晚上卡车都会开到监狱里面的一块空地上，车上装满了人，他们是被德国人称做“恐怖分子”的抵抗者。这些人安静地走下车，他们的动作很自然，犹如自己出差到达了办事地点，就那么缓步地走下车……在各自去办自己的事情以前，还留下来谢谢司机的关照，然后就走开了……突然，车灯全亮了，照花了他们的眼睛。他们用手挡住眼睛……这是这些人最后一个动作。几挺机枪从黑暗中的某个地方突然扫射起来，在几秒钟内就把他们打倒在地。接着，一些拿着手枪的家伙就走近这些人，朝奄奄一息的人开枪……一个也没逃脱……杀死他们的人并不就此满足，他们还侮辱死者，把他们拖出监狱，带着伤天害理的冷笑，用铁钩子把尸体挂起来……

奥尔尼监狱党卫队审讯室的酷刑在贝桑松城中的大街小巷流传：有人说，他们将犯人绑在一张铁床上，捆住手腕和脚脖，一个中士坐在犯人的胸脯上，另一个坐在腿上，用棒槌敲打犯人的脚掌。一下，两下，几十下，这种刑罚被称为“打木桩”。经历过这种刑罚的人，身上所有的肋骨都被打断，腿骨也被打碎，走起路来一瘸一拐。有人说，他们会几小时甚至几天，把犯人吊在天花板的绳子上，让骨头脱臼，肩膀和胳臂的肌肉萎缩，腕骨和掌骨分离，手腕变形。最可怕的是，他们把犯人剥光衣服，绑在床上，把钩针般粗细的铁针，刺入犯人的尿道，然后用打火机将铁针加热。这种刑罚引起的反应如同电击，人很容易休克甚至死亡。

听到这些，我不禁替袁文道深深地捏了把汗，他会遭受这些非人的折磨吗？

几天后，李志民用300法郎从戈尔德那里买了一张释放证明。我们急匆匆地赶到奥尔尼监狱。监狱长看了释放证明后，无奈地说：“很抱歉，先生们，这个人已经被解押走了，就在一个小时前。”

“解押走了？去哪儿？”我急切地问。

“火车站，比克尔镇的火车站。今天晚上就会用列车把他们送到波兰。”

“该死！”我脑子一片空白，有些茫然无措了。

“先生，你现在要是开车赶过去，我想应该还来得及。不过，车站的人放不放行，这就难说了。”监狱长说道。

我们走出奥尼尔监狱，开车飞快向比克尔镇奔去。

比克尔镇的火车站是一个货运站。当我们的汽车行驶到车站大门时，一下子停住了。李志民指着前方对我说：“该死，这么多士兵，恐怕我们是进不去了。”

车站里里外外都布满岗哨，全是武装党卫队的士兵，一个个荷枪实弹。我隐隐约约听见蒸汽机发动的声音。

“老兄，押送犯人用得着这样，德国佬的集中营是一个什么地方？”纳粹党的集中营对李志民来说神秘陌生。

“是人间地狱。”我轻声说道。

“关在里面一定很遭罪，可怜的瞎子！”

“岂止是遭罪，可以说是残酷，甚至致命。这里面，触犯规章而被打死是家常便饭，点名迟到，敢于回嘴，抢先说话，凡此种种都会招来毒打。情节严重的如动手打警卫，偷东西，那就立即处死。据说是在一间特别室里执行，囚徒站在墙角里，一个不露脸的狗杂碎会从他脑后开一枪。”

“上帝，我不知这些狗杂碎到底是不是爹娘生养的。”

“是啊,集中营就像屠场,这部纳粹的机器不断运转,疯子们想让他们的罪行无人知晓,无人注意,最后被湮灭无闻。”

“老天,我们必须找到瞎子,绝对不能让那些狗杂碎杀了他。”

我快速地转动大脑,想尽快找到一个进入车站的法子。忽然,我摸到上衣兜里的外交护照,一个大胆的计划从脑子里蹦了出来。

“布鲁斯,我有法子到车站里去。”说完,我拉着李志民走出车,整理了一下自己的衣服,昂首挺胸地向车站走去。

凭借外交护照,我们走进了车站,里面的景象让我大吃一惊:

站台上,堆积着各种行李,轨道上停靠着一列货车,车厢里装满了人。毫无疑问,都是要被关入集中营的犹太人。

“先生,您要找谁?”一个党卫队军官手拿花名册问我。

“袁文道,他是一个中国人,是我朋友工厂里的技师,他不是你们要抓的犯人。布鲁斯先生是戈尔德上校的好朋友,这里有袁文道的释放证明。”我指着李志民说。

“对不起,我们这里没有这个人。”

“不可能!”我一把抢过军官手中的花名册,翻看上面的名字。

“先生,上面不会有这个工人的名字,他要是一个技术工人,一定不会在这里。我向您保证。”

这时,汽笛长鸣,车厢间的缓冲装置哗唧哗唧地轰响起来,火车缓缓地开动了。我拍着车厢大声喊:“瞎子……袁瞎子……你在哪儿?快叫火车停下来!快!”我对着那位军官大喊道。

“您没有这个权力,先生,您再这样胡闹,我只有逮捕您。”一位级别更高的军官拦住我。

我脑子一热,指着他说:“你真要这样做了,那就不是道歉那么简单,我会叫希姆莱亲自和你说话。”

这个少校被镇住了,他轻声问:“您到底要找什么人?”

“一个叫袁文道的中国人,是我工厂里的技工,这是戈尔德上校签署的释放证明。”李志民说。

“哦,袁文道!我知道,他不在这趟列车里。他刚刚被几个人接走了,就在你们来之前半个小时。”

我完全愣住了:“被接走了?谁把他接走的?”

“是戈尔德上校派的人,难道您不知道?”

袁文道被戈尔德接走了?我脑子一头雾水,难道戈尔德知道袁文道的真实身份了,还是他想利用袁文道做文章,或是有别的缘由……

为了知道戈尔德的真实用意和打听到袁文道的下落,第二天晚上,李志民在戈尔德的官邸举办了一个盛大的宴会,庆祝两人的友谊。

宴会上,纳粹军官和他们的家人们举杯痛饮,尽情欢乐。我觉得人性确实很奇怪,眼前的这些人,是把杀人当做家常便饭的恶魔,一而再、再而三毫无人性地残杀犹太家庭的家长。眼见别人妻室悲啼,儿女失怙,绝无内疚之心、恻隐之意。然而他们听到优柔凄切的音乐,居然感动得落泪。

戈尔德显得格外高兴。他一个劲儿地吃,小酒杯在大手里仿佛没有似的,我想他更习惯用茶杯喝酒。他只要一扬脖子,就是一杯。军人们都怀着特殊的敬意侧过身子跟他讲话,他不时同身边的两个女人喋喋不休地谈论着。一会儿把身子伏在一个女人半裸的身体上,惹得那个女人用花打他;一会儿伏在另一个女人的粉肩上,那个女人就哈哈大笑,仿佛戈尔德搔得她发痒。很显然,这两个女人的姿色令戈尔德神魂颠倒。

不一会儿,戈尔德就喝得酩酊大醉,没了踪影。李志民走到我身边,附耳说:“戈尔德在屋外的走廊上。”我会意地点点头,端着酒杯走了出去。

戈尔德坐在走廊的地板上,目不转睛地凝视夜空。我仔细地打量了一下他,戈尔德两眼有些倾斜,头颅宽短,手指很短,很像隆布罗索·且撒因论点中的人。这位意大利精神病学家和侦查学家认为,有一种特殊类型的人,他们的某些生理特征如鼻子扁平、胡须稀少、额头低等等,表明这人天生就有犯罪的禀性。

“今晚的夜色真美,戈尔德先生。”我说。

戈尔德冲我笑了笑:“您是黄先生吧,我常听布鲁斯提起您,聪慧的中国人。”

“法兰西的夜色虽然美丽,不过我觉得海德堡的夜更令人难忘。”张姝告诉我,戈尔德的家乡在海德堡。

“黄先生,您到过海德堡?”戈尔德惊讶地问道。

“我曾在海德堡大学读过几年书,那里给我留下了深刻的印象,终生难忘!”我笑着说,“尤其是坐落在王座山的海德堡古堡,美国作家马克·吐温曾评价它是‘残破而不失王者之气,如同暴风中的李尔王’。这是一座属于骑士的城市。我想,您就是其中的一位骑士。”

希姆莱将党卫队打造成不仅仅是一个狂热拥护纳粹党的集团,还是一个受条顿骑士故事和中世纪传说影响而产生的兄弟会。每一个党卫队成员都将自己看做神话故事中的条顿骑士。

就这样,戈尔德很快与我熟识了,他将我带到了二楼的卧室内。

戈尔德卧室内的陈设很奇怪。壁纸、窗帘布、椅垫和椅套,全是清一色的图案;壁上挂的都是法国大画家的作品,有瓦托的、弗拉格奈尔、克洛德·洛兰等等;橡木地板上炫耀着萨冯内里埃和奥比松出产的地毯;屋子正中摆了一张路易十五时代的木床,制作十分精巧,如戈尔德自称的,说不定当年蓬帕杜夫人与路易十五就在这张床上共享鱼水之欢。不过,在我看来,屋子看上去让人作呕,很不顺眼,就像一个暴发户力图装扮文雅的荒唐感觉。

书桌上摆放了很多照片,大部分是他在钮因盖姆集中营担任主管时拍摄的,有的是手上牵着狼犬,摆出各种得意洋洋的姿态,有的是站在营房前,有的是站在铁丝网旁边……最显眼的一张,是戈尔德站在巨大高耸的铁门前,门上写着一行字:劳动意味着自由。

见我盯着那些照片,戈尔德递给我一杯伏特加,骄傲地说:"这些家伙声名狼藉,都是一群间谍、破坏分子、疾病传播者。我们没有别的办法,只有把他们关押在集中营。这是为了大多数公民的利益。"

"既然把他们都关在集中营里或是住在与世隔绝的犹太区里,那么他们又怎么能进行间谍和破坏活动呢?"我问道。

"犹太人聪明机智,他们总有办法可想。"戈尔德这次说了句真话,犹太人的确聪明机智。

戈尔德拉着我走到阳台坐下后,指着下面的草坪说:"我在钮因盖姆的房子也是这样一栋小楼,我喜欢一到晚上就坐在阳台上,一边喝酒,一边往下看。黄先生,您知道什么是权力吗?"

我摇了摇头,戈尔德饮尽一杯伏特加,说:"权力就是让人恐惧,让人敬畏,让人见了你就胆寒。你能掌控一切,不但掌控他们的财物,更重要是掌控他们的生死。这也就是犹太人害怕我们的原因。"

"因为你们有权杀死他们。"

"不错,我们能随意地让他们从地球上消失,瞬间消失掉!"戈尔德指着远处施工的房屋说:"黄先生,看见那些施工的建筑物,我就想起了一个犹太女工程师,当时她正负责修建集中营的一间房子。她告诉我,工程发生了错误,需要全部返工,否则房屋将会倒塌。我问她,你学过建筑学?她回答道,当然,我在柏林大学主修土木工程。你知道我怎么回答的吗?"

"不知道。"我茫然地摇了摇头。

"我对她说,哦!很不错,一个受过教育的犹太女人,就像玛丽·居里一样。我冷冷地一笑,命令我的部下,枪毙她!这个女人解释说,建造房子是我的职责,我是工程的负责人,我有什么错?我摆摆手,说,我不想和你争辩,但你的确犯了不可饶恕的错。就这样,这个女人被就地枪决了。黄先生,您知道她犯了什么错吗?她不该用这种语气和我说话,她虽然受过高等教育,可忘记了自己的身份,我才是真正的负责人,不但负责这项工程,更掌控了她的生死。她不该那么傲气,这种傲气激起了我杀人的欲望,是的!杀她让人有一种轻松的快感。砰的一声,这个女人脑袋被打爆,生命终结,工程依旧按照她所说的进行。这就是权力的体现!"

我头皮一阵发麻,我咬了咬嘴唇,鼓足勇气说:"阁下,杀人在有些时候的确让人觉得爽快。比如某些恶人犯了罪,我们判决此人死刑,众人皆大欢喜。让被害人亲自结果其性命,更是一件快事。但这是正义,并非权力。在我们东方人看来,权力真正的体现,不在于取某人的性命,而在于赦免该人的罪恶,让其继续活下去。”

“赦免?”戈尔德疑惑地说,“说下去。”我感觉他已经进入国王的角色,而我倒像一个谋士。

“中国古代的君主,往往喜欢赦免那些犯了死罪的囚犯,体现自己的宽宏仁慈。戈尔德先生,给予一个人生存的权力往往比剥夺这种权力,要有征服性和说服力。至少活人会记得你的恩典。”

戈尔德冷笑一声:“难道要我们卑躬屈膝地向那些过街老鼠说,哦!好了,先生,是我的错,我赦免你了。不,绝不能这样对他们,绝对不能!因为他们是一群老鼠、苍蝇、蟑螂,没有任何利用价值的肮脏货。在集中营,我曾尝试着给他们机会,可他们不理会我的好意。我让他们早晨起来干活,他们老是偷懒,磨洋工。但自从我使用了一种新的方法后,这种现象绝迹了,您知道是什么方法吗?我敢保证您一定想不出来。”

戈尔德从屋内拿出一支狙击步枪,说:“每天早晨我就站在阳台上,用这根鞭子。”戈尔德向我挥舞了下步枪,“驱赶他们用心干活,谁要是偷懒,我就……砰!杀了他,而不是赦免他。枪声一响,所有人都加快了工作进度。同伴的死让他们明白,自己头上悬着一把利剑,若是偷懒的话,就得送命!”

我后背一阵阴冷,这是一个魔王在向我炫耀自己的兽行,看来这个可怜虫不但被希特勒洗了脑,还被传染了同一种病症。这使他憎恨全世界的人,甚至也憎恨自己,生命对他来说简直荒诞和古怪。

忽然,戈尔德将整整一瓶酒淋在自己头上,瘫坐在地上。“我应该赦免,对!至少对我的女佣应该赦免。”这时,戈尔德眼中竟然充满了泪水,“她是一个美丽的姑娘,我觉得自己站在她的面前显得那么的渺小,我无法控制自己的感情。要是在过去,我会追求她,但!……她是一个犹太人……我很矛盾,不停地告诫自己,不能这样,不能,不能……我想带她走,去哪儿都行,最后我把她杀了。

“就在离开集中营那天晚上,一个美丽的夜晚,我把她带到树林里。从她的眼睛里我看到了乞求,我把子弹打进了她的肩膀,她向我伸出一条胳膊,长长的好看的胳膊,就那么呆呆地望着我。这时,我犹豫了,我几乎想扔掉手枪,跪在她面前请求她的宽恕。她的眼睛是那么美丽,让我回想起中学里认识的一个姑娘,那是我的初恋。上帝啊!我为什么会泛起这些杂七杂八的怪念头,最后信念把我制服了。我们从事的事业是高尚的,我对着她的脑袋开了一枪,她脑袋裂开了,骨头、鲜血和脑浆溅了我一身。哦……我杀了……她……”

戈尔德将头埋进膝盖里,捶打着自己,不停地哭泣,嘴里含混不清地说:“我……赦免……对……赦免……她……不……杀……不……赦免……”

这时,戈尔德分化成两个人,一个是有人性的戈尔德,另一个是杀人狂戈尔德。两人开始争吵起来。

“戈尔德,你们究竟在干什么?”有人性的戈尔德数落道,“为什么在他们送命之前把他们扒个精光?难道在人家临死之前连一丝尊严也不给吗?在这之前,我从来不相信什么撒旦,也不信世上真的有恶魔存在,现在我相信了。”

“你为什么替罪犯、间谍和怠工闹事的人辩护?”杀人狂咆哮道,“他们传播疾病,肉体上和政治上都传播,我们在替普天下的人消毒。”

啪的一声,人性戈尔德扇了杀人狂一巴掌,他说:“我真想亲手掐死你,你这个杀人如麻的混账东西。究竟死多少人才会使你满足?一百万?两百万?还是更多?他妈的,趁你没被打死之前,让我看看你身上的人性吧,至少你接受过文明教育。想想那个姑娘,被你杀死的姑娘。”

“放开我,放开我!”杀人狂脸色煞白,不停地叫喊着,他用头撞着墙,力图摆脱人性的束缚,回到恶魔身边。

我冷冷地看着眼前这个人,没有丝毫可怜他的意思,这个双手沾满鲜血的屠夫,他的心理完全扭曲甚至变态,他不断地绞杀内心残存的那点点良知,直到自己发疯为止。我真想用尽全身的力气,一掌砍在他脖子上,用他对付犹太人的方法,杀了他。

很快,戈尔德恢复了魔王的样子,他说:“好了,我们来谈谈你们要找的那个人吧,他一定值很多钱,您说呢?”

我从兜里掏出一叠钞票,然后摘下手表放在上面,说:“先生,您看这点够吗?”

戈尔德大笑起来:“这点钱对我来说算什么?我本该拒绝您,甚至有权杀了您,不过今天,我……”他故意拉长声调,“赦……免……你……你们要的那个人,被几个中国人带走了。他们给了我一笔钱,比您的多得多,然后朝马赛走了。”

“谢谢您,戈尔德先生。”

当我转身离去时,身后传来了清脆的枪声,戈尔德一边向夜空开枪射击,一边疯癫地叫嚣着:“我赦免你……赦免……你……赦免……”

从戈尔德的别墅走出来,我感觉刚从一个噩梦中醒来,这是一个恐怖的、残忍的、令人发指的噩梦。失去人性的疯子,在恶魔的引导下,竟然和自己的同类拼个你死我活,残害甚至毁灭他人。从我记事起并不大知道人类的兽性,因为我们生活在文明和善良的环境中,虽然碰见过残忍的事儿,但还算是理性上的犯罪。现在,日本人在南京犯下的滔天罪行,纳粹在欧洲的种族杀戮,让我无法用人类的正常思维去理解和诠释。当近距离和这些人接触后,我终于明白了,他们是失去人性具有兽性的“怪物”,人类的良知无法与其沟通,等待他们的将是末日审判。

1940 年 7 月 2 日中午

我们坐上贝桑松开往马赛的火车。车厢里人满为患,本来座位就够狭小的,偏偏又碰上暴风雨，车身不时地震动摇晃着，坐起来很不舒服。

行进过程中，不时听见零星的枪炮声。在我的对面坐着一个怀抱婴孩的母亲，她的怀里抱着一个婴孩，孩子哭得声嘶力竭。妇人强作笑容地安慰着他。这让我想起了重庆防空洞里那个喂奶的女人。

车厢里的法国人多半是静悄悄的，有人默默地喝着手中的饮料，呆望着车外的景色。有的人装模作样地看着报纸，日期却是上个月的，消息早已作废。即使有几个谈天论地的人，面容上的神情也是装出来的，那种无可奈何的英雄气概，非但掩饰不了他们的悲伤，反倒更突出内心的惶恐。

法国人的欢乐和幽默早已停留在1940年6月以前，战败的羞辱让他们无法抬起高昂的头颅，对未来的茫然更使得每一个人显得那么的脆弱无助。只要列车抖动一下，车上的人们就会随之摇摆，脸上浮现出不可避免的恐惧。当德国的军列从窗前驶过时，每一个人都自动地将目光投向另一面，他们在逃避现实。我不知道在此时此刻，他们的脑海中浮现什么画面，会有什么思绪，或许，他们和我在1937年12月13日，南京沦陷时的心情一样，是对侵略者的憎恨和对胜利的渴望。是啊，我们现在依旧在坚持，他们同样是，一个叫戴高乐的法国将军在英国发表了演讲，给了法国人胜利的希望。胜利，这只是一个时间问题。

我盯着窗外的车身，这些狭窄的金属片在狂风暴雨的吹袭下，左右颤动。四面八方扑来的雨点，冲击着玻璃窗，仿佛在逼迫列车向它们屈服，警告这个已近暮年的人造物，不要妄想同狂风暴雨抗衡了。猛烈的风雨在传递这样一个信号，只要再多加那么一丁点压力，超过列车的弹性极限，车身就会破裂，车轮就会出轨，车窗就会破碎，整个列车会跌入万劫不复的深渊。列车没有理会这些，艰难地向前行驶着，车轮溅出的火花显得格外美丽。

我静静地沉思默想，竭尽全力地理清自己的思路。袁文道究竟是一个什么人物？仅仅是一个轻武器专家？他到底知道什么秘密，这个秘密和罗琦有什么关系，我护送袁文道的消息又是谁泄露给日本人的？到了马赛，我该如何寻找袁文道？真的找到了他，是走海路归国还是其他路径……

两天后，轰的一声，火车停住了。我从睡梦中惊醒，李志民拍拍我的肩头，说："老兄，艾克斯到了，下车吧！"

当我下车的时候，突然瞥见身后有异常举动，仿佛有道黑影跟随着我的左右。我转身过去看了看，什么也没有，可能是过度紧张带来的幻觉吧，我想。

20. 马赛人杰西卡·维斯特

艾克斯是距离马赛三十公里的一个小镇,我们没有直接在马赛下车,而是在艾克斯下了车,作好准备后乘车前往马赛。

这里的街道全是用石头铺成的,路面狭窄,我们沿着街道往前走,李志民没事就往店铺里钻,跟美丽的售货员聊天搭讪。他踏上法国的土地一直很兴奋,毕竟他有一半的法兰西血统,生于此,长于此。我按照李志民说的,讲话时故意带着普罗旺斯地区的口音,这样一来,就算是一个华人,在镇子上晃来晃去,也会被人看做当地华侨,不会引人侧目。

我们在郊外找了家小旅馆。这家旅馆的大厅和房间都破破烂烂的,但整间旅馆的门面依然被一种失落已久的优雅气度装点着,弥漫出一种永恒的气氛。相对于繁杂的镇中心,这里倒是一个难得的休憩地点。仿佛在时代的潮流中逆来顺受,却又超然地固守着自己的小角落,遗世独立。

这房间很矮小,墙上糊的红纸已经裂缝累累,污痕斑斑。靠墙放着一张大床,上面挂着褪色的幔帐,床脚有个洋铁洗脸盆。屋内散发着不通风的霉味和烟味。李志民待我安顿好后,便到镇上的电话局给他的好友维斯特打电话去了,维斯特全名叫杰西卡·维斯特,是李志民儿时的玩伴,在马赛港当一名小职员。李志民想通过维斯特的关系,了解从马赛发往香港的客轮班次和袁文道的下落。

没多久,房门响了。我打开门一看,一个年轻的服务员站在门外,没精打采地问:"先生,需要预订晚餐吗?"我朝服务员点点头,按照惯例塞给他十法郎。这家伙本来一脸冷漠,一拿到钞票就变得殷勤起来。他笑着说:"您放心,本店的饭菜一定合您的口味,还有波尔多的红酒。祝您愉快!"说完,服务员便合上了房门,当门关的一瞬间,我发现他在扫视屋内的情景。

随着服务员的脚步渐渐远去,我又轻轻地打开门,看见那个服务员在走廊拐角处同一个家伙窃窃私语。因为那个家伙躲在拐角,我看不见他的脸,但发现他手上搭着一件风衣。不一会儿,当他把手抽出来时,我看见这人的手上拿着一把手枪。

我合上门,急急忙忙地寻找一件防身的武器,没等我找到合适的刀具,门就被踢开了,那家伙用枪对准了我。我下意识地往旁一侧,砰的一声,他打偏了。我整个人立刻向他扑去,冷不防撞飞了他手中的枪,听到两声闷响,手枪走火了,子弹打进了墙壁里。

我用肩膀猛地向那家伙的肚子撞去,右手挥向他的脸颊,那人被我一撞,整个人重重地跌倒在地上。我用膝盖顶住他的胸,用手掐住他的脖子,低声问:"你到底是谁,谁派你来的,你们总共来了多少人?"

见他不说,我抓住这家伙的头猛撞地板,用膝盖猛撞他的胸口,他顿时大声惨叫起来。我发现他的腰间还有一个枪套,我立刻掀开这家伙的外套,手伸进去,掏出手枪。我把枪管塞进他的嘴里,说:"快说!要不然我在你头上敲一个洞。"

这人大声地呼噜,我才发现枪管堵住了他的嘴,他无法讲话。我将枪管从他嘴里抽出来,抵住他的额头。

"是德古拉伯爵派我们来的。"那人用日语回答道。

"德古拉伯爵……谁是德古拉伯爵?"

"我……不知道……"

"不知道,你就死定了。"我用枪柄猛击他的太阳穴。

"我真不知道,真的不知道……"

"你们来了几个人,快说?"

"还有两个人,他们在外面的车子旁等着,要是五分钟后我不出来,就……"

话音未落,楼道里响起了急促的脚步声,我将这人从地上拖起来,架着他站好。房门被推开了,两个身穿黑色西装的人冲了过来,他们看到被我架住的同伴血流如注,立刻举起手枪,瞄准我。

我躲在这个日本人身后,推着他往前走。枪声响了,这个日本人惨叫一声,喉咙挤出最后一阵嘎嘎声,抬起手臂想抵挡什么,然后倒在地上死了。那两个家伙没等回过神,就被我用枪射穿了脑袋。

旅馆越来越混乱,混乱的人群是我最好的掩护。我将手枪塞进口袋中,跟着人群逃出了旅馆。不知是谁报了警,凄厉的警笛由远至近,越来越刺耳。警车已经快到离旅馆不到500米的铁桥上了。我正琢磨着如何脱身时,一辆雷诺牌小轿车映入我的眼帘,不但车门敞开着,连钥匙都插在上面。

当第一辆警车抵达旅馆时,我开着那辆雷诺牌汽车驶过了那座铁桥,呼啸着向艾克斯镇驶去。

半个小时后,李志民开着雷诺轿车向马赛奔去,我躲在后排座位的下面,上面盖着一条毛毯。这一切都源于在旅馆同日本人发生的枪战,法国警察根据服务员的描述,将凶手定为一个男性华人,并发出了通缉令。

一路上,李志民都很紧张,他生怕这条消息迅速地传到马赛城里,那里的警察会提前作好准备。比如在沿途设下哨卡,检查过往车辆,真要这样的话,我们俩就惨了。

天黑得很慢,几乎觉察不出来。我们在昏暗中行驶,前面车辆的红色标灯不时离开我们,消失在黄昏的黑暗中。车主在驾驶座上放了一包“骆驼”牌香烟。李志民发现后,他一手扶着方向盘,看也不看地把一只手伸向香烟,用习惯的、准确的动作取出一支香烟,捻一捻,放在嘴唇上,然后哧地一亮,用打火机点燃,再把打火机扔到仪表板的小槽里。他的动作几乎是机械的,似乎是漫不经心的,但却异常准确,让我感到:每一个动作都重复过无数次,完全自动化了。

撕裂的空气在我们耳边呼啸。车速表的指针在照得通明的标速盘上抖动,爬到八十英里以上。李志民不时快活而调皮地看一看指针,我反倒有些紧张,紧紧地捏着坐垫。

不到一个小时,车子开到一座桥边。“老兄,卡隆特运河到了,过了这座桥就到马赛城了。”李志民松了一口粗气,为了安全起见,他并没有叫我到前排。

我向窗外望去,方方正正的小石屋伫立在卡隆特运河两岸,远远能望见马赛城内的建筑物,这是一座四面环山的城市。在一座高高的山上,矗立着一栋巨大宏伟的天主教堂,从我这里能看见教堂塔尖上圣女贞德的雕像。

“那是守护山教堂。”李志民笑着说。他递给我一支香烟,替我点燃后问,“老兄,旅馆的那些人是日本人?”

“对,第一个冲进屋内的家伙说的是日语。”这一路走来,我的身体几乎无法动弹,我调整了一下姿势,挤到座位另一边的角落里,设法让自己的手脚能够恢复活动能力。

“他们怎么会知道我们在艾克斯镇?”李志民疑惑地问。

“我想这些人从贝桑松就开始跟踪我们,一直跟到艾克斯镇的小旅馆,他们或许认为火车上不好下手,要找个偏僻的地方干掉我们。”

“我有点糊涂了,日本人要的是袁瞎子,他们跟着我们干什么。老兄,你不觉得很奇怪吗?”

“我也一直在思考这个问题。日本人费尽心思地想劫走袁文道,他们应该去马赛,而不是浪费时间跟着我们。即使杀了我们,也毫无意义,只有愚蠢的人才犯这种低级错误。”

我忽然想起那个日本人说的“德古拉伯爵”,我问:“志民,你听说过德古拉伯爵吗?”

“德古拉伯爵?没有听说过。”

“那个日本佬说是一个名叫德古拉伯爵的人指派他们来的。”

“上帝啊,这名字听上去都觉得可怕。老兄,现在我们该怎么办?”

“先找到你那个朋友维斯特再说吧。”

“对,找到维斯特。老兄,你还得换身行头,估计今天晚上,抓捕你的通缉令就会放在马赛警察局长的办公桌上了。”

法国的海岸线一片漆黑,只有零星的灯火,在越来越昏暗的月光下,我依稀能看见沿岸巨石嶙峋的轮廓黑影。当天晚上，我们来到马赛港外的一个街区，街道两边的建筑物交织着传统和现代两种风格。钢筋水泥玻璃门窗的现代公寓，夹着低矮的，由红砖巨木搭建的房屋。

由于近几日，当地的抵抗组织频频向侵略者发动进攻，德国人在夜间实行了严格的宵禁制度。主要的街道口设置了岗亭，巡逻队和摩托车不时穿梭于大街小巷。他们随心所欲地拦住行人，从头到脚搜查一遍，一旦发现他们认为的“可疑分子”，连问也不问，便关进监狱或是就地枪决。

看来侵略者不仅仅是开来了军队，占领国土，他们不满足于诗人所描述的那样，从炉灶上夺走你的面包，从树杈棚架上抢去你的水果，从花园中掠去你的蜂箱，把鼻子伸向泉眼下，吸干里面的宝藏……他们还把打字机带到占领区，让当地的每一个人都变成一个简单的卡片，旁边标注着他将遭遇的命运；一张张精心策划的黑名单，上面记录着即将被枪决和逮捕的人名；恐怖如波浪般涌来，每一个浪潮之后都有一阵平息和宁静的气氛，仿佛一切都结束了，其实这只不过是另一波的开始罢了。直到他们将占领区的本地文明和思想，统统化为乌有为止。

李志民带着我小心翼翼地避开巡逻队，他逐一查看每一个门牌号，最后在一栋平房前停住了。

“这就是维斯特的家。”我顺着路灯打量了这栋房子，外观看上去干净整齐，窗户和屋顶都是木质的，铁制的大门前吊着一盏老式的防风灯，昏黄的灯火像鬼火一样，缥缈不定。

李志民揿下门铃。不一会儿，一个三十多岁的矮胖男人走了出来，他见到李志民格外高兴，用法语大声喊道：“布鲁斯，我的老伙计，见到你真是太高兴了。”

李志民拥抱着这男人，相互看了又看，说：“亲爱的杰西卡，你的样子依旧没变，还是这么胖。”

“您就是布鲁斯的中国表哥？”维斯特转头对我说。我愣了一下，很快反应过来，用法语向维斯特问好。

维斯特热情地将我们迎进屋内，他同李志民一样，称呼我为“黄表哥”。

维斯特的妻子比阿特丽丝是意大利移民的后裔，人如其名，她的名字在拉丁语中是身材高大并有非凡厨艺的快乐之人。比阿特丽丝做的意大利面和小牛肉，美味可口，我和李志民风卷残云地吃完后，不停地称赞比阿特丽丝的手艺。

用过晚餐后，维斯特邀请我们来到客厅，品尝他珍藏多年的波尔多红酒。

维斯特摇晃着酒杯，笑着对我说：“黄表哥，您让布鲁斯托我打听的事儿，我已经给您问过了。由于战争的原因，马赛港目前没有发往中国香港的轮班。没有了！这都是德国佬干的好事。”维斯特抱歉地耸耸肩。

“你的意思是我们没法回国了？”我问。

“唔,当然有归国的线路,我的表哥。”维斯特叫比阿特丽丝拿出一张航海图,他戴上眼镜。“亲爱的表哥,您看,这是马赛港,你们归国的航线应该是这样的。它分为两段,第一段是地中海航线,轮船从马赛港起航,先到意大利的热那亚。轮船在那儿停留一天后,再到法属阿尔及利亚的奥兰港或是阿尔及尔港停留,接着到突尼斯、埃及的亚历山大和塞得港。这时,轮船会穿过苏伊士运河,进入红海,最后在法属吉布提港靠岸。这就走完了地中海航线,也就是我们完成了旅程的一半。”

“下一段怎么走?”

“吉布提成为起始点。轮船从吉布提港起航向东行驶,进入阿拉伯海和印度洋,到达英属印度的孟买港。再经马六甲海峡到达新加坡,跟着进入南中国海,最后到达目的地香港。”

“杰西卡,为什么要分两段海路走呢?”李志民不解地问。

“亲爱的布鲁斯,这一切都是因为这场该死的战争。以前,邮轮可以从马赛港直达孟买,现在不行了,英国同德国正在打仗,轮船到不了那里。德国佬要想打赢英国人,必须跨过英吉利海峡,可他们不行,海上力量没有那么强大。所以他们企图困死英国人,切断他们的海上补给线,让英国人没有吃的、穿的、用的,最后乖乖地投降。听一些人说,德国佬在布雷斯特、坎佩尔、瓦纳、阿卡菲这些毗邻大西洋的港口,部署了他们的舰队,准备在大西洋同英国佬一决雌雄。要我看,希特勒在做梦,从西班牙无敌舰队被消灭到现在,不列颠狮子还没被谁在海上打输过哩。”

“维斯特,这几天有没有发往吉布提的客轮?”我问。

“我的表哥,我帮您查了一下,这段时间仅有一班客轮是发往吉布提港的。这是一艘希腊的邮轮,它是中立国的商船,名叫‘米克诺斯’号,三天之后它从马赛港起航,驶往吉布提。我去港务局偷偷看了下乘客登记表,是有些中国人乘坐这艘邮轮走,可没有你说的那个叫袁文道的人。但我向您保证,亲爱的表哥,这段时间只有‘米克诺斯’号驶往吉布提。除非有人想用另一种方法回家。”

“什么方法?”

“很简单,带着救生圈游回去。”维斯特用法国人特有的幽默回答了李志民,随即他又说,“地中海这条航线相对来说比较安全,很少有德国舰队和潜艇活动。”

听了维斯特的话,我对李志民说:“我敢打赌,瞎子就在这艘船上,行!就乘这艘船。维斯特,替我安排一张船票,三等舱的。”

“一张船票?我的呢?”李志民惊讶地问。

我劝说李志民:“志民,你就留在法国,不用跟我向前行了。”

李志民笑着说:“现在欧洲正在打仗,我留下来也没有意思,不如跟着你四处游荡,长长见识。再说,你答应带我回中国,跟你父亲学功夫的,不能食言哦。你是我的表哥,怎么能丢下自己的弟弟不管哩。”

维斯特敲着边鼓:“亲爱的表哥,您应该带布鲁斯一起前行,他可是一个好帮手。”

我无奈地摇了摇头,拍拍李志民的肩头,笑着说:“行吧,我亲爱的表弟,那就带着你走吧。维斯特,两张船票。”

这时,比阿特丽丝走了过来,亲吻了维斯特,柔声说:“亲爱的,时间到了,该吃开胃菜了。”

维斯特说:“这是每天晚上必备的节目。伙计们,有兴趣跟我到酒窖里走一遭吗?”

到酒窖吃开胃菜?我和李志民怀着好奇的心态,跟随维斯特夫妇走进了地下酒窖。

维斯特的酒窖比马隆医生的小一些,里面酒桶排列成行,桶里装着美酒,桶上结着蛛网。“杰西卡,开胃菜在哪儿?上帝,你在搞什么把戏?”李志民对正在点蜡烛的维斯特说。

“放心,布鲁斯,”维斯特拍拍李志民的肩膀,安慰道,“这里没有你害怕的老鼠,放心!”

“老鼠?”我不解地问,“维斯特,布鲁斯害怕老鼠?”

“哦,亲爱的表哥,您难道不知道这件事?布鲁斯小时候喜欢吃零食,有一次他偷偷地将几块饼干带进被窝里,准备半夜里起来享用。夜半时分,布鲁斯先生将手伸进口袋时,却摸到一个黑糊糊,毛茸茸且肉唧唧的玩意,他当时想,难道我的饼干变成熏肉了吗?他拿到眼前一看,上帝啊!这竟然是一只肥硕的老鼠,布鲁斯和老鼠同时发出了尖叫,从此,我们的布鲁斯见了老鼠就会尖叫。”

维斯特绘声绘色地讲完这个故事后,地下室里发出了一阵哄笑,李志民涨红着脸,威胁道:“维斯特,你怎么不说自己害怕兔子呢?”

“好了,好了。”比阿特丽丝劝道,“先生们,请保持安静,开胃菜就要上桌了。”说完,她扭开一台收音机,调好频率,一个声音传了出来:“许多法国人既不同意投降,也不甘心受奴役。他们懂得信誉和尊严,头脑清醒,视祖国的利益高于一切……我,戴高乐将军,将在英国为法国完成这项任务……我请所有渴望自由的法国人倾听我的心声,跟随我的行动。热爱尊严和独立的自由法国万岁!”

原来,被维斯特夫妇誉为“开胃菜”的是收听“自由法国”的广播。戴高乐的演讲,对于沦陷区的法国人,的确是一道难得的“开胃菜”。在这一刹那,法国土地上凡是有收音机的地方,人们都在屏住气息,静静地聆听。无线电波载着戴高乐将军的声音,从伦敦跨越英吉利海峡,飞向欧洲大陆的四面八方。这种声音,能使大家团结起来,让人民从惨败中复苏,让他们化成一个个跳动的音符,奏起雄壮的马赛曲。

这时,维斯特夫妇与李志民高举酒杯,低声吟唱起了《马赛曲》,人人眼里闪出喜悦的目光。他们同古城堡中战斗的法国人一样,绝不会屈服于法西斯的统治,他们同与日寇浴血奋战的中国人一样,坚信正义必定战胜邪恶,我们都在等待胜利的到来。虽然黑夜漫长,但黎明终究会到来的。

第二天上午，李志民领着我来到马赛市区，找一个名叫米卡耶的法国人。在当地，人们把制造假身份证和护照的人称为“手工匠”，这个米卡耶就是其中之一。

米卡耶住在一栋公寓里。李志民揿下门铃，隔了很久，那扇门才露出一道缝隙，一个年轻人问：“先生，您找谁？”

李志民说：“我们的瓶子坏了，需要找一个工匠重新造一个，听说米卡耶师傅的手艺很好，是维斯特先生叫我们来的。”

“请稍等。”门关上了。

李志民轻声对我说：“我的表哥，现在是非常时期，米卡耶必须谨慎又谨慎，小心又小心，不然他会掉脑袋的。”

从在维斯特家中叫我表哥以后，李志民就不再称呼我为“老兄”了，而是叫“我的表哥”。

不一会儿，房门再次打开了，年轻人将我们请了进去。从内屋里走出一个高高瘦瘦的男子，他年近六十，银灰色的头发梳理得一丝不苟，一张斯堪的纳维亚人的面孔，我觉得他看上去像一只老鹰。

“您好，布鲁斯先生。维斯特在电话里已经给我说了你们的事儿。”我觉得他的法语说得字正腔圆，优雅悦耳，但还是有点瑞典口音。维斯特说，这个米卡耶是一个瑞典移民。

“很荣幸认识您，米卡耶先生，这是维斯特让我转交给您的。”李志民将装着香烟和熏肉的包裹递给米卡耶。

米卡耶闻了闻包裹，笑着说：“真是太好了，战争时期的稀罕物，替我谢谢维斯特。”他将包裹递给身边的年轻人，说：“好吧，不浪费时间，我们开始吧。”

一个小时后，米卡耶将一本护照递给了我。护照上贴着我的照片，这是在米卡耶的暗室里拍摄的。护照上的名字，黄这个姓依旧保留着，不过换了一个华裔的名，叫施密特，这个名在法国很稀松平常，不会引人注目。这本护照原来是另一个人的，米卡耶对其进行了涂改，涂改的部分完全看不出痕迹，字与字之间的间隔处理得干干净净，非常专业。照片的转印也做得很漂亮，顶级水准，完全看不出这本护照是经过修改的。

“米卡耶先生，真是太感谢您了，您的手艺简直棒极了。”我用瑞典语赞叹道。

“喔，真想不到黄先生您还会我们的语言，会瑞典话。”米卡耶显得很惊讶，他请我和李志民坐下来，叫那个年轻人倒了三杯红酒，开始和我们聊天。

“布鲁斯，你们准备乘船离开法国，去吉布提？”米卡耶问道。

“先生，您怎么知道？”李志民很惊讶地问，“是的，我们的确是准备乘坐邮轮到吉布提去。”

“这很简单，这段时间马赛港只有一班邮轮发出，就是前往吉布提港的‘米克诺斯’号邮轮，再说前几天，也有一个中国人来我这儿办过护照。”

“中国人?”莫非是袁文道,他也没有护照,“米卡耶先生,您记得他叫什么,长什么样吗?”我急切地问道。

“他叫钱刚,一看就知道用的化名。这人四十来岁,蓬头垢面,架着一副度数很深的破眼镜,穿件灰色西装。我看这个钱刚仿佛很不情愿的样子,陪他来的一共三个中国人,一个个凶神恶煞,像地狱里来的恶鬼。哦,对了,那个叫钱刚的脖子上戴着串银项链,没错！是一串银制的项链。”

李志民侧头对我说:“我打赌,米卡耶说的这个人就是瞎子,他应该在那条船上。”

从米卡耶家出来,李志民拿着护照,径直到马赛港办理船票的事儿。

这天,风和日丽,我漫步在马赛城中心,沿着车水马龙的卡内比林荫大道往维斯特家走去。天空中,各种禽鸟自由地飞翔,海鸥、海燕、白鹭、白嘴鸭来往徘徊,它们是那样的自由自在,不受拘束。

报摊上卖的不是德国纳粹的报刊,就是维希政权出版的几份空洞贫乏、卑躬屈节得令人作呕的刊物。英美报刊连影子也不见了。

街道两边挤满了各种商店,橱窗是大片大片的有色玻璃,里面放置着各种商品。在正午阳光的照射下,这条街像镶嵌了钻石一样,闪闪发光。

离商店不远的地方,是一望无际的露天咖啡座。虽然是战争时期,仍有很多法国居民坐着喝咖啡,看报纸和聊天。几个画家摆着画架,安然地等候画像的顾客。有趣的是,咖啡座中间有一行空位,一边坐着法国人,另一边是德国军人。这就是法国人的幽默所在,他们用这种方式对抗德国人的入侵,表达自己的愤怒。

岸上起了微风,五六个科西嘉岛的渔民拉着手风琴,从我身边走过。他们戴着耳环,露出被太阳晒黑的、毛茸茸的宽胸脯,放开嘶哑的喉咙,边走边唱。他们对马赛的女人无心顾盼,直奔前面的鱼市,因为那里有相好的女人在等着他们。

海面弥漫着雾气。鱼市上,十几个卖鱼的妇女坐在鱼筐中间,等着过秤。在台秤前,盖着湿破布鱼筐里装的是铅灰色的沙丁鱼,浅红的羊鱼,龙虾又长又细的触须隐约可见,它们在拼命抖动着,挣扎着。筐子旁边放着大个的猎获物——宽尾巴的鲐鱼,身子弯曲着,圆形嘴巴张得老大,露出黑糊糊的喉咙和浑圆苍白的舌头;阔扁的鳐鱼伏在地上,像一块又湿又粘的抹布。

很快,收鱼开始了。为了谁该排前谁该排后的问题,卖鱼的妇女们之间发生了争吵。她们扯开嗓子说着话,话里每每都夹杂着一些粗言秽语;她们做出一些粗俗的动作来回答辱骂,时而有节奏地拍着大腿,时而挥舞着双手,摆出一副威胁的架势。如果她们当中有人说话时不慎碰到了对方的脸,或是动作很滑稽,这种焦躁的情绪很快就变成哈哈大笑,仿佛鸡窝里的母鸡咯咯乱叫。

那几个拉手风琴的科西嘉人,坐在鱼筐上,一边抽烟,一边贪婪地盯着自己的相好看。一阵欲火烧红了他们的脸庞,野性的冲动让他们借着酒兴,又一次高声歌唱起来,不停地向心上人示爱。

离我不远的地方有个渡口,停靠着十几艘游船,上面的水手对我吆喝道:“朋友,去伊芙堡吗?伊芙堡,神秘的监狱,传说中的铁面人。只要五法郎,一刻钟便到。”

我谢绝了水手的盛情邀请。伊芙堡是马赛的一个小岛,岛上有座中世纪的古堡,是著名的伊芙堡监狱。大仲马的名著《基督山恩仇记》中的主人公唐太斯,就是在这里遇见了同为囚徒的法利亚神甫。两人用碎铁片和餐刀做成简易工具,挖穿了监狱的厚墙,让唐太斯脱去枷锁,获得自由。至于那个铁面人,是法国野史中的人物,因为脸上蒙有铁面具,被人称为铁面人。关于他的身份,众说纷纭,有人说他是路易十四的私生子,有人说他是路易十四的哥哥,大仲马在小说中把他描述为路易十四的孪生兄弟。最可靠的说法是他乃意大利外交家马迪奥利,据说他是因为背叛罪而获刑入狱的。

维斯特家离港口很近,附近全是仓库、小型加工厂和小码头。码头与码头之间隔着放置货物的露天货场,里面摆满了各种货物。由于战争的原因,这些货物搁置了许久,无人问津。

我在一座仓库门前停住了脚步,我看见门口的狗舍里躺着一窝小狗崽,它们的母亲不知到哪儿去了。这些小家伙尖叫着,相互踩着同伴的身躯,四处寻找母亲。

我走过去,把离开狗舍的小狗崽逐一放进窝里,当我把最后一只小狗崽放进去时,听见身后有什么声音。

这是一种模糊不清的叫声,一种低沉的哼声,声音虽低,但咄咄逼人。我转过身去,看见一只母狗缓缓地走了过来。这一定是小狗崽的妈妈,一头高大威猛的布尔犬,它的四肢几乎是神不知鬼不觉地挺直起来,周身僵直着,每一根毛发都倒竖起来。它一直对我怒目相视,连眨也不眨一下。我知道,它认为我是在抢它的崽子。毕竟,当它抽身离开之时,一个不声不响的陌生人,一动不动地站在狗舍旁边,还摆弄它的孩子,很明显是不怀好意的。我感觉它随时都可能向我扑来。

袁文道曾告诉我,当你激怒正在哺乳期的母狗时,最好的办法是先一动不动,然后再寻机逃走。

我定了定神,深深地吸了一口气,小心翼翼地把手伸向仓库的铁门把手。当我很快就要抓住把手时,那条母狗胸膛发出一阵低鸣,然后箭一般地跳将过来,它用牙齿紧紧地咬住了我的手臂。

我挥拳猛击它的头部,它松开了,然后转头向我左腿上的腿肚子咬去。这一下我被咬疼了,我失声大叫起来。我抓起一旁的一张木椅子,开始和母狗周旋。那条母狗很明显对咬我的大腿不感兴趣,它突然朝我的脸部扑过来。我挥动木椅把它挡开了。

出于对小狗崽的爱怜,我没有对这条母狗下重手,只采用了防御的态势。但这条高大的布尔犬,仍旧不依不饶地朝我进攻,使我陷入进退两难的境地。鲜血顺着我的腿往下淌,我没有责怪它的意思,这是动物天生具备的本性。可怕的是,它死死盯住我不放,那双充满怒火的眼睛一刻也没有从我脸上挪开。

更令人可气的是，那些小狗崽在窝里声嘶力竭地叫喊着，这对母狗来说起了助威的作用。狗崽子叫得越响，母狗越是步步紧逼，每隔几秒钟它就纵身向我扑来，我用椅子挡住胸口，不停地跳来跳去，避开它的进攻。渐渐地，那张椅子露出了散架的迹象，布尔犬已经不费吹灰之力把两条椅腿啃断了，我尽力不去设想整个椅子垮掉了将会出现什么样的局面。

我大声喊叫了一下，布尔犬猛地被吓了一跳，我将残缺不全的椅子朝它扔过去，接着纵身翻过仓库的铁丝网，砰的一声，我随手关上了铁门。

我长长地松了口粗气，包扎好伤口，步履蹒跚地向维斯特家赶。

忽然，一辆轿车急速从我身后驶过，吱嘎一声，停在我的面前，从车里走出几个彪形大汉。直觉告诉我，来者不善，先下手为强。

我一把抓住其中一个人的手腕，往下一折，顺着逆时针方向猛力一扭，那人痛得惨叫了一声，手腕已经断了。另一个人从背后勒住我的脖子，我反手一拳打在他的腹部，抓住那人的手肘，把这家伙的身体抬了起来，使了一个过肩摔，这家伙飞了出去，重重地摔在地上。

冷不防，一个大汉举起一根棍子，从后面对着我的头就是狠狠的一下。

我只觉嗡的一声，眼前一黑，什么也听不见，什么也看不见，失去了知觉……

21. 恶魔的男仆

我一旦进入睡眠状态，脑海里就会浮现出秘密营地的情形：

这是苏联内务部的一座兵营，在莫斯科以北三十公里处。那是一个炎热的夏天，阳光炙热地煎熬着大地。我和十几名来自各国共产党的同志站在营地的操场上，经历从一个普通党员到政治保卫战士的神奇转变。无论从心理还是生理上，这都是一种光荣而艰难的转型。

队列前，站着我们的教官列昂尼特。他来自捷尔任斯基高等学校。据说此人曾经追随“契卡之父”捷尔任斯基同志左右，获得过列宁勋章，是一名出色的情报员。这位老兄人如其名，列昂尼特在俄语中是“狮子”的意思，他就像一头狮子一样咆哮着：

“现在你们可以出错，一旦工作中出错，不仅会让自己丢了小命，还会连累你的同志。时刻牢记对自己、对同志、对上级所肩负的责任。”

“或许你们认为化装、偷窃、撒谎、欺骗这些都是下三滥才干的事儿。但我告诉你们,这些方法在日后的工作中,对你们的用处很大,甚至能救你的命。”

“该死!射击要做到一枪致命,不能给敌人喘息的机会。”

“当一个侦察员身处险境时,他应当像演员那样多愁善感,不过此刻的感情最终一定要服从那严酷无情、清晰明确的逻辑。”

“同志们,假若你们落入敌手,最坏的打算是牺牲,最好的出路是逃脱。”

……

我觉得胸口怦怦直跳,脑海中不停地浮现在苏联学习的画面,耳边回荡着教官的吼声,胃也越来越痛。好像自己来到无边的黑暗中,又仿佛是掉入不见底的深渊里。这究竟是怎么回事?为什么我会有这种感觉,我到底是在梦中,还是活在现实里?

哗啦一声,一桶凉水将我从梦境拉到了现实中,我发现自己被绑缚在一张木椅上。时值午夜,四处寂静。这个房间面积不大,四面墙壁都装着镶板,有张扶手皮椅,意大利风格的茶几上面摆着点燃的雪茄和热腾腾的咖啡,烟雾袅绕,热气腾腾。房间内站着三个法国男子和两个中国人,都是面带凶相的恶人,我老是觉得皮椅背后坐着一个人。

“你们到底是谁,是谁?!”我用法语大声问道。

“仲泰兄,别来无恙啊。”

一个熟悉的声音从皮椅背后传出来。罗琦!这是罗琦的声音。

只见罗琦从皮椅上站了起来,含着烟斗,面带微笑地走到我面前。

“我早就该想到是你,你这个败类!”我冲着罗琦啐了一口。

罗琦用方巾擦拭了下脸,说:“老兄,我不是在电话里提醒过你吗?不要相信任何人,可你没有听我的忠告。”

“我看错你了!罗琦,我原以为你是个为了钱连老娘都能出卖的人。可没想到你竟然把自己的国家出卖给敌人,简直是猪狗不如的畜生!”

“这只能怨你自己。钱家源早就给你说过,救不出袁文道,就把他杀掉。可你呢,死脑筋地带着这个包袱,拼了命地往回赶。不过我真要感谢你,谢谢你没有杀掉袁文道。快!搜他的身。”罗琦对手下人说。

他的手下搜遍了我全身,除了一包香烟和打火机外,什么也没有。

“告诉我,袁文道给你什么东西没有,或是说了什么?”罗琦问。

“即使他给我说了什么,你认为我会讲给你吗?你这个蠢货!”

“我喜欢你这种桀骜不驯的性格。”罗琦笑了笑,他一巴掌掴在我的嘴上。我嘴里流着鲜血,刚要抬头,一个法国人紧紧地摁住我的胳膊,另一个家伙照着我的小肚子猛击一拳,我痛得一弯身,他又用膝盖顶住我的脸。接着,他松绑让我站直,又左右开弓地打了我一顿耳光,打得我脑袋昏沉沉的。然后他后退一步,一脚踢在我的腹部,这才把我扔到地上。

罗琦过来照着我的肋骨就是一脚,他说:“你最好是告诉我,要不然就折腾你到死。”

我冷笑一声:“那看你有没有这个能耐了。”这时,我感到好像被折断了一根肋骨。我挣扎起来,一阵剧痛又让我躺下了。我的脑子逐渐恢复了清醒,但头部和腹部都疼得让人发疯,我真恨不得生吞了这些家伙。我又一次试着起来,罗琦不容分说,上来又是一脚,幸亏我躲闪及时,没让他踢中下巴,可是脸却被他的鞋底重重地刮了一下。

“黄仲泰,我劝你说了吧,袁文道到底给你讲什么没有?你要是说了,我就放你走,要是不说,那就一个劲儿地揍你,直到你死为止。”罗琦恶狠狠地威逼道。

“谁先死还说不定呢。”我答道。

那个法国人又对我拳打脚踢了一通,罗琦揪住我的前襟,近乎疯狂地问:“他到底给你说了什么没有,说了没有?!”

我没吭声,背负着椅子趴在地上,浑身上下火辣辣地疼,从来也没有受过这种罪。要不是这张椅子和捆缚我的绳索,即使十个罗琦和法国人也不是我的对手。

罗琦放平声调说:“其实我们能成为很好的朋友,或者说合作伙伴。可惜啊,你这种个性使得你只有一条路可走,那就是死亡。知道为什么要杀你吗?因为你和袁文道一样傻,你们俩知道得太多了,太多了!”

“罗琦,别以为杀了我和袁文道就可以掩盖你的罪行,要知道,有人已经踏上归国的客轮了。”我尽量用谎言拖延时间,脑子里想着如何从这里脱身。

“你说的是那个与你们同路的杂种吧。叫什么,叫……对了,他叫李志民,法国名字叫布鲁斯,对付他简直是小菜一碟。”

“你能对付得了他?”我开始胡吹李志民的能力,企图让罗琦感到害怕,“他可是法国外籍兵团的老兵,身经百战,擅使各种武器,格斗拳击无人能敌。从这里到香港,他有的是朋友,他还会说不同的语言,熟悉各种风俗。他一混入人群就会消失,你找他简直就是大海捞针。要不出什么岔子的话,他现在已经到印度了。”

“很精彩!”罗琦打了个响指,两个手下将一个人从里屋拉了出来,“你说的该不会是他吧?”

李志民满头是血地出现在我的面前,他冲着我笑了笑:“我的表哥,谢谢您对我的赞扬,我还真想成为那样的人。”

我顿时惊得目瞪口呆,完全不知说什么才好,没想到李志民也落入罗琦的魔爪之中。

“莫非你就是德古拉伯爵?”我忽然问罗琦。

“什么?……德古拉伯爵……你……你……见过他?”罗琦听到这个名字显得异常恐惧,他好像刚被宣判了死刑一样,脸色惨白,紧皱眉头。罗琦战战兢兢地把一大杯白兰地倒进肚里,好不容易才恢复了正常。

罗琦沉思了一会儿,说:“我可不是伯爵先生,不过我可以告诉你,这个人你见过。”

我和李志民背靠背地绑在一张木椅上,罗琦带着手下人行色匆忙地离开了房间。我听见他对那几个法国人轻声说:“等我们走了之后,你们干掉他们,把尸体抛进海里。万事小心,搞不好伯爵的人就在附近。”

砰的一声,房门关上了,屋内只剩下我和李志民两个人。

“他们是怎么抓着你的?”我问李志民。

“回家的路上,和你一样。”

“与其这样,还不如关在法国的监狱里。待会儿那几个法国人就会上来杀了我们,然后把我们的尸体抛入大海喂鱼。”

“该死!我要是真像你说的那样棒就好了。”李志民忽然想到什么,“你能摸到我的衣兜吗?”

我试了一下,在他衣兜里摸到了那个“卡地亚”打火机:“你是要我用它烧掉绳子?”

“屁话!难道你还要吸烟等死,快把绳子烧断!”李志民骂道。

我刚一点燃打火机,手猛地被突起的火焰狠狠地灼了一下,打火机落到了地上,火点燃了我们脚下的波斯地毯。轰的一声,整个房间的地板开始燃烧起来。

“上帝!看你干的好事!挪啊……快点……挪啊……到壁炉……”李志民吼道。

我和李志民勉强将椅子挪到壁炉里。这时,火越烧越大,一股火焰喷向了我,轰的一下,绳子断了。

房门开了,那几个法国人见到这情形简直惊呆了。

“很抱歉,我玩火烧着了你的房子。”我笑着致歉道。

“杀了他们!”

“快跑!”没等他们开枪,李志民拉着我向窗外冲了出去。哗啦一声,玻璃碎了,我们从三楼的窗户跳了出来。我的耳边全是玻璃破碎的脆响,玻璃碎片四散飞溅,划伤了我的脸。我们掉进一条小河中。

这时候,一阵狂风袭来,屋子的几道窗户被火光猛然掀开,屋内射出一道道红焰焰的火光。伴着一声巨响,房顶塌陷了,火越烧越大。

这条小河是罗纳河的支流,夏天流速很快,我和李志民很快被冲散开。“表哥,我不会游……”没等李志民把“泳”这个字吐出来,他就被激流冲到了一块岩石边,头被重重地撞了一下。

“志民,抓住那块岩石!”我大声喊道。

李志民浮出水面,刚要抓住那块岩石,不料手一滑,他又随着激流向下滑去。离他200米的地方有一个磨坊,巨大的磨盘搅动着河水。天啊,要是李志民被卷进去,必死无疑!

我用尽全力向李志民游去,无奈水流湍急,他变得黯淡模糊。李志民在水中挣扎着,人显得很无力,离磨坊 100 米了……现在是 90 米,80 米……我大声地喊着他的名字,声音很微弱,仿佛从喉咙中挤出来一样……

我看见防潮堤上有两个骑自行车的人,就用法语喊道:“救人！救人!”

这是两个巡逻的警察,他们很快发现了漂浮在水中的李志民。一个人赶紧跳入水中,把李志民拉住,一个劲儿地向岸边划去。另一个找了一根树干,伸向他的同伴,就这样,李志民被救上岸。他们又将那根树干伸向我,我气喘吁吁地爬了上来。

“好险,差一点就见不着你了。”我拍着李志民的头笑着说。他恢复了知觉,嘴里还吐着水。

没等我开口致谢,这两个警察就看见着火的房子,他们骑着自行车飞奔过去。

“我们得赶紧走,要不然麻烦就大了,快走!”李志民气喘吁吁地说。

前往马赛城的公路在河对岸。我们找了一个水浅的地方,手挽手地向对岸游去。值得庆幸的是,这里最深的地方刚好没过我的头顶,流速也不急,我一边划水一边拉着李志民前行。几分钟后,我们爬上了对岸的防潮堤。

这时,对岸响起了尖锐的警笛声,几辆救火车疾驰而来,后面跟着一辆救护车和警车。好险啊！就差那么一丁点,我们就被法国人抓住了。

凌晨时分,全城沉浸在黑暗中。不时有军车飞驰而过,街上传来士兵钉铁掌皮靴走动时发出的喀嚓喀嚓声,这是德国巡逻队的脚步声。

我们躲开巡逻队,步履蹒跚地赶到维斯特家。刚走到他家门前的那座桥上时,我发现有几个黑影在维斯特门前晃动。

“别忙!”我一把拉住李志民,指着那几道黑影说,“维斯特遇到麻烦了。”

我们轻轻地靠近维斯特家,我听见屋内有轻微的哭泣声,是比阿特丽丝的声音。接着,又有人用法语低沉的骂声和清脆的拍打声,很快哭声被压住了,房内变成一片死寂。

很快,门前的几个黑影被我们捂住嘴,打昏在地上。此刻,房内又传出了响亮的拍打声,是手打肉体的声音,下手的人一直用法语中最脏的话咒骂着。比阿特丽丝发出恐惧的尖叫声,声音非常脆弱,伴着微微的哭泣声。

李志民一脚踢开房门,大吼一声:“都给我站着别动!”

屋内的人被李志民的吼声镇住了,我看见里面的景象时,一股怒火从心中涌出。维斯特嘴被堵住,捆绑在一张椅子上,动弹不得。比阿特丽丝被一个家伙压在桌子上,她的衣服已经被撕烂了,裂了好几条。那家伙的手正在她胸前游走。

“你这个狗娘养的!”李志民拎起椅子向那人砸去,这家伙迅速从比阿特丽丝身上翻下来,躲过那把椅子。他刚想从腰间掏枪,就被比阿特丽丝狠狠地踢了一脚,正中裆部。这人在地上翻滚着,不停地惨叫。

“快告诉我,谁让你们来的？快说!”我掐着那家伙的喉咙,厉声问。

“哦……哦……罗琦……罗先生。”

“他在哪儿?”

“上船……船……走了。”

维斯特对着这人的裆部狠狠地又踢了一脚,他痛得昏死过去。我保证他的睾丸一定破裂了,完全丧失了性功能,这对他是一件好事。我们把这些人抬到德国巡逻队必经的街道边,将手枪和“法国地下抵抗组织”的宣传单放在他们衣兜里。维斯特说,这种打扮会被德国人就地枪决。

完事后,维斯特问:“告诉我,这究竟是怎么回事儿?告诉我,布鲁斯!这些流氓半夜闯进我的家里,抢走了你们的船票,还想杀了我们。你到底招惹了谁?”

“他们是当地的流氓?”我问。

“臭名昭著的流氓,很快就会变成德国人的狗!”维斯特喝了一口威士忌,“快告诉我,亲爱的表哥,这到底是怎么回事?”

“对不起,维斯特,我……”

“伙计,都怪我没有告诉你。”李志民打断我的话,“这是件机密的事,我们在干一件大事,明白吗?就像你每天吃开胃菜一样。”

“我的上帝啊!”维斯特差点把酒杯掉到地上,“布鲁斯,没想到你是这么勇敢的一个人,我为有你这样的朋友感到自豪。”维斯特把我们误认为是法国抵抗组织的成员了。

维斯特问:“有什么我可以帮忙的,快说!快说,只要是我能办到的。”

“有法子能混上那艘邮轮吗?”我问。

“这……恐怕不行了,我的表哥。”维斯特沮丧地说,“这艘船已经出港起航了,对了,我忘了告诉你们,‘米克诺斯’号的航线变更了。”

“航线变了?”我诧异地问,“它会开往哪儿?”

“它会从马赛港一直驶到果阿的帕纳吉,因为果阿是葡萄牙的殖民地,属于中立地区。”

“那正好,我们就不用在吉布提改乘别的船了。”我说。

这时,一声汽笛声从港口那边传了过来。

“听,这就是‘米克诺斯’号的鸣笛声,它开走了,向热那亚驶去了。”维斯特遗憾地说。

“还有什么法子能让我赶上那艘船。杰西卡,我们必须登上那艘邮轮,必须!”李志民急切地说,“我知道你一定有办法的,从小你就是一个点子很多的家伙。再想想,亲爱的杰西卡。”

“让我好好想想。”维斯特陷入了沉思中。不一会儿,他眼睛一亮,笑着说,“你们可以抢先赶到热那亚,然后在那儿登上‘米克诺斯’号。”

“去意大利?坐火车还是轮船,能赶上吗?”我疑惑地问。

“不,亲爱的表哥,坐飞艇!”维斯特得意洋洋地挥着手说,“要知道,飞艇是这个时代最时髦的交通工具,他们有句口号,叫什么来着……"

比阿特丽丝端着咖啡走过来,接过丈夫的话:"做时间的主人!"

"对！做时间的主人,放心,我会替你们安排妥当的。"维斯特胸有成竹地保证道。

听到这里,我燃起了一线希望,或许意外涌来的潮水,真的能把我们带到成功的彼岸。

第六章 / 命悬一线

22. 飞艇轶事

法国航空公司飞往热那亚的飞艇，是一艘与“兴登堡”号同级别的硬式飞艇。飞艇长200多米，巨大的氢气气囊下吊挂着包含驾驶舱、乘客舱、货物舱和动力舱的吊舱。虽然1935年5月6日，德国客运飞艇“兴登堡”号的失事令飞艇运输跌入了万丈深渊，但依旧有一些人热衷于乘坐飞艇旅行，他们认为这种航空器比飞机更悠闲、节约和浪漫。

1940年7月9日，我和李志民乘坐这艘飞艇向热那亚进发，飞行时间预计一天半，也就是7月11日能到达热那亚。而希腊邮轮“米克诺斯”号正好11日晚上在热那亚港口停靠，要是不出什么岔子的话，我们刚好能赶上这艘邮轮。

飞艇客舱中的人不多，只有二十多个人，大多数是来往法国和意大利的客商。我瞧了一下窗外，下面是一团团的白云，阳光照射在云层上，蓝白相间的云海闪着各色各样的亮光。飞艇仍旧在爬升，上下气流的颠簸没有起飞时那样强烈。

我拿出当日的报纸看了看，是纳粹的官方报纸《民族观察员报》，我对这种戈培尔主办的，满纸谎言和疯话的东西毫无兴趣，甚至厌恶。随着引擎声音越来越大，我的脑子一直在沉思，到底谁是德古拉伯爵，居然罗琦听见他的名字会这么恐惧。这人我还见过？是谁？

几分钟后，服务生端来了午餐，我的确有些饥肠辘辘的感觉。先是一杯香槟开胃，然后是开胃的熏鲑鱼片，接着是又香又嫩的牛排，还有一盘新鲜可口的沙拉。甜点我要了一份冰激凌，外加一盘奶酪，最后一杯红葡萄酒。好家伙，整整吃了四十分钟。李志民只吃了几口，喝了一大杯酒，就躺在位置上睡着了。

我们对面的两个中年男子，一个是名叫雷德的乌拉圭人，另一个是名叫罗曼诺的意大利商人。雷德和罗曼诺都是足球迷，两人从一登上飞艇，就为乌拉圭足球队和意大利足球队谁是世界第一争论个没完。

罗曼诺用特有的意大利腔调说:“听着,雷德先生,我们意大利足球队才是世界上最棒的球队。1934 年的意大利世界杯上,我们在预选赛 4 比 0 先胜了希腊,首轮比赛 7 比 1 淘汰了美国,7 比 1,这是多么不可思议的比分。伟大的意大利队随即闯入了 8 强,对阵的是强敌西班牙。这是一场艰难的战斗,但西班牙人还是被我们淘汰了。跟着我们击败了奥地利,最后在罗马的决赛中战胜了捷克人,取得了世界杯的冠军。上帝!不得不承认,意大利队是世界上最优秀的球队。”

说完,罗曼诺得意洋洋地点燃了雪茄烟,用罗马人特有的傲气盯着雷德。

雷德的英语有点蹩脚,怎么听也带有点西班牙语的味道,他摇了摇手指,笑吟吟地说:“可爱的罗曼诺,知道你们为什么会轻松地获得世界杯冠军吗?”

“轻松?你认为这是件轻松的事儿?当然,对于一支强队来说,特别是世界最强的球队,这的确是一件很轻松的事儿。谢谢您的赞赏,雷德先生,看来您已经承认乌拉圭队和意大利队不在一个水平线上啰。”

罗曼诺的“诡辩”招数没有激怒雷德,他说:“据我所知,贵国的球队在赛前不惜重金从阿根廷挖来了三名球星,让他们改变国籍参加比赛。另外,墨索里尼先生还拥有指定裁判的权利,半决赛和决赛中,他指定了同一名主裁判执法意大利的比赛。有传言说这位名叫埃克伦德的瑞典裁判,曾被墨索里尼叫到包厢中谈话,但被埃克伦德本人否认。”

“这完全是污蔑,污蔑!街头小报的谣言。”罗曼诺愤怒地说道。

“那您们同西班牙那场球呢?开场后,西班牙队先进 1 球,上半时结束前,你们的球员用撞倒对方门将的伎俩破门,主裁竟然判罚进球有效。下半时,西班牙队的 1 个进球被吹掉,在第二天的重赛中,你们的确先进 1 球,西班牙人随后扳平,但被判进球无效。由此,狡猾的意大利人依靠裁判的帮忙,堂而皇之地挺进 4 强。”

见罗曼诺没有吭声,雷德继续说:“其实,你们获得冠军还有一个重要的原因。”

“什么原因?”罗曼诺不冷不热地问。

“因为世界杯卫冕冠军乌拉圭队没有参加,让你们捡了个大便宜。”

“照您这么说,第一届世界杯乌拉圭获胜的原因也很简单,因为强大的意大利队没有参加。”

我轻声问李志民:“这是怎么回事儿?”

李志民悄悄对我说:“听人说,第一届世界杯在乌拉圭举行,欧洲人抵制美洲人,所以很多欧洲球队没有参加。第二届在意大利,反过来美洲人抵制欧洲人,乌拉圭就没有来。”

罗曼诺不服输地说:“我们球员是抱着‘不胜则死’的念头进行比赛的,完全依靠自己实力,而不是什么狗屁言论所说的帮忙。我们有伟大的球员!梅阿萨和法拉里控制了场上的局势,4 比 2 轻松地战胜了巴西队,我们接连两次夺冠,意大利队作为历史上最伟大的国家队,将写入世界足球的辉煌历史中。”

“同样,你们获得冠军的一个重要原因,是我们乌拉圭没有参加。”雷德闭上眼睛,缓缓地说道。

“屁话!”罗曼诺骂了句脏话,“我们有斯奇亚维奥这样伟大的球员,他在同美国队的比赛中连进 3 球。不过,真正属于他的时刻是在决赛,我们和捷克斯洛伐克在 90 分钟战成 1 比 1,加时赛开始仅 5 分钟,队友古雅塔传中,斯奇亚维奥摆脱后卫打进了制胜一球,帮助意大利在本土捧起了世界杯。”

雷德掏出钱夹,从里面拿出一张黑白照片,指着上面的人念道:“格斯蒂托、纳萨济、巴莱斯特罗、马斯切罗尼、安德拉德、费尔南德斯、多拉多、斯卡罗尼、卡斯特罗、塞阿、伊里亚尔特。这是第一届世界杯冠军球队的全部阵容。不过,最厉害的要数卡斯特罗,他可是一位传奇人物。由于早年的车祸,他的右臂前端被截肢,绰号独臂将军。第一届世界杯的第一名,永远的第一!”

正当两人争得面红耳赤时,飞艇突然发生了震荡,舱外传来阵阵马达的轰鸣声。雷德和罗曼诺转头望去,异口同声地喊道:“我的上帝啊……”

离飞艇不到 500 米的天空上,一架英国皇家海军的“管鼻雁”舰载战斗机,正在追逐一架意大利空军的“菲亚特”箭式战斗机。两机在云层中上下翻腾,不停地缠斗,不一会儿,反倒是“菲亚特”死死咬住了“管鼻雁”的机尾。

罗曼诺见到这情形,不禁开心地大笑起来,他用意大利语高呼道:“意大利必胜,必胜!”

“我敢打赌,英国飞机会击落意大利的。”李志民说。

“赌什么?”罗曼诺问李志民,“我和你赌,我们意大利飞行员是世界一流的,一定是我们获胜。”

“就赌你手上的金表。”李志民指着罗曼诺手腕上那款芝柏金表说。

“行!”罗曼诺看上去是一个爽快的人,他摘下金表放在桌上,问:“您的赌注呢?先生。看您这身行头,恐怕没有什么值钱的玩意吧。”

“要是我输了,就从这飞艇上跳下去!”李志民说。

“好!一言为定,先生,您就准备往下跳吧,有什么遗言赶紧交代给您的朋友。”

“志民,你疯了,怎么拿生命当儿戏!”我说。

“我的表哥,你放心好了,我输不了,这种游戏很刺激。”李志民翻动着“守护神”若无其事地说,“咱们没钱了,需要一点收入,这样到了热那亚才能买船票。”

我无奈地笑了笑。我们仅有的钱都用来买了飞艇票,现在仅剩下 50 法郎,的确需要一点“外快”,否则寸步难行。万一李志民赌输了呢?从飞艇上往下跳……我变得紧张起来。

"管鼻雁"依旧没有摆脱"菲亚特"的追逐。它先把飞机拉向太阳的方向,企图让阳光耀花意大利飞行员的眼睛,然后连续飞了好几个高难度的横滚,依旧没有摆脱"菲亚特"的追击。

英国飞行员看来一点不慌张,他改为平飞,从我们的飞艇旁呼啸而过。这时,"菲亚特"上的机关枪开了火,曳光弹从"管鼻雁"翼下飞过,有几次居然打在飞艇的骨架上,发出清脆的响声。

罗曼诺叫了杯白兰地,悠闲自得地喝了起来,嘴里哼着歌剧《茶花女》中的祝酒歌,仿佛在提前庆祝胜利。

李志民格外镇定,他若无其事地喝酒、抽烟。

意大利飞行员好像是一个急性子,他忽然转了一个半径很小的急弯,跟着就让自己冲到了"管鼻雁"的前面。"管鼻雁"开了火,"菲亚特"立刻向旁边一闪,躲开了英国人的一击。

"好球,好球!"罗曼诺欢快地叫喊着,就像在观看一场球赛,他将金表重新戴在自己手上。

不一会儿,情况就发生了变化。"管鼻雁"又一次逼住了"菲亚特",无论意大利飞行员怎样横滚、侧滑、俯冲、翻筋斗,都无法摆脱英国人的紧逼。两架飞机离飞艇越来越近,薄薄的铝翼和舱罩上的有机玻璃在阳光下闪耀着。我可以看见飞行员的脸,意大利飞行员是一个满脸络腮胡子的中年人,他显得有点惊慌失措。飞机的速度缓缓地慢了下来,技术动作变得僵硬和慌乱,一个失手,"菲亚特"将自己完全暴露在"管鼻雁"的枪口下。

英国人绝不会放过到手的机会。"管鼻雁"的机身不住地颤抖,机枪射出的子弹,像刮风般地扑向"菲亚特"。"菲亚特"抖了一下,歪歪斜斜地滑向海面。"管鼻雁"飞到"菲亚特"一侧,毫不手软地又打了一串子弹。轰的一声,"菲亚特"炸得四分五裂,掉入海中。

罗曼诺手中的酒杯落到了地上。他呆坐在椅子上,沉默不语,傻傻地望着手腕上的金表。李志民亲吻了"守护神",他走到罗曼诺身边,抬起他的手腕,轻轻地摘下那块金表,放在耳边听了听,说:"谢谢了,真是块好表。"

看着罗曼诺的窘态,雷德用西班牙语调侃道:"这应该怨他们领袖不会飞,天空也没有裁判。"

我问正在欣赏金表的李志民:"志民,要是你输了,真的会从飞艇上跳下去?"

李志民圆滑地说:"万一真要赌输了,我肯定往下跳,我愿意,你会愿意?飞艇上的服务员会愿意?这是你们不让我跳,怨不得我吧。"

我笑着说:"你真是把法国佬的狡黠用到了极处。"

夜半时分,飞艇里的乘客大都进入了梦乡。雷德是个典型的亲德分子,当他得知我曾在海德堡大学留过学，盛情地邀请我去吧台喝一杯。吧台只有几个人围在边上聊天，李志民和另几个人坐在一旁，喝着啤酒，玩着扑克牌，他们以切牌来决定每一轮啤酒由谁来埋单。

雷德要了杯龙舌兰酒，替我要了杯威士忌："黄先生，你对希特勒先生提出的民族社会主义这种政治主张，有何看法？"雷德摇晃着酒杯问道。

"我对政治这方面的东西都很愚钝，反应不够灵敏，我倒想听听您的高见。"我用太极拳的招式，将问题轻轻地"推"给了雷德。

"我认为，民族社会主义是德国哲学和文化发展的顶峰。要知道，基督精神从挨了伽利略一刀之后就死掉烂掉了。法国和美国革命的那些理想，只不过是关于人性的神话，《独立宣言》的作者托马斯·杰斐逊本人也拥有黑奴，'自由、平等、博爱'的捍卫者最后砍掉无依无靠的妇女的脑袋，并相互残杀。先生，德国人应该对这些问题都有极为明晰的见解，他们看透了罗马帝国的腐败并把它粉碎了；他们看穿了天主教会的腐败并打断了它的脊梁。如今，他们认为基督教工业民主，只不过是腐烂的空架子，他们打算用武力来接管，正如希特勒先生所说的，残酷和流血是上帝在历史进程中的脚印。"

看来雷德不仅是一个疯狂的球迷，还是一个狂热的法西斯主义分子。

"雷德先生，你认为希特勒会进攻英国本土吗？"我半开玩笑地问。

"先生，说句实话，希特勒先生是最不愿意与英国开战的，至少我个人这样认为。这位伟人在《我的奋斗》一书中写道，德国的政策核心在于解决布尔什维克俄国和打垮世代仇敌法国，这里没有提到英国。同时，希特勒先生在书中高度赞扬了，盎格鲁—撒克逊这个民族的勇敢、传统的聪明智慧以及出色的帝国统治。他指出，德国的最大目标是建立一个北欧种族大联盟，英国在其中保持海上帝国的地位；而德国，作为它的对等合作者，必须在大陆称霸，并向东方提出新的领土要求。虽然英德正在交战，但希特勒先生还是希望英国醒悟过来，他在给不列颠狮子考虑的时间。说实话，德国进攻英国本土轻而易举，不费吹灰之力。"

"何以见得？"

"我听人说，英国发动战争时大约有 5 亿元外汇，现在它用了 4 亿多。为了继续作战，它需要的飞机、供应品、船舶只会把最后的钱像火炉融化雪球那样快速地用光。到了年底，英国就会一个子儿也没有了，破产！何况强大的德国陆军拥有 100 多个野战师，英国有多少？不到 10 个！敦刻尔克一役，他们丢掉了全部的坦克和大炮，这让丘吉尔的军队形同虚设。我看要不了多久，英国的空军就会被德国人吞噬掉，失去空中掩护的英国海军，等同于德国轰炸机的靶子，到那时，丘吉尔即使发表更激情的演说也无济于事。"

"要是美国参战呢？要知道英美关系很好，形同表兄弟。"

"先生，美国不是一个喜欢打仗的国家，他们不尚武，从他们选出的总统是个坐轮椅的瘸子就看得出来。相反，希特勒先生和德国却是。美国人生活在繁华之中，过着优裕富足的生活，可以说是当今世界的骄子。话说回来，骄子受不了战争的残酷，一旦参战，美国人会带着满装奢侈品和避孕套的后勤车打仗，这难道不可笑吗？所以说，美国不是英国的希望，只有德国才是。到时候，英国人会醒悟过来，让丘吉尔下台，换上一个清醒的政府，迎来和平。"

我想，雷德搞不好是个四处散播谣言，扰乱敌方民心的德国间谍。

这时，雷德听见聊天的人在谈论有关英国和德国打仗的事情，他拉着我凑了过去，听个热闹。

这是两个土耳其人和一个美国人在讨论。"先生们，我再告诉你们一件可怕的事儿。"那个美国人带着苏格兰口音，他得意地看了看土耳其人，然后从侍者手中接过一杯白兰地，"知道是什么事儿吗？"土耳其人茫然地摇了摇头，他们等待美国人说出下文。

美国人从一个土耳其人手里拿过烟斗，抽了几口，说："这叫和谐烟。在我们那儿，只有印第安部落的酋长才有资格抽这种烟，它象征着友谊、尊重，比如……"

"你别卖关子好不好，有话就说！"雷德显得很不耐烦，他催促道。

"哦，当然！"美国人将烟斗塞回土耳其人嘴里，"我在法国听人说，这人是从英吉利海峡那边划着小船偷偷跑过来的，据说是犯了事。他告诉我，英国军队装备了一款新型机枪，能轻而易举地将德国的俯冲轰炸机击落，一天能击落 12 架俯冲轰炸机。先生们，听听，一挺高效能机枪能击落 12 架俯冲轰炸机，想想看，100 挺能击落多少？"美国人像个小学教师一样问身旁的土耳其人。

"1200 架。对吧？"这个土耳其人带有几分腼腆地回答道。

"太对了！1200 架，那么 30 天后会有多少德国飞机被这种机枪击落？你说！"美国人指着那个含着烟斗的土耳其人问。

"36000 架呗！"

"又答对了！先生们，你们想想，这是一道多么简单的算术题，36000 架飞机会被击落！我想德国人不会愚蠢到这种地步吧，拿自己的飞机去冒险。"

"吹牛！"雷德站起身来准备离开，"你讲的故事比儒勒·凡尔纳的小说还精彩，只能骗吃奶的小孩。"他对那个美国人说道。

"伙计，你去哪儿？"美国人问雷德。

"我去上个厕所，把刚才听见的东西全都尿到马桶里，这全是谎言。"

"噢，那你动作最好快点，我马上要讲最精彩的地方了。"美国人并没有生气，他笑吟吟地喝着酒。

"最精彩的地方？我倒要听听什么是最精彩的。"雷德又重新坐回了位置。

"但愿您有一个好的膀胱，别让尿给憋裂了，这儿可没有救护车。"美国人调侃完后，压低嗓门说，"英国为了对付德国人，还研制出许多秘密武器，有可以炸毁登陆艇的超级地雷、数量庞大的装甲车、神出鬼没的路边油箱炸弹等等。其中,最厉害的要数一种新式地雷。"

"新式地雷?这有什么稀奇的,不外乎就是埋在土里,能多炸死几个人的东西而已。"雷德不屑地说。

"这可不是你们见过的那种普通地雷,这是一种从飞机上抛投的新式地雷,与普通地雷不同的。这种新式地雷不会爆炸,但会在水面上泼洒一种可燃的液体,造成大面积的燃烧区域。"说到这里,美国佬看了看四周,进一步压低嗓子说,"据说英国皇家空军使用这种炸弹攻击法国加莱港,击中了一艘载有德国士兵的驳船,很多士兵被严重烧伤。还有一则传言,那就是只要德国人越过英吉利海峡,登陆英国,英国人就会使用这种燃烧地雷,点燃整个海峡,让德国人的进攻不得不停止。"

一个土耳其人说:"燃烧地雷的事儿,我在巴黎酒馆也听人说过,有人在法国北部海岸还看见一些烧焦的尸体,真是惨不忍睹。"

听了这话,雷德倒吸一口冷气,他睁大眼睛盯着美国佬,目瞪口呆地说不出话来。

土耳其人瞧见雷德的模样,笑着说:"先生,您的样子真像德古拉伯爵,可怕!"

"您认识德古拉伯爵?"我急切地问土耳其人。

"不,不,不,现在没人认识他,除非你是一个吸血鬼。"美国佬说道。

"吸血鬼?"

"这是欧洲中世纪流传的一个故事。据说德古拉伯爵是罗马尼亚一个叫特兰西尼瓦尼亚地区的统治者,有一次,他与土耳其人发生了战争,哦……也就是他们的先祖。"美国佬指着土耳其人,不好意思地笑了笑,"对方为了动摇德古拉伯爵的军心,便向他在城堡中的新婚爱妻谎称,说伯爵已经战死了。伯爵的妻子闻讯后痛不欲生,当即殉情自杀。"

"你的先祖可够狠的啊!"美国佬停下来说道,土耳其人淡淡地一笑。

美国佬继续说:"德古拉伯爵获胜归来时,发现妻子已经自杀,十分伤心。在伯爵夫人的葬礼上,教会以伯爵夫人自杀之举违背教义,不给她祝福。伯爵悲愤至极,他诅咒了上帝,就这样,他被上帝变成了吸血鬼。另一种说法是伯爵发誓要同教会为敌,所以把自己变成了吸血鬼。管他呢,都一样,反正他成了一个吸血鬼。"

美国人举起酒杯说:"先生们,为了伟大的爱情,干杯!"

这个德古拉伯爵到底是谁?罗琦说是我认识的人,在我认识的人中,谁又是神秘的德古拉伯爵呢?

忽然,一片昏暗笼罩舱内,一时间竟无法想象,这突如其来的昏暗来自何方……原来,我们正在穿过云雾——翻腾的云雾……窗外深灰色的云团沸腾着,把飞艇紧紧箍住。在这翻滚的迷茫中,我不由得感到毛骨悚然:它仿佛没有尽头,似乎不管你怎样挣扎,怎样怒吼着向上冲撞,也永远冲不出这阴湿、苍茫的云海……可是,眨眼间豁然开朗，淡淡的月光，以其迥然不同于地面的恢弘气魄让我兴叹；那光辉，照亮我的心灵，使我悟到宇宙的永恒与无限，让人心花怒放，心地纯洁……

23. 马瑟森揭开德古拉伯爵的神秘面纱

热那亚又名热内亚，地处意大利北部的热亚湾，北部是利古利亚亚平宁山脉，维琪奥港是仅次于马赛的地中海第二大港。

1940 年 7 月 11 日清晨，我们到达热那亚。

从热那亚湾升起的乳白色的雾霭，弥漫在城中的大街小巷上。旭日虽然还是朦朦胧胧，但已经朝气勃勃地在雾中放着红光。

由于昨晚在飞艇上沉沉地睡了一觉，我感到精神抖擞，准备陪同李志民把罗曼诺的金表变卖了，换取以后行程的盘缠，再去港口等待“米克诺斯”号的到来。

热那亚看不出意大利已经参战的迹象。在灿烂的阳光下，夏天的鲜花一一盛开在灰泥墙头。天气很炎热，城里的居民在大街上游来荡去。弗拉里广场的咖啡馆，座无虚席，人们长时间坐在小桌旁，面前摆着一只喝空了的咖啡杯和一杯清水，意大利人比法国人还悠闲，懂得享受。

大型喷水池里，很多小孩在里面戏水纳凉。广场西侧，有一条搭满帆篷的小街，里面全是出售各种小百货的摊子。有一个卖香水、香料的老人，自己闻着香水瓶，脸上现出馨香沁肺的样子，想引起姑娘们的兴趣。

不远处的肉店，聚集着一群好奇的人，这里还保留着屠户必须免费喂食城中训鹰人的猎鹰的老规矩。我们走过去，看见肉店的伙计进进出出，用篮子或陶器把肉端出，而那些训鹰人则安然站在鹰的旁边等候。看见这里不计其数的猎鹰，可见热那亚人猎鸟的瘾头是多么大啊！

有一种爪子细长的猎鹰，用傲慢和鄙夷的眼光看着架鹰的木棍，总是想立在主人的手上；长着黄斑羽毛的小鹰，脚上系着铃，吃得饱饱的，显得很机灵；特来姆森的灰色雄鹰，睁着一对凶狠的眼睛；挪威的猎鹰，一身洁白的羽衣，宛如海鸥；有几只鹰的两翼羽毛花花点点，像写着一行行字的书页，人们称其为“卡斯蒂利亚的文鹰”；还有加利西亚的阴沉小鹰，马略尔卡的飞鹰以及贝贝尔里亚金黄色的猎鹰。当然，这里少不了萨尔德尼亚的大鹰，这种高傲的家伙只肯在训鹰人的套袖上站着，而不愿立在鹰架上。

有个训鹰人，为了引逗观众，他把皮带解开，让猎鹰飞到空中，然后摇动手中当诱饵用的鹌鹑，那只猎鹰立即从空中呼啸而下，准确地落在主人的套袖上。

我钦佩地端详着这些猛禽——这些沉静但凶猛的鸟，它们的天性使猎物丧魂失魄。它们是独一无二配得上架在金贵套袖上的鸟类。它们是飞禽中的贵族，是勇士，是空中荣誉的享有者。那悍勇的嘴、闪着寒光的利爪和雄壮而神速的翅膀，一齐向任何貌似可怕的鸟儿袭去，而且似乎为经常在高空中受伤而感到欣慰。它们就这么安详地站在鹰架上，眯缝着眼睛，想着假想中的猎物，不时将凶悍的嘴左右衔啄。

小鱼市已经热闹起来。卖主把一筐筐鱼倒在大理石案子上，在铺着绿色宽叶菖蒲的架子上将它们一一摆好。切成一段段的鱼块露出血淋淋的肉体，储藏在冰块中的鱼此刻也拿了出来，鱼眼已经混浊，鱼鳞也变软了。卖鱼人用刀子把鱼腹剖开，把腥味很重的内脏扔在案子下面。他们声嘶力竭地叫喊着，为了吸引顾客，他们敲打着秤杆，用亲切的话语，和蔼的态度招徕顾客。

在巴洛克耶稣教堂前，聚集着来自四面八方的虔诚信徒，他们在牧师的指导下朝圣，口里讲着陌生的语言。大剧场这时却很阴凉、宁静，从外往里望，里面黑洞洞、静悄悄、空荡荡的。

“上帝又赐给我们一个美丽的早晨。”李志民在阳光下伸了一个懒腰，笑吟吟地对我说，“难道你没有发现，我们每到一个地方，总是碰上风和日丽的天气，这或许是主的旨意。亲爱的表哥，等变卖了意大利佬的手表，我们好好地吃一顿。这里的香肠很出名。”

“你啊，走一路吃一路，真是个厨子。”

“这叫民以食为天。我说的没错吧，表哥。”

这时，一辆轿车在我们面前停了下来，从车里走出几个人，领头的竟然是飞艇上的那个美国人。

“很高兴再次见到你们，先生们。”这个美国人笑嘻嘻地伸出手，“自我介绍一下，我叫塞伦·希德。”

“希德先生，有什么事吗？”我说。

“看样子你们是去变卖金表，那个意大利傻瓜的表，我没说错吧？”

“这仿佛和您扯不上任何关系。”

“噢，我的一位朋友对你们这块手表很感兴趣，他愿意出高价买下它，你们觉得如何？”

“你的朋友在哪儿？”

“请跟我上车吧，到了你们就知道了。”希德指了指身后的汽车，他在等待我们的答复。

“你看……”我轻声问李志民。

“管他呢！不如赌一把，要真是罗琦的人，不会对我们这么客气。”

就这样，我们跟着塞伦·希德上了车。片刻工夫，希德带着我们来到热那亚海湾的防潮堤。下车后，希德指着不远处坐着的一个人，说：“黄仲泰先生，我的朋友在那儿等您。”

“你怎么会知道我的名字？”我诧异地问道。

希德没有回答我，他转头对李志民说：“布鲁斯先生，我替您准备了美味的热那亚香肠和啤酒，您可以在这儿尽情地享用，直到您的表哥回来为止。”很明显，李志民被希德当做人质扣押了。

我跟随希德缓步走在防波堤上，我尽量放松自己，欣赏着四周的景色。此时，初阳已经透过雾霭，照射到了阒无一人的堤岸上，眼前的一切无不光莹四射。当我走到那人身旁时，才发现他是一个年近七旬的老人。这人身材修长，消瘦，轮廓分明，面容憔悴，卷曲的头发早已变成银白色。虽说是仲夏，老人却穿着厚厚的毛衣，脚上盖着一条毛毯，坐在一张轮椅上，他是一个下肢瘫痪的人。

“黄先生，您好。”老人用流利的德语向我问好致意。

“先生，我不认识您，不知您找我有什么事？”

“这并不重要，你可以叫我马瑟森，我找您的原因很简单，我们都有一个共同的敌人。”

“马瑟森先生，我不明白您的意思，共同的敌人？”

“对，德古拉伯爵是你我共同的敌人。”接着，马瑟森向我叙述了他所知道的关于袁文道的事，他对此事了解之深，让我感到震惊。这些属于国家的高度机密，没想到这个马瑟森会知道得如此详细。他到底是一个什么样的人，又和德古拉伯爵有什么纠葛，德古拉伯爵到底是谁？

见我惊讶的模样，马瑟森笑了笑，说：“年轻人，打探消息是我的工作，就像你从事的另一种职业一样，咱们应该算是同行。”

我尽力使自己保持镇定，心里说：你要像演员一样扮演好现在的角色，始终保持冷静。

“马瑟森先生，您又让我糊涂了，我只不过是一个小小的翻译而已。对了，您知道德古拉伯爵是谁吗？”我把话题岔开了。

“看来咱们总算进入正题了，塞伦。”马瑟森叫来不远处的希德，“把我推到那儿。”他指了指离堤岸不远的一个角落，“年纪越大，体力就越差，医生嘱咐我不能吹太多的风。”

维琪奥港开始喧嚣起来。商人、水手、船工、搬运工人，在油桶和酒桶、一堆堆货物之间转来转去。他们高声叫喊、咒骂，装车，卸车，赶着在太阳落山之前把活计干完。簇拥在港口四周的斜帆小船，跟着进出港口的轮船，调皮地来回游动。它们就像刚学会飞行的雏鸟,在天空中张开灰色的羽翼,活泼地高飞。

"马瑟森先生,能告诉我德古拉伯爵究竟是谁吗?他和您有什么纠葛?"

"这个畜生杀了我儿子,我的爱子丹尼尔!"马瑟森的声音变得哽塞,他点燃一支香烟,深深地吸了一口,说,"黄先生,您知道一个名叫'猫头鹰'的日本间谍组织吗?"

"'猫头鹰'?"

"日本人把猫头鹰看做是福鸟和守护神,这个特务组织是日本专门从事海外情报活动的间谍机构,主要活动范围在亚洲各国。正如我家乡流传的一个故事一样,谁要学猫头鹰叫,猫头鹰就会张开翅膀,从树上扑下来,啄掉你的眼珠。猫头鹰不是什么好鸟,而是恶魔。这个日本特务机构同样也是,它携带着致人死命的恐惧,让生命失去乐趣,就像一条蛰伏的毒蛇。"

"这同德古拉伯爵有什么关系?"

"他就是这个臭名昭著的'猫头鹰'组织的狗屁头目。他杀了我儿子,这个畜生!"马瑟森说的时候表情非常愤怒,双眼放射出复仇的火焰。

"近几年来,'德古拉伯爵'这个名字在亚洲很多城市的黑街陋巷里暗中传递,比如香港、澳门、仰光、曼谷、新加坡,还有南京和上海等等。有人说他是一个'绝对的谍报天才',很多亚洲国家都潜伏着'猫头鹰'的成员,他们刺探各种情报,这些情报涉及每一个国家的政治、经济、军事等等。我们知道这些也是因为在一些地方抓获了这个组织的成员,由此,'德古拉伯爵'这个名字开始渐渐地浮上水面。"

"马瑟森先生,你们是什么机构的人?英国情报部门,苏格兰场,美国联邦调查局还是别的什么机构?"

马瑟森苦笑了一下:"嗯……对不起,我不能回答您这个问题。当然,您完全可以按照心里想象的那样,把我们描述为任何一种人。"

马瑟森的身上散发着一种特别的香水味,我突然想起特里斯科也用这种名贵香水,他告诉我,这种香水是欧洲贵族阶层常用的奢侈品。

我想:马瑟森一定是英国军情六处的人,他说话的声音是地道的英国人的腔调,那个希德在飞艇上说的故事,显然是英国人虚张声势释放的烟雾弹,要知道土耳其和乌拉圭都是同德国关系很好的国家。说不定,希德知道雷德是德国间谍,他们在飞艇上的争执,是交战双方心理战的博弈。

马瑟森又说:"他们不但在各国潜伏间谍,刺探情报,还收买当地的官员为自己服务。被收买的人大都从事本国的情报工作或者担任军事要职。除此之外,'猫头鹰'还渗入亚洲各国的独立运动组织中。对反对日本政府的人予以分化和消灭,反对西方政府的给予支持和援助,帮助他们训练人员,在各地制造暴力事件,暗杀当地官员,让这些人成为不折不扣亲日的恐怖分子。这样一来,'德古拉伯爵'就变成一个可怕的人物,一个嗜血的杀人魔王。他对亚洲各国的情报工作了如指掌,特别是东南亚国家,熟知他们的内部情况、人员分布、派系关系和执行的任务，这可不是件好事，必须除掉这个卑劣的家伙。”

“那么他到底是谁？难道是藤原幸，可这人在法国已经被打死了啊。”

“你猜得没错！这人的确是藤原幸，英文名字叫拉米特尔·舒伦堡。他出生在乌拉圭，父亲是一位日本外交官，贵族的后裔，可母亲却是当地的舞女。藤原幸的母亲在生他的时候难产死了，由于是私生子，藤原幸被父亲视为包袱和累赘，从来没有得到过父爱。他很小就被父亲送到日本念书，上的是陆军幼年学校，受的是军国主义教育。他毕业于江田岛海军学校和日本的谍报学校，又到京都大学主修国际关系学，后以留学生的身份到英国、美国和德国深造。归国后，藤原幸在海军情报部任职，专门负责亚洲特别是东南亚的情报工作，是他创建了‘猫头鹰’这个特务组织，后来藤原幸就在人们视线中神秘地失踪了。”

“莫非我们杀死的人不是藤原幸？”

“藤原幸并没有死，你朋友杀的人不过是他的替身罢了。这个人有间谍天赋，他精通多种语言，除了母语以外，还会英语、汉语、德语、法语、俄语、西班牙语等等。对藤原幸来说，他在间谍学校的训练就像一块基石，奠定了他的间谍技艺的基础，经过长时间磨练，这个人的杀人技巧可以说炉火纯青。据他身边的人说，他憎恨自己的父亲，他本可以成为一名贵族，因为私生子的身份，却当了一名间谍。藤原幸擅长操作各种类型的武器，他可以蒙着眼睛拆解组合全世界各种品牌的枪械，他出枪很快，枪法极准，被誉为‘谍报世界的快枪手’。很多国家的情报机构绞尽脑汁想暗杀他，但都被他成功地逃脱了。”

难怪被我们除掉的藤原幸脸上没有疤痕，面容还挺年轻俊秀，原来是一个替身。

马瑟森又说：“就是这个狡猾的狗东西，在里斯本把丹尼尔给杀了，丹尼尔是一个出色的情报人员……”马瑟森的声音有些颤抖，“我们后来也派人去暗杀藤原幸，但都失败了，要杀这家伙简直比登天还难。据说他不但做了面部整形手术，还会易容术，很少有人见过他的真容。这是我们的人好不容易找到的一张他在英国留学时的照片，现在的面容已经与照片上的大不相同了。”

我好奇地打量着照片上的那个人，当时他正在参加一个日本侨民的葬礼，人群中的这张脸显得格外严肃，眼睛里露出冷酷无情甚至变态的神色。他比那个死掉的“藤原幸”年龄要大得多，显得更成熟和残忍。我力图从那张悼念死者的脸上看出更多的东西，但有些力不从心。

“这人看上去不好对付。”我自言自语道。

“‘猫头鹰’组织虽然人数不多，但齐心协力，有很强的渗透能力和战斗力。根据我们的分析，藤原幸给成员灌输了日本军国主义的思想，让他们相信‘大东亚共荣圈’是亚洲人的圣战，是为了解放被西方人统治的亚洲同胞，下面的人对他有着超乎寻常的高度信任。”马瑟森停顿了一下，“黄先生，你应该知道这些家伙的手段，在重庆落网的那个名叫胡安内拉的日本间谍就是藤原幸的手下，这家伙嘴很硬，连联邦调查局的审讯专家克拉里奇都拿他没法子。当时你不是在场吗？”

我听了心里一惊，这么机密的事情他怎么会知道？胡安内拉是“猫头鹰”组织的成员，难怪他临死前会提到伯爵，看来这个伯爵就是藤原幸，神秘的德古拉伯爵。

马瑟森继续说：“没人知道藤原幸这个畜生更详细的资料，也没有人清楚他具体住哪儿。他就像一个幽灵一样，这也是他叫‘德古拉伯爵’的原因，他把自己打扮得像一个吸血鬼。另一方面，这是他对自己失去的高贵身份的慰藉，他希望建功立业，获得上流社会的尊敬，洗涤作为私生子的卑贱。”

这时，几只海鸥紧贴着海面快速地从港口那边飞了过来，冷不丁其中一只从我的头顶掠过，吓我一大跳。

马瑟森压低声音说：“黄先生，你知道罗琦为什么不杀袁文道吗？因为你的这位朋友知道他的私人秘密。”

一阵悠扬的钟声，从港口那边飘至我的耳际，这是维琪奥港教堂的钟声。

“年轻人，这或许让你想起慕尼黑圣母教堂的钟声。”马瑟森笑着问我，“我在慕尼黑待过一段时间，我很喜欢听这钟声，它很容易让我想起伦敦著名的圣玛丽·勒·鲍教堂，整个伦敦市区都能听见教堂的钟声。拂晓时分，我就站在窗户旁，久久地聆听着，这座古老城市上空回荡的钟声，清脆的钟声，是对心灵的洗涤。”

的确，圣母教堂的钟声温柔而又纯净。清晨时分，你闭目坐在窗前，侧耳倾听着这钟声，享受朝阳照在脸上的暖意，感受从河面升起的阵阵凉意，是何等的甜蜜和舒心。但现在我没有心思去回味。

我沉思了一会儿，问：“马瑟森先生，我的朋友袁文道不过是一个普通的工程师，而不是间谍，他会知道什么秘密，听起来有点匪夷所思。”

“罗琦很早以前就加入了‘猫头鹰’，其实他就是胡安内拉在重庆的联系人，也正是罗琦把窃取的军事情报转交给胡安内拉，并为其刺杀计划提供必要的帮助。但我不知罗琦和袁文道两人之间具体发生了什么，袁文道知道什么秘密，如何知道的，我也不清楚。”

难怪我一提到“德古拉伯爵”这个名字，罗琦就显得那么恐惧，他为什么要提防藤原幸呢？他临走时，对法国人说“搞不好伯爵的人就在附近”，莫非他们之间产生了什么矛盾？或是……

“马瑟森先生，您这次大老远来找我的目的是什么？该不会是为了给我讲这些离奇的故事吧。”

“我们需要得到您的帮助，藤原幸是我们共同的敌人，我们联手，或许能把这个家伙干掉。”

“我们？我和您合作？先生，您在开玩笑吧，我能给予您什么帮助？”

“没错，您的确能给予我们很大的帮助。你和藤原幸有一个共同的目标，那就是袁文道。我们可以帮助您，将袁文道从罗琦手中抢回来，这样一来，或许能从袁文道口中得知‘猫头鹰’的机密，有助于消灭他们。如果藤原幸露面，我们就能将他干掉。”

“马瑟森先生，您的意思是拿我们当诱饵？”

“我不这么认为，黄先生，这……应该是一种合作。我们帮您营救出袁文道，您替我们引出藤原幸，对两者都有利，不是吗？朋友，假如让这股势力继续存在下去，对您的国家和我的国家，都是不利的，这一点，您比我更清楚。要知道，日本情报部门一直通过各种途径，窃取中国的军事工业情报。藤原幸曾经派人三次暗杀你们兵工署长俞大维，庆幸的是俞大维都躲过了他的魔爪。他会放过袁文道吗？一个被德国军工界誉为‘轻武器专家’的人，藤原幸不会就此罢休的，要么他把袁文道抢回日本，为己所用，要么就杀掉他。

“根据我们所掌握的情报，今年初，日本陆军参谋本部秘密决定，如果在年内不能在中国获得全面胜利，就要从中国撤军，只留下华北驻屯军。遗憾的是，没多久希特勒就发动了闪电战，德国的胜利让日本军部的首脑改变了想法，他们准备进兵东南亚，夺取石油和其他战略急需物资。日本真要和英美开战的话，藤原幸和他的‘猫头鹰’组织必定充当战争的急先锋，所以我们必须除掉这个狗娘养的！”

我沉默了，马瑟森在等待我的答复。我盯着远处的海平面，看着波涛汹涌的海浪，一波接一波地拍打着堤岸，脑子里盘旋交缠着各种毫无意义的图案。我深深地吸了一口气，让自己镇定下来，理清思路。这一切简直来得太突然了，让我应接不暇，事情发展变化的速度让人窒息。不知道哪一件是真的，哪一件是假的，到底我应该相信还是……

“赌一把！”我对自己说，先营救出袁文道再说，我和李志民两人毕竟势单力薄。

“我答应您，同您合作！”我对马瑟森说。

“噢，谢谢您，年轻的朋友。我希望您把今天的谈话先藏在心里，对谁也不要讲，包括您的那位法兰西表弟。”

我点了点头：“您准备如何救出我的朋友？”

“至于救出您的朋友，希德会安排好一切的，找一个名叫雷昂纳多的人，这人有办法救出袁文道。”

“雷昂纳多？”

“热那亚的黑帮头子，一个不折不扣的流氓，当地人尊称他为‘教父’。”马瑟森不以为然地说，“待到成功后，您就带着袁文道乘船到帕纳吉，我们将在那里碰面。放心，一路上都有我们的人保护您的。对了，我想提醒您一句，千万不要耍花样，知道吗？”马瑟森的眼神里流露出一股杀气，“这样对谁都不好，特别是对您的朋友和表弟。”

24. 黑帮头子雷昂纳多和我的意大利同志

当天中午，希德就带着我们前往热那亚城郊的一个小镇，面见雷昂纳多。上车前，李志民偷偷问我发生了什么。我苦笑了一下，没有说话，他立刻明白了什么似的，再也没有继续问下去。

溽暑蒸人，终日一丝风也没有。小镇的公路被晒得发软，街上空荡荡的，几无一人，十分清静，鸦雀无声。正午的阳光酷晒着石墙，烘烤着铁门窗，焦炙着屋顶的苔藓。几条饿狗沿着女儿墙的层层阴影经过，这层层阴影从石砌的矮小房舍前面伸展开去。一个男孩手里牵着驮着青草的驴子，坐在水井边的台阶上。几只小鸡在四下贪婪地啄食。

远处，蒸汽推动的磨坊的转动声，打破了午间的寂静，这种气喘似的、颤动的声响，仿佛是这座被太阳晒得滚烫的小镇，跳动的独一无二的脉搏。

街旁犹太人开的商店和一排排老式的货摊都上好了门板，不做买卖了，唯独一家餐馆除外。

我和李志民跟在希德身后，他那粗大的皮靴的响声，使这条通往镇子小教堂的渺无人迹的公路变得活跃起来。从进入镇子起，希德和手下人就放缓了步伐，他们警惕地盯着四周，手都放在衣兜或是腰间，紧握着武器，好像随时都会有人偷袭自己似的。最后，希德停住了脚步。

“雷昂纳多在餐馆里纳凉，门口是他的手下人。”希德指着那家没有关门的餐馆说。

餐馆是座有门廊的平房。一缕淡淡的炊烟从烟囱里飘入清澈平静的天空，五六个彪悍男子手拿猎枪，坐在门廊里，或是抽烟，或是喝酒。

彪悍男子搜了我们身后，将我们领进餐馆内，这里的布置有点别致：四壁糊着白色缎面似的墙纸，桌椅上的图案很精致，上面铺着白餐布。从窗外投射进来的光线，比较灰暗，给室内抹上一层柔和的云影。墙角的灯架上栖息着一只鹦鹉，它正转动着绿色脑袋在挠痒。鹦鹉下面，坐着一个贪婪进食的中年胖子。

“他就是雷昂纳多，一个贪嘴的乡巴佬，这些人一有钱，就肆无忌惮地享乐。”希德轻声说。

雷昂纳多面前摆满了各种佳肴：熏鱼、罗马炸鸡、安格斯嫩牛排、米兰小牛肉、红炖白豆牛肚、意大利炒饭、通心粉……雷昂纳多戴着餐巾，手拿刀叉，正专心致志地享用着美食，以至于我们来到他的身旁也没有引起他的注意。

“老天爷，我从未见过这么能吃的人。”李志民轻声说。

“雷昂纳多先生，您好啊。”希德恭敬地向那胖子打着招呼。

“噢！上帝！”雷昂纳多显得异常惊讶，他扯下餐巾，抹了抹嘴巴，满脸堆笑地说，“希德，希德！我亲爱的朋友，是什么风把你吹到这个偏远的小镇来的？”他的口语很奇怪，纯粹的热那亚口音里带上了西西里岛的方言，就像金子上涂抹了一层釉。

两人寒暄过后，希德话入正题，他将解救袁文道的事儿说给了雷昂纳多。雷昂纳多沉默了一会儿，他竖起食指来回摆动，无奈地说：“不……不……不……这太困难了，亲爱的希德，请原谅，我不能帮您。”

“为什么？要是你认为钱少，我们可以再商量。”

“这不是钱的问题，我的朋友。”雷昂纳多用意大利人特有的手势比画着，“您是知道的，自从墨索里尼这个混球上台后，就不把我们放在眼里。他不断地打压我们，把我们的人投入监狱、流放到美国、从城市赶到乡村，甚至动用酷刑。假如我帮你，让城里的警察知道了，他们会对付我的。到那时，我会怎样？他们会到处搜捕我，叫人暗杀我，我会又一次逃亡，不停地逃亡，没有一顿好饭……不，不，不！”

雷昂纳多喝了一大口啤酒，说：“这是多么可口的饭菜，太棒了！”说完，他专心致志地切下一块小牛肉，飞快地填入嘴里。

“雷昂纳多，这件事不会有什么危险，我保证。至于钱，我可以加价。”

雷昂纳多没有理会希德的话，头也不抬地吮吸着通心粉，食指来回地摆动，再次拒绝了希德的请求。

我的心凉了半截，估计这人是指望不上了，他和汪家昌都是一个德行。但愿他比汪家昌好点，不会出卖我们。

正当我们窘迫尴尬之时，一个穿西装打领带的男子走进了餐厅，他和我们点了点头，打了个招呼。当这人的目光挪到我身上时，我们两人同时愣住了。“马里奥！”我差点喊出来。我与他相遇是巧合还是有意的安排，是危险还是惊喜？

马里奥用眼睛问我：“嘿！亲爱的朋友，您怎么到意大利来了？”

我用眼睛回答他道：“伙计，我在工作。”

“天气真热，让人简直透不过气来。”马里奥脱了西装，解开衬衣扣子，大大咧咧地坐在雷昂纳多身边，咕嘟咕嘟地喝尽了一大杯啤酒，打了一个响嗝。

“希德，这是我最亲密的朋友，我的顾问马里奥，热那亚最有名的律师。马里奥，这是希德，还有他的中国朋友。”雷昂纳多一边吃着意大利炒饭，一边相互介绍道。

“马里奥，找我有事？”雷昂纳多抓起一块油腻腻的鸡腿啃了起来。

“码头工人的事办好了，只要付给他们一笔钱，今天就开工。”马里奥端起一盘小牛肉,毫不客气地吃了起来,这吃相同大学时一模一样。

“噢……不,亲爱的马里奥,这盘小牛肉是我的最爱。”雷昂纳多像个孩子似的埋怨道,“又是付钱给他们,上帝,难道我是开银行的吗?”

“好了,好了,雷纳。”马里奥叫着雷昂纳多的昵称,“别像个孩子一样撒气,现在是非常时期,你需要更多的朋友,明白我的意思吗?再说这些工人也不容易,团结他们总比送钱给警察好得多。”

“有道理。味道怎么样?”雷昂纳多吮吸着手指问马里奥,他的脸忽然一红,支支吾吾地问道,“马里奥,我的事儿你办得怎样?”

“味道好极了,非常棒!”马里奥擦了擦手,从皮包里拿出一叠女性的相片和卡片,“亲爱的雷纳,这事不能着急,先要看看家庭,陪嫁多少,还有前景如何,末了才是看相片。”

看来马里奥在充当媒人的角色,替雷昂纳多寻个妻子。

马里奥清了清嗓子,用讨好的音调念头一张卡片:“格拉齐娅,二十四岁,守寡一年。无儿女,中学毕业,上过两年大学。父亲愿出八千元陪嫁费。经营批发业,生意兴隆,还有房产。”

雷昂纳多惊异地抬起头,嘴角还挂着一根面条:“你说是寡妇?”

“寡妇不等于坏了女儿身啊,雷纳。她可能跟她丈夫才同居几个月,男的有病,她原不该嫁给这个倒霉蛋的。”

“我不会娶个寡妇。”

“这是因为你没有经验。寡妇,尤其像这位又年轻又漂亮的姑娘,可真是你想娶的称心人。她一辈子会对你好的。要知道你也死了老婆,正好相配。我老婆要是死了,我就会再找个寡妇。”马里奥依旧像我认识时那样能说会道。

“她烧的菜怎样?味道好吗?”

“还行,过得去。”

雷昂纳多摇了摇头。

马里奥耸耸肩,做了一个极其轻微的失望姿态,他又拿出一张卡片开始念:“莎菲,中学正规教师,非代课。有存款和道奇车一辆。父亲是名码头工人。这人我认识,是个宝贝儿,还很聪明。你可以天天听她读书,她什么都懂,对时事也有独到的见解。”

“但愿她对菜肴也有独到的见解,我没听你提到她的年龄吧?”

“她的年龄?”马里奥眉毛一扬,“三十八岁。”

“什么?!老姑娘?”

马里奥狡黠地笑了一声:“雷纳,你多大?”

“四十五,你是知道的。”

“你说三十八跟四十五有什么区别?你吃什么亏了?一点没吃亏。要是墨索里尼的女儿想嫁给你，你会在乎她的年龄，说个‘不’字？”

“墨索里尼的女儿能烧一手好菜吗？”雷昂纳多问道。

“估计不能。雷纳，年龄大点没关系，我担保，你跟她过上一个礼拜，包管你忘了她多大。年龄大是什么意思？不外乎比年轻的多活了几年，多懂点事。雷纳，你需要这样成熟懂事的女人来管家。”马里奥说。

“她在中学教什么？”雷昂纳多好奇地问。

“法语。你要听她讲法语呀，准以为是在听音乐，请相信我，我不说瞎话。”

“我讨厌法语！上学时，我的法语从没及过格，为此，没少挨我父亲的打。但我喜欢法国菜，够了，马里奥，到此为止。”雷昂纳多松了松裤带，往椅子背上一靠，“记得替我找一个会烧菜的女人，哪怕她是一个瘸子，没有陪嫁费，只要烧一手好菜，我也娶她。”

马里奥苦笑了一下，他用眼睛对我说：早知道这样，我就该给他介绍个大字不识一个的丑厨娘。

“他们来干什么？”马里奥指着我们，问雷昂纳多。

“求我帮他们救一个朋友，他们愿意出大价钱，可我拒绝了，我不能让警察找麻烦。”雷昂纳多摆出一副不屑的架势，语言中带着自大狂妄的味道。

马里奥用眼睛问我：“伙计，这人很重要？”

我用眼睛回答道：“是的，这个人对我的国家很重要，对抗击法西斯入侵很重要。”

“你们愿意出多少钱？”马里奥一边看着被葡萄酒染红了的空酒杯，一边问希德。

希德向他比画了一个手势，马里奥点了点头。

“我说雷纳，这生意不错，挺划算的，就像这盘小牛肉。”马里奥对雷昂纳多说，“我们可以叫朱塞白去干，你不早觉得这家伙上次出卖了你吗，现在可以试试他的忠诚。要是出事了，拿他去抵罪，何况希德是一个美国人，我们不能得罪他。”

雷昂纳多哦了一声，同时把酒杯里剩下不多的酒，拿来咕噜漱了几下口，然后又吞了下去。他把刀叉放在餐盘一旁，拿起餐巾抹了抹嘴，用食指在脸颊来回转动，自言自语道：“太好吃了！太好吃了！味道简直美极了。好吧，马里奥，我听你的。”他转过头对希德说：“今天晚上我们会替你办妥这件事的。对了，希德，记得把钱打到我账上。”

我用眼睛对马里奥说：“谢谢你，我的朋友，这是你的工作吗？”

马里奥回答道：“当然，是我的工作，这人是一个贪吃的……”马里奥用食指侧面碰了碰额头，“贪嘴的傻瓜！”

临走时，我用眼睛对马里奥说：“保重！我的朋友，亲爱的同志。”

马里奥吹起了口哨，是《我的太阳》的曲子，回答道：“保重！我亲爱的同志，祝你一路顺风！”

当天夜里，随着一阵刺耳的汽笛声，希腊邮船“米克诺斯”号驶进了热那亚港湾。

1940年7月12日子夜　希腊邮船“米克诺斯”号

“米克诺斯”号行驶在地中海上，海面刮起了大风，天空飘着小雨，甲板上除了值班的船员外，别无他人。我和李志民吃完服务生端来的宵夜后，坐在船舱里喝咖啡。

“没想到我们会住在这里。”李志民抚摸着檀木制成的座椅感慨道，“这个罗琦还真舍得花钱，居然住头等舱位。可惜啊，现在这里不属于他了，换了主人。”

我问：“刚才我发现服务生看我的眼色有点怪，估计他在想，这个人怎么换了张脸谱。给我说说码头上发生的事吧。”

“有点意大利式的幽默。罗琦和他的两个手下人在船靠岸没多久，就到了码头外的街上喝酒。这些家伙一定认为我们已经被烧死了吧。当时，你和希德混进了船上，我则同那些意大利人跟着罗琦他们。这些意大利人反对速战速决，但凡牵扯暴力的事情，他们都要做一个周详的计划。当时，我和朱塞白走进酒馆里，看见罗琦他们正在喝酒，不时同身边走过的妓女拉拉扯扯的，这些人像被关了很久的公狗，看见母狗就撒欢。

“不一会儿，酒馆外来了辆小轿车，走下来四个彪形大汉。上帝！块头真大，我去跟他们打肯定是送死。朱塞白告诉我，这几个家伙是附近拳击馆的拳手，一拳能把人打死的那种，等罗琦他们一走出去，就给他们眼色看。您要他们怎么样？朱塞白问我，要打成什么样子。他就像一个手艺很高明的意大利蛋糕师，指着一团面粉问我，您要做什么样的蛋糕？我大大咧咧地说了句，自然死亡。朱塞白笑着说，没问题，乐意效劳，您知道吗？上一次调戏我表妹的三个家伙，一个躺在医院里永远站不起来了，一个躺在坟墓里永远醒不来了，还有一个永远不能数数了。”

“傻了呗，以后到意大利千万别跟这种人较劲，后来呢？”我说。

“子夜过后，所有的商店都关门了，港区巡逻的警察已经被朱塞白收买了，就是听见枪声，他们也不会赶来的。这时，罗琦和他的手下从酒馆里走了出来，他还算清醒，那两个手下醉醺醺的。靠在车旁的拳手一看见他们走过来，就发出戏弄的笑声，并冲他们吼道，嘿！傻瓜，你们那玩意儿不中用了吗？连妓女都瞧不上你，干脆阉了算了。罗琦的两个手下显然是被激怒了，他们径直朝意大利人走来，说时迟那时快，没等他们动手，就被意大利人挥拳打倒，昏死过去。”

“罗琦呢，他跑了？”

“没呢！他被身后的两个人紧紧地抓住了，一个家伙走过来，他手上戴着一个特制的指节铜套，上面有一个铁钉。这家伙的动作准确麻利，对准罗琦的鼻子噼里啪啦地打去。接着，罗琦被抓起来，提得高高的，离开了地面。意大利人抡起胳膊，对准腹股沟用拳头向上直击。罗琦给打得软稀稀的了，提着罗琦的大个子啪的一下把他丢在地上。这一切用了还不到六秒钟。

“教训完罗琦后，意大利人把注意力就转到了他们俩身上。一个家伙挣扎着想呼喊，但从后面抓着他的那个人，轻而易举地就把他提了起来，用另一只手止住他的咽喉，卡得他连哼一声也不能了。然后,他们开始替这两人整容。”

李志民喝了一大口白兰地,继续说:“我从来没有见过这么教训人的。这些人打得不慌不忙、从容不迫,简直令人吃惊。他们的拳头并不乱甩乱打,而是有节奏的慢动作。”李志民学着意大利人的拳击动作,“就这样,这样……每一拳打下去,拳落处皮开肉绽。我走过去瞥视了一下他们的脸,已经不像人脸了。我向朱塞白点了点头。一声口哨声,意大利人把那两个家伙扔下,又把注意力转到罗琦身上。

“罗琦拼命想站起来,他尖声怪叫地呼救,这使得拳手不得不加快速度。他们把罗琦打得跪在地上,其中一个人揪住一只胳膊,猛地一扭,朝脊梁骨就是一脚。只听得喀嚓一声,罗琦痛得大叫,拳手用双手像老虎钳一样卡住罗琦的脑壳,然后把他提了起来。另一个用巨大的拳头对准罗琦猛击起来。

“街道有一些行人,但没有一个人插嘴。朱塞白笑着问,先生,满意吗?要是不满意的话,他们还有别的招。我说,够了,这样足以让他们丢命。朱塞白喊了一声,拳手们就停了手,消失在灰蒙蒙的夜色中。我估计罗琦他们没被打死,也会永远躺在医院的病床上,不能说话,也不会数数了。”

这一切之所以能成功,应该归功于马里奥同志的暗中帮忙。看来,马里奥和特里斯科一样,他的公开身份是律师,甚至是替黑帮头子做事的人,实际上是从事地下工作的反法西斯战士。这种分析是符合逻辑的。否则,现在我们应该站在码头上,傻呆呆地看着“米克诺斯”号消失在海平面,而不是坐在船舱里享受咖啡。

“那个希德怎么会被打死了呢?”李志民问我。

“我和他刚来到这个船舱门口,希德就急匆匆地踢开了舱门,他一定猜测里面只有袁文道一个人。可惜有一个家伙就坐在你那个位置,他一看见希德,就掏出手枪开了火。希德也够倒霉的,这一枪正好打中心脏,就这么完蛋了。”

“你怎么对付这家伙的?”

“这是个巧合,这家伙正要向我开枪,手枪却卡壳了。我飞起一脚把他踢倒,跟着把这家伙按倒在地。我死死地抓住他的头,用尽全力,把他的脖子朝那儿——”我指了指门口的金属桌角,“狠狠地撞去,同时又朝他的胸膛重重地打了一拳。这家伙的骨头咔嚓一声断了,很快就断了气。”

“太棒了,中国功夫!船上的人没找你麻烦?”

“几分钟后,朱塞白的人把希德的尸体抬走了,替我们办理了登船手续,一切就风平浪静了。只可惜,袁文道不在这里。”

“瞎子莫非不在这艘船上?”

“他一定在这艘船上,一定在!”

“你为什么这么肯定?”

“直觉,我凭借直觉感到瞎子一定在船上,他或许被罗琦藏在某个地方了。”

“藏在船上？上帝，他在哪儿？驾驶室还是甲板下？”

“是啊，袁文道不在船舱里，他到底在哪儿？”

夜更深了，我带着问题走出船舱，站在甲板上冥思苦想。“米克诺斯”号在浓雾中发出一声低沉的汽笛声。冰冷的海风迎面袭来，我不禁打了个寒战，感觉海上的夜让人觉得越发神秘和诡异。

现在，我不知道此刻是什么时间，我具体身处何处，灰蒙蒙的雾淹没了我面前的整片海。这是浓雾的时刻，是一个漫长的时刻，海中的万物似乎都已死绝，直到黎明才会复生。厚厚的雾不断地增多，将铁甲船“米克诺斯”号团团裹没，在深夜里护卫着它，除此以外，海浪发出低沉的涛声，而在荒凉的远处，雨将会降临，会越来越大，越来越密。

奇怪的是，对于没有在“米克诺斯”号上找到袁文道，沮丧的心情反倒使我坚强起来。自己比以前更镇定，学会用逻辑分析和判断问题，从事情的瑕疵中找出端倪，比以前更勇敢，更理智了。我想，事物的发展就是这样，正如弗兰教授所说的，生命的意义到最后只有一个，那就是好好活着。是啊，好好活着，哪怕永无出路也要感到甜蜜，或许这就是一个布尔什维克人特有的革命乐观主义精神。

25. 奇怪的老鼠叫声

1940 年 7 月 14 日黄昏

一半的落日已经沉入大海，海中的玫瑰色变成了金黄色，白色的船栏杆涂上了一层淡红色，好像整条船又被重新喷上一道油漆一样，给人一种异样的感觉。这已经是第三天了，我们找遍了整个邮轮，就差跳到海中，潜水到船底寻找。但依旧没有发现袁文道的影子。

李志民为了发泄怨气，到船上的酒吧打牌去了。而我则坐在甲板的躺椅上，喝酒冥思。

在甲板上享受阳光的人很多，大家都沉浸在暂时的幸福时光之中。一些人拿着吃剩的面包片，掰成小块，扔给空中的小鸟吃。大群的白鸥发出惊叫声，扑了过来，叼走面包渣。有一只肥胖的大头海鸥，展开翅膀，向一块面包扑上去，却没有叼住。紧接着，又有十来只海鸥去追逐这块面包，一直追到从船舷底下溅起的水花为止。水手们赤了胳膊，冲洗着甲板。

德国的潜艇部队遵循一条死板的战术规则：集中力量打击英国的海军舰艇，特别是来往英国的运输船只。据说德国人不但使用潜艇部队绞杀大西洋的商船，还将军舰伪装成商船，对前往英国的船只进行攻击。至于地中海这一线，则交给了愚钝的墨索里尼和他的意大利海军。由于英国的地中海舰队实力强大，意大利又将目光放在非洲陆地，所以从热那亚至苏伊士运河一线暂时比较安全。

袁文道到底在不在这艘船上？

我开始分析第一个问题：罗琦从贝桑松劫走袁文道后，没有选择向瑞士进发，而是来到了海港城市马赛。这一点足以证明，罗琦选择从海路离开法国，没有选择陆路。我在米卡耶获得的消息很重要，罗琦为袁文道制作了一张假护照。这不仅仅是用来敷衍警察的检查，而且是为上船作准备。再就是，维斯特说罗琦一共买了五张头等舱的船票，算算看，罗琦本人、他的三个手下、袁文道，正好五个人。李志民向邮轮的服务生打听过。服务生说，从马赛港起航时，他们是五个人。看来袁文道被罗琦挟持，从马赛港上船这点毋庸置疑。

袁文道会不会在中途下船？

我点燃香烟，开始分析第二个问题：袁文道应该不会在中途下船。第一，“米克诺斯”号的大副是李志民的牌友。据他讲，从马赛港到热那亚这一路都是狂风暴雨。像这样的恶劣天气，没人敢冒险开着小艇到轮船边接人。第二，现在是战争时期，英国人正同意大利人在地中海对峙，只有疯子才会开着小船在战区游荡。第三，假如袁文道真的中途下船，罗琦应该同行。

李志民曾提醒我，袁文道会不会已经死了。

我掐灭香烟，喝了一口白兰地，据说这种酒可以让人保持镇定，头脑清醒。马瑟森说，罗琦绑架袁文道的原因出于私人秘密，这个秘密应该是一个实在的物体，而不是大脑中的信息。原因很简单，若是单纯的灭口，罗琦完全可以杀掉袁文道，而不用花费这么大的力气把他弄上轮船。看来，袁文道并没有交出“秘密”，为了掩人耳目，罗琦应该把袁文道藏起来了，到底藏在这艘船的哪个地方呢？

我们搜寻了“米克诺斯”号四周，都没有发现袁文道的踪迹，他到底在哪儿？驾驶舱？绝不可能，这是乘客免入的地方。船员休息室？应该不会有，如果船员中真要有他们的人，罗琦就不会费劲地买船票和办理假护照了。别的客舱？不可能！人多眼杂，这不符合逻辑，太幼稚了。凡事都要符合逻辑，不符合逻辑的事情一定有漏洞。轮机舱，货舱，还是甲板的夹层……短短几天的时间，在轮船有限的空间里，他们能把袁文道藏在哪儿？

这已经是第三天了。一个人被囚禁在封闭的空间里，不吃不喝，如果过了七十二小时的话，就很难存活了，这是生命的极限。

突然，甲板上传来一阵嘈杂声，一个女人正在用俄语向水手长抱怨什么。水手长听不懂她的话，不住地摇头，四周的人也听不懂她的话，这个女人急得满头大汗。

“夫人,有什么可以为您效劳的?”我用俄语问那个俄国女人。

“谢天谢地!终于有人听得懂我说的话了。”俄国女人画了个十字,说,“先生,告诉水手长,我的船舱里有老鼠,有老鼠!”

“水手长,她说船舱里有老鼠。”我用希腊语对水手长说。

“老鼠?这有什么大惊小怪的,每艘轮船都有老鼠,很正常的事。”水手长说。

“可这老鼠的响声太奇怪了,让我无法入睡,知道吗?它就像幽灵一样。”

“哦,请原谅,这我可帮不了您。”水手长耸耸肩,无奈地走开了。

“先生,这个声响真的太可怕了,就像黑夜中的幽灵。”俄国女人抓住我的手,描述道,“每隔半个小时,水管里就会发出可怕的声音,让我无法安歇。好心人,看在圣母的份上,您能帮我看看吗?”

我来到俄国女人的舱位,这儿靠近船员休息室,里面还住着两个法国人。

“就是那儿!”俄国女人指着天花板上的一根水管说,“每到一定时候,这只老鼠就会发出奇怪的声音,简直太可怕了!”

不一会儿,水管里发出了怪异的声音。“咚……咚……咚……咚咚咚……咚咚咚……咚……咚……咚……”刺耳的声音实在令人烦躁,无法安然入眠。

不一会儿,声音停止了,舱内恢复了安静。

我无奈地说:“夫人,我也没有法子,或许过段时间就好了。”

我回到船舱后,那只老鼠的声音一直在我耳边回荡:“咚……咚……咚……咚咚咚……咚咚咚……咚……咚……咚……”

我感觉这声音很熟悉,好像在什么地方听见过,但一时又想不起来了。它不像老鼠的声音,倒像一个人在敲打水管,用声音传递一种信息给我们。

这时,我的舱里也开始隐隐约约地回荡这种声音,这根水管从甲板底层一直延伸到每一个船舱的消防管道。

我闭上眼睛,静静地聆听老鼠敲打水管的声音,手指跟着节奏在掌心中敲打着,企图从中获得什么灵感。

天啊,这是莫尔斯电码!我恍然大悟:按照莫尔斯电码表来解析,水管的声音应该是SOS,这是国际上通用的求救信号。难道是袁文道发给我们的?我控制不住自己激动的情绪,将一个酒杯狠狠地摔在地上,砸得粉碎。

“瞎子!……你到底在哪儿……你在哪儿?”我对着水管大声吼道,“告诉我,你到底在哪儿?”

我站在桌子上,拿起一把勺子,敲打那根水管,我同样用的是莫尔斯电码:你是瞎子吗?瞎子吗?

很快,水管那头有了回应:是……是……是……

我又问:你在哪儿?在哪儿?

遗憾的是，那头再没有答复。无论我怎样敲打水管，问多少次“你在哪儿？在哪儿？”对方都没有回应。

情急之下，我跳起身对着水管狠狠地踢了一脚，没料到脚下一滑，我重重地摔在了地上。

“先生，您没事吧？”服务生推开门，轻声问我。

我抓住服务生的胳膊问：“这根水管通向哪儿？快告诉我！告诉我！”

“是……货……舱……”

很快，我和李志民在大副的陪同下来到“米克诺斯”号的货舱。从上船开始，这位意大利籍大副一直对我们俩毕恭毕敬，有求必应。这人是慑于雷昂纳多和朱塞白的威严，他把我们也当成黑帮头子了。

货舱很大，分门别类地堆积了各种货物，我们顺着那条消防水管来到一间上了锁的小舱门前。

“这里面装的是什么？”我问大副。

“是一些没用的杂物，先生。放心，里面绝不会有人的。”大副胸有成竹地回答道。

“打开让我们看看。”

“先生，这可不行。我没有这个权力，只有船长才能打开。”

“我请求您打开这个舱门！”我忍不住高声咆哮道。

“这……这……不……不行……”

“滚开！”李志民一把推开大副，操起旁边的消防斧，对着铁锁狠狠地砍了下去。咔嚓一声，锁被砍断了，他一脚踢开了舱门，一股霉酸气扑面而来。

我用电筒往里一照，李志民大声吼道：“瞎子……瞎子……我的上帝啊！”

在微弱的电光照射下，只见舱内挂满了破靴子、油布衣裤和油漆罐，它们随着船的摇动，发出叽叽嘎嘎的声音。袁文道蜷缩在船舱的角落里，没有戴眼镜，蓬头垢面，消瘦的脸上沾满了灰土，浮肿的眼里布满了血丝，干裂的嘴唇上卷起了白皮儿，像一个刚从地狱里爬出来的鬼魂。

袁文道全身赤裸地依靠在那根消防水管上，手中拿着一块沾满鲜血的铁块。旁边放着一个铁盘子，隐隐约约可以看见面包屑和干涸的水迹。那串银项链挂在他的脖子上，闪烁着微弱的亮光，也告诉人们，他还活着。

“罗琦这狗娘养的！居然这样对他！”李志民骂道。

“上帝……这……这……真……有……人……”大副惊得目瞪口呆，双脚不停地战栗。

此时的袁文道已经不省人事了，李志民将他轻轻地抱了出来，大声对那个意大利大副吼道：“傻站着干什么，你还不去叫医生！快去！”

邮轮的诊室里有一张手术台，袁文道静静地躺在那里，一声不吭，剩下的只有微弱的呼吸。医生摸了摸他的脉搏，听了听心跳，又拿起电筒翻开他的眼睛，看了看瞳孔。“这是严重脱水，人太虚弱了，先给他输点生理盐水。”

医生给袁文道包扎了身上的伤口，替他挂上点滴，然后对我说：“他最需要的是好好休息，有什么事随时来找我。”

“谢谢您，大夫。”

“上帝啊，您的朋友真够顽强，我还没见过像他这样的，不吃不喝竟能活下来，真是一个奇迹！”

医生离开后，我伸手关好舱门，转身看着袁文道。他依旧处于昏迷状态，我缓缓地走过去，小心翼翼地来到床边。看着袁文道布满伤痕的脸，我能想象罗琦对他做了什么，打心眼里佩服这个刚毅顽强的男人。

夜，黑沉沉的，一丝风也没有。

袁文道发起了高烧，身体滚烫，头像火烧一样。他的眼睛有时缓缓地睁开，无神地向四处张望，瞳孔浑浊，没等他把我们认出来，又昏过去了。

“啊……伊尔莎……我看见那片墓地了。”袁文道张嘴说起了胡话，“亲爱的，就是离你们家不远的教堂后面那片墓地嘛。哦……有红色和紫色的火光从墓地升起了，有点像枪膛喷出的火焰。升到顶点……向下落去……不……不！你们不该拿这些枪杀人，枪也是有生命的，它们只为正义而战……啊……我要……好好……活着……”

紧跟着，袁文道蜷缩成一团，叫喊了几声后，四肢就开始痉挛。

我按住他，让李志民叫来了医生，医生给他打了针后，袁文道才安静地睡了下去。这是他的心魔在作乱，那是一个矛盾的结合体，一方面是袁文道对武器设计的痴迷，另一面又是这些武器成为杀戮的利器，他无法自拔。

现在，他像死了一样躺在床上，唯一能证明他还活着的就是他适才的呼唤——“我要好好地活着！”

清晨，凉爽的雾气让袁文道的高烧减退了，我们松了一口大气。

李志民端来一杯咖啡，在袁文道的鼻子下不停晃动，他说这样能让人从昏迷中苏醒。不一会儿，袁文道缓缓地睁开眼睛。

“瞎子，瞎子！你终于醒了。”李志民兴奋地叫喊起来。

“瞎子，你听得到我说话吗？”我问。

袁文道点了点头，但没有吱声。

“你知道我是谁吗？”李志民把脸庞贴近袁文道的眼睛，生怕他因为高度近视，认不出自己来。袁文道嘴角露出一丝微笑，表示他已经认出李志民了。

“瞎子，你真是太棒了，竟然能活下来。”李志民说。

“好……好……地活……着……”袁文道深情地注视着我，吃力地握着我的手，有力地摇了摇。

第七章 / 劫后余生

26. 不可告人的秘密

1940 年 7 月 15 日黄昏

太阳西下，媚人的晚霞降临到“米克诺斯”号甲板上。

邮轮的餐厅只提供给坐头等舱的客人，这里具有典型的意大利风格，很容易让人想起热那亚街边的小餐馆。

袁文道戴着一副金丝边眼镜，这是李志民不知从哪儿弄来的，度数竟然同以前的一样。他两眼直露露地盯着邻座的饭菜，嘴里轻轻蠕动，跟着喉管上下抖动，那是他在不停地吞咽口水。

“我敢打赌，这是瞎子吃饭最自觉的一次，说不定他会吃光整座餐厅。”李志民打趣道。

“先生们，要吃点什么？这是今天的菜单。”服务生有礼貌地递上了菜单。

袁文道一把抢过菜单，瞥了一下，说：“给我来一份煎牛排、一份奶酪面包、一份意大利肉饼、一份火腿蛋。记住，要多加调料，牛排要四分熟。”见服务生站着发呆，袁文道急了，“喂，有么事问题？啊！……你像个现世宝站在那里，听见老子说的话没？”

这时，袁文道才发现自己说的不仅仅是汉语，还用的是湖北腔，他哭笑不得地坐了回去。看来人不但在最痛苦的时候会说母语，在最饥饿的时候也不例外。

“瞎子，你为么事这样急，为么事？”李志民生硬的湖北话，把袁文道逗得笑了起来。

我原原本本地替他翻译给服务生，然后又说：“再给他来一杯冰镇啤酒。”

“要大杯的！冰爽到口的。”袁文道把头仰在椅背上，断断续续地用英语和德语各说了一遍。

“瞎子，你吃得了这么多吗？”李志民吹了声口哨，摸了摸自己的胃，又比画了下袁文道的。

不一会儿,服务生便将袁文道的菜和啤酒端了上来,他二话没说,拿起刀叉,埋头就吃。

一刻钟后,袁文道用最后一块面包片蘸光盘中的调料,扔进嘴里,咀嚼了几下,就吞到肚子里。大口地喝完剩余的啤酒,笑吟吟地打了嗝。

没等我问他吃饱了没有,袁文道冲着服务生打了个响指:"服务生!照原样再给我来一份。"

"再来一份?"服务生惊讶地问道。

"有问题吗?对了,酒一大杯,冰镇的!"袁文道将空酒杯放在服务生手中。服务生摇了摇头,带着困惑和惊奇离开了餐桌。

二十分钟后,袁文道又将那份晚餐吃得干干净净,他见服务生没有离开,问:"还有什么事吗?"

"先生,我怕您还要再叫一份,所以……"

我们仰头大笑,袁文道抹着嘴不好意思地低下了头。这是袁文道苏醒过后,吃的第一顿正餐,在这以前,他只喝了一杯牛奶。

夜色正浓,海面风平浪静,天空繁星点点。船舱里剩下我和袁文道两个人,李志民去了赌场,这几天他的手气格外顺。袁文道背靠在枕头上,显得精疲力竭,他仿佛竭力在逃避我的眼光,不想开口说话。

我坐在对面的卧床上,枕头下放着顶了膛的柯尔特。我用眼睛死死地盯着袁文道的脸,即使抽烟的时候,我的视线也没离开过,我就一直这么看着他。

这是列昂尼特教官教授的方法。他曾经告诉我,在审讯犯人或是要判断对方是否撒谎,你就要像个专业的心理分析师,用眼睛评估他的神态,用大脑过滤对方所说的话。

"仲泰,我猜你一定想知道我到底知道么事,罗琦为么事要抓我,甚至不惜和日本人翻脸。"袁文道倒了两杯雪利酒,递给我一杯,自己将另一杯一饮而尽。

"假如你信任我的话,我很愿意当一个聆听者。"我没有正面回答袁文道的话。

"这还得从一个名叫苏洪明的人说起。苏洪明早年留学德国,三十年代中德军火交易频繁,苏洪明被国民政府以'经济巡察员'的身份派往德国,名义上是考察德国的经济,实则是联络德国政界官员和军火商,为加大对华军火贸易作铺垫。苏洪明在德国结下了广泛的人脉,特别是军事和经济领域。两年前,我在坎特枪会俱乐部认识了苏洪明,他也是一个枪械爱好者,我们很快就成为无所不谈的知己。去年秋天的一天,我忽然获悉苏洪明在汉堡家中自杀了。闻讯后,我急匆匆地赶了过去,没想到……竟是……"

这时,袁文道的喉咙哽咽了,我替他倒了杯酒,拍拍他的肩,示意控制情绪。

"现场一片凌乱,地上到处是书籍和物品。苏洪明躺在地上,头部中弹,脑浆和血溅了一地,手中还握着他在枪会俱乐部的手枪,一把小口径的柯尔特手枪。书桌的抽屉全被打开了，好像被人翻过，桌上的台灯一直亮着，还放着一瓶喝光的威士忌。眼前的一切告诉我，苏洪明不是自杀，而是他杀。”

“他杀？”

“对，苏洪明太阳穴的伤口与所谓的自杀凶器，就是他手中握着的那把手枪，弹道完全不相符合，就是射击的角度。”袁文道比画了一下，“按照自杀的说法解释，不会有那么小的创口，只有我们这种内行人看得出来。其次，苏洪明躺在地毯上，血把地毯浸透了。当时我无意间被地毯上的东西绊倒了，我看见那片浸满血渍的地毯下的地板上，并没有任何血迹。这就不符合逻辑了，按理说，血液应该透过地毯渗透到地板上，而这里却没有，说明了么事？”

“也许是有人挪动过尸体，或者说苏洪明并不是死在这里的。”

“对！再来说说苏洪明那把手枪。按照枪会俱乐部的规定，会员的枪是绝对不准带回家的。我问过俱乐部负责管枪的人，他告诉我，前不久，苏洪明的枪柜被撬开，手枪丢失了。这是苏洪明自己干的吗？绝对不会，手枪丢失的时候，他正在瑞士办事，怎么可能分身到德国偷枪呢？”

“你的意思是苏洪明实际上是他杀，有人故意制造了自杀的假象？”

“对。”

“那你为什么不告诉负责此案的警察呢？”

“没人理会我的话，当地警察草草结了案。当时我怀疑杀死苏洪明的凶手是纳粹高官或是军火寡头甚至美国银行家也可能掺和进来。”

“美国银行家？这些人难道和苏洪明有什么过节吗？”我惊奇地问。

“由于工作缘故，苏洪明常常和纳粹高层打交道。他告诉我，在一次酒会上，德国军备局的一位高官喝醉了，稀里糊涂地告诉他，从希特勒上台到纳粹德国军工迅速地发展，都与美国银行家的支持分不开。这家伙说，为了获取最大的经济利益，并在政治上遏制英法在欧洲的势力，从 1924 年到 1931 年，美国的银行家通过‘道威斯计划’和‘杨计划’，暗地里支持希特勒，他们向德国提供了 520 亿马克的巨额贷款资助，这使得德国军工业得到了迅猛的发展。此外，德国专家被派往底特律学习模块生产的专业技术和流水线作业，这让他们明白了大规模生产的真正含义。他们还被允许参观一些重要的军事设施、军工企业，德国人从中学到了很多先进的技术。这些都是高度保密的事情。这位官员酒醒之后才发现自己说漏了嘴，他当即打电话给苏洪明，警告他把这些东西都烂在肚子里，假如告诉了别人，将会丢了性命。所以，我认为苏洪明的死与此有关。

“直到有一天，我收到了一个邮寄包裹，没想到是苏洪明临死前寄给我的。包裹里面装着他的私人日记和一封信，苏洪明在信上说，他发现在中德军火交易的过程里，国民政府有人中饱私囊，吞没了一笔巨款。经过调查，他已经掌握了此人的犯罪证据，并把材料存放到瑞士共同社银行里。假如他遭遇不测，请我务必保管好这些材料，并将其带回国，转交给政府。”

“看来杀死苏洪明的真凶不是德国人而是中国人，或者说是那位吞没公款的国民政府的官员。”

“对。这时，我才想起来，半年前，苏洪明问我，是否知道哪家银行储存东西最保险。因为伊尔莎有一个远房亲戚在瑞士共同社银行担任高级主管，我就向他推荐了这家银行，并陪他一道去了瑞士。当时，苏洪明将一个铁匣子存进了银行的保险柜中，他在取款人一栏中，写上了我的名字。他笑着对我说，万一他有个意外，我是他在国外最信任的朋友，希望把铁匣子中的东西交给他的家人，没想到匣子里装的竟是这些东西，这家伙真够贼的。”

“现在只有你才能从瑞士银行里取出这个匣子？”

“按照瑞士共同社银行的规定，必须我本人前往银行才能取出这个铁盒子。应该说苏洪明是一个聪明人，他知道签名可以模仿，但人却不行。所以不但要我亲笔签名，还必须是本人前往。”

“要是我没猜错的话，苏洪明查出贪污公款的人就是罗琦，也是他杀死了苏洪明。”

“对！我在调查苏洪明死因时，发现他与一个姓罗的中国人来往密切，他的书房那么凌乱，一定是有人想要找什么。当时，我并不知道这人是罗琦，在陆泰的牧场听见唐景龙说，他们是奉罗主任之命来接我的，我就觉得不对劲。后来在马赛见到罗琦本人，我才知道了事情的真相。罗琦正是苏洪明查出的那个贪污公款的人，他也是杀死苏洪明的真凶，不过，没有罗琦，我也不能活到今天。”

“什么？没有罗琦，你不能活下来。”我听着有点糊涂。

“日本人命令罗琦找到我后，立即处决，但罗琦并没有这样做。为了拿到苏洪明存放在瑞士银行的那些材料，罗琦背着日本人带我前往瑞士，没想到瑞士人关闭了边境线，所以罗琦叫人押着我往马赛走。他准备带着我乘船前往意大利，再由意大利乘火车到瑞士。”

“这意味着罗琦不但要阻止我们营救你，也要提防日本人杀你，所以他把你关在‘米克诺斯’号的货舱里，让谁也找不到。也是他抢在我们的前面，在贝桑松把你从戈尔德手中‘救’了出来。难怪他在马赛对那几个法国人说，要提防伯爵的人，他生怕藤原幸的人把你抢了去。”

“他必须让我活着，否则永远都得不到苏洪明的铁匣子。”

我心中的谜团终于解开：为了得到苏洪明的铁匣子，罗琦背叛了藤原幸，他没有杀死袁文道，而是让他继续活着。而罗琦在马赛绑架了我和李志民，甚至企图杀掉我们，同样是为了那个铁匣子。他想从我的身上获得有关铁匣子的信息，或者不想让任何人知道这件事。至于我在艾克斯镇遇袭，那是因为藤原幸认为罗琦与我们是同谋，袁文道依旧和我们在一起。

“这件事太富有戏剧性了。一个想掩盖自己丑行的人,歪打正着地救了你,无意间充当了你的‘保镖’。”我说。

袁文道感叹道:“这都要感谢苏洪明,他真是一个聪明的人,要不是他对我的信任,恐怕我……现在一切水落石出了,我们可以安心回国了。”

我咬了咬嘴唇,轻声说:“瞎子,藤原幸还没死,你打死的不过是他的替身。”

“什么?这狗日的藤原幸没死?”

这时,“米克诺斯”遭遇到了暴风雨,它开始在如山的浪涛上摇摆、颠簸和攀登,接着又在浪花的幽谷里降落、挣扎和拼搏。船舱的灯熄灭了,呼啸的风声透过铁皮的缝隙,从舱外飞进我的耳中,我感到是一头被关在铁笼子中的野兽在咆哮。头顶上不时传来水手沉重的脚步声,身边的东西开始叮叮当当地落下来,隔壁船舱的人发出惊恐的尖叫声,空气中弥漫着海风的腥味。

“瞎子,你还好吗?”我在黑暗中问。

“没事,这酒真不错!”袁文道镇定自如地坐在位置上。天啊,这时候他竟然有心情喝酒。我觉得面前的不是那个戴着深度眼镜的兵器工程师,而是一个头戴皮帽,身穿灰色夹克和油布衣裤,脚蹬鹿皮靴的猎人。这里已不是希腊邮船“米克诺斯”号的船舱了,而是美国西部的小木屋,房内到处都有枪架,上面架着顶上膛的来复枪。我们的猎人正在等待野狼的到来。

这是一个漫长的等待,一场决定生死的战斗,充满着杀机、血腥、危险、寂寞……

27. 吉布森兄弟

1940 年 7 月 20 日

这天,“米克诺斯”在突尼斯短暂停留后,向埃及的亚历山大港进发。

袁文道基本上待在船舱里,他将这些年的军工心得,撰写成册。袁文道告诉我,假如自己死了,这本笔记或许对国家有用处。长时间的海外生活,袁文道养成了喝下午茶和泡酒馆的习惯。丰富的兽医知识,让他结识了来自澳大利亚的吉布森兄弟,成了无所不谈的朋友。

吉布森兄弟是澳大利亚的农场主。哥俩儿是一对相貌相似却性格迥然的双胞胎。老大叫奥利弗·吉布森,四十七八,头戴一顶澳大利亚人特有的宽边软帽,瘦高个儿,穿着一套英国军便装，脚踏茶色皮短靴，是一个嗜酒如命、粗鲁无比的家伙。弟弟叫威廉·吉布森，和哥哥穿着打扮相同，却是一个喜欢美食且温文尔雅的绅士。

吉布森兄弟从婴孩时就和马匹一起长大——刚会走路就开始和小马驹打交道，然后又对付成年的烈马，他们长得和马一样壮实。他们是驯马牧牛、剪羊毛、竖牛栏、打土墙的一把好手。父亲留给他们1000公顷的牧场，兄弟俩靠着澳大利亚人特有的勤劳和智慧，把2000头牛的牛群发展到了3000头。此外，他们还有一百匹价值连城的种马。

吉布森兄弟是一战老兵，参加过著名的加里波利战役。这次故地重游，他们显得格外激动，总是没完没了地向旁人滔滔不绝地叙述自己的战斗经历。吉布森兄弟不喜欢叫人的名字，他们说这样劳神费力，按照西澳大利亚人的习惯，都统称我们为“伙计”。

这天下午，天气晴好，视野可以达到极限。纵目望去，四周水天茫茫。“米克诺斯”号在洋面上只算是一叶扁舟，显得渺小、孤单。陪伴它的只有天际飘浮的云朵和水中时现的游鱼。海水是蓝灰色的，含着庄严淡远的意味；海水是流动的，提醒着生命的活泼。

我们在餐厅聆听吉布森兄弟的故事。

吉布森兄弟高举酒杯，异口同声说：“祝国王陛下健康。”

奥利弗·吉布森抹了抹嘴，大声说：“伙计们，要知道我们吉布森家族是一个古老的家族，当年伟大的理查王率军东征时，我的先祖就是其麾下的一名骑士，可以说我们血管里流淌着高贵的血液。”

“骑士的血液。”威廉·吉布森将一块馅饼吞进肚子里，“一旦陛下有难，就能挺身而出。”

奥利弗说：“我们的父亲是一个水手，他周游列国，阅历丰富，从小就听他讲述世界各地的风土人情，我们对外面的世界充满了好奇。我们居住的小镇距离布鲁姆100英里，除了报纸，我们对外面的世界一无所知。直到有一天，小镇来了几个征兵的军人，他们大声喊：‘想当骑兵的，到这边来报名。你要是觉得自己会骑马，就来参军，快来吧！’”

威廉打断哥哥的话：“奥利弗，我记得还有一句，那个征兵的人说：‘国家需要你，同胞需要你，只要你年满二十一，就快来参加这场伟大的游戏！’对，是这样说的，当时我就站在那个人身旁，你还在酒馆里同克瑞丝搭讪哩。”

我觉得这兄弟俩挺有趣，一个针尖，一个麦芒。

奥利弗狠狠地瞪了弟弟一眼，无奈地说，“好吧，好吧，你是对的。那个征兵的就照你的意思说吧，反正他娘的就是这么个意思。不过，他们穿的那身军装倒还不错，宽边软帽上插着一根美丽的白羽毛，这是皇家轻骑兵的标志。当兵打仗，能到外面开开眼界，我和威廉的骑术都很精湛。我们刚会走路就坐在马背上，能在高低不平、荆棘丛生的乡间道上从容自如地驰骋；能骑在裸马上高速穿越树林，冲下山冈；能够翻身跨上一匹新捉来的马驹，不消一个星期便把它驯服，使它像老母牛那样服服帖帖、老老实实。

何况是为了英王乔治作战，所以我们参加了轻骑兵。姑娘们都喜欢和轻骑兵来往，而不是找傻兮兮的步兵。”

“对，特别是肉铺老板凯恩的女儿约瑟芬。”威廉又一次打断哥哥的话，略带讽刺地说，“哦，可爱的约瑟芬，她是多么美丽。她的体型就像一只河马，满脸长满了雀斑，鼻子又圆又大，下巴四四方方，眼睛就像发胀的龙胆。看起来，上帝好像故意和她开了个玩笑，赐予她这副尊容和身段。可有一个轻骑兵的小伙子，老是和她套近乎，两人亲密无间。我敢打赌，小伙子就是为了吃上一顿鲜美的炖肉。”

“威廉，你在说我吗？”奥利弗涨红着脸质问道。

“噢，奥利弗，我可没这样说。只不过……只不过……”威廉实在忍不住了，“有一次，我到镇上买东西，约瑟芬突然塞给我一大块香喷喷的烤羊排，轻声对我说，‘亲爱的，晚上老地方，不见不散！’上帝！她一定把我当成你了。”

说完，威廉哈哈大笑起来。我们也忍不住偷笑起来。

“威廉，你再敢胡说八道，我保证这是你吃的最后一块馅饼，我向上帝起誓！”奥利弗向弟弟挥了挥铁拳，厉声威胁道。

“伙计们，这是一个误会。”奥利弗立刻转移了话题，“经过短时间的训练后，我们从墨尔本乘船出发，很多人都是第一次领略海上旅行的趣味，当我们看见一望无际的海水、浩浩荡荡的船队、呜呜的汽笛声、各种颜色的鱼的跳跃，这对于牧场的乡巴佬来说，具有奇特的吸引力。不过，弟兄们大都晕船，乘船不比骑马，我们不断喝柠檬汁。经过近一个月的航程，到了巴勒斯坦，守卫圣城耶路撒冷附近的一个古城堡。

“这个城堡是十字军东征时候构筑的，围墙又高又厚，壕沟宽而深，城垛很窄，两侧都有角楼。城堡修在山崖上，地势险要，易守难攻。在我们到来之前，土耳其人进攻了十几天，也没有拿下城堡。我们同友军换防后，把以前的工事加固了。堡垒顶上架起了几门山炮和迫击炮，炮口对准了对面的山梁，控制着出入城堡的必经之路，并在城堡外埋设了地雷和陷阱。不过，大伙儿都认为做这些事儿没有什么实际意义，没人相信土耳其人会卷土重来，可我们错了……”

这时，奥利弗停顿了一下，他盯着弟弟足足有半分钟，确定威廉不再打断自己的话后，继续说道：“一天清晨，巡逻队的兄弟从山梁那边飞驰而来，一个家伙趴在马背上，语无伦次地朝我们喊道：‘嘿，伙计们，伙计们，土耳其人，土耳其人来了。’他的话还没有落音，土耳其人的先头部队已经出现在不远的大路上，正对着城堡开了过来。他们的人数又多又密，挤成一团，前面的人还没有安定下来，后边赶上的人马就挤了过来，乱哄哄的。土耳其人的武器五花八门，在霞光中闪烁耀目，像丛林一样的步枪、长矛、弯刀，映出了万道金光。

“土耳其人派来了使者，要我们弃城投降，大家当然不会答应，用马粪和小便回答了他们，澳大利亚人不是孬种。就这样，战斗打响了，敌人对着城垛子一阵乱轰，在硝烟掩蔽之下,土耳其人向城堡发起了猛攻。他们不顾一切地夺路向前,即使踩着地雷,也没人退缩。当他们冲到射程之内时,我们一齐向敌人开了火,一片弹雨过去,无数的敌人倒在地上。半个小时后,他们丢弃了大片尸体,停止了进攻。在敌人发动第二次进攻之前,上司挑选了十几个枪法精准的小伙子,埋伏在城堡两边的角楼里,专打敌人的指挥官。战斗又一次打响了,敌人比上一次的人数更多,炮火更猛,攻势更强。弟兄们居高临下,用步枪、机枪,连同刺刀、铁铲、枪托子甚至牙齿和拳头,坚守着阵地,甚至把一锅滚烫的肉汤倒在爬城墙的敌人身上。澳大利亚出枪手,躲在角楼里的神枪手,枪法精湛,打死了几十个土耳其军官,整个城堡笼罩在硝烟之中,四周的岩石震荡着两军的呐喊之声……

"我们坚守了三天三夜,最后,敌人灰溜溜地撤走了。我们挥舞着软边帽,吹着口哨,站在城墙上高喊道:'嘿,土耳其人,下次看见我们澳大利亚人,最好躲远点。'半个月后,我们来到埃及,和新西兰人编成一个军团,准备在加里波利登陆。

"我们的兵营驻扎在一个赛马场里,南面是褐色的石山,山石由于经年累月烈日暴晒,已经变黑了,这里没有草,真不知那些羊吃什么。北面和西面是市区。宽阔的街道上,当地人穿着阿拉伯服饰,赶着游牧部落的驴车和骆驼车,流动卖蔬菜、水果和牛奶。向东走,就是沙漠,到处是沙丘,每天早晨热烘烘的太阳都从沙丘后面升起,把光芒洒在城中。埃及人对我们很友好,他们抱着各种各样的商品,向我们叫卖。'嘿!澳大利亚人,欢迎你们到埃及来。''澳大利亚人,买点东西吧,这是正宗的古董。'那些供人享用的姑娘们,有的脸上涂脂抹粉,染着蓝色的指甲,胸脯上画着奇奇怪怪的斑点图案;有的把脸严严实实地遮盖起来,只能看见她们的鼻子和眼睛,走起路来,肥大的裤子晃晃荡荡,大披巾下面露出金色的上衣,丰满的胸脯上挂着一串串小硬币和月牙形的装饰品。她们站在妓院门口,笑吟吟地招徕过路人。'来吧,陌生人,这儿的姑娘是最美的,才二十比索!'"奥利弗学着女人的腔调说。

说到女人,沉默了许久的威廉忍不住开了口:"伙计,那儿卖当地女人的照片,全是光屁股的那种,看着真带劲!"

"的确很带劲!"奥利弗讥讽道,"这种东西的官价是两个比索,有个傻瓜却花了整整两英镑买。"

威廉耸耸肩,解释道:"伙计们,这是语言不通的原因,不能怨我。他们讲的并不是阿拉伯语,而是当地的土话,把'婆婆'叫做'狄仔',管'妈妈'叫'妮娜'。上帝,我无法和他们正常沟通。"

关于自己当年战斗的故事,不提还罢,一说开了头,吉布森兄弟就大谈特谈起来,很久都说不完。大凡退伍的老兵宿将都有一个可怕的敌人,名叫"时间",他们一生征战,到了暮年安闲起来,总要不停地和它作战。

吃过晚饭,我们来到酒吧里,继续听吉布森兄弟讲他们在加里波利战斗的故事。

袁文道替吉布森兄弟一人要了杯白兰地，奥利弗一口将酒饮尽，他用一种低沉的声音说："这是我永远都无法忘记的战斗，永远……回想起来让人感到后怕，比守卫城堡还要可怕和残酷。一天夜里，我们奉命乘船离开埃及，向加里波利半岛进发，夺取土耳其人的阵地。长官说，只要打下加里波利，我们就能在一周内拿下康斯坦丁堡，距离回家的日子咫尺之遥了。可谁也没有料到这是一场恶战。

"我们是晚上在加里波利登陆的。当时，那儿一片混乱，火光连天。虽然我们的人已经建立了滩头阵地，可土耳其人的炮火仍连绵不断地轰击过来。上帝啊，敌人的炮弹呼啸着从山脊背后飞来，一艘艘运兵的驳船被击中，很多小伙子连枪都没有开，就这么死了。我们毫无还手之力，唯一所做的事就是祈求上帝，让炮弹别飞到自己身上。伙计们，说实话，我当时吓得尿了裤子。任何人在这种情况下都会这样，这里没有英雄。"

这时，威廉开口了，他没有同奥利弗唱对台戏："当时的确太乱了！我的船被打中了，我仿佛被人重重地推了一下，就飞到海里去了。我漂浮在海面上，距离岸边还有一百多码，我就拼命地向前游，海水已经变成红色，落到水中的炮弹激起巨大的水柱。我的脚突然被什么东西挂了一下，我用手一摸，天啊！竟然是一个人的手，原来这水底下躺着的全是尸体。我好不容易爬上了岸，浑身发抖，吓得不成人形。那时我想回家，这哪儿是伟大的游戏，简直是血腥的屠杀。"

奥利弗摸了摸弟弟的头，安慰了他一下，继续说："接下来，我们就进入阵地，同土耳其人交上了火。整整一周，双方就在阵地上这么耗着，我们的长官是头没脑子的猪，他竟然不知海滩上缺少水源。我敢保证，这种人要生活在沙漠，一分钟也活不了。我讨了个便宜活儿干，帮作战的战友们接水，每天我在战壕中边走边喊：'水壶，水壶，水壶。'他们把空水壶交给我，我到山下接满后，再给他们运上来。我碰见老相识，就坐下来聊两句，抽根烟，喝口酒，听他们说说打仗的事儿。我还干点杂活儿，比如在空罐头盒里放上炸药、一根雷管，外加一些铁钉，再用泥土简单地把口子一封，做成一枚简易的手榴弹。据说，一旦有幸被这玩意儿命中，浑身上下全是铁钉和铁皮，医生都不知道往哪儿下手，受伤的土耳其人往往是在痛苦中慢慢死去的。"

听了这话，我和李志民对视一望，倒吸一口冷气，不由自主地摸了摸自己的身体。袁文道却十分镇静，默默地喝着酒。

"当然，上帝不会总是偏向你这边，人都有倒霉的时候。"奥利弗呷了口酒，"我曾在地狱间游走过。那是我拿着水壶到山下接水，为了缩短路程，我选择了一条靠近土耳其人阵地的小路。这是一片空白地，我们的阵地被土耳其人的火炮切割成两段，中间是他们机关枪的火力范围，平常人们都是绕道而行。我和另外两个同伴观望了敌人很久，见他们没有动静，就飞快地向对面阵地跑去。这对我们来说的确是一件刺激的事，没想到刚跑了一半路程，敌人的机关枪就响了，嗒嗒……嗒嗒……"

"是德国人的 MG08 水冷马克沁重机枪。"袁文道轻声说道。

"对！我的一个同伴被子弹打飞了,他就像陀螺一样,在空中翻滚了好几圈,重重地摔在地上,当场就死了。另一个倒在血泊中,不停挣扎着,我被打碎了锁骨,身上的水壶救了我一命。我躲在岩石后面,空气弥漫着新土、火药和血肉的气味。同伴叫喊着'奥利弗……奥利弗……奥利弗……救救我……别……丢下我'上帝啊！他就这么一直叫着,可我又能做什么呢？这时,敌人的机枪又开火了,这帮狗娘养的！他们对着我那同伴一阵乱射,他被子弹打得满地乱滚,躺在离我几米的地方一动不动了。我这才把他拉过来,天啊！他被打成马蜂窝,颧骨被打烂了,拖在外面的肠子直冒热气,全身上下没有一处是好的。我不停地说:'嘿！伙计,你会没事的,听见我说的吗？伙计……你马上就回家了……伙计……'"

我感到有点恶心,我拿起一块冰放在嘴里。李志民把一根烧尽的火柴梗,放在鼻子前,嗅来嗅去。袁文道不停地往杯子里倒酒,不停地喝。他不是个嗜酒的人,每当杯子碰到嘴唇时,他都做一种后退的动作,然后强迫自己把酒灌进胃肠里,仿佛想把体内的罪恶冲洗掉。

奥利弗噙着泪水,哽咽地说:"可惜,他再也听不见……哎……到了晚上,我趁着夜色慢慢地爬回来,捡回一条小命。当时我就想,这他娘的算什么？我们为什么大老远地跑过来送命,到底是为了什么？我要回家!"奥利弗沉默了,他一个劲儿地喝着酒。

威廉深深地吸了一口气,说:"奥利弗,这算不上什么,比起托比·安德森来说,你们算幸运的了。伙计们,托比是我们从小的玩伴,他同我们一道入伍,一起来到加里波利,我和托比在一个战壕里打仗。有一次,我们的重炮向土耳其人一阵猛轰后,长官大喊一声:'上刺刀,往前冲!'

"我和托比跟着其他人端着刺刀向敌人阵地冲过去。可没跑几步,土耳其人的机枪响了,接着是他们射来的炮弹,我们吓得屁滚尿流,惊慌失措地逃回了战壕里。可托比,这个傻瓜！他竟然吓昏了头,一个劲儿地朝敌人阵地跑。我大喊道:'托比！快回来,快回来,你跑错了,我们在这儿!'

"没等托比反应过来,我们的重炮轰向了敌人阵地。一阵硝烟过后,我向外一望,哦！老天！……不……在场的人全惊呆了,大家齐声哀叹着,呼唤上帝的名号。他被炮弹的气浪掀到半空中,活生生地挂在一根铁柱子上,浑身上下布满了铁丝,就像耶稣当年受难一样。他就这么在半空中挂着,口吐鲜血,低声呻吟着。这种场面连土耳其人都惊呆了,他们同意我们过去把托比抬回去。不一会儿,我们打着白旗,将托比从敌人阵地抬了回来。

"托比缓缓地睁开眼睛,轻声说:'威廉,威廉……你在……吗?'我凑到他身边,握着他那布满铁丝的手,说:'伙计,我在这儿。放心,你马上就会好的。'他断断续续地说:'衣兜里……有……日记,把它……交给……我……父母……告诉他们,我爱他们……我……想……回……'话没说完,托比就死了。我们替他清理尸体就用了整整两天时间,铁丝实在太多了,我无法想象当时他有多痛苦。我把日记交给他父母时,没有讲他的死因,我不想老人太痛苦。

“在这场战争中,我算幸运的,仅受了点轻伤。近两年的时间,我看到成千上万的人丧生。有的人不知不觉身亡,有的人受尽折磨死去;有的人脸上带着稚气,有的人面部流露出痛苦的表情;有的人眼睛死死地瞪着,有的人眼球像毛玻璃一样,黏在脑门上;有的人口袋里揣着写给父母的家书,有的人装着妻子的照片或女友的头发。我们镇子参军的有四十几个棒小伙,回家的就五个人,其他人全死了。那些可怜的女人们啊,她们每天痴痴地站在牧场上和镇子口,期待爱人的归来,尚不知爱人那可爱、温润的嘴唇已经僵硬,曾给予她们快乐幸福的躯体,早已腐烂在千里迢迢的异国他乡。她们在空等……上帝,我诅咒这场该死的战争!”

砰的一声,袁文道手中的酒杯落在地上,砸得粉碎。

这天夜里,海上的风浪特别大,“米克诺斯”号在怒涛中上下颠簸。我和袁文道没有待在船舱里,而是站在前甲板上。

自从听了吉布森兄弟的故事后,袁文道再次陷入了深深的自责中,眼睛里又一次失去了光泽,没有往日的自信。他直视茫茫大海,眼光中毫无焦点没有目标,茫然得就像这艘“米克诺斯”号,行驶在漫无边际的海面上,好像永远没有尽头,寻不到彼岸。

我傻头傻脑地迎风站在他身旁,不但警惕四周的情形,还要防止他一时想不通而投海自尽。

袁文道用流利的英语轻声吟诵道:

“让那个男孩来摸摸这刺刀刃,
钢刀凉飕飕,快得像要张开血口吃人。
那透着恶意的蓝光,像疯子发作时的眼神。
吃不着肉,饿得瘦骨嶙峋。
让他抚摸这些瞎闯、鲁钝的弹头,
他们急于穿过小伙子的心口,
……”

“这是英国诗人威尔弗雷德·欧文的《武器与男孩》吧。”我说。

“仲泰,以前我对自己从事枪械制造这项工作倍感自豪,现在呢?我觉得自己是一个罪人、帮凶、畜生!”

“米克诺斯”号向右倾斜了一下。一个巨浪落在甲板上,犹如一阵倾盆大雨,把我们俩淋得浑身透湿。袁文道的泪水合着海水从脸上缓缓滑落,滴在甲板上,他就那么站着,仿佛地狱之门向自己打开,让他接受神的惩罚。

“想起吉布森兄弟的故事,想起那些在战场被打死的人,我……”袁文道的喉管好似被堵住了。

“瞎子,这……”猛烈的海风让我感到窒息,说话都有些困难。我换了个位置,避开迎面吹来的海风,“制造武器并没有错,而是看拿武器的是什么人,人和武器都是对战争有决定作用的因素。不过人是主要的,武器是次要的。你不用这么自责,这不是你的错。”

“但我心里一直无法平静下来,脑海中一直浮现着威廉说的那个人,他被活生生地挂在铁丝网上,那个人……不……不……”

“这场战争是非正义的,列强之间争夺霸权和利益,受害的是老百姓,得益的是那些贵族富商,受罚的人应该是发动战争的人。”

“不！不！你不晓得。”袁文道一把抓住我的手臂,他浑身战栗,怒吼道,“假如我不从事这职业,我就不会到德国,不会认识伊尔莎,日本人也不会来找我,伊尔莎就不会死。是我害死了她！……”

“瞎子,你弄疼我了。”我忍不住高声叫起来,他的力气真大,我的手臂好像被挤成肉酱一样,疼得厉害。

“为么事,为么事？我会有这种特异功能。”袁文道指着耳朵对我说,“啊……老天呀！你老人家把我收回去吧!”

突然,袁文道从兜里掏出一把水果刀,狠狠地向自己胸口扎去。我慌忙飞起一脚,连人带刀将他踢倒。这时,我听见头顶上轰轰的巨响,一片巨大的浪涛涌了过来,我仿佛被人狠狠地打了一拳,这是让人窒息的、全身散架的重拳。轰隆一声,我重重地跌在甲板上,整个人浸泡在水中。

“米克诺斯”号开始左右摇摆。我们被海水冲来冲去,无可奈何地东倒西歪,刺鼻的海水不时灌入气管,流入肺部,让人痛不堪言。袁文道蜷缩成一团,嘴里嚎叫着,他的头被撞破了。

我摇摇晃晃地走到袁文道身边,用力把他拉到船舱入口。这时,一片更大的浪涛从船头打了过来,甲板上的物品大都被卷到了海里。看到这一切,袁文道吐了一口气,他好像清醒了许多。

我筋疲力尽地倒在地上,他默默地注视着我,说:“你又救了我,为么事要救我?”

“这是我的职责,你是我的同胞兄弟,我不能遗弃你。在这个世界上,没有什么比生命更可贵的东西。”

“你不应该阻拦我,这样大家都轻松,对你、对我、对布鲁斯,还有很多人。”

“袁文道,你混蛋!”我半含愤怒地向他骂道,“你以为死就能解脱？我救你,那是因为你是一个对国家有用的人,是我的同胞,是一个善良的人。你以你为死了,这个世界就消停了,杀戮就停止了？你要真这样想,那你的确是一个大傻瓜,日本人、藤原幸正希望你这样做,你帮了他们一个大忙。他们会更好地把战争进行下去,会有更多的人受到杀戮和奴役,你真的就成了一个地地道道的帮凶了。”

袁文道轻声说:“我很矛盾……”

“在这个世界上,没人喜欢杀戮和战争,这是恶魔和疯子的嗜好。现在我们面临的战争正是由一些战争疯子发动的侵略战争,日本鬼子侵占了我们半壁河山,杀戮蹂躏我们的同胞,奸淫我们的姐妹,掠夺我们的资源。我们进行的是一场正义的战争。战争的胜利是以武器生产为基础的,武器生产是决定胜负的基础条件之一,就像两个人打架,身体素质好坏决定胜负一样。你制造出的武器,虽说不能改变战局,但能让我们的士兵在前线减少伤亡,更好地消灭敌人。即使有鲜血,中国军人手中的血也是干净的,这是正义对邪恶的战争。”

“但日本人也是人啊。”

“日本士兵不同于发动战争的疯子,他们是被蛊惑和蒙骗的人。他们的死不但可怜甚至有些无辜。但你想想看,假如出于所谓的善,我们不制止他们,任由他们的恶行继续,那么会有更多的日本人死去,这种善实际就变为一种恶。让更多的人生存下去,好好地生活,让他们的生命更有价值,这才是真正的善,这才能体现你的生命价值。你要爱伊尔莎的话,就跟我回国,好好地活下去,别他娘的左一个么事,右一个么事地问个没完。”

“是啊,好好地活下去。”袁文道的眼睛里露出了明洁的光芒,“这一路上,我一直在思考这个问题,我在问自己,我的生命是否有价值,有意义?我还需要好好地活着吗?当我被罗琦关在船舱里时,我曾面对死亡,感觉自己马上就要被世界逐出去。当时,我想听之任之,就这样死了,或许能在天上同伊尔莎会面。可一种说不出来的力量,驱使我继续活下去,我在迷迷糊糊中听见伊尔莎的声音。她叫我好好活着。嘿!真的很奇特,我的眼睛里都看见了死亡的模样,可脑子却指挥双臂在空中挥舞,竭力保全弱小的身体,挣扎着活下去。伊尔莎在我心里高呼:亲爱的,一定要活下去,要活下去,活下去!我开始不停地敲打身边的水管,想让人知道我的存在。”

“你居然懂莫尔斯电码。”

“我到德国学习时,房东是一个老水手,闲暇之余他教我的。”

“听到我的回应一定很兴奋吧?”

“的确,那种感觉无法用语言表达。就如你的生命变得越来越黑暗,是一种死亡的黑暗和灭亡,冰冷的感觉在全身聚集,大脑快要冻结。眼前一片漆黑,目光变得无力和迟钝,耳边的声音柔弱遥远。我渐渐地觉得自己不行了,坚持不住了,快窒息了。可剩下的那一丝力气,仍旧在叫喊:活下去,好好地活下去!好好地活下去……

“你的话是对的。不但自己要好好活下去,还要帮助更多的人好好地活下去。生命啊,生命,真是脆弱又坚强……”袁文道深思熟虑后看着我。

“看来你又恢复正常了。”我笑着说。

“仲泰,我看你很不简单,不像一个国民党人,更像是共产党人。”袁文道最后一个词用了德语。

“为什么?”

“无论日本人还是罗琦,他们都告诉我,国民政府营救不出我,就会杀掉我。有时我也很困惑。居里夫人曾说过:‘祖国重于生命,是我们的母亲,我们的土地。’我爱祖国,假如真的是为了赢得战争的胜利,我愿意付出自己的生命,无须他人动手。话说回来,想到政府的决定,自己心里真的不是滋味。偏偏你没有这样做,不离不弃地带我回国,这不是他们的作风。”

“哦? 那我得好好照照镜子。”我用德语回答道。

这时,“米克诺斯”号冲出暴风雨的包围,船头划破海面,向前方高速前进。

28.“米克诺斯”号被击沉了……

1940 年 7 月 28 日　埃及亚历山大港

黄昏时分,“米克诺斯”号在引水船的带领下,缓缓驶入亚历山大港。

我们站在甲板上观赏四周的景色,脚下是卷着白色浪花的海面,从我们站立的地方到海面起码有二十米高的距离,看上去有些眼晕。远处的法罗岛上的灯塔已不复存在,替代它的是一座坚固而高大的阿拉伯城堡。

吉布森兄弟个人喜好也有差异。哥哥奥利弗喜欢运动,是西澳大利亚小有名气的重量级拳击手,一拳打来如马蹄一踢。弟弟威廉则喜欢看书,他毕业于格拉斯哥大学,这是英国最古老的大学之一。熟读世界历史的威廉·吉布森义务为我们充当了一回讲解员。

“伙计们,那座岛屿名叫法罗岛。”威廉·吉布森指着阿拉伯城堡所在的岛屿说,“法罗岛最早被地中海的海盗所占据。公元前 332 年,亚历山大大帝离开孟菲斯,沿着尼罗河直下,他在三角洲最西端登陆,当夜扎营于一个名叫哈克提斯的小渔村。哈克提斯夹在大海与马里欧提斯湖之间,与法罗岛隔海相望。亚历山大大帝是一个喜好文学的人,他出征时带着诗人,佩剑旁放着荷马的史诗。据说当夜他梦见了荷马的诗句,就是《奥德赛》中的一句话。‘现在,滔滔的大海中躺着一个岛屿,法罗——灯塔,人们都这样称呼它,从它近旁的港湾里,航船劈开大海。'于是,这位伟大的统治者给小岛取名法罗岛。

"岛上原本建有一座闻名世界的灯塔,是为引导船只入港而设计的,人们称它为'法罗岛灯塔'。灯塔始建于托勒密一世时期,托勒密一世出身马其顿小贵族,是亚历山大最信任的将军,也是马其顿王国的埃及总督,后来他加冕为王。托勒密一世花费15年的时间,耗费上百万的人工,在托勒密二世当政时,也就是公元前283年才得以完工。除了吉萨金字塔外,这是当时世界上最高的建筑。"

"这座灯塔应该和金字塔一样雄伟。"袁文道说。

"当然!'法罗岛灯塔'一共四层,被巨大的方形柱廊所环绕。底层大约60米高,内有300个房间,包括灯塔守军的居室、牲畜圈和粮食储藏室。双螺旋梯从中盘旋而上,依靠水力将燃料送至最高层。底层的顶部罩有巨大的飞檐,檐的四角是海神雕塑。第二层约30米高,呈八角形,当中只有旋梯。第三层是镂空的圆柱形,内置火炬和反射镜。熊熊烈火通过反射镜能将光亮投到56公里之遥的海面,灯塔顶端站立着一尊7米高的波赛冬雕像,来往地中海的各国船只都视它为救星。"

"灯塔在哪儿?我怎么看不见。"李志民迷惑地问道。

"布鲁斯先生,你当然看不见。在公元700年左右,'法罗岛灯塔'的火炬因故倒塌。到了公元1100年的大地震,将灯塔的第二层毁掉,而200多年后的另一场地震,将这座人类创造的奇迹彻底地摧毁了。我们现在看见的阿拉伯城堡名为奎贝城堡,它的塔楼就是修建在灯塔的地基上,据说修建堡垒的原材料也来自于灯塔。"

"太费劲了,要是我,在修灯塔的同时修一座堡垒,两全其美嘛。"李志民说。

袁文道笑着说:"要真这样,这里的老百姓没法活了,你就是一个地地道道的暴君。"

"恐怕不见得吧,你们见过历史上有哪个暴君做得一手好饭菜的。"

李志民的俏皮话惹得大家一片哄笑。

"米克诺斯"号转了一个急弯,缓缓停靠在亚历山大港。

港口四周都是荒凉的高山。在港口附近,英国人的官邸耸立在一片破烂的土房之中,显得鹤立鸡群。旗杆顶上懒洋洋地悬挂着一面米字旗。官邸附近还有一个网球场和花园,再过去就是成片的仓库。

岸上是一群东张西望、吵吵嚷嚷、红光满面的当地人。他们有的是来看热闹的,有的是跟旅客做生意的,还有的是等船出行的。很多人牵着骆驼,带着各地的特产:金银首饰、椰枣、大串大串的香蕉、橄榄、香水、阿拉伯风格的水烟袋、纸莎草纸、挂毯、石头磨制的金字塔模型,以及威廉·吉布森花两英镑买的那种色情照片。游客们在当地人中间转来转去,各种语言的讨价还价声弥漫在港口上空。

从战争开始,英国及英联邦国家的军队就以埃及为基地,守卫着苏伊士运河,确保中东地区的石油畅通,维护英国在地中海的生命线。此时,亚历山大港几乎成了一个军港,港内停靠的大多是英国军队的运输船。在离客货码头不远的地方,英国人还建了一个军港,地中海舰队的十几艘军舰就停靠在那里,专门负责苏伊士运河的安全。

伦敦《泰晤士报》讲,墨索里尼是一个天性为虎作伥和落井下石的家伙,他利用英国人被困在欧洲的机会,扩大他的非洲帝国。6 月下旬,也就是法国刚刚沦陷,墨索里尼的军队就侵入了肯尼亚、苏丹和英属索马里。意大利人以 10 个师的兵力一路几乎没有遇到抵抗就很快向南渗透到了肯尼亚,占领了索马里,打开了通往苏丹和埃及的通道。他们就像一把巨型钳子一样,从南部和西部向埃及步步紧逼。

威廉·吉布森从一些在亚历山大港上船的乘客口中,获得了最新的北非战况。在"米克诺斯"号的酒吧里,威廉兴致悠然地吃着夜宵,对我们说:"伙计们,放心吧,意大利人根本不会打仗。我从一个英国军人口中得知,要知道这人在沙漠同意大利人交过手。他说,这些家伙根本不懂得现代战争,只能应对部落的起义。他们引以为豪的坦克实在是太轻了,仅仅一发炮弹就能轻易穿透薄薄的装甲,被意大利人誉为'移动的棺材'。另外,意大利军队装备陈旧,大都是第一次世界大战时的武器。最糟糕的是,他们的指挥官脑子有问题,虽然具有非凡的想象力,但根本不切合实际。可以这样说,唱歌是意大利人最擅长的,但打仗不是。"

回到船舱,袁文道问我:"按照威廉的说法,意大利人在非洲一定会溃不成军。万一希特勒插手怎么办?万一德国军队被派到非洲来作战呢?"

"德国不是要进攻英国吗?"

"德国海军的实力没有那么强,他们无法跨越英吉利海峡,只有把英国围困起来。非洲对德国来说很重要,因为英国在埃及设立空军基地会直接轰炸意大利,更重要的是会威胁德国在中东地区的利益。要知道,中东地区盛产的石油,对德国来说是稀缺的战略物资。伊尔莎的祖父是一位铁路工程师,他曾经参加过著名的'柏林—拜占庭—巴格达'铁路的设计,铁路的开头字母都为 B,所有也叫'3B 铁路'。如果铁路得以建成,德国人的势力将从欧洲大陆延伸到中东,进而直指东方。遗憾的是,在英国人的干扰下,铁路的修建化为泡影。不过,德国人始终没有放弃在中东和非洲的势力延伸。在他们眼中,要击败英国,就必须拥有到印度的陆上桥梁,也就是'叙利亚—巴勒斯坦—摩苏尔'的通道。为了建立这条通道,德国政府同中东、非洲的阿拉伯部族关系很好。我在伯格曼兵工厂时,就参与了好几起武器设计,这些武器都是替土耳其设计的。兵工厂经常生产额外的武器,运送到中东地区,借阿拉伯人之手来对付英国。

"今天我在码头上看了看英国军队的武器,参差不齐,从本土调来的英国军队装备还行,来自英联邦的部队就很差,战斗力也很低,遇上对手不堪一击。"

"说得是,德国顾问不止一次地告诉我,德国士兵的单兵作战能力在整个世界都是一流的。"

"他们连排级的轻武器是世界一流的,在欧洲无人能敌。但愿咱俩是杞人忧天。"

袁文道忽然问我,“对了,藤原幸这个狗杂碎么样没有动静了,莫不是以为我死了？我老是觉得这种安静很奇怪,暗藏着一种杀机。”

“你别把神经绷得跟琴弦似的,兵来将挡,水来土掩嘛。”我笑着安慰他,但心里也想:对啊,自从我们登上“米克诺斯”号之后,就没有遇上日本间谍的袭击,这真是奇怪。难道真如袁文道说的那样,藤原幸认为他已经死了？但愿如此吧。不过,万事还是有防备的好。

我从腰间掏出手枪,把零件一一拆卸下来,用袁文道教授的方法,缓缓地擦拭起来。

这天夜里,“米克诺斯”号上的大部分乘客都上岸游玩去了,出于安全的原因,我们三人留在了船舱里。袁文道和李志民很快进入了梦乡,我握着手枪坐在椅子上,警惕地注视着舱外的动静。

凌晨2点多,我略感有点疲乏,喝了一大杯威士忌。在酒精的刺激下,我的神经开始兴奋起来。舱外很安静,没人走动;舱内有点喧嚣,袁文道的鼾声惊天动地,李志民的磨牙声像一只老鼠在啃噬木板。

藤原幸到底是谁？罗琦在马赛曾对我说,藤原幸这人我见过,在我见过的人当中,到底谁是藤原幸？我想这人一定是我进入欧洲之后见过的人,阿姆斯贝格是我在德国打交道的第一个人,遗憾的是他已经战死在法国了。奥伯镇的鲁克警长,杜伊斯堡精神病院的米克尔院长？马隆大夫和弗兰教授绝对不会是藤原幸,特里斯科特夫妇更不会是,这人到底是谁？……一时间,我的脑子里一团乱麻,无法辨别真伪。

这时,有人敲门。李志民和袁文道从梦中醒来,他们摸出手枪,哗啦一声,顶上膛。

我将枪口对准舱门,装出睡得迷迷糊糊的声音问:“谁……啊……”

“先生,请问您有什么需要吗？比如说姑娘什么的。”一个菲律宾籍的服务生在门外,用蹩脚的英语轻声问,“是岸上的姑娘,正宗的埃及姑娘。”

“不要！……不要……给我……滚!”我极不耐烦地呵斥走了“拉皮条”的服务生,“看来是虚惊一场。”我笑着说。

“我看不对劲。”李志民脸色严峻地说,“上次轮船停靠突尼斯港的时候,服务生没有来敲门,为什么偏偏到了亚历山大港就来了呢？还是深夜,就是替妓女拉客也不会这样莽撞。”

“他们是在确定我们在船舱里没有。”袁文道淡淡地说,“看来待会儿还有人带着枪来敲门。”

我们把被褥叠成人形,做成有人睡觉的样子。大家紧握着手枪,憋足一股劲,静静地等待藤原幸来袭。

整整一夜过去了,走廊里没有任何动静,我们对这种异常的寂静感到极度不适应和惊讶。难道藤原幸真的以为袁文道已经死了,放弃了暗杀？

第二天,奥利弗·吉布森面带神秘地对我说:“嘿！伙计,你们知道吗？昨天出了一档子大事。"

"什么事？亲爱的奥利弗，难道是意大利人打到亚历山大港了？"我调侃道。

"'米克诺斯'号上的两个菲律宾籍服务生，不明不白地被人给抹了脖子，尸体就漂在海面上，听说他们是因为欠了赌债才丢了命。"

听了奥利弗的话，我不由得打了一个寒战，看来这两人的确有鬼，但又是谁杀了他们？我忽然想起了马瑟森的那句话："放心，一路上都有我们的人保护您的。"难道是马瑟森的人干的？如果不是的话，这人又是谁？

1940 年 8 月 3 日　埃及　苏伊士运河

"米克诺斯"号发出三声绵长的汽笛声，表示已经航行在苏伊士运河上了。两岸山脉赤岩耸立，光秃秃没有生命迹象的地貌在视觉中出现。一边是荒凉的沙漠，一边是干枯的山峦。这里气候非常干燥，从来没有潮湿下雨的迹象。

为了让威廉·吉布森继续充当讲解员的角色，李志民亲自下厨做了一道马赛名菜——"普罗旺斯鱼汤"，犒劳这位好吃的学者。

在前舱甲板上，威廉·吉布森品着美味的鱼汤，笑着说："伙计们，众所周知大流士一世是波斯帝国最负盛名的君主。他与我有一个共同的嗜好，那就是喜好美食，大流士特别钟情于爱琴海出产的鲜鱼。为了把鲜鱼及时送到宫中，这位君主修建了一条全长2000 多千米长的专用驿道，人称'皇道'。这条驿道每隔 20 英里就建有一个客栈，全线设有 100 多个驿站。沿路驿站的信差，用接力的方法，快马加鞭地把鲜鱼送到宫中。希腊人曾羡慕地说，'波斯王住在巴比伦，爱琴海的鲜鱼进宫廷。'"

袁文道说："在我们国家的历史上，有同样的典故。一位名叫唐明皇的君主，为了让他最宠幸的妃子杨玉环吃上色香味俱全的鲜味荔枝，他派人将刚摘下的荔枝用冰块密封好，一个驿站一个驿站地让信使快马传递，从南方送到千里之遥的北方。荔枝到了贵妃手中，还是新鲜的。我国著名诗人杜甫曾写诗道：'长安回望绣成堆，山顶千门次第开。一骑红尘妃子笑，无人知是荔枝来。'"

我分别用英语和法语将这首古诗翻译给吉布森和李志民，两人作出了不同的反应。

"老天爷！这个男人真是痴情，为伟大的爱情干杯！"李志民有着法国人独有的浪漫，他高举酒杯，眼神中流露出对唐明皇惺惺相惜的钦佩。我想，假如他是唐明皇，一定会给杨贵妃做出世界上最美味可口的菜肴。

"噢，可怜的马，它们一定会累死的，上帝！"威廉·吉布森从小与马为伴，对马匹有很深的感情。

威廉继续说："由于尼罗河流入地中海，大批从埃及运往波斯内陆的货物只能转为陆运，非常不方便。大流士修建了一条从尼罗河到红海的河流，这就是最早的运河。早在 4000 多年前，埃及人就认识到修建运河的必要性。公元前 1874 年，埃及法老苏努塞尔特三世曾主持开凿运河，通过尼罗河及其支流把地中海与红海连接起来。这是埃及开凿的第一条人工运河，也是世界上的第一条人工运河。可是，运河四周都是广袤的沙漠，狂风卷黄沙，这条运河不久就被阻塞。后来的埃及法老，还有入侵的波斯人、希腊人、罗马人、土耳其人、阿拉伯人都曾设法疏通，但没有成功，到公元8世纪被入侵者完全毁弃。

“后来的法国人和英国人都想寻找一条从西方到东方的航运捷径。”威廉喝完鱼汤，用餐巾抹了抹嘴，笑着对李志民说，“亲爱的布鲁斯，你们法国人不但做得一手好鱼汤，脑子还很灵光。”

“为什么？”李志民不解地问道。

“要知道，在苏伊士运河的修建上法国人抢占了英国人的先机。1832年，法国外交官兼工程师费迪南·德莱塞普正式提出在这个地峡开凿运河。1859年4月25日，运河的修建在塞得港破土动工。河道的走向，没有选取贯通地峡的最短直线距离，而是利用天然的湖沼洼地，将沿途的曼扎莱湖、提姆萨湖、大苦湖和小苦湖串连在一起，虽然河道出现多处弯曲，但大大缩减了施工量。”

“这是一项可以同金字塔媲美的巨大工程，一定花费了很多人力和物力。”袁文道说。

“没错，伙计。为开凿运河，法国人从埃及各地雇佣了大量劳工，这些人掘地全凭双手抡镐执锹，运土则靠头顶与肩扛。他们终日劳作，忍受着工头的胁迫、炎炎烈日和霍乱病痛‘三重折磨与煎熬’。当时，埃及全国有人口500万，先后有220万人参加运河修建。运河原计划六年完成，但因气候条件恶劣，劳动工具简陋，历时十年才完工。为开凿这条水道，近13万埃及人因劳累而死。上帝啊！真是一个可怕的数字。”

我的脑子里猛地蹦出一段诗句：秦之无道兮四海枯，筑长城兮遮北胡。筑人筑土一万里，杞梁贞妇啼呜呜。上无父兮中无夫，下无子兮孤复孤。一号城崩塞色苦，再号杞梁骨出土。疲魂饥魄相逐归，陌上少年来自迟。

这是唐代诗人贯休的名作《杞梁妻》，讲的是秦始皇为了修筑长城，不顾百姓死活的故事。

河面上传来一阵美妙的歌声，是穆斯林召唤人们礼拜的声音。不远的河岸上，矗立着一座古老的清真寺，我们从船上依稀能看见做礼拜的穆斯林们，很多人或许是当年修建苏伊士运河的工人的后裔。

眼前的苏伊士运河，是埃及人用双手抠出来，用肩膀扛出来，用尸骨垒砌起来，用血汗浇灌起来的。几十年前，在这里，无数的妇女站在家门遥望丈夫，无数的家庭失去了父亲、丈夫和儿子，数以千计的人们，日日夜夜面向圣地麦加，跪求真主赐福于自己，能让亲人早日归家。

我想，无论是中国的万里长城还是埃及的金字塔，无论是苏伊士运河还是巴拿马运河，它们之所以伟大，并不是决策者有多么高明，也不是设计者有多么聪慧。而是修建它们的普通工人，正是这些平凡却又伟大的人，用自己的汗水、鲜血甚至生命，构筑起了人类引以为豪的建筑。

奥利弗·吉布森拿着一张报纸走了过来，略带忧郁地说："伙计们，形势看来不妙，印度洋发现了德国军舰的踪迹。"

"应该是他们的辅助巡洋舰，或者叫袭击舰。"袁文道说，"我有一位在德国海军服役的朋友，他曾经告诉我，德国海军由于军舰短缺，他们就将货轮改装成辅助巡洋舰。说白了就是伪装起来的军舰，任务就是击沉或是俘虏海上的商船。军舰上的船员大部分是原来船上的人员，只不过他们同船一道入伍。德国人尽量让船保持原有货轮的模样，装备的武器被巧妙地隐藏起来，有的船还配备了小型侦察机。他们冒充中立国的货轮，在海上寻找目标，然后堂而皇之地将其击沉。对了，这种军舰除了攻击敌人的船只外，还要给德国潜艇补充物资，藉此延长潜艇在海上停留的时间。搞不好，德国潜艇已经进入印度洋寻找猎物了。"

"没事，'米克诺斯'号是希腊邮轮，中立国的轮船。"李志民笑着说。

"可德国人不会这么想，他们就像海盗一样。"袁文道说。

"上帝，但愿我们别碰见这家伙，我可不会游泳。"李志民在胸前画了一个十字。

吉布森兄弟淡淡地一笑，他们用一种奇怪的眼光看了看袁文道，然后对视一笑。我感觉仿佛隐藏着什么东西，一时间又想不起这到底是什么。

1940 年 8 月 17 日

"米克诺斯"号驶入印度洋的第四天，距离帕纳吉不到一百海里。这天中午，我们在轮船广播中听到了一个令人心颤的消息：战争狂人希特勒宣布对英国实行全面封锁，并警告说将在没有任何警示的条件下，击沉所有中立国的商船。

紧接着，各种有关德国潜艇进入印度洋的消息，以各种不同的版本在船上流传。不过，流传得最多的还是英国货轮"雅典娜"号被袭击的故事：1939 年 9 月 3 日，也就是英国对德国宣战的当天，"雅典娜"号悠闲地行驶在大西洋上，船上的旅客正沉浸在平静而安详的睡眠中。忽然，一阵巨响和船身剧烈的震荡，将大家从美梦中惊醒。没等旅客们回过神来，船上浓烟滚滚，海水从四面八方涌入船舱，几分钟后，"雅典娜"号便葬身海底。击沉"雅典娜"的元凶就是一艘游弋在附近的德国 U—30 型潜艇。

一时间，人心惶惶，大家都期望"米克诺斯"号不要成为第二个"雅典娜"号。由于"雅典娜"号遇袭时，乘客们都沉浸在睡眠中，"米克诺斯"号上很多人都不睡觉。由于潜艇发动攻击时，潜望镜会伸出海面，"米克诺斯"号上的人都站在甲板上，望着四周的海面。好几次，有人将海面上的漂浮物当做潜望镜，造成船上的惊恐。由于德国的袭击舰是伪装成商船的模样，再没有人像先前那样，朝驶来的商船挥手致意。大家都用一种猜忌、惶恐和恐惧的眼神，打量附近的船只。餐厅和酒吧的人少了，船上小教堂人多了，众人默念着《圣经》，祈求上帝赐福于自己，让厄运远离。

我带着忐忑不安的心情，环顾四周；李志民天生乐观，他照例天天去酒吧打牌。袁文道显得有些烦躁，他用白兰地让自己镇定，继续埋头写他的军工心得。

吉布森兄弟用不同的方式驱赶恐惧。奥利弗·吉布森不顾船长的禁令，依旧站在甲板上，观望德国潜艇的潜望镜，口中不停地唠叨着英国部队的番号：“第13皇家轻骑兵团、斯坦福德郡自由民团、米德富克斯机枪团、萨福克郡步兵团、皇家阿尔斯通来复枪团……”奥利弗企图用不列颠陆上雄狮镇住纳粹的海上恶狼。威廉·吉布森是少数留在餐厅享受美食的人之一。他一边吃喝，一边向我讲述自己年轻时的风流趣事，其中不乏他冒充奥利弗，与肉铺老板的女儿约瑟芬约会的故事。

这天夜里，我同袁文道步履沉重地来到前舱甲板前，凝视看不清祸患的海面。突然，袁文道指着海面上两道波痕大声叫道：“鱼雷！鱼雷……有……潜……艇！”没等他把话说尽，“米克诺斯”号的船身发出了巨大的爆炸声，我们俩被巨大的气浪推到甲板中央。巨大的声响轰隆隆在我耳边回荡，我瞬间听不见任何声响，大脑一片空白，只看见四周火光四溅，船尾冒出滚滚浓烟。

十几秒钟后，我才反应过来：我们遇上了德国潜艇，邮轮被鱼雷击中了。

船身开始向海面倾斜。“救生衣！救生衣！”袁文道向我大声喊道。我记得船舱的走廊上挂着救生圈和救生衣，当我跑到舱门口的时候，就被涌出来的人群撞倒在地。许多人尖叫着跑出来，惊慌失措。船长和水手们格外镇定，他们站在船舷上，把手中的救生衣绑缚在惊恐的乘客身上，然后搀扶着妇孺老人上了救生艇，让男人们跳入水中。

袁文道不顾一切地冲进火海里，不一会儿，他怀揣着那本《军工心得》跑了出来，他的衣服已经着火了。我拎起一桶水泼在他身上，袁文道抹了一把脸上的水，问：“志民，志民呢？”

我这才记起在酒吧赌钱的李志民，我在慌乱的人群中用汉语和法语交替地喊：“李志民……志民！布鲁斯……布鲁斯！……”但没有人回应我。

吉布森兄弟穿着救生衣跑了过来，他们拉着我和袁文道大声喊：“伙计！快走，快走！”没等我说话，奥利弗将一个救生圈扣在我的身上，拉着我跳下了邮轮。紧接着，威廉替袁文道穿好救生衣后，两人也跳入海中。

轰隆一声，当我入水的那一瞬间，感到海水是那么的冰冷刺骨，有种刺心的感觉。呼的一声，救生圈的浮力把我猛地拉上了海面，嘴里一股强烈的咸味，喉咙和肺部有火辣辣的东西烧着我。

我的四周全是戴着救生圈或是穿着救生衣的人们，不远处有两艘载满妇孺的小船，到处是人们的哀号，这是人们对生的渴望，对死的拒绝。不远处，“米克诺斯”号正在缓缓下沉，它四周一片火海，有一些人已经葬身于火海之中。

水手长在水中大声喊道：“大家往前游，这里距离帕纳吉不远了，一定会有轮船发现我们的。”

我和袁文道拼命地叫喊:“李志民! 志民!”不一会儿,我们已经力竭声嘶,我想竭力地喊,但叫不出声来。袁文道用嘶哑的声音对我说:“仲泰,看来志民他……”没等他把话说完,我们俩就放声大哭起来。

这是我们最脆弱的时候。两个大男人就像女人一样,泡在海水中,用嘶哑的声音高呼一个生死朋友的名字,用麻木的双手拍击水面,用僵硬的双脚打着水。当感觉自己的朋友可能被死神带走时,我觉得自己像是被扔进了一片灰暗的原始森林中,本是有人结伴而行,现今要自己独行,孤独让人无法接受,我们仿佛被抛弃了。

“仲泰,我们一定要好好地活着,好好地活着!”袁文道摇着我的手说,“这样才对得起志民,明白吗?”

我默默地点了点头,跟在吉布森兄弟的后面,用力向前划去。

不知在水中过了多少个小时,当夜幕降临的时候,我觉得自己已经筋疲力尽了,四肢从麻木变成没有知觉。海面吹来的寒风冰冷刺骨,我艰难地喘着粗气,吸进去的仿佛是一把带腥味的锋利小刀。我的鼻子和嘴巴已经变得麻木无力,心脏剧烈地跳动,似乎随时可能从胸膛迸裂出来。但对生存的渴望让我条件反射地向前游动,我默默鼓励自己,哪怕只挪动一寸也是胜利。这时,我迷迷糊糊地听见有马达轰鸣声,接着水手长用英语喊:“喂! 这儿! 这儿有人……”

我将一口海水从嘴里吐出来,轻声骂道:“他娘的,总算有救了!”

29. 刺客盟约

1940 年 8 月 20 日

我又一次回到了神秘营地,再次与亲爱的同志们相会。列昂尼特教官站在我面前,严肃地说:“亲爱的同志,你们要像捷尔任斯基一样,成为自己党内的无名英雄,为革命胜利作出应有的贡献,甚至不惜献出自己的生命。”

在北高加索的荒漠中,列昂尼特站在一排靶子前面,手握托卡列夫手枪,大声地说:“叛徒是可耻的小人和革命的败类,他们的存在对我们来说是巨大的危险。所以,在必要的时候,我们应该让这些败类从地球上消失。无论使用什么方法都可以,对叛徒来说没有同情这两个字。枪是首选,你们必须做到一枪致命。”

说完,列昂尼特指着身后的枪靶说:“来吧,同志们,把它当成叛徒,向它们开火,记住，一枪致命！”

托卡列夫手枪很沉，枪声很大，震得我的耳膜快要破了。我才打完两个弹夹，胳膊就酸痛起来。

“小伙子，集中注意力，看准目标射击。或许您只有一次机会，一次！”列昂尼特忽然在我耳边怒吼道。

我不停地开枪射击，热浪逼得我有点喘不过气来，枪声响得更剧烈了。一个小时过后，我的心里发生了莫名其妙的变化，我从对枪声的恐惧和厌烦，变成了习以为常。接着，我趴在滚烫的沙地上，握着一支莫辛甘狙击步枪，向远处的目标射击。

这种枪的后坐力很大，我不像先前那样不适应了。我透过望远镜，锁定目标，屏住呼吸，指尖轻轻扣动扳机，砰的一声，远处的西瓜被打得粉碎。

“我们还可以利用枪以外的东西干掉可耻的叛徒。”列昂尼特高举着一根皮带，“小伙子们，比如皮带，它能紧紧地捆住您的裤子，也能要了敌人的狗命！照我先前说的，两人一组，练习！”

马里奥将我重重地摔在地上，用皮带紧紧地勒住我的脖子，他的手法好像不对，列昂尼特用皮靴狠狠地踢了马里奥一脚。“他现在是敌人，而不是您的同志，用膝盖顶住他的脊梁，狠狠地！”

“哦，对不起了，兄弟。”马里奥话音未落，我的脊梁被狠狠地顶了一下，接着感到呼吸困难，我大口大口地喘息着，渐渐地觉得睁不开眼睛，我昏了过去，失去了知觉。

朦朦胧胧中，好像有几个医生打扮的人，跪在我身旁，他们开始对我进行急救。

他们身上没有大蒜味，语气很温柔，有一股香水的气味飘过来，中间有女人。一个人解开我的上衣，用听诊器听我的心跳。另一个人在替我更换纱布，我哪儿受伤了？我正想用俄语问：“同志，这是在哪儿？”

这时，一个人不停地摇动我的身躯，用英语问：“先生，先生，您好点了吗？”

天啊！这又是一场梦。我缓缓地睁开眼睛，迷迷糊糊地看见两个医生站在我的面前，奥利弗·吉布森站在他们后面，笑吟吟地看着我。

这里散发着难以名状的气味，那神秘的气味向外行人说明，这里是一个特殊的世界。在不远的柜子里，摆满了各种各样的玻璃瓶、大药瓶、小药瓶和罐子，上面贴着莫名其妙的标签，穿着白衣服的医生的模糊身影不停地显现在这些玻璃器皿上。

我抹了抹额头上的汗水，急忙把那句到嘴的俄语连同口水，一起吞到肚子里，问：“奥利弗，这是哪儿？”

“伙计，是帕纳吉的医院，我们得救了。”

我微微扭转身体，用力坐了起来，奥利弗递给我一杯冒着热气的牛奶，说：“伙计，这东西会让你好点，喝吧！”

“谢谢你，奥利弗。”我喝完牛奶问，“我朋友在哪儿？”

“噢，伙计，别担心，他们都好着哩。告诉你一个好消息，布鲁斯找到了，他没死！”

“什么？布鲁斯没死！”听了这个消息，我高兴得差点没把手中的杯子砸了，“谢天谢地，布鲁斯居然活着。”

“这小子命大，轮船沉没的时候，他抓住了一块木板，然后漂浮在海上，后来被一艘渔船给救了。”

“他在哪儿？在哪儿？我要见见他，现在！”

“不要那么急，伙计，有威廉照顾他，你就放心吧。”奥利弗用力把我按在床上，他蔚蓝色的眼睛里露出温和的胁迫，“听我说，伙计，你现在要做的就是同我见一个人，再和你的朋友见面，明白我的意思吗？”

我当然明白奥利弗的意思，袁文道和李志民又一次当了人质。有人要见我？是马瑟森还是藤原幸？

我穿好衣服，跟随奥利弗·吉布森走进一辆轿车。汽车启动时，奥利弗递给我一个黑色眼罩，笑着说：“伙计，你得戴上这个东西。”

顿时，我的眼前一片漆黑……

大约过了四十几分钟，车停了下来。奥利弗替我摘下眼罩，强烈的光线刺激着我的眼睛，我下意识地用手遮挡了一下。“伙计，到了，跟我来吧。”奥利弗扶着我走出轿车，这时，我才发现自己来到了帕纳吉郊外的一座私人别墅里。

别墅坐落在临海的小山上，可以俯瞰整个帕纳吉港口，碧海蓝天，怡人的景致尽收眼底。房子四周植被茂盛，戒备森严，到处是拿枪的守卫。整个宅子显得阴沉而幽僻，仿佛寺院一般。

当我走入邸宅时，替我们开门的是一个印度男仆。他戴着黄色包头，身穿肥大的白衣，腰缠黄丝带。这个名叫阿瑟的男仆，面孔出奇的丑陋，左脸颊上有一大片赤红色的胎记，人看上去很和善。

“黄先生，我家老爷正在恭候您。”阿瑟用英语说道。接着他引领我们穿过一条走道，来到一个大厅门前，他把门推开，躬身做了一个“请进”的姿势。

当我向阿瑟致谢时，他像个羞涩的老实人似的，尴尬地退到墙角，悄悄遮盖住那张令人恐惧的脸。

大厅的布置很华丽：昂贵的帷幔和挂毯装饰满墙，有些地方摆放着中国明代青花瓷和山水画。地毯又厚又软，脚踏在上面很舒适，犹如在草坪上行走一样。屋顶中央用一根细金丝悬吊着一盏银饰吊灯，油灯散发的芬芳味，让整个屋子悠悠飘香，有一种东方情调的显赫富贵。

“很高兴又见到你，我亲爱的朋友。”马瑟森坐着轮椅从一个角落里冒了出来。他穿着一件苏格兰斜纹西装，内着花格子衬衫，还系着一条大红领带，看起来和房间里的典雅、高贵的宁谧气氛格格不入。

马瑟森笑吟吟地同我握过手后，说："黄先生，您能把我推到书房去吗？"他用手指了指走廊尽头的一个房间。

"好的。"我没有开口问马瑟森任何事儿，我想自己要问的，正是他在书房里要告诉我的。

马瑟森的书房很大，中央的地毯上横铺着两大张虎皮，老虎的嘴巴张得很大，让人看了有点心有余悸的感觉。四周全是高至屋顶的书架，摆满了各种书籍，书桌旁有一个酒架，里面是各种美酒。

房间里有股旧书的霉味，不过我很喜欢这种味道，我也是一个喜好看书和藏书的人。

马瑟森指着酒架问："黄先生，喝点什么？喝茶还是来点更厉害的？这儿有酒，您随便倒着喝。"

我倒了杯热茶，加了点糖，然后递给马瑟森一杯马提尼酒，他接酒杯的时候，一直用眼睛死死地盯着我。没等我开口，马瑟森高举酒杯笑着说："来，让我们为罗琦的毙命干杯！"

"罗琦死了？他不是被打成重伤住在热那亚的医院里吗？"我疑惑地问道。

"我可没派人杀他。"马瑟森仿佛能看透我的心思，"罗琦是被烧死的，自己身体无故地燃烧起来了，真奇怪！但我猜是藤原幸杀人灭口。人怎么能自己燃烧呢，简直不符合科学情理嘛。"

马瑟森递给我一张热那亚上个月的报纸，上面刊登了罗琦自燃的新闻。我想，藤原幸杀死罗琦是出于他的背叛。

"马瑟森先生，吉布森兄弟是您派来保护我们的吧。"我问。

"没错，他们同希德一样是我最得力的手下。可怜的希德，这么年轻就死了，真是可惜。藤原幸买通了'米克诺斯'号上的两个菲律宾籍服务生，他们准备在亚历山大港对你们下手，是吉布森兄弟干掉了他们。"马瑟森做了一个抹脖子的动作，"干净利落，无声无息，漂亮！要知道，每天晚上奥利弗都守在你们门外，防止有人偷袭。"

听了这话，我不禁倒吸一口冷气，要知道每天夜里我和李志民都轮流守在舱门口，防止藤原幸的偷袭。我们一直很留意门外的动静，哪怕有一丁点动静，我们都会开门看看。这个奥利弗每夜都守在门外，我们竟浑然不知，真是厉害啊！

"好了，言归正传，我们来谈笔交易怎么样？"马瑟森说。

"交易？"莫非他们也对袁文道感兴趣。

"对，交易。根据我们得到的情报，藤原幸并没有放弃对袁文道的追杀，他会不停地派人追杀你们，直到袁文道死为止。遗憾的是，直到现在，我们的人也没有发现任何关于藤原幸的消息，也就是说，他没有被引出洞。相反，我们的人在东南亚接二连三地被藤原幸暗杀，可以说损失惨重。他依旧在很多地方制造恐怖事端，许多无辜的人被他杀死。我想,我们应该换一种合作方式,或者说是做一笔交易。”

“马瑟森先生,我不明白您的意思。”

“直说了吧,年轻人,与其你们一路被动挨打,不如主动出击,干掉藤原幸。”

“先生,您在开玩笑吧,连您都拿他没法子,我们三个普通人能干什么?”

“听我说,年轻人。”马瑟森递给我一本法布尔写的《昆虫记》,“这里面有几个‘猫头鹰’组织的核心成员,可以说是藤原幸的左右手,都是一些无恶不作的混球,他们的代号取自这本书里的昆虫。这些人分别叫‘红蚂蚁’、‘天牛’、‘斑纹蜂’、‘狼蛛’、‘蝎子’和‘螳螂’。”

我翻开《昆虫记》,在介绍这些昆虫的书页里,各自夹着一张黑白照片,很明显是这些人的照片。我无奈地合上书,说:“很抱歉,马瑟森先生,这事我们做不了,真的做不了。”

“这种事情,要是放在普通人身上,的确比登天还难。但对那些受过特殊训练的人,特别是接受过苏联‘契卡’秘密训练的情报员来说,这等于小菜一碟。不是吗,黄先生?”

我无奈地笑了笑,呷了口茶,淡淡地说:“既然这样,您为什么不派手下人去干呢?比如奥利弗,他或许就是那个什么卡秘密训练出来的人。”我故意把“契卡”这个英文单词说得很模糊,“这件事对他来说的确是小菜一碟,为什么一定要我们去做,马瑟森先生,您老是喜欢把我和我的朋友看做您的同行。说实话,我们都很普通,袁文道是一个枪械工程师,李志民是一个厨子,而我?只不过是一个略懂几国外语的小翻译。”我故意把最后一句话加重了语气。

“你这个问题问到点子上了,正因为我们的人不能下手,所以才请你们。”

“为什么又是我们?先生,我刚才说过,我们都是普通人,做不了您说的这些事。”

“黄先生,我的忍耐是有限度的,请你不要继续演戏了!”马瑟森看上去有点火了,“现在,我们之间不存在意识形态的差别,而是正义和邪恶的战斗。我只知道你是一个受过特殊训练的特工。至于是国民党还是共产党,这他妈的和我一点关系也没有,我也不想知道!明白吗?”

我笑着将话题转移开:“马瑟森先生,您刚才说您的人不能下手,为什么?”

“很简单,我们不想让藤原幸知道是我们干的,否则他会向我们的人实施报复。更深层次地讲,就是不想激起日本政府与一些国家的矛盾,让外交谈判陷入被动的僵局,甚至提前引发战争。所以,你们是最适合的人选,毕竟中日两国正在交战,何况袁文道与藤原幸有杀妻之仇,用你们中国人的话讲,这叫‘此仇不报非君子’。”

马瑟森见我沉默不语,继续说:“难道袁文道不想杀藤原幸?只有协助我们杀了藤原幸,袁文道的归国之路才能永久平安。不然的话,即使他回到重庆,一样会被日本人追杀。要知道,藤原幸可是一个钻牛角尖的人,不达目的誓不罢休。我们的目的就是引出藤原幸，干掉他，彻底地消灭‘猫头鹰’这个组织。而你们呢？平安归国。应该说这笔交易很不错，两全其美。”

“马瑟森先生，假如您能保证袁文道平安归国的话，我愿意帮你做这件事，但我的两位朋友不能参与这件事，特别是袁文道！”

“很抱歉，黄先生。”马瑟森耸耸肩，“你的两位朋友已经同意参加这次行动了，这是他们自己的选择。”

“什么？你到底对他们做了什么?!”

“哦，威廉只不过陪着他们看了一段电影纪录片，南京大屠杀的纪录片。我想任何一个有血性的中国人，都会为自己的民族和国家做点什么，很显然，他们不是孬种，是顶天立地的汉子，我打心底佩服他们。”

“马瑟森先生，您觉得即使我们杀了那几个日本人，藤原幸真的就能露面了？您就这么自信?”

“黄先生，你还不了解日本这个民族，我可是研究了他们十几年。在我看来，日本人是不可理解的矛盾体，他们既讲礼貌又野蛮，既忠厚老实又诡计多端，既勇敢又懦弱，既勤劳又懒惰。在日本人看来，生活中矛盾越多意义就越丰富。日本人对死亡有一种坚定的认识，他们认为每个时刻都可能是人生的终点，所以他们很乐观地对待死亡。在日本人的思维方式中，形而上学的直觉和动物本能的冲动是同时存在。因此，他们既是绅士，又是畜生。他们没有罪恶的概念，但有家的观念;他们没有人性，但有亲情。”

“您的意思是杀掉这几个人就是要利用日本人这种弱点?”

“藤原幸把‘猫头鹰’打造成一个大家庭，他就是家长。这几个人是藤原幸最亲的家人，你们干掉他们，等于杀了藤原幸的家人。按照逻辑推理，藤原幸会被激怒，然后跳出来找你们报仇，这时的他，是一个完全失去了理智的癫狂野兽。在他的逻辑里，是袁文道为了报妻仇而杀了他的人，而不是我们。”

“听上去有点不可思议。”

“日本人本来就是不可思议的民族。他们与传统世界是相反的，所做的事情都与常人相反。他们说话倒着说，书报倒着念，文章倒着写。人家坐椅子，他却坐在地板上;吃东西生着吃，杀了人还向死者的家属道歉，完全是一群异类!”

马瑟森仿佛看出我还有顾虑，他说:“黄先生，这几个人都在你们中国犯下过滔天罪行，他们手上都沾满了中国人的鲜血，你杀他们，不必有任何自责。在整个行动中，吉布森兄弟将与你们同行，你所做的一切是正义的，是为了和平，要让那些喜欢杀戮的畜生知道我们的厉害。善良的人们同样是一个大家庭，要知道对人来说，家庭是最重要的。年轻人，要让这些没人性的畜生知道，杀死一个无辜的人，伤害我们的家人，企图破坏和平，这是要付出昂贵的代价的。

“我记得英国有句民间谚语是这样说的，假如把德国的君主将领，以及英国相应的内阁大臣,放置在近处的战壕中,让这班人相互投掷炸弹,其结果,只消短短的三分钟,这两个国家就必然和好如初。你们中国人也有句古话,叫'宁亡一人,毋覆全师'。杀掉几个人,可以避免更多的人遭受战争的祸害,暗杀是最清洁的战争方式。"

"马瑟森先生,假如真如您所说的那样,我愿意与您做这笔交易。但我事先声明一点,只杀照片上的人,不滥杀无辜。"

"年轻人,要知道你是我最欣赏的特工之一,虽然你不承认。我喜欢你这种文质彬彬但又令人害怕的性格。今天晚上让奥利弗陪你看一场好戏。"

"好戏?"

"干掉'红蚂蚁'! 他和几个日本间谍就在帕纳吉。"

1940 年 8 月 20 日夜

日本货船"南山丸"号停靠在帕纳吉码头的角落里,船上灯火通明,不时看见一些船员来回走动。栈桥边上有一个岗哨,里面坐着三个站岗的船员和一个当地警察,很明显,这四人都佩带了武器。奥利弗·吉布森告诉我,"南山丸"号表面看是货船,其实是替日本人收集情报的间谍船,"红蚂蚁"就在这艘船上。

在离"南山丸"200 米远的海滩上,吉布森兄弟正在向远处的海面眺望,他们仿佛在等待着什么。我、袁文道和李志民坐在一旁的轿车里,沉默不语。与我相比,袁文道和李志民两人显得比较兴奋。特别是李志民,他认为威廉·吉布森让他加入的事情,无比刺激,是一场充满冒险且有意义的游戏。袁文道一直凝视着夜空,手握那条镶有伊尔莎照片的项链,口中默念着什么。他一定是在向亡妻倾诉相思之痛,并对天起誓,一定会替伊尔莎报仇雪恨。

相反,我忧心忡忡,进行报复性的暗杀活动,恰恰是我们党地下工作所不允许的。当我从事这项神秘工作的第一天时,张秋冰同志就告诉我,上级领导在创建党的政治保卫机构时,制定了严格的原则与纪律:不许乱打叛徒,危害大的才打;不准搞绑票;禁止搞恐怖袭击;不许美色诱惑;不许金钱收买;没有得到领导许可,不能对国民党或是日本方面的军政要员搞暗杀。因为这些都是一柄双刃剑,很容易让自身受伤。

从答应马瑟森到现在,我一直很矛盾,心中不停地说服自己。这一切都是基于安全护送袁文道归国,何况要杀的人都是双手沾满中国人鲜血的恶魔,是日本法西斯的鹰犬,这也是自己参加抗战的一种方式。

这时,海面上漂浮来几个模糊的黑影,渐渐地,三艘橡皮艇向海滩疾驰而来。

"伙计们,他们来了!"奥利弗兴奋地扔掉烟头,打开手电筒,向橡皮艇方向晃了几下。橡皮艇上的人也用同样的方式做了回应。很快,三艘小艇冲上了海滩,从上面走下十几个棒小伙,他们竟然是黄皮肤黑眼睛的亚洲人。

奥利弗轻声告诉我:"伙计,这些人是在印度服役的廓尔喀军人,是执行这次秘密行动的主角。瞧瞧每人腰间佩带的弯刀,就知道都是一些厉害的家伙。"

在重庆的时候,一位来自西藏的朋友,曾向我讲述过有关廓尔喀人的传奇故事:廓尔喀人来自尼泊尔山区,据说是蒙古人的后裔,他们以英勇善战闻名于世。上个世纪初,英国在对尼泊尔的战争中,600多廓尔喀士兵守卫一个名叫卡伦加的堡垒,他们面对的是6倍于己的英印联军。激战一个月后,幸存的60名廓尔喀士兵弹尽粮绝,被迫投降。而英印联军则损失掉包括指挥官在内的31名军官及750名士兵。

廓尔喀人虽败犹荣,他们的战斗力给英国人留下了深刻的印象。不久,英国皇家军队的编制中出现了由廓尔喀人组成的战斗营,从此之后,廓尔喀人有了在英军服役的传统。而廓尔喀人手一把的库克瑞弯刀,则成为这些勇士的象征。

威廉·吉布森将事先准备好的衣服和武器递给廓尔喀士兵,这些人默默不语地穿上衣服,装扮成游客的模样,有几个甚至还戴上假发,化装成女人。紧接着,他们挎上司登冲锋枪,静静地站在一旁等待命令。有几个廓尔喀人用惊异的目光注视着我们,不时低头说着什么。他们惊异的原因和我一样——同样的面孔。

奥利弗递给我们三支手枪,轻声叮嘱道:"跟着我们走,不到万不得已,不要开枪。"

袁文道歪了歪嘴:"韦伯利45口径,还行。"

李志民吹了声口哨,笑着说:"游戏开始了。"

我检查了枪膛,心里说:但愿今晚它不会响。

半个小时后,我们来到"南山丸"栈桥旁。几个化装成女人的廓尔喀士兵,笑嘻嘻地走近岗哨。吉布森兄弟则领着余下的人躲在一旁的货柜后面。

"姑娘们,你们走错地方了,这……"没等警察把话说完,就被一个"女人"挥拳击昏。与此同时,另两个"女人"从裙底抽出闪亮的弯刀,刀光一闪,那三个日本人连吭都没吭一声就死了。

一声唿哨声,吉布森兄弟领着大队人马悄无声息地登上了"南山丸"号。

很快,轮船上站岗的水手被廓尔喀士兵制服,我紧紧地跟在吉布森兄弟身后。奥利弗手中拿着轮船的详细图纸,上面标有"红蚂蚁"居住的舱位。威廉和几个士兵手中拿着"红蚂蚁"的照片。

不一会儿,船上响起了急促的枪声。我们在一间船舱门口停住了,奥利弗看了看图纸,说:"就是这儿!"

一个廓尔喀士兵将一束手榴弹放在门口,拉燃导火索,轰的一声,舱门被炸开了。舱内硝烟弥漫,奥利弗开始搜寻整个房间,将一些重要资料一一装入口袋中。威廉则拿着照片,对照地上躺着的死者。

"在这儿!"威廉·吉布森指着一个在地上喘息的中年人说,他又拿着照片比对了一下,"就是他,没错!"

吉布森兄弟同时举起冲锋枪,对着"红蚂蚁"就是一阵乱射。枪声过后,这位代号"红蚂蚁"的日本人被打成了马蜂窝。

我看了看舱内的摆设:两部电台、一部日本特有的紫罗兰密码机、几支“南部”手枪和大量有关英国军队在印度驻防的照片和图纸。看来,“南山丸”果真是一艘间谍船。

走廊间,吉布森兄弟领着人踢开一扇扇舱门,将船舱里的日本人一一击毙。有几个日本人企图用英语解释什么,奥利弗听都不听,对着他们就是一阵狂射。

“奥利弗,你应该听他们解释,不能乱开杀戒。”我轻声劝道。

“伙计,不能听他们解释,你看。”奥利弗踢开一具尸体,这人手里竟握着一把顶上膛的手枪。“这就是日本人,不能相信他们,不能有善心,不然倒下的就是我。”

十分钟后,我们开车离开了“南山丸”号,那里除了尸体别无他物。

第八章 / 暗杀名单

30. 日本商人“天牛”

1940 年 8 月 21 日　苏门答腊岛　棉兰

苏门答腊岛的棉兰，地处马六甲海峡北部，马六甲海峡连接印度洋和南中国海。自从西方列强开始对亚洲进行殖民统治后，棉兰就成为仅次于新加坡的重要港口，来往欧亚的各国轮船都要在此停靠。

我们的轮船是傍晚时分抵达棉兰的，吉布森兄弟装扮成英国游客，我们三人打扮成前往棉兰探亲的华人。按照先前的计划，我们乘车前往棉兰市中心的一家旅馆，奥利佛说早在两天前，已经有人替我们预订好了房间。

出租车司机是当地人，车是最老式的，尽管多次喷漆、大修，依然是破旧不堪。发动前，还得用摇把哐啷哐啷地摇几次，跑起来，从车尾冒出一股浓烟。车上的输油管口用炼乳罐头盒盖着。因为常常会丢掉，司机就带了几个空罐头盒备用。这车还有个坏毛病，一到警察岗亭前排队等候通过时便要熄火。一遇到这种情况，那司机可就忙坏了。而袁文道就低下头，生怕别人看见自己的脸，暗暗骂道：“这破车！搞么事鬼！”

李志民则潇洒地掏出几元钱，吹了声口哨，叫路旁拉人力车的印度人帮忙推车。

每逢这种时刻，我就在车内从容地欣赏四周的风景。这里的街道很狭窄，两边人行道上都种着花草树木，道路两边并排而建的建筑物真是多姿多彩。既有荷兰式古典风格的，也有相当现代的，既有没做任何修饰的居民楼，也能见到富丽堂皇的私人别墅。

这里到处都栽种着椰子树。我从书上看到过，说椰子树是苏门答腊岛当地人的圣树，被顶礼膜拜。确实，椰子树给予了当地人全部的生活资料。椰子果实可以熬油，也可以酿酒；而椰干也可以当饭吃；椰树的叶子可以盖房子；椰树的木条可以铺地板。在偏远的山区，一些穷苦的农民还以椰树叶遮身蔽体。

当地的商店大半都是华侨经营的。从大米、谷类到肉、鱼、作料，商品种类繁多，它们堆满店头，甚至占据了人行道。照相馆的橱窗里，陈列着俊男靓女的照片，有好几家挂着“美味海鲜”、“正宗粤菜”汉字招牌的华侨餐馆。在这里，福建人做土产生意，客家人做洋货生意，广东人做木匠，潮州人开餐馆和种菜园。听当地人讲，只要有人的地方，一定会有华人的“吉兰”（杂货店）和餐馆。中国人勤劳智慧的创业故事，在南洋一度被传为佳话。

棉兰虽说是荷兰的殖民地，但没有硝烟的气息，一派和平景象。

“表哥，我们要找的人叫什么名字？”李志民很机灵，他问我的时候没有用汉语，也没有说法语，而是用的德语。

“天牛！”

当天晚上，我们聚集在吉布森兄弟的房间内，做行动前的准备工作。

李志民拎着手枪，坐在门口。袁文道显得有点紧张，不停地喝着咖啡，时不时低头扶一扶眼镜。我轻轻地拍了拍他的手，示意不用担心，万事镇定对待。

威廉·吉布森拿出一张黑白照片，指着上面那个年近五十的男子说：“这人就是天牛。他的真名叫中川恒次郎，公开身份是在棉兰经营橡胶和白糖生意的日本商人，实际上是‘南洋移民株式会社’调查本部的高级干部，‘猫头鹰’的骨干成员。”

“‘南洋移民株式会社’？怎么从来都没听说过，我只知道有一个‘南满洲铁道株式会社’。”我不解地问。

威廉说：“这是一个同‘南满洲铁道株式会社’性质相同的组织。早在上个世纪末，日本政府就将目光转向了东南亚，特别是英国管辖的婆罗洲。1893 年，日本驻德国公使青木周藏在发给外相陆奥宗光的外交电文中提出，以收购的方式将婆罗洲等地变为日本的殖民地。不久，一个名叫稻田幸之助的日本人提出了向南洋移民的计划，得到日本政府的认可。日俄战争之后，日本人通过购买土地、迁徙居民、输出劳工、从事木材砍伐、咖啡种植等各种方式向东南亚各地扩张自己的势力。

“这个‘南洋移民株式会社’就是管理日本人向东南亚移民的组织，或者说是日本政府在南洋的代理机构。它成立于 1901 年，在日本各地设有分会，负责组织日本国民前往南洋。在东南亚各地设有分部，专门管理当地的日本侨民。‘南洋移民株式会社’下属的调查本部，是一个不折不扣的情报机构，负责南洋各地的情报收集。中川恒次郎有过在‘南满洲铁道株式会社’调查本部工作的经验，所以被派往棉兰担任‘南洋移民株式会社’在该地区分部的负责人。”

奥利弗说：“伙计们，别看这人相貌平平，但却是一个不折不扣的恶棍。他被公认为当地首富之一，是个很有势力的庄园主，城里的澡堂和斗鸡场他也有股份。更不用说他跟人合伙经营鸦片烟的生意，专门毒害当地华人。这家伙不但在棉兰地区挑拨当地土著同政府的关系，还制造日本侨民和华侨的矛盾。伙计。”奥利弗对袁文道说，“据我们得到的情报，你妻子的死就是他一手策划的。”

听了这话，袁文道的眼睛放射出愤怒的火焰，昔日的仇恨像猎狗的爪子一样，狠狠地抓住了他的心。

“我要杀了这个狗日的！”袁文道低声说。

“放心，伙计，我们会让这个畜生下地狱的。”威廉说，“这几天，中川恒次郎在市区谈生意，他就住在不远的一家酒店的四楼。明天晚上他会拜访一个同乡，然后返回酒店，我们准备在酒店的电梯里动手。你们两人负责干掉他。”威廉指了指我和袁文道，“我和布鲁斯开车接应，奥利弗清理现场。有什么问题没？”

威廉见我们没有异议，便向奥利弗点了点头。奥利弗把两支点三八口径的左轮手枪和一盒子弹，递给袁文道，说：“伙计，你是这方面的专家，替我们看看，别让这东西哑火。”

袁文道接过手枪，放了两声空枪，他皱了皱眉头，从口袋里拿出一支小螺丝刀，对着枪的部件稍稍作了些调整。接着他又扣了两声空枪，对准星进行了矫正，再打了两声空枪，这一回他满意地笑了。袁文道将子弹一发一发地填进弹仓中，嘴里轻声用德语说：“放心，亲爱的，我这就替你报仇雪恨。”

1940 年 8 月 22 日 夜 棉兰酒店

东南亚的夏季是多雨的，这天夜里下起了瓢泼大雨。我们坐在一辆租来的福特牌小轿车里，李志民负责驾驶，奥利弗坐在前排，目不转睛地盯着不远处的牛排馆。他的兄弟威廉正在靠窗的位置吃着牛排，但眼睛一直注视着拐角的那条马路，那是“天牛”回酒店的必经之路。

袁文道面色苍白，手心不停地出汗，不住地用深呼吸控制自己。我靠着车窗，脑子里浮现出“天牛”的模样：一个年近五十的中年男子，他是当地的日本商人，照片中的“天牛”面带慈祥，不像一个作恶多端的恶棍，更像一个慈祥的父亲。他有家人吗？像他这样的男人，一定有贤惠的妻子、活泼的儿女和年迈的父母，我们杀他是否太残忍了，这人道吗？

这些问题一直萦绕在我脑海里，作为一名共产党员，我能这样做吗？这样做，是否违反了我们情报工作的原则和纪律呢？我是尽自己的职责，还是当一名逃兵呢？我能杀了这个人吗？

豆大的雨点噼里啪啦地敲打着车窗，我感觉雨水忽然变成了血水，雨声变成了中国人被日本人屠杀时的哭泣声。马瑟森仿佛站在我面前，大声地说：“年轻人，这些人都是沾满中国人鲜血的恶魔，你不必有同情心，更不必自责！”

我把头伸出窗外，任由雨水淋湿我的头部，企图冲刷掉脑子里的混沌想法，让自己镇定下来。

这时，牛排馆的威廉拿起了一张报纸，奥利弗立刻说：“他来了。”李志民启动汽车引擎，我和袁文道再次检查了一遍手枪，确认没有问题后，便静静地坐在座位上。我的心跳加速了，肾上腺激素刺激着我的神经，有点想上厕所的感觉。

雨中，一个中年男子撑着把黑色雨伞，摇摇晃晃地从我们车旁走过。他头戴一顶无沿帽，粗白布上衣，肥大的黑色沙笼，宽宽的皮带上挂着一排鼓出的小口袋，里面装着皮夹和槟榔。我吞咽了几口唾液，咬了咬嘴唇，抹了一把额头的汗水。

奥利弗轻声说："好了，伙计们，开始吧。"

我、袁文道和奥利弗跟着"天牛"走进了那家酒店。

由于下雨，酒店大厅里只有两个服务生，"天牛"拿过房间的钥匙，快步向电梯走过去。我们尽量用雨伞遮挡自己的面容，当电梯门要关闭的那一瞬间，我跑过去用手挡住门。"等等！……"我和袁文道躬身挤进了电梯里，奥利弗则沿着楼梯向上走。

电梯的门慢慢地关上。

"天牛"有礼貌地对着我们笑了笑，用英语说："今天的雨真够大的！"他的模样和照片里的一样，只不过喝了酒，脸颊比较红，嘴里不停地吐着酒气。

这部电梯很古老，上升的速度很慢，当它到二层时，我用日语问："阁下是中川恒次郎先生？"

"天牛"愣了一下，笑嘻嘻地说："哦，原来是老乡啊，在下正是中川恒次郎。尊驾是……"

"你知道我们为什么来找你吗？"我掏出手枪对着他。

"狗日的，老子杀了你这个畜生！"袁文道将枪口顶着"天牛"的额头。

我按住电梯的按钮，让它继续向上行，不在中途停滞。

"天牛"看见袁文道的手在微微颤抖，他很快恢复了平静，冲着我们慈祥地笑了笑，用流利的汉语说："等……等……一……下，听我说。"他富有磁性的声音，好似迷魂汤，让我们有些混沌。"天牛"轻轻地把枪口从自己额头拿下来。

"朋友，我想这是一个误会，是误会。""天牛"笑着说。

"仲泰，怎么办……"袁文道不知所措地问我。

"这是一个误会。""天牛"把颤抖的手伸向我，准备把我的枪也按下去。

我的耳边忽然响起列昂尼特的话："一枪致命，一枪致命！或许您只有一次机会。"

我镇定下来，冷冷地说："先生，你要为自己的行为负责。瞎子，开枪！"

"砰……砰……砰……"我们手中的枪响了。"天牛"身中数弹，摇摇晃晃地倒在我们俩中间，他缓缓地吐出一句话："伯爵……不会……放……过……"

这声音的腔调同胡安内拉临死前的一模一样。

我们从电梯里走出来，顺着楼道往下跑。奥利弗则上了这趟电梯，他去确定"天牛"死了没有。

几分钟后，我们气喘吁吁地跑出酒店，钻进轿车。

李志民急切地问："完了，完了？"我点点头，不停地喘着粗气，和袁文道相互查看衣服上有没有沾染血迹。我的胃收缩成一团，喉咙哽住了，吞咽唾液都很困难。我的膝盖在微微战抖，人疲软地靠在车窗上。我觉得恶心难耐，不停擦拭着手心。这是我第一次这么近距离，对着手无寸铁的人开枪。

“开车，去码头！”奥利弗步入汽车，对李志民说。

李志民吹了声口哨，驾驶汽车向码头疾驰而去。奥利弗拍拍袁文道的肩，笑着说：“伙计，干得不错，这家伙已经死了。”

“停车！停！……”袁文道冲出轿车，站在一棵椰子树下，大声呕吐起来。

雨下得越来越大了。

1940年8月23日　凌晨　英国货船“歌莉娅”号

我们乘坐“歌莉娅”号驶向下一个目的地——新加坡，那里有下一个目标——“斑纹蜂”。

李志民和吉布森兄弟到货船的餐厅喝酒去了，我和袁文道留在船舱里，静静地望着对方。

隔了许久，袁文道开口问：“仲泰，你现在在想么样？”

“我脑子里一直浮现着那人临死前的样子，我在想，他家人现在会是什么样子。一定在哭泣，诅咒杀他的人，也就是我们。”

“我也一直问自己，我们这么做到底是对还是错，冤冤相报何时了。不过，一想起伊尔莎的死，想起南京大屠杀遇害的同胞，想起遭受战火涂炭的祖国，我的心里就只有恨了。这些人应该死，这是他们应有的惩罚。”

“得饶人处且饶人，可我们饶人了，别人饶得了我们吗？藤原幸能放过我们？即使不去杀这些人，他也会一直追杀我们，跟这种人讲常理，真的很幼稚。”

“魔鬼不能与天使相提并论，禽兽永远不能享受人的待遇。对敌人的痛苦同情，对于同情者来说是一种负担。正如阿尔弗雷德·欧文说的那样，同情他人愈多的人，在战争中受的伤害也就愈大。仲泰，你知道我现在最想么事吗？”

“一定想对伊尔莎说点什么吧。”

“我想家，我太想回家了。”袁文道倚靠着舱门，望着夜空，“这几年在国外生活，我无时无刻不想念家乡，连做梦都梦到家人，这种滋味你一定有过。我们家离兵工厂只有几百米，是一座四合院子，门前有一棵老大的黄桷树。记得小时候，在这个季节，我们全家晚上都会到树下纳凉。我爹穿着褂子，躺在凉椅上，同工友喝茶闲聊。姆妈坐在一旁纳鞋底。我带着弟弟妹妹围着那棵树捉迷藏。

“我们湖北话把这种游戏叫做‘躲猫猫’。不过到了八点钟，我爹会把我叫到跟前，和他一起听枪炮声。那是兵工厂晚上试枪炮的声音，我们都闭上眼睛，一边听声音，一边说枪的型号，我要是说错了，就会挨打受罚。后来，我爹又让我从枪炮声听故障，说不出故障，他老人家就会找出图纸，耐心地给我讲解。”

“你听枪炮的功夫就这样练成的?”

“嗯,我爹说,要用心去听枪声,做到人枪合一。枪械都是有生命的,枪声就是它们说的话。它们会用自己的声音告诉我想知道的东西。不过,别人说还有一半是从娘胎里带来的。我姆妈怀我的时候,我家正好住在靶场旁边,天天都听见各种枪炮声。她老人家生我的当天,梦见了莫邪,有算命先生说我是干将转世。”

看见袁文道略带自豪的表情,我笑着说:“俗话说‘天上九头鸟,地下湖北佬’,今天我算见识了。瞎子,你尽给自己脸上贴金,干脆说你是神仙下凡。”

“伊尔莎也认为我是神仙下凡,她说我是上帝派到人间的精灵。我答应她,到了中国,我们重新举办一次婚礼,按照我们中国人的仪式来一次,她一直想穿旗袍,坐花轿,可……”说到这里,袁文道喉咙哽咽了,他轻轻地抚摸着那条项链,眼泪缓缓地从脸颊滑落。

袁文道望着皎洁的月亮,说:“戎鼓断人行,边秋一声雁;露从今夜白,月是故乡明。外国月亮再圆,硬是不如家乡的亲,还是回到自己家里要踏实些。我在国外无论碰见华侨还是留学生,大家都有这种共鸣,这首诗让我们心灵受到抚慰,同时还引起我们长吁短叹的怀乡病。要知道,每一个海外游子和祖国的心都是紧紧地系在一起的。大家都想回家看看,希望自己的国家强大起来,我们在国外才不会被洋鬼子瞧不起。华侨们都说,一个国家要强大,并不是靠枪炮,是靠一个开明的政府、发达的工业和雄厚的经济实力。只有这样,人才能体面幸福地活着,海外华人也才觉得脸上有光。”

月亮高高地悬在海面上,我们身上洒满美丽的银光,沐浴在月光中的夜色是奇妙的,仿佛洋溢出温馨和慈祥的爱抚。是啊,这一路上,我遇到的中国留学生和海外华人——张姝、李志民、关义山、王义国、陆泰、钱翠芝……人人都流露出对故土的留恋,对家乡的向往。他们日日夜夜思念着家乡,无时无刻不盼望祖国强大昌盛。

袁文道对我笑了笑:“伊尔莎因为工作原因,曾在苏维埃俄国待过一段时间,她告诉我,那里一切都是新的,只有两个字——速度。俄国人用另一种生活方式在赶超西方国家,他们只用二十年的时间,就走完了德国需要上百年才走完的路,他们的工业变得无以伦比的雄厚,人民的生活也有了巨大的改善。在那儿,人人平等,没有失业,没有剥削和压迫。伊尔莎羡慕地说,俄国人在布尔什维克的领导下,正在井然有序和热情高涨地建设一个新的世界。可在西方的工厂里,工人是没有地位的,完全是干活的机器。

“记得有一次我听见车间里传来一声短促的、十分可怕的喊叫,我跑去一看,只见一个转动着的机器轮子把一个工人的外套拉住,连人一起带入了它的运转。这个轮子把人带进机器后,齿轮折断了他的骨头,碾碎了他的筋骨,最后把他压成一团渣滓扔了出来。与此同时,这台机器一刻也没有停止它的运转。鲜血像红色的溪水一样,流淌在机器四周,流在站在旁边的工人身上,同时也溅到天花板上。

“当关掉机器时,已经太迟了。血一滴滴挂在轮轴上,从机器各个部分落到地上,没有拯救的办法了,这个工人被名副其实地碎尸万段了。他成了一个沾满鲜血的肉团,很多人在低声哭泣,而负责人站在一旁冷漠地注视着一切。没隔多久,负责人就叫喊着,都上工去,上工去!大家散开了,车间又响起了机器的轰鸣声,负责人叫几个人清洗了那台出事的机器。他盯着染着血的材料骂道,真该死,这么多原料都报废了!最后这个负责人竟然污蔑是这个工人粗心大意,自己丢了性命,并从他的抚恤金中扣除了一部分,用以补偿原料的损失。

"还有一次,兵工厂的弹药车间发生了爆炸,锅炉飞上了天。仲泰,它就像一个燃烧着的彗星,划出一条很大的抛物线,然后掉在我们车间上面,打穿了屋顶,砸碎了机床,哗啦啦地抛下的房子的碎块也跟着起火。我们放下手中的活儿,忙着灭火。可火越来越猛。火焰和浓烟呼呼地奔流,发出狂野的、发了疯似的呼啸,用血色包裹着厂房。

"救火队虽然奋力扑救,很多车间还是着了火,火就像活动的魔鬼一样,四处乱爬。天不佑人,天空刮起了大风,这助长了火势,把它像蓬松的头发一样抛向四面八方。房屋坍塌,血红色的灰尘和令人目眩的火雨向四周迸发,呛人的浓烟充满了厂区。到了第二天清晨,火势才被扑灭,很多地方只剩下光秃秃的石墙,没有屋顶,没有窗户,只有赤裸裸的骨架和许多工人的残骸。纳粹把这次事故归咎于工人的破坏,他们当场枪毙了二十几个活下来的工人,这些人一直在抢救车间,他们没有闲着,可是……"袁文道的声音在颤抖,变得沙哑,被泪水阻塞住了。最后,泪珠从他发红的眼睛里慢慢流下来,落在苍白的脸上,无法表述的痛苦随着泪珠跌落在甲板上。

"仲泰,要我看,咱们中国应该走俄国的道路,这样工人才有尊严和地位,他们不是只能干活的机器和牲口,而是有思想的人,他们有权利管理国家。"袁文道低声说。

我没有正面回答袁文道的话,伊尔莎看见的正是我和我的同志努力追求的革命目标。是啊,我们一定会获得革命的胜利,在不久的将来,在华夏大地上建立起一个新生的政权,那是人民的政权!

这时,袁文道的心情变得舒畅起来,他高声仰唱起湖北童谣:

"月亮走,我也走
我跟月亮背背篓
背篓里有一碗油
妹妹三个赛梳头
大姐梳的凤凰头
二姐梳个狮子滚绣球
三姐不会梳,梳个草把头
……"

音乐唤起了我们每个人心灵中的人性，原因就在于它是人们需要的，是人人必需的东西。人们变得粗野，变得残酷了，可是描写生活的歌词，描写爱情的语句，叹惜已经被焚毁的神秘的情书的段落，一下子穿透了鞣熟的皮肤，穿透了不可渗透的冷漠、无情的保护外壳……看来，每个人都有一段往事值得回忆。

听到歌声，望着头上的皎月，我的喉咙有点哽咽。我慢慢地背过身，双手捂住脸，开始呜咽起来。我越想停下来，哭得就越厉害。我的身体开始颤抖、摇晃。眼泪从我发红的眼睛里流了出来，脑海里反复跳跃着那几个字：月是故乡明。

31. 学者"斑纹蜂"

1940 年 8 月 25 日　新加坡

令人眩晕的太阳，从早到晚都照射在莱弗尔斯广场上，英国人斯坦福德·莱弗尔斯的铜像被晒得滚烫。据说正是此人第一眼看中了位于印度洋和南中国海连接处的新加坡岛，并于 1819 年 2 月 6 日以 3 万元的价钱从柔佛王手中购得此岛。其后，英国人将该岛作为直接管辖的殖民地。先前，这里的土著居民不过几百人，随着西方人的逐渐增多，小岛变得繁荣起来。

街道上，摩托车、卡车、公共汽车、私人轿车和出租车熙来攘往，川流不息。一辆辆人力车灵活地躲躲闪闪，从人群中穿梭着，气喘吁吁的车夫们相互吆喝着，借以喘口气。扛着沉重大包的苦力们，一面喊着叫行人让路，一面侧着身子快步前进。

广场四周摆满了摊子，叫卖着"樱古尔"，这是当地人家家自酿的一种饮料。还有木薯酒、甜饼、猪油糕、炸肉、烤馅饼、灌肠、咖哩角、奶酪饼、椰子点心和甘蔗汁；另一些摊贩出售小商品、小杂货、日用百货和陶器。在乱哄哄的人群中，还有广东特有的赌博——"字花"摊子和兜售护身符和圣母像的人。

新加坡是个多民族、各种肤色的人集聚的地方。这里有英美血统的高大白人；有裹着纱丽的印度妇女，她们面孔端正，皮肤呈褐色。也有与我肤色相同，既能说英语、马来话又能说一口流利汉语的华人。这里的建筑物，既有西欧十九世纪式的两层小楼，也有回教寺院，还有佛寺和中国的祖庙。

威廉·吉布森指着不远处的一栋公寓，轻声说道："伙计们，'斑纹蜂'就住在那儿。这个人名叫松井久太郎，是华莱士学院的访问学者。他表面上是一个医学教授，实际上是个法西斯激进分子和‘加藤集团’的核心成员。”

“加藤集团?”袁文道打断威廉的话,“这是个什么组织?”

“‘加藤集团’是一个鼓吹日本向外‘农业移民’的民间社团。它的创始人名叫加藤完治,二十年代中期,这人提出‘农业移民’的方案,通过向广阔的满洲地区移民,摆脱日本农村严重的经济萧条,解决日本国内矛盾,把满洲建成日本的粮仓。加藤的论调吸引了一大批支持者,从而形成了‘加藤集团’。

“此外,松井久太郎也是东宫铁男‘武装移民’思想的忠实支持者。军人出身的东宫铁男有‘日本满洲开拓团之父’之称。正是这个人,在1928年6月4日,在皇姑屯亲手按下炸弹按钮,将由北京返回东北的张作霖将军炸成重伤以致最终死亡。曾参与西伯利亚军事干预的东宫铁男,对哥萨克骑兵以及农民武装印象深刻,1926年任奉天独立守备队中队长的东宫铁男,就提出了‘武装移民’的初步设想。在他看来,与其实行长期的军事镇压,不如移来武装移民团体永久地定居更为彻底。他提出,让武装的复员军人以及日本控制下的朝鲜人前往满洲定居,在从事农业生产的同时,为日本关东军提供后援,维持当地治安,抵挡苏联可能的南进。1932年,在东宫铁男的亲自策划下,493名日本武装移民进驻中国牡丹江永川镇,建成了‘弥荣’和‘千翔’两个村庄,成为在满洲的第一个开拓团。而松井久太郎正是这次事件的直接执行者之一,他还建议把移民对象转为年轻人,在国内积极做动员,将一些狂热的日本青少年移民,组成所谓的‘日本开拓团青少年义勇军’。

“由于‘满洲开拓团’的成功,松井大受鼓舞,他将加藤和东宫的观点合二为一,将视角伸向东南亚。松井频频在南洋地区散布‘大东亚共荣圈’的荒谬理论,建议日本当局向南洋大量移民,并对移民进行必要的军事训练,模仿‘满洲开拓团’的模式,建成一支准军事力量,充当日本南下的急先锋。当然,作为‘猫头鹰’组织的成员,他还刺探当地的情报,特别是当地驻军和马六甲海峡的军事情报。”

李志民说:“要杀这人,必须了解他的日常行程和家中布置,不然无法下手。”

奥利弗·吉布森点点头:“我们对‘斑纹蜂’的日常行程掌握得比较清楚,就是不知道他家的情况。当得知‘南山丸’遇袭和‘天牛’被干掉的消息后,这家伙提高了警惕,对当地人特别是白种人相当警惕,很少请人到自己家中做客,没人知道这家伙家里的情况。”

“或许我能试一下。”我说。

“你?……不,我亲爱的表哥,他们会很快认出你的,这样做太冒险了。”李志民摇头劝道。

“他不是对当地人有很强的戒备心吗,要是换做本国人,或许就没有了吧。”

当天夜里,我冒充日本《读卖新闻》的记者吉田英良,给“斑纹蜂”松井久太郎打了一个电话。我先对他大加赞扬,并倾述了仰慕之情,希望松井能够接受我的采访,果不其然，松井爽快地答应了我。

第二天，我头戴巴拿马草帽，架着金丝边眼镜，身穿一套租来的西装，挎着照相机，应约来到松井家中。

松井和他的妻子热情地将我迎进屋内。一阵寒暄后，他请我入座。松井的妻子笑吟吟地端来日本的清茶和英国的咖啡，鞠躬行礼道："准备很仓促，不知道您喜欢喝什么，夫君叫我准备两种，请您见谅。"

我客气地回礼道："夫人实在太客气了，在松井教授这样的大学者家中，就是喝上一杯白水，也是我的荣幸。"

松井端起茶杯，啜了一口，叫着我的化名问："吉田君，东京有什么新闻？"

"帝国军队在支那战场依旧是捷报不断。近卫首相第二次组建内阁，松冈洋右担任了外务大臣。上个月，大本营发布了43号命令，要求迅速解决'支那事变'。据说下个月我们可能要与德国和意大利结成同盟，还有传闻说帝国会进攻越南，然后南下。"我用从报纸上获得的信息敷衍他。

松井表情严肃地说："早就该这样做了。我们和德意结为同盟，然后挥师南下，横扫南洋诸岛，建立'大东亚共荣圈'。"

"松井教授，为什么我们不北上？"我好奇地问道。

"吉田君，日本南进是国际局势发展的需要，是急转直下的欧洲战局的产物。假如德国在不列颠本土登陆，使英国步入崩溃的地步，世界的政治和经济领域势必发生巨大变化，日本自然不能袖手旁观，这正是一举解决南方问题的大好时机。即使德国不在英国本土登陆，德国的胜利也是毫无疑问的，这势必导致世界势力范围的变革，这也是日本南进的机会。假如帝国真的选择北上的话，将会重蹈昭和14年诺门坎战败的覆辙，俄国人很厉害呀。再说，俄国人的工业和粮食中心都集中在欧洲部分，西伯利亚没有什么实质利益可得。

"南洋就不同，这里有丰富的自然资源，橡胶、石油、铁矿等等，这些都是我们急需的战略物资。要知道，日本是一个资源匮乏的岛国，我们的石油、橡胶、特殊钢原料、铁矾土、皮革、棉花、羊毛、油脂这些战略物资，必须依靠从美英及其势力范围进口。另外，堪称工业基础的工作母机，实际上也大部分不得不依赖于美国。如果长期战争，国家的物资力量将急剧下降，石油储藏量将逐年减少，经济上支持战争的力量恐怕将要动摇，这是令人担心的。虽然我们曾经考虑开发库页岛北半部和油田，或是从伊朗和秘鲁等地进口石油，但这统统不过是溺者攀草的行为。

"现在，美国人已经废除了《日美通商航海条约》，并在不久前对工作母机也实行禁运。要是我没猜错的话，很快，他们会对石油和废铁实施禁运。随着事态的发展，我们同美英的贸易关系将更加恶化，最严重时进口物资可能完全断绝。英国和美国很容易拿资源供给来要挟我们，这样，我们在外交和军事上会处于被动尴尬的地位。为了解除这些忧虑,我们必须选择南进,力求取得帝国所需的资源,摆脱经济上对英美的依赖,巩固自给自足的态势,并切断蒋介石政府的外部援助,特别是来自滇缅公路的援助。这是日本自存自卫上必不可少的要求。”

“教授,我们有足够的把握打赢这场战争吗?要知道,从缅甸、泰国、马来、苏门答腊岛、爪哇到婆罗洲、菲律宾、关岛、威克岛和香港等地区,都是英美和荷兰的势力范围,若是南进,就意味着同强大的美国开战,我们有必胜的把握吗?”我试探性地问道。

松井笑了笑,貌似神秘地说:“年轻人,不必担心,根据我的了解,南方各地的敌人总兵力大约20余万人,飞机约850架。这些军队均系素质低下的殖民地军,训练不足,而且白人与当地人之间缺乏精神上的团结,战斗力低下,不堪一击。按照我的兵棋推演,日本陆军仅仅用5个月的时间,就能完成对南方大部分重要地区的占领。唯一令人担心的是来自太平洋方面的美国太平洋舰队的出击,倘若发生这种情况,日本的联合舰队应该与其进行海上决战,迫使美国屈服。吉田君,南洋本是我们亚洲人的地方,被白种人用枪炮强行抢占了,现在该是我们亚洲人团结起来,赶走白种人的时候了。”

“这就是您提倡的‘大东亚共荣圈’?”

“对!吉田君,我记得明治天皇曾写过这样两句诗:世间海洋皆兄弟,为何风雨乱人间。‘大东亚共荣圈’正是要将亚洲各国人民,本着‘四海之内皆兄弟’的精神,在我们日本的领导下团结起来,把白种人从我们的领土赶出去!”

对松井的话,我只是一只耳朵进,一只耳朵出。我用余光打量着松井的房间,门窗敞开着,客厅很宽敞,摆着几套雕花柚木桌椅。一个角落里还放着棕色的竹制花纹桌椅。墙上挂着各种各样的相框,正中的框内是几个中国字。两间卧室,一间书房,雕花的屏风挡住了我的视线。不一会儿,我借上厕所的机会,将松井家的设置偷偷地拍摄了下来。

忽然,我发现一个女孩正在书房里练习弹钢琴。她看见我后,立刻走了过来,礼貌地鞠躬行礼。

“吉田君,这是小女富美。”松井面带自豪地说,“她已经能讲一口流利的英语、法语和马来语,中国有句古诗讲得好,叫‘桐花万里丹山路,雏凤清于老凤声’。帝国以后的希望就在他们身上啦。”

忽然间,我发现富美同多加一样,都有一双天真无邪的大眼睛。

半个小时后,我婉言谢绝了松井夫妇共进晚餐的邀请,抽身离开了他家。我走到楼道时,富美追了上来,很有礼貌地说:“叔叔,今年东京的樱花漂亮吗?”

我一下子被问住了,结结巴巴地说:“喔,当然!东京的樱花每年都是最美的,就像我们富美一样美丽。”

富美羞涩地笑了笑:“明年,您要是有空的话,能给我寄几张照片吗?我……我……已经很久没有回到日本了。”

我涨红着脸点点头，说："当然，叔叔明年一定给富美寄几张好看的照片来。"

"真是太感谢您啦。"富美甜美地笑了起来。我走出松井久太郎居住的公寓，看见富美站在阳台上，开心地向我挥手致意。她那双美丽的大眼睛，犹如针一般刺着我的心。

这天夜里，富美那双美丽的眼睛一直浮现在我脑海中，她甜美的声音，在我耳边不停地萦绕。这场该死的战争！

1940年8月28日　黄昏

在夕阳的辉映下，整个新加坡城无比耀眼，城市的轮廓在淡淡的光线中变得格外柔和。几条小河蜿蜒流过，像一条时断时续的银色带子，最后缓缓注入大海。

大家一致认为，要在松井家下手行刺是一件困难极大的事。很可能伤及无辜，枪声容易引起附近警察的注意，完事后很难脱身。

经过对松井两天的跟踪观察，我们发现他有一个习惯，那就是每天傍晚都要到克拉码头观赏夜景。实际上，松井是在记录来往货船的数目和英军的调动情况。

奥利弗说："伙计，我们可以提前埋伏在路旁，等他经过时，就开枪伏击他。"

威廉摇了摇头："这样做危险很大，枪声会引来警察，他在车里，我们不一定能把他打死。这次行动尽量不要用枪，要用别的方法。"

袁文道沉思了一会儿，说："我们可以人为地制造一起意外，比如车祸什么的。"

李志民说："对，车祸！昨天我跟踪松井的时候，发现途中有一个弯度很大的拐角，一边是几十米高的山崖，另一边是厚实的山壁，要是躲闪不及，很容易连人带车跌入山崖。"

说着，李志民拿过纸笔，将那里的地形简略地勾画出来。威廉看了看我，他在征求我的意见，我问："松井每天都是一个人开车去码头？"

"当然，难道做这种事还要带一个人？放心好了，我跟他两天，就这家伙一个人。我向上帝起誓，没有别人。"李志民胸有成竹地说。

我朝吉布森兄弟点了点头："我看这法子行得通。"

1940年8月30日　17点37分

按照计划，我、李志民和奥利弗，把一辆货车停在离拐角不远的树林里，威廉和袁文道驾驶租来的轿车，跟在"斑纹蜂"的后面。当"斑纹蜂"的车驶来时，货车将飞快地跟上去，在拐弯处，货车狠狠地向目标车撞去。这会出现两种结果：第一，"斑纹蜂"被货车撞下山崖；第二种，也是我们最希望的一种，那就是他慌乱中将车开下山崖。

李志民的驾驶经验很丰富，他认为第二种的成功率最高。

尽管我们已经作了精心的准备，但李志民还是差一点错过了"斑纹蜂"的车。原来，正当一辆油罐车费劲地向我们驶来时，我从反光镜中看见"斑纹蜂"那辆"福特"汽车清晰的身影，它从油罐车后疾驰而来。

“志民！快一点，‘斑纹蜂’来了。”我大声对李志民说。

“该死！”李志民赶紧发动汽车，一脚将油门踩到底，货车呼啦一声蹿上马路，从油罐车面前飞驰而过。油罐车的司机惊出一身冷汗，他猛地踩了下刹车，同时按响了喇叭，高亢的喇叭发出一阵怒吼。

李志民理都没理油罐车，他一个劲儿地往前追，一分钟后，我们终于追上了“斑纹蜂”的汽车。当我们与“斑纹蜂”的车差不多并驾齐驱时，我发现车里还有一个人，那就是他的女儿富美，小姑娘正和父亲有说有笑。

我浑身打了一个冷战，一种不祥的预感袭上心头。“不，不！”我赶紧对李志民说，“车里还有一个小女孩，快停下来！”

哗啦一声，我的头被冰冷的枪管顶住，奥利弗轻声说：“伙计，别激动，这是战争！快动手，不然我打死你表哥。动手！布鲁斯。”奥利弗高叫道。

这时，“斑纹蜂”的轿车已经驶到拐角处，李志民咬着嘴唇，狠狠地向对方撞了过去。瞬间，“斑纹蜂”的车头突然一个转向，跟着就笔直地冲了出去，它狠狠地撞在路边的岩石上，最后重重地砸在山脚下。

“谢天谢地，终于把他给干掉了。”奥利弗抽回手枪，大声说道。

“你这个畜生！”我狠狠地给了奥利弗一记重拳。

满地都是玻璃碎屑和金属碎片。

“我干了什么？我都干了什么？感谢上帝，引擎没有着火。”李志民轻声说了一句，他大口大口地喘着粗气，嘴里骂着什么。

威廉·吉布森开车过来，大声对我们说：“伙计，赶快走，快走！有警察过来了。”

我隐约地听见警笛声，我们慌乱地离开了现场。

第二天早晨，我陪李志民到附近的教堂做弥撒。我是一个唯物主义者，并不信奉宗教，不相信那些教堂的仪式。但李志民是一个虔诚的天主教徒，这种方式能帮他减轻心灵的重压，李志民说，教堂的音乐是上帝关于生命的箴言，在那儿，人们能把所有烦恼都忘掉。

我们走进教堂时，仪式刚刚开始。神甫领着人在唱赞美诗：“赞美我主，我的灵魂，以我所有，赞主圣名……”

教堂里人不多，显得空荡荡的，四处响起回音。李志民闭上眼睛，虔诚地做着祈祷。

不一会儿，李志民手里拿着几个银币，慢慢地绕过前面祈祷的人，到门口替自己和富美领取了两根蜡烛，小心翼翼地将其放在圣像前面。这时，神甫已经念完了经文，他对着众人大声说：“祝福吧，双手沾血的人……祝福吧，无辜受难的人……祝福吧，祈求宽恕的人……”

我们俩不由自主地打了个冷战，李志民伏在长椅上抽泣起来，嘴里不停地用法语说：“上帝，请您宽恕我……宽恕我……哦……无辜的人……”

我默默地低下头，我真不应该把这个年轻人拉入这场战争，他也是无辜的，一切原罪都应归咎于这场该死的战争和那些发动战争的疯子！

中午，我们在当地报纸上看见了“斑纹蜂”遭遇车祸的新闻：他本人当场死亡，女儿富美正在医院急救。

奥利弗·吉布森吹了一声口哨：“喔，干净利落，做得漂亮！”

李志民按捺不住心中的怒火，冲过去抓住奥利弗的衣领，大声说：“你这个狗娘养的！”他挥拳向奥利弗打去，两人很快扭打在了一起。

“奥利弗，出来！”威廉·吉布森将哥哥奥利弗叫了出去。

不一会儿，吉布森兄弟走进来，奥利弗的样子很难看，就像有人刚刚抽了他半加仑血似的。

“伙计，对不起，昨天我太冲动了。”奥利弗涨红着脸说，“我向上帝起誓，不会再出现第二次了，我保证！”

我笑了笑，把一只手搭在奥利弗的肩膀上，说：“没什么，奥利弗，我并没有放在心上，布鲁斯也是。”

“伙计。”威廉柔声地开了口，“干咱们这行有一条高于一切的准则，那就是‘任务第一’，我为奥利弗昨天的事情向你们道歉，毕竟我们还是一家人嘛。”

“好了，奥利弗，别哭丧着脸。”李志民递给奥利弗一杯啤酒，“你的拳头还挺硬朗，陪我到外面走走，看看有没有像约瑟芬一样的姑娘。”

“最好带一块羊排回来。”威廉说。

“放心，我不会用两英镑买当地女孩的照片。”奥利弗回应道。

大家哄笑起来，适才的不快一扫而光。

傍晚时分，我和李志民偷偷来到富美疗伤的医院。

走在医院毫无生机的长走廊里，两边的瓷砖墙面闪闪发光，单调又千篇一律。我们像两个正在走向刑场，即将被执行死刑的罪人。我们转过一个弯，看见富美的母亲正坐在一根长凳上，不停地哭泣。对了，就是这儿。

“吉田先生。”富美的母亲看见我，就哭泣地走了过来，“我……先生……”

“夫人，没想到教授他……请节哀顺变。”我轻声地安慰她，这话是我的心里话，并不是撒谎和演戏。毕竟这位妇人是善良的，她和富美成为这场战争无辜的受害者。

“夫人，富美怎么样？”我关切地问道。

“喔，谢天谢地，她的伤不严重。左上臂骨折，软组织撕裂，头部划了一个很大的口子。性命保住了，就是受了很大的惊吓，医生说不用担心，她很快会好起来的，多谢您惦记她啦。”

听了这话，我们松了一口长气，这都是我们的错误，因为我们的行为，差一点让这个活泼可爱的小女孩死于非命。我从来没有体验过现在的滋味，感觉人性道德正在谴责我,它们如利齿一样啃噬我,令我痛不欲生,世界上所有善良的人们都用一种蔑视的目光看着我。

张秋冰出现在我脑海中,他大声呵斥道:“黄仲泰同志,你到底还有没有党性?有没有地下情报工作的纪律和原则?你到底还是不是一个共产党员?”

列昂尼特摇着头说:“你真是混蛋透顶愚蠢到家!”

我步履沉重地走近富美的病房。在我眼中,不是我走近门口,而是门口在逼近我,阴森森地把嘴越咧越大,逐渐地吞噬我。就在那个病房里,躺着一个天真活泼的小女孩,她有着和多加一样美丽的大眼睛,因为我的过失和轻率,几乎让她送命。再见面,我对富美说什么呢?我不敢找出答案。

门上的金属把手握上去冰凉凉的,我感到连这东西都同自己作对,蔑视我们,我们缓步走进病房。富美躺在病床上昏睡着,她的手臂上打着石膏,再没有先前的生气。我脑子里费力地思索着,想做点什么或是说点什么,但脑子一片空白……

我将一套精美的樱花明信片放在富美身旁,李志民低声用法语诵道:“正义女神持平公正,罚罪与恕罪恩威并施,绝无偏倚。无论罪孽如何深重,只须祈祷、忏悔,罪罚终得恕免。”

李志民从兜里掏出“守护神”,轻轻吻了下,然后放在富美枕边。“它能带给你好运,一辈子都守护着你。”李志民轻声用英语对富美说。

“志民,你这是……”我想起波西米亚女巫的话,想阻止李志民。

李志民笑了笑,他用法国人特有的眼神告诉我,这可以让自己心里好过些。

当我们走出医院大楼时,不约而同地流下了泪水,我的脑海中蹦出一个成语来:罪不及孥。

忽然,我发现身后有几个黑影,他们是谁?难道是藤原幸的手下?

朦朦胧胧中,我感觉有一双黑色的眼睛一直瞪着我,还听见一声悠长、低沉、凄厉的吼叫声,可怕得难以形容。这双眼睛一直死死地跟着我,说不清他到底是谁,但我好像真的在什么地方见过。这声音不知是从哪儿传来的,先是沉沉地响起,逐渐变得很尖锐,最后是悲哀的号叫。这时我看见一个人用怪异的样子看着我,他是谁?

32. 电影迷"狼蛛"和他的"东南亚阿菊"

1940年9月4日　北婆罗洲山打根

这座小城名叫山打根,是马来西亚沙巴州的首府,也是马来西亚最大的木材出口港和渔港。十八世纪初,山打根是苏禄王国对华贸易的出口港。十九世纪下半叶,英国占领湾口的布利欣欣,命名为"埃洛坡拉",不久改名叫"山打根"。

九月的婆罗洲是多雨的,傍晚七点还不到,密如细雨的浓雾笼罩着整个山打根。泥湿的街道,天空压着低沉的乌云,盏盏路灯成了团团混沌光晕,微弱无力的灯光,一圈圈洒在泥滑的人行道上。马路上,人很少,只有一些人力车来来往往。华人店铺的牌子和灯笼,在海风的吹拂下,左右摇摆。

婆罗洲的人都瞧不起日本人。在前往山打根的一路上,我不止一次听见人们嘲笑日本人的对话。

"要是你以为日本人是什么上等人物,那就大错特错了。你猜,上我们这儿来做生意的日本人,他们用什么家什吃饭?他们用的是搪瓷便盆!是便盆,我们用来盛屎尿的便盆。不知道他们是知道这是便盆呢,还是不知道。"

"要是不知道那也太差劲了,就是傻子也知道不能用尿壶喝水,若是明明知道还用那就更蠢了。他们饭也不会做,把土豆、白糖、辣椒、茄子统统混在一起放在锅里煮,真是些野蛮的饿鬼。"

"你看他们常常在河边,赤条条地光着身子,男人和女人一起洗澡,就知道有多野蛮了。"

"难怪日本的男人会牵着小孩,笑嘻嘻地欢送自己的女人到我们这儿来当妓女,真不知道他们心里怎么想的。看样子野蛮人都这样吧。搞不好,他的孩子中保不定都不是自己的种儿哩。戴着绿帽子,替人家养儿子,嘻嘻……"

……

我在棉兰见过一幅张贴在街头的石版画,画着一支被暴风吹打得破烂不堪的日本舰队,舰上的大炮在寒风中瑟缩颤抖。画面下有一行荷兰文和马来文写的口号:为身穿和服的窑姐们,前进。这是荷兰人对日本倚靠妓女赚取外汇的嘲笑和讥讽。

话又说回来,这里的人们并没有看到日本人可怕的一面。威廉·吉布森告诉我,现在整个荷属东印度和暹罗都叫苦不迭，一向受东印度欢迎的暹罗丝绸开始受到日本丝绸的排斥，因为日本丝绸价廉物美。在婆罗洲，日本的手工业品正悄悄地打入市场。做纽扣、做梳子和篦子的工匠，也因日本货价钱便宜、外表美观而失去了很多市场。日本人已经开始行动了，首先是经济上的入侵。

我们住在一栋公寓里，透过窗户，可以清晰地看见对面那家日本人开的妓院。在山打根，日本人的数量仅次于华人，他们大多在这里开设妓院和橡胶园。日本人的妓院就集中在这条街道上，总共有六家，顾客主要是日本人、华人、英国人和当地土著人。我们对面的妓院，在两家日本人开的商铺中间，是两层楼的房子，楼门口挂着磨砂的红灯泡。据说这些灯泡白天是不开的，只有到了晚上做生意的时候才亮，这是妓院的标志。

妓院门口放着一些椅子，芭蕉树下坐着七八个日本女子。这些人有的胖，有的瘦，在厚厚的脂粉、乌黑的眼眉和猩红的唇膏下面，可以见到岁月在她们脸上刻下的痕迹和堕落放荡留下的伤疤。她们头上绾着发髻，穿着大花和服，故意露出系在里边的红色腰带。有的懒洋洋地哼着小曲，或者用沙哑的嗓子向路人打招呼，也有的无精打采地吸着烟。

我觉得整条街因为她们的存在，染上了一种罪恶的魅力。弥漫在雨中的丑恶淫欲，让人感到窒息，简直是可怕。它因为文明和羞耻的荡然无存，令人厌恶；但由于原始冲动又深深地把人迷住，最后一些意志薄弱的人被这种迷雾所笼罩。在这些缠绕人的面容背后，我感到有种神秘的东西，或者说是一种可怕的力量在掌控她们。

“这些人可不是你们想象中的风尘女子。”威廉·吉布森没有用“婊子”这个词，“她们都是受过训练的女特工，楼上还有五六个，人们叫她们‘东南亚阿菊’。”

“‘阿菊’？”李志民笑着说，“这名字土得够戗。”

“伙计，千万不能小瞧这些人，很多人认为下南洋当妓女的日本女人都是家境贫寒的人，她们被人贩子卖到这儿，卖身赚钱，是苦命的女人。但对面的人，可不是被迫来这儿的，她们的工作就是干这个。在上个世纪末，日本札幌开设了一所培训间谍的语言学校，里面重点培训女间谍。训练她们运用美人计获得情报，由于这些女人常常以妓女的身份出现，所以人们统称她们为‘阿菊’。其中最出名的要数‘西伯利亚阿菊’、‘满洲阿菊’和‘大陆阿菊’。

“‘西伯利亚阿菊’原名山本菊子，日本九州人，7岁的时候因为家境贫寒被卖为妓女。一个偶然机会，她被日本特务头子内田良平看中，经过训练成为一名女间谍。日俄战争爆发后，这位‘阿菊’潜入西伯利亚，获得大量情报，在日本情报界初露锋芒。后来，她用美色诱惑了白俄土匪头子谢苗诺夫，使其率部向日本关东军投降。1923年，这个谍报界的女明星在哈尔滨病死。”

“哦，上帝，可怜的女人！”李志民说，“另外两个‘阿菊’呢？”他仿佛对这三个女人很感兴趣，一个死了，他对另两个还不甘心。

"'满洲阿菊'本名河村菊子,自幼父母双亡,从小就被送到间谍学校受训。在她15岁的时候,就被日本谍报机关派到满洲执行间谍任务。日俄战争时期,河村菊子化名'小金凤',嫁给了马贼杨大新。这个女人后来成为这股土匪的女头目,并领导这股非法武装在中俄边境流窜作案,刺探俄国军队的情报,获得了'满洲阿菊'的称呼。这个女人后来还参与了著名的'皇姑屯事变'。"

"上帝啊,可怕的女人!"李志民叹道。

"至于'大陆阿菊',指的就是潜入中国内地,勾引中国政府高官的日本女人,最出名的'大陆阿菊'名叫南造云子,她毕业于日本中野间谍学校,这个女人利用美色引诱了很多中国高官,她曾经利用这些人两次刺杀蒋介石。"

"正所谓'唯小人与女子难养也'! 果不其然,最毒不过妇人心。"袁文道感叹道。

日本"阿菊"让我想起了一个名叫瑟扎·克莱莉丝的英国女人,这是列昂尼特教官同我喝酒时讲的一个故事:瑟扎出生在英国,生活在德国,当她还在不莱梅的一个语言学校工作时,就开始替英国情报处工作。后来,她自己创办了一所学校,广交德国名流,包括普鲁士的亨利亲王。25岁时,瑟扎嫁给了一位德国科学家,不久,英国情报处要瑟扎搞到德国新型飞机的资料,而管理资料的正好是她丈夫,瑟扎很容易地完成了这项任务。1913年第一次世界大战爆发,离婚的瑟扎来到巴黎,开了一家妓院,一些著名而又不检点的大人物常常光顾此地,她趁工作之余,记下了这些人的名字。后来,瑟扎几易其夫,利用特殊关系,在欧洲各地从事间谍活动。

"如果你们要认为她是一个在男人统治的世界里受到粗暴对待、脆弱而又爱国的天使,那就大错特错了。因为,这个女人虽然容貌美丽,才智过人,但性情残忍,做事诡诈,被人誉为'妖姬'。如果她要下手的话,能把最好斗的男人吞下去当早点。"

上面这段话是列昂尼特教官当时对瑟扎的评价。

威廉说:"这次我们的目标就是这家妓院的老板内田造一,他是特务头子内田良平的侄子,也就是藤原幸手下的得力干将'狼蛛'。早些年,内田造一化装成游客,深入中国的西南地区,刺探军事情报。要知道,日本人对中国内地的侦察可以追溯到上个世纪末,一个名叫石川伍一的日本间谍,环游四川盆地,潜入康藏地区,进行间谍活动。内田造一是石川的学生,他在三十年代初来到四川,继续石川的事业,制作了一份名为《西南各省兵要地志概说》的报告书。在报告中,标明了各地的山川水系,如三峡要图、都江堰灌溉图、道路网图、汽车道路图等等。还有主要作战路线沿途的兵力、给养力和农产品状况、通信、气象等等。连你们'陪都'重庆和省会成都的机场都有一览表。怎么,不信?"

威廉见我和袁文道带着疑惑的神色,他又说:"重庆的机场有广阳坝、珊瑚坝、鸡公岩、鱼洞镇、江津县、白市驿。"

我脑子哐当响了一声,这些被国民政府视为高度机密的东西,没想到被日本人了解得清清楚楚。难怪我们的空军在重庆大轰炸初期损失惨重。

“内田在人烟稀少的地区刺探情报，大多装扮成云游的和尚，因此他受到当地山民热情款待。没想到，为了掩盖自己的行踪，内田一般会在次日清晨，把这户人家全都杀死。他走一路杀一路，双手沾满了中国人的鲜血。几年前，这家伙带着手下的‘东南亚阿菊’来到山打根，利用美色诱惑当地官员，获得大量军事情报。我们准备明晚对他及他手下的‘阿菊’下手，放一枚定时炸弹在妓院里。伙计，制造定时炸弹由你负责，我的行家。”威廉对袁文道说。

“怎么才能把这枚炸弹稳稳当当放进妓院呢？”我问。

“是啊，我们也在考虑这个问题。这个内田造一喜欢看电影，明天晚上当地的电影院要放映美国电影，他一定会带着保镖去看电影。我们准备在电影院里把他干掉。”奥利弗说。

“你的意思是一部分人去安装炸弹，另一部分人去杀‘狼蛛’？”我问威廉。

“正确，伙计。安装炸弹这活由我和袁文道负责，你、奥利弗和布鲁斯负责在电影院干掉‘狼蛛’。现在的问题是怎么把炸弹放到妓院里。”威廉说。

“我有办法，假如你们能找到碘晶体和松节油，这两种东西混在一起，能冒出大量的浓烟，看上去就像失火一样。我们把这两样东西带入妓院，制造失火的假象，趁乱把炸弹放在里面。”说完，袁文道在纸条上写下两种化学物品的英文名字，交给吉布森兄弟。

奥利弗看着纸条，低声吹了一下口哨：“妙计！一切都搞定了。”

第二天晚上，夕阳的余晖笼罩着山打根。晚上气温凉爽宜人。这里的男人们豪放爽朗，姑娘们标致漂亮。一到黄昏，女人们习惯在家里或是在十字路口围着卖罗惹的老太婆闲聊。罗惹，是当地的一种小吃，用生果涂上糖、盐、辣椒等捣拌而成。男人们闲坐在路边，一边抽烟，一边谈论家长里短；孩子们拿着从学校偷来的粉笔，在马路上画上格子，叽叽嘎嘎玩起攻城游戏来；一些年轻小伙子身着纱笼，成群结伙地集聚在卖哥腊的姑娘周围，调情逗乐。哥腊是一种用糖水、椰浆、香蕉或是白薯制成的食品。几个干力气活的苦力，坐在路边，一边喝酒，一边唱歌：

“玉兰树的枝头上，
画眉鸟儿在歌唱。
它整日啼鸣，
从不知厌倦。
唉，好似在讥笑我的贫穷潦倒。
我的命运女神呀，如今你在何方？
昔日你夜半离去，带走了我爱情的幼苗。
……”

各家妓院也热闹起来。“狼蛛”的妓院门口，一个歌妓正在演唱歌曲，另外两三个跳着当地的“云弄”舞，其他的“阿菊”不停地拽拉着行人。一些当地官员、商人和日本浪人坐着轿车或是人力车，相约而至，搂着自己的相好，走入屋内。

“狼蛛”内田造一在两名保镖的护卫下，缓步走向电影院。他像个当地人，上身穿着长袖绸短褂，下身系着色彩鲜艳的幔裤，拖着木屐。内田很讲时髦，他学着好莱坞电影明星的模样，头发上还抹了光亮的头油。

我、奥利弗和李志民跟在他身后，威廉和袁文道则装扮成嫖客，“醉醺醺”地走进了妓院里。

电影院门前，行人摩肩接踵，男商女贩，有挑担叫卖的，有席地摆摊的，热闹非凡。椰子树下是一小堆一小堆的人，有几对夫妇，大都是中年的；一群男孩子在人行道上打滚，打打闹闹，看上去谁也不担心会出什么事情。内田造一买了票走进电影院，保镖没有跟随他进去，而是走到附近的茶铺喝茶去了。

“这真是太好了，就他一个人。”奥利弗兴奋地说。

我们买了票跟着走进电影院，检票的是一个肥胖的土著女人，她冷漠地望着进来的每一个人。恰恰相反，影院的经理穿着笔挺的衬衣，打着丝质领带，每一个白人经过，他都微笑着鞠躬行礼。

电影院不大，四面是刷黄的墙壁，电风扇不停地转动，空气中弥漫着旧沙发发霉的味儿。我们坐下后，灯还亮着，我环顾身后的楼厅，楼厅上散落着十几个人。内田造一静静地坐在上面，嘴里嚼着槟榔，很有耐心地等待影片的开映。

银幕旁边有一个钟，指针准确地指着七点二十分。我与奥利弗和李志民交换了一下眼色，大家不约而同地看了看表：我们约定影片开始后五分钟离开座位。

灯熄灭了。音乐的巨响震动着我的鼓膜，五分钟后，我们悄悄地坐到了楼上，分散在内田造一的四周。我仔仔细细打量了他，内田造一个头不高，皮肤白皙，圆脸，肥胖的身躯，四十出头。他看上去很入戏，当影片里出现接吻的镜头时，他就会笑嘻嘻地长时间发出咂嘴声，根本没有发现我们的到来。

这是一部美国西部片，我们一直在等待枪战的到来。电影院里越来越热，我解开衬衣扣子，有点头重脚轻的感觉。这时，电影里出现了枪战的镜头，我悄悄拔出手枪，顶上膛，慢慢地把枪口对准内田造一。

忽然，电影机出现了故障，银幕变成空白，灯也随着亮了。

我急忙把手枪扔在旁边的空位上，侧着身子，用手掌遮盖住，额头惊出一层冷汗。

内田造一转过身去，大声地咒骂：“喂！搞什么？”

我也跟着用日语骂道：“混蛋！有这么骗钱的吗？”

“哦……您是日本人？”内田造一惊喜地盯着我说。

“对,东京的。”

“哦,好地方呀,不像我们这些小县城的土包子呀。”内田造一脸上露出羡慕的神色,“先生是来……”

“我是来这儿做生意的,橡胶生意。”我抢先说。

“哦,大买卖啊！阁下有空请赏脸到我们这儿来,有一流的姑娘。”内田造一将一张名片递给我。

“好的,没问题！到时候一定光顾,请多关照啦。”

“太感谢了。”

灯又灭了,影片继续播放。内田造一将手伸进怀里,我下意识地拿起了手枪。只见他掏出一个香烟盒,递给我一支香烟,低声说:“先生,来一根吧,正宗的英国烟。”

“对不起,我不吸烟。”我摆手拒绝,脸上露出不快的神情。

“哦,打扰您看电影了,真不好意思。”

内田造一在黑暗中笑了笑,朝嘴里塞了个槟榔,转头继续观看电影。很快,他又进入情节之中了,我这才舒了口气。

不一会儿,枪战的镜头又出现了。里面噼里啪啦的打个没完,内田造一变得很兴奋,不停地拍手称好。

坐在他后面的奥利弗,轻轻地抽出手枪,他咳嗽了一下,在这一瞬间,子弹顶上了膛。奥利弗慢慢地把枪口对准内田造一的后脑勺,当电影里枪声激烈的时候,奥利弗扣动了扳机。

砰的一声,内田造一瘫倒在位置上,死了。

与此同时,我们听见不远处发出轰隆隆的爆炸声:妓院的定时炸弹爆炸了。

电影院的人都以为枪声是电影里发出的,而爆炸声是外面在打雷下雨了。

我们一溜小跑地穿过走廊,出了后门,翻过院墙,来到电影院大门前。我看见一股浓烟从内田造一的妓院那儿升起,电影院里发出了惊恐的叫声:“有人被打死了！有人被打死了……”

这时,我仿佛又看到了那双黑色的眼睛,又听见那个恐怖的声音,那张怪异的脸一直在对我笑……

33. 李志民之死

这天晚上，我们在一家旅馆要了房间，等待去菲律宾的英国货船。

威廉·吉布森吃完晚餐后，就蒙头大睡了。他叮嘱大家，不能走出旅馆大门半步。袁文道迷上了《每日电讯报》的填字游戏，这是他每晚必做的事儿。我也被他拉去做这个游戏，但总是让我倍感难堪，因为我考虑半天后，往往只能填上一个字，而当我还在为第一个线索绞尽脑汁时，袁文道已经把所有的字填好了。

李志民和奥利弗一直在低声说着什么，不时发出阵阵诡异的笑声，不知道他们俩要搞什么名堂。

在秘密营地的时候，列昂尼特就告诉我，杀人其实是一件又脏又臭的事情。当时，我不以为然，现在才发现他是对的，身上的气味几乎让我无法容忍，汗臭和血腥味老是扑鼻而来，我决定好好地清洗下自己。

我躺在浴缸里，冒着气的热水从龙头流出，我享受着雪梨酒，手枪放在我能拿到的地方。我不断地闻闻自己的胳膊、手和腿，看看有没有味儿，特别是血腥味。我总觉得那几个日本人的血一直溅在我身上，散发着一种说不出来的味道，即使用肥皂水不停地擦拭身子，也无济于事。

或许，这是心理作用，除了时间，没有任何东西能除掉它。

我环视四周，眼光落在一个装有洗澡粉的瓶子上，这是英国女性喜好的洗浴物品，我在重庆听说过，但从来没有用过。我好奇地往脚边的水里倒了一把，上升的蒸汽中一下子便充满了一种刺鼻的香味，差点没把我熏昏。我闭上眼睛，身体四周溅着油脂的水。我感觉自己快飘起来了，想着离家不远，快乐至极，我渐渐进入了甜美的睡梦之中。

不知过了多久，袁文道推开浴室门，我下意识从梦中惊醒，抓起手枪对着他："瞎子，你搞什么，吓我一大跳。"

"仲泰，奥利弗回来说，李志民不见了！"

"什么！"我顾不得许多，光着屁股就站起来，"他们不是在屋里喝酒吗？"

"一个小时前，两人就偷偷溜出去，到附近的酒吧喝酒去了。可奥利弗喝了一会儿，发现李志民人不见了，他在外面找了好半天，也没见踪影。"

我不禁想起波西米亚女巫对李志民说过的话，若是"守护神"哪一天不见了，他会有血光之灾。天啊！我觉得一股杀气已经向我们扑来，有人开始向我们编织一张死亡的网。

半夜时分，我们在一家旅馆里找到了李志民。他赤身裸体地躺在一张卧床上，眼睛睁得大大的，人已经死了。

我顿时心痛得几乎要晕过去。我跌跌撞撞地走过去。“志民……志民……”我不停地摇晃着李志民。一个同我并肩作战，同生共死的兄弟，就这么离我而去了。

“畜生！”我捶打着墙壁咆哮道，“是哪个狗娘养的杀了他，我一定要找到他，将他碎尸万段！”

我一辈子都不能原谅自己，是我让他蹚上这浑水，结果使他惨遭厄运。

“仲泰，这要怪我，是我该死。我没有极力劝阻他们，当时我想他们就喝点酒，没么事……我怎么会料到……”袁文道自责道。

“奥利弗，奥利弗！布鲁斯在酒吧喝酒时，和谁接触过没有？啊！”我厉声地问道。

“和……和……一个女孩子……好像是你们中国人……对的……”奥利弗结结巴巴地回答道。

“中国人？”我脑子瞬间冷静下来，“你回去找布鲁斯的时候，看见这个女孩子了吗？多大，什么模样，穿什么衣服，有什么特征，什么口音？”

“伙计，我……回去的时候，那个女孩子和布鲁斯一样，不见了。”

“一起消失了？”我自言自语道。华人女孩子？不可能，这片地区的华人虽说很多，但都是奉公守法的好人。他们沿袭了我们中国人的传统文化，女孩子是不会随便在晚上出门的，何况去酒吧。莫非……莫非是藤原幸的人？

我想到这里，浑身的血都凉了。

威廉·吉布森走近李志民的尸体，仔细地看了看，在李志民的颈部找到了一个细小的针孔。“上帝，有人用暗器杀了布鲁斯，凶手很可能是一个女性。”他又摸了摸李志民身上的肌肉。“肌肉僵硬得像木头，没有余温，这是中了一种类似马钱子碱的毒物，它可以使中毒者死后肌肉瞬间僵硬。”

袁文道在地上捡起一个烟蒂，说：“凶手应该是个女性，烟蒂上有口红的印迹。”

我闻到空气中弥漫着一股特有的香水味道，还有……还有……对了，洗澡粉的气味，和我刚才用的一模一样。一定是一个女人杀了李志民。

我轻轻替李志民合上双眼，摘下长命锁，用手帕包裹好，缓缓放入衣兜里。这串银锁就是李志民的灵魂，有它在我身边，李志民就没死，他一直和我在一起。

我和袁文道替李志民擦拭身体，这是中国人的习俗，入殓之前要清洗身体和更换衣服。

这时，吉布森兄弟发生了激烈的争吵。

“该死的奥利弗，该死的奥利弗，你真该死！”威廉大声对奥利弗说，“我给你说了多少次，不能迈出房间一步，你为什么不听。”

“我们只不过想出去喝两杯,没想到……”

“喝两杯?喝两杯?奥利弗,你永远都长不大!你迟早会被酒精害死的,是你害死了布鲁斯!你这个该死的白痴!”

“听着,威廉,你最好别用这种腔调和我说话,我已经受够你这种高高在上的臭模样了。”

“你不喜欢我这么说话,是吗?好吧,我还不喜欢手底下有个酗酒坏事的废物,你对我礼貌点!你他妈的能不能让我省点心。”

“我说你听着,威廉!要不是今天布鲁斯出了事儿,我会用拳头狠狠揍你一顿,你到底觉得自己有多了不起?你要是再这么对我,小心……”

袁文道劝道:“好了,好了,大家都克制点,不要闹了。”

“谁他妈的喜欢和一个为了吃顿肉,就跟臭女人上床的人一般见识。”威廉不屑地说。

“是啊,是啊……你他妈的没和她亲热过?冒充我去和约瑟芬上床,混球!”奥利弗冷笑道。

“喂,你们吵够没有?现在最重要的是找到凶手,替志民报仇雪恨。要我猜的没错的话,这个人是一个女的,身上擦着香水,住在一家高级旅店里。”我站起来说。

“头发是黑色,亚洲人,应该是日本人。”袁文道从李志民手中找到了几缕女性的头发。

“看来是藤原幸手下的阿菊。”威廉说。

“必须在今晚找到这个婊子!威廉,你去准备工具,最好是当地人用的吹管和毒箭,我去查查这个婊子在哪儿。”奥利弗咬牙切齿地说。

半个小时后,奥利弗找到了凶手的地址,她是一个名叫萨娜的日本女人,住在山打根一家酒店里。我们带着吹管和毒箭,径直向酒店奔去。

凌晨时分,酒店的前厅了无一人,守门人在打盹儿。我偷偷地从这家伙手里拿过住客登记簿,很快找到了这个叫萨娜的女人,她住在二十三号客房。

走到客房门口,奥利弗将手枪顶上膛,他向威廉使了一个眼色。威廉从兜里掏出一根细铁丝,轻轻地捅开了房门,我们悄无声息地走了进去。

房间内没有人,床上和地下都散落着女人的衣服,床头柜上放着一把顶上膛的手枪。我闻到整个房间弥漫着那种香水气息,她人在哪儿?

这时,浴室传来了哗啦啦的水声和一个女人用日语唱歌的声音:

“从上野车站来到九段坂,
我心情急切,有路难辨;
我手扶拐杖,走了一整天,

来到九段坂，
我看望你，我的儿。
……”

“臭婊子！”奥利弗一脚踢开浴室的门，只见浴缸里躺着一个年轻美貌的日本女人，她浑身是水，对我们的出现倍感惊讶。

应该说这个名叫萨娜的女人的确很美。白净的皮肤，匀称的身材，若是能减掉十几斤，恐怕可以当一个时装模特。任何男人与她在街上擦肩而过，都会情不自禁地回头看她一眼。若是在酒吧里坐在她身边，任何男人都会为她买一杯酒。但，任何男人绝对想不到，这个女人是一个充满危险和杀机的人，是日本的托法娜，东南亚的“阿菊”。她就像一块高爆炸药，一触即炸。

“先生们，您们这是……”萨娜面带惊恐地问，她的手缓缓伸向一旁的浴巾。

“别动！”我用手枪对着她，“动我就开枪打死你！”

“对不起，您们是……”

“你应该知道我们来干什么。”威廉拿出两根吹管，递给我一根，然后往里面装入了毒箭，这是一种见血封喉的毒箭。

萨娜瞬间明白了，她镇静地说：“可以让我穿上衣服吗？求您们了，我不想这样死。”

威廉理都没理她，对着她就是那么一下，毒箭刺入她的脖子。我拿起吹管，对着她也是一下，毒箭扎在她的腹部。

“伯爵……会……杀……”萨娜指着我们断断续续地说。轰隆一声，萨娜倒在浴缸里，里面的水变成了红黑色……

奥利弗过去摸了摸她的脉搏，说：“这个婊子死了。”跟着，他撩开浴巾，里面竟藏着一把锋利的短刀。

我弯腰偷偷地看了萨娜一眼，她眼珠子突出着，仿佛要跳出来似的，前额和整个脸皱得不像样子，由于抽搐而扭曲了。我的心很平静，没有丝毫愧疚，不仅因为她是我的敌人，还带有“血亲复仇”的成分，因为萨娜杀了我的兄弟。

当我们走出酒店时，威廉说：“萨娜就是‘蝎子’，日本在东南亚最有名的‘阿菊’。”

看来藤原幸已经浮出水面了，这是他向我们宣战的信号。

1940 年 9 月 6 日　清晨　山打根教堂

整整一夜，我们都待在教堂里，李志民静静地躺在我们中间。袁文道不停地把手枪拆了又装，装了又拆，一不小心，他的手指竟被划破了。奥利弗没有喝酒，他一直跪在圣像前，不停忏悔。威廉低着头，嘴里嘀咕着什么。我擦拭着李志民的脸，替他换了身新西装，他是一个爱干净的人，上路时，也应该干干净净，一尘不染的。

清晨，天空飘着雨丝，雨丝如此轻盈，仿佛碰不到地面就化为湿雾，在空气中飘散。

教堂发出一阵神秘、缓慢的钟声，同昏暗的细雨混合在一起。我们四个抬着李志民的棺木走着，不停地走着，神甫在前面引导我们，嘴里唱着《永志不忘》。我不停地流泪，感觉四周的一切都在唱着这支哀悼之歌。一些前来做祷告的人，纷纷给我们让路，并画着十字。

来到墓地，神甫念道："上帝的土地和主的意志，天地宇宙和芸芸众生。"他一边念诵《圣经》，一边随着画十字的动作往李志民的遗体上撒了一小把土。接着，几个工人合上了棺盖，准备把它钉牢。

这一瞬间，我跳进墓穴，扑到棺木上，大声地哭道："志民，志民！是我害了你啊……我的好兄弟……志民……"

吉布森兄弟把我拉了上来，工人们飞快地填着墓穴，泥土同雨点一样落下。

安息吧，我亲爱的兄弟。去吧，带着你那迷人的魅力和豪爽的性格，到永恒的地方去吧！那里是人间的天堂，没有工人们在劳苦中垂死挣扎的呻吟，没有被锁住翅膀的法兰西人的号叫，没有失去自由、遭受压迫的人们的悲叹，你不会因为魔兽的暴行而气得浑身发抖。去吧，我们随时都会怀念你，你不但是华人的骄傲，还是法国人的骄傲，任何人都会以认识你为荣，你是一条铁骨铮铮的硬汉子。放心，我会把长命锁带回祖国，给你再找一个好的住处。那里空气清新，上有蔚蓝的天空，下有四周环绕着青山绿岸的湖泊；在竹影下、清流旁，那里鲜花簇簇，虫声唧唧，蝴蝶蹁跹；在寂静的森林中，潺潺的流水上，晶莹的飞瀑前，皎洁的月光下，晚风的叹息中，我们都会看见你可爱的样子。

很快，坟上堆起了一个土丘。按我的要求，在李志民的墓碑上，写了他的中国名字和法国名字，下款落的是：兄黄仲泰立。

我神情恍惚地抚摸着刚立好的墓碑，失神地望着四周的荒野。雨越下越大，在雨幕中，我仿佛看见李志民那张亲切熟悉的脸：他前额傲然跃起的卷发、明亮的蓝眼睛、结实的下巴以及挺拔的鼻梁；他身上笔挺的西装和清爽的白衬衫，一看就知道他是位潇洒的法国人；想起我们从荷兰一路走来，经历的坎坷风雨。想起他潇洒的样子、镇定的神态、令人捧腹大笑的俏皮话……

我不知道是怎样一种冒险之情将李志民攫在手中，让他走上喜欢探险的道路，他一直在寻找一个地方，希望那是一个平等、博爱、民主、富裕之地。我觉得他很像一个终生跋涉的香客，不停地寻找心中的神庙。我并不清楚他寻求的是一种什么样的涅槃，也许是男子汉大丈夫的壮烈，或是罗曼蒂克似的归宿。无论如何，李志民是我的兄弟，一个浪漫的法兰西绅士，一个义薄云天的华裔侠客。

袁文道将一瓶威士忌倒在墓碑前，说："亲爱的布鲁斯，在艰险的旅途中，是你给了我生的信心和力量；在异国他乡的孤寂里，你使我的灵魂得到安慰。这一路上，我曾因为琐碎小事，而消磨了斗志，忘记了祖国的苦难，是你让我振作起来。在你身上，融合了两个民族一切优秀的东西，你是我们海外华人的骄傲……"

袁文道还想说些什么,却忍不住双手捂着脸,失声痛哭起来。

这时,迎面飞来一片阴冷的急雨,我感到这好似一条条湿漉漉的鞭子抽在我的脸上。我站起来,掏出那串长命锁,轻声说:“好兄弟,我们回家吧!”

1940 年 9 月 7 日

我们登上了一艘开往拉瓦格的渔船,暗杀我们的最后一个目标“螳螂”。

我茫然地坐在船头,望着海水穿过灰色的船头,泡沫飞溅,向两边排出滚滚的水波浪花。渔船是一艘老式的蒸汽机船,强大的轮机在铿锵飞鸣,我的心也随船身的震动而颤动。眼前不停地浮现李志民的笑容。

在落日斜照下,远处的山打根笼罩在一片金光中,蔚蓝的海面也闪着烁烁金光。风景虽好,但我总觉得有着一抹凄凉的色调,印记下一阵肃杀之气。

一阵海风袭来,让我浑身寒战,我仿佛又看见那双黑色的眼睛,听见那个令人心颤的声音,还有那张怪异的脸庞。这个人到底是谁呢?莫非是藤原幸?他到底会是谁呢?现在,毫无疑问,藤原幸已经知道是我们杀死了他的亲信,他浮上水面,开始向我们报复,我们中的每一个人都有可能成为下一个被杀的目标。或许马瑟森说得对,藤原幸是一个没人性的畜生,只有除掉他,世界才有宁日。

我感到心中复仇之火,非但没有冷却,反而与日俱增,燃烧得更加炽烈。我已经将伤感和怜悯抛在一边,若是再次与敌交手,我会毫不留情地与其搏杀,豁出命替李志民报仇雪恨,最后护送袁文道平安归国。除此之外,不再有别的心思和情感了。

船舱里,袁文道正在仔细检查吉布森兄弟带上船的武器:两支汤姆逊冲锋枪、几颗长柄手榴弹和一支恩菲尔德步枪。这些武器是奥利弗在当地购买的,有些破旧,勉强能用。听说从山打根到拉瓦格的航路不太平,时常有打劫的海盗,奥利弗花大价钱买了两支汤姆逊冲锋枪,防止路上遭遇不测。

李志民的死让我们清楚地认识到,藤原幸已经开始反击了,他随时都会派人来杀死我们。

我们与藤原幸互为目标。

傍晚时分,渔船加快了速度,奥利弗不停地对机舱里的工人喊道:“伙计们,加油啊,快!”最后,他竟然脱掉上衣,拿起铲子帮着往炉膛里加煤,熊熊的炉火照射在他那张焦急的脸上。

我和威廉坐在船头擦拭自己的手枪,袁文道则用奥利弗从山打根搞到的雷管和罐头盒子,制作简易的“手榴弹”,他说这玩意可以对付海盗,也可以用来杀掉“螳螂”。

威廉用袁文道教授的方法,很快便将他那把左轮手枪擦得锃亮,他笑着说:“伙计,你真是一个行家,我的枪比以前好使多了。”

我问:“威廉,你们兄弟俩放着舒适的生活不过,为什么要跟着马瑟森干这行,就不怕丢了性命?”

威廉说："说来话长，马瑟森爵士跟我们家族有源远流长的交情，我们两家的交情可以追溯到十字军东征时期，那时候，我们先祖是老马瑟森爵爷手下的一名骑士。到了维多利亚女王时，我的曾祖父在马瑟森爵爷祖父担任团长的芒斯特步兵团里当见习军官，这是不列颠军队中最著名的爱尔兰团，在克里米亚和印度两次平叛中，建立奇功。在这个部队服役的人，哪怕是列兵，也和普通士兵不一样。他们近似法国的御林军，一般都拿老兵当做候补军官看待。他们虽然当的士兵的差事，一旦有出色的成绩，就可望升为军官，很多世家子弟都以加入芒斯特步兵团为荣。

"我的曾祖父和爵爷的祖父关系很好，就像形影不离的亲兄弟一样。不巧，正好碰上印度人大叛乱，二十几万印度兵不听指挥，造了反，整个印度成了地狱。当时，我曾祖父不相信这一切是真的，他觉得是有人夸大其词了，照样坐在家里喝他的威士忌苏打水，抽他的方头雪茄烟，不知道烈火已经烧屁股了。

"这天，几十名印度兵包围了我曾祖父居住的公寓，房子里大多数是英国军人的家属，他们拿枪还击。这些家伙就点燃了房子，一下子浓烟四起，四处着火，我曾祖父握着打光子弹的手枪，负伤躺在地上，眼看着敌人就要冲进来了。这时，外面响起了嘹亮的军号声，中间一阵一阵铜鼓打着点子，紧接着是马蹄声和急促的枪声。原来是老爵爷带着手下人杀了过来，他们很快赶走了叛乱分子，把我曾祖父从死神手里救了出来。从此，我曾祖父立下一条家规，凡是爵爷家需要帮助，吉布森家族的人将义不容辞地听候召唤，就这样，我们两家的情谊更深厚了。

"到了我父亲和马瑟森爵爷这辈儿，更不用说了，我父亲和爵爷是布尔战争的生死兄弟。那时，他们都不过是十七八岁的小伙子，和我们哥俩参战时差不多大。爵爷年轻气盛，一心想要建功立业，没想到半途中了布尔人的埋伏，损兵折将不说，自己还当了俘虏。我父亲只身一人潜入敌人营地，把爵爷救了出来。后来，我父亲娶了爵爷的妹妹为妻，爵爷成了我们的舅舅，我们两家的关系就从友情变成了亲情。

"布尔战争后，爵爷进入政坛，在一个名叫'政府电信局'的机关担任要职。其实，这是英国的情报单位，主要负责对外情报工作和打击一切企图颠覆大不列颠王国的活动。"

从威廉·吉布森的眼光中，可以看出马瑟森在他心目中的地位无比重要。这人应该是威廉童年无比崇拜的人，少年时期左右他思想的人，现在又指挥他作战的人。看来我的判断是正确的，马瑟森果真是英国军情六处的人。

"威廉，你认识丹尼尔吧。"我问。

威廉喝了一大口威士忌，继续说："他是我表弟，我们从小一起长大，我们都习惯叫他为小爵爷。丹尼尔被藤原幸这个狗娘养的杀害之后，爵爷派人到处追杀他，没想到这家伙是个难对付的畜生。非但没有找到藤原幸，爵爷自己也折了两条腿，被藤原幸用炸弹给炸的。在爵爷万般无助的时候，我们兄弟闻讯赶来了，帮爵爷找到藤原幸这个混球，杀了他，替小爵爷报仇！"

威廉接过我递来的烤鱼干，吃了两口，他皱了皱眉头："还是布鲁斯的手艺好啊，他真是一个好小伙子。伙计，我们兄弟俩同丹尼尔的感情，就和你们同布鲁斯一样，所以，我们才来干这行，替自家兄弟报仇。"

"这里面也有封妻荫子的成分吧？"我开玩笑地说。

"伙计，这也算吧……有谁不想当贵族哩。要知道，你再有钱，在英国也抵不上一个爵位。伙计，我也想弄个勋爵当当，到那时，回到澳大利亚将是一个什么场面。上帝！我想都不敢想。想想看，几十年后，当你坐在热烘烘的壁炉旁，腿上坐着孙子。他问你，同纳粹打仗时你都干了什么？你用不着说，我在西澳大利亚的马场里铲马粪。"

"至少奥利弗不用为了吃一顿肉而去讨好约瑟芬。"袁文道笑着说。

"嗯……说得很对，伙计。说实话，约瑟芬是一个很不错的姑娘，奥利弗和我每次外出远行，都会把牧场交给她来打理。她既善良又勤快，牧场所有的活儿都由她一个人承担。我们走后，每天她都挤奶，照料小牛，剪羊毛。寒冷的早晨放牧母牛，提取黄油，加盐后倒入小桶，用泛起的牛奶浮渣喂猪。要知道，这些活儿相当费劲，但约瑟芬毫无怨言，不像其他农家姑娘，干起活来没精打采的，人也显得很邋遢。约瑟芬能吓唬住带野性的母马和公牛，有本事拦住闯入院子的任何牲畜，她会给生病的牲口灌药放血。约瑟芬还能对付疯袋鼠，有一次，一头发疯的袋鼠把我们困在屋里，我和奥利弗都不知所措，约瑟芬拿起猎枪，装上子弹，从墙板的裂缝向袋鼠射击。第二天早晨，袋鼠死了，她把皮剥下来，卖了十七先令六便士。"

"正所谓巾帼不让须眉，看不出约瑟芬还是一个女中豪杰。"我笑着说。

"当然，伙计。她骑马快如飞鸟，必要时能驾驭公牛拉大车或者耕地，还会劈柴。但她坐在家里缝纫时又显得那么庄重恬静。有时，你会觉得她只适合教教书或者卖卖花边、手套之类的小玩意。伙计，说实话，上帝永远是公平的，虽然约瑟芬相貌难看，却有一颗善良的心，练就了一身打理牧场的好本事。我现在唯一担心的是奥利弗勋爵回去后，会有很多小孩管他叫爸爸。要知道约瑟芬很能生，保不齐当中有奥利弗的种哩。"

听了这话，我们偷偷地望了望奥利弗，他在船舱里干得起劲，我习惯地笑着说："志民，你这俏皮话……"

这时我才恍惚过来，李志民已经不在了，他永远不可能说俏皮话给我们听了。我不觉黯然泪下，自己永远无法听到他的声音，永远失去了这个知己。在等待内心的痛苦暂时平定之际，我直挺挺地站在船头，默默无语，嗓子眼里发出短促的呜咽声。这种痛楚很难从感情上平抚。痛定思痛，过了一会儿，我才稍稍感到一丝宽慰，就像刚刚摆脱了痛苦的痉挛一般。

海浪撞击着船身，发出阵阵凄凉的声音，仿佛在演奏一首首挽歌。我掏出长命锁，轻轻地抚摸着上面美丽的图案，痴痴地望着它，任往事一幕幕浮现脑海，细细回忆昔日的种种……

第九章 / 死亡游戏

34."南洋海盗"

这天晚上,海面上死一般的沉寂。

我又看见那双黑色的眼睛正盯着我看,眼前又出现了那个恐怖的声音和那张怪异的脸。我真想对着海面大声喊:"喂!你到底是谁?是谁!……"我走到船舱口,睁大眼睛向四周打探,没有人影,也没有声响,除了渔船的引擎声。

这到底是怎么了?是我听错了,还是由于神经过于紧张而产生的幻觉?或是藤原幸真的是一个吸血僵尸?我点燃香烟,握着手枪,尽量使自己镇定下来。这应该是自己过于紧张而产生的幻觉,对,是幻觉。这个世界上根本没有鬼神,没有僵尸,没有会吸人血的德古拉伯爵。藤原幸之所以给自己取这个绰号,是为了吓唬人,给自己披上一层神秘的面纱。回头想过来,这个藤原幸到底是谁?

罗琦说,藤原幸是我见过的人,我在脑子里搜索所有我认识的人,分析他们成为藤原幸的可能性。

正当我毫无头绪时,听见船上两个渔民的说话声:

"那天我去山打根找姑娘,妓院的日本老板很热情,说给我找一个新姑娘,嘻嘻,包我满意。"

"这姑娘一定很不错吧?"

"老天爷!吓我一大跳,我见了这姑娘吓得大叫起来,直说'见鬼了!见鬼了'!老板问,这是怎么回事啊,这里只有姑娘,没有魔鬼。我告诉他,这姑娘我以前在菲律宾的妓院见过,后来听说她被淹死了,这不是鬼是什么?"

"真的是鬼?"

"不是,老板听了后笑着说,她不是鬼,是有血有肉的人。她的确是你见过的姑娘,不过没死,她在海上被人救了,而后到了山打根。"

“哈……哈……哈……”

我恍然大悟：罗琦说的德古拉伯爵是我见过的人，原来指的是我在阿迪亚镇的小酒馆看见的那人，这人才是真正的藤原幸。而第二天被我们打死的藤原幸，只不过是一个替身而已。在我没见马瑟森之前，只知道有一个德古拉伯爵，而不知道他就是藤原幸。因为藤原幸对我来说，已经是一个死人了，所以罗琦那句话让我走入了误区。当马瑟森告诉我，藤原幸没死，德古拉伯爵就是藤原幸，我却忽视了在阿迪亚镇的酒馆里与藤原幸的交谈，因为我把他与我们打死的替身当做同一个人了。

事实应该是这样——我的确见过藤原幸本人，他就是那天在阿迪亚镇的小酒馆同我见面的人；就是那个开枪打死伊尔莎的戴着墨镜的凶手；就是那个在鹿特丹，领着一群流氓，企图杀死我们的人；他就是那个自称“德古拉伯爵”的日本特务头子。遗憾的是，现在我并不知道他的真容，不知道他在哪儿。

不过，这人喜欢看小说，特别是法国小说，他爱和人探讨小说，有过度的神经质。他喜欢抽雪茄，从雪茄的味道看，是古巴出产的哈瓦那雪茄。他还有什么特征没有？我努力回忆着：他戴着一副墨镜，脸上有几道刀伤和灼伤的疤痕，手腕上戴了块闪着金光的劳力士手表。对了，他的手指上还戴着钻石戒指。

这时，袁文道走到我身边，低声说：“仲泰，我听见有马达的声音，有几艘小艇在我们附近，好像冲着咱们这边驶来。”

“难道是海盗？”

“你看！”

我顺着袁文道手指的方向望去，只见一个长长的黑影照在船头的甲板上。我只能看清这人的轮廓，而无法判断他究竟是谁。他走得很慢，小心翼翼，鬼鬼祟祟的样子肯定不会是在干好事。

我和袁文道悄悄地向船头爬过去，我探出头，借着几丝亮光看过去。这人是一个开船的渔民，他手里拎着一盏煤油灯，向着漆黑的海面探望着，神情显得很焦急和紧张。我们没有出声，就像猎人守在陷阱旁一样，耐心地等待。

不一会儿，离我们不远的海面上传出了轰隆隆的马达声，紧接着，三艘快艇向我们围了过来。我用赞许的目光朝袁文道点了点头，他的耳朵还真灵！这时，这个家伙兴奋地举起油灯，朝小艇晃了晃。

“狗日的！他在发信号，是个内奸！”袁文道骂道。

我飞身跃了过去，一脚踢飞那家伙手中的油灯，一手掐住他的喉咙。“你在给谁发信号？快说！”我的手一松一紧，使得他刚能透口气，又被掐到几乎窒息。“海……海……盗……”这家伙喘息着回答道。

这时，海面上响起了急促的枪声，船上的渔民叫喊着，纷纷跳入水中，向海盗的小艇游了过去。吉布森兄弟拿着武器跑了过来，奥利弗看见逃走的渔民，骂道：“狗娘养的，全是海盗的内奸。”

我手一扭，这个发暗号的家伙便咽了气，我一脚把他踢到海里。我接过威廉递过的冲锋枪，笑着说：“来吧，来吧，找死的东西。”

袁文道将一枚枚“土制炸弹”摆在船舷上，他还在船舱里找到了几颗中国人过节用的“二踢脚”，袁文道笑着说：“待会儿我给他们来个天女散花。”

海盗的小船离我们越来越近，袁文道不停地嘱咐我们：“放近了再打，放近了再打！”他通过敌人的枪声，判读出海盗的武器并不精良，甚至有点老土。

“这些人就十几条谢菲尔德步枪，膛线都有毛病，射程靠标尺，他们还不熟悉这种枪。大多数人用的是火铳和滑膛枪，有些弹丸受潮了，飞出枪膛就掉入海中。别急，别急！他们还有炮……”

轰隆一声，离我们渔船几米的海面上激起了巨大的水柱。

“船上有炮，是上个世纪中叶英国人用的前装滑膛炮，狗日的！”袁文道骂了句，他抬头看了看最前端的海盗船，用手指测算了和我们的距离，然后将几个“二踢脚”捆绑在一枚土制炸弹上。“给我根香烟。”他对我们说道。

威廉递给他一根香烟，“笨蛋！我要点燃的。”袁文道大声吼道，奥利弗急忙替他点着，问：“伙计，你要干什么？难道……”

袁文道没有理会我们，只是把炸弹对准那艘海盗船，他点燃了“二踢脚”的导火索，嘴里嘟嘟囔囔地说着我们听不懂的数据。嗖的一声，这枚“土制炸弹”被“二踢脚”带上了夜空，划着一条美丽的弧线，准确地砸在海盗船上。跟着，轰隆一声巨响，“土制炸弹”在船上爆炸了，燃起了熊熊烈火。火光把海面映照成紫红色，我们看见船上的人纷纷跳入海中，不停地发出惨叫，红褐色的烟雾弥漫在夜空。

“伙计，你他妈的真棒！”奥利弗拍着袁文道的肩膀兴奋地说。

“射程到了，开火！”袁文道指着另外两艘敌船喊道。

一声令下，我们手中的武器开了火，被袁文道调整过的冲锋枪，射程更远了，射速更快了，精度更准了。密集的子弹泼洒在对面的小艇上，很快他们就毫无还手之力。

“扔炸弹啊！”袁文道将一枚枚“土制炸弹”递给我们，我们把它点燃了，像扔铁饼一样扔向海盗的小艇。

海面上火光一片，夜空中发出震耳欲聋的爆炸声，炸弹中的铁皮、铁丝四处乱飞。

很快，这几艘海盗的小船就沉入海中。吉布森兄弟狂喜不已，奥利弗一边喝着酒，一边朝天开着枪。

忽然，我透过火光，看见海面上有几个黑影，缓缓地向我们漂浮过来。这是什么？天啊！竟然是几个海盗，他们嘴里衔着刀子，像一条条鲨鱼一样向我们游过来。我举枪射击，可手中的冲锋枪没了子弹。

这时，那几个海盗离我们只有几米之遥了，其中一个家伙游到了船边，手已经扒上了船舷。

袁文道闪电般地从腰间拔出手枪，对着那几个家伙开了枪，砰……砰……砰，跟着是几声惨叫，这几个家伙眉心中弹，沉入了水中。而最近的那个人，被打伤了手腕，他一边在水中踩着水，一边叽里呱啦地惨叫着。

“把他拉上来。”威廉对奥利弗说，“看能不能从这个狗杂碎嘴里得到点有用的东西。”

奥利弗将缆绳挽了一个圈，在空中抛出一个漂亮的抛物线，像套牛一样，精准地套住了那家伙的脖子。

天亮了，懒洋洋的太阳好像怕苦怕累一样，不愿意爬上中天，只在偏南空中横过。蔚蓝色的大海上，浪如山涌，浪头上冠着白沫。海风时不时把这些白沫吹离浪尖，让它们如烟似雾地在空中飘浮，从一个浪峰飞向另一个浪尖。

我们的渔船在波涛汹涌的海上行走自如，有板有眼，因为船上有一个懂得航海的人，他就是被我们俘获的那个海盗。这人名叫桑托斯，原本是菲律宾当地的渔民，后来被胁迫当了海盗。桑托斯告诉我们，他们袭击我们是受雇于人，除了知道这人戴着一副墨镜外，桑托斯一无所知。

毫无疑问，这人就是藤原幸，他买通当地海盗，企图在中途致我们于死地。

由于渔民的离去，我们船上除了桑托斯外，没有一个懂得航海。威廉给每个人安排了工作：袁文道懂得机械，让他负责渔船的机器运转和维修；奥利弗继续干他的老行当——给蒸汽机加煤；我负责做饭和清洗甲板；桑托斯担任领航员，负责指引我们正确地驶向菲律宾。而他，担任船长一职，总管所有事务。

桑托斯献媚地对威廉说：“船长大人，桑托斯愿意为您效劳，听从您的差遣。”唯有奥利弗不停地抱怨：“这算什么事儿？这算什么事儿，我们都在干活，而他一个人逍遥自在，这叫什么事儿！”

海上天气变化多端。不久，在海天分界线上出现了一团巨大的朦胧光亮，它急速地朝我们飘来，迎面袭来的海风，变得越发厉害，就像万马奔腾一样。

桑托斯用蹩脚的英语喊道：“先生们，先生们……暴风……雨，是暴风雨。”

威廉大声地发布命令：“大家别光顾着看，干活！快干活！”他不停地吼叫着，特别是督促奥利弗加快填煤的速度。我们不时停下手中的活儿，焦急地望一望风暴即将来的方向。最后，没有一个人干活，大家都挤到甲板上，看着远处的天空。

奥利弗不停地画着十字，嘴里叽里咕噜地念着什么；威廉傻呆呆地看着远方，手中的罐头掉在海中，他也不知道；袁文道死死地盯着那片云雾，他和我对视一眼，紧紧地靠在一起。只有桑托斯一个人，他好像对这场生死搏斗无动于衷，双臂沉着地抱在胸前，泰然自若地等候暴风雨的到来。他还不时地向威廉说：“没事儿，船长，没事儿。”

一阵狂风袭来，船身发出吱嘎吱嘎的脆响，汹涌的海浪拍打着船舷，给人一种阴森森冷飕飕的感觉。

“桑托斯,掌舵!”威廉发了话,桑托斯一溜烟跑到驾驶舱里,握住船舵。风浪离我们越来越近,每一个人耳边都听见呼啦啦的风声。威廉拔出手枪,对桑托斯叫嚣道:“小子,你要是捣乱,我就开枪打死你!”

话音刚落,船身就嗖的一声朝一边倾斜下去。紧接着,当渔船开始破浪前进时,船身又昂然挺起,恢复了平稳。

我们都回到了工作岗位,我和奥利弗轮流加煤,袁文道看管机器,威廉用枪“指挥”桑托斯驾驶渔船。

这时候,海浪越来越汹涌,风力也在逐渐加强。海风不再是呼啸,而是怒号,好像抱怨我们的渔船不该阻挡它的去路。白浪滔天,一波接一波,一浪高过一浪,汹涌澎湃,我感觉渔船渐渐地抵不住暴风的袭击了。

奥利弗近乎哭泣地说:“哦,上帝啊,我们该怎么办,天啊……”

渔船开始逆浪航行,船身猛烈地摇晃,仿佛想摆脱暴风的羁绊,随风而去。这时候,我听见威廉打开了手枪保险,大声吼道:“桑托斯,再不把好舵,我就打死你这个狗娘养的。快带我们离开这个鬼地方!”

桑托斯的确是一个老渔民,他把舵把得很稳,一连躲过了五六个暗礁。他把船朝后退,不急于同风暴争个你死我活,不一会儿,见风暴势头变小,桑托斯又将渔船调转方向,重新向前。

不一会儿,渔船就冲出了风暴区,平稳地行驶在海面上。

众人一片欢呼,威廉抱着桑托斯一阵亲吻,并许诺上岸后将给他一笔奖金。

时间越长,吉布森兄弟的矛盾就越大,针尖和麦芒不时碰在一起。

由于风浪太大,我们都出现了不同程度的晕船症状,吉布森兄弟尤为严重。

这天,火红的太阳越升越高,直射着海上无声的波浪,刹那间,蒸腾的热气笼罩着整条渔船。

奥利弗光着身子躺在甲板上,不停地呻吟道:“仁慈的上帝,快收留我吧,我再也站不起来了……”没等他说完,又翻身朝着大海一阵猛吐。

威廉整整两天没有吃饭,他坐在船舷边上,傻傻地望着远方,时不时冲着海面吐酸水。桑托斯讨好地说:“先生,先生,您不能顶着风头吐,这样……”

“滚开!”威廉一把推开桑托斯,他掏出手枪,对着自己脑袋,大声喊道:“我要开枪杀了自己,这简直是地狱,吃不了东西!”咔嚓一声,他扣动了扳机,但里面没有子弹,我们被吓出了一身冷汗。

几天后,威廉恢复了原样,奥利弗听说运动能减轻晕船,他开始清洗甲板。威廉走到奥利弗身边,笑吟吟地说:“你这人可真勤快啊,难怪约瑟芬会喜欢你,是个干活的料儿。”

奥利弗瞪着红眼珠子,结结巴巴说:“混蛋,你……小……心……”没说完,他又开始呕吐起来。

威廉笑着拿出一个苹果,得意扬扬地吃起来,问:“奥利弗,我怎么了? 你还没吃饭吧? 要不我给你送来?”

“你记住了,只要一上岸,我非宰了你不可!”

“哦,奥利弗,你吐成这样,还是改不了火暴的脾气。”威廉说,“做事要三思,祝你有个好胃口。”

“你……”奥利弗再次伏在船舷上开始呕吐。

几天后,我们快要到菲律宾海岸时,威廉在驾驶舱里大声喊道:“潜艇! 发现了德国潜艇!”所有人都惊恐不已,大家纷纷跑到甲板上,朝海面望去。

奥利弗大声问:“在哪儿? 德国潜艇在哪儿!”

威廉回答道:“伙计,在船头的左面,左面!”

“什么也没有啊,威廉先生,船头左面没有发现潜艇的踪迹。”袁文道迷惑不解地说。

“到底在哪儿,在哪儿? 你究竟看见没有?”我急切地问道。

“看! 在那儿,在那儿。”威廉惊恐地用手指着海面上一个黑糊糊的东西,有点像潜艇的潜望镜。

海面的空气一下子凝固了,显得那么浓重,那么沉闷。

“那是船头右面,笨蛋! 连左右都分不清楚。”奥利弗大声呵斥道。

“管他是左是右,上帝啊,我们没命啦! 要被击沉了。”威廉带着哭腔喊道。

袁文道忽然变得镇定起来,他扶了扶眼镜,径直走到船头,闭上眼睛,仔细地听了一会儿,“没有马达声。”他对我说,然后仔细地观察了那个黑糊糊的玩意。

“伙计们,船要被打沉了,大家紧紧地抓住一些碎木头。”奥利弗喊道。

“不是潜艇,是鲨鱼……鲨鱼!”袁文道笑着对我们说,“一场虚惊,刚才看见的是鲨鱼的尾巴。”

这时,一条鲨鱼从海面上露了出来,又很快地沉了下去。大家齐声欢呼,庆祝又一次死里逃生。

“是鲨鱼……鲨鱼啊……”威廉瘫坐在地上,抹了一把额头的虚汗,喃喃自语地说道。

“你这个蠢货,连鲨鱼和潜艇都分不清,真是个笨蛋!”奥利弗大声骂道,“难怪你会花两英镑买色情照片,贪嘴的白痴!”

35. 威廉失踪了?

1940 年 9 月 12 日 拉瓦格 圣地亚哥镇

拉瓦格是菲律宾西北部的一座小城,玉米、烟草、白糖和稻米的集散地。距离首都马尼拉约五百公里。桑托斯告诉我们,这座城市的名字来源于伊罗戈语,意思是“明亮”。

威廉·吉布森将一笔数额不菲的英镑连同那条渔船,赠送给了桑托斯。桑托斯感动得泪流满面,他发誓一定好好生活,绝不再干伤天害理的坏事。

当夜,我们一身当地人打扮,乘船来到拉瓦格城郊一个名叫圣地亚哥的小镇上。

海面一片宁静。几缕蒸汽犹如偶然落下的团团浪花,在空中浮动着,滚烫的沙滩散发出的热气遮住了远方的景物,轮廓忽隐忽现。附近城市鱼市需求量很大,卖鱼的生意像上帝赐福似的,镇子上的人大多以打鱼为生。

离码头不远的地方,有一排木屋,墙上安着碧蓝色扇形板,靠着大墙是一排排搁浅的渔船。几十艘渔船靠在码头上,顶端又粗又钝的桅杆向着船头倾斜,像一片长矛之林。涂着沥青的绳子交织在一起,宛如攀爬在桅杆丛中的蔓藤。渔民们整理着渔网,或是扇旺炉火。炉灶上,美味可口的鲜鱼汤已经煮沸起泡。沙滩上卧着漆成白色或蓝色的龙骨。

这时,镇上所有摆货摊、顶托盘、开小铺的商贩们都在关门收摊,跟顾客一样各自回家。各行各业的人——洗衣妇、珍珠工、渔民、捕虾工、巫师、商人、斗鸡徒、流浪乐师……都挤在底层的小饭馆四周和鱼市场又脏又臭的院子里,卖零酒的小铺闲人最多。很多当地土著人赤裸着上身,仅围一条印着图案的棉布。一些女孩坐在家门前编织草席,老人们聚在一起抽着水烟,各种语言在人群中交融混杂,形成一种妙不可言的夜曲。

我们最后一个目标——“螳螂”就住在镇子上。

我们来到一栋陈旧的两层木楼前。楼前攀满了盛开的旋藤,四周围着木栅栏,种着芭蕉树,巨大的树叶一直延伸到房顶。门上搭有遮阳板,庭院里的绳子上晾晒着女人的衬衣。房子的主人是奥利弗的朋友,此人是个拳击迷,对奥利弗崇拜得五体投地。屋子很空,主人有事回澳大利亚了,只留下一个名叫嫚彩的泰国女佣。

奥利弗揿动电铃。不一会儿,那个叫嫚彩的女佣打开了门,她仿佛与奥利弗很熟识，两人双手加额，行了合十礼，又笑着说了几句后，奥利弗便大大咧咧地领着我们走了进去。我特地打量了下这个泰国女人，她四十几岁，和善慈祥，上身扎一条玉兰色的绉纱胸帔，穿着带花边的筒裙。嫚彩年轻时一定很漂亮，眉眼虽粗一点，但生得不错，眼睛很美。由于年龄的原因，那张几乎完全不施脂粉的脸上，肌肉已经松弛下来。很显然，她在与中年发胖的战斗中失败了，这或许同她的职业有关系。

嫚彩将我们领进餐厅，这里是按当地艺术风尚布置的。栗色清漆柚木墙壁，六把木椅围着餐桌，角落里摆着一张茶几，上面放着一个欧式陶瓷花盆，里面盛开着鲜花，安排得别致又朴素。

嫚彩用蹩脚的英语躬身问："乃，您们要吃点什么？奴立刻准备。"威廉告诉我们，在泰语中，"乃"是先生的意思，"奴"是女子对自己的卑称。

奥利弗随意地挥挥手："亲爱的嫚彩，你看着办就好了，只要有酒就行。"

威廉说："哦，不，不！嫚彩，一定要做你最拿手的，越多越好。"

我和袁文道异口同声地说："填饱肚子就成，不用太麻烦。"

很快，厨房里就传出碟子盘子碰撞水槽的声音和刀切菜板的咚咚声。

不一会儿，嫚彩便将一桌具有当地风味的晚餐呈现在我们面前：烤乳猪肉、用鸡肉和猪肉腌制的名为阿朵波的菜、科尼特虾、巴鲁特是煮熟孵化了一半的鸡蛋、阿恰拉则是番木瓜、蔬菜片加洋葱……主食是玉米和竹筒煮的椰汁饭，桌旁还堆满了各种水果和啤酒。

威廉·吉布森顾不得使用刀叉，竟用手抓着吃起来。奥利弗一口气喝了三瓶啤酒，胡乱吃了点，便出门去打探消息了。

这房子的洗澡间在院子里的一棵椰子树下，四周用木板围成，顶上有一个吊在树干上的大铁桶。洗澡时，只需要拉一下铁桶上的绳子，水就会哗啦啦地淋下来。我们用水除去疲惫和灰尘后，威廉就像皇帝一样，坐在凉台的安乐椅上，享用嫚彩专门替他做的泰国甜点：卡拉苗和沙拉包。嫚彩坐在凉台的台阶上卷烟。这是一种复杂的活计，先要把蜂蜜、菠萝汁和甘草煮好，然后与烟丝拌在一起，卷好晾干，最后再用芭蕉叶熨平、剪好……我和袁文道闲着没事儿，四处打量着这座房子。沿着吱嘎吱嘎的深红地板，我们来到二楼，这里的房间光线充足，舒适安静。

主人的房间同书房连在一起，一眼就能看出，房子的主人是一个生活服从于工作的人。我原以为书房会有琳琅满目的玻璃橱柜，陈列着各种凡夫俗子望而生畏的经书古卷。没想到全是封面已经磨破的各种工具书和大堆的图纸，袁文道几乎能说出每一本书的内容和出处。房间的四周摆满了各种小物品：玲珑剔透的小风车、刻有英雄史诗的小木片、装饰有朱砂骑士画的沃洛格达树皮蓝、巧夺天工的瑞士钟表……墙壁上，镶着他与奥利弗的合影，看来这位仁兄不仅是奥利弗的拳迷，还与袁文道是同行，从事机械制造这个行当。

走出小楼,我们来到庭院中间。此时,夜色正浓,街边的路灯闪闪发光。四周树林环绕,层见叠出,由葱翠到黛绿,再到碧蓝。嫚彩告诉我们,从这儿再走几百米,跨过一条小河,就能看见附近的村庄和地主庄园。再向前,穿过一片约五十公顷的椰树林,就到海边了。

“那是干什么用的?”袁文道指着院子角落的木屋问嫚彩。

“乃,是主人干活的地方,整天都呜呜……呜呜……吱吱……吱吱地乱叫,像海里的鬼兽。”嫚彩一脸恐怖地回答道。

我们好奇地推开木屋,袁文道举起油灯一照,“我的妈呀!”屋内的设置让他大吃一惊。里面堆满了各种机械零件、管材、机油、工具等等,工作台上竟装着一架制造钟表的小巧车床。袁文道连接好电路,车床发出嫚彩适才形容的“呜呜……吱吱……”的声音。墙壁上挂着一件工作服,衣服上蒙着防尘罩布。这是主人的一个作坊,制造自己喜爱的器具,或是搞装配,诸如钟表之类的地方。

袁文道高兴得像一个孩子,他兴奋地穿上那件工作服,钻进了零件堆中。他曾对我说过,干机械制造最重要的是“人同机器合二为一”,因为机器也是有生命的,他能听懂机器的语言。我从未质疑过这种说法。这一路走来,袁文道的精神一直脱离他的躯体到处漫游,除了和伊尔莎亲密外,他到处寻找自己的终生喜好——枪械制造。没想到,在这个遥远的南洋小镇,他竟找到了心灵暂时寄宿的地方。用一句陈腐的话说,他在这个小屋里可谓“得其所哉”。

我蹑脚蹑手地退出小屋,轻轻地合拢门,坐在不远的门廊边吸烟。不一会儿,屋内就传出机床吱吱呜呜的声音,这或许就是袁文道的声音,欢愉的笑声。

不一会儿,奥利弗急匆匆地赶回来说:“‘螳螂’已经死了。”

我们惊得目瞪口呆,死了?威廉·吉布森皱了皱眉头,问:“死了?奥利弗,你没听错吧。”

“的的确确死了,两个月前喝醉了酒,掉进海里死的。他住的地方空无一人,书店也转售给了别人。人就埋在当地教堂的墓地里,我专门去看了,的的确确是死了。”

我舒了一口气,问:“既然人已经死了,那我们下一步该怎么办?”我急切地等待威廉·吉布森说出“去香港”这句话。

“你们待在这儿,哪儿也别去,等我回来。”威廉·吉布森走了出去,他转身关门时,又对奥利弗说:“记住我的话,在我没回来之前,哪儿也别去!”说完,威廉便消失在夜色之中。

这天夜里,远处的大海出奇的平静,不但是我们,连嫚彩这样的当地人都感到奇怪。我突然感到一种莫名的不安。

1940 年 9 月 15 日　菲律宾　圣地亚哥镇

连着三天,威廉·吉布森渺无音讯,我觉得有些不对劲。这些天,袁文道天天待在

"机器作坊"中,呜呜吱吱地鼓捣那些机器,连吃饭睡觉都在作坊里。他恢复了工作常态,一天工作十八个小时,其中二十分钟用于吃饭。我笑着对袁文道说:"莫非你要造支枪出来?"奥利弗沉迷于酒精和与嫚彩的打情骂俏中,仿佛忘记了还有一个弟弟。

到了第三天,我决定到镇子上去看一看,打探下消息。

正午时分,太阳当头,跟先前一样闷热。我穿过狭小弯曲的巷子,来到镇中心的广场上。这儿大部分是酒馆和饭店,有棕榈叶盖的,有瓦片盖的,有波浪形铁板盖的……不断有当地女人从一些屋子里跑出来,裸着上身,围着当地特有的围裙,赤着脚,就像在自己家里一样。她们三五成群地聚在一起,向行人嬉笑搭讪,眼神指向背后的屋子,嘴里用蹩脚的英语说:"开心……开心……"

另一些地方,人们坐在台阶上,聊天唱歌。鸦片烟雾从专供华人"享用"的鸦片烟馆飘出来。不时有华人打着呵欠,流着鼻涕进去,红光满面,精神抖擞地出来。马路上,一个喝醉酒的白人在闲逛,他叼着一根烟卷,拎着酒瓶,当街大骂,好像谁得罪了他似的。饭馆前,两个衣衫褴褛的乞丐正为了一块面包吵嘴,一个喝得烂醉如泥的渔民,横躺在路中央,用沙哑的声音说着话。

树荫下,坐着一些附近村落的妇女,她们在兜售自己亲手制作的女工——钩针织的围巾、绒毯、假花、各种颜色的贝壳、菠萝纱和麻纱做成的彩条和小槟榔。

离这儿不远有一条小溪,上面有一座石桥,十几个本地的孩子在水里嬉戏。他们笑着,喊着,在水里互相追逐,棕色的小身体滴着水珠,在阳光下闪闪发光。

我找遍了镇子上所有有人的地方,仍没有威廉的消息,一种不祥的预感从我心头涌上。

闷热的天气让我嗓子冒烟,焦躁得我想大喊:威廉,你这个混球,你到底在什么地方?我走到一个卖椰子的摊子前,"给我来一个。"我对卖椰子的男孩喊了一声。一个男孩噌噌几下就爬上了旁边的椰子树,把一只成熟的椰子扔给下面的同伴。这个男孩用小刀在椰子壳上开了一个洞,递给了我。我痛痛快快地喝了一气,这水真解渴!我又叫了一个。适才是一口而尽,现在改为细细品味,情绪比刚才好多了。

整个圣地亚哥镇上的人,都说没见过威廉·吉布森,他到底去哪儿了?难道他和李志民一样,也出事了?

这时,我不经意间发现,椰子摊是在一家书店门前。书店的主人不在,只有一个菲律宾看门人。这是一个三十好几的当地土著女人,身躯又高又壮,一身肥肉;如果不是一张呈现仁慈和蔼表情的面孔的话,她的仪表会吓走很多人。她坐在门前的条凳上,漫不经心地抽着烟,胖脸满是肥肉,裸露的四肢像粗壮的羊腿,给人以浑身赤裸,很不雅观的感觉。我忽然想起奥利弗的一句话,"'螳螂'的书店转售给他人了。"这应该是"螳螂"生前经营的书店,好奇心让我走了进去。

"螳螂"的"铃木书店"同张秋冰的"致远书店"很相似,楼下卖书,楼上住人。两旁的书架上摆满了各种书籍，大多是布满灰尘的小说，看来镇子上认识字的人不多，书店生意很惨淡。我从书架上抽出一本《基督山恩仇记》，拍了拍封面的灰土，翻阅了一下。

“先生，您认识字儿吧。”看门人笑着说，“您是第一个在店里看书的人，以前没人光顾这儿，他们大多不识字。倒也是，这些奇怪的符号哪里比得上钞票看着过瘾。您说呢。”

“哦，那我不甚荣幸。”我笑着递给看门人一支香烟，替她点燃，问：“既然这儿的人都不识字，那书店不就成了个摆设吗。难道你的老板没想到这点？”

“他们都是喜欢看书的文明人。无论以前的铃木先生，还是现在的威尔神甫，都是咬文嚼字的文化人。赚不赚钱不重要。”

我这才想起“螳螂”的名字叫铃木健三郎。我好奇地问：“那么说，你一直在这家书店啰。”

“当然，从铃木先生到小镇开书店，我就一直在这儿当看门人。铃木先生是一个好人，可惜死得太早了，上帝保佑！他不该喝那么多酒，更不该半夜到海边去游泳，要知道，海里的魔鬼可都是晚上才出来。哦……上帝，可怜的铃木先生，就这么被魔鬼给逮走了。”说着，看门人在胸前画了一个十字，“不久，铃木先生的一个远房亲戚就把书店卖给了威尔神甫，这人长得真够吓人的，就像地狱里来的恶鬼。”

“恶鬼？”

“是的，先生。我是在铃木先生下葬那天看见他的。这个人戴着副黑黑的眼镜，白人管这个叫‘墨镜’，脸上全是疤痕，好像他刚从滚水里爬出来，或是从火堆里钻出来一样。天啊！看了让人恶心，想着令人后怕。”

听了这话，我脑子闪过一个人名：藤原幸！

我塞给看门人一盒香烟，又请她喝了一个椰子。“我喜欢听古怪离奇的故事，后来呢？”我示意她继续说下去。

“谢谢您，先生，您真是一个大好人。”看门人看了看四周，压低声音说，“先生，我觉得铃木先生根本就没死，是的，他没死。只不过被魔鬼使了妖法，把他变成了另一个人。”

“变成了另一个人？谁？”

“就是铃木先生的那个亲戚呗。他的模样虽然和铃木先生不同，但声音却一模一样，我能听出来。他同铃木先生有相同的嗜好，都抽雪茄烟，喜欢看小说。”看门人指了指我身后的书架，“先生，我敢保证，这人是一个魔鬼，他夺取了铃木先生的灵魂。上帝保佑！”说完，看门人又画了一个十字。

难道这个铃木就是藤原幸本人，易容术可以改变人的容貌，但无法改变人的声音和嗜好。莫非铃木是诈死，这又是藤原幸设的一个局？

为了证实我的观点，我沿着看门人手指的方向，朝小镇教堂跑去，铃木健三郎的墓地就在那里。

36. 伊芙堡坟场

墓地坐落在一片树林中,像是死人们居住的一个村子。一扇木门和一道半石半竹的围墙,把它和活人的世界隔离开来。满地杂草丛生,繁密茂盛,上面长着刺人脚踝的浆果。夜幕降临,整个墓地笼罩在死一样的沉寂中,偶尔钻出威尔神甫饲养的山羊或是家猪,它们在坟墓中窜来窜去,搜寻食物,用它们的出现打破这儿的寂寥。近处的教堂,就像一座杯状的中世纪城堡,深锁着自己的全部秘密。

我像个盗墓贼一样,从灌木林中溜出来,一手拎着盏煤气灯,一手拿着一把十字镐,走到铃木健三郎的墓前。他的墓很普通,同四周的墓相比,墓碑较新罢了,周围还可以看到新近挖掘的痕迹。我深深地吸了口气,从海面飘来的空气中带着丝丝腥味,我准备经历一场自己从未料到的事情。挖掘他人的坟墓,对我这个中国人来说,实属大忌。无论这人是谁,都是对死者的不敬;按老话讲,挖了别人的墓,会遭报应,死后下地狱,没有好的来世。

我在墓碑前坐了很久,一动不动,思绪矛盾,曾一度想放弃这种荒唐的行为。在这荒寂的地方,一切声音都是轻轻的,仿佛一阵寒气从这些坟墓的沉静和黑暗中吹出来。我身边的墓碑,呈现出夜色赋予它们的各种古怪的形状,像一些死人从坟墓里直起了半截身子。我心里不禁感到一阵不愉快的紧张,暗地里想尽快离开这个黑暗而神秘的冰冷世界。

我想,在这种时候,人的灵魂真会被不由自主的恐惧所控制。在我们同另一个世界接触时,我们的本能忍不住要打寒战。盖在尸体上的棺盖把两个世界隔开了,让它们互不相识,互相畏惧。神秘与黑暗唤起了我内心的恐惧之感。夜是敌人,而坟墓是秘密。在夜里待在墓地里,很少有人能镇定自如,胆大得毫不心凛,即使不信鬼神的人在这时候哈哈大笑——恐怕他的笑声中也有自己的恐慌。莎士比亚笔下的哈姆雷特大白天走入墓地,嘲笑了一些骷髅。假使哈姆雷特夜里独自走入墓地,像我一样傻坐在坟墓丛中,他是不是还会那样轻松地嘲笑骷髅呢?

忽然,墓碑上“铃木健三郎”这几个字,映入我的眼帘,朦朦胧胧中感到字符变成了一个陌生人的面孔。他从墓中一跃而出,像个魔鬼一样对着我阴笑。李志民曾对我讲过,在波西米亚有一种奇特的古老仪式,巫师用法术阻止世俗凡人了解不能泄露的秘密,企图揭秘的好奇人,往往死于非命。我感到心跳加速,耳边风声赫赫,煤气灯的火光如点点鬼火,各种魔幻的画面在脑海中打转。我越想摆脱这种纠缠,那个陌生人的样子就愈加真切,最后藤原幸的面容完全呈现出来。

我不禁喊了一声,拖着十字镐往旁边爬了几步,冷汗顺着面颊滚落下来。铃木健三郎的墓仿佛重门深锁,将我闭合在一片石林中,它成为任何人无法接近的阴森恐怖的密地,没人能闯入它那幽森的奥秘之中。

“黄先生,游戏还没玩完,我说过,坏人不一定会死……”藤原幸那个替身临死前说的话,回荡在我的耳边,这是藤原幸叫他带给我的。他要看见我这样,一定在讥讽我,嘲笑我,他会说:“我说过,坏人一定会赢,你战胜不了邪恶。”

我现在随时都处于危险之中,这不是小说的情节,是不容回避的现实。在以后的日子里,我必须为活命而搏斗。由此而决定的将不仅是我的生死,更重要的还有袁文道的生死。如果我们死了,藤原幸这个恶鬼会在世界上存在下去,继续为非作歹而得不到制止。我会因为没有完成任务,见到马克思也会深感遗憾。

我静静地坐着,倾听着。胆怯和懦弱一步步地远离我,我开始从大自然中汲取活力。也可以这样说,我现在面对的是一群毫无人性的禽兽,为了生存,我必须回到自己心底的野蛮本性中去,甚至有时比藤原幸还要有手段。这是一场你死我活的战斗。

“去你妈的!”我不知从哪儿来的力量,举起十字镐狠狠地向墓碑砸去,哗啦一声,墓碑成了一堆碎石。我精神振奋,开始刨开上面覆盖的泥土,不一会儿,下面的棺木就显露出来了。

我劈开棺盖,用煤气灯往里面一照,天啊!里面并没有铃木健三郎的尸首,只有一本崭新的小说——《基督山恩仇记》。书中夹着一张书签,上面写着一行汉字:亲爱的黄仲泰先生,游戏还没玩完,我说过,坏人不一定会死。书签放在小说的第二十章,伊芙堡坟场。在这章中,主人公唐太斯制造了诈死的假象,从伊芙堡监狱里逃了出来。

我恍然大悟:铃木健三郎正是藤原幸。藤原幸曾对我说过,他很喜欢读小说,特别是法国小说,难怪他会在镇上开一家书店。一个月前,藤原幸模仿《基督山恩仇记》中的主人公唐太斯,故意制造了诈死的假象。看来威廉的失踪与藤原幸有关,他在这个镇子上,还设置了迷局,企图置我们于死地。

袁文道!我扔下煤气灯,偷偷开走了威尔神甫的“福特”牌小轿车,我开足马力,顺着蜿蜒崎岖的山路向驻地驶去。

汽车的马达在沉闷中吼叫,车身由于疾驰而颠簸着。夜雾笼罩着前方,风越来越大,乌云遮挡住了月亮,时不时会听见林子里猫头鹰的鸣叫。危险犹如一把利剑悬在头顶。我的脑海中浮现出袁文道疲惫的面容——他正在小屋内享受机器带给自己的快乐。我越发不安起来。但愿藤原幸没有抢在我到之前,对袁文道下手。

这时，我听见前方传来轰轰的马达声。吱嘎，我猛地刹住了汽车，胸口重重地撞在方向盘上。透过朦胧的夜色，我发现一辆货车正向我疾驰而来。没等我反应过来，货车上的人朝我开了枪。哒哒哒，一串机枪子弹把我的挡风玻璃打得粉碎，我的脸被划伤。

“往后，快！你这个白痴！掉头，开足马力。”我对自己吼道。我发动汽车，急忙向后行驶，我感觉车身发出剧烈的颤抖，轮胎擦着地面发出吱吱的声音。货车又闪出几道火光，我的耳朵里嗡嗡直叫，车窗玻璃哗哗乱响，一种窒息的热气向我脸上喷来，轿车的引擎盖被打飞，水缸直冒热气。千万不能慌张，千万不能慌张，沉住气！然而，就在这一刹那间，我的车身发生了剧烈的倾斜，我的脑袋撞在窗框上，鲜血直流。

天啊！“福特”牌轿车后轮悬空，前轮打转，悬在一个山崖边，下面是万丈深渊。我的脑子一片空白，这该如何是好？这时，货车径直向我撞了过来。

我瞥见近处松树边有一个凸出的小平台，我打开车门，想都没想，纵身一跃。当我的身子在夜空中飘荡几秒钟的时间里，我听见身后传来轰隆一声，跟着，我重重地摔在平台上，一不注意，我又滚了下去。幸亏我的身手还算敏捷，用手抓住了岩石，身子悬吊在半空。

汽车在崖下燃烧着，不时发出噼里啪啦的爆炸声。这时，山崖上走来几个人，他们看了看，笑着用日语说：“这家伙死掉了，赶紧回去报告伯爵。”原来，这些人是藤原幸的手下。

不一会儿，这些人离开了现场，我噌噌几下爬上了平台，这才松了一口气。现在自己要做的是尽快离开这个鬼地方。我不停地安慰自己，袁文道不会有事的，他应该会照顾好自己，何况身边还有奥利弗。

借着四周的火光，我打量了平台旁的那棵松树，苍老遒劲，树根牢牢地扎在石壁里，树枝密而坚挺，承担我的重量应该没有问题。在松树上面还有一条窄窄的石棱，再过去的岩石上有一条罅隙，还算宽。如果我能爬到松树上，站起来，但愿树枝不要折断；然后用手指抓住石棱，身子贴着石壁，一点一点向右边爬，直到爬到罅隙那里为止。最后我从罅隙往上攀爬，就可以到山崖上面了。

这可是有四五十米高啊……我望了望黑糊糊的深渊，额头沁出了冷汗，手心又湿又黏。在攀爬中如果稍有不慎，我就完了。而且每时每刻都存在藤原幸的威胁，他或许会突然来到这里。松树的针叶中露出一些坚硬锋利的枝头，若是我落在上面，准保开膛破腹。我又看了看那段罅隙，它模糊不清，说不定等我爬到那儿，会发现前面再也无路可走。要是这样，我将悬吊在罅隙之间，直到气短手软，最后跌入万丈深渊。话又说回来，与其在这里踌躇，不如用尽全力向上攀爬，死也要死个样子出来。

我调节了下呼吸，凝神定气，然后朝松树跳过去。一刹那，时间仿佛凝固，我似乎悬挂在空中。随即，一些松树枝在我身体的重压下，纷纷断落，谢天谢地！松树支撑住了。这棵苍松还算结实，断落的只是一些枯脆的老枝，树安然无恙。我抹了把冷汗，小心翼翼地抽脚踩在最粗的树干上。我慢慢地站起身,努力保持平衡。那道狭窄的石棱就在我的头上面。我几次伸直手臂,但够不着,还差那么一丁点,周围没有可以辅助的东西,全是光滑的石壁。

苍松失信地吱吱嘎嘎响了起来,搞不好它随时会断裂。我横下心,用了武术中的一个招式,纵身向上一跃……啊,我抓住了!我的手指紧紧抓住了石棱。我用手指抓着石缝向前移动,全身的重量都吊在十指上,尽管动作又轻又慢,汗水仍像小河一样流淌下来。一寸又一寸,我向前挪动,嘴里干得像塞满了粉末,呼吸开始变得又粗又重。我不敢往下看,有时,恐惧会向我袭来,我不想死!我不停地对自己说,我要好好地活下去……终于,我爬到了那条罅隙前。

忽然,我右手的石块滑落了。“啊!……”我单手悬吊在石壁上,全身的重量一下子都挪到左手上。一些石屑从我脸颊擦过,粉末撒了我一脸。“妈的,差点要了老子的命!”我骂了一句,好不容易才恢复原状。

我用一只脚试探着伸向石缝,确定它稳当后,我把一只手伸过来,用手指抓住岩石,然后移动身体,跟着把另一只脚踏在罅隙另一边的岩石上。我不敢向下看,眼睛几乎是眯着的,也不敢停着不动,口中喘着粗气,生怕一个失手丢了性命。就这样,我一点一点地向上移动,十几分钟后,我终于抓住了悬崖边的石棱。我用力向下一拉,身子向上一纵,一条腿已经搭在地面。跟着,我用手肘支撑身体,提起另一条腿,把整个身体慢慢地拎了上来。

我久久地躺在地面上,喘着粗气,浑身抖得像一棵娇小的杨树。

这时,一只海鸥从我头顶划过,它缓缓地摇了摇翅膀,清脆地叫了声,向海边飞去。

我的脸上露出淡淡的笑容。

很快,我下了山,开始在灌木林中奔跑。终于,我到了住所,瞅了一眼手表,刚过凌晨五点。天色一团漆黑,四周寂静无声。我朝房子里看了看,屋内亮着灯,但没有人影。袁文道工作的小屋没有灯光,看来他不在那儿。我悄悄地翻过栅栏,穿过草坪,摸到厨房的窗户下。窗户是玻璃拉门,轻轻地一拉就滑开了,我记得嫚彩一般不锁窗户。我从窗户钻了进去,一动不动地蹲在地上,侧耳倾听。

我拿了把餐刀握在手中,防身的手枪早就掉在悬崖下了,客厅里光线昏暗,没有说话的声音。奥利弗平日都喜欢在客厅里喝酒睡觉,他的鼾声如雷,现在没有声音。我轻轻地挪动脚步,缓步来到客厅,空无一人。屋内的东西散落四周,墙上全是弹孔,满地弹壳和血迹,在摇椅边和餐桌下,有四个陌生人的尸体。

我的心怦怦地狂跳,嘴有点发干,我拿起桌上奥利弗喝剩的白兰地,喝了一大口。我再走上楼,卧室门前躺着两个陌生人的尸体,他们眉心中弹,袁文道也不见踪影,地上只有那把芬兰刀。当我推开佣人房间的门时,发现嫚彩躺在血泊中,她已经死了。

我还是晚了一步。袁文道和奥利弗一定被藤原幸的人捉走了。我该怎么办?这时，我脑子里闪过一个念头，报警！寻求当地警方和驻地美军的帮助，离这儿十几公里有一处美军营地。我可以通过他们与马瑟森取得联系，借助他们的力量，救出袁文道和吉布森兄弟。

我走到电话机前，拿起话筒，拨通了交换台。那边的接线员用带有当地口音的英语答话，我急切地说："我这儿发生了一起谋杀案，女佣被人杀死了，我几个朋友被绑架了，我这儿是……"

还没等我说出地址，身后传来一个较为熟悉的声音："放下话筒，快点！"

那个菲律宾看门人身穿一套黑色连衣裙站在我身后，手里握着一支顶了膛的柯尔特手枪。她面无表情，静静地将枪口对着我。"我再说一遍，快！……慢慢地放下。"这女人再没有白日的和蔼，声音充满了威胁和杀气。

正当我慢慢地把话筒放回电话叉架时，她上前一步，敏捷地从我手中抢过话筒，她用当地话轻声说："接线员吗？这家伙喝醉了酒，他不太清醒，乱打电话给您开玩笑哩，对不起。"说完，她一把扯断了电话线。趁她伸手那一瞬间，我一脚踢飞了她手中的枪，跟着一脚把她踢倒在地。

我捡起手枪对着看门人，还没等我开口问话，她就从地上爬起来，用西班牙语大声骂道："你这个魔鬼！开枪，开枪啊，伯爵会收拾你的。"

"你的主子德古拉伯爵才是一个不折不扣的魔鬼。"我说。

"你的朋友还在我们手里。要知道，伯爵对付偷钱的贼很有一套办法。没人能逃出伯爵的掌控，没有人！"看门人瞪着眼睛，歇斯底里地吼叫道，活像一条受主人棍棒威胁的狗。

"看来你被藤原幸洗了脑，中毒太深，简直是无可救药。"我笑着说，"到底谁是偷钱的贼，你的主子他心里明白。我只想告诉你，你的恶魔主子正带着你们这些愚蠢的小鬼，一步一步地将绞索往自己脖子上套。"

"别说傻话了，中国人。"看门人的语气无比轻蔑，"现在伯爵正将绞索套在你们头上。"

我不想和这个疯女人过多计较，这完全是浪费我的时间："快告诉我，你的主子在哪儿？说！"

屋外响起了一阵汽车马达的轰鸣声。紧接着，一辆轿车风驰电掣般地冲进院子。

"我的同伴来了。"看门人得意扬扬地说道。

一个菲律宾男子从车里走下来，大大咧咧地站在屋门前，说："放下枪，黄先生。"他手中拿着一支猎枪，枪口对着我。"伯爵让我告诉你，这儿不是美国西部，你也不是行侠仗义的牛仔，乖乖地放下枪吧，这样或许能换来一条生路。"

"又是一个被洗脑的人。我想你的主子电影看得太多了，他总把自己幻想成里面的角色。我可不打算放下枪，即使你朝我开枪，我也要打死她。"我的枪口抬了抬，指着看门人,“我至少能开三枪,一枪给她,一枪给你,最后一发子弹给你的主人。”

一旦失去手中的武器,我就失去了逃生的机会。我看得出,这家伙或许不敢开枪打死面前的同伴。就算他先打死这个疯女人,也给了我开枪的时间和机会。

砰的一声,这家伙的枪口冒出了青烟,疯女人眉心中弹,当场毙命。就在他掉转枪口的那一刹那,我开了枪,他被打死了。

我捡起他的猎枪,跑到窗户前一看。车灯把整个院子照得雪亮,五六个人拿着燃烧着的玻璃瓶,走了过来,他们将瓶子扔进屋内。轰隆一声,整个屋子顿时火光冲天,浓烟滚滚,我被熏得睁不开眼睛。

我把枪里的子弹统统倾斜到汽车上。车灯玻璃被打得粉碎,有人发出了惨叫。当轿车冲向屋子时,我一脚踢开窗门,跑了出去。一个家伙从后面一把抱住我,企图将手中的匕首刺向我的腰部,我顺势用枪托对着他的脸砸了一下,他捂着脸倒在地上。

我翻过栅栏,沿着马路一个劲儿地向外跑。我没跑多远,就看见三四个当地警察朝我跑来。看来那位接线员相信了我的话,我指着燃烧的宅子大喊道:“嘿!凶手在那儿,他们在那儿。”

这几个警察掏出手枪,本以为他们是为抓捕凶手作准备,没料到他们将枪口对准了我。“中国人,放下手中的枪,放下!”这些警察把我围成一团,我扔掉枪,举起了双手,解释道:“先生们,你们抓错人了,凶手在前面,我不是凶手。”

一个貌似领头的家伙掏出手铐,说:“好了,好了,你就是我们要抓的人。德古拉伯爵要的人嘛。”

狗娘养的!没想到连镇上的警察也被藤原幸洗了脑,成为受棍棒驱赶的狗。

当这家伙的手指刚碰到我的手腕时,我猛地一转手,使了“锁腕反腕关节”的擒拿手法,将这家伙扣在手中。我用手指扣住他的喉咙,厉声对四周的人喊道:“放下枪,不然我要了他的命。”有个人企图冲上来,我侧身踢了他一脚,不偏不倚正中下颚。他痛苦地大叫一声,昏厥过去。

这家伙用他加禄语吼道:“开枪,开枪!朝我开枪。”

在四周的人扣动扳机那一刹那,我绝望了,没想到这些人如此疯癫。子弹打在这家伙身上,与此同时,开枪的警察也纷纷倒在血泊中,有人在他们身后开了枪。

这时,我看见路边的椰子树下站着一个人。他裹着白色包头,身穿白衣,腰里缠着黄腰带,手中拿着冒烟的“司登”冲锋枪。火光下,他那张布满伤痕的脸,令人恐惧。

“阿瑟!”我惊呼道,没想到这人竟然是马瑟森的印度男仆。

“黄先生,你还好吧。”阿瑟如初次见面时那样,像个羞涩的老实人。他尴尬地低着头,略带凄凉地说:“爵爷被他们抓走了,日本人!”

37. 印度男仆阿瑟

1940 年 9 月 16 日　菲律宾热带丛林

自打从事情报工作后，我随时都保持着警觉，除了自己的同志，从不轻信任何人。我待人不失友好，但总是暗暗留着防人之心。旁人看不出我怀着戒备之心，因为和我相交甚浅的人往往说我这人过于轻信。军政部的同僚们，常常建议我多一个心眼，不能那么大大咧咧。我很欢迎他们这样看我，事实上，真情与此正好相反。

印度男仆阿瑟的出现，令我又惊又喜，不过我对他始终保持戒备之心。这不仅是工作的习惯，还因为他脸上赤红色的胎记，这让我想起藤原幸脸上的伤疤。阿瑟长得不怎么好看：四十来岁，身体粗壮，方方正正的脑袋。那条月牙形的胎记又宽又红，从太阳穴一直延伸到下巴。无论从年龄还是身材来看，阿瑟同藤原幸都很相似，我对这位"神秘"的印度人不得不防。

这天夜里，雨一直下个不停，大地朦胧，阵阵凉风袭来，寒气逼人。我和阿瑟躲在树林中的一间茅草房内。阿瑟手脚很麻利，不一会儿就生了堆火，找来一些芒果和椰子，用来充饥解渴。他抱着枪坐在屋门口，警惕地注视着四周的动静。

我心想：这人真怪。不过，出身卑微的阿瑟，或许把我当主人一样对待，在他看来，马瑟森是主人，那么马瑟森的朋友同样是主人，这无可厚非。话又说回来，万一这人是藤原幸，他这样干是为什么呢？

"阿瑟，你怎么不吃这些水果哩？"我试探性地问道。一方面我饥肠辘辘，想吃一点东西充饥，又怯于对阿瑟的戒备，始终不敢下嘴。另一方面，完全是出于善意，我不想阿瑟把我当成主人一样伺候。

"来，你也吃点。"我将一个芒果掰成两块递给阿瑟，他羞涩地接过后，低着头快速地吃下去。我这才大着胆子将另一半吞入肚中。

"阿瑟，给我说说马瑟森先生被绑架的事儿吧。"我点燃一支香烟，吐了个烟圈，缓缓问道。这时，我就像在"米克诺斯"号上聆听袁文道叙事一样，眼睛死死地盯着阿瑟，衣袖里藏着芬兰刀。假如这家伙真要搞什么鬼的话，我会毫不犹豫地割断他的喉咙。

"黄先生，事情发生得太突然了。"阿瑟将有胎记的那半边脸靠在墙上，依旧低着头。"那是半个月前的一天早晨，我照例到卧室叫老爷起床，敲了很久的门，可里面没有动静。”阿瑟的神色看上去很忧郁,他的眼神让人捉摸不透,一副哭相。他显得很紧张,常常回头向外面张望,似乎随时会有人站在他身后。他的英语讲得很流利,要不是口音带着印度腔,你无论如何也猜不出他并不是英国人。

藤原幸的英语一定很流利,就像阿瑟这样。我偷偷将芬兰刀掉转方向,刀尖向里,这样便于一刀毙命。

“当我们把门踹开时,人人都惊呆了,老爷居然不见了。床上没人,书桌前没人,轮椅空荡荡的,找遍了整间屋子,都没有见到老爷。上帝啊,他老人家究竟到哪儿去了?”阿瑟说话时喘着粗气,像是在抽泣。我简直无法形容听到他这句话时我所受到的震动,就像你躲在重庆的公共防空洞里,猛然间一枚炸弹在洞口爆炸,一阵热浪夹带着沙石向你扑面而来,将你吹倒在地,使你透不过气一样。这太使人意想不到了。我对马瑟森在帕纳吉的宅院还算了解,那里戒备森严,光负责外围警卫的保镖就有二十几个,这些人大多是印度老兵,作战经验丰富不说,还忠诚可靠。屋内还有七八个贴身保镖,走廊里蹲着十几条凶猛的猎犬,真要从这里把马瑟森劫走,比登天还难。

“后来呢?”我的眼睛依旧死死地盯着他。

“我们报了案,当地警察听了我们的叙述后,一个劲儿地直摇头。他们不相信这是真的,觉得是马瑟森先生在同他们开玩笑。几天后,从印度来了几个英国人,他们是老爷的同事。这几个人把我们抓了起来,关在黑屋子里,厉声询问老爷的下落,甚至还用了皮鞭和棍棒。在他们看来,是我们这些仆人把老爷给弄丢了。上帝啊,我怎么会把老爷丢了呢?后来,这些愚蠢的家伙没法子,只有把我们给放了。我回到空荡荡的房子里,坐在大门前,回想昔日和老爷相处的美好时光……哦,上帝,这叫什么事儿!……”说到这里,阿瑟的声音沙哑了,有种委屈和悲伤的情绪。我注意到他的嗓音掩盖着某种使他痛苦的东西。虽然我对他怀有戒备之心,我无法判断他的话是否属实,可我还是被他这种情绪所感动了。尽管如此,我还是密切注意他的每一个表情,每一个动作,说话的声音,企图从中找出与藤原幸相似的地方。

“先生,在我的老家有句谚语,叫做‘虔诚忠厚的人往往会受到神灵的眷顾’。当天夜里,我正准备打点行李回老家,老爷不在了,留在这里也没有意义。这时,我听见卧室传出猎犬的吼叫,到底出了什么事儿?莫非老爷回来了,还是有生人进来了?我拿着枪,蹑手蹑脚地走了过去。当我推开卧室门时,被眼前的景象惊呆了。几条苏格兰牧羊犬用爪子挠着地板,旁边的斗牛犬对我狂叫着,它们显得焦灼不安,好像要告诉我什么似的。我呵斥住这些家伙。当我转身离开时,一头高加索犬把我扑倒在地,它咬住我的裤管,一个劲儿地往卧室里拽。难道它们真有什么事儿要告诉我吗?我被拽到牧羊犬用爪子挠的地板前,它们齐声对我叫着,是地板下面隐藏着什么秘密吗?我俯下身,敲了敲地板,里面发出空洞的回声。我赶紧找来一根钢钎,用力撬开地板,我的天啊!地板下面是空的,有一条又长又深的地道。

“我拎着枪，举着一盏煤气灯，带着猎犬们钻进了地道。这条地道看上去才开凿没多久，是新土，有两人高一人宽。没走多久，牧羊犬叼着一个睡帽奔了过来，是老爷的睡帽！我们跟着向前追，一路上不断发现老爷的东西。当我走到洞口时，发现竟然到了海岸边上。上帝啊，我终于明白了，有人从附近开凿了一条直通老爷卧室的地道，他们就是从这条地道把老爷绑走的……”说到这里，阿瑟的声音断断续续，微微颤抖，他该不会是编造故事给我听吧。可我看见他痛苦的样子，不相信这是矫情的表演，要真是这样的话，这家伙的演技绝对超过《依本多情》中的加里·格兰特。我拍了拍他的肩膀，示意他不要难过。

“阿瑟，你怎么知道这事儿是日本人干的呢？”

“猎犬们循着气味，把我带到离洞口不远的一所小木屋，屋内放着一些丢弃的日用品和吃剩的食物，可见刚刚有人住过，老爷在这儿待过。猎犬继续搜索，最后在海边停住了脚步。我知道，老爷被人绑架了，用船载走了。我四处打听，当地渔民告诉我，前不久，有十几个日本人在这儿租了间小木屋，说他们是艺术家，到这儿写生。我和渔民都搞不懂什么是艺术家，不明白什么是写生。可奇怪的是，这些家伙一天到晚挖土运土，像建房子的苦力，黄先生，艺术家不会干这种低三下四的苦活吧。渔民还说，在老爷失踪的第二天，这些日本人就租了条渔船走了。我问去哪儿了，他们说到爪哇东北面一个叫拉瓦格的地方。就这样，我便跟着到了这儿，说什么也要把老爷救出来。没想到在这儿碰见了您。”

很久以前，英国的家仆就以忠诚著称，在苏格兰高地一些偏僻郡县的古老宅第里，至今还找得到这种人。他们在哪一家做事，就固定在那一家。因为一辈子他们都不会设想主人有辞退自己那回事，所以他们对主人家的每一个人都是真心诚意地看做自己的亲人一样。但是在另一方面，由于主人对家仆处处宽容娇纵，他们也很容易变得脾气乖张、专横、自负，甚至于主人有时候情愿不要他们那种过于放肆的忠诚，宁可换上圆滑恭顺的唯命是从。我想，阿瑟应该不是口是心非的圆滑小人。

“阿瑟，你打听到马瑟森先生的消息了吗？知道他关在哪儿？”我想，假如阿瑟的话属实的话，马瑟森一定是被藤原幸的人绑架了，并带到了拉瓦格，他应该同吉布森兄弟和袁文道关押在一起。这或许就是藤原幸说的游戏。

“黄先生，镇子上的一个泰米尔人告诉我，在那儿。”阿瑟用手指了指林子深处，“沿着小河驾船向东走，半天的路程就能到一个小村子。这个泰米尔人是个四处游荡的商贩，他有一次在林子里迷了路，昏头昏脑地到了这个村子。当时，泰米尔人还暗自高兴，总算看见有人烟的地方啦，刚要往村子里走，一声枪响把他给镇住了。这人躲在树林里，悄悄往外望去，村子里没有平民，全是拿枪的军人。这时，他又听见有人用英语发出阵阵咒骂声。他的眼力很棒，只见一个白人被关在木笼里，这个木笼浸泡在粪池中，白人浑身是粪便，嘴里不停地叫骂着。一个戴墨镜的男子站在木笼前面，一个劲儿地狂笑,像……像头发狂的黑豹。泰米尔人说那个可怜的白人简直就像梯克巴郎种的蘑菇一样。”

“梯克巴郎?”

“对,梯克巴郎,他是菲律宾民间传说中的一个森林恶神,能够变成各种不同的形象。这家伙吓呆了,慌慌张张地逃走了,好不容易才回到镇子上,还大病了一场。我想,老爷就关在那个村子里。”

林子的深处一片漆黑,我隐隐约约能听见野兽的吼叫声。阿瑟所说的是真的吗?藤原幸,你也是爹生娘养的人,为何这等疯狂?因为情场上争风吃醋而进行的谋杀,在这个世界上屡见不鲜,为了钱财丧失理智,夺取他人性命也是司空见惯。可是你,藤原幸,一个接受过高等教育的人,做的事比谋财害命还要可耻。我猜,你应该没有人性,你憎恨自己的母亲,因为她过早离你而去,你得不到她的疼爱,心理畸形;你憎恨你的父亲,因为他让你走上了间谍的道路,由人变兽;你憎恨你的上司,你在他们面前摇尾乞怜,可他们对你不予理睬,把你当做侵略的工具。你呀,藤原幸,衔恨袁文道,妒忌他,就因为他有超凡的能力,让你羡慕的家庭,爱他的国家和疼他的妻子。是啊,谋杀这类事儿在法国小说中写了很多,但都是残暴的罪犯和无耻小人的作为。藤原幸,你这个蠢货,你自以为对小说了解甚深,像个行家,可是你真的不懂文学。故事的情节固然重要,但作者往往是通过情节描写来表达一种感情或是思想,这种思想,永远是正义的,而不是邪恶的。

还有你,阿瑟,但愿你说的不是事实。但愿马瑟森不像你所描述的那样倒霉,但愿袁文道和吉布森兄弟没有在那个村子里,没被关在木笼中,浸泡在粪便里。但愿你真是藤原幸。要是这样的话,我们俩就像《基督山恩仇记》中的唐太斯和费尔南,来一次决斗。

还有你,罗琦,你这个死有余辜的家伙,民族的败类。像你这样衣冠楚楚的人,竟为了几个臭钱,出卖自己的国家,替敌人充当杀人帮凶。现在我明白你自焚的原因了,那是你自身内部的罪恶导致的灭亡。

袁文道呀,我亲爱的兄弟,你到底在哪儿?是活着还是死了,你在哪儿?放心,我一定会找到你。还是那句老话:“宁肯牺牲自己,也要救出同胞。”

“阿瑟,明天我们就出发,去那个村子看看。”我轻声说。

话音刚落,屋外下起了倾盆大雨,隆隆的雷声,霍霍的闪电,让人觉得天神与恶魔正在进行一场激战。黑云像是鬼神的旗子似的滚卷,近处的小河受到暴雨的鞭打,咆哮怒吼。两岸的树木左右摇摆,发出叹息和呻吟。

电光越闪越频,暴雨越下越猛,夜更深,更沉了……

第二天,雨停了。太阳的光辉把圣地亚哥镇的天空染成了橙色。海面上画出一道道条纹,颜色就像没有光泽的钢一样,几艘四桨白帆渔船正缓缓地驶离我的视线。

我和阿瑟驾着一条当地人打鱼用的独木舟,沿着小河向林子深处驶去。这条河还算宽敞,它像吕宋岛上所有的小河一样,充当了各色各样的角色:澡堂是它,阴沟是它,洗衣池是它,捕鱼池是它,交通运输也靠它。我眼前的景色美丽诱人,而不是望而生畏。我没料到这里会有鸟儿在树丛中歌唱的欢乐气氛。两岸长满了繁茂的红树和棕榈树,后面是苍翠茂密的大片树林。极目望去,远处是连绵不断的青山,峰峦重叠,一望无际。我们距离海岸越来越远了。

我们沿着河岸荡桨缓行,船桨搅在浑浊的河水中,发出哗啦啦的声音。一对鸽子正在我们头顶上空翱翔,忽然,一颗绿宝石般的东西在我眼前一闪而过。啊!我吓了一大跳,原来是只翠鸟。十几只猕猴摇摆着尾巴,并排坐在树枝上,龇牙咧嘴,朝我们乱叫。河面水汽漫漫,河对岸的丛林后面,天地相接处飘浮着一片白云,看上去犹如一个身裹轻纱的芭蕾舞女,兴奋又紧张地等待启幕登场。

看到这里,我觉得自己同她一样,兴奋又紧张地等待启幕登场,不同的是,芭蕾舞女是艺术表演,我是生死搏斗。

"阿瑟,讲讲你的故事吧,你是什么时候到马瑟森先生家的。"我试探性地问,对他的疑心没有消退,我想更多地了解阿瑟,以便分析他到底与藤原幸有无关联。

"黄先生,我家在德里郊外的一个小村落。我是个孤儿,在这个世界上,我没有父母,没有兄弟,也没有姐妹。从我记事起,就给村子里的财主干活,因为脸上有这个。"阿瑟指了指脸上的胎记,"人们把我当成魔鬼,避而远之;财主更是不待见我,根本不把我当人看。我对他们又恨又怕,后来我悄悄地离开了村子,像许多人那样,给城市里的人做工。从村子跑出来时,我才十几岁,整夜整夜地不敢睡觉,就没命地往外跑,生怕被财主抓回去,打个半死。可我还是在半路上被财主抓住,被打得死去活来,然后把我当成牲口卖到了城里。

"我的主人是当地的一个商人,在他那儿,我学会了英语。不久,这个商人做生意破了产,他把这一切都归咎于我,因为我的这个胎记,给他带来了晦气。所以,他把我当商品一样,送给了一个英国军人。这人是当地驻军的教官,脾气暴躁,经常打我,甚至用皮鞭抽我。不过,我从他那里学了很多军事技能,比如使用武器、格斗、开车什么的。后来,这个军人把我送进了军营,我成为了一名士兵。这并不是他有多善良,因为当时英国人在打仗,同德国和土耳其打仗,没有人把守印度了,我被拿去充数。当兵的那些年月,我的日子还算好过,打了一些仗。

"几年后,我退伍了,也失业了。我失魂落魄地游荡在街头,肚子饿得要命,到处找活做,可谁又愿意雇佣我呢?一个脸上有疤的人,人们都把我当成魔鬼。当时,我心里说不出有多悲惨,真想扑倒在马车下面,一死了之。

"由于又急又饿,外加患了病,我昏倒在街头。不知过了多久,我醒过来了,发现一个老人坐在我面前,笑吟吟地看着我。哦,神啊,他就是马瑟森先生,是他老人家救了我的性命。就这样,我留下来给老爷当仆人,我要报答他。老爷从来没有嫌弃过我,他对我说,你不必在意脸上的疤痕,一切都是上帝的安排。现在,老爷出了事儿,我能坐视不管吗?连那些猎犬都知道找寻老爷,我总不该连狗都不如吧。对吗,黄先生。"

我点点头:"阿瑟,你是一个了不起的人,忠诚的人。"听了他的故事,我感觉阿瑟就像《巴黎圣母院》中的敲钟人卡西莫多,虽然相貌丑陋,却有一颗善良忠诚的心。藤原幸绝对不会是这样的人,他只配充当《交际花盛衰记》中装扮成教士,操纵埃斯苔的恶魔伏托冷;《巴黎圣母院》中道貌岸然,蛇蝎心肠的克洛德;《基督山恩仇记》中的费尔南和维尔福。他是一切反派人物的代表,这些人身上的恶习他都兼具,相比而言,他们要比藤原幸稍微多那么丁点残存的人性。

这时,迎面吹来一阵凉风,我深深地吸了一口气,真够凉爽的!同时,这风也吹散了笼罩在我头上的疑云。

黄昏时分,我们来到那个泰米尔人说的村子外,躲在草丛中。阿瑟指着不远处的地方,轻声对我说:"黄先生,那儿!就是那个村子。"

第十章 / 恶魔的终结

38. 神秘的村落

1940 年 9 月 17 日　夜　神秘村落

这个村子在一个山坡下面。村口有一条在密林里开辟出来的幽暗小径，有几条溪流从村子旁流过，丛林里的村落大多是倚水而建。整个村子像座军营，周围用篱笆遮挡得严严实实，上面装饰着棕榈叶子。村子里，有十几个棕榈叶和竹子搭成的草棚，从里面不时传出男人的谈笑声，有日语，有西班牙语，还有当地的他加禄语。一栋木屋鹤立鸡群地矗立在村子中央，屋前站着两个全副武装的哨兵，从模样看，他们是日本人。我想，这应该是藤原幸的房间。

村子后面有一个竹桥，这是唯一没有修筑篱笆的地方，有些男人在竹桥下的河里洗澡。十几个貌似仆人的土著女人，在河畔的炉灶周围，忙着拔鸡毛，淘大米，烤小猪。不远处的空地上，有一个军用的帆布帐篷，一头绑在椰子树干上，一头绑在几根木桩子上。帐篷底下聚集着五六个当地男子，他们叼着香烟，兴致勃勃地在玩"康将"，这是菲律宾的一种赌博游戏。另外几个人躺在地上，无精打采地擦洗武器，嘴里哼着下流歌曲。

再来看看村子的守卫。村口有个双岗，站着两个士兵，旁边是用沙袋和椰树干构筑的机枪阵地，上面有一挺"布伦"轻机枪。机枪手很悠闲，跷着腿，唱着歌。村子里面有几个流动岗，他们的警惕性很低。一个在和土著女人调情，一个靠着草棚打盹，还有一个在帐篷前面，围观赌钱。可以说，这些人很自信，在他们看来，根本不会有人来这儿偷袭。

"先生，老爷就在那儿！"阿瑟轻声对我说。

我顺着阿瑟手指的方向望过去，只见木屋旁的粪池里浸着三个木笼子，马瑟森和吉布森兄弟被关在里面。藤原幸把袁文道关在哪儿？难道把他杀了，还是关在别的地方，或是押回国了？……

这时,村子里开始了奇怪的骚动。两个家伙把一个人拖到木屋台阶下的一张桌子前。他们大叫一声,把这人的脸部向下按在桌子上,急促地剥去了裤子和衬衣。同时,不知道从哪里又走出来两个人,他们手里拿着湿软的绳索。可以看得出,这些绳索是事先浸泡在水里的。我有点担心,这个受罚的人会不会是袁文道。

一个日本人站在台阶上用蹩脚的他加禄语说:“这人违抗了伯爵的命令,在圣地亚哥镇放走了敌人,必须受到严厉的惩罚。”

我这才松了一口气,原来这人是那天晚上追杀我的人。

围拢的人群还没有醒过味时,那两个手持绳索的人已经扑过去,抽打桌子上那个人的屁股。抽得那么凶狠,以至于被抽的皮肉似乎下意识地抽搐着,上上下下顿时布满了血痕。这人瞪着眼睛,迟缓地发出叫喊,这喊声像一把尖刀刺向附近的森林,又返回来传入众人的耳中……好几次,这个受罚的人想挣扎着爬起来,可一旁的人踩住了他的脖子和两条腿,使他动弹不得。看见他那样挣扎,你会以为正在砍杀一头牲畜的脖子……

人群中发出短促而惶恐的叫喊声,就像人们目睹灾祸时发出的窒息般的叫喊。

“这是伯爵对那些今后再敢抗命的人的惩罚。”这时,那个日本人又一次喊道,这次他用的是较为流利的西班牙语。湿软的绳索飞起来,又落下去,那个受罚人的身体被死死踩住,仿佛被夹在老虎钳中。他脸色青紫,表情木然,手在颤抖。当抽到一百一十几下的时候,这家伙口吐白沫,无力地叫了一声,全身一阵剧烈地抽搐,扑在地上一动不动了……他被绳索活活地抽死了。

这个残忍的藤原幸会这样对待袁文道吗?我思绪纷乱,不敢再想下去,生怕脑子里的情形变成现实。

“先生,我们怎么办?”阿瑟问。

“等天黑了,我们从那儿摸进村子。”我指着村后面的那个竹桥说。

天黑了,村子里点燃了火堆,我观察了半天,没有见到藤原幸的影子。看来他今天有事出去了,并不在这里,但愿袁文道没和他在一起。

村子里的人没有歇息,他们在场子中央玩起了斗鸡。菲律宾人都喜欢斗鸡,就像西班牙人喜好斗牛一样。据说穷人玩斗鸡,尽其所有,孤注一掷,希望毫不费劲地变成富翁。有钱人玩斗鸡,是用花不了的钱取乐子。有两个家伙手中抱着公鸡,对围上来的人用西班牙语叫喊着:“嘿,朋友,十个比索,一赔二!一赔二!压‘白头翁’,神勇斗士。”“二十个比索,一赔三,一赔三!压‘红羽毛’,永远无敌!”

人们纷纷围上去,他们考虑下哪一只鸡的赌注。一些人蹲下身子,抚摸着那叫“白头翁”的斗鸡,掂量着鸡的重量,检查斗鸡的体力;另一些人查看着“红羽毛”腿上的鳞片,拉开它的翅膀,摸摸鸡的肌肉;还有人嘴里含着白兰地,拉起斗鸡的翅膀把酒喷在它们的肋下。

那两个负责下注的家伙,不厌其烦地向人们讲述自己斗鸡的战绩,赌咒发誓它会获胜。瞬间，整个场子全是精神百倍、兴致勃勃、充满热情的面孔，一改白日里那种无精打采、冷漠迟钝、沉默不语的模样。你简直可以说，他们都渴极了，就是粪池的脏水也会抢着去喝。菲律宾人的斗鸡热情，感染了好些日本人，他们怀着好奇心，也参与进去。

这时，几个流动岗的人拿着钱下赌注去了。时机到了！我和阿瑟弯着身子，沿着林子边缘，向竹桥走过去。

在我们行进期间，嗡嗡的人声越来越高，看斗鸡的人越来越多。我们顺着小河游向竹桥时，可以清晰地望见火光中斗鸡的人们。只见一个熟练的管事提着一白一红两只斗鸡进了场子，公鸡的爪子上绑缚着铁距。有人喊道："压白的！""压白的！"也有人咆哮道："压红的！""压红的！"在这些繁杂的声音中，我竟然听到有人开始用蹩脚的西班牙语在喊："红！……红！……"最后，这声音转变为日语和西班牙语的混合体："哟西！红！……哟西！红！……"这显然是那些日本人的声音。

我们游到竹桥下，那张军用帐篷里空无一人，村子后门站着两个拿枪的守卫。这两人背对着我们，兴高采烈地朝着斗鸡场叫喊着，他们是那么地投入，以至于我们站在身后也没有觉察到。

我们悄悄地走到他们身后，伺机下手。

这时，斗鸡开始了，整个村子鸦雀无声，所有人一下子变成了凝固的蜡像。裁判员发出了信号，人们立刻除去了鸡腿上的距套，纯钢的锯片发出逼人的光芒。斗鸡者把一只公鸡送到另一只公鸡前面，按下它的头，让对手啄它，故意挑起它的怒火。然后又同样地让这只鸡去啄对手。就这样，两只被激怒的公鸡，目不转睛地盯着对方，小圆眼睛里闪烁着怒火，脖子上的毛都竖立起来。两只鸡慢慢地向前走去，可以清楚地听见鸡爪子踏在泥土上的声音。

与此同时，芬兰刀从我的衣袖滑到手掌里，阿瑟从怀里摸出一把闪着寒光的匕首。

我俩同场子里的人们一样，屏声敛气，紧张得不说一句话。

两只公鸡相互打量了一番对方，随即发出一阵鄙夷、轻蔑的声音。双方都看见了对方爪子上雪亮的刀片，危险让它们兴奋起来，径直向对方冲去，它们扭打在了一起。人们开始欢呼起来。

欢呼声让我也兴奋起来，我们径直朝那两个家伙冲了过去。我猛地捂住一个家伙的嘴，将芬兰刀刺进他的脖子里，他抽搐了两下，就断了气，我立刻把这人拖进旁边的草丛里。同时，阿瑟也解决了另一个人。我们捡起地上的卡宾枪，四处打量了一下，溜进了村子里。没人注意到我们，大家的注意力都在两只斗鸡身上。

我们摸到粪池边，看见木笼中的马瑟森和吉布森兄弟俩处于昏迷中。长方形的粪池不大，里面溢满了粪便和各种肮脏的杂物，冒出的氨气令人窒息，一群群绿头苍蝇和蚊子在上面盘旋。

这木笼是当地人运猪的笼子，上面套着粗绳，吊在一根横跨粪池的树干上。由于腿脚不灵便，马瑟森几乎是睡在笼子中，粪便淹没了他全身，仅仅露出半个脸来。十几只白花花的蛆虫，在他脸上爬行，这个喜好洁净和打扮的贵族，奄奄一息，根本没有力气去顾及这些。威廉·吉布森脸色苍白，无精打采地挂在笼子里，嘴里不断地嘀咕着菜名："哦……小牛肉……不……来份通心粉……嫚彩……亲爱的……卡拉苗……"极度的饥饿让他忽视了身处之地。奥利弗浑身是伤，人还算清醒，当他看见我时，差点叫了起来。

"上帝！伙计……是你……我……"奥利弗激动得哭了起来。

"嘘……"我暗示他不要出声。

"锁在那儿，在那儿。"奥利弗指了指笼子的铁锁。

这时，两只斗鸡打得越发激烈。它们喙对喙，胸对胸，铁距对铁距，翅膀对翅膀地相互搏斗着。不过，它们都能巧妙地避开对方的攻击，只被啄落了几根羽毛。人们不满了，他们开始大声叫着自己下注的斗鸡的名字，替它呐喊助威。

"白头翁……白头翁……白头翁！……"

"红羽毛……红羽毛……红羽毛！……"

我站起身，跟着喊叫起来，阿瑟躲在我后面，开始解锁。

忽然，木屋的门开了，从里面走出一个身穿和服的日本人。他对我吼道："喂，你在干什么？"

我的心一下子提到嗓子眼，装着听不懂的样子，胡乱比画了一下。

"我是问，谁叫你靠近这儿的？"这人高傲地走过来，啪的给了我一耳光，"混蛋！伯爵不是早就说过吗，任何人都不许靠近笼子，你……"

这家伙看见了正在开锁的阿瑟，没等他反应过来，我就一把揽住他的头，狠狠地摁在粪池中。

场子里，那叫"白头翁"的斗鸡腾空而起，挥舞着它那致命的尖刀向对方扑去，"红羽毛"两腿一蹲，脑袋一低，让"白头翁"扑了个空。"白头翁"害怕对手从背后袭击，两脚刚着地，便迅速地掉转身子，面对着"红羽毛"。

我死死地摁住日本人的头，用膝盖顶着他的背脊，生怕他挣脱开来。开始，他还不停地挣扎，头上的粪水冒着气泡，手脚乱打乱踢。过了一会儿，气泡少了，他的动作变得缓慢，手不停地在粪池里扑腾着，脚蹬着泥土。最后，气泡消失了，这家伙手脚软软地搭在地上，断了气。

"红羽毛"疯狂地向"白头翁"发动进攻，"白头翁"沉着应战，全场的人都提心吊胆，他们全神贯注地注视着这场战斗的发展，偶尔有人不知不觉地发出一声惊呼。地面上撒满了染着鲜血的红鸡毛和白鸡毛，但战斗并没因此结束，按照斗鸡的规则，战斗必须到有一方死亡或是掉了尾巴逃跑才告结束。那些战死的斗鸡，只能卖上一个比塞塔，相当于五分之一比索。要不然，就加上生姜，炖熟了在当天晚上吃到肚子里。

阿瑟把那个日本人的尸体装进木笼里充数,吉布森兄弟将马瑟森背出了村子,我开始寻找袁文道的下落。我连着找了好几个草棚,都没有发现袁文道的踪影。忽然,我的肩头被人拍了一下,我下意识地掏出芬兰刀,准备还击。

"朋友,你赌的是'红羽毛'还是'白头翁'赢?"一个菲律宾人笑嘻嘻地用西班牙语问我。

我抹了把头上的汗,急中生智地回答道:"哦,当然是'红羽毛'赢。"

"不一定,我看'白头翁'能赢,可惜我现在没钱,要有钱,我会下更大的注。"

这时,我看见他的脖子上挂着一串银项链,好像是袁文道的项链。我心中一喜,问:"朋友,你脖子上的项链很漂亮,可以给我看看吗?"

"当然!"那家伙将项链抛给我,得意扬扬地说,"这串项链是那个中国人的。"

这的的确确是袁文道的银项链,坠子里是伊尔莎的照片。我擦了擦项链,说:"中国人?我怎么没看见过哩,粪池的木笼里只有三个白种人啊。"

"这是伯爵亲自交代给我的活儿,他不和白种人关在一起,关在那儿。"那人得意扬扬地指了指木屋后面的树林。"那里有个洞穴,是伯爵用来关押要犯的牢房。"

"朋友,这么着,你把这串项链卖给我,五十比索外加这块手表。"我从兜里拿出钱币,摘下手表,"这块手表是白种人的。喏,战斗多激烈啊,迟了就没你发财的份儿了。"

的确,场子里的战斗愈加激烈,依旧胜负难分。"白头翁"用尽全身力气狠狠地向前扑去,一刀戳在"红羽毛"的翅膀上,正好插进骨缝之间。不过,"白头翁"的胸脯也受了伤,双方都流血过多,显得十分虚弱了。两只筋疲力尽的斗鸡,紧紧贴在一起,大口地喘息着。

"嘿,朋友,看来你今天运气很好,'红羽毛'输了。我可倒霉透顶。"我假装沮丧地叹息道,"只有找个娘们儿寻乐子,解解愁,去去霉气。"

"朋友,你一定想把项链送给哪个娘们儿吧?"那人猥亵地笑了笑,"行!成交,你找相好,我发财。"他从我手中拿过钱币和手表,急匆匆地下注去了。

我偷偷地朝木屋后面的树林溜去。

牢房没有门岗,我拉开门闩,推开牢门。一下子从洞里扑来一股令人作呕的恶臭,一阵潮湿的重浊气流,同时也听见熟悉的呻吟声和叹息声。我划了根火柴,可在那污浊的空气中立刻就熄灭了。

借着昏暗微弱的亮光,我隐隐约约看见角落里有个人影,他双手抱膝,头埋在两膝之间。他看见门口站着人,立刻用微弱的声音骂道:"藤原幸,你个狗日的,老子迟早要杀了你。"

"瞎子,是我,仲泰啊。"

"仲……泰……仲泰……"袁文道激动地喊道,他本想站起来往前走,可又重重地坐在了地上,"他们在老子腿上套了个木框框,动弹不得,快!快帮我去掉这东西。"

我把袁文道背出牢房，细细打量了一番：他蓬头垢面，脸上还有皮鞭抽打的伤痕，手上戴着手铐，衣服稀烂，脚下上着刑具。这是当地特有的足枷，戴上此物的人无法行走，动弹不得。

我扯断一根晾晒衣服的铁丝，挑开了袁文道的手铐。“瞎子，闭眼睛。”我凝神聚气，将所有的力量都汇集在手掌上，我轻声吼了一声，手掌将足枷砸得粉碎。

“你龟儿子硬是好功夫！要是劈柴火切肉，都不用买刀。”袁文道笑着调侃道。

我们沿着土路向外走。我随手拿了一顶草帽，盖在袁文道头上，再把卡宾枪挂在他肩上，这样一来，他就不会引人注意。

“等等！”袁文道仿佛想起什么，他拉住我说，“项链，银项链！伊尔莎留给我的银项链被一个杂碎抢走了，我一定要找回来。”

“在这儿，你的宝贝。”我把银项链递给袁文道，他感激地看了我一眼，然后小心翼翼地把项链戴在脖子上，又亲吻了一下坠子里的照片，这才一瘸一拐地向外走去。

此时，斗鸡已近尾声。“白头翁”口吐鲜血，倒在地上，两腿抽搐着作垂死的挣扎。“红羽毛”立在它的旁边，翅膀上插着“白头翁”爪子上的尖刀，它的腿也慢慢地弯了下来，轻轻地闭上眼睛。

主持斗鸡的管事看了看，大声宣布：“‘红羽毛’为胜利者！”

全场发出阵阵狂叫，有的是胜利的欣喜，有的是失败的哀号。当我们快要走出村子时，我听见背后有人叫我：“朋友，朋友，你去哪儿？我赢了，赢了！”那个菲律宾人拎着“白头翁”的尸体，追了过来。

“朋友，请……你们吃……鸡，真要谢……谢你的比……索。”这家伙高兴得说话都不利索了，“好不容……易……抢的。”

我摆了摆手，说：“不用了，我还有事，谢谢你的好意。”

“哦，和她去亲热吧……”这人把袁文道当成了我的“相好”，他淫笑着指了指那张军用帐篷。“一条精致的银项链，保证能换个漂亮的姑娘。嘿，抬头让我看看，美人儿。”说着，他撩开袁文道的草帽。

“啊……上帝，中国……人……”

没等我掏刀，袁文道就将整整一梭子的卡宾枪子弹泼洒在他身上，枪声划破了村子的喜悦，所有人都朝我们这边望来。一个日本人仿佛从梦中醒来一样，尖叫道：“混蛋！白种人和支那人逃跑啦！”

我拔掉手雷的插销，将它扔进惊讶的人群中，轰隆一声，整个村子火光四射，乱成一团。袁文道抢过一个手雷，飞快地在上面捣鼓了两下，然后将它丢进帐篷里，拉着我向河对岸的树林跑去。

当我们涉水过河时，帐篷中的手雷就爆炸了。帐篷被炸上了天，刚刚追出村子的人，哗啦啦被炸倒一大片。袁文道回头看了一眼，恶狠狠地说：“抢老子的项链，叫你狗日的死!”

1940年9月18日　清晨　热带雨林

这天天气晴朗,我们一行六人行走在林子里。阿瑟很有办法,他不知从哪儿学来的本事,竟然能从林子里判读出正确的路线。他告诉我,这是当兵打仗时,一个来自爪哇的战友教给他的。据说这人从小就生活在这样的林子里,即使把他扔在百里之遥的密林里,他也能指出自己的家在哪儿。这些生活在密林中的人,能把每一样东西当做路标:一棵槟榔树,一株竹子或是小树桩子等等。

我们沿河而行,林子很静谧,见不到一个人影。有时会看见一条巨大的蟒蛇横卧在路旁,懒洋洋地看着我们。河道上矗立着岩石,将奔流的河水,激成了微波小浪。到处都是盘根错节、露出根子的参天大树。这里简直可以叫“林海”:有些数百年的参天古木,树干中已经空空,它们只有在树顶受了电击,起火后才会死去。据说起的火也是原地自行遏止,自行熄灭。藤萝蔓草像垂帘似的从树枝上倒挂下来,有些就缠在树木的根上,有些顺着地面延伸到远方。

这片林子简直是猴子的王国。沿河的榕树上全是灰色的小猴子,数不胜数的猴子群。它们在树枝上走着,蹲着坐着,有的小猕猴抱着母猴的肚子,母猴从树之间攀来爬去。还有为数不多的黑毛白肚子、长尾巴、头上像戴着顶西瓜帽似的猿猱。我们从树下穿过去,那些猴子毫无恐惧地瞧着我,有时还发出一阵防敌警报的噬啮声,或是扳断枯枝向我们扔过来。不过,黑色的长臂猱非常胆小,一见人就用前腿攀缘着树枝,荡秋千似的迅速逃走了。

太阳投下炙热的强光,我走得汗流浃背。这里的空气确实新鲜,行止自如,我一路欣赏着大自然的美景,心旷神怡,筋骨舒坦。自己正置身于青翠欲滴的景色之中,像一只飞鸟那样自由自在,说实话,我生平还没有独自步行过这么远的距离,即使在秘密营地的长跑训练,也不过跑上四五里路罢了。

走了一夜的路,大家都感到疲惫不堪,我们坐在石头上歇息。这种石头是热带雨林特有的,身上裹着苔藓,四周都是潮湿的洼地。马瑟森很不适应这里的气候和地形,虽然阿瑟给他清洗过身体,但他的心里还是不舒服,不停地用椰子叶擦着脸。

“老爷,喝点水吧。”阿瑟毕恭毕敬地把水壶递给马瑟森。

“嗯。”马瑟森冷冷地接过水壶,喝了一口。这一路上,他对我一直客客气气,不停地致谢。但对自己的仆人阿瑟,不但一个谢字没说,还保持着主人的高傲,总是用疑惑的目光注视着他。我想,这就是英国殖民者的劣根性所在。当我问及他是如何被藤原幸绑架的,马瑟森的回答同阿瑟的分析一模一样,只是他一直纳闷:这些日本人打洞真的会这么准确?

由于雨水不断地冲击,鸟雀含来了种子,于是,热带的花草植物都茂密地生长在灌木矮林之间。威廉·吉布森扯下一片树叶,舔舐着上面的露水,笑着说:“伙计,真没想到我们会逃出来,上帝保佑!"威廉被抓的原因有点可笑,他在镇子上转悠,打听铃木健三郎的死因。当他来到书店时,那个菲律宾女人正在吃饭,他抵挡不住美味的诱惑,就品尝了一小口,结果就被麻翻了。

奥利弗·吉布森露出结实的肌肉,他不停击打着一棵槟榔树,发誓要为嫚彩报仇雪恨。奥利弗的拳头很硬,几拳下去,树干就被打出了裂缝。这裂缝里居然长着苔藓和菌藻。那天夜里的袭击,奥利弗同袁文道进行了反击,最后寡不敌众,还是落入敌手。可嫚彩与此事无关,藤原幸的人依旧杀了她,真是残暴至极。

"他们为什么单独把你关在洞穴里?"我轻声问袁文道。

袁文道站在一条小溪中间,清洗着脚上的泥土,他的鞋早没有了,一路上都是赤着脚走路。好在先前的工人生活,早在脚底打上了厚茧,这才没被地刺划破皮。"因为没有那么多木笼子呗。"袁文道仿佛故意说给马瑟森他们听似的。

他洗了脸,走到我身边低声说:"藤原幸想得到那本军工笔记。"

没想到藤原幸竟然知道袁文道写了这本笔记。在藤原幸看来,即使袁文道不能替他们服务,但这本凝集袁文道几十年军工心得,记录了世界各国轻武器制造的笔记,也能顶半个袁瞎子,对日本的军工制造特别是轻武器制造有着不可忽视的作用。

"瞎子,你把笔记给他了?"我急切地问。

"你真傻,真给了他,我还能活到现在?笔记被我藏在一个安全的地方了。"袁文道面带神秘地说道。

不一会儿,探路的阿瑟跑过来,兴奋地说:"前面有一个村子,村子!"

就这样,阿瑟在前面开路,吉布森兄弟轮流背着马瑟森,我搀扶着袁文道,开始沿着小河向那个村子行进。路并不好走,有冈峦,也有峡谷深渊,连着远方的小径蜿蜒曲折,望不到尽头,偶尔会钻出几只猴子来,吓你一大跳。

黄昏时分,我们来到了村口。村子不大,有十几户人家,房子全是用粗毛竹盖的。屋子很宽敞,四壁是用竹篾编织起来的,这里的居民是当地的土著民,倚靠打鱼和种番薯、玉米维持生计。

正在编织渔网的妇女们,一看到我们,吓得尖叫起来,她们抱着孩子,逃进了树林中。

没等我们解释清楚,丛林里钻出了二十来个手持火把的男子,他们大多光着脊梁,下身穿着齐膝高的黑裤。有的人手执磨得明晃晃的砍刀,有的端着破旧的步枪,还有的人举着锋利的渔叉。他们瞪大了眼睛,杀气腾腾,向我们摆出一副挑战的架势。

"喂,朋友。"威廉·吉布森用西班牙语同他们打着招呼,"我们没有恶意,我们是迷路的商人,商人!"

这些人仍然怒目圆瞪地盯着我们,看来他们不相信威廉的话,我想,没有哪个迷路的商人手里会拿着卡宾枪。

隔了一会儿，一个当地人问："你们来了多少人？是来抓埃利亚斯的吧？告诉你们，就是把我们全村人都杀了，也休想把先生从这儿带走。"

威廉和颜悦色地绽放出一丝微笑，说："朋友，别发火，我不是您想的那种人，也不是来抓什么先生的。我们只不过是迷路的商人，商人！懂吗？"

"先生们，扔掉你们手中的枪，扔掉！"马瑟森轻声说。

我们将武器抛到那些人面前，威廉继续说："朋友，看吧，我们不是和你们作对的。"

这时，一个人挥手喊道："恶狗投降了，把他们抓起来，等先生回来处置。"

轰隆一下，人群把我们淹没了，很快，我们被关押到一间茅草屋里。

这真是才出虎穴又入狼窝，真不知道那个埃利亚斯先生究竟是个什么样的人。但愿他不是藤原幸的帮凶。

这间草屋还算干净。马瑟森躺在一张宽大的竹榻上，一声不吭；威廉坐在他身边，轻声地说着什么；奥利弗蹲在支撑茅屋的竹柱子下面，一盏油灯悬挂在他头上。阿瑟和袁文道靠着墙，默默不语地盯着我看，仿佛期望我想出一个逃生的办法。我从门前的木栅栏向外望去，几只鸭子用嘴翻腾着泥浆，寻觅虫子；三只小鸡为了亲近老母鸡而争斗着；怀胎的老黄猫正挺着大肚皮，躺在落叶堆里打瞌睡。远处，几个男人挥刀砍下了香蕉树的树干，然后女人将枝上的香蕉摘下来，堆在树脚下。

村子后面的旱地里，种着玉米和番薯，耕耘得整整齐齐。在另儿垄地上，长着一溜正结出密密麻麻果实的咖啡树。那些人的茅屋前，晾着几件褴褛的衣服，更确切地说，是一堆洗净了的抹布。一个小女孩光着身子，正从村子中央的水井里舀水，倒在一个用椰子壳做的碗里，喝了起来。

这些人应该不会是藤原幸的手下，他们是善良的山民，可他们为什么要防备人来抓埃利亚斯先生呢？这个人是逃犯，是强盗，还是……

正当我思量这个埃利亚斯的身份时，听见有人大喊道："有野猪，野猪进村子了。"

一头凶猛的野猪进入我的视线，它从芭蕉林里冲出来，撞破厚厚的带刺的篱笆，朝村子中心直奔而来。村民们把猎狗的皮带一松，十几条狗一齐追上去，把野猪堵在一间茅屋的角落里。野猪背靠一棵棕榈树，牙齿锋利如刀，它每进攻一次，就有一只猎犬被咬倒，翻滚在地上，肠子散露出来。搏斗越来越残酷。有几只猎犬揪住野猪的耳朵，还有几只咬住它的后腿，剩下的围住野猪不停地狂吠。村民们无法近前帮忙。野猪依旧疯狂地发起反击，看着猎犬一条条死去，村子里的人们不停发出叹息声和哭泣声，他们看上去有些束手无策。

突然，林子里传来一阵马蹄声，一个中年男子骑着匹油光发亮的骏马，冲到猎狗的圈子旁边。他翻身下马，一把抓住野猪的耳朵，闪电般地将一把尖刀插入野猪的心窝，野猪倒在地上，抽搐了几下，就咽了气。

这一切都来得太快，包括我在内，所有的人都看得目瞪口呆。

这男子挥动草帽向村民们致意,有几个村民回过神来,他们高声喊道:“是埃利亚斯先生,他回来了,他回来啦!”

人们呼啦一声,或是从房里跑出来,或是放下手中的活拥上去,或是从树上跳下来。他们带着欢愉的笑容,像信徒朝拜神灵一样,齐刷刷地向那男子奔去。他们激情洋溢地呼喊着他的名字:“埃利亚斯!埃利亚斯……埃利亚斯……”这人就是埃利亚斯先生。真是奇怪,究竟是什么原因让当地人这么拥护他呢?难道他是一个出色的猎手?

39. 黎萨尔笔下的埃利亚斯先生

1940 年 9 月 18 日　夜　丛林村落

这天夜里,我们被村民带到了一间竹屋里,那个名叫埃利亚斯的人,坐在一张书桌前,脸色严峻地看着我们。我环顾了屋子四周,很简陋,除了书桌、椅子、一张木床外,剩下的就是书。

忽然,我看见墙上悬挂着一个中年男子的画像。“黎萨尔!”我情不自禁地说出了这人的名字。黎萨尔是菲律宾的民族英雄,也是一个很有名的文学家,他 1886 年在海德堡大学学习历史和心理学,我曾拜读过这位老校友所写的长篇小说《不许犯我》和《起义者》。黎萨尔的作品影响了一代菲律宾人,不但知识分子争相阅读,连边远地区的农民也找识字的人,把小说的一些章节译成他加禄语,讲给他们听,这引起了殖民当局的恐慌。1896 年,黎萨尔在马尼拉被杀害,但他的死也变成了革命的号召,激励着菲律宾人参加起义,推翻殖民统治。看来,埃利亚斯是黎萨尔的崇拜者,他的名字正是《不许犯我》中的主人公埃利亚斯。

埃利亚斯听到我的话,惊讶地盯了我一眼,但很快恢复了镇定。

“先生们,说说吧,您们到这儿来干什么?目的是什么?”埃利亚斯点燃香烟,用英语问道。他的英文很流利,字正腔圆,只有接受过高等教育的人才能有这样的发音。

“我已经说过,我们是迷路的商人,商人!”马瑟森回答道,他坐在一把竹椅上,吉布森兄弟左右护着他。显然,这个埃利亚斯是个斯文人,他没让我们蹲在地上,也没有用麻绳捆缚手脚,更没有将我们浸泡在粪池里。

“要是我没猜错的话,你们是从不远处的村子跑出来的吧,是被日本朋友捕获的殖民恶狗。”

“朋友？先生，我没有想到你竟然和魔鬼称兄道弟。”马瑟森讥讽道。

“魔鬼？到底谁是魔鬼！”埃利亚斯显然被激怒了，他掐灭香烟，大声说，“几百年前，这里是一片安详幸福的土地，人民过着富饶的生活。可有一天，来了一群白人，他们用枪炮打破了宁静，霸占我们的土地，剥夺我们的自由，像奴役牲口一样对待我们。魔鬼？这种称号应该属于你们，自以为是的殖民者、吸血鬼、暴君！”

“别这么激动，我想我们之间存在着误会。你难道看不出来，我们是善心的，是来帮助你们的，让你们摆脱野蛮和愚昧，进入一个文明、民主和博爱的新兴社会。当然啰，我们承认，在方式上我们确实使用了暴力，但这是迫不得已。针对的是扰乱和平，制造杀戮的强盗，而不是广大平民，为的是你们的安全。我想，从西班牙人到美国人，他们都是这样做的。你误会了我们的好意。”

这时，埃利亚斯沉默了，他重新点燃一支香烟，抽了起来。我看见他脸颊上的肌肉不停地抽搐。

马瑟森认为埃利亚斯被自己的话打动了，他继续说：“看得出你是一个受过教育的人，我敢保证，这种教育并不是你们当地人的那种教育，而是我们带来的先进教育。不是吗？因为我们的教育，你才会说流利的英语，知道很多科学知识，了解这个世界。我们带来的宗教，让你们有了信仰，思想不至于混沌不开。

“我的一位美国朋友曾给我讲过这样一个故事：有一个不信教的土著民，一直拒绝基督教，有一天他驾船从教堂前面经过，忽然间魔鬼变成了一条鳄鱼，一下子把他的船撞翻了，想一口吃掉他，带他下地狱。就在这个当口，这个当地人受了上帝的感召，灵机一动，向神灵求救。这时，上帝显灵了，将这条鳄鱼变成了一块岩石。这是一个神奇的故事，你们瞧，平日不信上帝的人，一旦大难临头，还是要祈求圣灵的救助。所以，你现在和日本这样的恶魔交朋友，迟早有一天他们会吃掉你，到那时，只有我们才能救你。”

埃利亚斯听后仰天大笑：“好一通冠冕堂皇的说辞，真的很精彩。这就像西班牙人在美洲屠杀了好几百万土著人时，你们大声喝彩；就像葡萄牙人掠夺马鲁古群岛时，你们也大声喝彩；同样，他们在非洲和南亚杀戮未开化的民族时，你们大加赞赏一样。干坏事的人都想被赞美，被追随，用以掩盖心中的罪恶感。

“是啊，你们白人多好啊，因为你们的到来，我们不用种地了，被驱赶到工厂里做工，像牛马一样被卖掉；因为你们的到来，我们的头上多了一个奴隶的光环，过着卑贱的生活；因为你们的到来，我们的劳动果实不再属于自己，丰富的资源成为别人的东西。因为你们的到来，我们只要言辞不慎，就会被抓起来，被流放，被鞭打，甚至丢了性命。说到教育……”

埃利亚斯昂起头，冷笑了一声：“西班牙人来了，让我们学习西班牙语，美国人来了，让我们学习英语。哼！这是为我们好吗？是为了让我们忘掉自己的语言，从思想上隶属于你们白人，成为你们永远的奴隶。不是吗？俄国为了要奴役波兰，强迫波兰人学习俄语;德国在他们占领的法国省份中,禁止使用法语。你!……”埃利亚斯指着阿瑟说,“一个印度人,我为你感到可耻!你们是多么优秀的一个民族,你怎么昏庸到这种程度。你或许忘了自己的母语,忘了独立自由,成为祖国的叛徒。”

没等马瑟森说话,埃利亚斯将矛头指向我和袁文道:“还有你们!比印度人还要可怜。你们的土地不过是中国借给英国人的,可你们已经忘记了自己的祖国,甘当他们的奴隶。你们有什么?你们所拥有的一切东西都是借来的,甚至你们的缺点也是英国式的!你们乞求英国化,想赶紧褪掉自己的本色,迅速忘掉母亲。当你们遭到人家拒绝或是怠慢时,你们恬不知耻地去乞求,就算他们给你恩典又如何呢?你们又能得到什么?充其量不过是海外殖民地的三等公民。”

我和袁文道无奈地皱了皱眉头,这人一定是把我们当成来自香港的中国人了。

这时候,马瑟森脸色苍白,身体微微颤抖,连话也说不出来了。

“告诉你,英国佬。”埃利亚斯对马瑟森说,“当一个民族被夺去了光明、家园、自由和正义,这些生命的要素和天赋的权利时,他就有权反抗掠夺者,正如我们反抗拦路抢劫的强盗。一个正直的人,如果不站在受迫害人这边,他就是暴政的帮凶,他的行为就玷污了自己的良心。日本人帮助我们摆脱你们的殖民统治,他是我们的朋友,而你们!只不过是一个凶手、伪君子、骗子、海盗而已。”

“把这些恶狗押下去。”埃利亚斯对手下人说,他指了指我,“你留下。”

埃利亚斯上下打量了我一番,问:“你也知道我们的英雄黎萨尔?”

我点了点头:“算起来,他和我是海德堡大学的校友,我读过他的作品,写得很好。”

埃利亚斯冷笑一声:“既然你读过英雄的作品,为什么还要和英国佬混在一起,甘当他们的奴隶和走狗,不觉得可耻吗?”

我说:“埃利亚斯先生,我要纠正一下,我并不是来自香港的中国人,而是来自中国。”

“哦,那你为什么不好好地待在国内,反倒跑到我们这儿来,还和英国佬混在一起。据我所知,一百年前,正是英国人用舰炮和鸦片敲开了你们的大门,让你们的人民饱受苦难。你难道忘记了吗?”

“这是每一个中国人永远无法忘记的耻辱和痛楚。正是基于这一点,我才和马瑟森先生在一起,我想让我的国家和人民不再遭受这种苦难,避免他们受到奴役。我们都有一个共同的敌人。”

“谁?”

“日本!”

“日本?……日本怎么会是你们的敌人呢?”埃利亚斯显得很惊讶,他示意我坐下,然后递给我一支香烟,“日本应该是你们中国人的朋友,你们是兄弟,都是大东亚共荣圈里的成员啊。他怎么会是你们的敌人,我想你一定是对日本人有误会。”

我吐了一个烟圈,感到很可笑,空间位置的转移真够快的。埃利亚斯站在了刚才马瑟森的位置,而我瞬间变成了他。

见我笑而不语,埃利亚斯继续说:"是啊,以前大家都对日本有误解,我也曾经有过。我认为他们只不过是世界上最大的娼妓和厨子的出口国,没有文化和道德,是我们亚洲的耻辱。可当我和日本朋友接触后,才发觉自己以前是多么幼稚,日本应该是亚洲,是我们黄种人的骄傲。瞧瞧,短短几十年的时间,一个曾被美国人佩里用舰炮打开门户的国家,竟然跃入世界先进民族之林,获得了崇高的国际声誉。明治维新,日本上下变革,发展生产,富国强兵,从兴办生丝工场到出口'南洋姐'到荷属东印度。日本人一分一厘地积累外汇,换机器,换技术,换枪炮。向白人请教科学技术,拼命生产,改进工艺,开拓市场……作为一个亚洲人,怎能不为此感到自豪和骄傲。他们没向白人奴颜婢膝,磕头跪行,而是通过自己的努力,和欧洲人平起平坐了。

"日本没有抛弃他的亚洲兄弟。我的日本朋友告诉我,他们要将我们团结起来,建立一个强盛的'大东亚共荣圈',推翻白人的殖民统治,让我们黄种人自由地生活。他说,日本现在正在帮助你们中国摆脱白人和封建官僚的统治。你们怎么能说他们是侵略呢,怎么能说他们是敌人,明明是朋友,是兄弟嘛,是你们的解放者。"

看来,埃利亚斯很幼稚。他所谓的日本朋友,应该是以藤原幸为代表的疯子,宣传"大东亚共荣圈"的骗子。

我掐灭香烟,淡淡地说:"埃利亚斯先生,你有这样的朋友吗,他们把你的国土变成焦土,将你的兄弟姐妹屠杀奸劫,连刚刚降生的婴孩也不放过,数以万计的同胞死在你朋友的刺刀下。日夜的轰炸,将你的城市变成废墟,眼前没有活物,而是一口口装着死人的棺材。而驾驶飞机的人,正是你的朋友。你的首都被人占领了,整整30万同胞被你的朋友枪杀、活埋、烧死。你的朋友用杀人的利器,企图占领你的国家,奴役你的人民,灭尽你的民族,请问你,埃利亚斯先生,这叫朋友吗?"

埃利亚斯听了有点惊讶,没等他说话,我激动地说:"不,埃利亚斯,这叫他妈的畜生!请原谅我使用了西班牙语中的粗口。说实话,你并不了解日本,你被日本人冠冕堂皇的谎言欺骗了。"

"为什么?"

"日本人所谓的建立'大东亚共荣圈',不过是替自己侵略扩张打的一个幌子罢了。扩张成性的日本军阀们,他们最终的政治目标是用武力征服亚洲。知道日本人为什么和你们称兄道弟,高喊把你们解放出来的口号吗?因为在你们的土地上,有他们急需的物资。要知道日本国小人少,资源缺乏,资本又无法流通和周转,他们没有采取和平的方式获取资源和市场,而是采用武力向外扩张。这是一条早就制定好的路线:渡过对马海峡,吞并朝鲜,渡过鸭绿江,占领我国的东北,然后进攻我国内陆。遗憾的是,我们的国土太辽阔了,我们的人民奋起抵抗,日本陷入了战争的泥潭。打仗打的是经济,日本不但要疲于应对我们的反抗，还要寻找更多的自然资源，好了！他看中了你们这片土地，这里有丰富的石油、橡胶、矿藏，正合他意。

“所谓黄种人的解放者，这是屁话！请原谅我又一次说了粗话。我只想告诉你，世界历史上，没有哪一个国家的民族独立和解放，是依靠外国人帮助而成功的。即使有人对你说，他们也是有附加条件，别有用心的。正如你同马瑟森所说的那样，当年殖民者到你们这儿来，不正是帮助你们摆脱愚昧，走进文明吗？同样的道理，日本人这样说，只不过是蛊惑人心，是殖民者换汤不换药的狗皮膏药。你可以问问你的日本朋友，假如他们真的充当你们的解放者，帮助你们独立，有什么条件没有？或是，成功后，他们的军队会离开你们的国家吗？”

埃利亚斯脸涨得通红，他结结巴巴地说：“我……我……没……想……过。”

“先生，一个人的肤色无关紧要，无论黄种人，还是白种人，都是生活在地球上的人类，我们不能拿肤色和地域来衡量人与人和国与国之间的关系。最重要的是看你干的事是否有益于你的祖国和人民，是否正义，这才体现出自己对国家和民族的忠诚。我坚信，通过你们的斗争，菲律宾会有一个美好的明天。但前提是建立在主权独立的基础上，没有任何外来势力的干预。记住我的一句话，人的命运掌握在自己手中，国家也是一样。”

埃利亚斯点了点头：“是啊，我的国家和人民受的苦难真是太多了。先生，你知道我为什么取名叫埃利亚斯吗？因为我和黎萨尔书中的人物一样，我们都被殖民者压制得走投无路了，我们心中都燃烧着复仇的火焰。”

埃利亚斯点燃一支香烟，低沉地说：“大约在六十年前，我的祖父住在马尼拉，在一家西班牙人的商号里管账。他当时很年轻，结了婚，有两个儿子，一个是我伯父，另一个就是我父亲。一天夜里，不知什么原因，仓库失火了。火势蔓延到老板的住宅，一连烧毁了很多房子。损失很大，当然总得找个替死鬼，那个商人就控告了我祖父。无论我祖父怎样申辩也是白费力气，他穷，请不起律师，他是当地人，没有地位。结果我祖父被判处当众鞭笞，在马尼拉游街示众，这种侮辱人的刑罚比死刑还要可怕千百倍。

“我祖父被绑在马上，后面跟着一大帮看热闹的人，这个终生蒙羞的可怜人，流尽鲜血，受尽屈辱，号哭得声嘶力竭，满足了白人的欲望之后，才被人从马上解下来，当夜我祖父就上吊自杀了。我祖母领着两个孩子躲到了山区中，在穷困潦倒和寂寞孤独中艰难生活，过着野兽般的日子。后来，我伯父刚刚成年就当了强盗，他的名字传遍了各省，白人听见他的名字就发抖，就害怕，他是为了复仇才到处杀人放火。而我父亲生性温和，跟着祖母过着平常人的日子。

“终于有一天，我伯父落在殖民当局的手里，他们对他用尽酷刑。一天早晨，我父亲出去寻找久不归家的祖母，他在一棵木棉树下找到了她。祖母仰面朝天地倒在地上，两眼直瞪着，双手埋在沾满血污的泥土里。我父亲不由得抬起头来，顺着祖母瞪着的方向望去。天啊！树枝上挂着一个篮子，篮子里装着他哥哥的人头，血淋淋的人头！”

听到这里,我禁不住打了个寒战,心里叫道:天啊!

"他们把我伯父的尸体分成了几块,身子埋掉了,四肢分别悬挂在几个镇子上。先生,假如您有机会从卡拉姆巴到圣托马斯去,路上您还可以看见一棵枯梅子树,那上面曾经挂过我伯父的一条腿,腿腐烂了,大自然就让这棵树枯萎了,不再生长。后来,我父亲做了小买卖,有了点钱,这让我从小就受到了很好的教育。我还有两个兄弟和一个妹妹,我们本来生活得很好。可现在,我已经是一棵被砍光了枝叶的枯树,一个无家可归的亡命之徒,像一头在树林里被人追逐的野兽。这一切究竟是为了什么?

"就因为西方人货物的涌入,让我父亲破了产,欠下一大笔债。我妹妹被迫进工厂做工,却被一个美国工头糟蹋了,她投河自尽。我们除了保持缄默,保住性命之外,还能有什么办法?那个美国野兽害怕我们报复,便想弄死我的两个兄弟,那时我还在外国读书。你知道他干的事吗?他勾结当地的官员,把我的兄弟说成杀人犯,他们被打入死牢。当我闻讯赶到家乡时,亲眼看见他们用绳子系住我兄弟的头发,把他们吊起来,亲耳听见他们悲戚的惨叫,听见他们在喊我的名字。最后,他们被活活地折磨至死。

"在这以前,我是个胆小怕事的人,没有杀人的勇气。这以后,我不再是懦夫了,灾祸扯掉了蒙在我眼睛上的绷带,监狱的孤独和痛苦教育了我。我看见了侵蚀我们社会的毒瘤,欺压我们人民的野兽,我现在除了报仇外,就是把这些腐朽的殖民臭玩意连根拔掉!我参加了游击队,不是去攻打敌人的哨所,就是潜入城市刺探情报,除掉那些卖身投敌的败类……虽然我的战友很多都牺牲了,但我要血战到底,直到死亡,用火和血为他们报仇!"

这位不幸的男人在万分悲愤中扯掉了自己的衬衣,露出一身的疤痕,他摸出一颗子弹,说:"这是敌人留给我的,到时候我会还给他们,加倍偿还给他们!我们沉睡了几百年,现在我们复活了,我要唤醒更多的人,那些还在犯糊涂的人,让他们看见自己的苦难。我要教会他们不去考虑什么情爱和财富,世界上只有相互吞噬的狼,吃人肉喝人血的恶魔。我要鼓励人民起来反抗压迫,这是一个人争取自由永恒的权利。

"现在,聚集在我们身边的人越来越多了,他们当中有人发誓独立之前不理发,也有人发誓不独立绝不结婚。不计其数的年轻人,在黎萨尔先生的鼓舞下,投身到我们的事业中来。这是一场伟大而残酷的战斗。只要天主保佑我们的事业,只要我们的祖国,这个受尽了千辛万苦的祖国,能从这一场战斗中站起来,即使是血迹斑斑,然而最终获得了自由,那么我就是死也高兴,我的生命属于菲律宾。我相信,明天,我的祖国前途光芒万丈。

"我看见它变成玫瑰色,多少年来死气沉沉、昏昏欲睡的穷乡僻壤苏醒过来了。我看见到处是新的城市,工厂如雨后春笋,高楼大厦耸入云天,就像曼达卢永那样!我听见了蒸汽机的嗞嗞声,火车的隆隆声,机器的嘎嘎声!哦,我的祖国,我亲爱的母亲。到那时,人民将过上和平快乐的生活,永远摆脱剥削,永远消除仇恨。到那时,我们将和白人开诚布公,同心协力,像繁荣的英国一样,有明智、公正的法律,自由地发展商业、工业和科学,完成黎萨尔先生的遗愿。啊!我的祖国……”

说到这里,埃利亚斯的喉头哽咽了,他禁不住低声哭泣起来……

我默默地站在旁边,望着这个献身于菲律宾民族独立运动的男人,他内心的痛苦,对自由和独立的渴望,我深有同感,从心里佩服埃利亚斯。但,我又对埃利亚斯在寻求民族独立解放的道路上,所表现出来的幼稚和茫然,感到担忧。要知道,这不是单单仅靠个人的一腔热血就能解决问题,更不能期望外来势力的帮助,需要的是先进的革命思想指导和发动广大的人民。这条道路漫长而又艰辛。

40. 鳄鱼

是夜,埃利亚斯把我安排到一户村民家居住,他认为我和那些殖民恶狗不同,用不着被囚禁在草屋内。或是因为我是黎萨尔的校友,看过黎萨尔的书,所以应该享受区别于囚犯的待遇。

这是间没有窗户的屋子,为了驱赶蚊虫,屋内点着当地特有的树枝,烟雾弥漫。我被熏得烟呛火燎的,透不过气来。夜色越来越浓了,在树蛙鸣叫的间隙间,整个村子显得格外宁静。

我睡在一张大竹榻靠门的位置,左侧挨着屋主的孩子,再过去就是屋主夫妇俩。劳作了一天的他们,实为疲惫,刚躺下没多久,就发出了响亮的鼾声,此起彼落,相互呼应。间或,还听见男主人发出一阵阵咳嗽声。最后,驱赶蚊虫的炉火熄灭了,空中的蚊子猖狂地向我袭来,地上的臭虫也不甘示弱地发动进攻。哎呀,我的天啊!他们睡得是那样的安稳,而我,却感到备受煎熬,无法合眼。

我走出屋子,坐在门前的竹台上,抽起了香烟。

不远处的池塘里,平静的水面上布满了浮萍,散发出沼泽地的一股窒息人的气味。到处是数不清的青蛙,你要是沿着村边或是池塘边上走,青蛙被脚步声惊动,就在潮湿的草地上不停地蹦跶蹦跶跳着,扑通扑通地跳进水中。它们蹲在浮萍上,用各种声调,像疯了似的扯开嗓门大叫。

我回头看了看熟睡的这一家人,千百年来,他们世世代代都是这样睡觉的吗?他们和我们那儿的农民一样,习惯了劳作的艰苦,对任何恶劣环境,都具有异乎寻常的抵抗力和生命力。香烟的气味并不能驱赶蚊虫,隔不多久,我就得伸手拍打叮在我身上的蚊子和跳蚤。慢慢地,我愈加烦躁,这些邪恶的小东西继续在作祟、嗜血,好像除它们之外,别的生命都不需要生存似的。

我不想因为蚊虫叮咬而发出叫喊,打破夜的宁静,惊扰村民们的睡梦。在甜蜜的梦乡里,人人都是平等的,但是当太阳升起,生存的斗争重新开始时,人与人之间又是多么的不平等!有些人一无所有,为了养家糊口,不得不终日辛劳;另一些人却养尊处优,无所事事,过着骄奢淫逸的生活。埃利亚斯正是为了追求人与人之间的公平而奋斗的人。

我把头靠在稻草上,稻草的味道让我想起了家乡的大米。我看见夜空中那轮皎洁的明月。哦,今天是九月十八日,九年前的今天,日本鬼子炮轰沈阳"北大营",拉开了侵略中国的序幕。啊,已经整整九年了,我们的祖国和人民在苦难中煎熬了九年。这漫长的战争何时才是个头啊。

我隐隐约约听见口哨的声音,曲子很熟悉。跟着曲调,我轻声吟唱起来:

"我的家在东北松花江上,
那里有森林煤矿,
还有那
满山遍野的大豆高粱
……
九·一八,九·一八
从那个悲惨的时候
脱离了我的家乡
……"

循着口哨的声音,我看见袁文道倚靠在栅栏前,望着皎月,吹着口哨,两行热泪,从他和我的脸颊上缓缓流出。

第二天,埃利亚斯并没有把我们交给日本人,而是出人意料地将我们释放了,并送给我们三条独木舟。他告诉我们,沿河而下,仅用半天的时间就能到达圣地亚哥镇。临别时,埃利亚斯对我说:"朋友,昨天您的话,震撼了我的心灵,我需要冷静地思考一下。"

我笑着说:"埃利亚斯先生,记住我那句话,人的命运掌握在自己手中,国家也一样。我相信,你的祖国一定会有一个美好的明天。"

"是的,她一定会有一个美好的明天。"埃利亚斯噙着热泪说道。

这天上午,我们驶离埃利亚斯的村子没多久,马瑟森便叫阿瑟独自一人划着木舟先行,让他到镇子上找人救援。阿瑟没走多久,我们又到了一个村子,这是一个普普通通的小村庄。因为靠近城镇,里面还有村长和神甫。马瑟森写了一个纸条,交给奥利弗,然后奥利弗跟随神甫消失在林子深处。当我问及马瑟森，奥利弗去哪儿了，他诡秘地笑了笑，轻声说："到时候你就知道了。"

我们四人继续驾船前行，这一路上很安静，藤原幸的人并没有追来，威廉·吉布森变得格外兴奋。他一直用船桨搅动河水，敲打着船舷，向船尾的袁文道讲述各地的美味佳肴。马瑟森和我同坐一条船，他一直闭目养神，沉思着什么。

"伙计们。"威廉转头对我们说，"据说这座树林有很多奇奇怪怪的传说，让当地人十分恐惧和敬畏。嫚彩曾给我讲过一个，说当时这片林子只住着土著人，忽然有一天，这里来了一个双眼深陷的西班牙神甫，他加禄语说得很不错。神甫在这里转了一圈，选中了一个地方准备建教堂。他问当地人，谁是这块土地的主人，有些土人大着胆子出来承认了，神甫就用衣物、珠宝和一笔现款购买了这块土地。没隔多久，这位神甫就无故消失了，人们都以为他回家了。可有一天，一股臭气从村子附近的林子中传出来，引起了大家的注意。人们顺着气味寻过去，发现了神甫快要腐烂的尸体，他的双腿被鳄鱼吃掉了，人躺在河边的岩石边。他在活着的时候，那深沉空洞的声音、深陷的两眼以及干巴巴的笑声，让当地人觉得后怕，这些人做梦都得不到安宁。

"人们扔掉了神甫给的珠宝，烧掉了他的衣服，将他埋在一棵榕树下面。从此以后，没人敢靠近那棵榕树半步。可有一个家伙，为了寻找失散的猪，回家晚了，路过榕树时，竟然看见那里冒出点点灯火，还听见神甫干巴巴的笑声。上帝啊！嫚彩说，还有一个热恋中的小伙子，为了博得女友一笑，竟在那里过夜。第二天，人们在河畔发现了小伙子的尸首，同样是被鳄鱼吃掉了双腿。直到今天，大家都对河里的鳄鱼敬畏有加，都说神甫和小伙子得罪了河里的神灵，鳄鱼就是神灵的化身。"

"威廉，这故事不是你瞎编的吧？"我问。

"千真万确，伙计，这可是嫚彩亲口告诉我的。"威廉·吉布森拿起船头的渔网，挥动两三下，将它抛入水中。当他把渔网拉上来时，却不见一条鱼跳出来。

"我还以为里面是装得满满的鱼，没想到全是水。"袁文道调侃道。

威廉站在船头，渔网拎在手上，网中的水滴下去时，映着阳光，亮晶晶的，发出嘲笑的声音，仿佛在嘲弄他白费气力。他再次将渔网抛入水中，结果依旧和先前一样。

"算了吧，威廉，你是一个外行人。"我劝道，"你现在应该是划桨，而不是打鱼。"

"伙计，你们瞧着吧，我会打一网鱼，待会儿到了镇子上咱们喝美味的鱼汤。"威廉又一次将渔网抛入河中。显然，他是个外行，提上来的依旧是空网。

我们齐声发出了哄笑。

"好了，好了，伙计们。别那么大声嚷嚷，小心把鱼儿吓跑了。等我一会儿，说不定会捞上一只大鱼，比如鳄鱼什么的。"

哗啦一声，威廉将渔网抛入水中，他一言不发地盯着河面。我们都在等待空网的再一次出现。

“说不定，我们就会碰见鳄鱼，真要是……”忽然，威廉的声音发了颤，他一言不发地坐了下来，将船桨在水里四下搅动了几下。接着，他指了指渔网，战战兢兢地吐出几个词儿：“有……鳄……鱼……！”

“鳄鱼?!”我们每个人都重复了一声，这两个字就在一片惊诧恐惧之中，从一个人嘴里传到另一个人耳里。

“你刚才说什么，威廉?”马瑟森开了口。

“先生，我是说我捉到了一条鳄鱼，鳄鱼！”威廉又说了一遍，将竹竿沉下去，继续说，“你们没听见那声音吗？这不是沙子，是鳄鱼的脊背，我在书上看见过。它被抓住了。”

“瞎子，当心点！”我把芬兰刀抛给了袁文道。

轰隆一声巨响，威廉和袁文道乘坐的独木舟被掀翻了，他们落入水中。我看见一头鳄鱼浮出水面，它的脖子和前腿都缠着渔网。这是一条大鳄鱼，巨大的长嘴里，露出又长又尖的利齿，背上长着绿色苔藓，就像人的苍苍白发。

“上帝啊，我的上帝啊！”马瑟森惊呼道，“威廉，当心！鳄鱼……”

没等马瑟森把话说完，鳄鱼发出了公牛般的怒吼，用尾巴将独木舟打得粉碎。“救……”鳄鱼冷不丁地把威廉·吉布森卷入水下。

“不……不……威廉！……上帝啊！”马瑟森趴在船舷边喊叫道。

“瞎子，快！快上来。”我感觉自己的腿已经软了，我还是头一次看见鳄鱼。

让我们吃惊的是，袁文道没有理会我的呼喊，他叼着芬兰刀，潜入水中。

河水翻滚沸腾，我们的船不停摇晃，水底正在进行一场格斗。我和马瑟森谁都不说话，差不多连呼吸都忘记了。我握桨的手不住颤抖，脑子一片空白，根本不敢去想以后会发生什么。马瑟森噙着泪水，嗓子发出阵阵呜咽声。

不一会儿，河面平静了，水底的格斗似乎结束了。我们着急地盯着水面，渐渐地，河水变了颜色，让鲜血染成了一片殷红。

“不，不，不！威廉，我的孩子，亲爱的孩子。”马瑟森禁不住哭起来。

哗啦一声，袁文道的脑袋冒出水面，他嘴里叼着带血的芬兰刀，我们喜悦地叫喊起来。接着，袁文道把威廉·吉布森拉出水面，我把威廉抬上了船。威廉受了重伤，一条腿活生生被鳄鱼吞噬了。人总算还有呼吸，我扯掉衬衣，替他止住鲜血，包扎好伤口，暂时保住了他的性命。

当我把袁文道拉上独木舟时，那条鳄鱼浮出了水面，整个白色的肚子都给剖开，五脏六腑连着筋脉散落在水里。

“袁先生，谢谢您，您救了威廉的性命。”马瑟森躬身致谢。

“瞎子，你从哪儿学的杀鳄鱼的本事？该不会又是你那德国老丈人教的吧。”

袁文道羞涩地笑了笑：“仲泰，你忘了，我以前住的寓所的主人，是一个德国的老水手。他不但教了我莫尔斯电码,还有和鳄鱼格斗的本事。伊尔莎的父亲只会救鳄鱼,不会杀鳄鱼。说实话,我从来没有见过鳄鱼,当时只顾着救人了,现在想起都后怕。”

“先生们,赶紧前行吧,早点到达小镇,晚了的话,威廉就会送命的。”马瑟森的语气中透出焦急和哀求。

于是,我们划动小舟,向圣地亚哥镇的方向驶去。

这时,已近正午,太阳当头,炙热的阳光和血腥味让我烦躁不堪。我回头看了一眼,浪花已经把鳄鱼的尸体带到很远的地方去了。一阵凉爽的微风袭来,人变得轻松许多,手中的船桨也划得更快了。

黄昏时分,我们终于到了圣地亚哥镇。

刚到河岸,就有三个当地人簇拥过来,他们笑着对马瑟森说:“您一定是马瑟森先生吧。阿瑟雇我们在这儿等候您多时了。”

“他现在在哪儿?”马瑟森冷冷地问道,“为什么不到这儿来接我?”

“哦,阿瑟先生很忙,他吩咐我们来接您们。”

“先得给他找个医生。”马瑟森指了指昏迷的威廉,“你们这儿有医生吗?我是说技艺很高超的白人医生。”

“当然,立刻带他去。”

说完,这几个人不知从哪儿找来一副担架,把威廉·吉布森放在上面,准备离开。

“我跟你们一起去。”袁文道说,“万一这些人耍花样怎么办,得有个人看着点。”他对马瑟森说。

“您想得很周到,袁先生,谢谢您。”

袁文道走到我身旁,用汉语轻声说:“万事须小心,我还得去取那本笔记哩。”

就这样,袁文道和两个当地人,抬着威廉直奔镇上的诊所。

这时,余下的那个当地人弯下腰,笑吟吟地对马瑟森说:“请上来吧,马瑟森先生,我背您走。”

41. 坏人得死,好人获胜,这不能更改

1940 年 9 月 19 日　夜　圣地亚哥镇

整个圣地亚哥镇笼罩在一片死寂之中。一切似乎都在悬空的怀抱中睡着了。鸡叫

声和远处教堂的钟声此起彼伏,当中还夹杂着喝醉了的酒鬼凄凉的喊声。残月东升,万籁俱寂,我感到一股杀气正向自己袭来。圣地亚哥镇实在太静了,静得很不真实,静得让人觉得可怕。而马瑟森伏在那个当地人的背脊上,异常镇定,仿佛一切都在他的掌控之中。

就在我们走到"铃木书店"门前时,当地人忽然停了下来,书店的门吱嘎一声开了,从里面走出三个身穿和服的日本男子。他们一个腰间插着把武士刀,一个赤手空拳,另一个则头缠白布,手中拿着一把幕府时代的长枪。

书店内传出一阵熟悉的笑声,藤原幸?我心中一惊。一个中年男子从书店里走了出来,他是一个黄白种的混血儿,黑色卷发中有些白发,前额和左脸颊上面布满了数条疤痕,有刀伤的,有火烫的,也有枪弹打的,非常可怕。这人像是穿着一身重孝:黑鞋、黑衬衣、黑裤子、黑领带,头上戴着顶黑礼帽。他手里拿着一支点燃的雪茄烟,手指上戴着一枚闪亮的钻石戒指。啊!他是藤原幸,这人的的确确是藤原幸!没戴那副遮羞墨镜的藤原幸!我认得他脸上丑恶的疤痕,哈瓦那雪茄烟,还有那枚闪光的钻石戒指。

这个杂碎!我终于看见他的真实面目了。

"哦,亲爱的马瑟森先生,欢迎您光临寒舍。请吧,咖啡已经替您煮好了。"藤原幸笑着做了一个请的手势,那个当地人将马瑟森背进了书店里。奇怪的是,马瑟森竟然没有反抗,也没有说话,很顺从。

藤原幸抽了口雪茄烟,说:"至于您,黄仲泰先生,我们俩之间的游戏还没有玩完,小说还没有完稿,电影也没有杀青。黄先生,您不但在法国杀了我的替身不说,还在南洋替英国佬干掉了我的得力部下,他们都是我的亲人!咱们得好好算算这笔账了。"

我冷笑一声:"对,是算账的时候了,没想到你会自动送上门来。"

藤原幸吐了个烟圈,脸颊上的伤疤抽搐了几下,说:"黄先生,您一定看过《基督山恩仇记》。是的!一定看过,当您掘开铃木健三郎的坟墓时,就看见了我留给您的那本书,大仲马先生的名著。小说中有一个章节名为'决斗',男人与男人之间的决斗,血亲复仇的决斗。听说您出身武术世家,精通中华武术,我这几位朋友——"他指了指那三个日本人,"都是日本武术界的高手,一位是日本剑道'示现流'派的大师,一位是空手道始祖船越义珍的高徒,另一位的斩月枪可以说天下无敌。他们想同您切磋一下,来一场生死对决。"

藤原幸神经质地诵道:"'什么!这座我准备了这么久,那么小心和辛苦建立起来的大厦,竟这样被手指一点,说一句,一口气,就毁于一旦了吗?'黄先生,这是'决斗'章节开头的一句话,好了,开始吧。我还是那句话,坏人不一定会死,好人不一定能赢。"

说完,藤原幸转身步入书店,那个当地人拿着一面铜锣,跑到街上,边敲边喊:"大家快来看啊,快来看啊……日本高手与中国人生死对决!决斗了……比斗鸡还精彩……"

不一会儿,圣地亚哥镇上的男女老少都围了过来,一些菲律宾人像斗鸡一样,开始下注。当地华人们不停地为我呐喊助威。一个年近七旬的华裔老人走到我跟前，他递给我一把宝剑，颤巍巍地说："小伙子，拿着这把剑打败这些桀骜不驯的倭寇，替咱们中国人出口恶气。"

我拱手行礼："老人家，多谢了。您放心，我一定不负大家伙的期望。"

场子内的华人发出一片叫好之声。

那个剑道高手抽出武士刀，缓步向我走来。我从他的步法中，似乎看出有中国武术的影子。我冷笑一声，凝神聚气，一招武当剑的起手式"虚灵调息"，等待这家伙的进攻。在我学习剑法时，父亲便告诉我，武当剑看似守势，实为攻势，它的绝妙之处就像太极拳一样，因敌变化，不拘形式，以静制动和后发制人。

日本剑手举刀过顶，大声吼道："支那人，接招！"

呼啦一下，他的刀朝我斜劈下来，我用一招"玉女浣纱"挡住对方的刀。没想到这人的刀法很奇异，没等我使出第二招，他忽然将刀身一转，刀刃沿着我的剑身，飞快地横劈过来。我急忙低头屈身，刷的一声，这家伙的刀从我头顶飞快地划过，削掉了我的几绺头发。好险啊！

十几个回合下来，日本剑手逐渐占了上风，我只有招架之势，没有还手之功，有些乱了阵脚。直到我出了招"丹凤朝阳"，剑锋直取这人咽喉。他吓得倒退几步，我吐了口粗气，这才稳住了阵脚。

经过这十几回合的较量，我发现日本剑道同武当剑有惊人的相似之处。他们也讲究以静制动、以不变应万变和后发制人。这位剑手刚才虽被我的招式吓了一跳，但依旧临危不乱，心静如水。话又说回来，这日本剑道也有弊病，它的招式简单，动作古板，凶狠有余而变化不足。我要取胜，必须发挥自己的长处——"快"和"乱"。

我缓缓地走近日本剑手，正当他举刀过顶那一瞬间，我使了一招"仙人指路"，剑锋刺向他的脸部。这家伙哇地叫了一声，急忙横刀招架，没等他反应过来，我跟着又一招"日透长虹"，逼得他连连后退。接下来，我的步法越来越快，剑法也由快变乱，打得这家伙眼花缭乱，应接不暇。

不一会儿，他的衣服被我划得稀烂，手脚受了伤，血染红了他的衣服。我看准他的一个破绽，刷的一下，一剑刺中他的右手手腕，挑飞了他的武士刀。没等他回过神来，我的剑尖已经顶住了他的喉头。

扑通一声，日本剑手跪在地上，闭上双眼，轻声说："我认输了，您动手吧！"

四周的华人一片欢呼呐喊之声。

日本剑手一个劲儿地喊道："喂！支那人，杀了我，杀了我吧！"

我没有时间理会他，用日语对另外两人说："你们谁先上？"

日本拳手止住同伴，大喊道："支那人，我来同你较量较量。"

话音未落，这人就朝我飞奔过来，当距离我还有五六米距离时，他忽然腾空跃起，闪电般地踢出了一脚。啪的一声,我还没反应过来,就被踢倒在地上,胸口像被重物撞击了一样,疼痛难当。紧接着,我的脸颊又被这家伙踢了一脚,鲜血顿时从鼻孔和口腔流了出来。我变得迷迷糊糊,混沌不清。这人抓起我的衣领,擒住我的手腕,呀的一声将我高高举起,砰的一下,我被重重扔在地上。

我感到整个脑子一片空白,耳边嗡嗡直响,眼睛里全是汗水和泥沙,看不清方向。全身骨头像被拆散一样,使不出力气来。

我的腹部又重重地挨了一拳,我凭借仅存的余力,开始绕着圈子同这家伙周旋,企图拖延时间,想出一条破敌的妙计。没等我想出计策,日本拳手一个腾空踢,将我踹到旁观的人群中。

围观的华人同胞将我扶起来,有人将一碗白酒送到我嘴边,说:"大哥,俗话说酒生三分力,喝了这碗酒,打倒那个小日本。"

我脑子闪过一个念头,对呀!这家伙的空手道出掌有力,注重实战,要是用传统武术套路对付他,硬碰硬,我一定会吃亏。倘若以柔克刚,可我现在心乱如麻,无法定神,暂时使不出武当拳。倒不如……想到这里,我偷偷一笑,饮尽那碗烈酒,迈着醉步向日本拳手走去。

在场的华人们惊呼道:"大哥,你喝醉了,不能再打了,你醉了!"

日本拳手冷笑道:"支那人,不中用的酒鬼,今天我送你上西天!"说完,他抬腿向我踢来,没等他踢到我,我顺势向前一倒,重重地靠在他身上。这家伙仿佛很不适应这种打法,他把我推开,挥掌向我砍来。我醉醺醺地躲开了,懒洋洋地抬起膝盖,猛地对着他的腹部狠狠一击。

日本拳手被我这招打得够戗,他捂着肚子后退了几步,破口大骂道:"混蛋!你这叫什么打法?简直没有章法!"

众人惊呼道:"'醉八仙'!……'醉八仙'!……"

"醉八仙"这套拳法是我少时向一位广东师傅"偷"学的。中国武术门派观念很强,每个门派的弟子不准学习其他门派的武功,我一直不敢向父亲提及此事。听广东师傅讲,这"醉八仙"是民国初年的武术大师苏灿所创,结合了很多民间技击散手,有很强的实战效果。我刚才就是用了"醉八仙"中的招式——"铁拐李旋踵膝撞醉还真"。

接着,我一招"张果老醉酒抛杯踢连环"将日本拳手踢倒在地,没等他爬起来,跟着又是"吕洞宾醉酒提壶力千钧",打得他哇哇直叫。他好不容易爬起来,又被"蓝采和单提敬酒拦腰破"和"韩湘子擒腕击胸醉吹箫"两招打得鼻青脸肿,血流满面。

我怒吼一声:"曹国舅……仙人敬酒锁喉扣……!"啪的一声,我的手指紧紧地锁住了这家伙的喉咙,卡得他满脸涨红,无法呼吸,最后重重地昏倒在地上。

在场的同胞齐声欢呼。

我拿过一个当地渔民手中的渔叉,借着酒兴,在场子中耍了一套黄家枪法。我对日本枪手说:“喂,轮到你了。”

这人不知是个“冒牌货”还是有自知之明,他丢下长枪,搀扶着两个同伴,在大家的嘲讽下,灰溜溜地跑走了。

一阵清脆的枪声在镇子上空响起,人群慌忙散开,围观的人们纷纷逃走了。我看见藤原幸拿着一支冒烟的冲锋枪站在“铃木书店”门前。

“这场格斗很精彩!”藤原幸笑着对我说,“比美国好莱坞的电影要强百倍,现实主义!相当强的现实主义。好吧,请进,黄先生。哦……对了,还有您的朋友,袁瞎子。”

我顺着藤原幸手指的方向望去,只见袁文道在两个日本人的押解下,踉踉跄跄地往书店这边走来,其中一个日本人的手里拿着那本军工笔记。

妈的!看来藤原幸这次抢了先手。

藤原幸和我们围坐在书店中央的小桌前,每人面前摆着热腾腾的咖啡和白兰地,屋内弥漫着哈瓦那雪茄的气味。

藤原幸呷了口白兰地,说:“好了,先生们,人都聚齐了,咱们开始聊聊吧。先说点什么呢?嗯……我看先从马瑟森先生谈起吧。”

马瑟森那张紧绷着的脸,显得阴冷无比。

藤原幸自嘲地笑了一下,继续说:“马瑟森先生,不知道您看过《牛虻》这本小说没有?这是爱尔兰女作家艾·丽·伏尼契所著,看来女人不仅能做饭生孩子,还会写小说。这本书成功地塑造了一个名叫牛虻的英雄,意大利革命的先锋,坚强的斗士。他竟然同我一样,脸上布满了疤痕,都是拜敌人所赐,真是巧合。当然……”

藤原幸从匣子里拿出一支雪茄,去掉雪茄帽,用一根长火柴点燃雪茄。他轻轻地吸食了一口:“先生们,抽雪茄不同于吸烟,这是一种享受,要慢慢地吸,不能狂抽。哦,说到哪儿了?当然,是伏尼契笔下的牛虻,众所周知,一部小说有正面人物外,还得有与之对立的反面人物,这样才能吸引读者。伏尼契女士也成功地塑造了一位反面人物——蒙泰尼神甫,这似乎是一个和善诚恳的人,满口‘慈悲’、‘博爱’,实际上他不过是奥地利人的狗,他们驯服的工具。蒙泰尼对他的主子极为忠诚,哪怕杀死他的儿子也在所不惜。”

藤原幸坐到马瑟森身边,问:“马瑟森先生,您一定会问,神甫的儿子是谁?难道他不爱自己的儿子吗?爱!他当然爱,他的儿子就是牛虻。话说回来,这种爱是要有限度的,当它与自己服务的阶层发生利益冲突时,这种感情会立刻发生变化。他会放弃自己的儿子,忠心耿耿地做主子的奴仆,一个听话的顺民。牛虻快被送上刑场时,你可以看见老泪纵横的蒙泰尼,跪倒在地,亲吻儿子的手。哦!带伤疤的手,和我的伤疤一样。”

藤原幸举起手,露出了手臂上的烙印。“‘哦!我怎么能放弃你呢?’蒙泰尼一个劲儿地对儿子说。可是,他还是放弃了自己的儿子,亲手把他送上了刑场,上帝啊!这是多么残忍的父亲。”

“马瑟森先生,您觉得自己像蒙泰尼吗?”藤原幸问。

马瑟森脸色苍白,他没有说话,一个劲儿地喝酒。

“您很紧张。”藤原幸掐灭雪茄,拿起酒杯呷了口,“那么让我来说吧,您简直比蒙泰尼有过之而无不及,太厉害了。丹尼尔,多好的青年啊,贵族后裔,名校毕业,英俊潇洒,不知有多少姑娘把他视为梦中情人,就像……就像托尔斯泰笔下的安德烈公爵。阿瑟,印度男仆,忠实可靠,善良淳朴,放在过去,他或许是一个土王的后裔。威廉·吉布森,博学多才,喜好美食,富有的农场主。结局呢?人物除了个性外,都要有一个结局。丹尼尔和阿瑟死了,威廉现在躺在诊所的病床上,生死未卜。这一切都是拜您所赐!”藤原幸将酒杯狠狠地砸在地上,他加重语气说:“为了获取欧洲的情报,您让丹尼尔死在了里斯本;为了同我暗斗,您对阿瑟的死视而不见;为了消灭我们在南洋的情报网,您竟然让自己的外甥失掉了一条腿。这一切的一切,源于什么?源于您对英国的忠心,您不过是贵族阶层的一条狗而已。”

这时,马瑟森眼里噙着泪水,拿杯子的手微微颤抖,他用舌头舔舐了下干枯的嘴唇,然后用牙齿狠狠地咬下去。血,顺着嘴角流淌下来,马瑟森缓缓地闭上了双眼。

“开始我很困惑。”藤原幸取下马瑟森手中的酒杯,朝里面倒了些酒,“为什么在帕纳吉您不杀了我?”藤原幸往杯子里加了冰块。“要知道,我可是杀死您儿子的凶手,废了您的双腿,还是被您们视为眼中钉的‘猫头鹰’的领导者。很奇怪!您似乎很善良和宽容,允许凶手冒充您的男仆,潜伏在家中,天天生活在自己身边,您不痛苦,没有想过杀我?哦……后来我终于想通了。”藤原幸不停地晃动酒杯。“您是为了获得我们的情报信息,从我身上找到日本在东南亚的情报系统,然后一网打尽。上帝啊!这是一个多么巧妙的计谋,干杯!为我们出色的情报专家。”说完,藤原幸将杯中的酒一口饮尽。

我这才明白过来,藤原幸杀死了阿瑟,冒充他的身份,潜入马瑟森家中。而马瑟森早就知道身边的男仆是藤原幸,他并没有揭穿他,任其在自己身边生活,他们的目的都相同——获取对方的情报资料,得手后将他们一网打尽。

藤原幸冒充的那个阿瑟,脸上的胎记是假的,他的声音也是伪装的。我不得不佩服藤原幸的演技,他的演技绝对超过加里·格兰特。

这时,外面街道上传来汽车引擎的声音,袁文道轻声对我说:“是军用汽车!”

不一会儿,书店外围满了全副武装的美国宪兵,卡车大灯的亮度很强,照射得我们睁不开眼睛。奥利弗·吉布森在外面大声喊道:“藤原幸,你听着,立刻放了马瑟森先生,放下武器,举手投降。”

马瑟森的脸上终于露出了一丝微笑,他开口说了话:“藤原幸先生,你一定不会想到我还有这招吧。现在,我要建议你看本书,英国著名作家亨利·菲尔丁写的《弃儿汤姆·琼斯的历史》,这是本描写私生子的小说,很适合你。要知道,在英国,私生子是最卑贱的,他们不能继承产业,也无权立遗嘱,甚至无法采用父姓。正如小说中女仆昂诺尔所言，‘尽管奥尔华绥先生把汤姆栽培成一位少爷，论出身他可比不上我。我家里虽然穷，我可是正经人家生养的，我的爹妈是正式结婚的’。瞧瞧，藤原幸先生，你的德古拉伯爵是个虚位，你只不过是乞丐，一个弃儿，一个比阿瑟都要卑贱的野种。

“适才你高谈阔论了一番父子关系，我感慨颇深，倒也是，对于一个心灵受创的私生子来说，说这样的蠢话很正常。你父亲是一个糊涂的放荡君子，全然不顾自己的贵族身份，你母亲则是一个淫乱的下贱货。你这个小弃儿啊，从你落地开始，就是一个罪恶的果实，这是上帝对你父母罪过的惩罚，合法合理。尽管法律并没明文规定可以消灭你这种野孩子，但是从道德观念看，你长大了充其量只能成为社会的累赘和祸害，不是吗？你的行为正好印证了这一点，我的德古拉小弃儿。”

马瑟森那英国贵族特有的讽刺话，如同刀子一样，切割着藤原幸的心。他的脸扭曲得很难看，眼里闪着凶光，血，顺着嘴角流了下来。

马瑟森得意扬扬地继续说：“小弃儿，现在有整整一个营的美国士兵，正开赴你那个村子，剿灭你的手下人。而你那些忠诚得力的手下人，几只臭不堪言的昆虫，已经被我们干掉了。至于你，现在最好丢掉枪，乖乖地走出去投降。以后的事儿，我们在审讯室里再谈，审讯室的手法你比我了解。当年他们在圣保罗抓住你，烙了个印记，就像牛仔给不听话的公牛打记号一样。遗憾的是，没有拍下你的尊荣，一张丑恶无比的脸。放心好了，我会叫他们好好对你，这滋味让你永世难忘，就像抽雪茄烟，慢慢享受。”

看来，马瑟森让“阿瑟”报信只不过是个幌子，因为他知道这人就是藤原幸，圣地亚哥镇上有他的手下人。奥利弗才是他真正派出去报信求援的人。

藤原幸抹了抹嘴角的血沫子，冷笑一声：“这不见得，书还没写完哩。”

这时，一个日本人从阁楼上跑下来，急切地说：“伯爵，上面叫我们赶紧离开这里，赶紧！”我猜阁楼上一定有部电台，这人是负责联系的报务员。

“什么？……”藤原幸大声咆哮道，“我费这么大的劲，不惜卑躬屈膝地在敌人面前做牛做马，不惜牺牲自己的手下人，好不容易就要把情报搞得手了，可他们却让我当一名临阵退却的逃兵，至少袁瞎子和他那本军工笔记得要吧。”

报务员无奈地摇了摇头：“先生，他们说没必要这么干，叫我们要么杀出去，要么就地……”他没有把“自尽”这两个字吐出来。

“屁话！”藤原幸骂了句，他立刻镇静下来，淡淡地对报务员说，“孩子，这就是政客的思维。比如说你养了头凶猛的高加索犬，它很喜欢你，对你相当忠诚。可有一天，这狗咬了你的客人，说明确点是生意伙伴，你会怎么办？”

报务员茫然地摇了摇头。

“当然是毫不犹豫地处死它！该死的政客！”藤原幸咬牙切齿地骂道。他又苦笑了一下，仰头自言自语道，“这些该死的政客，他们人人炫耀自己的留学经历，崇拜美国的棒球、踢踏舞、爵士乐，对了，还有西部牛仔的开拓精神。哼！我问你们，这些算什么？”

藤原幸指着手下人问道,他显得更加疯癫和神经质。

“这些花天酒地的东西,在我看来简直就是手淫,手淫！开拓精神？狗屁！只有举兵南下,为帝国获取利益,征服亚洲,建立美好的‘大东亚共荣圈’,这才叫开拓精神。大家应该记得,近卫首相在纪元2600年典礼上献给天皇陛下的祝寿词吧,‘方今面临世局之骤变,我皇或出六师于异域,或结盟约于友邦,以确定东亚之安定,促进世界之和平。此洵为绝大之盛德,旷古之大业,莫不契合皇祖肇国之宸意与神武天皇创业之宏谟’。”

我发现藤原幸心理比戈尔德更黑暗,更变态。

藤原幸苦笑了一下:“可现在,那些天天高唱天皇至上,帝国利益第一的人,居然向我们这些热血斗士开枪。他们鄙视我们,不敢下定决心征服亚洲。他们怎么能这么做？我吃了这么多苦,受尽酷刑,改变了自己的相貌,我连自己都不认识自己了。可他们想杀了我,用以换取自己在谈判桌上的颜面,继续卑躬屈膝地向白人乞讨。这些人把忠诚放错了位置,颠倒了性别,背叛了日本。爱国主义,并不是口头说说而已,它要有实际行动。”

藤原幸阴森森地说:“美国总统托马斯·杰斐逊曾说过,自由之花要以爱国志士和暴君的血来浇灌。”忽然,他掏出手枪,对着手下人开了枪,砰砰砰几下,这些人身旁的玻璃瓶被打得粉碎。我对他的举措感到惊愕,这人的确已经疯了。说实话,藤原幸拔枪很快,枪法很准,同袁文道不相上下。

“我的孩子们,一切都结束了,这个世界上再没有‘猫头鹰’这个组织了。你们赶紧寻路逃走吧,用不着陪着我送死,回到日本去吧。那里有你们的家人,有父母、妻儿和朋友。而我？除了这些小说之外,一无所有,从我父亲狠心地将我送到间谍学校那一刻起,我就再没有亲人了。想想看,一个私生子能获得什么地位和亲情？我不惜余力地想证明自己,希望得到人们的尊敬和相应的地位。我企图用西方先进的思想,改变日本人封建腐朽的观念,替大伙儿争夺生存空间,可惜啊……这些只不过……”

藤原幸的眼中噙着从未有过的热泪,他对着我说:“黄先生,我想起了你们唐代大诗人韩愈的一首诗。一封朝奏九重天,夕贬潮州路八千。欲为圣明除弊事,肯将衰朽惜残年。云横秦岭家何在？雪拥蓝关马不前。知汝远来应有意,好收吾骨瘴江边。真是好诗啊!”

藤原幸剪掉自己的头发和指甲,拿白布裹好,郑重其事地递给手下人,躬身行礼道:“拜托了,有机会回到日本,请将它葬在富士山下,我不想在外漂泊了,月是故乡明啊!”

人并不是完美的,好人有恶的一面,恶人有好的一面。此时,我在藤原幸身上看到了仅存的一丝人性。

当手下人从书店后门逃走后,藤原幸来到书架前,推掉上面的书籍,一枚枚炸弹整齐地摆放在上面。紧接着,藤原幸换上一件马甲,上面捆满了军用炸药,起爆的引信就在他的胸前，屋子里的炸药足以把整个圣地亚哥镇炸飞。

我不知道这个疯子下一步想要干什么。

“好了，先生们，再不会有人打扰我们了，脸上有点笑容，继续！”藤原幸走到我和袁文道跟前说，“现在该和你们聊聊了，谈点什么呢？嗯……说说美国的西部电影吧。”

藤原幸喝了口酒，问：“瞎子，您看电影吗？我想您不会看的，一个工作狂不会把注意力放在电影上。你要么在车间工作，要么陪陪美丽的伊尔莎，要么去坎特枪会，休闲安静的生活，说实话，我很羡慕。

“现在的西部电影，真是够戗！不可信，不精致。先生们，我可不想投资搞什么电影，有人认为来点枪战、马车和印第安人，就算代表冒险主义和开拓精神了。对于那些导演蹩脚，演员演技够差，情节胡编乱造的电影，根本用不着我去批判。我只是想说，这种东西缺乏现实主义！黄先生，这同法国小说一样，缺乏现实主义！”

“为什么？”我悄悄地把芬兰刀握在手中，想找机会干掉这个疯子。

“就拿前不久上映的新片《关山飞渡》来说吧，约翰·韦恩表演绝佳，导演也很不错啊，是约翰·福特，美国西部拓荒片大师，这部电影与《最后的巡逻兵》、《飓风》和《告密者》一样，都是约翰·福特的经典之作。可是……”藤原幸点燃了雪茄，“情节也没能够突破那些老套子，结局依旧是马车里的人们逃脱了追杀，林哥小子以一敌三，报了仇。这仿佛又是好人取胜了。不是吗？剧本模仿莫泊桑的小说《羊脂球》创作，马车、妓女、男人、打斗等等，缺乏现实主义！”

“事实就是这样，坏人得死，好人获胜，这不能更改！”我说。

“你错了，黄先生。林哥小子原来是一个囚犯，哈哈，他在你们眼中是一个坏人。结局呢？坏人获胜了，就像我们四个人一样，我是林哥小子，你们是三个仇敌，最终我会取胜。”

这时，藤原幸变得一本正经起来，他不知从哪儿摸出一把手枪，放在袁文道面前，这是一把相当精致的手枪。

“瞎子，我打心眼里佩服你，短短几天的时间，你竟然能造出这么精美的手枪。”藤原幸赞叹道，“真是一个武器精灵，天生就是干这行的料儿。”

天啊！真没想到袁文道躲在那间木屋里，整天孜孜不倦地干活，竟是在造一把手枪。

“好了，瞎子，我们该为整个故事做个了结了。我想你知道该怎么做，我的替身教过你。”说着，藤原幸将几枚子弹抛在那把手枪旁边，然后坐了下来，他拿出自己的手枪，一把镀金的勃朗宁手枪。

藤原幸开始分解手枪，把零件整齐有序地摆放在面前。袁文道也像他那样，分解手枪，摆放零件。然后，两人都不出声地盯着对方，仿佛在等待什么。

我知道，他们两人会像美国西部牛仔一样开枪对决。

这时，教堂的钟声敲响了。藤原幸和袁文道犹如听见发令枪声的运动员，飞快地开始装配手枪。哗啦一声，藤原幸先于袁文道装好手枪，他填好子弹，并没有将枪口指向袁文道，应该说，他有足够的时间打死他。袁文道今天显得很笨拙，动作缓慢，我真替他捏了一把汗。

“好了，瞎子，咱们交换一下武器，你用我的枪。”藤原幸将镀金的手枪递给袁文道。

袁文道停顿了一下，他还在装配手枪零件，我发现他好像多了几个动作。哗啦一声，袁文道将手枪装好，递给了藤原幸。

“你最好不要使用这枪，要不然会后悔的，它只会向邪恶的人开枪。”袁文道说。

“后悔？不……不……瞎子，能使用武器大师制造的手枪，我感到自豪，绝不后悔！对了，我就代表正义。”藤原幸将那本军工笔记揣进自己怀里，又把一个手雷放进衣兜里，然后站起身来，笑着说：“瞎子，咱们开始吧。”

两人挎着手枪，来到书店外面。几个美国宪兵企图上去阻挠，藤原幸晃动着手雷，冷冷地说：“让开点，我只说一遍！”

瞬间，整个圣地亚哥镇恢复了死寂。所有人的目光全都落在藤原幸和袁文道身上。

藤原幸站在离“铃木书店”近二十米的地方，袁文道则站在书店门前，藤原幸对自己获胜充满了信心，他准备开枪打死袁文道后，再把手雷扔向书店，继而引爆屋内的炸弹。这样一来，他就安然自得地离开镇子，达到坏人获胜的满意结局。

袁文道亲吻了银项链，检查了一下手枪，最后转头对我说：“仲泰，没么事，待会你就会看见奇迹发生。”

“瞎子，你……”我禁不住哭了起来。

时间一秒一秒地过去，我们都在等待那一刻的到来，等待教堂钟声再次敲响。这是一场决定所有人生死的对决。

当教堂钟声再次响起时，时间凝固了。我感到自己进入了一个封闭的空间，窒息无比，无法呼吸。四周静得要命，以至于我能听见每一个人的心跳，肾上腺激素分泌过多，导致每一个人的心跳都加速。我能听见他们吞咽唾液的声音，舌苔不停工作，它们麻木了，暂时失去了味觉。我甚至听见有几个人在放屁，畏惧使得胃紧缩，肠道失调，不停地向外排放废气，缓解自己的恐慌。

镇子上空响起了清脆的枪声和一个人的尖叫声，跟着轰隆一声震耳欲聋的巨响，一股浓密的黑烟从镇子上空升起。一阵热浪夹带着沙石向我们袭来，我被冲倒在地，混沌不清。

不知过了多久，我才慢慢地从地上爬起来。“瞎子……瞎子……瞎子……”我带着哭腔大声喊道。

“仲泰，我没么事，放心好了。”袁文道笑吟吟地站在硝烟中。

藤原幸消失得无影无踪，他站立的地方变成了一个巨大的弹坑。“他怎么会……”

我惊讶地问袁文道。

“很简单,我和手枪交谈了一下,它答应我不会向前射击,而是炸膛。就这样,我们开枪时,他的手枪炸了膛,我的子弹射在藤原幸的身上,并引爆了他身上的炸弹。”

“瞎子,你是怎么做到的?”

“嘿嘿,这是一个秘密,我和枪之间的秘密,父亲和孩子之间的交谈。”袁文道诡秘地朝我一笑,在他看来,自己制造的武器就像他的孩子,就像作家和自己写的小说一样。

“可那本军工笔记,真可惜……跟着藤原幸这个杂碎一起被烧毁了。”我叹息道。

“那不是我的军工笔记,这本笔记藏在只有我知道的地方,他拿的不过是一本普通的机器说明书而已。”

“笔记呢?你放在哪儿了。”

“喏,它在这儿。”袁文道像变魔术一样,从身后掏出了一个厚厚的笔记本,上面工工整整地用汉字写着:军工心得。

“瞎子,真有你的,让我替你白担心了一场!”我捶了袁文道一拳,然后同他紧紧地拥抱在了一起。

我们走到弹坑边上,袁文道将那把镀金的手枪扔进弹坑,问:“仲泰,现实主义是么事?”

我皱了皱眉头,要是用学科术语解释估计他听不懂,我想了想,说:“现实主义就是指文艺作品要具有逼真性,其中的内容贴近生活,反映现实生活。”

袁文道说:“哦,不就是好人要好好地活着,对幸福的追求永不放弃;而坏人得不到好报,下地狱,万劫不复!”

我点点头:“就是这个道理。”

袁文道蹭了蹭弹坑边沿的泥土,说:“仲泰,我觉得藤原幸是一个悲剧人物,他也有值得可怜的地方。想想看,他是一个私生子,从小备受歧视,内心极度自卑。若是能得到父爱和家庭的温暖,哪怕一丁点也好,他不会变成今天这样。可惜,他父亲将他送进了间谍学校,把藤原幸变成了一个日本对外扩张的祭品。要是生活在正常人家,搞不好他会成为一个出色的作家或是导演。”

“是啊,藤原幸的演技可以说是超一流的,当演员一定会获得奥斯卡金像奖。话说回来,他眼中的现实主义,指的是他信仰的法西斯主义,扩张和侵略他国的现实主义,充满病态和畸形的观点。”

“这个藤原幸应该是真的吧,不会再是他的替身?”袁文道突然问。

我心中一颤,望着弹坑,轻声说:“应该不会吧,可谁又知道呢。”

这时,从近处林子里传来猫头鹰凄凉的鸣叫声,我和袁文道对视一眼,同时打了一个寒战。

42. 欧罗巴归雁

1940 年 9 月 23 日　中国香港　中港分界线

“先生们，送君千里终有一别，看来我们该分手了。”马瑟森笑着说道，他坐在轮椅上，奥利弗·吉布森站在他的身后，警惕地注视四周的情形。

“马瑟森先生，认识您是我的荣幸，您教会了我很多东西。”我握着马瑟森的手说道。

说实话，我打心眼里佩服马瑟森，他是一个了不起的情报员。在同藤原幸的较量中，马瑟森与杀死自己儿子的凶手，共处一室，他具有情报人员特有的冷静和镇定。他设计的将“猫头鹰”组织一网打尽的计划，十分周密，天衣无缝，甚至不惜牺牲自己的生命，以达到任务的完成。马瑟森和藤原幸的较量，已经不是简单地停留在替儿子报仇的层面上了，而是维护英国在海外殖民地的利益。从这点讲，马瑟森也体现出他的另一面，那就是殖民主义的维护者。他与藤原幸的斗争，除了正义和邪恶的战斗外，里面或多或少掺和了帝国主义之间的明争暗斗。

不过，马瑟森对我来说又是一个危险人物，他或多或少知道我的真实身份，这对我往后的情报工作是一个大忌。

“马瑟森先生，我希望您遵守诺言，对我们之间的事情，永远保守秘密。”我提醒他。

“放心好了，黄先生，我用人格保证，那些事儿我早就忘得干干净净了。”马瑟森笑着说，“您是一个优秀的情报人员，但愿我们永远是朋友，不要成为敌人。真要那样，您是一个棘手的家伙。还有您，袁文道先生。出色的武器专家，一双令人惊讶的耳朵，一个绝顶聪明的大脑。他们说得不错，您确实是上帝派到人间的精灵。我得感谢您，您不止一次地救了我们，要不是您，威廉或许早没命了。这些天，您向我介绍了德国人的武器特点，谢谢您。希望早日看见中国战场上有您设计的武器，替我多杀点日本杂碎！”

袁文道没有说话，他只默默地同马瑟森握了握手，然后同奥利弗拥抱了一下。

“伙计。”奥利弗噙着泪水对我们喊道，“有机会我一定带着威廉到中国去看你们，记得替我准备好酒，至于威廉嘛，就用一碗米饭招待他就行。要是想我们了，可以到西澳大利亚来找我，只要提到我的名字就行，人们都认识我。”

“最好能见到约瑟芬，吃一块她亲手做的牛排。”袁文道调侃道。

听了这话，在场的人一片哄笑。

奥利弗向分界线上的英国士兵喊道:“嘿,伙计,放行!”

分界线上的铁丝网马架被几个英国士兵拉开,我们缓步向前走去。当跨过分界线那一瞬间,袁文道禁不住大声哭泣起来,他猛地跪了下来,伏地痛哭,断断续续地说:“我……回……家了……回家……回来……了……”

我听见嘹亮的鸟雀鸣叫声,一群大雁从我们头顶飞过,我的脑子里蹦出一个词儿:归雁!

忽然间,袁文道双腿一软,人昏倒在地上……

“瞎子,瞎子!你怎么了,醒醒啊……快醒醒……”我对着附近的中国士兵大声喊道,“叫医生,赶紧叫医生啊!……”

1940 年 9 月 31 日　夜　重庆　国民党军政部

这是军政部大楼的一间密室,门口站着两个全副武装的宪兵。屋内灯光昏暗,电风扇呜呜地响个不停,我正在接受钱家源的问话。

钱家源比以前更胖了,他依旧穿着笔挺的军装,光头上流淌着豆大的汗珠。钱家源用小手掏出手绢,抹了抹汗,问:“黄仲泰,照你所说,这一路上,是一个名叫布鲁斯的法国人在帮助你们?”

“对!”我在给钱家源叙述的行程中,省略了和马瑟森相识以及卷入日本和英国在东南亚间谍战的内容,并将李志民描述为一个法国商人,而不是华人。

“那么你是怎么在德国救出袁文道的?”钱家源瞪着小眼睛问道。

“是在赵元吉和他工作站的同志协助下,救出袁文道的,其中赵元吉同志的侄子汪家昌表现特别突出,他是华人的骄傲。”

有关袁文道在奥伯镇同日本人相见、伊尔莎被杀、袁文道发疯以及日本人将他绑架,而我在边境线通过德国同志的帮助,将袁文道救出这一系列事件,都被我隐瞒了。实际上,罗琦知道一些事件的真相,比如在奥伯镇发生的一切、袁文道发疯等等,但他并不知道我是在德国共产党和旅德同志的帮助下,解救出袁文道的。他也没有向钱家源提及这些事儿。

“赵元吉?”坐在一旁的彭四维显得格外惊讶,他没有想到自己的牛皮竟会变成现实,“哦,我早就说过,他们是出色的特工,没错吧!”彭四维笑着对钱家源说道。

“两千马克你是如何用光的?”钱家源对钱的使用很在意。

“都给了法国商人布鲁斯,要不然他怎么会帮忙呢。在欧洲,是布鲁斯先生帮助我们,摆脱困境。当罗琦他们赶到陆泰牧场后,布鲁斯依旧随行,护送我们到马赛,接着陪同我们登上了希腊邮轮‘米克诺斯’号。直到船被德国潜艇击沉。我们来到帕纳吉,布鲁斯先生替我们买了到香港的船票后,这才离开。”

我没有讲述罗琦叛国的内容,生怕还有他的同党。

“你是怎么认识布鲁斯的?”彭四维忽然问道。

“在荷兰的华人餐馆‘四海楼’里。当时布鲁斯同我们一样，正在用餐，闲聊中得知我们要回国，而他也要前往印度做生意，一拍即合，我们便成了同行的旅伴。”

“他是做什么生意的？”彭四维紧接着问。

“只要能赚钱的生意，布鲁斯都做。布鲁斯给我讲，他不但认识戈林的儿子托马斯，还认识英国的情报高官马瑟森。据说马瑟森是他在印度的合作伙伴，两人关系很好。”

“哦，马瑟森先生。我认识他，这人名气很大，是英国情报界的元老。主任，这人很了不得。”彭四维又开始向钱家源吹嘘，“四十几岁，枪法很准，有‘谍报界的快枪手’的美誉，这家伙还会开飞机哩！”

“四维，你真不简单啊，情报工作做得真细致，连这些东西都知道。佩服！佩服！”钱家源吹捧道。

我心里不禁偷笑起来，在彭四维的牛皮中，不知不觉地把马瑟森和藤原幸捏造成了一个人。真不知道他是从哪儿听来的消息，一个坐轮椅的老头能开飞机？

“罗琦同志是在热那亚染病殉国的？”

“是的，罗琦在热那亚染上了……染上了……主任，这病我说不出口。”

“还是年轻啊，风流是祸，美色是刀，哎……可惜啰。”钱家源叹息道，他一定认为罗琦是得了性病。

“现在来说说袁文道，他是在广州突患急症死的？”

“是的。”我的声音变得低沉嘶哑，“疟疾引发的败血症。”

这时，我的眼眶湿润了，面前浮现出袁文道患病时的画面：

开始，袁文道躺在医院的病床上，一直昏迷不醒，他面色苍白，嘴唇和指甲呈现黑中透红的颜色。有时他会醒来，不停地说着胡话，浑身发抖，即使我拿几床被子替他盖上，也无济于事。两天后，袁文道冷感消失，全身开始发烫，他一会儿轻声说：“伊尔莎……伊尔莎……我到家了……到……家……了。”一会儿又大声喊道：“藤原幸……你……你这个……狗日的……啊……”

医生告诉我，袁文道是感染了疟疾，只有一种名叫奎宁的药物才能治好，遗憾的是，由于战争，奎宁属于紧俏商品，医院根本没有这种药物。不过，可以到香港去想想办法。

我立刻到了香港，找到马瑟森，通过他的关系，弄到了奎宁。

当我赶到医院时，袁文道已经不行了，由于疟疾引发了败血症，这是一种不治之症。

“袁文道临死前说了什么没有？”钱家源又问。

“没有……他当时已经昏迷不醒了，最后停止了呼吸。”

我的脑海里不停地闪过袁文道弥留之际的样子，我静静地守在他身旁，眼睁睁地看着好友缓缓地离开人世，我感到生命的大门在渐渐地向他关闭。不，你不能走啊，瞎子！你还有很多事没做，难道你忍心离开你热爱的事业，你引以为豪的工作，你饱受苦难的祖国和人民吗？

袁文道脸是那么的憔悴，他忽然睁开眼睛，轻声对我说："仲泰，七年前，我满怀希望和美丽的幻想，从中国到德国学习军工制造。我满以为只要能制造出先进的武器，就能让国家强大，不受外敌侵入。这一路，我一直在想，为么事我们买了那么多德国的枪炮，还要败给日本人。想来想去，我终于明白了一个道理，经济啊，我们没有像样的工业，连工厂都是破破烂烂的。我是中山先生的信徒，一直谨记先总理在《建国方略》中的一句话，'造巨炮之机器厂，可以改制蒸汽辘压，以治中国之道路；制装甲自动车之厂，可制货车以输送中国各地之生货；凡诸战争机器，可变成平和器具，以开发中国潜在地中之富。此种开辟利源之办法，如不令官吏从中舞弊，则中外利益均沾，中国人民必欢迎之。'仲泰，听听，说得多好，咱们兵工厂不但可以生产杀敌的利器，还能制造富民的机器。真要如此，我这耳朵就能听出机器的毛病。我所学的机械制造知识，就能派上用场。要让我们的国民，不但要好好地活着，而且要幸福地活着，有尊严地活着！可如今这政府……腐败无能，丧权辱国，令人寒心啊……"

没等我说出安慰他的话，袁文道拿出那本军工笔记，说："仲泰，你把这本笔记交给吴南浦，告诉他，我帮不了他了，望他老兄见谅，感谢他的知遇之恩。这本笔记里不但有我对兵器制造的心得体会，更有对机器制造的看法，战时能帮南浦解决困难，到了抗战胜利之时，还可协助他将兵工厂改为制造机器的工厂。"

"瞎子，你放心，我一定亲手把它交给南浦兄。"

"仲泰，你我萍水相逢，经历了生生死死，胜似兄弟。你嘴上不承认，但老子觉得你一定是个布尔什维克。"袁文道笑了笑，他从脖子上摘下那串银项链，放在我手中，"俗话说，君子之交淡如水，我没么事好东西答谢你，这串项链送给你留做纪念吧。"

我握着袁文道的手，泣不成声地喊道："文道，瞎子……瞎子……"

这时，袁文道已经气息微弱，他缓缓地闭上眼睛，断断续续地说："仲泰，这条……归家的路……真的……很长……好……好……活……着……好……伊尔莎……我来……了。"

"不，瞎子，你不能死啊……"我泣不成声地扑在袁文道身上，不停地摇晃着他，希望奇迹发生，将他从死神手中夺回来。可死神化为一部时间的齿轮，将袁文道推向天际之间，不受任何人的控制。我们的距离越来越远，永远也无法达到对方的彼岸。

"袁文道没有留下什么东西？"钱家源问。

"没有，什么也没有。"我回答道，

这本笔记本不能交给钱家源这种小人，本来我想交给吴南浦，遗憾的是，这位军工界的有识之士，在一次敌机的轰炸中已经壮烈殉国了。

"主任，反正现在咱都用美国人的武器了，用不用袁瞎子都一样。"彭四维不以为然地说。

钱家源点了点头："就算这个袁瞎子回来了，莫非能生产出比美国人更好的武器不成？我看未必，何况从设计到生产，要多长的过程，还不如先买先用。”

这话刺痛了我的耳朵，我的心里一片阴冷，要是袁文道活着，听到这些话，不知作何感想。

“好了，仲泰，这一路你也辛苦了。回家好好休息一下，我还有重任安排给你。”

当我走出房间时，钱家源忽然将我拉到一个角落里，轻声问：“仲泰，若是行营的人前来调查袁文道一事，问及我如何吩咐你做事的，你不会说那事吧……”

我知道钱家源指的是叫我营救不成，杀掉袁文道的命令。

“什么事？主任，您不是叫我全力营救袁文道吗？还能有什么事。”我装作糊涂地回答道。

钱家源如释重负地笑了，他挥动肥手，拍着我的肩头说：“嗯……对，对！小伙子，好好干，我不会亏待你的。”

“感谢主任栽培。”

几个月后，我晋升为中校，被钱家源视为“心腹干将”，他把我调往“苏联援华空军志愿大队”担任军事联络主官，负责翻译事务。

尾声/“一定要好好地活着！”

好了，故事大概就是这些了。

人的记忆真怪！不久前刚刚经历的事，仿佛突然坠入黑森森的井底，从思绪中消失；而相隔多年的往事，却特别清晰地浮现在眼前。这大概不是偶然。大自然关怀世上万物，它不叫任何东西无声无息地泯灭。故事中的那些事件在我的记忆中无法磨灭，我想它会跟随我一辈子，直到老死为止。

几天后，我同张秋冰见了面，如实地向他汇报了整个过程。他怀着激动的心情听我讲一路上发生的故事，有时拍案叫好，有时低头叹息，有时泪流满面，有时欣喜若狂。最后，当我说到袁文道去世的时候，张秋冰叹息道：“哎，真可惜，多好的一个人才。真要活着，即使国民党当局不用他，也可以安排他去延安。”

我将那本军工笔记递给张秋冰，他郑重其事地接过来，说：“这本笔记是一个军工制造者的呕心沥血之作。放心，我们一定好好保存，不但现在用它，等革命胜利了，进行社会主义建设时，这也是无价之宝。”

至于我的同志张姝和特里斯科，从此以后，我再没有听到他们的消息。从事情报工作的人就是这样，忽然神秘地出现在你的面前，很快又神秘地消失掉。

我本想见一见袁文道的家人，当我来到兵工厂，当年与他共事的工友告诉我，袁文道家人在日寇的轰炸中遇难了。我找到他们的墓地，在墓前放上了鲜花，轻声说：“遥知兄弟登高处，遍插茱萸少一人。”

还有什么应该讲的呢……

由于我的工作性质，我可以看到外国的报刊。有一天，我在美国报纸上看到这么一条消息：传奇英雄马隆大夫胜利归国。弗兰教授平安地到达大洋彼岸的美国，他重新走上大学讲台，教书育人。我想，多加一定也过得幸福和快乐，她那双美丽的大眼睛会闪出更靓丽的光芒。

对了，忘了告诉大家一个消息：重庆行营最近在政府机构内挖出了数名日本间谍，其中就有罗琦的父亲，外交部的一个高官。在以后的日子里，国民政府抓获的日本间谍中，再没有像胡安内拉那样，只会说葡萄牙语的日本人，看来藤原幸和他的“猫头鹰”特务组织的确是覆灭了。

还有李志民的那串长命锁,我把它放在了父亲武馆的大梁上,让这位爱好中华武术的兄弟可以天天聆听习武练拳的声音。

至于关义山老人的儿子,我曾试着去打探他的消息,终究无功而返。自从抗战爆发以后,从世界各地回国战斗的留学生和华侨数不胜数,他们在各条战线充当了极其重要的角色。

不久,日本军工企业对“100 式”冲锋枪做了改动,其最大的改动并不是改变枪机原理,而是在枪口加了一个挂扣,以满足军方必须能安装刺刀的要求。日本人对刺刀的偏爱简直到了变态的程度,连 99 式仿捷克轻机枪都装上了刺刀。真难以想象,重达 20 斤的机枪怎么个拼刺刀。正如马瑟森所说,日本人是不可理解的矛盾体,他们总是与传统世界相反。

1940 年 9 月 27 日午后 8 时 15 分,德国外长里宾特洛甫、意大利外长齐亚诺和日本驻德大使来栖三郎在柏林签订同盟条约,三国法西斯轴心同盟就此结成。1941 年 7 月,纳粹德国承认南京汪伪政权,中国国民政府与其断绝外交关系。1941 年 12 月 7 日,日本联合舰队奇袭美国“珍珠港”,太平洋战争爆发。1941 年 12 月 9 日,国民政府对德宣战。

看来,故事到这里就可以结束了。

大家读过这个故事后,搜寻一下自己生活的回忆,就会相信我,不过你们也许不会相信,过后就会忘得一干二净……

不过,我是永远不会忘记的！这个故事用藤原幸的话来讲,具有现实主义！

是啊,我永远不会忘记。每当我身上的伤口隐隐作痛的时候,我都会情不自禁地走到写字台前,拉开抽屉,把压在芬兰刀下面的一串银项链拿出来,呆呆地凝视着它。于是,故事中的人和事就会在我的记忆中一次又一次地浮现出来,耳边回荡着袁文道的声音:“一定要好好地活着!”

在旅途中,我听过这样一个神话:很久以前,宇宙之中只有一片星云,就像车轮溅出的水花;星云旋转而形成了群星;群星在永恒的运动中相互吸引,于是产生了星球,地球出现了,月球随之诞生。地球的一面向月球发怒,另一面却朝月球微笑,当怒气和热情平息下来时,地球的表面也稳定下来了,于是出现了高山、大川、巨石、盆地,继而诞生了生命。不瞒你说,当听到这个神话时,我没有嘲笑它的荒谬,而是被其深深地吸引了。它告诉我们,生命的伟大。

是啊,人之为人,实为不易。想想看,精子与卵子相遇,而成为受精卵,而后滑入子宫,变成人的胚胎。胚胎又长成肉和骨骼,经过十月的孕育,来到人间。未看到世界而先发出哭声,温和的天性从此开始成长,随日月推移,有了知识、思想、信仰、见解……渐渐长大成人,继而产生爱情,结婚生子。周而复始,日复一日,一刻不停,代代相传。这就是生命的延续。这是多么漫长的岁月啊,咿呀学语、天真无邪的孩提、情窦初开的青年、成熟稳重的中年、白发斑斑的暮年……这却又十分短暂，春夏秋冬，时间闪电般地迅速过去，夕阳西下，乌鸦啼哭，生命如火光般，燃尽即灭。

人生啊，人生！你就像一段漫长的旅程，我们行走在旅途上，会尝到生活的甘甜，也会有苦涩的艰难。人生在世，一定要好好地活着，只有这样，你才能挣脱苦难的枷锁，走到幸福的彼岸。或许，你会问我，这有用吗？这当然有用，因为天空不会永远昏暗，当乌云褪尽的时候，温馨的阳光会普照大地，青草依旧快乐生长，花儿仍会蓬勃开放。生命对于我们来说多么短暂，不论是谁，总有一天将会走向自己的终点。死亡，这是每一个人共有的最后归宿。有的人高唱生命的恋歌，有的人将死亡视为自然法则的胜利，也有的人哭泣不已……

作为人，我们应该在短暂的人生旅程中，绽放出绚丽的火焰。作为人，我们应当把苦难看做暂时的黑夜，充满信心地等待黎明的来临。

是啊，当黑夜过去后，世界将再一次万象更新，无边的苦海将被遗忘，丧失理智的自我毁灭行为也将成为过去。一旦屠戮生灵的污秽和血腥气消失，一旦所有惨绝人寰的爆炸、苦难、全球性的混乱过去，蜜蜂将重新为乐园花朵的玉液琼浆所陶醉，世界上空将再次充满嗡嗡的蜂鸣，善良的精灵将生活在每一株小树上，沉浸在和暖的清风中，融化在朝气勃勃、繁花似锦的大地的芬芳中！……

为此，无论这等待的时间有多么漫长，我们都要好好地活着！

袁文道辞世的时候，他只有四十来岁，李志民也不过二十七八岁。在很多读者心中，袁文道是一个神奇人物，军工界独一无二的“精灵”。李志民是义薄云天的华裔侠客，令无数女性为之倾倒的传奇男子。但对我来说，他们是我的家人，我的生死兄弟。看着银项链和芬兰刀，往事又涌上心头。我会想起他们，想起我们出生入死共同度过的那些日子，我觉得很感慨……

我又一次拿出银项链，傻望着桌上的地球仪，当我轻轻转动它的时候，那些熟悉的、淌着鲜血的地名，一一浮现出来：重庆、柏林、奥伯镇、杜伊斯堡精神病院、科隆、舍尔芬根镇、艾恩德霍芬、鹿特丹、阿迪亚镇、贝桑松、马赛、热那亚……

后　记

希腊小说家尼克斯·卡赞扎基斯曾说:“当我写一本书时,我觉得自己好像是一条蚕。理性思维不起主要作用;我不写提纲,它在我不知不觉中形成;我不必为给书中人物寻找情节而担忧;每天清晨开始时,我并不知道要写什么,但我不担心,因为我感觉,一切都已在胸中完成,我只需让它出来。我的肺腑已变成了克里特,而我只需要作茧,也就是说把小说写下去……”

我在创作过程中有春蚕吐丝,最后作茧的感觉。当我交出这部小说的时候,如释重负,倍感轻松。

我开始动笔写这部小说,是在2010年12月,2011年4月完成。在将近半年的时间里,除了在医院照顾我的祖父外,我把全部精力都用于创作这部作品上,即使除夕之夜,我依旧凝视着墙上的地图,通过时光隧道,来到1940年的异国他乡,同黄仲泰、袁文道、李志民他们共同度过。

我对作品的构思,从未有过片刻中断,它对我思想上的压力很大,它介入我的生活,我与它生活在一起。我对作品中的主人公们怀着强烈的感情,以致我与他们之间的联系,竟成了跨越时空的,真人之间的关系似的。我对他们怀着爱,也怀着恨,既有钦佩,也有同情,我跟随他们一起环游世界,我为他们的痛苦而悲伤,为他们的欢乐而高兴。

记得有一次,我在医院照料祖父,偶然瞥见一位护士戴着一串雕琢精致,具有波西米亚风味的银项链。我不由得想起被袁文道视为珍宝的银项链,还有波西米亚女巫送给李志民的银币。虚拟的人和物,就这样压倒了所有现实中的人和物,驾驭我的情感,甚至跃出我的稿纸,跳入我的梦境,进入我的生活。

有一点,我必须说明,作品中的人物不能单纯从角色扮演、言谈举止、政治立场上来判断善恶。在我看来,好人、勇敢的人也有懦弱和阴暗的一面;而懦夫、坏人也有善良和勇敢,或者说是值得同情的一面。

人不是完美的,它是一个善恶相互渗透的矛盾体,作品中的人物不是工厂流水线制造出的产品,而是有血有肉的活人,都是一个个为了生存而抗争,为理想而奋斗的人。人最壮丽的时刻不是取得胜利的那一天,而是他的理想和信念已经实现或即将实现之时。

今天,我们生活在一个物欲横流的时代。很多人失去了信仰,丧失了道德底线和正确的价值观念。他们在疯狂追求财富和权力的过程中,不惜牺牲自己的家庭、名誉、信仰、尊严甚至生命。人们苦闷的心灵,一直在问一个同样的问题,我们该怎么办,前方的路如何走?其实答案很简单——“一定要好好地活着!”特别是身处逆境之中,人一定要好好地活着,呵护心灵的宁静,学会耐心地等待。

人们也许会把我上面的话看做文人的愚蠢和屁话。然而,要是他们把这句话了解得更透彻些,你看他们会说些什么,会做些什么呢?

我创作这部小说的原因,是因为我相信有必要把发生在烽火年代的一些真实的故事记载下来。故事来源于我和朋友的一次闲聊,这位仁兄出身兵工世家,他的曾祖父、祖父、父亲都是兵工厂的技工。该兵工厂的前身正是汉阳兵工厂,抗战爆发后,内迁至重庆。我的朋友告诉我,抗战时期,十余名在德国学习军工技术的中国技工,历经艰辛,冲破重重阻拦,从欧洲乘船返回中国,这些人中就有他的祖父。

我尽力把故事情节同确已发生的真实历史事件结合起来,使真实事件成为故事的一部分,故事发生在异国他乡,我也做了最大的努力,将当地的人文风情描述出来,让读者能够身临其境。故事中的人物有华人,也有外国人,我力求使他们的言谈举止和思想状态,符合历史原貌,让读者看到在人类历史上最大的那场浩劫中,形形色色的人物如何展现他们的爱与恨。

从事文学创作之后,很多人见面都喜欢称我为“作家”,对此,我实在是不敢当。我不是作家,只不过是一个会讲故事的“宅男”罢了,话说回来,所有从事小说创作的人,归根结底都是讲故事的人,是为大家精神层面服务的人。头衔都是虚拟的,最重要的是看你的故事是否具有深刻的文学内涵,是否吸引读者,是否给读者乃至整个社会带来反思和帮助。

英国“小说之父”亨利·菲尔丁说过:“一个作家不应以宴会的东道主或舍饭的慈善家自居,他应该把自己看做一个饭铺老板,只要出钱来吃,一律欢迎。”的确如此,设宴的主人大都不考虑客人的口味,高兴准备什么饭菜,就上什么饭菜,即使客人吃起来淡而无味,甚至不合胃口,也不便有所挑剔。开饭铺的则不同,客人是花钱来吃饭的,一定要琢磨他们的口味,坚持下去得到满意为止。倘若不是这样,那客人就有权毫不留情地指责甚至诅咒。

最后,我希望自己的努力不会白费,但愿读者认为我写了一些令他们难忘和喜爱的故事。

伯都
2011 年 9 月 18 日于重庆